STAR WARS™

EPISODE III

Die Rache der Sith

Matthew Stover

STAR WARS™

EPISODE III

Die Rache der Sith

Matthew Stover

Roman nach der Geschichte
und dem Drehbuch
von
George Lucas

Deutsch von Andreas Brandhorst

Random House Entertainment

Die Originalausgabe erschien unter dem Titel
Star Wars: Episode III Revenge of the Sith
bei Del Rey/The Ballantine Publishing Group, Inc., New York.

Random House Entertainment
ist ein Unternehmen der Verlagsgruppe
Random House.

1. Auflage

Satz: deutsch-türkischer fotosatz, Berlin
Druck und Bindung: GGP Media GmbH, Pößneck
Printed in Germany
ISBN 37645-0088-3
www.randomhouse-entertainment.de

Der Autor widmet dieses Buch respektvoll

George Lucas

voller Dankbarkeit für die Träume einer Generation
und zukünftiger Generationen,
seit nunmehr achtundzwanzig Jahren …
Vielen Dank!

ES WAR EINMAL VOR
LANGER ZEIT IN EINER WEIT,
WEIT ENTFERNTEN GALAXIS

Die Ereignisse, von denen hier berichtet wird, haben sich vor langer Zeit in einer weit, weit entfernten Galaxis zugetragen. Sie sind längst geschehen. Nichts lässt sich daran ändern.

Dies ist eine Geschichte über Liebe und Verlust, Bruderschaft und Verrat, Mut, Aufopferung und den Tod von Träumen. Es ist eine Geschichte über die unscharfe Grenze zwischen dem, was unser Bestes und unser Schlimmstes darstellt.

Es ist die Geschichte vom Ende eines Zeitalters.

Geschichten sind seltsam …

Zwar geschah dies alles vor so langer Zeit und so weit entfernt, dass Worte weder Zeit noch Entfernung beschreiben können, aber es geschieht auch jetzt. Und hier.

Es geschieht, während Sie diese Worte lesen.

Auf diese Weise gehen fünfundzwanzig Jahrtausende zu Ende. Korruption und Verrat haben tausend Jahre des Friedens zerstört. Dies ist nicht nur das Ende einer Republik – Nacht senkt sich auf die Zivilisation herab.

Dies ist das Zwielicht der Jedi.

Das Ende beginnt jetzt.

EINLEITUNG
Das Zeitalter der Helden

Krieg lodert am Himmel von Coruscant.

Die sich kreuzenden Flammen von Ionentriebwerken durchschneiden das von den Orbitalspiegeln der Hauptstadt geschaffene künstliche Tageslicht, und immer wieder flackern Explosionen. Die streifenförmigen Muster der in die Atmosphäre fallenden Trümmer verwandeln sich in miteinander verstrickte Wolkenbänder. Der Himmel auf der Nachtseite ist ein unendliches Gitterwerk aus glänzenden haarfeinen Linien, die Planetoiden miteinander verbinden und den Spiralen glühender Mücken folgen. Von den Dächern der endlosen Stadt Coruscant aus kann der Anblick schön wirken.

Oben sieht es ganz anders aus.

Die Mücken sind das Triebwerksglühen von Sternjägern. Die glänzenden haarfeinen Linien sind die Strahlen von Turbolasern, stark genug, um kleine Städte zu pulverisieren. Die Planetoiden sind große Raumschiffe.

Oben ist die Schlacht ein Sturm der Verwirrung und Panik, aus Partikelstrahlen, die so nahe am Cockpit eines Sternjägers vorbeijagen, dass es klirrt wie ein defekter Kommunikator, und aus den Schockwellen von Vibroraketen, die den Kreuzer treffen, den man fliegt, und Wesen töten, die einen bei der Ausbildung begleitet haben, mit denen man gegessen, gespielt, gelacht und gestritten hat. Hier oben, mittendrin, ist die Schlacht Verzweiflung und Schrecken und die grässliche Gewissheit, dass es die ganze Galaxis darauf abgesehen hat, einen zu töten.

In den Restwelten der Republik beobachten Wesen entsetzt den Verlauf der Schlacht live im HoloNetz. Alle wissen, dass sich der Krieg schlecht entwickelt. Alle wissen, dass mit jedem Tag weitere Jedi getötet oder gefangen genommen werden und die Große Armee der Republik aus einem Sonnensystem nach dem anderen gedrängt wird, aber dies …

Ein Schlag gegen das Herz der Republik?

Die *Invasion* von *Coruscant*?

Wie konnte das *geschehen*?

Es ist ein Albtraum, und niemand kann erwachen.

Live übers HoloNetz beobachten Wesen, wie die Droidenarmee der Separatisten in den Regierungsdistrikt vorstößt. Die Bilder zeigen, wie den Angreifern unterlegene Klonkrieger in den Korridoren des Galaktischen Senats unbarmherzig von mächtigen Zerstörerdroiden niedergemacht werden.

Ein erleichtertes Seufzen: Den Soldaten scheint es zu gelingen, den Angriff zurückzuschlagen. In Wohnzimmern überall in der Galaxis umarmen sich Wesen und jubeln, als sich die Streitmacht der Separatisten zu ihren Schiffen zurückzieht und mit ihnen startet …

Wir haben gewonnen!, sagen sich die Wesen. *Wir haben sie abgewehrt!*

Doch dann treffen neue Meldungen ein, zuerst nicht mehr als Gerüchte … Der Angriff war gar nicht der Versuch einer Invasion. Die Separatisten wollten den Planeten nicht erobern. Die schnelle Aktion galt allein dem Senat.

Der Albtraum wird schlimmer: Der Oberste Kanzler wird vermisst.

Palpatine von Naboo, der am meisten bewunderte Mann in der Galaxis, dessen unvergleichliches politisches Geschick die Republik zusammengehalten hat. Dessen persönliche Integrität und Tapferkeit beweisen, dass die Korruptionsvorwürfe der Separatisten nichts als Lügen sind. Dessen charismatische Führung der ganzen Republik den Willen zum Weiterkämpfen gibt.

Palpatine genießt nicht nur Respekt. Man liebt ihn.

Schon allein das Gerücht von seinem Verschwinden ist wie ein Dolchstoß ins Herz eines jeden Freundes der Republik. Tief in ihrem Innern wissen alle:

Ohne Palpatine fällt die Republik.

Bestätigungen treffen ein, und die Neuigkeiten sind noch schlimmer als befürchtet. Der Oberste Kanzler Palpatine wurde von den Separatisten gefangen genommen. Und nicht nur von den Separatisten.

Er befindet sich in der Gewalt von General Grievous.

Grievous ist nicht wie die anderen Führer der Separatisten. Nute Gunray ist verräterisch und bestechlich, aber er stammt aus dem Volk der Neimoidianer; Bestechlichkeit und Verrat werden von ihm erwartet, und beim Kanzler der Handelsföderation gelten sie sogar als Tugenden. Poggle der Geringere ist der Erzherzog der Waffenmeister von Geonosis, wo der Krieg begann: Er ist analytisch und erbarmungslos, aber auch pragmatisch und vernünftig. Das politische Herz der separatistischen Konföderation, Graf Dooku, ist für seine Integrität bekannt, für seine prinzipientreue Haltung dem gegenüber, was er für die Korruption des Senats hält. Wegen seines Mutes respektieren ihn selbst jene, die seine Überzeugungen für falsch halten.

Dies sind harte Wesen. Gefährliche Wesen. Mitleidlos und aggressiv.

General Grievous hingegen …

Grievous ist ein *Ungeheuer.*

Der separatistische Oberbefehlshaber ist ein Verbrechen an der Natur, eine Mischung aus Fleisch und Droide. Und seine Droidenteile verfügen über mehr Erbarmen als die Reste seines Körpers. Dieses halb lebende und halb tote Geschöpf hat Milliarden umgebracht. Auf seinen Befehl hin sind ganze Welten verbrannt. Grievous ist das böse Genie der Konföderation, der Architekt ihrer Siege.

Der Urheber ihrer Grausamkeiten.

Und sein Durastahlgriff hat sich um Palpatine geschlossen. Höchstpersönlich bestätigt er die Gefangennahme des Obersten Kanzlers, mit einer Breitbandsendung von Bord seines Kommandokreuzers aus, noch während die orbitale Schlacht tobt. Überall in der Galaxis sehen ihn Wesen, schaudern und beten darum, endlich aus diesem schrecklichen Traum zu erwachen.

Denn sie wissen: Was sie sehen, live im HoloNetz, ist der Tod der Republik.

Viele dieser Wesen brechen in Tränen aus. Andere versuchen, ihre Partner oder Partnerinnen zu trösten, ihre Krippengefährten oder Sippentriaden und ihren Nachwuchs.

Doch dies ist das Seltsame: Der größte Teil des Nachwuchses *braucht* gar keinen Trost. Stattdessen ist er es, der die Eltern tröstet. Ausgedrückt mit Worten, Pheromonen, magnetischen Impulsen und Tentakelborten lautet die Botschaft der jungen Leute überall in der Republik: *Keine Sorge. Es wird alles gut.*

Gleich treffen Anakin und Obi-Wan ein.

Sie sagen es so, als könnten diese Namen Wunder wirken.

Anakin und Obi-Wan. Kenobi und Skywalker. Seit dem Beginn des Klonkrieges vor drei Jahren sind die Worte *Kenobi und Skywalker* zu einem Begriff verschmolzen. Sie sind überall. Die HoloNetz-Berichterstattung über ihre Einsätze gegen die Separatisten hat sie zu den berühmtesten Jedi in der Galaxis gemacht.

Die Kinder und Jugendlichen in der Galaxis kennen ihre Namen und wissen alles über sie. Sie verfolgen ihre Leistungen so, als wären sie Sporthelden und keine Krieger in einem verzweifelten Kampf um den Fortbestand der Zivilisation. Selbst Erwachsene sind nicht immun. Wenn ihre ausgelassenen Kinder wieder einmal etwas Gefährliches angestellt haben – was überall geschieht –, so fragen sie: *Für wen habt ihr euch gehalten, für Kenobi oder Skywalker?*

Kenobi spricht lieber, als zu kämpfen, aber wenn sich ein Kampf nicht vermeiden lässt, sind ihm nur wenige ebenbürtig. Skywalker ist der Meister der Verwegenheit. Mit Stärke, Kühnheit und unvorstellbarem Glück ist er die perfekte Ergänzung zu Kenobis besonnener, ausgewogener Beständigkeit. Zusammen sind sie der Jedi-Hammer, der Separatistenplagen auf zahlreichen Welten zerschmettert hat.

Alle Kinder und Jugendlichen, die den Kampf am Himmel von Coruscant beobachten, wissen: Wenn Anakin und Obi-Wan kommen, so werden sich die elenden Separatisten wünschen, an diesem Tag im Bett geblieben zu sein.

Die Erwachsenen wissen es natürlich besser. Das gehört dazu, erwachsen zu sein: zu verstehen, dass Helden vom HoloNetz geschaffen werden und dass Kenobi und Skywalker in Wahrheit nur Menschen sind.

Und selbst wenn sie all das wären, was die Legenden von ihnen behaupten: Wer kann sagen, dass sie rechtzeitig eintreffen? Wer weiß, wo sie jetzt sind? Vielleicht sitzen sie auf irgendeinem separatistischen Provinzplaneten fest. Möglicherweise sind sie gefangen oder verletzt. Oder gar tot.

Einige Erwachsene flüstern: *Vielleicht sind sie gefallen.*

Denn dort draußen gibt es Gerüchte. Natürlich nicht im HoloNetz – die Nachrichten des HoloNetzes werden vom Büro des Obersten Kanzlers kontrolliert, und nicht einmal Palpatines bekannte Offenheit würde zulassen, dass solche Geschichten erzählt werden –, aber man hört, wie das eine oder andere geflüstert wird. Die Namen von Personen, von denen sich die Jedi wünschen, dass sie nie existiert hätten.

Sora Bulq. Depa Billaba. Jedi, die dem Dunklen anheim gefallen sind. Die sich den Separatisten angeschlossen haben, oder schlimmer noch: die Zivilisten massakriert oder gar ihre Brüder umgebracht haben. Die Erwachsenen befürchten, dass man den Jedi nicht trauen kann. Nicht mehr. Dass selbst die größten von ihnen … zerbrechen können.

Die Erwachsenen wissen, dass legendäre Helden nur Legenden sind und keine Helden.

Die Erwachsenen können keinen Trost von ihren Kindern empfangen. Palpatine ist gefangen. Grievous wird entkommen. Die Republik wird fallen. Menschen allein sind nicht imstande, dieses Blatt zu wenden. Nicht einmal Kenobi und Skywalker.

Und so sehen sich die Erwachsenen in der Galaxis die HoloNetz-Bilder ohne Hoffnung in ihren Herzen an.

Denn sie sehen nicht das prismatische Aufblitzen der Realraum-Reversion, weit außerhalb des planetaren Gravitationsschachtes. Denn sie sehen nicht die beiden Sternjäger, die ihre Hyperantriebringe absprengen und mit feuernden Bordkanonen in den Schwarm der Separatistenjäger rasen.

Zwei Sternjäger. Jedi-Sternjäger. Nur zwei.

Zwei genügen.

Zwei genügen, denn die Erwachsenen irren sich, und ihre Kinder haben Recht.

Zwar ist dies das Ende des Zeitalters der Helden, aber es hat sich seine Besten bis zum Schluss aufgespart.

ERSTER TEIL

Sieg

Die Dunkelheit ist großzügig.

Ihr erstes Geschenk ist Geheimhaltung: Unsere wahren Gesichter liegen in der Dunkelheit unter unserer Haut, unsere wahren Herzen liegen noch tiefer im Schatten. Aber die größte Geheimhaltung liegt nicht im Schutz unserer verborgenen Wahrheiten, sondern darin, uns vor den Wahrheiten der anderen zu schützen.

Die Dunkelheit schützt uns vor dem, was wir nicht zu wissen wagen.

Ihr zweites Geschenk ist tröstende Illusion: die Entspannung von sanften Träumen in der Umarmung der Nacht, eine Schönheit, die Vorstellungskraft jenen Dingen gibt, die im grellen Tageslicht abstoßend wären. Doch der größte Trost ist die Illusion von der vorübergehenden Natur der Dunkelheit: dass jeder Nacht ein neuer Tag folgt. Denn es ist der Tag, der vorübergeht.

Der Tag ist die Illusion.

Das dritte Geschenk ist das Licht selbst: Tage werden durch die Nächte definiert, die sie trennen, und Sterne werden durch die unendliche Schwärze definiert, die sie umgibt – die Dunkelheit umarmt das Licht und bringt es aus ihrem eigenen Zentrum hervor.

Mit jedem Sieg des Lichts ist es die Dunkelheit, die gewinnt.

1. KAPITEL
Anakin und Obi-Wan

Flakfeuer blitzte auf allen Seiten. Noch lauter als das Prasseln von Splittern am Cockpit und das Knurren des Sublichttriebwerks waren das Fauchen und Dröhnen der knapp am Sternjäger vorbeirasenden Strahlen, die aus den Turbolasern der nahen Großkampfschiffe stammten. Manchmal führte der spiralförmige Sturzflug so nahe an destruktiver Energie vorbei, dass die energetischen Druckwellen den Sternjäger zur Seite warfen. Wenn das geschah, prallte der Kopf des Piloten an die Stützen des Sessels.

Derzeit beneidete Obi-Wan Kenobi die Klone – sie hatten wenigstens Helme.

»R4«, sagte er über die interne Kommunikation, »kannst du was mit den Trägheitskompensatoren anstellen?«

Der Droide in der linken Tragfläche des Sternjägers pfiff etwas, das verdächtig nach einer menschlichen Entschuldigung klang. Die Falten fraßen sich tiefer in Obi-Wans Stirn. R4-P17 hatte zu viel Zeit mit Anakins exzentrischem Astromech verbracht; er übernahm R2-D2s schlechte Angewohnheiten.

Neues Abwehrfeuer schlug ihm entgegen. Er griff in die Macht und suchte nach einem sicheren Weg durch die Schrapnellschwärme und zischenden Netze aus Partikelstrahlen.

Es gab keinen.

Er biss die Zähne zusammen und steuerte den Sternjäger um eine weitere Explosion herum, die imstande gewesen wäre, die Panzerung wie die Schale einer überreifen ithorianischen Sternenfrucht platzen zu lassen. Er hasste diesen Teil. Er *hasste* ihn.

Das Fliegen war für Droiden bestimmt.

Es knackte in den Cockpitlautsprechern. »Es gibt keinen Droiden, der besser fliegen könnte als Ihr, Meister.«

Die neue Tiefe in der Stimme überraschte ihn noch immer. Die ruhige Zuversicht. Die Reife. Erst in der letzten Woche schien Anakin ein Zehnjähriger gewesen zu sein, der ihn mit Fragen über die erste Form des Lichtschwertkampfs bedrängt hatte.

»Entschuldigung«, brummte er, zog den Sternjäger nach unten und wich dadurch einem weiteren Turbolaserstrahl aus, der in einem Abstand von nur einem Meter vorbeigleißte. »Habe ich das laut ausgesprochen?«

»Selbst wenn das nicht der Fall wäre ... Ich weiß, was Ihr denkt.«

»Tatsächlich?« Er sah durchs transparente Cockpitdach und stellte fest, dass sein früherer Padawan kopfüber flog, wie ein Spiegelbild – ohne den Transparistahl zwischen ihnen hätten sie sich die Hände schütteln können. Obi-Wan lächelte. »Ein neues Geschenk der Macht?«

»Nicht der Macht, Meister. Erfahrung. Das denkt Ihr *immer.*«

Obi-Wan hoffte noch immer, etwas vom alten großspurigen Grinsen Anakins in seiner Stimme zu hören, aber das war nie der Fall. Seit Jabiim nicht mehr. Vielleicht sogar seit Geonosis.

Der Krieg hatte es aus ihm herausgebrannt.

Dann und wann versuchte Obi-Wan nach wie vor, seinem früheren Padawan ein echtes Lächeln zu entlocken. Und Anakin versuchte, darauf zu reagieren.

Sie bemühten sich beide, so zu tun, als hätte der Krieg sie nicht verändert.

»Ah.« Obi-Wan löste eine Hand vom Steuerknüppel des Sternjägers und deutete nach vorn. Ein blauweißer Lichtpunkt teilte sich in vier laserstrahlgerade Spuren von Ionentriebwerken. »Und was schlägt deine Erfahrung in Hinsicht auf die herankommenden Tri-Jäger vor?«

»Wir sollten nach *rechts* ausweichen!«

Obi-Wan leitete das Manöver ein, noch während Anakin sprach. Aber da Anakin kopfüber flog, führte der Schwenk nach rechts sie beide in unterschiedliche Richtungen. Die Kanonen der Tri-Jäger zerrissen das All zwischen ihnen, und ihre Zielerfassung war schneller als die beiden Sternjäger.

Ein akustisches Warnsignal kam vom Display: Die Sensoren von zwei Droiden hatten den Ortungsfokus auf ihn gerichtet. Die beiden anderen nahmen sich vermutlich den zweiten Sternjäger vor. »Anakin! Schnappkiefer!«

»Genau mein Gedanke.«

Sie fegten an den Tri-Jägern vorbei und flogen in Ausweichspiralen. Die Droidenschiffe nahmen die Verfolgung auf und änderten so abrupt den Kurs, dass lebende Piloten auf der Stelle tot gewesen wären.

Das Schnappkiefer-Manöver war nach den scherenartigen Mandibeln der Schlitzspinne von Kashyyyk benannt. Die Droidenschiffe näherten sich von hinten, und ihre Strahlblitze flackerten durchs All, als die beiden Jedi ihre Schiffe synchron rollen und dann dicht unter einem riesigen Kreuzer der Republik aufeinander zurasen ließen.

Für gewöhnliche menschliche Piloten wäre dies Selbstmord gewesen. Wenn man den Sternjäger des Partners bereits sieht, der mit einem ansehnlichen Bruchteil der Lichtgeschwindigkeit heranjagt, sind menschliche Reflexe viel zu langsam, um noch reagieren zu können.

Aber diese beiden Piloten waren keine gewöhnlichen Menschen.

Die Macht bewegte Hände an den Steuerknüppeln, als die beiden Sternjäger aneinander vorbeirasten, Bauch an Bauch, nahe genug, um sich gegenseitig Lack abzukratzen. Tri-Jäger waren die modernsten Raumdroiden der Handelsföderation. Doch selbst die elektronischen Reflexe ihrer Droidengehirne waren für dies zu langsam: Einer von Obi-Wans Verfolgern raste einem Verfolger Anakins entgegen. Beide verschwanden in einem Glutball.

Die Druckwelle aus Trümmern und sich ausdehnendem Gas schüttelte Obi-Wans Sternjäger. Seine Hände blieben um den Steuerknüppel geschlossen, und er schaffte es gerade so, eine Kollision zu verhindern, die ihn an den ventralen Rumpf des Kreuzers geschmiert hätte. Noch bevor er den Kurs stabilisieren konnte, erklang erneut ein akustisches Warnsignal.

»Oh, wunderbar«, brummte er leise. Anakins zweiter Verfolger hatte das Ziel gewechselt. »Warum bin ich es immer?«

»Perfekt.« Grimmige Zufriedenheit erklang in Anakins Stimme, die aus den Cockpitlautsprechern kam. »Beide sind Euch auf den Fersen.«

»Perfekt ist nicht das Wort, das *ich* benutzen würde.« Obi-Wan riss den Steuerknüppel von einer Seite zur anderen, und der Sternjäger folgte einem Zickzackkurs, während scharlachrotes Feuer im All loderte. »Wir müssen sie voneinander trennen!«

»Fliegt nach links.« Anakin klang völlig ruhig. »Der Turbolaserturm backbord voraus – visiere ihn an. Ich übernehme die Sache von dort aus.«

»Du hast gut reden.« Obi-Wan sauste über die Aufbauten des Kreuzers hinweg. Die Tri-Jäger feuerten weiterhin, und ihre Strahlblitze verdampften Teile der Panzerung des großen Schiffes. »Warum muss ich immer der Köder sein?«

»Ich bin direkt hinter Euch. R2, die Zielerfassung ausrichten.«

Obi-Wan flog zwischen den Turbokanonen, so nahe, dass Streuenergie sein Cockpit wie einen Gong hallen ließ. Und von hinten kamen weiterhin die Strahlblitze der Tri-Jäger. »Ich sitze in der Klemme, Anakin!«

»Weicht nach rechts aus, um mir freies Schussfeld zu geben. Jetzt!«

Obi-Wan zündete die Backborddüsen, und sein Sternjäger ruckte nach rechts. Einer der Tri-Jäger hinter ihm gelangte zu dem Schluss, dass er ihm nicht folgen konnte, flog zur Seite … und geriet vor Anakins Kanonen.

Er verschwand in einem Brodeln aus superheißem Gas.

»Gut gemacht, R2.« Anakins leises Lachen aus Obi-Wans Cockpitlautsprechern verlor sich in dem Donnern von Laserstrahlen an den Schilden der linken Tragfläche.

»Mir gehen hier allmählich die Tricks aus ...«

Obi-Wan ließ den riesigen Republikkreuzer hinter sich zurück und raste dem gewölbten Rumpf eines Schlachtschiffs der Handelsföderation entgegen. Turbolaserblitze zuckten durchs All zwischen den beiden Schiffen, manche von ihnen so dick wie der Sternjäger. Es hätte Obi-Wans Ende bedeutet, von einem solchen Strahl nur gestreift zu werden.

Er raste direkt ins brennende All.

Er hatte die Macht, um einen Weg durch das Strahlgewimmel zu finden, aber der Tri-Jäger musste sich mit seinen elektronischen Reflexen begnügen – doch die waren ungefähr lichtschnell. Der Verfolger blieb so dicht hinter ihm, als verbände ihn ein Schleppkabel mit dem Sternjäger.

Wenn Obi-Wan nach links flog und Anakin nach rechts – oder nach unten und oben –, versuchte der Tri-Jäger, zwischen ihnen zu bleiben, denn dadurch konnte Anakin nicht auf ihn feuern, ohne seinen Partner zu treffen. Der Droide hingegen brauchte auf niemanden Rücksicht zu nehmen: Obi-Wan raste durch einen Sturm aus scharlachroten Nadeln.

»Kein Wunder, dass wir den Krieg verlieren«, brummte er. »Der Gegner wird *schlauer.*«

»Wie bitte, Meister? Ich habe nicht verstanden.«

Obi-Wan zwang seinen Sternjäger in eine enge Spirale in Richtung des Föderationskreuzers. »Ich fliege zum Deck!«

»Gute Idee. Ich brauche Platz, um zu manövrieren.«

Kanonenfeuer kam näher. Es knackte und knisterte in Obi-Wans Cockpitlautsprechern. »Nach rechts, Obi-Wan! Hart steuerbord! Lasst Euch nicht von ihm aufs Korn nehmen! R2, die Zielerfassung!«

Obi-Wans Sternjäger flog dicht über den dorsalen Rumpf des Separatistenkreuzers. Flakfeuer flammte auf allen Seiten, als die Kanoniere des Kreuzers versuchten, ihn abzuschießen. Über die rechte Tragfläche rollte er in einen Wartungsgraben, der über die ganze Länge des Schiffes reichte. So tief und nahe über dem Deck konnten ihn die Flakgeschütze nicht mehr unter Beschuss nehmen, aber der Tri-Jäger blieb hinter ihm.

Am Ende des Wartungsgrabens ragten die gewaltigen Streben der Kreuzerbrücke auf und ließen selbst für Obi-Wans kleines Schiff nicht genug Platz. Mit einer weiteren halben Rolle brachte er den Sternjäger aus dem Graben und an den vorderen Kanten des Brückenkomplexes empor. Ein kurzer Schub mit den unteren Düsen trug ihn an den Bugfenstern der Brücke vorbei, in einem Abstand von nur wenigen Metern. Und der Tri-Jäger folgte ihm auf genau der gleichen Flugbahn.

»Natürlich«, murmelte Obi-Wan. »Das wäre zu leicht gewesen. Wo *bleibst* du, Anakin?«

Ein Strahl verbrannte eins der Steuerelemente der linken Tragfläche – es fühlte sich wie ein Schuss in den Arm an. Obi-Wan betätigte Schalter und zog am Steuerknüppel, während R4-P17 schrill zirpte. Er aktivierte die interne Kommunikation. »Versuch nicht, es zu reparieren, R4. Ich habe es ausgeschaltet.«

»Zielerfassung!«, ertönte Anakins Stimme. »Eröffne das Feuer – jetzt!«

Obi-Wan drosselte das Triebwerk der intakten rechten Tragfläche maximal, und der Sternjäger raste in einem schwer zu kontrollierenden Bogen nach oben. Im gleichen Augenblick vernichteten Anakins Kanonen den letzten Tri-Jäger.

Obi-Wan ging auf Umkehrschub und hielt seinen Sternjäger an der blinden Stelle hinter der Brücke des Kreuzers an. Einige Sekunden lang hing er dort und versuchte, Atmung und Herzschlag zu beruhigen. »Danke, Anakin. Das war … danke. Das ist alles.«

»Dankt nicht mir. R2 hat gezielt und geschossen.«

»Ja. Wenn du möchtest, kannst du deinem Droiden für mich danken. Und noch etwas, Anakin …«

»Ja, Meister?«

»Beim nächsten Mal bist *du* der Köder.«

Dies ist Obi-Wan Kenobi.

Ein phänomenaler Pilot, der nicht gern fliegt. Ein fantastischer Kämpfer, der lieber nicht kämpft. Ein Unterhändler ohnegleichen, der es vorzieht, in einer stillen Höhle zu sitzen und zu meditieren.

Jedi-Meister. General der Großen Armee der Republik. Mitglied des Jedi-Rats. Und doch, tief in seinem Innern, glaubt er, dass er nichts von alldem ist.

Tief in seinem Innern fühlt er sich noch immer wie ein Padawan.

Es ist eine Binsenwahrheit des Jedi-Ordens, dass die Ausbildung eines Ritters erst dann beginnt, wenn er zum Meister geworden ist, dass er alles Wichtige seiner Meisterschaft von seinem Schüler lernt. Obi-Wan fühlt diese Wahrheit jeden Tag.

Manchmal träumt er von seiner Zeit als Padawan. Er träumt davon, dass sein Meister Qui-Gon Jinn nicht im plasmagespeisten Generatorkern von Theed ums Leben kam. Er träumt, dass die kluge, leitende Hand seines Meisters noch immer bei ihm ist. Doch Qui-Gons Tod ist ein alter Schmerz, mit dem er sich schon vor langer Zeit abgefunden hat.

Ein Jedi klammert sich nicht an die Vergangenheit.

Und Obi-Wan Kenobi weiß auch: Wenn er sein Leben gelebt hätte, ohne Anakin Skywalkers Meister zu sein, wäre er ein anderer Mann gewesen. Ein geringerer.

Anakin hat ihn viel gelehrt.

Obi-Wan sieht in Anakin so viel von Qui-Gon, dass es ihn manchmal schmerzt. So spiegelt sich bei ihm Qui-Gons Flair fürs Dramatische wider, auch seine beiläufige Missachtung von Regeln. Anakin auszubilden – und während all der Jahre an seiner Seite zu kämpfen – hat in Obi-Wan etwas freigesetzt. Es ist so, als hätte Anakin auf ihn abgefärbt und sein eisernes Festhalten an Korrektheit gelockert, das Qui-Gon als seine größte Schwäche bezeichnet hatte.

Obi-Wan hat gelernt, sich zu entspannen.

Er lächelt jetzt, scherzt manchmal sogar und ist für die Weisheit bekannt geworden, die in sanftem Humor Ausdruck findet. Zwar ist er sich dessen nicht bewusst, aber seine Beziehung zu Anakin hat ihn zu dem großen Jedi gemacht, dessen Potenzial Qui-Gon in ihm gesehen hat.

Es ist typisch für Obi-Wan, dass er davon überhaupt nichts weiß.

In den Rat berufen zu werden kam als große Überraschung. Selbst jetzt erstaunt es ihn gelegentlich, wie sehr der Jedi-Rat seinen Fähigkeiten vertraut und welchen guten Ruf seine Weisheit dort genießt. Größe war nie sein Ziel. Er wollte die ihm übertragenen Aufgaben immer nur so gut wie möglich erledigen.

Im Jedi-Orden schätzt man nicht nur sein Verständnis, sondern auch sein Geschick als Krieger. Er ist zum Helden der nächsten Padawan-Generation geworden; er ist der Jedi, den ihre Meister als Beispiel nennen. Er ist die Person, die vom Rat mit den wichtigsten Missionen beauftragt wird. Er ist bescheiden, ausgeglichen und immer freundlich.

Er ist der beste Jedi.

Und er ist stolz darauf, Anakin Skywalkers bester Freund zu sein.

»Wo ist das Signal, R2?«

R2-D2 pfiff und piepte in seiner Interfacemulde neben dem Cockpit. Die Übersetzung erschien auf Anakins Display: SCAN LÄUFT. EMPFANGE VIELE STÖRSIGNALE.

»Versuch es weiter.« Anakin sah nach draußen und beobachtete Obi-Wans Sternjäger, der hundert Meter links von ihm durch die Schlacht flog. »Ich fühle seine Nervosität selbst hier.«

Ein Pfiff: EIN JEDI IST IMMER RUHIG.

»Er würde das nicht für witzig halten. Und eigentlich stimmt es auch nicht. Weniger Scherze und mehr Scannen.«

Für Anakin Skywalker lief der Sternjägerkampf fast auf ein Vergnügen hinaus.

Doch diesmal nicht.

Es lag nicht an der großen Übermacht des Gegners oder der drohenden Gefahr – die zahlenmäßige Überlegenheit des Feindes war ihm gleich, und er glaubte nicht, dass besondere Gefahr drohte. Einige Droidenstaffeln konnten keinen Mann beeindrucken, der seit dem sechsten Lebensjahr ein Pod-Pilot war und mit neun den Boonta-Cup gewonnen hatte. Der einzige Mensch, der jemals ein Podrennen beendet hatte, vom Sieg ganz zu schweigen.

Damals hatte er die Macht benutzt, ohne davon zu wissen. Er hatte sie für etwas in seinem Innern gehalten, für ein Gefühl, einen Instinkt, für eine Folge von Glückstreffern, die ihm Manöver erlaubte, die kein anderer Pilot überstanden hätte. Heute wusste er es besser …

Heute …

Heute konnte er in die Macht greifen und den Kampf über Coruscant so fühlen, als fände er in seinem Kopf statt.

Der Sternjäger wurde zu seinem Körper, das energetische Pulsieren im Triebwerk zu seinem Herzschlag. Wenn er flog, konnte er die Sklaverei vergessen, seine Mutter, die Ereignisse von Geonosis und Jabiim, von Aargonar und Muunilinst und all die anderen Katastrophen in diesem furchtbaren Krieg. All die Dinge, die man ihm angetan hatte.

Und seine eigenen Taten.

Solange um ihn herum der Kampf wütete, konnte er sogar das Sternenfeuer der Liebe für jene Frau beiseite schieben, die ihn auf Coruscant erwartete. Für jene Frau, deren Atem seine einzige Luft war, deren Herzschlag seine einzige Musik bildete, deren Gesicht die einzige Schönheit war, die seine Augen je sehen würden.

Er konnte dies alles beiseite schieben, weil er ein Jedi war. Weil es Zeit wurde, die Arbeit eines Jedi zu tun.

Aber diesmal war alles anders.

Diesmal ging es nicht allein darum, Laserstrahlen und feuernden Droiden auszuweichen. Diesmal ging es um das Leben eines Mannes, der sein Vater hätte sein können, um einen Mann, dem der Tod drohte, wenn ihn die Jedi nicht rechtzeitig erreichten.

Anakin war schon einmal zu spät gekommen.

Obi-Wans gepresst klingende Stimme kam aus den Cockpitlautsprechern. »Hat dein Droide etwas entdeckt? R4 kann mir nicht helfen. Ich glaube, die letzte Entladung hat seinen Motivator durchbrennen lassen.«

Anakin stellte sich das Gesicht seines Meisters bei diesen Worten vor: eine Maske der Ruhe, doch die Kiefer so starr, dass sich seine Lippen beim Sprechen kaum bewegten. »Keine Sorge, Meister. Wenn sein Signalgeber funktioniert, findet R2 ihn. Habt Ihr darüber nachgedacht, wie wir den Kanzler lokalisieren können, wenn er ...«

»Nein.« Absolute Gewissheit erklang in Obi-Wans Stimme. »Es ist nicht notwendig, darüber nachzudenken. Solange das Mögliche nicht konkret wird, lenkt es nur ab. Achte auf das, was ist, nicht auf das, was sein könnte.«

Anakin fühlte sich versucht, Obi-Wan darauf hinzuweisen, dass er nicht mehr sein Padawan war. »Ich hätte da sein sollen«, brachte er zwischen zusammengebissenen Zähnen hervor. »Ich habe es Euch *gesagt.* Ich hätte *da* sein sollen.«

»Stass Allie und Shaak Ti haben ihn verteidigt, Anakin. Wenn zwei Meister dies nicht verhindern konnten ... Glaubst du, dir wäre mehr möglich gewesen? Stass Allie ist klug und tapfer, und Shaak Ti ist die schlaueste Jedi, der ich je begegnet bin. Sie hat selbst *mir* einige Tricks beigebracht.«

Anakin hätte vermutlich beeindruckt sein sollen. »Aber General Grievous ...«

»Meisterin Ti hat es schon einmal mit ihm zu tun bekommen, Anakin. Nach Muunilinst. Sie ist nicht nur scharfsinnig und erfahren, sondern auch sehr fähig. Die Sitze im Jedi-Rat werden nicht an Günstlinge verteilt.«

»Das habe ich bemerkt.« Anakin ließ es dabei bewenden. Mitten in einem Kampf war wohl kaum der geeignete Zeitpunkt, um über dieses heikle Thema zu sprechen.

Wenn doch nur *er* da gewesen wäre anstelle von Shaak Ti und Stass Allie, ob Ratsmitglieder oder nicht. Wenn er da gewesen wäre, hätte sich Kanzler Palpatine bereits wieder in Sicherheit befunden. Stattdessen war Anakin monatelang wie ein nutzloser Padawan im Äußeren Rand unterwegs gewesen, und zu seinem Schutz hatte sich Palpatine auf Jedi verlassen müssen, die *klug* und *scharfsinnig* waren.

Klug und scharfsinnig. Selbst mit auf den Rücken gebundenem Lichtschwert wäre Anakin in der Lage gewesen, einen *klugen und scharfsinnigen* Jedi zu besiegen.

Aber das sagte er natürlich nicht.

»Werde eins mit dem Moment, Anakin. Konzentrier dich.«

»Verstanden, Meister«, erwiderte Anakin trocken. »Konzentriere mich.«

R2-D2 zirpte, und Anakin sah aufs Display. »Wir haben ihn, Meister. Der Kreuzer vor uns. Das ist Grievous' Flaggschiff: die *Invisible Hand.*«

»Es befinden sich *Dutzende* von Kreuzern vor uns, Anakin!«

»Ich meine den mit den vielen Vulture-Jägern.«

Die Vulture-Jäger an den langen Flanken des Kreuzers der Handelsföderation, von dem Palpatines Signal kam, verliehen ihm eine gespenstische, lebendig wirkende Kräuselung. Das Schiff wirkte wie ein riesiger Raubfisch mit zahllosen alderaanianischen Gehmuscheln.

»Oh, der.« Anakin glaubte zu hören, wie Obi-Wan schluckte. »Oh, *das* sollte einfach sein ...«

Einige Vulture-Jäger lösten sich vom Kreuzer, zündeten ihre Triebwerke und flogen den beiden Jedi entgegen.

»Einfach? Nein. Aber es könnte Spaß machen.« Manchmal musste man Obi-Wan ein wenig provozieren, damit er lockerer wurde. »Ich wette um ein Mittagessen bei Dex, dass ich doppelt so viele erledige wie Ihr. R2 übernimmt das Zählen.«

»Anakin …«

»Na schön, ein Abendessen. Und ich verspreche, dass R2 diesmal nicht mogelt.«

»Dies ist kein Spiel, Anakin. Es geht um zu viel.« Das war der Ton, den Anakin hören wollte: leichter Tadel, etwas Schulmeisterliches. Obi-Wan war wieder in Form. »Dein Droide soll per Richtstrahl dem Tempel einen Bericht schicken. Und ruf die Jedi mit Sternjägern. Wir nähern uns von allen Seiten.«

»Das habe ich schon versucht.« Anakin sah aufs Display. »Aber es gibt noch immer zu viele Störsignale. R2 kann den Tempel nicht erreichen. Vermutlich können wir beide uns nur verständigen, weil wir praktisch Seite an Seite fliegen.«

»Was ist mit Jedi-Signalen?«

»Tut mir Leid, Meister.« In Anakins Magengrube krampfte sich etwas zusammen, aber er wollte entspannt klingen. »Vielleicht sind wir die einzigen Jedi hier draußen.«

»Dann müssen wir genügen. Schalte auf den Klonkriegerkanal um.«

Anakin stellte die Kom-Scheibe auf die neue Frequenz ein und hörte, wie Obi-Wan sagte: »Oddball, hören Sie mich? Wir brauchen Hilfe.«

Der Helmlautsprecher des Klon-Captains tilgte das Menschliche aus seiner Stimme. »Ich höre Sie, Rot-Führer.«

»Stellen Sie meine Position fest und formieren Sie Ihre Gruppe hinter mir. Wir greifen an.«

»Wir sind unterwegs.«

Die Droidenjäger verloren sich vor dem Hintergrund der Schlacht, aber R2-D2 verfolgte ihren Kurs mit den Scannern. Anakin schloss die Hand fester um den Steuerknüppel. »Zehn Geier nähern sich, oben links von mir. Weitere sind unterwegs.«

»Ich sehe sie. Anakin, warte … Der Kreuzer hat die Hangarschilde gesenkt! Ich orte vier, nein, *sechs* Schiffe, die uns entgegenfliegen.« Obi-Wan sprach lauter. »*Tri-Jäger!* Und sie kommen schnell heran!«

Anakin lächelte grimmig. Jetzt wurde es interessant.

»Zuerst die Tri-Jäger, Meister. Die Geier können warten.«

»Einverstanden. Lass dich zurückfallen und dreh nach rechts ab. Bring dich hinter mich. Wir nehmen sie von der Seite.«

Er sollte Obi-Wan den Vortritt lassen? Mit einer beschädigten linken Steuerfläche und einer halb ausgefallenen R-Einheit? Während Palpatines *Leben* auf dem Spiel stand?

Auf keinen Fall.

»Negativ«, sagte Anakin. »Ich übernehme die Spitze. Wir sehen uns auf der anderen Seite.«

»Immer mit der Ruhe. Warte auf Oddball und Gruppe Sieben. Anakin ...«

Er hörte den Ärger in Obi-Wans Stimme, als er das Sublichttriebwerk aktivierte und am anderen Sternjäger vorbeisprang. Sein früherer Meister hatte sich noch immer nicht daran gewöhnt, dass sich Anakin nicht mehr von ihm herumkommandieren ließ.

Er war ohnehin nie dafür bekannt gewesen, Befehle entgegenzunehmen. Weder von Obi-Wan noch von sonst jemandem.

»Bitte entschuldigen Sie, dass wir so spät kommen.« Die digitalisierte Stimme des Klons, dessen Signalname Oddball lautete, klang so ruhig, als bestellte er ein Essen. »Wir sind rechts von Ihnen, Rot-Führer. Wo ist Rot-Fünf?«

»Anakin, gliedere dich in die Formation ein!«

Aber Anakin raste bereits den Jägern der Handelsföderation entgegen. »Es geht los!«

Obi-Wans Seufzen kam klar über die Kom-Verbindung, und Anakin wusste genau, was der Meister dachte. Er dachte es *immer*.

Er muss noch so viel lernen.

Das Lächeln verschwand, und Anakin presste die Lippen zusammen, als ihn feindliche Sternjäger umschwärmten. Und er dachte das, was *er* immer dachte:

Wir werden sehen.

Er gab sich dem Kampf hin, und sein Sternjäger wirbelte durchs All; seine Kanonen spuckten Feuer, und die Droiden auf allen Seiten verwandelten sich in Wolken aus glühenden Trümmern und superheißem Gas.

Auf diese Weise entspannte *er* sich.

Dies ist Anakin Skywalker.

Der mächtigste Jedi seiner Generation. Vielleicht aller Generationen. Der schnellste. Der stärkste. Ein unschlagbarer Pilot. Ein unaufhaltsamer Krieger. Auf dem Boden, in der Luft, auf See oder im All, niemand kann es mit ihm aufnehmen. Er hat nicht nur Kraft und Geschick, sondern auch *Schneid*, jene seltene, unschätzbare Kombination von Kühnheit und Eleganz.

Bei dem, was er macht, ist er der Beste. Der Beste, den es je gegeben hat. Und das weiß er.

Das HoloNetz nennt ihn den »Helden ohne Furcht«. Wovor sollte er sich auch fürchten?

Allerdings ...

Dennoch wohnt Furcht in ihm und kratzt an den Schutzmauern, die sein Herz umgeben.

Manchmal stellt sich Anakin die Furcht, die an seinem Herzen nagt, als Drache vor. Auf Tatooine erzählen sich die Kinder von Drachen, die in Sonnen leben. Kleine Verwandte der Sonnendrachen leben angeblich in den Fusionsreaktoren, die alles mit Energie versorgen, von Raumschiffen bis hin zu Podrennern.

Aber Anakins Furcht ist eine andere Art von Drache. Ein kalter und toter.

Aber nicht annähernd tot genug.

Vor vielen Jahren, kurz nachdem er zu Obi-Wans Padawan geworden war, hatte ihn eine Mission in ein totes System gebracht: so unglaublich alt, dass sich die Sonne in einen kalten Zwerg aus hyperkompakten Metallen verwandelt hatte, dessen Temperatur den Quantenbruchteil eines Grads über dem absoluten Nullpunkt lag. Anakin erinnerte sich nicht mehr daran, worum es bei der Mission gegangen war, aber jenen Stern konnte er nicht vergessen.

Er hatte ihn erschreckt.

»Sterne können sterben …?«

»Das ist die Natur des Universums, oder anders ausgedrückt: Es ist der Wille der Macht«, hatte ihm Obi-Wan gesagt. »Alles stirbt. Im Lauf der Zeit brennen selbst Sterne aus. Deshalb gehen Jedi keine Bindungen ein: Alles vergeht. Wer an etwas – oder an jemandem – über seine Zeit hinweg festzuhalten versucht, stellt seine egoistischen Wünsche der Macht entgegen. Das ist ein Weg des Elends, Anakin; die Jedi beschreiten ihn nicht.«

Dies ist die Art von Furcht, die in Anakin Skywalker lebt: der Drache des toten Sterns. Es ist eine uralte, kalte, tote Stimme in seinem Herzen, die flüstert: *Alles stirbt …*

Am helllichten Tag hört er sie nicht. Kampf, eine Mission und selbst ein Bericht vor dem Jedi-Rat können dazu führen, dass er sie vergisst. Aber des Nachts …

Nachts überziehen sich die inneren Mauern, die er errichtet hat, manchmal mit Raureif. Gelegentlich knacken sie …

In der Nacht kriecht der Drache des toten Sterns manchmal durch Ritzen und Spalten bis in sein Gehirn und beißt in die Innenseite seines Schädels. Der Drache flüstert davon, was Anakin verloren hat. Und was er verlieren wird.

In jeder Nacht erinnert ihn der Drache daran, wie er seine sterbende Mutter in den Armen gehalten und sie mit letzter Kraft gesagt hatte: *Ich wusste, dass du zu mir kommen würdest …*

Der Drache erinnert ihn in jeder Nacht daran, dass er eines Tages Obi-Wan verlieren wird. Und auch Padmé. Oder sie werden ihn verlieren.

Alles stirbt, Anakin Skywalker. Selbst Sterne brennen aus … Und die einzigen Antworten, die er für dieses tote, kalte Flüstern hat, sind seine Erinnerungen an Obi-Wans und Yodas Stimmen.

Aber manchmal fällt es ihm schwer, sich zu erinnern …

Alles stirbt …

Er bringt es kaum fertig, daran zu denken.

Doch derzeit bleibt ihm keine Wahl: Der Mann, den er jetzt retten will, ist ein besserer Freund, als er ihn sich jemals wünschen konnte. Das bringt eine gewisse Schärfe in seine Stimme, wenn er zu scherzen versucht. Es veranlasst ihn, die Lippen zusammenzupressen, und es strafft die Brandnarbe an der rechten Wange.

Der Oberste Kanzler ist für Anakin so etwas wie eine Familie gewesen: immer präsent, immer mitfühlend, immer bereit, einen Rat zu geben und Hilfe zu leisten. Ein verständnisvolles Ohr, die liebevolle, bedingungslose Bereitschaft, Anakin genau so zu akzeptieren, wie er ist – eine Art von Akzeptanz, wie Anakin sie von keinem anderen Jedi bekommen kann. Nicht einmal von Obi-Wan. Mit Palpatine spricht er über Dinge, die er seinem Meister nicht anvertrauen kann.

Mit Palpatine spricht er über Dinge, die er nicht einmal Padmé anvertraut.

Jetzt droht dem Obersten Kanzler die schlimmste Art von Gefahr. Und Anakin ist auf dem Weg, obwohl Entsetzen in seinem Blut kocht. Das macht ihn zu einem wahren Helden. Nicht auf die Weise, wie ihn das HoloNetz darstellt; nicht ohne Furcht, aber *stärker* als die Furcht.

Er blickt dem Drachen ins Auge und wird nicht einmal langsamer.

Wenn jemand Palpatine retten kann, so Anakin. Denn er ist bereits der Beste und wird noch besser. Doch hinter den Mauern, die sein Herz schützen, hebt der Drache, der seine Furcht verkörpert, den Kopf und zischt.

Denn in einem Universum, in dem selbst Sterne sterben, ist seine wahre Furcht ein Wesen, für das das Beste nicht ganz genug ist.

Obi-Wans Sternjäger kippte zur Seite. Anakin sauste an ihm vorbei, zündete die vorderen Düsen und wendete, sodass der Bug nach hinten zeigte – Strahlblitze gleißten, und die letzten Tri-Jäger explodierten. Jetzt waren nur noch die Vulture-Jäger übrig.

Viele Vulture-Jäger.

»Wie hat Euch das gefallen, Meister?«

»Sehr hübsch.« Obi-Wans Kanonen deckten den Rumpf eines herabstoßenden Vulture-Jägers mit Plasma ein, bis der Droide explodierte. »Aber wir sind noch nicht durch.«

»Schaut Euch dies an.« Anakin wendete seinen Sternjäger erneut und raste direkt durch einen Droidenschwarm. Ihr Triebwerksglühen wurde heller, als sie sich an seine Fersen hefteten. Anakin führte sie zum oberen Deck eines Separatistenkreuzers, an dessen Rumpf Laserstrahlen schwarze Brandmale hinterlassen hatten. »Ich bringe sie durch die Nadel.«

»Bring sie nirgendwohin.« Obi-Wans Gefahrendisplay zählte die Vulture-Jäger hinter Anakin. Es waren zwölf. *Zwölf.* »Das erste Kampfprinzip der Jedi: Überlebe.«

»Diesmal bleibt uns keine Wahl.« Anakin steuerte seinen Sternjäger durch einen Orkan aus Laserfeuer. »Kommt herunter und dezimiert die Verfolgerschar ein wenig.«

Obi-Wan stieß den Steuerknüppel bis zum Anschlag nach vorn, als könnte er seinen beschädigten Jäger dadurch noch schneller werden lassen. Die Verfolgerschar dezimieren …

»Nichts Fantasievolles, R4.« Als ob der lädierte Droide zu etwas Fantasievollem in der Lage gewesen wäre. »Halt mich nur stabil.«

Er griff in die Macht. »Auf meine Anweisung nach links schwenken – *jetzt*!« Die deaktivierte linke Steuerfläche bewirkte, dass aus dem Schwenk eine enge Spirale wurde, wodurch vier Vulture-Jäger vor Obi-Wans Kanonen gerieten …

Es blitzte viermal …

… und die Jäger existierten nicht mehr.

Er flog durch die Wolken aus glühendem Plasma. Er durfte keine Zeit damit verlieren, ihnen auszuweichen – acht weitere Jäger verfolgten Anakin.

Und was war dies? Obi-Wan runzelte die Stirn.

Der Kreuzer wirkte vertraut.

Die Nadel?, dachte er. Oh, das soll wohl ein Scherz sein, wie?

In einer Entfernung von nur wenigen Metern raste Anakins Sternjäger über den dorsalen Rumpf des Kreuzers. Kanonenfeuer der Vulture-Jäger loderte ringsum und riss Brocken aus der Panzerung des großen Raumschiffs.

»Also gut, R2. Wo ist der Graben?«

Auf dem vorderen Schirm erschien eine topographische Darstellung des Kreuzerrumpfs. Der Graben, in den Obi-Wan seinen Sternjäger hatte fallen lassen, befand sich direkt voraus. Anakin ließ seinen Jäger über eine Tragfläche in den Graben abkippen. Auf beiden Seiten jagten nahe Wände vorbei, als er zum Brückenturm am Ende des Grabens flog. Von hier aus konnte er den schmalen Schlitz zwischen den Streben nicht einmal sehen.

Mit acht Vulture-Jägern, die an ihm klebten, durfte er nicht hoffen, seinen Verfolgern zu entkommen, indem er den Sternjäger dicht vor dem Brückenkomplex hochriss. Aber das beabsichtigte er auch gar nicht.

Die Kom-Einheit des Cockpits summte. »Versuch es nicht, Anakin. Die Öffnung ist zu schmal.«

Vielleicht zu schmal für *dich*. »Ich komme hindurch.«

R2-D2 stimmte Obi-Wan mit nervösem Zirpen zu.

»Keine Sorge, R2«, sagte Anakin. »Wir haben es schon einmal geschafft.«

Strahlen zuckten an dem Sternjäger vorbei und trafen die Streben weiter vorn. Jetzt konnte er es sich nicht mehr anders überlegen – dafür war es zu spät. Er musste sein Schiff durch die schmale Öffnung bringen, und wenn ihm das nicht gelang, starb er.

Die Möglichkeit seines Todes ließ ihn seltsam unbewegt.

»Benutze die Macht.« Obi-Wan klang besorgt. »Denk dich hindurch. Der Sternjäger wird dir folgen.«

»Was habt Ihr von mir erwartet? Dass ich die Augen schließe und vor mich hin pfeife?«, murmelte Anakin und sagte laut: »Verstanden. Denke jetzt.«

R2-D2s Zirpen klang so ängstlich, wie es bei einem Droiden möglich war. Auf dem Display reihten sich Buchstaben aneinander: ABBRECHEN! ABBRECHEN! ABBRECHEN!

Anakin lächelte. »Falscher Gedanke.«

Obi-Wan starrte mit offenem Mund, als sich Anakins Sternjäger auf die Seite legte und durch die schmale Öffnung raste. Er rechnete fast damit, dass die Streben R2 aus der Interfacemulde rissen.

Die Vulture-Droiden versuchten, Anakin zu folgen, aber sie waren einfach ein wenig zu groß.

Als die ersten beiden gegen die Streben prallten, brachte Obi-Wan seinen Sternjäger nach unten und feuerte. Die Droidengehirne waren auf Ausweichmanöver programmiert, und die Vulture-Jäger reagierten entsprechend. Sie versuchten, Obi-Wans Laserblitzen zu entgehen – und flogen direkt in den sich ausdehnenden Feuerball vor den Streben.

Obi-Wan sah auf und beobachtete, wie Anakin hinter dem Nadelöhr aufstieg und seinen Triumph mit einer Siegesrolle feierte. Obi-Wan ging auf den gleichen Kurs, verzichtete aber auf eine Rolle.

»Die ersten vier gehen auf Euer Konto«, kam Anakins Stimme aus den Lautsprechern. »Die anderen acht gehören mir.«

»Anakin …«

»Na schön, die eine Hälfte für Euch, die andere für mich.«

Der Kreuzer blieb hinter ihnen zurück, und die Sensoren orteten Gruppe Sieben direkt voraus. Die Klonpiloten waren in einen Kampf verwickelt worden, und dort schien es ziemlich heiß herzugehen. Jäger wichen aus und griffen an – die Ionenspuren ihrer Triebwerke bildeten glühende Knäuel.

»Oddball ist in Schwierigkeiten. Ich helfe ihm.«

»Nein. Er hat seine Aufgabe zu erledigen, wir die unsere.«

»Seine Streitmacht wird aufgerieben, Meister …«

»Jeder Einzelne von ihnen wäre bereit, sich für Palpatine zu opfern. Willst du Palpatines Leben für ihres geben?«

»Nein … nein, natürlich nicht, aber …«

»Ich verstehe, Anakin: Du möchtest alle retten. Das möchtest du immer. Aber das *kannst* du nicht.«

»Erinnert mich nicht daran«, erwiderte Anakin mit gepresst klingender Stimme.

»Zum Kommandoschiff.« Obi-Wan wartete keine Antwort ab, nahm Kurs auf den Kommandokreuzer und ging auf maximale Beschleunigung.

Das Kreuz aus Brandnarben neben Anakins Auge wurde weiß, als er seinen Sternjäger drehte und Obi-Wan folgte. Sein früherer Meister hatte Recht. Wie fast immer.

Du kannst nicht alle retten.

Der Körper seiner Mutter, blutüberströmt in seinen Armen …

Der mühsame Versuch, die Augen offen zu halten …

Die Berührung ihrer aufgerissenen Lippen …

Ich wusste, dass du zu mir kommen würdest … Ich habe dich so sehr vermisst …

Das bedeutete es, nicht ganz gut genug zu sein.

Es konnte jederzeit passieren. Überall. Wenn er einige Minuten zu spät kam. Wenn er auch nur für eine Sekunde unaufmerksam war. Wenn er sich Schwäche gestattete.

Überall. Jederzeit.

Aber nicht hier und nicht jetzt.

Anakin zwang das Erinnerungsbild seiner Mutter unter die Oberfläche des Bewusstseins zurück.

Es wurde Zeit, dass er sich an die Arbeit machte.

Die beiden Sternjäger rasten durch die Schlacht, wichen Antijägerfeuer und Turbolaserstrahlen aus, sausten um mehrere Kreuzer herum, konnten so die Sensoren der sie verfolgenden Droidenjäger verwirren. Nur noch einige Dutzend Kilometer trennten sie vom Kommandokreuzer, als zwei Tri-Jäger vor ihnen erschienen und sofort das Feuer eröffneten.

Indikatoren leuchteten auf Anakins Konsole, und R2-D2 schrillte eine Warnung. »Raketen!«

Um sich selbst machte er sich keine Sorgen: Die beiden Raketen hinter ihm flogen genau nebeneinander. Solchen Raketen fehlten die komplexen Gehirne von Droidenjägern. Um während des Anflugs auf das Ziel eine Kollision zu verhindern, richtete die eine ihre Zielerfassung auf das linke Sternjägertriebwerk und die andere auf das rechte aus. Eine schnelle Rolle bewirkte, dass sich die beiden Flugbahnen kreuzten.

Eine lautlose Explosion flammte im All.

Obi-Wan war nicht so gut dran. Die beiden Raketen, die es auf seine Sublichttriebwerke abgesehen hatten, flogen nicht genau nebeneinander, und deshalb nützte ihm eine Rolle nichts. Stattdessen ging er auf Gegenschub und zündete die dorsalen Düsen – er halbierte seine Geschwindigkeit und drückte den Sternjäger gleichzeitig einige Meter nach unten. Die erste Rakete schoss übers Ziel hinaus und verschwand mit einer spiralförmigen Flugbahn in der orbitalen Schlacht.

Die zweite Rakete kam so nahe heran, dass ihre Annäherungssensoren reagierten und den Sprengkopf zündeten. Eine Explosion schleuderte Splitter in alle Richtungen, und einige davon *verfolgten* Obi-Wans Sternjäger.

Kleine silberne Kugeln erschienen in Obi-Wans Flugbahn und hefteten sich an die Außenhülle des Sternjägers. Sie öffneten sich, und heraus kamen spinnenartige Anordnungen von Greifarmen, die Rumpfplatten lösten und die inneren Mechanismen des Schiffs für multiple runde Klingen zugänglich machten, die Obi-Wan an alte mechanische Knochensägen erinnerten.

Dies war ein Problem.

»Ich bin getroffen.« Obi-Wan klang mehr verärgert als besorgt. »Ich bin getroffen.«

»Ich sehe es auf dem Schirm.« Anakin schloss zum anderen Sternjäger auf. »Buzzdroiden. Ich zähle fünf.«

»Verschwinde von hier, Anakin. Du kannst mir nicht helfen.«

»Ich lasse Euch nicht zurück, Meister.«

Kaskaden von Funken spritzten von den Sägen der Droiden ins All. »Die Mission, Anakin! Flieg zum Kommandoschiff! Befrei den Kanzler!«

»Nicht ohne Euch«, presste Anakin zwischen zusammengebissenen Zähnen hervor.

Einer der Buzzdroiden saß neben dem Cockpit und streckte mehrere silberne Arme R4 entgegen. Ein weiterer arbeitete am Bug des Sternjägers, und ein dritter näherte sich der ventralen Hydraulik. Die übrigen beiden aggressiven kleinen Mechs steckten an der linken Tragfläche und nahmen sich dort das beschädigte Steuerelement vor.

»Du kannst mir nicht helfen«, wiederholte Obi-Wan und hielt an seiner Jedi-Ruhe fest. »Sie legen die Kontrollen still.«

»Das bringe ich in Ordnung ...« Anakin steuerte seinen Sternjäger bis auf zwei Meter an den Obi-Wans heran. »Ganz ruhig ...«, murmelte er. »Ganz ruhig ...« Und dann gab er einen kurzen Feuerstoß mit dem rechten Laser, der zwei Buzzdroiden in Schlacke verwandelte.

Zusammen mit dem größten Teil von Obi-Wans linker Tragfläche.

»Huch«, sagte Anakin.

Der Sternjäger schüttelte sich so heftig, dass Obi-Wans Kopf an die Transparistahldecke stieß. Rauch zog durchs Cockpit. Obi-Wan bewegte den Steuerknüppel, um den Jäger wieder unter Kontrolle zu bringen. »Das ist *keine* Hilfe, Anakin.«

»Ihr habt Recht, es war eine schlechte Idee. Versuchen wir's hiermit ... Dreht nach links, unter meinen Jäger ... langsam ...«

»Du bist zu nahe, Anakin! Warte ...« Obi-Wan riss ungläubig die Augen auf, als Anakins Sternjäger noch näher kam und mit der Spitze der Tragfläche einen Buzzdroiden zerschmetterte. Der heftige Kontakt ließ Obi-Wans Jäger erzittern, schuf eine tiefe Delle im Rumpf und zerstörte das vordere Steuerelement von Anakins Tragfläche.

Anakin hatte das erste Kampfprinzip der Jedi vergessen. Wieder einmal.

»Du bringst uns beide um.«

Die Atmosphärenreiniger sogen den Rauch aus dem Cockpit, doch inzwischen hatte der Buzzdroide auf der rechten Tragfläche genug Rumpfplatten gelöst, um seine Sägearme tief ins Innere zu schieben. Funken stoben ins All, zusammen mit Gas, das im Vakuum sofort kristallisierte. Das entweichende Gas hatte die gleiche Geschwindigkeit wie der Sternjäger und hing wie Nebel vor dem Bug. »Verdammt!«, fluchte Obi-Wan. »Ich kann nichts sehen. Die Kontrollen sind hin.«

»Es ist so weit alles in Ordnung. Bleibt neben mir.«

Leichter gesagt als getan. »Ich muss beschleunigen, um aus der Wolke herauszukommen.«

»Ich begleite Euch. Los.«

Obi-Wan gab vorsichtig Schub, und sein Sternjäger glitt aus der Wolke. Doch es entwich noch mehr Gas, und neue Schwaden entstanden. »Sitzt der letzte Buzzdroide noch immer am Bug? R4, kannst du etwas unternehmen?«

Die einzige Antwort kam von Anakin. »Negativ bei R4. Es hat ihn erwischt.«

»Wie bitte?«, erwiderte Obi-Wan erstaunt. »Die Buzzdroiden haben R4 angegriffen?«

»Nicht nur ihn. Einer von ihnen sprang bei unserem Kontakt herüber.«

Sie werden tatsächlich schlauer, dachte Obi-Wan.

Durch eine Lücke in der Wolke beobachtete er, wie R2-D2 mit einem Buzzdroiden rang. Zwar flog Obi-Wan blind und fast ohne Kontrolle durch eine Raumschlacht, aber er kam trotzdem nicht umhin, über die Vielfalt an Werkzeugen und Verhaltensmustern zu staunen, mit denen Anakin seinen Astromech ausgestattet hatte – sie gingen noch weit über die von den Königlichen Technikern von Naboo vorgenommenen Upgrades hinaus. Der kleine Droide war praktisch ein echter Partner.

Mit einer eigenen Säge schnitt R2 dem Buzzdroiden einen Arm ab, der daraufhin durchs All fortdriftete. Wenige Sekunden später folgte ihm ein zweiter. Dann öffnete sich eine Klappe in R2-D2s Seite, und die Teleskopstange der Computersonde stieß den beschädigten Buzzdroiden vom Rumpf des Sternjägers. Er schwebte fort, bis er in den Einflussbereich von Anakins Sublichttriebwerken geriet – daraufhin verschwand er schneller, als ihm Obi-Wans Blick folgen konnte.

Obi-Wan dachte daran, dass nicht nur die Droiden der Separatisten schlauer wurden.

R2-D2 zog das Teleskop der Computersonde zurück, und eine andere Klappe öffnete sich, diesmal in der Kuppel. Ein Fangkabel schoss in die Gaswolke hinein, die sich noch immer an der rechten vorderen Tragfläche von Obi-Wans Sternjäger aufblähte, und zog einen zappelnden Buzzdroiden daraus hervor. Der silberne Droide wand sich hin und her, griff mit seinen Armen nach dem Kabel und zog sich mit rotierenden Sägeblättern daran entlang ... bis Anakin die unteren Düsen des Sternjägers zündete und R2 das Kabel durchtrennte. Der Buzzdroide flog fort und fiel hilflos ins Getümmel der Schlacht.

»Allmählich verstehe ich, warum du von R2 wie von einem lebenden Wesen sprichst«, sagte Obi-Wan.

»Tatsächlich?« Er hörte Anakins Lächeln. »Ist er kein ›es‹ mehr, kein Ding?«

»Äh, doch.« Obi-Wan runzelte die Stirn. »Doch, natürlich, er bleibt ein Objekt, eine Maschine. Aber er ist auch ein wenig mehr. Dank ihm für mich.«

»Ihr könnt ihm selbst danken.«

»Äh ... ja. Danke, R2.«

Das Pfeifen aus den Lautsprechern hörte sich wie *Gern geschehen* an.

Der Rest des Nebels löste sich auf, und der Himmel war voller Schiffe.

Der große Kommandokreuzer war mehr als einen Kilometer lang und hatte damit etwa ein Drittel der Größe eines

Schlachtschiffs der Handelsföderation. So nahe bei ihm sah Obi-Wan nur weite sandfarbene Rumpfebenen mit Turbolaserbergen, die destruktive Energie ins All schleuderten.

Und das gewaltige Schiff wurde noch größer.

Schnell.

»Anakin! Es droht eine Kollision!«

»Das ist der Plan! Haltet auf den Hangar zu.«

»Es ...«

»Ich weiß: Es entspricht nicht dem ersten Kampfprinzip der Jedi.«

»Nein. Es wird nicht *klappen.* Nicht für mich.«

»Was?«

»Meine Kontrollen funktionieren nicht mehr. Ich kann meinen Kurs nicht beeinflussen.«

»Oh. Na schön. Kein Problem.«

»Kein *Problem*?«

Durch Obi-Wans Sternjäger hallte es so laut, als wäre er gegen einen raumschiffgroßen Gong geprallt.

Er hob und drehte den Kopf, hielt nach dem anderen Sternjäger Ausschau und sah ihn dicht über seinem Heck, und zwar im wahrsten Sinne des Wortes: Nur eine Handbreite trennte Anakins linkes vorderes Steuerelement von Obi-Wans Sublichttriebwerken.

Anakin hatte ihn *angestoßen.* Mit *Absicht.*

Und dann noch einmal.

KLONG.

»Was *machst* du da?«

»Ich helfe Euch nur ein wenig ...« Anakins Stimme klang monoton, bot damit einen Hinweis auf seine Konzentration. »... bei der Steuerung ...«

Obi-Wan schüttelte den Kopf. Dies war vollkommen unmöglich. Ein anderer Pilot hätte so etwas nie versucht.

Doch für Anakin Skywalker war das vollkommen Unmögliche nur eine etwas schwierigere Aufgabe.

Obi-Wan dachte daran, dass er sich inzwischen daran gewöhnt haben sollte.

Während ihm diese Gedanken ziellos durch den Kopf gingen, sah er das blaue Glühen in der Öffnung des Kreuzerhangars. Mit einem Mal wurde ihm klar, was es bedeutete.

Oh, dies wird schlimm, dachte er.

»Anakin …«, begann Obi-Wan. Er versuchte, die Kontrollen umzuleiten, bewegte den Steuerknüppel … Der Sternjäger reagierte nicht.

Anakin kam näher und neigte die vorderen Steuerelemente dem kleinen Schrotthaufen entgegen, der R4 gewesen war.

»Anakin …«

»Gebt mir … nur eine Sekunde, Meister.« Anakins Stimme klang noch gepresster. Ein dumpfes Pochen, dann noch einmal. Lauter. Ein Kratzen, und das Quietschen von reißendem Metall. »Dies ist nicht ganz … so einfach, wie es aussieht …«

»Anakin!«

»Ja?«

»Der Hangar …«

»Was ist damit?«

»Hast du bemerkt, dass der Hangarschild noch aktiv ist?«

»Ist er das?«

»Ja.« Und er war so nahe, dass Obi-Wan ihn zu *riechen* glaubte …

»Oh. Entschuldigung. Ich bin beschäftigt gewesen.«

Obi-Wan schloss die Augen.

Er griff in die Macht, und sein Geist tauchte in die technischen Systeme des beschädigten Sternjägers, suchte dort nach den manuellen Kontrollen, die beim Test des Triebwerks verwendet wurden. Ein leichter Druck *dort* bewirkte ein Kommando, das normalerweise nur bei Überprüfungen in Werften verwendet wurde: voller Umkehrschub.

Der kometenartige Schweif aus glühenden Trümmerstücken, der dem allmählich auseinander brechenden Sternjäger folgte, sauste vorbei, und zahlreiche kleine und größere Dinge verglühten am Schild des Hangars. Das gleiche Schicksal stand dem Rest des Jägers bevor.

Der volle Gegenschub von Triebwerken, die einen großen

Teil ihres Potenzials verloren hatten, zögerte das Ende nur ein wenig hinaus.

Dann sprang Anakins Sternjäger vor den Obi-Wans und huschte von links nach rechts. Energie gleißte aus den Bordkanonen, und die Schildprojektoren an der rechten Seite des Hangars explodierten. Das blaue Glühen flackerte, verblasste und verschwand genau in dem Augenblick, als Obi-Wans Sternjäger die Öffnung passierte, aufs Deck knallte und über den Boden rutschte. Funken stoben, und überlastetes Metall heulte.

Der ganze Jäger – beziehungsweise was davon übrig war – vibrierte vom Donnern der aus dem ungeschützten Hangar entweichenden Atmosphäre. Massive Schotten schlossen sich wie Mäuler. Obi-Wan benutzte erneut die Macht, um mit ihr die manuellen Testkontrollen zu berühren und die Energiezufuhr der Triebwerke zu unterbrechen. Doch es gelang ihm nicht, die kleinen Sprengsätze zu zünden, die dazu bestimmt waren, das Cockpitdach abzusprengen. Er fürchtete, dass sie die einzigen Teile des Sternjägers waren, die *nicht* explodieren würden.

Das Lichtschwert fand seine Hand, und blaue Energie blitzte. Ein Streich genügte: Das Cockpitdach löste sich und wurde sofort vom Orkan der entweichenden Luft erfasst. Obi-Wan sprang in den erstaunlich kalten Sturm und ließ sich von ihm fortwehen, als die Reste seines Sternjägers schließlich explodierten.

Er ritt auf der Druckwelle, richtete sich dabei mithilfe der Macht auf. Mit katzenartiger Agilität landete er auf dem schwarzen Streifen, den seine Landung auf dem Deck geschaffen hatte und der noch heiß genug war, ihm die Stiefelsohlen zu versengen.

Im Hangar wimmelte es von Kampfdroiden.

Obi-Wans Schultern sanken ein wenig, die Knie beugten sich, und das Lichtschwert ragte schräg vor seinem Gesicht auf. Gegen so viele Gegner konnte er sich allein nicht durchsetzen, aber das war ihm gleich.

Wenigstens saß er nicht mehr in dem verdammten Sternjäger.

Durch eine Fontäne aus Trümmern und abrupt gefrorenem Gas steuerte Anakin seinen Sternjäger in den Hangar. Eine letzte kurze Bewegung des Steuerknüppels lenkte ihn durch die kleiner werdende Öffnung eines sich schließenden Dekompressionsschotts, und Obi-Wans Cockpitdach flog an ihm vorbei.

Der andere Jäger war ein Haufen glühender Trümmer am Ende einer schwarzen Gleitspur. Und Obi-Wan, mit Raureif im Bart und das Lichtschwert erhoben, stand in einem enger werdenden Kreis aus Kampfdroiden.

Anakin landete so, dass die Partikelstrahlen der Sublichtdüsen mehrere Droiden fortschleuderten. Für eine Sekunde war er wieder neun Jahre alt, saß an den Kontrollen eines Sternjägers im Königlichen Hangar von Theed und setzte zum ersten Mal echte Bordkanonen gegen Kampfdroiden ein ...

Das hätte er hier gern ebenfalls getan, aber Palpatine befand sich irgendwo an Bord dieses Schiffes. Vielleicht brauchten sie einen der leichten Shuttles in diesem Hangar, um den Kanzler in Sicherheit zu bringen. Einige Dutzend Strahlblitze aus den Kanonen des Sternjägers hätten vom Hangar und seinem Inhalt nicht viel übrig gelassen.

Dies musste per Hand erledigt werden.

Er stieß das Cockpitdach auf, sprang, drehte sich in der Luft und landete auf der Tragfläche. Die Kampfdroiden eröffneten sofort das Feuer, und sein Lichtschwert blitzte. »R2, such einen Computeranschluss!«

Der kleine Droide pfiff, und Anakin erlaubte sich ein kurzes Lächeln. Manchmal glaubte er fast, den akustischen Kode des Droiden zu verstehen. »Mach dir keine Sorgen um uns. Such Palpatine. Na los, ich gebe dir Deckung.«

R2 löste sich aus der Interfacemulde und hüpfte aufs Deck. Anakin sprang vor ihn, in eine Kaskade aus Blasterfeuer, und ließ sein Schwert von der Macht leiten. Funken stoben aus fallenden Kampfdroiden.

»Zum Anschluss!« Anakin musste rufen, um das Heulen der Blaster und das Krachen explodierender Droiden zu übertönen. »Ich helfe Obi-Wan!«

»Das ist nicht nötig.«

Anakin wirbelte herum und stellte fest, dass Obi-Wan direkt hinter ihm stand und gerade den Kopf eines Kampfdroiden durchschnitt.

»Ich weiß deine gute Absicht zu schätzen, Anakin«, sagte der Jedi-Meister mit einem sanftem Lächeln. »Aber ich bin bereits dir zu Hilfe gekommen.«

Dies sind also Obi-Wan und Anakin.

Sie stehen sich näher als Freunde. Näher als Brüder. Zwar ist Obi-Wan sechzehn Jahre älter als Anakin, aber sie sind zusammen zu Männern geworden. Keiner von ihnen kann sich das Leben ohne den anderen vorstellen. Der Krieg hat ihre beiden Leben vereint.

Der dafür verantwortliche Krieg ist nicht der Klonkrieg. Obi-Wans und Anakins Krieg begann auf Naboo, als ein Sith-Lord Qui-Gon Jinn umbrachte. Als Meister, Padawan und Ritter kämpfen sie seit dreizehn Jahren in diesem Krieg. Er ist zu ihrem Leben geworden.

Und ihr Leben ist eine Waffe.

Über die Weisheit des alten Meisters Yoda kann man sagen, was man will, und das gilt auch für das tödliche Geschick des grimmigen Mace Windu, den Mut von Ki-Adi-Mundi und die scharfsinnigen Listen von Shaak Ti. Die Größe all dieser Jedi ist unbestritten, aber sie verblasst neben der Legende, die um Kenobi und Skywalker gewachsen ist.

Sie stehen allein.

Zusammen sind sie unaufhaltsam. Unschlagbar. Sie sind der beste Einsatztrupp des Jedi-Ordens. Wenn die Guten unbedingt gewinnen müssen, ruft man sie.

Obi-Wan und Anakin kommen immer.

Ob Obi-Wans legendäre Klugheit Anakins enorme Kraft schlagen kann … Diese Frage ist überall in der Galaxis Gegenstand von Boxkämpfen auf Schulhöfen, von Wühlduellen in Krippentümpeln und Dreckfehden in Kapselkammern. Meistens enden die Auseinandersetzungen mit dem Eingeständnis beider Seiten, dass es keine Rolle spielt.

Anakin und Obi-Wan würden nie gegeneinander kämpfen.

Sie könnten es nicht.

Sie sind ein Team. Sie sind *das* Team.

Und sie sind beide davon überzeugt, dass sie es für immer sein werden.

2. KAPITEL
Dooku

Der Sturm aus Blasterstrahlen, die durch den Hangar fauchten und von den Wänden reflektiert wurden, ließ plötzlich nach. Gruppen von Kampfdroiden wichen hinter Schiffe zurück und verschwanden durch Luken.

Obi-Wan schnitt eine Grimasse, als er sein Lichtschwert deaktivierte. »Ich hasse es, wenn sie das machen.«

Anakins Lichtschwert hing bereits an seinem Gürtel. »Wenn sie was machen?«

»Wenn sie den Kampf einstellen und sich aus keinem ersichtlichen Grund zurückziehen.«

»Es gibt immer einen Grund, Meister.«

Obi-Wan nickte. »Darum hasse ich es.«

Anakin sah zu den qualmenden Droidenteilen, die überall im Hangar lagen, zuckte mit den Schultern und zog seinen schwarzen Handschuh zurecht. »Wo ist der Kanzler, R2?«

Die Computersonde des kleinen Droiden rotierte im Wandanschluss. Das Holoprojektorauge drehte sich, und ein blauer Scanlaser schuf vor Anakins Stiefel ein geisterhaftes Bild: Palpatine, in einem großen Sessel, gefesselt. Selbst in dem kleinen, verschwommenen Bild wirkte er erschöpft und voller Schmerz. Aber er lebte.

Anakins Herz schlug schneller. Er kam nicht zu spät. Diesmal nicht.

Er sank auf ein Knie und sah sich das Bild aus der Nähe an. Palpatine schien seit ihrer letzten Begegnung um zehn Jahre gealtert zu sein. Muskeln mahlten in den Wangen des jungen Jedi. Wenn Grievous dem Kanzler etwas angetan, wenn er ihn auch nur *angefasst* hatte …

Die Durastahlhand im schwarzen Handschuh ballte sich

zur Faust, so fest, dass das elektronische Feedback Schmerzen in der Schulter bewirkte.

»Ist er lokalisiert?«, fragte Obi-Wan über jene Schulter hinweg.

Das Bild flackerte, veränderte sich und zeigte eine schematische Darstellung des Kreuzers. Hoch oben am Kommandoturm zeigte R2 einen pulsierenden Punkt aus hellerem Blau.

»Das Quartier des Generals.« Obi-Wan schnitt eine finstere Miene. »Und wo befindet sich der General?«

Der blinkende Punkt wanderte zur Brücke des Kreuzers.

»Hm. Und Wächter?«

Das Holobild flackerte erneut und zeigte wieder das Quartier des Generals. Palpatine schien allein zu sein. Der Sessel stand mitten auf einem ansonsten leeren Deck, vor einer großen, gewölbten Panoramawand.

»Das ergibt keinen *Sinn*«, brummte Anakin.

»Und ob es einen Sinn ergibt. Dies ist eine Falle.«

Anakin hörte den Jedi-Meister kaum. Er starrte auf die von einem schwarzen Handschuh umhüllte Faust, öffnete sie langsam, schloss sie wieder, öffnete sie erneut. Die Schmerzen in seiner Schulter dehnten sich aus, erreichten den Bizeps …

Und sie hörten nicht auf.

Der Ellenbogen brannte, dann auch der Unterarm. Das Handgelenk schien in glutflüssiges Metall getaucht zu sein, und die Hand …

Sie schien in Flammen zu stehen.

Aber es war nicht *seine* Hand. Oder sein Handgelenk, oder sein Unterarm, oder sein Ellenbogen. Sein Arm war eine Prothese aus Durastahl und elektronischen Systemen.

»Anakin?«

Anakin bleckte die Zähne. »Es tut weh.«

»Meinst du die Armprothese? Wann hast du sie mit Schmerzsensoren ausgestattet?«

»Das habe ich *nicht*. Das *ist* es ja gerade.«

»Der Schmerz existiert in deinem Geist, Anakin …«

»Nein.« Anakins Herz gefror, und seine Stimme wurde so kalt wie das All. »Ich fühle ihn.«

»Ihn?«

»Dooku. Er ist hier. An Bord dieses Schiffes.«

»Ah.« Obi-Wan nickte. »Das überrascht mich nicht.«

»Ihr habt es *gewusst*?«

»Ich habe es geahnt. Glaubst du, Grievous hätte Palpatines Signalgeber nicht finden können? Es dürfte wohl kaum ein Zufall sein, dass wir trotz der vielen störenden Emissionen das Signal des Kanzlers ganz klar empfangen haben. Dies ist eine Falle. Eine Jedi-Falle.« Obi-Wan legte eine warme Hand auf Anakins Schulter, und sein Gesicht wirkte grimmiger als jemals zuvor. »Wahrscheinlich eine Falle für uns. Eine persönliche Sache.«

Anakin presste kurz die Lippen zusammen. »Ihr denkt daran, wie er Euch auf Geonosis zu rekrutieren versuchte. Bevor er Euch zur Hinrichtung nach unten schickte.«

»Es ist nicht ausgeschlossen, dass wir erneut vor diese Wahl gestellt werden.«

»Es ist keine Wahl.« Anakin richtete sich auf. Seine Durastahlhand ballte sich erneut, einen Zentimeter vom Lichtschwert entfernt. »Meine Antwort steckt hier am Gürtel.«

»Gib gut Acht, Anakin. Die Sicherheit des Kanzlers kommt für uns an erster Stelle.«

»Ja … ja, natürlich.« Das Eis in Anakins Brust schmolz. »Na schön, es ist eine Falle. Was jetzt?«

Obi-Wan gestattete sich ein dünnes Lächeln, als er zum nächsten Ausgang eilte. »Wie immer, mein junger Freund: Wir lassen sie zuschnappen.«

»Mit diesem Plan kann ich arbeiten.« Anakin wandte sich dem Astromech zu. »Du bleibst hier, R2 …«

Der kleine Droide unterbrach ihn mit einem Zirpen.

»Keine Widerrede. Du bleibst hier. Ich meine es ernst.«

R2-D2s Pfeifen hatte etwas Verdrossenes.

»Jemand muss die Verbindung zum Computer halten, R2. Siehst du bei *mir* vielleicht eine Computersonde?«

Der Droide fügte sich, pfiff aber noch einmal und schien damit vorzuschlagen, wo die beiden Jedi suchen sollten.

Obi-Wan wartete an der offenen Luke und schüttelte den Kopf. »Ehrlich, so wie du mit dem Ding redest …«

Anakin schloss zu ihm auf. »Vorsicht, Meister. Ihr könntet seine Gefühle verletzen …« Er blieb abrupt stehen, und sein Gesicht gewann einen sonderbaren Ausdruck, als wollte er die Stirn runzeln und gleichzeitig lächeln.

»Anakin?«

Er antwortete nicht. Er konnte nicht antworten. Er betrachtete ein Bild im Innern seines Kopfes. Nein, kein Bild. Eine Realität.

Eine Erinnerung an etwas, das noch nicht geschehen war.

Er sah Graf Dooku auf den Knien, und zwei Lichtschwerter kreuzten sich an seiner Kehle.

Wolken hoben sich von seinem Herz: Wolken von Jabiim, Aargonar und Kamino, sogar vom Tusken-Lager. Zum ersten Mal seit zu vielen Jahren fühlte er sich jung – so jung, wie er tatsächlich war.

Jung und frei und voller Licht.

»Meister …« Seine Stimme schien von einem anderen zu kommen. Von jemandem, der nicht wusste, was er gesehen und getan hatte. »Meister, hier und heute … wir beide …«

»Ja?«

Anakin blinzelte. »Ich glaube, wir werden den Krieg gewinnen.«

Die riesige Panoramawand zeigte die Schlacht im All. Komplexe Sensoralgorithmen komprimierten die Ortungsdaten und schufen daraus ein Bild, das die Augen der Beobachter nicht überforderte: Kreuzer, die hunderte von Kilometern voneinander entfernt waren und aufeinander feuerten, während sie annähernd mit Lichtgeschwindigkeit flogen, schienen direkt nebeneinander im All zu schweben und durch pulsierende Flammenkabel miteinander verbunden zu sein. Aus Turbolaserstrahlen wurden Lichtschächte, die an Schilden zerbrachen und Wolken aus prismatischen Splittern bildeten. Oder sie schwollen zu kleinen Supernovä an, die ganze Schiffe verschlangen. Die unsichtbaren Mückenschwärme gegeneinander kämpfender Sternjäger verwandelten sich in glühende Schattenmotten, die am Ende von Coruscants kurzem Frühling tanzten.

Die Einrichtung des großen Raums, der Ausblick auf die Schlacht über dem Planeten gewährte, bestand nur aus einem Sessel in der Mitte des Decks. Man nannte ihn »Generalssessel«, so wie dieser Bereich ganz oben im Kommandoturm des Flaggschiffs als »Quartier des Generals« bezeichnet wurde.

Ein Mann stand mit dem Rücken zum Sessel und dem darin sitzenden, gefesselten Kanzler, die Hände unter dem Umhang aus seidenem Panzergewebe auf den Rücken gelegt: Graf Dooku.

Auch als Darth Tyranus bekannt, Lord der Sith.

Er betrachtete das Werk seines Meisters und befand es als gut.

Mehr als nur gut. Es war *herrlich*.

Selbst das gelegentliche Zittern des Decks unter seinen Füßen, hervorgerufen von feindlichen Torpedos und Turbolaserblitzen, die das Schiff trafen, fühlte sich wie Applaus an.

Hinter ihm erklang das initialisierende Summen des schiffsinternen Holokom, und dann ertönte eine Stimme, die sowohl elektronisch als auch sonderbar ausdrucksvoll war, als verwendete sie den Vokabulator eines Droiden. »Lord Tyranus, Kenobi und Skywalker sind eingetroffen.«

»Ja.« Dooku reagierte weiter nicht darauf. Er hatte sie beide in der Macht gefühlt. »Treiben Sie sie zu mir.«

»Mylord, ich muss erneut auf meine Einwände hinweisen …«

Dooku drehte sich um und blickte auf das blaue Holobild des Kommandanten der *Invisible Hand* hinab. »Ihre Einwände sind bereits zur Kenntnis genommen, General. Überlassen Sie die Jedi mir.«

»Aber wenn ich sie zu Ihnen treibe, schicke ich sie gleichzeitig direkt zum Kanzler! Warum befindet er sich überhaupt noch an Bord? Er sollte versteckt und bewacht werden! Wir hätten ihn schon vor *Stunden* aus dem System bringen sollen!«

»Die Dinge sind so, wie sie sind, weil das dem Wunsch von Lord Sidious entspricht«, erwiderte Graf Dooku. »Wenn Sie auf Ihren Einwänden beharren, so steht es Ihnen frei, sich an *ihn* zu wenden.«

»Ich, äh, glaube, das ist nicht nötig …«

»Wie Sie meinen. Konzentrieren Sie Ihre Anstrengungen darauf, zu verhindern, dass Truppen an Bord kommen. Ohne die Hilfe ihrer Klonkrieger stellen die Jedi keine Gefahr für mich dar.«

Das Deck zitterte erneut, heftiger als vorher, und dann verschob sich die künstliche Schwerkraft, was einen geringeren Mann hätte stolpern lassen. Dooku nutzte die Macht, um seine würdevolle Haltung zu wahren, und er wölbte nur die Braue. »Und darf ich vorschlagen, dass Sie dem Schutz dieses Schiffes mehr Aufmerksamkeit widmen? Wenn es mit uns beiden an Bord zerstört wird, dürfte das unseren Bemühungen im Krieg gegen die Republik eher abträglich sein, oder?«

»Ich kümmere mich bereits darum, Mylord. Möchten Sie die beiden Jedi im Auge behalten? Ich kann die Signale der Sicherheitsüberwachung auf diesen Kanal schalten.«

»Danke, General. Das würde ich begrüßen.«

»Sie sind so freundlich wie immer, Mylord. Grievous Ende.«

Graf Dooku gestattete sich ein fast unsichtbares Lächeln. Seine unerschütterliche Höflichkeit – Gütesiegel eines wahren Aristokraten – kostete ihn keine Mühe, aber irgendwie schien sie den Pöbel immer zu beeindrucken. Und auch jene mit dem Intellekt des Pöbels, ungeachtet ihrer Leistungen oder ihres Rangs, wie zum Beispiel den abscheulichen Cyborg Grievous.

Er seufzte. Grievous hatte durchaus seinen Nutzen. Er war ein hervorragender Kommandeur, und bald würde er ein ebenso hervorragender Sündenbock sein, dem man alle Grausamkeiten dieses leider notwendigen Krieges zur Last legen konnte. Jemand musste die Schuld auf sich nehmen, und Grievous war bestens dafür geeignet. Dooku kam dafür natürlich nicht infrage.

Dies war ein Sinn dieser enormen Schlacht.

Aber nicht der einzige.

Das blaue Bild vor Dooku zeigte jetzt kleine Darstellungen von Kenobi und Skywalker, wie so oft zuvor: Schulter an Schulter, mit wirbelnden Lichtschwertern, die einen Droiden nach dem anderen erledigten. Sie glaubten zu gewinnen, während sie in Wirklichkeit genau dorthin gehetzt wurden, wo die Sith-Lords sie haben wollten.

Was waren sie doch für Kinder. Dooku schüttelte den Kopf.

Es erschien ihm fast zu leicht.

Dies ist Dooku, auch bekannt als Darth Tyranus, Graf von Serenno:

Einst ein großer Jedi-Meister, jetzt ein noch größerer Lord der Sith. Dooku ist ein schwarzer Koloss, der auf der Galaxis sitzt. Nemesis der korrupten Republik, Banner der Konföderation Unabhängiger Systeme – er ist die Personifizierung von Schrecken und Ehrfurcht.

Er zählte zu den angesehensten und mächtigsten Jedi in der ganzen fünfundzwanzigtausendjährigen Geschichte des Ordens. Doch im Alter von siebzig Jahren erlaubten es ihm seine Prinzipien nicht mehr, einer Republik zu dienen, in der politische Macht an den Meistbietenden verkauft wurde. Er nahm Abschied von seinem früheren Padawan Qui-Gon Jinn, der selbst zu einem legendären Meister geworden war. Er nahm Abschied von seinen engen Freunden im Jedi-Rat, Mace Windu und dem alten Meister Yoda. Er nahm Abschied vom Jedi-Orden selbst.

Er gehört nun zu den Verlorenen: zu den Jedi, die ihrer

Treue zum Orden abschworen, ihre Ritterschaft zugunsten von Idealen aufgaben, die noch höher sind als die des Ordens. Bei den Jedi erinnert man sich mit Ehrfurcht und Respekt an die Verlorenen Zwanzig, wie man sie nennt, seit sich Dooku ihnen angeschlossen hat. Ihre Bronziumskulpturen stehen wie Heiligtümer im Tempelarchiv.

Jene Skulpturen dienen als traurige Erinnerungen daran, dass manche Jedi Bedürfnisse haben, die der Orden nicht befriedigen kann.

Dooku zog sich aufs Anwesen seiner Familie zurück, ins Serenno-System. Dort nahm er den Erbtitel des Grafen an und wurde zu einer der reichsten Personen in der Galaxis. Angesichts der unverschämten Korruption überall in der Republik hätte er sich mit seinem ungeheuren Reichtum die Unterstützung einer beliebigen Anzahl von Senatoren kaufen können. Vielleicht wäre er sogar imstande gewesen, sich die Macht über die Republik zu kaufen.

Aber ein Mann mit einem solchen Erbe und solchen Prinzipien konnte sich nie dazu herablassen, Herr eines Müllhaufens zu werden, Oberhaupt einer Horde von Aasgeiern, die sich um irgendwelche Brocken streiten. Für ihn war die Republik nicht mehr als das.

Stattdessen benutzte er die große Macht seines Familienvermögens – und die noch viel größere Macht seiner unbestrittenen Integrität –, um damit zu beginnen, die Galaxis von den Schwären der so genannten Demokratie zu säubern.

Er ist die Ikone der separatistischen Bewegung, ihr öffentliches Gesicht. Er ist das für die Konföderation Unabhängiger Systeme, was Palpatine für die Republik ist: das lebende Symbol ihrer gerechten Sache.

So lautete die offizielle Geschichte.

Es ist die Geschichte, an die selbst Dooku fast glaubt, in seinen schwächeren Momenten.

Die Wahrheit ist komplizierter.

Dooku ist … anders.

Er weiß nicht genau, wann er es gemerkt hat, vielleicht als

junger Padawan, verraten von einem anderen Lernenden, der behauptete, sein Freund zu sein. Lorian Nod hatte es ihm ins Gesicht gesagt: »Du weißt nicht, was Freundschaft ist.«

Und er wusste es wirklich nicht.

Er war zornig gewesen, natürlich. Wütend darauf, dass seinem Ruf Gefahr gedroht hatte. Und er war zornig auf sich selbst gewesen, weil er den Fehler gemacht hatte, jemanden für einen Freund zu halten, der in Wirklichkeit ein Feind war. Und was ihn damals am meisten erstaunt hatte: Nachdem sich der andere Junge vor den Jedi gegen ihn gewandt hatte, erwartete er von ihm Hilfe bei einer Lüge, im Namen ihrer »Freundschaft«.

Es war alles so absurd gewesen, dass er damals nicht gewusst hatte, wie er darauf reagieren sollte.

Er ist nie ganz sicher gewesen, was Personen meinen, wenn sie von Freundschaft sprechen. Liebe, Hass, Freude, Zorn – selbst wenn er diese Gefühle in anderen spürt, verwandeln sie sich in seiner Wahrnehmung in andere Arten von Emotionen.

In jene Arten, die einen Sinn ergeben.

Er versteht Eifersucht und Besitzgier: Er wird wütend, wenn jemand berührt, was ihm gehört.

Intoleranz der Unlenksamkeit des Universums und dem undisziplinierten Leben seiner Bewohner gegenüber – das ist normal für ihn.

Boshaftigkeit wirkt entspannend: Das Leid seiner Feinde bereitet ihm großes Vergnügen.

Stolz ist eine Tugend bei einem Aristokraten, Empörung sein unveräußerliches Recht: wenn jemand wagt, seine Integrität anzufechten, seine Ehre und seinen rechtmäßigen Platz an der Spitze der natürlichen Autoritätshierarchie.

Moralischer Frevel ergibt für ihn durchaus einen Sinn: wenn die unverbesserlich unsauberen Angelegenheiten gewöhnlicher Personen sich einfach nicht den offensichtlichen Strukturen der Gesellschaft-wie-sie-sein-sollte anpassen wollen.

Es ist ihm völlig gleich, welche Gefühle andere Personen ihm entgegenbringen. Ihn interessiert nur das, was andere Personen für ihn tun können. Oder gegen ihn.

Sehr wahrscheinlich ist er das, was er ist, weil andere Personen einfach nicht sehr … interessant sind.

Und in gewisser Weise auch nicht ganz real.

Für Dooku sind andere Personen hauptsächlich Abstraktionen, einfache schematische Skizzen, die sich zwei grundsätzlichen Kategorien zuordnen lassen. Die erste Kategorie besteht aus Aktiva: Personen, die sich irgendwie für seine Interessen einsetzen lassen. Zum Beispiel – während des größten Teils seines Lebens, und bis zu einem gewissen Grad auch jetzt noch – die Jedi, insbesondere Mace Windu und Yoda, die ihn beide so lange für einen Freund gehalten haben, dass sie seinen wahren Aktivitäten gegenüber blind waren. Und natürlich – derzeit – die Handelsföderation, der Intergalaktische Bankenclan, die Techno-Union, die Handelsallianz und die Waffenschmiede von Geonosis. Und sogar der gewöhnliche Pöbel der Galaxis, der nur deshalb existiert, um seiner Erhabenheit ein ausreichend großes Publikum zu geben.

Die zweite Kategorie besteht aus Gefahren. Zu dieser zweiten Gruppe gehören alle intelligenten Wesen, die nicht der ersten zugeordnet werden können.

Eine dritte Kategorie gibt es nicht.

Eines Tages gibt es vielleicht nicht einmal mehr eine zweite: Von Graf Dooku für eine Gefahr gehalten zu werden läuft auf ein Todesurteil hinaus. Er hat vor, ein Todesurteil gegen seine derzeitigen Verbündeten auszusprechen: die Oberhäupter der bereits erwähnten Handelsföderation, des Intergalaktischen Bankenclans, der Techno-Union, der Handelsallianz und der Waffenschmiede von Geonosis.

Verrat ist die Natur der Sith.

Mit ruhigem Abscheu beobachtete Graf Dooku, wie die kleinen Darstellungen von Kenobi und Skywalker auf groteske

Weise verfolgt wurden: Zerstörerdroiden jagten sie in und aus Turboliftkapseln, die nach oben, nach unten und sogar seitwärts sausten.

»Es wird mir peinlich sein, mich von ihm gefangen nehmen zu lassen«, sagte er langsam und nachdenklich, als spräche er mit sich selbst.

Ihm antwortete eine Stimme, die so vertraut war, dass seine Gedanken manchmal mit ihr flüsterten. »Eine Peinlichkeit, die Sie überleben können, Lord Tyranus. Immerhin ist er der größte lebende Jedi, nicht wahr? Und haben wir nicht dafür gesorgt, dass die ganze Galaxis dieser Meinung ist?«

»In der Tat, Meister. In der Tat.« Dooku seufzte erneut. An diesem Tag spürte er jede Stunde seiner dreiundachtzig Jahre. »Es ist … ermüdend, so lange den Bösewicht zu spielen, Meister. Ich freue mich auf eine ehrenvolle Gefangenschaft.«

Eine Gefangenschaft, die ihm erlauben würde, den Rest des Kriegs bequem zu verbringen. Eine Gefangenschaft, die ihm erlauben würde, seinen früheren Loyalitäten zu entsagen und den Eindruck zu erwecken, das wahre Ausmaß der separatistischen Verbrechen gegen die Zivilisation zu begreifen – was ihn in die Lage versetzte, sich mit der *neuen* Regierung zu verbünden, ohne dass sein Ruf Schaden nahm.

Die neue Regierung …

Dies war über viele Jahre hinweg ihr Schicksalsstern gewesen.

Eine saubere Regierung. Nicht das elende Bemühen, die Gunst des Pöbels und der submenschlichen Kreaturen zu erringen, aus denen die Republik bestand, die er so verachtete. Die neue Regierung, der er zu dienen beabsichtigte, würde personifizierte Autorität sein.

Eine *menschliche* Regierung.

Dooku würde einem Imperium der Menschen dienen.

Und zwar auf die einzige Art und Weise, die ihm möglich war. Für die er *geboren* war. Er würde den Jedi-Orden zerschmettern und einen neuen schaffen: nicht gefesselt von korrupten, narzisstischen und schäbigen kleinen Wesen, die sich Politiker nennen, sondern imstande, wahre Autorität und wahren Frieden einer Galaxis zu bringen, die beides dringend brauchte.

Einen Orden, der nicht verhandelte, auch nicht vermittelte.

Einen Orden, der Dinge *durchsetzte.*

Die Überlebenden des Jedi-Ordens sollten zur Sith-Armee werden.

Der ersten des Imperiums.

Und jene erste Armee würde eine Macht sein, die weit über die dunkelsten Träume eines jeden Jedi hinausging. Die Jedi waren nicht die einzigen Benutzer der Macht in der Galaxis. Von Hapes bis Haruun Kal, von Kiffu bis Dathomir: Starke Menschen und Fastmenschen mit Zugang zur Macht hatten es abgelehnt, ihre Kinder dem lebenslangen Dienst im Jedi-Orden zu überlassen. Der Sith-Armee würden sie sich nicht widersetzen.

Sie würden gar keine Wahl haben.

Dooku betrachtete das Holobild und runzelte die Stirn. Für Kenobi und Skywalker begann eine weitere, fast komische Episode, diesmal mit einem widerspenstigen Turbolift – vermutlich spielte Grievous mit den Kontrollen herum –, während glücklose Kampfdroiden bestrebt waren, sich zerstören zu lassen.

Es war alles so …

Würdelos.

»Darf ich vorschlagen, dass wir Kenobi eine letzte Chance geben, Meister? Die Unterstützung eines Jedi wäre sehr nützlich für die politische Legitimität unseres Imperiums.«

»Ah, ja. Kenobi.« Die Stimme des Meisters gewann einen samtweichen Klang. »Sie sind seit langem an Kenobi interessiert, nicht wahr?«

»Natürlich. Sein Meister war mein Padawan. In gewisser Weise ist er praktisch mein Enkel …«

»Er ist zu alt. Zu indoktriniert. Unrettbar von den Jedi-Fabeln vergiftet. Das haben wir auf Geonosis festgestellt, oder?

Er glaubt, der Macht selbst zu dienen. Angesichts einer solchen Überzeugung bedeutet die Realität überhaupt nichts.«

Dooku seufzte. Eigentlich hätte er mit dieser Sache keine Schwierigkeiten haben sollen, denn immerhin hatte er den Tod des Jedi-Meisters schon einmal angeordnet. »Mag sein. Zum Glück habe ich mich nie von solchen Illusionen blenden lassen.«

»Kenobi muss sterben. Heute. Durch Ihre Hand. Sein Tod ist der Schlüssel für das letzte Schloss des Siegels, das Skywalker für immer an uns bindet.«

Dooku verstand: Der Tod seines Mentors würde Skywalkers ohnehin schon instabiles emotionales Gleichgewicht so sehr erschüttern, dass er über den dunkelsten aller Hänge in die Tiefe stürzte – er würde auch das größte Hindernis für Skywalkers erfolgreiche Konvertierung beiseite räumen. Solange Kenobi lebte, war es fraglich, ob Skywalker dauerhaft im Lager der Sith blieb. Kenobis Glaube an die Werte der Jedi würde eine Binde vor Skywalkers Augen bleiben und dem jungen Mann wahre Macht vorenthalten.

Dennoch hatte Dooku Bedenken. Dies war sehr schnell gegangen – hatte Sidious alle Aspekte der gegenwärtigen Operation durchdacht? »Aber ich muss fragen, Meister: Ist Skywalker wirklich der Mann, den wir wollen?«

»Er ist mächtig. Möglicherweise noch mächtiger als ich.«

»Genau aus diesem Grund wäre es vielleicht besser, *ihn* zu töten«, sagte Dooku nachdenklich.

»Sind Sie sicher, dass Sie dazu imstande wären?«

»Ich bitte Sie: Welchen Sinn hat Macht, die nicht von Disziplin strukturiert wird? Der Junge ist für sich selbst eine ebenso große Gefahr wie für seine Feinde. Und der mechanische Arm …« Dooku schürzte die Lippen und zeigte kultivierten Ekel. »Abscheulich.«

»Dann hätten Sie seinen organischen Arm besser verschont.«

»Hm. Ein Gentleman hätte gelernt, mit einer Hand zu kämpfen.« Dooku winkte ab. »Er ist nicht einmal mehr ganz

Mensch. Bei Grievous ist die Verwendung von Biodroiden fast verzeihlich; er war schon vorher ein so ekelhaftes Geschöpf, dass die mechanischen Teile ganz klar eine Verbesserung darstellen. Aber eine Mischung aus Droide und *Mensch*? Entsetzlich. Das Maximum des schlechten Geschmacks. Wie können wir die Zusammenarbeit mit einem solchen Geschöpf rechtfertigen?«

»Wie schön für mich, einen Schüler zu haben, der es für angemessen hält, *mich* zu belehren«, sagte der Meister, und seine Stimme wurde dabei noch weicher.

Dooku wölbte eine Braue. »Ich bin zu weit gegangen, Meister«, erwiderte er mit der für ihn typischen Höflichkeit. »Ich beobachte nur und kritisiere nicht. Ganz und gar nicht.«

»Skywalkers Arm macht ihn für unsere Zwecke sogar noch besser. Er ist das permanente Symbol für die Opfer, die er im Namen des Friedens und der Gerechtigkeit gebracht hat. Er ist ein Zeichen des Heldentums, das er für den Rest seines Lebens ganz offen zur Schau stellen muss. Niemand kann ihn jemals ansehen und an seiner Ehre zweifeln, an seinem Mut und seiner Integrität. Er ist perfekt, so wie er ist. *Perfekt.* Es bleibt nur die Frage, ob er die künstlichen Beschränkungen seiner Jedi-Indoktrination zu überwinden vermag. Und darauf, Graf Dooku, wird uns die heutige Operation Antwort geben.«

Dooku konnte nicht widersprechen. Der Dunkle Lord hatte ihm Machtsphären eröffnet, die weit über das hinausgingen, was er für möglich gehalten hatte. Sidious war auch ein so raffinierter politischer Manipulator, dass neben seinem Geschick selbst die Macht der dunklen Seite winzig wirkte. Es hieß, dass die Macht eine Luke schließt, wenn sie ein Fenster öffnet … Und bei jedem Fenster, von dem während der letzten dreizehn Jahre auch nur ein leises Knacken zu hören gewesen war, hatte bereits ein Dunkler Lord der Sith am Rand gewartet, hindurchgesehen und überlegt, wie man am besten auf die andere Seite gelangen konnte.

Eine Verbesserung des Plans seines Meisters war fast unmöglich. Dookus eigene Idee, Skywalker durch Kenobi zu ersetzen, war nur das Ergebnis einer gewissen unangebrachten Sentimentalität, musste er zugeben. Skywalker war mit ziemlicher Sicherheit der richtige Mann.

Er sollte es sein; Darth Sidious hatte viele Jahre damit verbracht, ihn zum richtigen Mann zu machen.

Heute sollte die »ziemliche Sicherheit« zur Gewissheit werden.

Dooku zweifelte nicht daran, dass Skywalker fallen würde. Er begriff, dass dies mehr war als nur ein Test für Skywalker. Sidious hatte nie darauf hingewiesen, aber Dooku glaubte, dass auch er selbst getestet wurde. Sein heutiger Erfolg würde dem Meister zeigen, dass er selbst den Mantel des Meisters verdiente. Am Ende des bevorstehenden Kampfes würde er Skywalker auf den mannigfaltigen Ruhm der dunklen Seite vorbereitet haben, so wie er selbst einst von Sidious darauf vorbereitet worden war.

Er vergeudete keinen Gedanken an ein Scheitern. Warum auch?

»Aber ... Verzeihen Sie mir, Meister, aber wenn mein Schwert Kenobi getötet hat ... Sind Sie sicher, dass Skywalker jemals meinen Befehlen gehorchen wird? Seiner Biografie ist zu entnehmen, dass ihm Gehorsam widerstrebt.«

»Skywalkers Macht bringt mehr als nur Gehorsam. Sie bringt Kreativität und Glück. Bei ihm sind nicht die Anweisungen nötig wie zum Beispiel bei Grievous. Selbst die blinden Narren im Jedi-Rat sehen genug, um das zu verstehen. Selbst sie versuchen nicht mehr, ihm das *Wie* vorzuschreiben; sie beschränken sich auf das *Was*. Und er findet einen Weg. Er hat immer einen Weg gefunden.«

Dooku nickte. Zum ersten Mal, seit Sidious ihm die wahre Tiefe seines Meisterwerks offenbart hatte, erlaubte sich Dooku genug Entspannung, um vor dem inneren Auge ein Bild vom Ende entstehen zu lassen.

Die Gefangennahme von Graf Dooku würde Anakin Skywalker zum Superhelden machen, zum größten Helden in der Geschichte der Republik, vielleicht sogar des Jedi-Ordens. Der Verlust seines geliebten Partners würde der ganzen Angelegenheit genau die richtige Prise an Tragik geben und jedem seiner Worte melancholisches Gewicht verleihen, wenn er bei HoloNetz-Interviews darauf hinwies, dass die Korruption des Senats die Kriegsanstrengungen behinderte, wenn er vorsichtig – um nicht zu sagen *widerstrebend* – andeutete, dass auch die Korruption des Jedi-Ordens den Krieg verlängert hatte.

Wenn er die Gründung eines neuen Ordens von Kriegern verkündete, die die Macht benutzten.

Er würde der perfekte kommandierende General der Sith-Armee sein.

Dooku konnte nur voller Ehrfurcht den Kopf schütteln. Wenn er daran dachte, dass es noch vor wenigen Tagen so ausgesehen hatte, als wären die Jedi imstande, all das zu entdecken und zu zerstören, wofür sein Meister und er gearbeitet hatten ... Jetzt erschien ihm jene Sorge absurd. Sein Meister verlor nie. Er würde nie verlieren. Er stellte die Definition des Unschlagbaren dar.

Wie kann man einen Feind besiegen, den man für einen Freund hält?

Und jetzt, mit einem einzelnen brillanten Streich, würde Dookus Meister dafür sorgen, dass der Jedi-Orden sich selbst auffraß, wie ein ethranischer Ourobouros, der seinen eigenen Schwanz verschlang.

Dies war der Tag. Die Stunde.

Der Tod von Obi-Wan Kenobi würde der Tod der Republik sein.

Heute wurde das Imperium geboren.

»Tyranus? Ist alles in Ordnung mit Ihnen?«

»Ob alles ...« Dooku merkte, dass er ins Leere geblickt hatte. »Ja, Meister. Es geht mir bestens. Heute erleben wir den Höhepunkt, das große Finale ... Heute erhalten wir den Lohn für unsere jahrelangen Bemühungen ... Ich fühle mich fast überwältigt.«

»Fassen Sie sich, Tyranus. Kenobi und Skywalker sind gleich hier. Spielen Sie Ihre Rolle, mein Schüler, und die Galaxis gehört uns.«

Dooku straffte die Gestalt und sah seinen Meister zum ersten Mal an.

Darth Sidious, Dunkler Lord der Sith, saß im Generalssessel, Hände und Füße daran gefesselt.

Dooku verneigte sich vor ihm. »Danke, Kanzler.«

Palpatine von Naboo, Oberster Kanzler der Republik, erwiderte: »Ziehen Sie sich zurück. Sie sind da.«

3. KAPITEL
Der Weg der Sith

Die Tür des Turbolifts öffnete sich zischend. Anakin stand an die Wand gepresst, Droidenteile lagen vor seinen Füßen. Jenseits der Tür sah er ein ganz gewöhnliches Liftfoyer: matt, kahl und leer. Am Ziel. Endlich.

Das Summen des blauen Lichtschwerts ließ Anakins Körper vibrieren.

»Anakin.«

Obi-Wan stand an der anderen Wand und wirkte ruhig, auf eine Weise, die Anakin kaum verstehen konnte. Er richtete einen demonstrativen Blick auf das Lichtschwert in Anakins Hand. »Rettung«, sagte er leise. »Keine Verwüstung.«

Anakin hielt seine Waffe bereit. »Und Dooku?«

»Wenn der Kanzler in Sicherheit ist, können wir das Schiff in die Luft jagen«, sagte Obi-Wan mit der Andeutung eines Lächelns.

Anakins mechanische Finger schlossen sich so fest um den Griff des Lichtschwerts, dass er knackte. »Ich würde es gern selbst erledigen.«

Obi-Wan trat vorsichtig durch die Tür des Turbolifts – nichts schoss auf ihn. Er winkte. »Ich weiß, dass dies schwierig ist, Anakin. Ich weiß, dass dich diese Sache persönlich betrifft, auf mehreren Ebenen. Die Umstände verlangen, dass du dich noch mehr als sonst auf deine Ausbildung besinnst, und damit meine ich nicht nur die *Kampf*ausbildung.«

Anakins Wangen glühten. »Ich …« *Ich bin nicht mehr Euer Padawan,* knurrte es in seinem Kopf, aber es war die Stimme des Adrenalins. Er schob die Worte beiseite und sagte stattdessen: »… werde Euch nicht enttäuschen, Meister. Und Kanzler Palpatine ebenso wenig.«

»Daran zweifle ich nicht. Denk daran, dass Dooku kein einfacher Dunkler Jedi ist, so wie Asajj Ventress. Er ist ein Lord der Sith. Diese Falle wird gleich zuschnappen, und vielleicht gibt es Gefahren, die über die physischen hinausgehen.«

»Ja.« Anakin ließ die Klinge seines Lichtschwerts sinken und trat an Obi-Wan vorbei ins Liftfoyer. Es donnerte in der Ferne, und der Boden schwankte wie ein Floß auf Wildwasser – er nahm es kaum zur Kenntnis. »Es ist nur ... was er *getan* hat ... ich meine, was er nicht nur dem Jedi-Orden angetan hat, sondern der *Galaxis* ...«

»Anakin ...«, begann Obi-Wan warnend.

»Keine Sorge. Ich bin nicht zornig, und mir geht es auch nicht um Rache. Ich ...« Er hob das Lichtschwert. »Ich freue mich nur darauf, es zu Ende zu bringen.«

»Vorfreude ...«

»Lenkt ab, ich weiß. Und ich weiß auch, dass Hoffnung so hohl ist wie Furcht.« Anakin gestattete sich ein kleines Lächeln. »Und ich weiß auch über all die anderen Dinge Bescheid, auf die du mich gern hinweisen würdest.«

Obi-Wans knappes, ein wenig reumütiges Nicken war so liebevoll wie eine Umarmung. »Ich schätze, irgendwann muss ich damit aufhören, zu versuchen, dich weiter auszubilden.«

Anakins Lächeln wuchs in die Breite. »Ich glaube, Ihr habt es gerade zum ersten Mal zugegeben.«

An der Tür des Generalsquartiers blieben sie stehen, vor einem großen Oval aus opalisierendem Iridiit und ziseliertem Gold. Anakin betrachtete sein geisterhaftes Spiegelbild, während er mit der Macht in den Raum hinter der Tür tastete und sie gleichzeitig in sein Inneres strömen ließ. »Ich bin bereit, Meister.«

»Ich weiß.«

Einen Moment standen sie Seite an Seite.

Anakin sah Obi-Wan nicht an. Er blickte zur Tür, durch die Tür, suchte in ihren schillernden Tiefen nach Hinweisen auf eine ungewisse Zukunft.

Er konnte sich nicht vorstellen, *nicht* im Krieg zu sein.

»Anakin.« Obi-Wans Stimme war sanft, und seine Hand berührte ihn warm am Arm. »Es gibt keinen anderen Jedi, den ich jetzt lieber an meiner Seite hätte. Keinen anderen Mann.«

Anakin drehte den Kopf und entdeckte in Obi-Wans Augen ein Gefühl, das er während ihrer gemeinsamen Jahre nur selten gesehen hatte. Und die reine, unkomplizierte Liebe, die in ihm aufstieg, fühlte sich wie ein Versprechen der Macht selbst an.

»Ich ... könnte mir ebenfalls nichts anderes wünschen, Meister.«

»Ich glaube, du solltest dich allmählich daran gewöhnen, mich Obi-Wan zu nennen«, sagte Anakins früherer Meister und lächelte, vielleicht von seinen eigenen Worten erstaunt.

»Lass uns zum Kanzler gehen, Obi-Wan«, sagte Anakin.

»Ja«, erwiderte Obi-Wan. »Gehen wir.«

Im Innern einer Turboliftkapsel betrachtete Dooku holographische Bilder, die ihm zeigten, wie Kenobi und Skywalker die bogenförmige Treppe vom Zugangsbalkon des viele Stockwerke hohen Generalsquartiers herunterkamen. Sie gingen langsam, glichen dabei die schaukelnden Bewegungen des Decks unter ihren Stiefeln aus. Heftige Erschütterungen durchliefen das Schiff, als es von Torpedos und Turbolasern getroffen wurde. Mehrmals ging das Licht aus, wenn die Energie von den Lebenserhaltungssystemen zur Schadenkontrolle umgeleitet wurde.

»Mylord ...«, ertönte Grievous' Stimme aus dem Kom-Lautsprecher. »Die Beschädigungen des Schiffes erreichen ein kritisches Niveau. Dreißig Prozent der automatischen Waffensysteme sind ausgefallen, und wir könnten unser Hyperraumpotenzial verlieren.«

Dooku nickte verständnisvoll, während er auf die durchsichtigen blauen Geister hinabsah, die sich Palpatine näherten. »Ordnen Sie den Rückzug für unsere gesamte Streitmacht an, General, und bereiten Sie das Schiff auf den Sprung vor. Wenn die Jedi tot sind, komme ich zu Ihnen auf die Brücke.«

»Wie Mylord befiehlt. Grievous Ende.«

»Ja, du bist tatsächlich am Ende, du elendes Geschöpf«, murmelte Dooku, als die Kom-Verbindung unterbrochen war. »Mit deinem Glück und auch mit der Zeit.«

Er warf das Komlink beiseite und schenkte seinem Klappern auf dem Deck keine Beachtung. Er brauchte es nicht mehr. Sollte es zusammen mit Grievous zerstört werden, mit seinen abscheulichen Leibwächtern und dem Rest des Kreuzers, sobald er, Dooku, gefangen und fortgebracht worden war.

Er nickte den beiden großen Kampfdroiden zu, die an seiner Seite standen. Einer öffnete die Lifttür, und sie traten hindurch, drehten sich und gingen zu beiden Seiten in Position.

Dooku rückte seinen Umhang aus schimmerndem Panzergewebe zurecht und trat würdevoll ins halbdunkle Liftfoyer. Im matten Notlicht zeigte sich das Glühen der Tür des Generalsquartiers – die beiden Narren hatten sich einfach mit ihren Lichtschwertern hindurchgeschnitten. Durch das Loch zu treten ... Dabei riskierte er, sich die Hose zu versengen. Dooku seufzte und winkte, und die opalisierenden Reste der Tür wichen lautlos beiseite. Er wollte nicht mit einer brennenden Hose gegen die beiden Jedi kämpfen.

Zwar musste der Kampf echt aussehen, aber es galt, gewisse Standards zu wahren.

Anakin schlich an den Sesseln auf der einen Seite eines riesigen Lagetisches entlang, der in der Mitte des Hauptraums stand, Obi-Wan auf der anderen Seite. Stumme Blitze zuckten und flackerten: Das einzige Licht im Raum stammte von der großen Panoramawand am anderen Ende, von Turbolasern, Abwehrfeuer und den großen Glutbällen, die auf das Ende ganzer Schiffe hinwiesen.

Halb im Schatten verborgen, vor dem Hintergrund der Zerstörung, zeichnete sich die Silhouette eines großen Sessels ab.

Anakin fing Obi-Wans Blick ein und nickte in Richtung Sessel. Obi-Wan antwortete mit dem Jedi-Handzeichen für *Vorsichtige Annäherung* und fügte ein zweites Zeichen hinzu: *Halte dich für den Kampf bereit.*

Anakin presste die Lippen zusammen. Als wenn er extra dazu aufgefordert werden müsste. Nach all dem Ärger, den sie mit den Turboliften gehabt hatten, konnte sich praktisch alles hier oben befinden. Vielleicht gab es hier haufenweise Droidekas.

Das Licht ging wieder an.

Anakin erstarrte.

Die dunkle Gestalt im Sessel … Es *war* Kanzler Palpatine, und es befanden sich keine Droiden in der Nähe, und eigentlich hätte sein Herz einen Freudensprung machen sollen, aber …

Palpatine sah schlimm aus.

Während der vergangenen Monate hatte der Oberste Kanzler der Republik eine immer schwerere Bürde der Verantwortung tragen müssen, als eine Krise nach der anderen kam, und Anakin sah nun, wie sehr Palpatine unter jener Last gelitten hatte. Er wirkte alt, so uralt wie Yoda. Und erschöpft. Und voller Schmerzen. Und schlimmer noch …

Im Gesicht des Kanzlers sah Anakin etwas, von dem er geglaubt hatte, dass er es dort nie bemerken würde. Es presste ihm die Luft aus den Lungen und machte ihn sprachlos.

Furcht. Palpatine *fürchtete* sich.

Anakin wusste nicht, was er sagen sollte. Er konnte sich nicht einmal *vorstellen*, was er sagen sollte. Er dachte daran, was Grievous und Dooku angestellt hatten, um so viel Furcht im Gesicht dieses tapferen, guten Mannes erscheinen zu lassen …

Und dieser Gedanke brachte sein Blut in Wallung, verhärtete seine Züge, umwölkte das Herz und brachte den Donner in die Ohren zurück: Donner von Aargonar. Von Jabiim.

Donner vom Tusken-Lager.

Wenn Obi-Wan von ähnlicher Pein heimgesucht wurde, so ließ er sich davon nichts anmerken. Er deutete eine Verbeugung an. »Kanzler ...«, sagte er so ruhig und respektvoll, als wären sie sich zufällig im Großen Saal des Galaktischen Senats begegnet.

Palpatines Antwort bestand aus einem gepressten Murmeln. »Anakin, *hinter* dir ...«

Anakin drehte sich nicht um. Das war nicht nötig. Er hörte das Klacken von Stiefeln und ein Gerassel, das nur von Kampfdroiden stammen konnte. Und außerdem schloss sich die Macht wie die Faust eines erschrockenen Mannes um ihn. Innerhalb einer Sekunde dehnte sich seine Wahrnehmung bis zu den Grenzen des großen Raums und darüber hinaus, und er *fühlte* es ...

In der Macht spürte er den Blick von Palpatines Augen, die Ursache der Furcht, die sich schwadenartig von ihm löste, wie Dampf von einem Eisblock. Und er fühlte die noch kältere Welle der Macht, kälter als der Raureif am Maul eines Mynock, die hinter ihm in den Raum glitt, wie ein auf seinen Rücken zielender Dolch aus Eis.

Komisch, dachte er. Nach dem Kampf mit Ventress habe ich damit gerechnet, dass die dunkle Seite heiß ist ...

In seiner Brust öffnete sich etwas. Der Donner in seinen Ohren wurde zu rotem Rauch, der von der Basis seines Rückgrats aufstieg. Das Lichtschwert fand seine Hand, und seine Lippen formten ein Lächeln, das ein Krayt-Drache erkannt hätte.

Die Schwierigkeiten mit der Sprache verschwanden.

»Dies ist kein Problem«, sagte er zu Palpatine und zu sich selbst.

Die auf dem Zugangsbalkon ertönende Stimme war ein eleganter Bass, mit Andeutungen einer öligen Resonanz, wie bei einem aus Kriin-Eiche bestehenden Höhlenhorn.

Graf Dookus Stimme.

»General Kenobi. Anakin Skywalker. Gentlemen – eine Bezeichnung, die ich in ihrem weitesten Sinne gebrauche –, Sie sind meine Gefangenen.«

Daraufhin hatte Anakin überhaupt keine Schwierigkeiten mehr.

Vom Zugangsbalkon aus, der sich weit über den Jedi befand, hatte Graf Dooku einen guten Überblick und konnte eine letzte Situationsbewertung vornehmen, bevor die Farce begann.

Wie jede richtige Farce ging diese mit unbarmherziger Logik von ihrer lächerlichen Prämisse aus: dass Dooku jemals von einem Jedi überwältigt werden konnte. Von irgendeinem Jedi. Wie schade, dass sein alter Freund Mace heute nicht zugegen war; der Korun-Meister hätte an der bevorstehenden Schau sicher Gefallen gefunden.

Dooku hatte immer ein gebildetes Publikum bevorzugt.

Wenigstens war Palpatine da, gefesselt in seinem Sessel am anderen Ende des Raums, vor der Panoramawand, die die immer noch tobende Raumschlacht zeigte. Aber Palpatine war weniger Publikum als Autor.

Das war etwas ganz anderes.

Skywalker wandte Dooku den Rücken zu, aber er hielt bereits das Lichtschwert in der Hand, und seine schlanke Gestalt brachte Bereitschaft zum Ausdruck. Reglos stand er da, schien fast zu zittern. Wie armselig. Es lief auf eine Beleidigung hinaus, diesen Jungen einen Jedi zu nennen.

Kenobi hingegen … Bei ihm sah die Sache ganz anders aus. Er war ein klassisches Beispiel seiner anachronistischen Art. Ruhig sah er zu Dooku und den beiden Kampfdroiden neben ihm auf, wirkte dabei völlig entspannt. Sein Gesicht zeigte nur vages Interesse.

Dooku empfand so etwas wie melancholische Zufriedenheit, als er daran dachte, dass Skywalker nie verstehen würde, wie viel Planung, wie viel *Arbeit* Lord Sidious in seinen angeblichen Sieg investiert hatte. Es erinnerte ihn ein wenig an seine eigene nicht anerkannte Größe. Skywalker würde auch nie die künstlerische Vollendung und die wahre Überlegenheit verstehen, die Dooku in seiner eigenen Niederlage fand.

Aber so ist das Leben. Opfer müssen gebracht werden, um die Sache voranzubringen.

Immerhin fand ein Krieg statt.

Er griff nach der Macht, zog sie zu sich heran und hüllte sich in sie. Er atmete sie ein, hielt sie wirbelnd in seinem Herz und presste sie zusammen, bis er um sich herum die Rotation der Galaxis fühlte.

Bis er zur Achse des Universums wurde.

Dies war die wahre Macht der dunklen Seite, die Macht, deren Existenz er schon als Junge erahnt und sein ganzes Leben gesucht hatte – bis ihm Lord Sidious gezeigt hatte, dass sie die ganze Zeit über bei ihm gewesen war. Die dunkle Seite brachte ihn nicht ins Zentrum des Universums. Sie *machte* ihn dazu.

Er sog Macht in den innersten Kern seines Selbst, bis sie nur noch dafür existierte, ihm zu Willen zu sein.

Die Szene unten veränderte sich auf eine subtile Weise, obwohl das physische Auge keine Veränderung bemerkte. Mit der Macht der dunklen Seite nahm Dooku die Personen tief unten auf eine neue und sehr präzise Weise wahr.

Kenobi war ein leuchtendes, transparentes Wesen, ein Fenster, das sich auf eine im Sonnenschein daliegende Wiese der Macht öffnete.

Skywalker war eine Gewitterwolke, in der gefährliche Blitze flackerten und die sich zu drehen begann, zu einem Tornado zu werden drohte.

Und dann natürlich Palpatine: Er befand sich jenseits der Macht. Er zeigte nichts von dem, was er in sich trug. Selbst mit den Augen der dunklen Macht gesehen war Palpatine ein Ereignishorizont. Unter seiner ganz normal wirkenden Oberfläche erstreckte sich absolutes, perfektes Nichts. Dunkelheit jenseits der Dunkelheit.

Ein schwarzes Loch der Macht.

Und er spielte die Rolle des hilflosen Gefangenen perfekt.

»Holt Hilfe!« Die Vibration von Panik im heiseren Flüstern klang selbst für Dooku echt. »Ihr *müsst* Hilfe holen. Keiner von euch ist einem Sith-Lord gewachsen!«

Skywalker drehte sich um und begegnete Dookus Blick, zum ersten Mal, seitdem sie sich in dem Hangar auf Geonosis begegnet waren. Seine Antwort war sowohl für Dooku als auch für Palpatine bestimmt. »Sagen Sie das dem Sith, den Obi-Wan in Stücken auf Naboo zurückgelassen hat.«

Hmpf. Prahlerische Tapferkeit. Maul war ein Tier gewesen. Geschickt, ja, aber trotzdem nur ein Tier.

»Anakin ...« In der Macht fühlte Dooku, dass Obi-Wan Skywalkers Prahlerei missbilligte. Er spürte auch Obi-Wans mühelose Selbstbeherrschung, seine Konzentration auf das Jetzt. »Diesmal machen wir es *zusammen.*«

Dooku sah, wie sich Skywalkers Droidenhand fester um den Griff des Lichtschwerts schloss. »Das wollte ich selbst gerade sagen.«

Also gut. Es wurde Zeit, diese kleine Komödie voranzubringen.

Dooku beugte sich vor, und sein Umhang aus Panzergewebe dehnte sich wie Schwingen aus. Er stieg auf und glitt würdevoll mithilfe der Macht zur Hauptebene hinab. Er landete vor dem Lagetisch, musterte die beiden Jedi und wölbte dabei eine Braue.

»Ihre Waffen, bitte, Gentlemen. Lassen Sie uns vor dem Kanzler kein Durcheinander anrichten.«

Obi-Wan hob sein Lichtschwert zu einer zweihändigen, gut ausbalancierten Ataro-Deckung: Qui-Gons Stil, und auch Yodas. Mit einem knackenden Summen erschien die Klinge, und die Luft roch nach Ozon. »Diesmal entkommen Sie uns nicht, Dooku.«

»Ihnen entkommen? Ich bitte Sie.« Ein mattes Lächeln erschien auf den Lippen des Grafen. »Glauben Sie, ich habe dies alles vorbereitet, um zu *fliehen*? Ich hätte den Kanzler schon vor Stunden aus dem Sonnensystem bringen können.

Aber ich habe mit meinem Leben Besseres zu tun, als den Babysitter für ihn zu spielen, während ich darauf warte, dass Sie beide eine Rettung versuchen.«

Skywalker hielt sein Lichtschwert in einer Shien-Verteidigung: den von einem schwarzen Handschuh umhüllten Durastahl hoch an der Schulter, die Klinge nach oben und zur Seite gerichtet. »Dies ist etwas mehr als nur ein Versuch.«

»Und etwas weniger als eine Rettung.«

Dooku schob seinen Umhang schwungvoll über die rechte Schulter zurück, damit er seinen Schwertarm nicht behinderte. Wie beiläufig deutete er zu den beiden Superkampfdroiden auf dem Zugangsbalkon weiter oben. »Wenn ich bitten darf, meine Herren ... Oder muss ich den Droiden befehlen, das Feuer zu eröffnen? Es wird alles so unordentlich, wenn Blasterstrahlen von den Wänden zurückprallen. Für uns drei wären sie natürlich keine Gefahr, aber ich würde es sehr bedauern, wenn der Kanzler verletzt wird.«

Kenobi näherte sich mit langsamer, hypnotischer Anmut, als stünde er auf einer unsichtbaren Repulsorplatte. »Warum fällt es mir schwer, das zu glauben?«

Skywalker setzte sich ebenfalls in Bewegung und kam in einem weiten Bogen an Dookus Seite. »Auf Geonosis hatten Sie keine Bedenken gegen ein Blutvergießen.«

»Ah.« Dookus Lächeln wuchs in die Breite. »Und wie *geht* es Senatorin Amidala?«

»Wagen ...« In dem Gewitter, das Skywalker in der Macht war, brodelte plötzliche Energie. »Wagen Sie es nicht, ihren Namen zu nennen.«

Dooku wischte dies beiseite. Die persönlichen Angelegenheiten des Jungen waren nur lästig; er wusste längst alles über Skywalkers ungeordnetes Privatleben. »Ich hege keinen Groll gegen Kanzler Palpatine, dummer Junge. Er ist weder Soldat noch Spion, aber du und dein Freund hier, ihr seid beides. Es ist nur ein bedauerlicher historischer Zufall, dass er dazu bestimmt war, eine korrupte Republik gegen meine Bemühungen zu verteidigen, sie zu reformieren.«

»Sie zu *zerstören*, meinen Sie wohl.«

»Der Kanzler ist Zivilist. Du und General Kenobi hingegen … Ihr seid legitime militärische Ziele. Es liegt bei euch, ob ihr mich als Gefangene begleiten werdet …« Ein kurzes Zucken der Macht brachte das Lichtschwert von einem Augenblick zum anderen in seine Hand, die scharlachrote Klinge nach unten gerichtet. »… oder als Leichen.«

»So ein Zufall«, erwiderte Kenobi trocken, als er auf die andere Seite von Dooku trat, sodass sich der Graf genau zwischen ihm und Skywalker befand. »Sie stehen vor der gleichen Wahl.«

Mit unerschütterlicher Ruhe sah Dooku seine beiden Gegner an, erst den einen, dann den anderen. Er hob das Lichtschwert zum Makashi-Gruß und hielt es dann wieder in einer niedrigen Deckung. »Ihr seid zu zweit, aber glaubt nicht, deshalb im Vorteil zu sein.«

»Oh, wir wissen Bescheid«, sagte Skywalker. »Es gibt auch zwei von *Ihnen*.«

Es gelang Dooku nur mit Mühe, seine Überraschung zu verbergen.

»Oder sollte ich sagen: Es *gab* zwei von Ihnen?«, fuhr der junge Jedi fort. »Wir sind Ihrem Partner *Sidious* auf den Fersen; durch die ganze Galaxis sind wir ihm gefolgt. Vermutlich befindet er sich bereits in Jedi-Gewahrsam.«

»Ach, tatsächlich?« Dooku entspannte sich. Am liebsten hätte er Palpatine zugezwinkert, aber einen solchen Fehler würde er natürlich nicht begehen. »Wie schön für euch.«

Eigentlich ganz einfach, dachte er. *Skywalker isolieren, Kenobi erledigen.* Anschließend brauchte er Skywalker nur noch zur Raserei zu bringen, damit er die Jedi-Zurückhaltung fallen ließ, was ihm die Augen für die unendlichen Perspektiven der Sith-Macht öffnen würde.

Und dann würde sich Lord Sidious seiner annehmen.

»Geben Sie auf.« Endgültigkeit erklang in Kenobis Stimme. »Sie bekommen keine weitere Chance.«

Wieder hob Dooku eine Braue. »Ich brauche auch keine. Es

sei denn, einer von euch trägt zufälligerweise Yoda in seiner Tasche.«

Die Macht knisterte zwischen ihnen, und das Schiff neigte sich zur Seite, als es von einer weiteren Turbolasersalve getroffen wurde. Dooku entschied, dass die Zeit gekommen war. Er warf einen irreführenden Blick über die Schulter, eine vorgetäuschte Ablenkung, die den Angriff herausforderte …

Und alle drei bewegten sich gleichzeitig.

Erschütterungen erfassten das Schiff, und der rote Rauch stieg von Anakins Rückgrat in Arme, Beine und Kopf, als Dooku besorgt über die Schulter sah und für einen Sekundenbruchteil abgelenkt war – Anakin konnte nicht mehr warten.

Er sprang, das Lichtschwert zum tödlichen Schlag erhoben.

Auf der anderen Seite sprang Obi-Wan in perfekter Koordination – und sie trafen sich mitten in der Luft, denn der Sith-Lord war nicht mehr da.

Anakin sah gerade noch rechtzeitig genug auf, um die Sohle von Dookus Lederstiefel zu sehen, bevor sie sein Gesicht traf und ihn zu Boden stieß. Er griff in die Macht, richtete sich mühelos auf, landete mit perfektem Gleichgewicht und sprang sofort nach oben, den gleißenden Klingen entgegen, die eine scharlachrot, die andere blau. Immer wieder trafen sie zischend und fauchend aufeinander, als Dooku Obi-Wans Schwert mit entschlossenen Hieben beiseite stieß und auf sein Herz zielte.

Anakin griff Dooku von hinten an, und daraufhin drehte sich der Graf halb um und winkte kurz, während er Obi-Wan elegant mit einer Hand auf Distanz hielt. Sessel vom Lagetisch flogen auf Anakins Kopf zu. Den ersten zerschnitt er verächtlich, doch der zweite traf ihn an den Knien, und der dritte rammte seine Schulter und warf ihn zu Boden.

Er knurrte leise und griff in die Macht, um selbst einige Sessel auf Dooku zu schleudern … Und plötzlich traf ihn der ganze Lagetisch und schmetterte ihn an die Wand. Das Lichtschwert löste sich aus seinen Fingern, rollte über den Tisch und fiel auf der anderen Seite zu Boden.

Dooku schien ihm kaum Beachtung zu schenken.

Atemlos und halb betäubt gegen die Wand gepresst, dachte Anakin: Wenn dies so weitergeht, schnappe ich über.

Dooku wehrte mühelos einige schnelle Hiebe von Kenobi ab und fühlte, wie die Macht den Tisch von der Wand fortschob und ihn verblüffend schnell auf ihn zurasen ließ. Er schaffte es gerade so, mit einer Rückwärtsrolle über den Tisch hinwegzusetzen und so zu verhindern, dass dieser ihm das Rückgrat zertrümmerte.

»Meine Güte«, sagte er und lachte leise. »Der Junge ist doch nicht ganz ohne.«

Er landete direkt vor Skywalker, der nach dem Tischwurf ungestüm und unbewaffnet angriff. Sein Gesicht war bereits rot angelaufen.

»Ich bin *zweimal* der Jedi, der ich bei unserer letzten Begegnung war!«

Ah, dachte Dooku. Welch ein fragiles kleines Ego. Dabei wird Sidious ihm helfen müssen. Doch bis dahin ...

Der Griff von Skywalkers Lichtschwert sauste durch die Luft und erreichte seine Hand, die sofort damit zuschlug. »Ich bin *doppelt* so gut wie beim letzten Mal, Graf.«

»Wie schön für dich.« Dooku wich zur Seite und schlug nach den Beinen des Jungen, aber Skywalkers Klinge wehrte den Hieb ab. Anakin hob sein Schwert rechtzeitig, um auch die Attacke zu parieren, mit der Dooku auf seinen Rücken zielte. Doch der unbesonnene Angriff des jungen Jedi brachte ihn in Kenobis Weg, der mithilfe der Macht über den Kopf seines Partners hinwegrollen musste.

Und dadurch direkt vor Dookus Klinge geriet.

Kenobi schlug nach der scharlachroten Klinge, während er sich in der Luft drehte, und Dooku trat erneut zur Seite, wodurch Kenobi vor Skywalker geriet.

»Ach, wie jämmerlich«, sagte Dooku.

Sie waren energisch, kein Zweifel, sprangen und flogen, schlugen immer wieder zu, zerschnitten Sessel und schleuderten sie in alle Richtungen, während Dooku sie auf seine würdevolle, methodische Weise so gründlich ausmanövrierte, dass er fast laut gelacht hätte.

Es war ganz einfach, ihrer deprimierend schlichten Taktik entgegenzuwirken. Skywalker war der Schnelle, der wie eine spastische Falkenfledermaus hin und her sauste und bestrebt zu sein schien, von beiden Seiten gleichzeitig anzugreifen. Kenobi ging in einem ausgewogenen Shii-Cho-Rhythmus vor, gemächlich wie ein schwerer Arbeitsdroide, Schritt für Schritt. Er verzichtete auf Spielereien, griff schwerfällig, aber unnachgiebig an und versuchte, Dooku in eine Ecke zu drängen.

Dooku brauchte nur zur einen Seite oder zur anderen auszuweichen – oder manchmal über einen Kopf hinwegzusetzen –, um einzeln gegen seine beiden Widersacher kämpfen zu können, anstatt mit ihnen beiden gleichzeitig fertig werden zu müssen. In ihrer eigenen Welt mochten sie mit einem derartigen Vorgehen durchaus erfolgreich sein – ihr Stil war ganz offensichtlich für den Kampf gegen eine große Anzahl von Feinden entwickelt worden. Aber sie waren nicht darauf vorbereitet, gegen einen einzelnen Anwender der Macht vorzugehen, erst recht nicht gegen einen so mächtigen Kontrahenten wie Dooku. Der Graf hingegen hatte immer allein gekämpft. Es war lächerlich einfach, die beiden Jedi stolpern und schwanken zu lassen und dafür zu sorgen, dass sie sich gegenseitig in den Weg gerieten.

Sie begriffen nicht einmal, wie sehr er den Kampf dominierte. Sie kämpften so, wie man es ihnen beigebracht hatte, indem sie Wünsche und Verlangen freigaben und der Macht erlaubten, durch sie zu strömen – damit hatten sie keine Chance gegen Dookus meisterliche Sith-Techniken. Seit seinem Sieg auf Geonosis schienen sie überhaupt nichts dazugelernt zu haben.

Sie erlaubten es der Macht, sie zu führen. Dooku hingegen führte die Macht.

Er zog ihre Hiebe zu seinen Paraden und stieß seinerseits mit dunkler Energie zu, die die Balance der beiden Jedi auf subtile Weise veränderte und ihr Timing störte. Dooku hätte sie beide so leicht töten können wie das Geschöpf Maul die Vigos der Schwarzen Sonne.

Doch nur ein Tod war geplant, und diese dumme Schau wurde lästig. Und ermüdend. Er war kein junger Mann mehr.

Er beugte sich vor und stieß seine Klinge nach Kenobis Bauch, und der Jedi-Meister wehrte den Hieb ab, indem er sein Lichtschwert hob. Die beiden Klingen stießen blitzend aneinander und verharrten überkreuzt, nur eine Handbreit von ihren Kehlen entfernt. »Sie sind zu langsam, Kenobi. Zu berechenbar. Sie müssen sich mehr Mühe geben.«

Kenobis Reaktion auf diese freundlichen Worte bestand aus einem amüsierten Glitzern in seinen Augen.

»Na schön«, sagte der Jedi und sauste so schnell über Dookus Kopf hinweg, dass er den Eindruck erweckte, einfach zu verschwinden.

Und dort, wo eben noch Kenobis Brust gewesen war, erschien das blaue Glühen von Skywalkers Klinge, die direkt auf Dookus Herz zielte.

Wie bitte?, dachte der Graf.

Er warf sich nach oben und fort von den beiden Jedi, landete auf dem Lagetisch und unterbrach den Kampf, um seine Fassung zurückzugewinnen – das war *zu* knapp gewesen –, doch seine Stiefel hatten den Tisch gerade berührt, als auch schon Kenobi da war. Sein Lichtschwert raste mit geradezu atemberaubender Geschwindigkeit durch mehrere defensive Muster, und Dooku versuchte erst gar keinen Angriff. Er beschränkte sich auf eine Finte, die Kenobis Gesicht galt, ließ sich dann fallen und drehte sich, schlug nach den Füßen seines Gegners …

Kenobi setzte darüber hinweg, und Dooku verlor fast *seinen* Fuß durch einen Hieb von Skywalker, der erneut wie aus dem Nichts erschien und durch den Tisch schnitt, sodass er unter Dookus Gewicht zusammenbrach – der Sith-Lord landete unsanft auf dem Boden.

Das gehörte *nicht* zum Plan.

Skywalker schlug erneut zu, mit solcher Wucht, dass die Abwehr Dookus Ellbogengelenk stauchte. Mit einer Rückwärtsrolle kam der Graf wieder auf die Beine – und stellte fest, dass Kenobis Klinge seinen Hals bedrohte. Nur eine wirbelnde Parade und ein Tritt, der Kenobi am Oberschenkel traf, gaben Dooku genug Zeit fortzuspringen, und als er erneut landete ...

Skywalker war bereits da.

Beim ersten von oben geführten Schlag glitt Skywalkers Klinge an Dookus instinktiver Abwehr ab. Der zweite erschütterte das Handgelenk des Grafen. Das dritte blaue Blitzen zwang Dookus scharlachrote Klinge so weit nach innen, dass ihm das eigene Lichtschwert die Schulter versengte. Es blieb ihm nicht anderes übrig, als zurückzuweichen.

Dooku spürte, wie er erbleichte. Was *geschah* hier?

Skywalker näherte sich, unerbittlich, unvorstellbar stark, wie ein Zerstörerdroide mit einem Lichtschwert: jeder Schritt ein Schlag, und jeder Schlag ein Schritt. Dooku musste immer wieder zurückweichen, und Skywalker setzte jedes Mal nach. Es dauerte nicht lange, bis er schwerer zu atmen begann. Er versuchte nicht länger, Skywalkers Hiebe zu parieren, lenkte sie stattdessen ab. Seiner Stärke konnte er nicht ebenfalls mit Stärke begegnen. Der Junge verfügte nicht nur über enorme Reserven an Macht-Energie; auch seine körperliche Kraft war eindrucksvoll.

Plötzlich begriff Dooku, auf eine Täuschung hereingefallen zu sein.

Skywalkers Shien-Verteidigung war ein Trick gewesen, ebenso wie seine Ataro-Gymnastik. Der Junge war ein Djem-So-Stilist, der beste, den Dooku je gesehen hatte. Sein eigenes elegantes Makashi erzeugte einfach nicht genug kinetische Kraft, um einem Djem So direkt zu begegnen. Erst recht nicht, wenn er sich auch noch gegen einen zweiten Angreifer verteidigen musste.

Es wurde Zeit, dass Dooku zu einer neuen Taktik griff.

Er duckte sich, drehte sich gleichzeitig um – die Schwäche des Djem So ist sein Mangel an Mobilität – und traf Skywalkers Stiefel, was dem jungen Jedi das Gleichgewicht raubte und Dooku Gelegenheit gab fortzuspringen …

Und sah sich einem Rad aus blauem Feuer gegenüber: Kenobis Schwert.

Dooku beschloss, die Komödie zu beenden.

Es wurde Zeit zu töten.

Qui-Gon Jinn war Kenobis Meister gewesen, Dookus Padawan. Dooku hatte zahllose Male gegen Qui-Gon gekämpft und kannte jede Schwäche der Ataro-Form mit ihrer lächerlichen Akrobatik. Mit mehreren schnell aufeinander folgenden Hieben zielte er auf Kenobis Beine, um ihn zu veranlassen, nach oben zu springen – dann konnte er ihm den Rücken aufschlitzen, von den Nieren bis zu den Schulterblättern. Dieses Bild, dieser Plan, war in Dookus Vorstellung so klar, dass ihm fast nicht aufgefallen wäre: Kenobi parierte jeden Schlag, ohne auch nur die Füße zu bewegen. Er blieb konzentriert und perfekt ausbalanciert. Seine Klinge bewegte sich nicht einen Millimeter weiter als unbedingt nötig, wehrte mühelos ab und antwortete mit eigenen Schlägen und Vorstößen, schneller als die Zunge einer garollianischen Geistviper. Als Dooku fühlte, dass Skywalker das Gleichgewicht wieder fand und sich ihm erneut von hinten näherte, wurde ihm plötzlich klar, woher die verblüffende defensive Geschwindigkeit kam, die Kenobi eben benutzt hatte. Und daraufhin begriff er, zu spät, dass Kenobis Ataro und Shii-Co ebenfalls nur Tricks gewesen waren.

Kenobi war zu einem Meister des Soresu geworden.

Dooku hatte ganz plötzlich ein schlechtes Gefühl, und es gewann eine sehr beunruhigende Intensität …

Die Farce war völlig unerwartet und auf eine unerklärliche Weise von einer lächerlichen zu einer todernsten Angelegenheit geworden, die auf dem besten Weg war, einen erschreckenden Aspekt zu gewinnen. Die Erkenntnis leuchtete in Dookus Bewusstsein wie die Feuerbälle der sterbenden Schiffe im All: Diesen beiden Jedi-Narren war es irgendwie gelungen, gefährlich zu werden.

Diese Clowns konnten vielleicht – nur vielleicht – in der Lage sein, ihn zu *besiegen.*

Unter solchen Umständen hatte es keinen Sinn, Risiken einzugehen; dem würde selbst sein Meister zustimmen. Es war für Lord Sidious bestimmt leichter, einen neuen Plan zu entwickeln, als einen neuen Schüler zu bekommen.

Erneut sammelte Dooku die Macht, indem er tief einatmete und Kraft aus dem ganzen Universum in sich aufnahm. Eine kurze, wie gleichgültige Drehung des Handgelenks genügte, und ein winzig kleiner Teil dieser Kraft schleuderte Kenobi zurück und ließ ihn gegen die Wand prallen. Dooku vergeudete keine Zeit damit, sich darüber zu freuen.

Skywalker kam heran.

Die blitzende blaue Klinge wirbelte und fauchte, und jeder Hieb traf Dookus Verteidigung mit der enormen Wucht eines Meteoriteneinschlags. Der Sith-Lord verwendete seine Reserven der Macht allein dazu, bei diesen Angriffen nicht in Stücke geschnitten zu werden, und Skywalker …

Skywalker wurde noch *stärker.*

Jede Parade kostete Dooku mehr Kraft als die, mit der er Kenobi an die Wand geschmettert hatte. Jede Abwehr ließ ihn um ein Jahrzehnt altern.

Er hielt es für angebracht, seine Strategie erneut zu ändern.

Er versuchte nicht mehr, zum Gegenangriff überzugehen. Machterschöpfung beeinträchtigte seine Wahrnehmung, drückte das Bewusstsein zurück in den Körper und hielt es im Kopf gefangen. Er konnte kaum mehr die Konturen des Raums um ihn herum erkennen und spürte vage die Existenz einer Treppe, die hinter ihm zum Zugangsbalkon emporführte. Dooku eilte die Stufen hoch, um über seinen Gegnern und damit im Vorteil zu sein, aber Skywalker griff weiter an, mit unermüdlicher Wildheit.

Seine blaue Klinge war überall und wirbelte immer schneller, bis Dooku den Raum nur noch durch einen energetischen Nebel sah, und dann kehrte auch *Kenobi* in den Kampf zurück. Mit einem Schrei in der Macht schoss er hinter Skywalker wie ein Torpedo die Treppe hoch, und Dooku fand, dass es unter so extremen Umständen für einen Gentleman zumindest vertretbar war zu mogeln.

»Wächter!«, wandte er sich an die beiden Superkampfdroiden, die noch immer zu beiden Seiten des Eingangs standen. »Das Feuer eröffnen!«

Die beiden Droiden sprangen sofort vor und hoben ihre Hände. Energie fauchte aus den schweren Blastern in ihren Armen. Skywalker drehte sich, und seine Klinge schleuderte alle Strahlen zu den Droiden zurück, deren Hochglanzpanzer sie wiederum reflektierten. Partikelstrahlen heulten durch den Raum; Querschläger kreischten.

Kenobi erreichte das Ende der Treppe, und ein Hieb mit dem Lichtschwert erledigte beide Droiden. Dooku war in Bewegung, noch bevor ihre einzelnen Teile auf den Boden fielen, und versetzte Skywalker einen Tritt, der ihn zusammenklappen ließ. Er verwendete den letzten Rest dunkler Energie, um sich zusätzliches Bewegungsmoment zu geben, als er herumwirbelte, noch einmal zutrat und mit dem Fuß Kenobis Kinn traf. Es knallte so laut wie bei der Entladung einer großkalibrigen Projektilschleuder, und der Jedi-Meister fiel die Treppe hinunter. Vielleicht hatte er sich das Genick gebrochen.

Wäre das nicht wundervoll?

Dooku wollte kein Risiko eingehen.

Während Kenobis erschlaffter Körper noch dem Boden tief unten entgegenfiel, schickte Dooku ihm einen Macht-Stoß hinterher. Kenobi fiel plötzlich sehr viel schneller, wie eine Rakete, die kurz vor dem Aufschlag ihren letzten Treibstoff verbrannte. In einem spitzen Winkel prallte der Jedi-Meister auf den Boden, rutschte und stieß so heftig gegen die Wand, dass der Permabeton platzte und auf ihn herabfiel.

Dooku empfand das als sehr zufrieden stellend.

Jetzt zu Skywalker …

Weiter kam Dooku nicht, denn als seine Aufmerksamkeit zum jüngeren Jedi zurückkehrte, beanspruchte eine Stiefelsohle, die sich ihm beinahe mit Lichtgeschwindigkeit zu nähern schien, immer mehr von seinem Blickfeld.

Die Kollision brachte jähes weißes Feuer, und dann spürte Dooku einen Stoß im Rücken, vom Balkongeländer verursacht, und der Raum drehte sich, stellte sich auf den Kopf. Was natürlich nur ein subjektiver Eindruck war, hervorgerufen von dem Umstand, dass er übers Geländer fiel und mit dem Kopf voran dem Boden entgegenstürzte. Arme und Beine achteten nicht darauf, was er mit ihnen anzustellen versuchte. Die Macht schien woanders zu sein, und ehrlich gesagt: Der ganze Vorgang war sehr demütigend.

Vor dem Aufprall, der ihn sicher außer Gefecht gesetzt hätte, gelang es Dooku, noch etwas dunkle Kraft aufzunehmen. Sie bremste seinen Fall, drehte ihn und ließ ihn auf den Füßen landen.

Der Graf klopfte Staub von seiner Kleidung und richtete einen herablassenden Blick auf Skywalker, der vom Balkon auf ihn herabsah … Und Dooku hielt dem Blick nicht stand. Die Umkehr ihrer ursprünglichen Positionen bereitete ihm sonderbares Unbehagen.

Sie hatte etwas unangenehm *Angemessenes*.

Skywalker dort zu sehen, wo er selbst noch vor kurzer Zeit gestanden hatte … es war so, als versuchte er, sich an einen Traum zu erinnern, den er gar nicht geträumt hatte …

Dooku schob dieses Empfinden beiseite, besann sich auf die Gewissheit der eigenen Unbesiegbarkeit und öffnete damit einen Kanal zur Macht. Kraft durchströmte ihn, und das Gewicht der Jahre verschwand.

Er hob das Schwert und winkte.

Skywalker sprang vom Balkon. Als der Junge ihm entgegenfiel, spürte Dooku Veränderungen in den Strömungen der Macht zwischen ihnen, und dann verstand er schließlich.

Er verstand, warum Skywalker stärker wurde. Warum er nicht mehr sprach. Wie er zu einer Kampfmaschine geworden war. Er verstand, warum Sidious sich seit so langer Zeit für ihn interessierte.

Skywalker war ein Naturtalent.

Ein thermonuklearer Reaktor befand sich dort, wo sein Herz sein sollte, und sein Feuer brannte sich durch die Mauern der Jedi-Ausbildung. Er hielt die Macht im Griff einer weiß glühenden Faust. Er war bereits zur Hälfte Sith und wusste es nicht einmal.

Dieser Junge hatte die Gabe des Zorns.

Und selbst jetzt hielt er sich noch zurück. Selbst jetzt, als er neben Dooku landete und auf die Abwehr des Sith-Lords einschlug, als er ihn Schritt um Schritt zurücktrieb, fühlte Dooku, wie Skywalker seinen Zorn hinter Mauern des Willens im Zaum hielt, hinter Mauern, die eine unkontrollierbare Furcht besonders hart gemacht hatte.

Furcht vor sich selbst, vermutete Dooku. Davor, was geschehen mochte, wenn er den Reaktor, der sein Herz ersetzte, durchbrennen ließ.

Der Graf wich einem Hieb aus und trat zurück. »Ich spüre große Furcht in dir. Sie verzehrt dich regelrecht. Held ohne Furcht, von wegen. Du bist ein Schwindler, Skywalker. Du bist nichts weiter als ein angeberisches Kind.«

Er richtete sein Lichtschwert wie einen anklagenden Zeigefinger auf den jungen Jedi. »Bist du nicht ein wenig zu alt dafür, dich vor dem Dunkeln zu fürchten?«

Skywalker sprang vor, und diesmal fiel es Dooku nicht schwer, dem Angriff zu begegnen. Ganz nahe standen sie voreinander, und die Lichtschwerter blitzten schneller, als menschliche Augen erkennen konnten, doch Skywalker hatte jetzt seine Gefährlichkeit verloren. Etwas Spott hatte genügt, um seine Aufmerksamkeit zu verlagern: Es ging ihm jetzt nicht mehr in erster Linie darum, den Kampf zu gewinnen, sondern darum, seine Emotionen unter Kontrolle zu halten. Je zorniger er wurde, desto mehr fürchtete er sich, und die Furcht nährte seinen Zorn. Wie der sprichwörtliche corellianische Vielfüßer: Er hatte begonnen, über sein Tun nachzudenken, und dadurch konnte er plötzlich nicht mehr gehen.

Dooku entspannte sich. Er fühlte, wie die Verspieltheit in ihn zurückkehrte, als Skywalker und er in einem tödlichen Tanz umeinander wirbelten. Welchen Spaß auch immer es hier gab – er sollte ihn genießen, so lange er konnte.

Dann entschied Sidious aus irgendeinem Grund, in die Auseinandersetzung einzugreifen.

»Fürchte dich nicht vor dem, was du fühlst, Anakin!«, rief er mit Palpatines Stimme. »Benutze deine Gefühle. Benutze deinen Zorn. Fokussiere ihn, dann kann Dooku nicht gegen dich bestehen. Der Zorn ist deine Waffe. Schlag zu. *Schlag zu! Töte ihn!*«

Er soll mich töten?, dachte Dooku verwundert.

Skywalker und er zögerten für einen einzigen, letzten Moment, die Klingen aneinander gepresst. Durch das zischende Kreuz aus einer scharlachroten und einer blauen Klinge starrten sie sich an, und in diesem Moment fragte sich Dooku verblüfft, ob Sidious den Verstand verloren hatte. War ihm denn nicht klar, wozu er den jungen Jedi gerade aufgefordert hatte?

Auf welcher Seite stand er eigentlich?

Und durch das Kreuz der Klingen sah er in Skywalkers Augen das Versprechen der Hölle, und eine entsetzliche Vorahnung regte sich in ihm. Vielleicht kannte er die Antwort auf jene Frage bereits …

Verrat ist der Weg der Sith.

4. KAPITEL
Jedi-Falle

Dies ist der Tod von Graf Dooku:

Jähe Klarheit erblüht in Anakin Skywalkers Bewusstsein, als er versteht und feststellt, dass auch die Furcht in seinem Herzen eine Waffe sein kann.

Es ist so einfach, und so kompliziert.

Und es ist endgültig.

Dooku ist bereits tot. Der Rest ist nur noch Detail.

Die Schau geht weiter, die Komödie aus blitzenden Lichtschwertern und zischenden Hieben. Dooku & Skywalker, eine einmalige Vorstellung, für ein Publikum, das aus einer Person besteht. Jedi und Sith, Sith und Jedi, sie wirbeln umher, schlagen zu, parieren, greifen an, kämpfen mit der Kraft, die ihnen die Macht zur Verfügung stellt.

Aber die Entscheidung ist bereits gefallen, denn nukleares Feuer hat Anakins Jedi-Zurückhaltung verbrannt. Furcht wird mühelos zu Zorn, und Zorn ist eine Klinge, neben der sich das Lichtschwert wie ein Spielzeug ausmacht.

Die Schau geht weiter, aber die Spannung ist vorüber. Sie ist nur noch Pantomime, so komplex und bedeutungslos wie die Raum-Zeit-Kurven, die Galaxienhaufen durch den endlosen Kosmos lenken.

Dookus jahrzehntelange Kampferfahrung ist irrelevant. Das Geschick im Umgang mit dem Schwert ist nutzlos. Sein gewaltiger Reichtum, der politische Einfluss, gute Bildung, ausgezeichnete Manieren, exquisiter Geschmack, all die Dinge, auf die er so stolz ist und denen er während seines langen, langen Lebens so viel Aufmerksamkeit geschenkt hat … Sie sind nun Ketten an seinem Geist und ziehen seinen Kopf vor der Axt nach unten.

Selbst sein Wissen um die Macht wird zu einem Witz.

Dieses Wissen zeigt ihm seinen Tod. Vor dem inneren Auge dreht er das Bild hin und her, betrachtet alle Einzelheiten, wie die eines schwarzen Edelsteins, der so kalt ist, dass er brennt. Dookus elegante Farce ist zu einem erbärmlichen Melodram geworden, und nicht eine vergossene Träne wird das Ende des Helden begleiten.

Doch für Anakin gibt es in diesem Kampf nur Entsetzen und Zorn.

Allein er steht zwischen dem Tod und den beiden wichtigsten Männern in seinem Leben, und er kann es sich nicht mehr leisten, irgendetwas zurückzuhalten. Der imaginäre Drache des toten Sterns gibt sich alle Mühe, ihm die Kraft zu nehmen. Er flüstert ihm zu, dass Dooku ihn schon einmal besiegt hat, dass dem Grafen die ganze Kraft der Dunkelheit zur Verfügung steht. Er erinnert ihn daran, wie ihm Dooku die Hand nahm, wie Dooku selbst Obi-Wan ohne sichtliche Mühe überwältigen konnte, und jetzt ist Anakin ganz allein, und er kann es unmöglich mit einem Lord der Sith aufnehmen …

Aber Palpatines Worte – *Der Zorn ist deine Waffe* – haben Anakin die Erlaubnis gegeben, die Schilde seines Reaktorherzens zu öffnen, und in jenen Flammen verbrennen Furcht und Zweifel.

Als Graf Dooku mit blitzendem Schwert heranfliegt, kommt Wattos Faust aus Anakins Kindheit und schlägt den Sith-Lord zurück.

Als Dooku mit der ganzen Kraft, die die dunkle Seite aus dem Universum ziehen kann, ein scharfkantiges Fragment des Durastahltisches nach Anakin schleudert, wird es von Shmi Skywalkers sanft gemurmelten Worten *Ich wusste, dass du zu mir kommen würdest* beiseite gefegt.

Der Rauch seines schwelenden Herzens hat ihm viel zu lange den Kopf gefüllt. Donner hat seinen Geist verdunkelt. Auf Aargonar, Jabiim und im Tusken-Lager hat ihn der Rauch geblendet und veranlasst, im Dunkeln wild um sich zu schlagen, gedankenlos zu töten und zu zerstören. Doch hier und jetzt, an Bord dieses Schiffes, haben sich seine inneren Mauern geöffnet, und Entsetzen und Zorn sind *dort draußen* beim Kampf und nicht mehr in seinem Kopf, und Anakins Geist ist so klar wie eine Kristallkugel.

In dieser makellosen Klarheit gibt es nur eines, das er tun muss.

Entscheiden.

Und das macht er.

Er entscheidet zu *gewinnen.*

Er entscheidet, dass Dooku die Hand verlieren sollte, die er nahm. Entscheidung ist hier Realität: Das Lichtschwert bewegt sich simultan mit seinem Willen, und blaues Feuer verdampft schwarze corellianische Nanoseide, desintegriert Fleisch und durchtrennt Knochen, und die Schwerthand des Sith-Lords fällt, zieht Rauch hinter sich her, der nach verbranntem Fleisch und verbrannten Haaren riecht. Die Hand fällt, den scharlachrot glühenden Stab noch immer im verkrampften Todesgriff, und Anakins Herz singt beim Fall der roten Klinge.

Er greift danach, und die Macht nimmt sie für ihn.

Und dann schlägt Anakin dem Sith-Lord auch die andere Hand ab.

Dooku sinkt auf die Knie, das Gesicht leer, den Mund geöffnet, und seine Waffe summt durch die Luft, in die Hand des Siegers, und Anakin sieht seine Vision von der Zukunft bestätigt: zwei Klingen an Graf Dookus Kehle.

Aber hier straft die Wahrheit den Traum Lügen. *Er* hält beide Lichtschwerter in den Händen, und die Sith-Klinge in seiner Hand aus Fleisch leuchtet in der Farbe synthetischen Blutes.

Dooku duckt sich voller Furcht und findet noch immer die Hoffnung in seinem Herzen, dass er sich irrt, dass Palpatine ihn nicht verraten hat und alles nach Plan läuft …

Doch dann hört er: »Gut, Anakin! Gut! Ich *wusste*, dass du dazu fähig bist!« Und er begreift, dass es Palpatines Stimme ist, und in den dunkelsten Tiefen fühlt er, dass sich die nächsten Worte auf ihn beziehen.

»Töte ihn«, sagt Palpatine. »Töte ihn jetzt.«

In Skywalkers Augen sieht er nur Flammen.

»Kanzler, bitte!«, bringt er verzweifelt und hilflos hervor; sein aristokratisches Benehmen ist vergessen, der Mut nur noch eine bittere Erinnerung. Er fleht um sein Leben, wie so viele seiner Opfer. »Bitte, Sie haben mir *Immunität* versprochen! Wir hatten eine *Vereinbarung*! *Helfen* Sie mir!«

Und sein Flehen bringt ihm ebenso viel Gnade ein, wie er selbst gewährt hat.

»Die Vereinbarung galt nur für den Fall, dass Sie mich freilassen«, erwidert Palpatine, seine Stimme so kalt wie das intergalaktische All. »Nicht, wenn Sie mich als Köder verwenden, um meine Freunde zu töten.«

Und da weiß Dooku, dass tatsächlich alles nach Plan läuft. Aber es ist Sidious' Plan, nicht seiner.

Dies ist tatsächlich eine Jedi-Falle gewesen, doch nicht Jedi waren die Beute.

Sie waren der Köder.

»Anakin …«, sagt Palpatine leise. »Töte ihn.«

Die Jahre der Jedi-Ausbildung lassen Anakin zögern. Er sieht auf Dooku hinab und sieht keinen Lord der Sith, sondern einen besiegten, gebrochenen, zusammengekrümmten alten Mann.

»Ich sollte nicht …«

»Töte ihn! Jetzt!«, bellt Palpatine, und Anakin begreift, dass es eigentlich gar kein Befehl ist, sondern etwas anderes, auf das er sein ganzes Leben gewartet hat. Erlaubnis.

Und Dooku …

Als er Anakin Skywalker zum letzten Mal in die Augen sieht, wird Dooku klar, dass er nicht nur heute getäuscht worden ist, sondern seit vielen, vielen Jahren. Er ist nie ein Schüler gewesen. Er ist nie dazu bestimmt gewesen, die Macht der Sith zu erben. Seine Bedeutung hat sich immer nur auf die eines Werkzeugs beschränkt.

Sein ganzes Leben – all die Siege, all die Kämpfe, sein Erbe, die Prinzipien und Opfer, all das, was er getan hat, was ihm gehört, was er gewesen ist, alle seine Träume und großen Visionen von der Zukunft des Imperiums und der Sith-Armee – ist nur ein erbärmlicher Schein gewesen, denn all jene Dinge laufen nur auf dies hier hinaus.

Er hat nur für dies existiert.

Dies.

Von Anfang an ist es ihm bestimmt gewesen, das Opfer des ersten kaltblütigen Mordes von Anakin Skywalker zu werden.

Das erste, aber gewiss nicht das letzte.

Die Klingen an seiner Kehle bewegen sich wie eine Schere.

Schnipp.

Und sein ganzes Leben löst sich in nichts auf.

Mörder und Ermordeter starrten sich gegenseitig an.

Aber nur der Mörder blinzelte.

Ich habe das getan.

Der Blick des abgetrennten Kopfes galt etwas, das sich jenseits der Welt der Lebenden befand. Das auf den Lippen erstarrte Flehen verhallte. Der kopflose Rumpf kippte, mit einem letzten leisen Seufzen der offenen Luftröhre, knickte an der Hüfte ein, als wollte er sich vor der Macht verbeugen, die ihm das Leben genommen hatte.

Der Mörder blinzelte erneut.

Wer bin *ich?*

War er der Sklavenjunge auf einem Wüstenplaneten, den man schätzte, weil er erstaunlich gut mit Maschinen umgehen konnte? War er der legendäre Pod-Pilot, der einzige Mensch, der jemals diesen tödlichen Sport überlebt hatte? War er der ungebärdige, temperamentvolle und übermütige Schüler eines großen Jedi-Meisters? Der Starpilot? Der Held? Der Geliebte? Der Jedi?

Konnte er all das oder *irgendetwas* davon sein und das getan haben, was er getan hatte?

Er fand die Antwort in dem Augenblick, als ihm klar wurde, dass er die Frage stellen musste.

Weitere Erschütterungen schüttelten den Kreuzer, als ihn Torpedos und Turbolaserblitze trafen. Dookus Kopf rollte übers Deck, und Anakin erwachte.

»Was ...?«

Er entsann sich an einen Traum. Er war geflogen und hatte gekämpft, immer wieder gekämpft, und in jenem Traum konnte er all das zustande bringen, was er wollte. Und ganz gleich, was er tat: In dem Traum war es immer richtig, allein deshalb, weil er es tun wollte. In dem Traum gab es keine Regeln, nur Macht.

Und die Macht gehörte ihm.

Jetzt stand er vor einer kopflosen Leiche, deren Anblick er nicht ertrug, aber er konnte den Blick auch nicht abwenden, und er wusste, dass es gar kein Traum gewesen war, er hatte dies *wirklich* getan, hielt die Klingen noch immer in den Händen, und er sank tiefer in das Meer des Falschen, in das er gesprungen war.

Er ertrank darin.

Das Lichtschwert des Toten rutschte ihm aus den Fingern. »Ich ... ich konnte mich nicht daran hindern ...«

Und noch bevor die Worte seine Lippen verließen, hörte er ihren hohlen Klang und erkannte sie als Lüge.

»Du hast das *Richtige* getan, Anakin.« Palpatines Stimme war wie ein warmer Arm um seine Schultern. »Er war zu gefährlich, er durfte nicht am Leben bleiben.«

Vom Kanzler klang das wahr, aber als Anakin es in seinem Kopf wiederholte, begriff er, dass es ihm nie gelingen würde, an diese Wahrheit Palpatines zu glauben. Ein Zittern, das zwischen seinen Schulterblättern begann, drohte auf den ganzen Körper überzugreifen. »Er war ein unbewaffneter *Gefangener* ...«

Das war die Wahrheit, diese eine unleugbare Tatsache. Zwar verbrannte sie ihn wie ein Schlag mit einem Lichtschwert, aber an der Wahrheit konnte er festhalten. Und irgendwie fühlte er sich dadurch etwas besser. Etwas stärker. Er versuchte es mit einer weiteren Wahrheit: Es war falsch, zu behaupten, dass er sich nicht daran hatte hindern können …

»Ich hätte das nicht tun sollen«, sagte er, und dabei klang seine Stimme fest und endgültig. Jetzt konnte er den Blick auf die Leiche richten, und auch auf den abgetrennten Kopf.

Er konnte sie als das sehen, was sie waren.

Ein Verbrechen.

Er war zu einem Verbrecher geworden.

Die Schuld traf ihn wie eine Faust. Er *fühlte* es: ein Schlag ins Herz, so wuchtig, dass er ihm die Luft aus den Lungen presste und die Knie weich werden ließ. Wie ein Joch aus Kollapsium hing die Schuld an seinen Schultern: ein unsichtbares Gewicht, das über seine Kraft hinausging, das Leben aus ihm presste.

Es gab keine Worte dafür. Er konnte nur sagen: »Es war falsch.«

Das fasste es alles zusammen.

Es war falsch.

»Unsinn. Es genügte nicht, ihn zu entwaffnen. Seine Macht ging über dein Vorstellungsvermögen hinaus.«

Anakin schüttelte den Kopf. »Das spielt keine Rolle. Die Jedi-Prinzipien verbieten so etwas.«

»Hast du nie bemerkt, dass die Prinzipien der Jedi *nicht* immer richtig sind?«, fragte Palpatine, verborgen im Schatten des Generalssessels.

Anakin sah in seine Richtung. »Ihr versteht nicht. Ihr seid kein Jedi. Ihr *könnt* es nicht verstehen.«

»Hör mir zu, Anakin. Wie viele Leben hast du mit einem Streich deines Lichtschwerts gerettet? Kannst du sie zählen?«

»Aber …«

»Es war nicht falsch, Anakin. Es mag gegen die Prinzipien der Jedi verstoßen, aber es war *richtig*. Und vollkommen natürlich: Er nahm deine Hand, und du wolltest Rache. Und deine Rache war *Gerechtigkeit.*«

»Rache ist nie gerecht. Das *kann* sie nicht sein …«

»Sei nicht kindisch, Anakin. Rache ist die *Grundlage* der Gerechtigkeit. Die Gerechtigkeit begann mit Rache, und Rache ist noch immer die einzige Gerechtigkeit, die sich manche Wesen erhoffen können. Und außerdem ist dies für dich sicher nicht das erste Mal, oder? Hat Dooku mehr Gnade verdient als die Sandleute, die deine Mutter zu Tode folterten?«

»Das war etwas *anderes.*«

Im Tusken-Lager hatte er den Verstand verloren und war zu einer Naturgewalt geworden, die ebenso wahllos tötete wie ein Sandsturm. Er hatte die Tusken regelrecht massakriert, aber er war dabei nicht Herr seiner selbst gewesen, und inzwischen erschien es ihm so, als hätte damals jemand anders getötet. Es fühlte sich an wie eine Geschichte, die er gehört und mit der er kaum etwas zu tun hatte.

Aber Dooku …

Dooku war ermordet worden.

Von ihm.

Mit Absicht.

Hier im Quartier des Generals hatte er einem lebenden Wesen in die Augen gesehen und kaltblütig entschieden, sein Leben zu beenden. Er hätte den richtigen Weg wählen können. Den Weg der Jedi.

Aber stattdessen …

Er starrte auf Dookus abgetrennten Kopf hinab.

Diese Entscheidung ließ sich nicht rückgängig machen. Wie Meister Windu so gern sagte: Es gibt keine zweite Chance.

Und Anakin war nicht einmal sicher, ob er eine wollte.

Er wollte nicht darüber nachdenken, ebenso wenig wie über die Toten auf Tatooine. Er hob die Hand zu den Augen und versuchte, die Erinnerung fortzuwischen. »Ihr habt versprochen, dass wir nie wieder darüber reden.«

»Und das werden wir auch nicht. Wir brauchen auch nie wieder über das zu sprechen, was heute hier geschah.« Die sanfte Stimme schien von den Schatten selbst zu kommen. »Ich habe deine Geheimnisse immer gehütet, nicht wahr?«

»Ja … ja, natürlich, Kanzler, aber …« Anakin hätte sich am liebsten in irgendeiner Ecke verkrochen. Wenn die Dinge einfach *aufhörten* – für eine Stunde, oder nur für eine Minute –, konnte er sich fassen und eine Möglichkeit finden, seinen Weg fortzusetzen. Er musste ihn fortsetzen. Etwas anderes kam für ihn nicht infrage.

Zumal er es nicht ertragen konnte, zurückzusehen.

Die Panoramawand hinter dem Generalssessel zeigte die Ionenspiralen heranrasender Raketen. Die Erschütterungen des Schiffes wurden zu einem permanenten Beben, das immer mehr an Intensität gewann.

»Anakin, meine Fesseln, bitte«, sagte der Schatten. »Ich fürchte, dieses Schiff bricht auseinander. Ich denke, wir sollten nicht an Bord sein, wenn das passiert.«

In der Macht sah Anakin die Feldsignaturen der magnetischen Schlösser an den Schellen des Kanzlers so deutlich wie einen Text, der SCHLIESS MICH AUF lautete. Ein kurzer mentaler Druck öffnete sie. Dem Schatten wuchs ein Kopf, dann Schultern, und dann kam es zu einer plötzlichen Mitose, die den Generalssessel zurückließ und seine andere Hälfte in den Obersten Kanzler verwandelte.

Palpatine trat durch die Trümmer auf dem Boden des düsteren Raums und ging erstaunlich schnell zur Treppe. »Komm, Anakin. Uns bleibt nur wenig Zeit.«

Jenseits der Panoramawand dehnte sich das weiße Feuer zahlreicher Raketenexplosionen aus, und eine von ihnen beschädigte offenbar die Gravitationsgeneratoren: Das Schiff schien sich auf die Seite zu legen. Palpatine klammerte sich am Treppengeländer fest, und Anakin rutschte über einen Boden, der plötzlich zu einer um fünfundvierzig Grad geneigten Rampe geworden war.

Er rollte in einen Haufen aus geborstenem Permabeton in Form von gewichtsreduzierendem Hydroschaum. »Obi-Wan …!«

Anakin sprang auf und stieß die Trümmer beiseite, die seinen Meister bedeckten. Obi-Wan lag völlig reglos, die Augen geschlossen, Staub und Blut im Haar.

So schlimm Obi-Wan auch aussah – Anakin hatte auf zu vielen Schlachtfeldern neben den Körpern von zu vielen Freunden gestanden, um sich von ein wenig Blut erschrecken zu lassen. Er berührte Obi-Wan am Hals und stellte fest, dass sein Herz noch schlug, und mit der gleichen Berührung floss Anakins Wahrnehmung in der Macht durch den ganzen Leib seines Freundes. Es waren keine Knochen gebrochen. Obi-Wan hatte nur eine Gehirnerschütterung erlitten, mehr nicht.

Sein Kopf schien noch etwas härter zu sein als die Innenwände des Kreuzers.

»Lass ihn liegen, Anakin. Wir haben keine Zeit.« Palpatine hing halb am Geländer, beide Arme um einen Pfosten geschlungen. »Der ganze Kommandoturm könnte bersten …«

»Dann werden wir alle zusammen im All treiben.« Anakin sah zum Obersten Kanzler auf, und in diesem einen Augenblick mochte er ihn ganz und gar nicht. Doch dann erinnerte er sich: So tapfer Palpatine auch sein mochte – seine Tapferkeit war eine Tapferkeit der Gesinnung und nicht die des Soldaten. Er wusste nicht, wozu er Anakin gerade aufgefordert hatte.

»Sein Schicksal wird das gleiche sein wie unseres«, betonte Anakin für den Fall, dass Palpatine nicht verstanden hatte.

Mit dem bewusstlosen Obi-Wan und dem oben wartenden Palpatine, mit der auf ihm lastenden Verantwortung für seine beiden engsten Freunde … Damit fand Anakin sein inneres Gleichgewicht wieder. In einer schwierigen Situation, wenn er unter Druck stand und niemanden um Hilfe rufen konnte, war er imstande, sich zu konzentrieren. Die Umstände verlangten es von ihm.

Dazu war er geboren: um Personen zu retten.

Die Macht brachte Obi-Wans Lichtschwert in seine Hand,

und er befestigte es am Gürtel des Meisters. Dann legte er sich den schlaffen Körper über die Schulter und ließ sich von der Macht helfen, als er über das steile Deck zu Palpatine eilte.

»Beeindruckend«, sagte der Kanzler, doch dann blickte er demonstrativ die Treppe hoch – durch die Verschiebung der künstlichen Schwerkraft war sie zu einer vertikalen Klippe geworden. »Aber was jetzt?«

Bevor Anakin antworten konnte, ließ die launische Gravitation das Schiff erneut kippen. Während sie sich beide am Geländer festhielten, schien der Raum um sie herum zu rollen. Die von Lichtschwertern zerschnittenen Sessel, Fragmente des Lagetisches und Trümmerteile rutschten zur gegenüberliegenden Seite des Raums, und die Treppe war plötzlich keine Klippe mehr, sondern ein geriefter Boden.

Anakin nickte zur Tür des Turboliftfoyers. »Es heißt, wenn die Macht eine Luke schließt, öffnet sie ein Fenster. Nach Euch?«

5. KAPITEL
Grievous

Die ARC-170-Piloten von Staffel Sieben hatten sich den V-Flüglern von Staffel Vier angeschlossen, und gemeinsam jagten sie die letzten Vulture-Jäger, die das riesige Flaggschiff der Föderation, die *Invisible Hand*, abgeschirmt hatten. Mit maschinenartiger Präzision zerstörten Klonpiloten einen Droiden nach dem anderen. Als sich der allerletzte Vulture-Jäger in eine heiße Gaswolke verwandelt hatte, drehten die Klonjäger ab und überließen die *Invisible Hand* dem konzentrierten Feuer der Einsatzgruppe Fünf der Heimatflotte: drei leichte Kreuzer der *Carrack*-Klasse – die *Integrity,* die *Indomitable* und die *Perseverance* – und das Schlachtschiff *Mas Ramdar.*

Die Einsatzgruppe Fünf bildete ein Dreieck um die *Mas Ramdar* und befand sich in einem höheren Orbit, um die *Invisible Hand* tief in Coruscants Gravitationsschacht zu halten. Turbolaser feuerten auf die instabilen Schilde, doch das Flaggschiff steckte nicht nur ein, sondern teilte auch aus: Die *Mas Ramdar* war so schwer beschädigt, dass sie eigentlich nur noch als Ziel diente, das das Abwehrfeuer der *Hand* auf sich zog. Die *Indomitable* war nur noch eine Hülle, die meisten ihrer Besatzungsmitglieder tot oder evakuiert; ihr Kommandant und die Brückencrew steuerten sie mit Funksignalen. Sie bewegte sich unstet durch den Vektorkegel der für die *Invisible Hand* infrage kommenden Fluchtrouten, um das Flaggschiff daran zu hindern, höher aufzusteigen und zu springen.

Als ihre Schilde schließlich ganz zusammenbrachen, begann die *Hand* zu rollen. Sie drehte sich wie die Kugel einer Projektilschleuder, und das aus zahlreichen Rissen in der

Außenhülle entströmende, sofort kristallisierende Gas bildete spiralförmige Fahnen. Die Rotation wurde schneller, was die Schiffe der fünften Einsatzgruppe daran hinderte, ihre Zielerfassung stabil zu halten. Die Turbolaser konnten nicht immer wieder auf die gleiche Stelle feuern, und bei einzelnen Treffern reichte ihre Energie nicht aus, um die schwere Panzerung der *Invisible Hand* zu durchschlagen. Die anvisierten Ziele wurden zu Ringen, die das Schiff umgaben und sich wie Garotten aus Feuer allmählich tiefer fraßen.

Auf der Brücke der *Hand* hatten sich überhitzte Neimoidianer vor ihren Gefechtsstationen in Schutzgewebe gehüllt. Es roch nach verbranntem Metall und den Stresshormonen von Reptilien, und die sich immer wieder verschiebende Gravitation drohte, einen noch strengeren Geruch hinzuzufügen: Die Gesichter mehrerer Brückenoffiziere zeigten kein gesundes Graugrün mehr, sondern von Übelkeit kündendes Rosa.

Das einzige Wesen auf der Brücke, das nicht angeschnallt war, stapfte von der einen Seite des Kontrollraums zur anderen, den bodenlangen Umhang über zwei kantige Schultern gezogen. Der Mann schenkte den Erschütterungen keine Beachtung und reagierte auch nicht auf die unvorhersehbaren Gravitationsverschiebungen, als er mit metallenem Klacken übers Deck ging. Die Veränderungen der gravitationellen Vektoren ließen ihn unbeeindruckt, weil seine Gehwerkzeuge mit Krallen ausgestattete Gebilde aus magnetisiertem Duranium waren und Gelenke aufwiesen, damit sie wie die Füße eines vratixanischen Blutadlers zupacken und zermalmen konnten.

Sein Ausdruck ließ sich nicht deuten, denn das Gesicht war eine Maske aus gebleichtem keramischen Panzerplast mit der stilisierten Darstellung eines menschlichen Totenkopfs. Doch das reine Gift in der Stimme, die durch den elektroakustischen Vokabulator der Maske zischte, genügte, um einen Eindruck zu vermitteln.

»Sorgen Sie dafür, dass die Gravitationsgeneratoren entweder kalibriert oder deaktiviert werden«, fauchte er den sich duckenden neimoidianischen Ingenieur auf dem Bildschirm an. »Wenn dies so weitergeht, überleben Sie nicht lange genug, um von der Republik getötet zu werden.«

»Aber, aber, Sir ... es hängt von den Reparaturdroiden ab ...«

»Und weil sie Droiden *sind*, ist es nutzlos, ihnen zu drohen. Deshalb drohe ich *Ihnen*. Verstanden?«

Er wandte sich ab, bevor der Ingenieur eine Antwort stammeln konnte. Die Hand, die er dem vorderen Bildschirm entgegenstreckte, trug einen Handschuh aus Panzerplast, mit den Knochen aus Duraniumlegierung verschmolzen. »Konzentrieren Sie das Feuer auf die *Indomitable*«, wies er den ranghöchsten Kanonier an. »Alle Batterien mit maximaler Energie. Feuern Sie, um Wirkung zu erzielen. Pusten Sie das Schiff aus dem All, und anschließend machen wir einen Hypersprung durch seine Trümmerwolke.«

»Aber ... die vorderen Türme sind bereits *überladen*, Sir.« Die Stimme des Kanoniers zitterte; er schien der Panik nahe zu sein. »Sie fallen in weniger als einer *Minute* aus ...«

»Feuern Sie weiter mit ihnen.«

»Aber, Sir, wenn sie durchgebrannt sind ...«

Weiter kam der Kanonier nicht. Eine Art feuchtes Knirschen erklang, als eine Panzerplastfaust sein Gesicht traf und zertrümmerte. Die gleiche Faust öffnete sich, packte den Kanonier am Kragen, zog die Leiche aus dem Sessel und zerriss dabei das Schutzgewebe.

Ein ausdrucksloses Totenkopfgesicht wandte sich dem nächsten Kanonier zu. »Herzlichen Glückwunsch zu Ihrer Beförderung. Übernehmen Sie seinen Platz.«

»J-j-ja, Sir.« Die Hände des frisch beförderten Kanoniers zitterten so heftig, dass er sein Schutzgewebe kaum öffnen konnte, und sein Gesicht hatte ein grässliches Rosarot gewonnen.

»Verstehen Sie Ihre Befehle?«

»J-j-j...«

»Haben Sie irgendwelche Einwände?«

»N-n-n...«

»Gut«, sagte General Grievous mit kühler Unbewegtheit. »Führe Sie die Anweisungen aus.«

Dies ist General Grievous.

Durastahl. Mit keramischem Panzerplast plattiertes Duranium. Elektrosehnen und Kristallschaltkreise.

Darin: die Reste eines menschlichen Lebens.

Er atmet nicht. Er isst nicht. Er kann nicht lachen, und er weint nicht.

Vor einem Leben war er ein organisches intelligentes Wesen. Vor einem Leben hatte er Freunde, eine Familie, eine Beschäftigung. Vor einem Leben gab es Dinge, die er liebte und fürchtete. Jetzt hat er weder das eine noch das andere.

Dafür hat er *Zielstrebigkeit.*

Sie ist eingebaut.

Er ist dafür konstruiert, einzuschüchtern. Die Ähnlichkeit mit einem menschlichen Skelett aus Gliedern im Stil der legendären Krath-Kriegsdroiden ist ganz und gar Absicht. Gesicht und Gestalt stammen aus endlosen Kindheitsalbträumen.

Er ist dafür konstruiert, zu dominieren. Die keramischen Panzerplastplatten schützen Gliedmaßen, Rumpf und Gesicht, können sogar einem Strahlblitz aus der Laserkanone eines Sternjägers widerstehen. Die unzerstörbaren Arme sind zehnmal so stark wie menschliche, und elektronische Reflexe machen sie viel schneller.

Er ist dafür konstruiert, zu töten. Die menschengroßen Hände haben menschengroße Finger, und zwar um ein Lichtschwert zu halten.

Vier hängen am Gürtel unter seinem Umhang.

Er hat nie selbst ein Lichtschwert angefertigt. Er hat nie eines gekauft oder ein verloren gegangenes gefunden. Seine Lichtschwerter stammen aus den toten Händen der Jedi, die er umgebracht hat.

Er selbst.

Er besitzt viele solche Trophäen. Die vier, die er bei sich trägt, sind ihm besonders wichtig. Ein Lichtschwert gehörte dem wackeren K'Kruhk, den er auf Hypori besiegte, ein anderes dem Viraanntesse-Jedi Jmmaar, der auf Vandos fiel. Nummer drei und vier sind von Puroth und Nystammall geschaffen worden: Grievous hat sie auf der Flammengrasebene von Tovarskl getötet, und zwar so, dass sie beide nicht nur den eigenen Tod voraussahen, sondern auch den des anderen. An jene Morde erinnert er sich mit solcher Genugtuung, dass es ihm fast so etwas wie Freude bereitet, die Souvenirs mit seinen Händen aus Panzerplast und Durastahl zu berühren.

Aber nur fast.

Er erinnert sich an Freude. Er erinnert sich an Zorn und Ärger. Er erinnert sich an Gram und Kummer.

Aber er fühlt nichts dergleichen. Nicht mehr.

Dafür ist er nicht konstruiert.

Weiße Funken schwirrten und knisterten durch den im Liftfoyer wogenden Rauch. Der bewusstlose Jedi-Meister auf Anakins Schulter schnaufte leise. Neben der anderen Schulter hustete Palpatine in den Ärmel seines Umhangs, den er vors Gesicht gehoben hatte, um sich vor dem beißenden Qualm zu schützen, der von überladenen Schaltkreisen ausging.

»R2?« Anakin schüttelte sein Komlink. Das verdammte Ding funktionierte nicht mehr richtig, seit Obi-Wan während eines Turboliftkampfs darauf getreten war.

»Hörst du mich, R2? Bitte aktiviere ...« Der Rauch war so dicht, dass er kaum die Zahlen auf der Markierungstafel erkennen konnte. »... Lift 324. *324*, hast du verstanden?«

Ein leises Zirpen kam aus dem Komlink, vielleicht eine Bestätigung, und die Tür glitt auf. Aber bevor Anakin Obi-Wan hindurchtragen konnte, schoss die Liftkapsel nach oben, und die künstliche Schwerkraft verschob sich erneut, warf ihn und seinen Partner neben Palpatine in die gegenüberliegende Ecke des Liftfoyers.

Der Kanzler versuchte, auf die Beine zu kommen, hustete noch immer und klang schwach. Mithilfe der Macht wuchtete sich Anakin Obi-Wan wieder auf die Schulter und stand auf. »Vielleicht solltet Ihr sitzen bleiben«, wandte er sich an Palpatine. »Die Gravitationsveränderungen werden immer schlimmer.«

Der Kanzler nickte. »Aber …«

Anakin sah auf. Die Tür des Turbolifts stand noch immer offen. »Wartet hier.«

Er öffnete sich ein wenig mehr der Macht und stellte sich vor, mit Obi-Wan am Rand des Schachtes zu stehen. Dieses Bild hielt er fest, als er sprang, und die Macht verwandelte seine Vorstellung in Realität: Der Sprung brachte ihn und den bewusstlosen Jedi-Meister genau zum Rand.

Durch den veränderten Gravitationsvektor war der Turboliftschacht zu einem horizontalen Gang aus dunklem Durastahl geworden, der laserstrahlgerade in die Finsternis führte. Anakin wusste um die innere Struktur von Schlachtkreuzern der Handelsföderation. Der kantige Kommandoturm war dreihundert Meter lang, und diese Distanz konnten sie in zwei oder drei Minuten zurücklegen. Aber wenn es zu einem neuerlichen Gravitationswechsel kam, während sie sich im Innern des Schachts befanden …

Anakin schüttelte den Kopf, als er darüber nachdachte. »Wir müssen schnell sein.«

Er sah zu Palpatine zurück, der noch immer unten kauerte. »Ist alles in Ordnung mit Euch, Kanzler? Fühlt Ihr Euch kräftig genug, um zu laufen?«

Der Oberste Kanzler stand auf und versuchte, den Staub von seinem Umhang zu klopfen. »Ich bin nicht mehr gelaufen, seit ich ein Junge auf Naboo war.«

»Es ist nie zu spät, damit anzufangen, sich in Form zu bringen.« Anakin griff in die Macht und half Palpatine, als er zur offenen Tür emporkletterte. »Auf dem Hangardeck stehen leichte Shuttles bereit. Wir können in fünf Minuten dort sein.«

Als Palpatine den Liftschacht erreicht hatte, sagte Anakin: »Folgt mir.« Er wandte sich zum Gehen, doch der Kanzler hielt ihn am Arm fest.

»Warte, Anakin. Wir müssen zur Brücke.«

Durch ein ganzes Schiff voller Droiden? Nein. »Das Hangardeck befindet sich direkt unter uns ... ich meine, *neben* uns. Es ist unsere beste Chance.«

»Aber die Brücke ... *Grievous* ist dort.«

Das ließ Anakin innehalten. Grievous. Der größte Jedi-Schlächter seit Durge. In seiner Aufregung hatte Anakin vergessen, dass sich der Biodroiden-General an Bord befand.

»Du hast Dooku besiegt«, sagte Palpatine. »Wenn du Grievous gefangen nimmst, fügst du den Separatisten eine Niederlage zu, von der sie sich vielleicht nie erholen.«

Ich könnte es schaffen, dachte Anakin verblüfft.

Seit Muunilinst träumte er davon, den General gefangen zu nehmen, und jetzt war Grievous in der Nähe. So nahe, dass er ihn praktisch *riechen* konnte ... Und Anakin hatte sich nie zuvor so stark gefühlt. Die Macht war mit ihm, auf eine so kraftvolle Weise, wie er sie jetzt zum ersten Mal spürte.

»Denk darüber nach, Anakin.« Palpatine stand so dicht an Anakins freier Schulter, dass er nur flüstern musste. »Du hast den politischen Kopf der Separatisten geschlagen. Wenn du ihnen den militärischen Kommandeur nimmst, hast du praktisch den Krieg gewonnen. *Du allein.* Wer wäre sonst dazu fähig? Yoda? Mace Windu? Sie konnten nicht einmal Dooku festsetzen. Wer hätte eine Chance gegen Grievous, wenn nicht Anakin Skywalker? Die Jedi haben es nie mit einer Krise wie den Klonkriegen zu tun bekommen – aber sie hatten auch nie einen Helden wie *dich*. Du kannst sie *retten*. Du kannst *alle* retten.«

Anakin zuckte zusammen und richtete einen scharfen Blick auf Palpatine. Wie er das gesagt hatte ...

Es klang nach einer Stimme aus seinen Träumen.

»Das …« Anakin versuchte zu lachen, doch es hörte sich nicht sehr überzeugend an. »Das entspricht nicht dem, was mich Obi-Wan gelehrt hat.«

»Vergiss Obi-Wan«, sagte Palpatine. »Er hat keine Ahnung, wie mächtig du wirklich bist. *Benutze* deine Macht, Anakin. Rette die Republik.«

Anakin sah es so deutlich wie bei einer HoloNetz-Sendung: Er traf im Senat ein, mit Grievous in Energiefesseln, und trat bescheiden beiseite, als Palpatine das Ende des Krieges verkündete. Er sah, wie er zum Tempel zurückkehrte, ins Zimmer des Rates, wo diesmal ein Stuhl auf ihn warten würde.

Nachdem er den Krieg gewonnen hatte, konnte man ihm wohl kaum den Status des Meisters vorenthalten …

Doch dann bewegte sich Obi-Wan auf seiner Schulter und stöhnte leise, und Anakin fand sich abrupt in der Wirklichkeit wieder.

»Nein«, sagte er. »Tut mir Leid, Kanzler. Ich habe klare Befehle. Dies ist eine Rettungsmission. Eure Sicherheit ist meine einzige Priorität.«

»Ich werde nie sicher sein, solange Grievous lebt«, erwiderte Palpatine. »Meister Kenobi wird gleich zu sich kommen. Lass ihn hier bei mir zurück. Er kann mich sicher zum Hangardeck bringen. Nimm du dir den General vor.«

»Ich … Das würde ich gern, Sir, aber …«

»Ich kann einen Befehl daraus machen, Anakin.«

»Bei allem Respekt, Sir: Nein, das könnt Ihr nicht. Meine Befehle kommen vom Jedi-Rat, und der Rat nimmt seine Anweisungen vom Senat entgegen. Ihr habt keine direkte Autorität.«

Das Gesicht des Kanzlers verfinsterte sich. »Das könnte sich ändern.«

Anakin nickte. »Und vielleicht sollte es sich ändern, Sir. Aber bis dahin bin ich an meine Befehle gebunden. Gehen wir.«

»Sir?« Die dünne Stimme des Kom-Offiziers unterbrach Grievous' Wanderung. »Die *Integrity* setzt sich mit uns in Verbindung, Sir. Sie schlägt vor, das Feuer einzustellen.«

Dunkelgelbe Augen blickten durch die Totenkopfmaske auf die taktischen Displays. Eine Pause im Kampf bedeutete, dass die Turbolaserbatterien der *Invisible Hand* abkühlen konnten, und die Ingenieure bekamen Gelegenheit, die Gravitationsgeneratoren unter Kontrolle zu bekommen. »Bestätigen Sie den Empfang. Bereitschaft für Feuereinstellung.«

»Bereitschaft, Sir.« Der Kanonier zitterte noch immer.

»Feuer einstellen.«

Die Lanzen aus Energie, die die Einsatzgruppe der Heimatflotte attackiert hatten, verblassten und verschwanden.

»Wir empfangen erneut Signale, Sir. Der Kommandant der *Integrity*.«

Grievous nickte. »Verbindung herstellen.«

Ein geisterhaftes Bild entstand über dem Hologenerator der Brücke und zeigte einen jungen Mann, durchschnittlich groß, in der Uniform eines Lieutenant Commander. In seinem sanft wirkenden Gesicht fiel ruhige Zuversicht auf.

»General Grievous«, begann der junge Mann, »ich bin Lieutenant Commander Lorth Needa von der RSS *Integrity*. Auf meine Bitte hin bieten Ihnen meine Vorgesetzten die Chance zu kapitulieren, Sir.«

»Kapitulieren?« Grievous' Vokabulator erzeugte die recht gute Nachbildung eines Schnaufens. »Lächerlich.«

»Bitte ziehen Sie das Angebot sorgfältig in Erwägung, General, denn wir unterbreiten es nur einmal. Denken Sie an das Leben Ihrer Besatzungsmitglieder.«

Grievous ließ einen eisigen Blick durch den Kontrollraum voller feiger Neimoidianer schweifen. »Warum sollte ich?«

Der junge Mann wirkte nicht überrascht, offenbarte nur ein wenig Kummer. »Ist das Ihre Antwort?«

»Nein.« Grievous richtete sich auf. Wenn er die Glieder streckte, fügte er seiner beeindruckenden Körpergröße einen weiteren halben Meter hinzu. »Ich habe ein Gegenangebot für Sie. Verzichten Sie weiterhin darauf, das Feuer auf uns zu eröffnen, schaffen Sie die *Indomitable* beiseite und ziehen Sie sich auf eine Entfernung von mindestens fünfzig Kilometer zurück, damit wir in den Hyperraum springen können.«

»Um Ihren eigenen Ausdruck zu gebrauchen, Sir: lächerlich.«

»Teilen Sie Ihren Vorgesetzten dies mit: Wenn meine Forderungen nicht innerhalb von zehn Minuten erfüllt werden, werde ich persönlich dem Obersten Kanzler Palpatine den Bauch aufschlitzen, live im HoloNetz. Haben Sie verstanden?«

Der junge Offizier nahm dies entgegen, ohne zu blinzeln. »Ah. Der Kanzler befindet sich also an Bord Ihres Schiffes.«

»Ja. Ihre armseligen Jedi, die so genannten Helden, haben versagt. Sie sind tot, und Palpatine bleibt in meiner Gewalt.«

»Ah«, wiederholte der junge Offizier. »Sie werden mir natürlich gestatten, mit ihm zu sprechen. Damit ich meinen Vorgesetzten versichern kann, dass Sie nicht einfach nur ... bluffen?«

»Ich würde nicht so tief sinken, jemanden wie Sie anzulügen.« Grievous wandte sich an den Kom-Offizier. »Stellen Sie eine Verbindung zu Graf Dooku her.«

Der Kom-Offizier betätigte die Kontrollen und schüttelte den Kopf. »Er meldet sich nicht, Sir.«

Grievous schüttelte ebenfalls den Kopf, voller Abscheu. »*Zeigen* Sie ihm den Kanzler. Bringen Sie mein Quartier auf den Schirm.«

Der Sicherheitsoffizier strich über seinen Bildschirm und gab ein erstickt klingendes Geräusch von sich. »Hrm, Sir?«

»Worauf *warten* Sie? Zeigen Sie das Bild!«

Der Offizier lief ebenso rosarot an wie der Kanonier. »Vielleicht sollten Sie es sich zuerst ansehen, Sir.«

Das Drängen in der Stimme brachte Grievous ohne ein weiteres Wort an seine Seite. Der General beugte sich zum Schirm vor, der sein Quartier zeigte, und sah Trümmerhaufen und den leeren Generalssessel.

Und das dort … schien eine Leiche zu sein.

Gehüllt in einen Umhang aus Panzergewebe.

Grievous wandte sich wieder dem Interschiff-Holokom zu. »Der Kanzler ist … indisponiert.«

»Ah. Ich verstehe.«

Grievous befürchtete, dass der junge Offizier zu gut verstand. »Ich *versichere* Ihnen …«

»Ich brauche Ihre Versicherungen nicht, General. Sie haben ebenso viel Zeit, wie Sie uns gegeben haben. In zehn Minuten werden Sie entweder kapitulieren oder mir bestätigen, dass Palpatine von Naboo lebt, unverletzt ist und sich an Bord Ihres Schiffes befindet. Andernfalls wird die *Invisible Hand* zerstört.«

»Warten Sie … Sie können doch nicht einfach …«

»Zehn Minuten, General. Needa Ende.«

Als sich Grievous zum Sicherheitsoffizier der Brücke umdrehte, war seine Maske so ausdruckslos wie immer, doch in der Stimme brannte heißer Zorn.

»Dooku ist tot, und die beiden Jedi treiben sich an Bord herum. Sie haben den Kanzler. Finden Sie sie und bringen Sie sie zu mir.«

Die Panzerplastfinger ballten sich zu einer Faust, die mit solcher Wucht auf die Sicherheitskonsole herabschmetterte, dass sie sich in einen Funken sprühenden und qualmenden Schrotthaufen verwandelte.

»*Finden* Sie sie!«

6. KAPITEL
Rettung

Anakin zählte die Schritte, als er durch den Turboliftschacht lief, mit Obi-Wan über seiner Schulter und Palpatine an der Seite. Er war bei hundertzwei angelangt – nur ein Drittel des Weges durch den Kommandoturm –, als er spürte, wie sich die Gravitation einmal mehr verschob.

Genau in die falsche Richtung: Der Rest des langen, langen Schachtes neigte sich jetzt steil nach *unten*.

Anakin streckte den freien Arm aus und packte den Kanzler. »Haltet Euch irgendwo fest, während ich versuche, uns aus dem Schacht zu bringen.«

Eine Turbolifttür befand sich in der Nähe und schien auf der Seite zu liegen. Anakins Lichtschwert fand seine Hand, und die zischende Klinge brannte sich durch die Türkontrollen. Doch bevor er die Leitungen beiseite schieben konnte, kippte der Liftschacht erneut, und er fiel, rutschte über die Wand. Mit der freien Hand tastete er nach einem Kabel, bekam es zu fassen und baumelte daran …

Die Turbolifttür öffnete sich.

Lockte mit Sicherheit. Und verspottete ihn: Sie befand sich außer Reichweite, einen Meter über Anakins ausgestrecktem Arm.

Und sein anderer Arm war das Einzige, was Obi-Wan daran hinderte, zweihundert Meter tief zu fallen und dem Griff des Lichtschwerts zu folgen, der klackend in der Dunkelheit verschwand. Für eine halbe Sekunde war Anakin froh über Obi-Wans Bewusstlosigkeit, denn ihm stand nicht der Sinn nach einer weiteren Lektion darüber, wie wichtig es war, sein Lichtschwert zu behalten, und dann verflüchtigte sich dieser Gedanke, denn *etwas hatte sein Bein gepackt …*

Er sah nach unten.

Palpatine.

Der Kanzler hielt sich mit erstaunlicher Kraft an Anakins Fuß fest und blickte voller Furcht in die Dunkelheit weiter unten. »Tu etwas, Anakin! Du musst etwas *tun*!«

Vorschläge nehme ich gern entgegen, dachte er, sagte aber: »Keine Panik. Haltet Euch weiterhin fest.«

»Ich glaube nicht, dass ich das kann …« Der Kanzler sah nach oben und richtete einen beschwörenden Blick auf Anakin. »Ich rutsche ab. Gib mir deine Hand … Du musst mir deine *Hand* geben!«

Und Obi-Wan loslassen? Nicht in diesem Jahrtausend.

»Keine *Panik*«, wiederholte Anakin. Der Kanzler schien den Verstand verloren zu haben. »Ich kann uns in Sicherheit bringen.«

Er bedauerte, nicht so zuversichtlich zu sein, wie er klang. Er hatte gehofft, dass sich die Schwerkraft erneut verschob, den vertikalen Schacht wieder zu einem horizontalen Korridor machte, aber derzeit schien die Gravitation stabil zu sein.

Dies war der denkbar ungünstigste Zeitpunkt für eine korrekte Funktion der Gravitationsgeneratoren.

Er sah abschätzend zur Lifttür hoch. Vielleicht konnte die Macht sie alle emportragen.

Er musste zugeben, dass es ein ziemlich großes Vielleicht war.

Obi-Wan, alter Kumpel, dachte er. Was hältst du davon, jetzt zu erwachen?

Obi-Wan öffnete die Augen, und sein Blick fiel auf etwas, von dem er vermutete, dass es Anakins Hinterteil war.

Es *sah* nach Anakins Gesäß aus – nach seiner Hose –, aber Obi-Wan konnte nicht ganz sicher sein, denn er hatte noch nie Gelegenheit gefunden, Anakins Allerwertesten verkehrt herum zu begutachten, und auch noch nie aus dieser unangenehmen Nähe.

Es war ihm ein Rätsel, wie er in diese Lage gelangt war.

»Äh, habe ich etwas verpasst?«, fragte er.

»Halt dich fest«, hörte er Anakin sagen. »Wir sind derzeit ein bisschen in Schwierigkeiten.«

Es *war* also Anakins Hinterteil. Vielleicht hätte sich Obi-Wan davon ein wenig trösten lassen sollen. Als er nach oben sah, entdeckte er Anakins Beine und einen erstaunlich nahen Kanzler – nur mit einer Hand hielt sich Palpatine an Anakins Fuß fest.

»Oh, hallo, Kanzler«, sagte er sanft. »Geht es Ihnen gut?«

Palpatine warf einen besorgten Blick über die Schulter. »Das *hoffe* ich ...«

Obi-Wan folgte dem Blick des Kanzlers. Über Palpatine erstreckte sich ein langer, langer vertikaler Schacht ...

Und da wurde ihm klar, dass er nicht nach *oben* sah.

Das hatte Anakin vermutlich mit seinem Hinweis auf Schwierigkeiten gemeint.

»Ah«, sagte Obi-Wan. Wenigstens verstand er jetzt, in welcher Situation sie sich befanden.

Offenbar drohte ein tödlicher Sturz in die Tiefe.

»Und Graf Dooku?«

»Tot«, sagte Anakin.

»Schade.« Obi-Wan seufzte. »Lebend wäre er uns eine Hilfe gewesen.«

»Obi-Wan ...«

»Nicht in dieser besonderen Situation, zugegeben, aber trotzdem ...«

»Können wir später darüber reden? Das Schiff bricht auseinander.«

»Ah.« Ein vertrautes Zirpen kam leise aus einem Komlink. »Ist das R2? Was will er?«

»Ich habe ihn aufgefordert, den Lift zu aktivieren«, sagte Anakin.

In der fernen Dunkelheit über ihnen klirrte, rasselte und klackte es – Geräusche, die vor Obi-Wans innerem Auge ein Bild von nachgebenden Turboliftbremsen schufen. Plötzlich herabwehender und nach brennendem Öl riechender Wind bestätigte die Genauigkeit seiner Vorstellung. Kurz darauf geriet die untere Seite der Liftkapsel in Sicht, die wie ein Meteorit durch den Schacht fiel.

»Oh«, sagte Obi-Wan.

»Es schien mir eine gute Idee gewesen zu sein …«

»Du brauchst dich nicht in die Defensive gedrängt zu fühlen.«

»R2!«, rief Anakin. »Den Lift deaktivieren!«

»Zu spät«, sagte Obi-Wan. »Spring.«

»Springen?«, wiederholte Palpatine und lachte humorlos. »Meinen Sie nicht *fallen*?«

»Äh, eigentlich ja. Anakin …?«

Anakin ließ los.

Sie fielen.

Und fielen. Die Wände des Turboschachts verschwammen.

Und sie fielen noch tiefer, bis sich der Gravitationsvektor um einige Grad verschob und sie über eine Wand des Schachtes rutschten, die kurz darauf zum Boden des Schachtes wurde, und die Kapsel raste ihnen noch immer entgegen, schneller, als sie laufen konnten, bis Anakin das Komlink dazu brachte, wieder zu funktionieren. »R2!«, rief er. »Öffne die Türen! Alle! Auf allen Ebenen!«

Eine Tür öffnete sich genau in dem Augenblick, als sie gegen sie stießen, und sie fielen hindurch und landeten in einem Haufen an der gegenüberliegenden Wand des Liftfoyers, als die Kapsel vorbeiheulte.

Nach und nach lösten sie sich voneinander. »Sind alle eure … Rettungen so … *unterhaltsam*?«, fragte Palpatine atemlos.

Obi-Wan bedachte Anakin mit einem nachdenklichen Blick, und sein früherer Schüler zuckte mit den Schultern.

»Da Sie es jetzt erwähnen …«, erwiderte Obi-Wan. »Eigentlich ja.«

Anakin starrte auf das Durcheinander aus Wrackteilen im Hangar und hielt nach etwas Ausschau, das noch Ähnlichkeit mit einem Schiff aufwies. Dieser Teil des Kreuzers schien einen direkten Treffer abbekommen zu haben. Hinter ihm, wo Obi-Wan und Kanzler Palpatine standen, zischte Wind aus der offenen Luke, wirbelte kleinere Trümmer auf, die durch Risse in den verbrannten Schotten ins All gesogen wurden.

»Dieses Schiff bringt uns nirgendwohin!«, rief Palpatine, um das Fauchen des Windes zu übertönen, und Anakin musste ihm zustimmen. »Was machen wir jetzt?«

Anakin schüttelte den Kopf. Er wusste es nicht, und die Macht bot ihm keine Hinweise. »Obi-Wan?«

»Woher soll ich das wissen?«, erwiderte Obi-Wan und hielt sich an der Luke fest. Sein Umhang flatterte im Wind. »Du bist der Held. Ich bin nur ein einfacher Meister!«

Hinter Obi-Wans Schultern sah Anakin eine Gruppe Superkampfdroiden, die um eine Ecke in den Korridor marschierten. »Meister! Hinter dir!«

Obi-Wan wirbelte herum, und sein aufblitzendes Lichtschwert reflektierte Blasterstrahlen. »Schütz den Kanzler!«

Soll ich dir den ganzen Spaß überlassen? Anakin zog Palpatine in den Hangar und drückte ihn neben der Luke an die Wand. »Bleibt in Deckung, bis wir die Droiden erledigt haben!«

Er wollte neben Obi-Wan springen, als ihm plötzlich einfiel, dass er sein Lichtschwert im Turboschacht verloren hatte. Es war ein wenig problematisch, mit bloßen Händen gegen Superkampfdroiden zu kämpfen, und außerdem hätte er sich von Obi-Wan bis zum Nimmerleinstag Belehrungen anhören müssen.

»Droiden sind nicht unser einziges Problem!« Palpatine deutete durch den Hangar. »Sieh nur!«

Auf der anderen Seite des Hangars gerieten große Trümmermassen in Bewegung und rutschten der Wand entgegen, an der Anakin und Palpatine standen. Eine unsichtbare Welle schwappte durch den Hangar, und hinter ihr rotierte der Gravitationsvektor um volle neunzig Grad.

Eine Gravitationsschere.

Anakin biss die Zähne zusammen. Dies wurde immer besser.

Er entrollte die Sicherheitsleine seines Werkzeuggürtels und reichte das Ende Palpatine. Der Wind ließ sie surren. »Bindet Euch das um die Taille. Hier geht es gleich drunter und drüber!«

»Was *passiert*?«

»Bei den Gravitationsgeneratoren ist es zu einer Desynchronisation gekommen – sie werden das Schiff auseinander reißen!« Anakin hielt sich an einem der Nullschwerkraftgriffe neben der Luke fest, beugte sich in den Feuersturm aus Blasterblitzen und wirbelndem Lichtschwert und berührte Obi-Wan an der Schulter. »Es wird Zeit zu gehen!«

»Was?«

Eine Erklärung erübrigte sich, denn die Scherenfront passierte sie, und die Wand wurde zum Boden. Anakin griff nach Obi-Wans Kragen, doch es ging ihm nicht darum, ihn vor einem Sturz zu bewahren. Das Drehmoment der Gravitationsschere hatte die Schotten verbogen, die sich jetzt oben befanden, und der Orkan aus entweichender Luft drohte den Jedi-Meister durch die Luke zu reißen. Anakin zog ihn aus dem Sturm, als Teile von Superkampfdroiden wie Geschosse in den Hangar rasten.

Einige der Droiden waren noch so weit intakt, dass sie beim Vorbeifliegen das Feuer eröffneten. »Halt mich am Gürtel fest!«, rief Obi-Wan und schwang sein Lichtschwert hin und her, um die Strahlen abzuwehren. Anakin hielt ihn fest, während seine andere Hand um den Nullschwerkraftgriff geschlossen blieb – nur sie verhinderte, dass Obi-Wan und er ins All gerissen wurden, und mit ihnen Palpatine.

»Dies ist nicht der beste Plan, den wir je hatten!«, rief er.

»Dies war ein *Plan*?« Palpatine klang entsetzt.

»Wir müssen nach vorn!«, rief Obi-Wan. »Da hinten sind nur Droiden! Bei den Mannschaftsquartieren finden wir bestimmt Rettungskapseln!«

Da hinten sind nur Droiden, hallte es in Anakins Kopf wider. »Warte, Obi-Wan! R2 ist hier irgendwo! Wir können ihn nicht zurücklassen!«

»Wahrscheinlich ist er zerstört oder schon im All!« Obi-Wan wehrte die Blasterstrahlen der beiden letzten Superkampfdroiden ab. Sie wurden durch den Riss gesogen und verschwanden durch ihn in die unendliche Leere. Obi-Wan steckte sein Lichtschwert an den Gürtel, kämpfte gegen den Wind an und erreichte einen Griff neben Anakin. »Wir können es uns nicht leisten, Zeit mit der Suche nach ihm zu verlieren. Tut mir Leid, Anakin. Ich weiß, wie viel er für dich bedeutet.«

Anakin holte sein Komlink hervor. »R2! R2, melde dich!« Er schüttelte das kleine Gerät mehrmals. R2 konnte nicht zerstört worden sein. Das war *undenkbar*. »R2, hörst du mich? Wo bist du?«

»Anakin ...« Obi-Wan legte ihm die Hand auf den Arm und beugte sich so nahe heran, dass Anakin seine leise Stimme trotz des Tosens hörte. »Wir müssen gehen. Ein Jedi-Meister zu sein ... Es bedeutet, von Dingen Abschied zu nehmen, auch von Dingen, die wir lieben.«

Anakin schüttelte das Komlink erneut. »R2!« Er konnte ihn nicht zurücklassen. Das kam nicht infrage. Und er hatte nicht einmal eine Erklärung dafür.

Jedenfalls keine Erklärung, die Obi-Wan akzeptieren würde.

Es gibt einige Dinge, die ein Jedi nie besitzt. Selbst sein Lichtschwert ist kein Eigentum, sondern der Ausdruck seiner Identität. Jedi zu sein bedeutet, auf Besitz zu verzichten. Und Anakin hat sich lange bemüht, diesem Prinzip gerecht zu werden.

Selbst an ihrem Hochzeitstag hatte er kein Geschenk für seine Frau, denn er *besaß* nichts.

Aber Liebe findet einen Weg.

Er hatte ihr so etwas wie ein Geschenk in ihre große Wohnung in Theed auf Naboo gebracht, als er ihr gegenüber noch ein wenig scheu gewesen war, noch immer davon überwältigt, dass sie die Gefühle erwiderte, die er ihr schon seit einer ganzen Weile entgegenbrachte. Zu jenem Zeitpunkt hatte er nicht gewusst, wie er ihr etwas schenken sollte, das eigentlich gar kein Geschenk war. Und das er gar nicht in dem Sinne verschenken konnte.

Da er nur seine Liebe für sie hatte, brachte er einen Freund mit.

»Ich hatte als Kind nicht viele Freunde«, hatte er ihr gesagt. »Deshalb habe ich mir einen gebaut.«

Und C-3PO war hinter ihm eingetreten und hatte so sehr geglänzt, als bestünde seine Außenfläche aus massivem Gold.

In Padmés Augen hatte es geleuchtet, obgleich sie zunächst versucht hatte zu protestieren. »Ich kann ihn nicht annehmen. Ich weiß, wie viel er dir bedeutet.«

Anakin hatte nur gelacht. Welchen Nutzen hatte ein Protokolldroide für einen Jedi? Selbst ein so aufgerüsteter wie C-3PO ... Anakin hatte seine Schöpfung mit so vielen zusätzlichen Schaltkreisen, Subprogrammen und heuristischen Algorithmen ausgestattet, dass der Droide praktisch menschlich wurde.

»Ich schenke ihn dir nicht«, hatte er gesagt. »Er gehört mir nicht in dem Sinne. Als ich ihn gebaut habe, war ich Sklave, und alle Ergebnisse meiner Arbeit gehörten Watto. Cliegg Lars kaufte ihn zusammen mit meiner Mutter. Owen gab ihn mir zurück, aber ich bin Jedi. Ich habe allen Besitztümern entsagt. Ich schätze, das bedeutet, dass er jetzt frei ist. Ich bitte dich nur darum, dich um ihn zu kümmern.«

»Mich um ihn zu kümmern?«

»Ja. Vielleicht kannst du ihm eine Arbeit geben. Er ist ein wenig mäkelig«, hatte er eingeräumt, »und vielleicht hätte ich ihm nicht so viel Befangenheit geben sollen – er macht sich ständig Sorgen –, aber er ist sehr klug, und einem großen Diplomaten, wie zum Beispiel dem Senator von Naboo, könnte er eine echte Hilfe sein.«

Padmé hatte die Hand ausgestreckt und C-3PO höflich eingeladen, sich ihrem Mitarbeiterstab hinzuzugesellen, denn auf Naboo wurden Droiden mit wichtigen Aufgaben wie denkende Wesen respektiert, und C-3PO war so geschmeichelt davon gewesen, wie ein intelligentes Geschöpf behandelt zu werden, dass er nur mit Mühe hatte sprechen können. Mit einem verlegenen Murmeln hatte er darauf hingewiesen, dass er sich bestimmt nützlich machen könnte, denn immerhin beherrschte er »über sechs Millionen Formen der Kommunikation«. Dann hatte sich Padmé Anakin zugewandt, ihre weiche, weiche Hand zu Anakins Gesicht gehoben und ihn geküsst, und das war alles gewesen, was er gebraucht und sich erhofft hatte. Er würde ihr alles gaben, was er hatte und was er war …

Und dann, zwei Jahre später, war ein anderer Tag gekommen, ein Tag, der ihm fast ebenso viel bedeutet hatte wie der Tag ihrer Hochzeit: der Tag, an dem er die Prüfung bestanden hatte.

Der Tag, an dem er zum Jedi-Ritter geworden war.

Sobald es die Umstände erlaubten, war er aufgebrochen, auf sich allein gestellt, ohne einen Meister, der ihm über die Schulter sah, ohne jemanden, der seine Angelegenheiten kontrollierte. Er hatte den ausgedehnten Coruscant-Komplex bei Republica 500 aufgesucht, in dem die Senatorin von Naboo residierte.

Und nun, zwei Jahre zu spät, hatte er ein Hochzeitsgeschenk für sie.

Er hatte das einzige Objekt bei sich getragen, das ihm wirklich gehörte, das er sich verdient hatte und auf das er nicht verzichten musste. Ein Geschenk, das er Padmé geben konnte, um ihre Liebe zu feiern.

Der Höhepunkt der Ritterschaft-Zeremonie besteht darin, den Padawan-Zopf des neuen Ritters abzuschneiden. Und diesen Zopf hatte er in Padmés zitternde Hände gelegt.

Ein langer, dünner Strang aus glänzendem Haar, ohne jeden Wert.

Eine kleine Sache, die doch die ganze Galaxis für ihn bedeutete.

Und sie hatte ihn geküsst und sich an ihn geschmiegt und ihm ins Ohr geflüstert, dass sie auch etwas für ihn hatte.

Und aus ihrem Schrank war ein summender R2-D2 gekommen.

Anakin kannte ihn natürlich, schon seit Jahren. Der kleine Droide war ein dekorierter Kriegsheld und hatte Padmé das Leben gerettet, als sie Königin von Naboo gewesen war, ganz zu schweigen davon, dass er dem neunjährigen Anakin geholfen hatte, das die Droiden kontrollierende Mutterschiff der Handelsföderation zu vernichten, damit die Blockade zu durchbrechen und ihren Planeten zu retten. Die Königlichen Ingenieure von Naboo standen in dem Ruf, technische Wunder wirken zu können, und ihre modifizierten R-Einheiten waren in der Galaxis sehr begehrt. Anakin hatte zu protestieren versucht, aber Padmé hatte ihn mit einem weichen Finger auf den Lippen zum Schweigen gebracht, sanft gelächelt und geflüstert: »Was kann ein Politiker schon mit einem Astromech anfangen?«

»Aber ich bin Jedi …«

»Deshalb schenke ich ihn dir nicht«, hatte Padmé gesagt und erneut gelächelt. »Kümmere dich um ihn. Er ist eigentlich gar kein Geschenk, sondern ein Freund.«

All dies ging Anakin in der langen Sekunde durch den Kopf, bevor das Komlink zu zirpendem Leben erwachte und sich der Krampf seines Herzens löste.

»Wo bist du, R2? Komm, wir müssen von hier verschwinden!«

Hoch oben, an der Wand, die eigentlich der Boden sein sollte, bewegte sich die Tür eines verbeulten Durastahlschranks – eine silbrige und blaue Halbkugel stieß sie auf. Die Tür öffnete sich ganz, und R2-D2 richtete sich auf, zündete seine Düsen, verließ den Schrank und flog dem nächsten Ausgang entgegen.

Anakin bedachte Obi-Wan mit einem grimmigen Lächeln. Er sollte sich von jemandem trennen, den er liebte? Ausgeschlossen. »Worauf warten wir?«, fragte er. »Los!«

Auf der Brücke der *Invisible Hand* konnte man den Eindruck gewinnen, dass die gewaltige Wölbung von Coruscants Horizont das Schiff umkreiste. Jede Rotation brachte auch den Kommandoturm in Sicht, der sich vom Kreuzer gelöst hatte und von der Zentripetalkraft aus dem Orbit getragen wurde – für ihn begann ein langer, brennender Fall zur planetaren Stadt.

General Grievous beobachtete sowohl den Planeten als auch den Kommandoturm, während seine Droidenschaltkreise die Sekunden zählten, die dem Schiff noch blieben.

Er fürchtete nicht um sein Leben. Das speziell ausgestattete Fluchtmodul war darauf programmiert, ihn direkt zu einem Schiff zu bringen, das bereits alle Vorbereitungen für den Sprung getroffen hatte. Die schwer gepanzerte Kapsel würde ihn innerhalb weniger Sekunden zu dem Schiff bringen, das dann mit einigen zufälligen Mikrosprüngen eventuelle Verfolger abschütteln sollte, bevor es zur geheimen Basis auf Utapau flog.

Doch ohne den Kanzler wollte sich Grievous nicht auf den Weg machen. Diese Operation hatte die Handelsföderation viele Schiffe und Soldaten gekostet; mit leeren Händen zurückzukehren bedeutete einen noch größeren Verlust an Prestige. Bei Sieg oder Niederlage in diesem Krieg spielte die Propaganda eine große Rolle. Ein Teil der Schwäche der Republik ging auf die abergläubische Furcht ihrer Bürger vor dem anscheinend unvermeidlichen Sieg der Separatisten zurück – eine mit Schattensignalen genährte Furcht, die die Regierungspropaganda im HoloNetz vergifteten. Das gemeine Volk glaubte, dass die Republik den Krieg verlor. Zu sehen, wie der legendäre Grievous nach einer Niederlage die Flucht ergriff ... Es mochte bei den Bürgern die Hoffnung wecken, dass der Krieg doch noch gewonnen werden konnte.

Eine solche Hoffnung durfte nicht aufkeimen.

Sein eingebautes Komlink summte im linken Ohr. Er berührte das Sensorimplantat im Kiefer der Maske. »Ja.«

»Die Jedi sind mit ziemlicher Sicherheit aus dem Kommandoturm entkommen, Sir.« Die Stimme gehörte einem seiner wertvollen, einzeln angefertigten MagnaWächter der Serie IG-100: Prototypen von sich selbst motivierenden Kampfdroiden in menschlicher Gestalt, speziell für den Kampf gegen Jedi programmiert und bewaffnet. »Wir haben ein Lichtschwert am Grund des Liftschachtes gefunden, neben dem sich der Kommandoturm vom Schiff löste.«

»Verstanden. Halte dich für Anweisungen bereit.« Ein langer Schritt brachte Grievous zum neimoidianischen Sicherheitsoffizier. »Haben Sie die Jedi lokalisiert, oder sind Sie bereit zu sterben?«

»Ich, äh, ich, äh …« Die zitternden Finger des Sicherheitsoffiziers deuteten auf eine schematische Darstellung des Hangardecks der *Invisible Hand*: Ein heller Punkt glitt in Richtung Hangar Eins.

»Was ist das?«

»Das … das ist der *Signalgeber* des Kanzlers, Sir.«

»Was? Die Jedi haben ihn nicht deaktiviert? Warum nicht?«

»Ich, äh, sehe mich außerstande …«

»Idioten.« Grievous blickte auf den sich duckenden Sicherheitsoffizier hinab und dachte daran, den Narren einfach nur deshalb zu töten, weil er so lange gebraucht hatte, den Signalgeber zu orten.

Der Neimoidianer schien die Gedanken des Generals zu erraten. »Wenn, wenn, wenn Sie nicht, äh … Ich meine, bitte denken Sie daran, dass Sie die Sicherheitskonsole zerstört haben. Ich musste neue Verbindungen schalten …«

»Schweigen Sie.« Grievous zuckte in Gedanken mit den Schultern. Der Narr würde ohnehin bald tot oder gefangen sein. »Befehlen Sie allen Kampfdroiden, ihre Suchalgorithmen zu beenden und zur Brücke zu kommen. Nein, streichen Sie das. Die Kampfdroiden sollen die Suche ruhig fortsetzen.

Es sind nutzlose Geräte«, brummte er in seine Maske. »Für uns eine größere Gefahr als für die Jedi. *Nur* die Superkampfdroiden und Droidekas, verstanden? Wir werden kein Risiko eingehen.«

Als sich der Sicherheitsoffizier wieder seinen Schirmen zuwandte, berührte Grievous erneut das Sensorimplantat im Kiefer seiner Maske. »IG-100.«

»Sir.«

»Stell eine Gruppe aus Superkampfdroiden und Droidekas zusammen, so viele du finden kannst, und begib dich zum Hangardeck. Ich gebe dir die genauen Koordinaten, sobald ich sie habe.«

»Ja, Sir.«

»Du wirst mindestens einen Jedi finden, vielleicht auch zwei, begleitet von Kanzler Palpatine, gefangen hinter Strahlenschilden. Entwaffne sie und bring sie zur Brücke.«

»Wenn sie so gefährlich sind, sollten sie vielleicht auf der Stelle getötet werden.«

»Nein. Meine Anweisungen sind klar: Dem Kanzler darf nichts geschehen. Und die Jedi ...«

Die rechte Hand des Generals tastete unter den Umhang, nach den Lichtschwertern am Gürtel.

»Die Jedi werde ich *persönlich* hinrichten.«

Ein Vorhang aus schimmernder Energie leuchtete plötzlich vor ihnen und blockierte den Korridor auf der anderen Seite der Kreuzung, die sie gerade passierten. Obi-Wan blieb so plötzlich stehen, dass Anakin fast gegen ihn geprallt wäre. Er streckte die Hand aus und hielt Palpatine am Arm fest. »Vorsichtig, Sir«, sagte er. »Wir sollten die Energie besser nicht berühren, bevor wir wissen, was es damit auf sich hat.«

Obi-Wan nahm sein Lichtschwert, aktivierte es und neigte die Spitze vorsichtig dem Kraftfeld entgegen. Funken stoben in alle Richtungen, und es kam zu einer so heftigen Entladung, dass dem Jedi-Meister fast die Waffe aus der Hand gerissen wurde. »Ein Strahlenschild«, sagte er mehr zu sich selbst, als zu den anderen. »Wir müssen einen Weg darum herum finden …«

Er hatte diese Worte gerade ausgesprochen, als ein zweiter energetischer Vorhang im Zugang des Ganges erschien, den sie gerade verlassen hatten. Zwei weitere schirmten die Korridore rechts und links ab.

Sie saßen fest.

Waren gefangen.

Obi-Wan stand ein oder zwei Sekunden da, blinzelte, sah dann Anakin an und schüttelte ungläubig den Kopf. »Ich hätte uns für klüger gehalten.«

»Offenbar hast du dich geirrt. Die älteste aller Fallen, und wir sind direkt hineingetappt.« Anakin fühlte die gleiche Verlegenheit, die sich in Obi-Wans Gesicht zeigte. »Nun, eigentlich bist *du* hineingetappt. Ich bin dir nur gefolgt.«

»Ach, es ist also *meine* Schuld, wie?«

Anakin bedachte ihn mit einem schelmischen Lächeln. »Du bist der Meister. Ich bin nur ein Held.«

»Du solltest das Scherzen auf ein anderes Mal verschieben«, sagte Obi-Wan. »Es ist die dunkle Seite … der Schatten auf der Macht. Wir können unseren Instinkten noch immer nicht trauen. Fühlst du es nicht?«

Die dunkle Seite war die letzte Sache, über die Anakin unter den gegebenen Umständen nachdenken wollte. »Es könnte auch daran liegen, dass du dir den Kopf angestoßen hast«, erwiderte er.

Obi-Wan lächelte nicht einmal. »Nein. Wofür auch immer wir uns entscheiden, es geht schief. Wie konnte man uns überhaupt so genau lokalisieren? Etwas geht hier eindeutig nicht mit rechten Dingen zu. Dookus Tod hätte den Schatten vertreiben sollen …«

»Wenn Sie einen Sinn für Rätselhaftes haben, Meister Kenobi«, warf Palpatine ein, »so sollten Sie das Rätsel unserer *Flucht* von diesem Ort lösen.«

Obi-Wan nickte und richtete einen so finsteren Blick auf den Strahlenschildkäfig, als sähe er ihn zum ersten Mal.

Nach einem Moment aktivierte er erneut sein Lichtschwert und bohrte es in den Boden. Die Klinge schnitt so leicht durch den Durastahl, als träfe sie kaum auf Widerstand – und blitzte und fauchte und zitterte, als sie auf einen Schild unter dem Deck stieß. Eine Entladung schleuderte Obi-Wan fast in die tödliche Energie des Strahlenschilds hinter ihm.

»Bestimmt ist auch die Decke abgeschirmt.« Der Meister sah die anderen an und seufzte. »Irgendwelche Vorschläge?«

»Vielleicht sollten wir uns General Grievous einfach ergeben«, sagte Palpatine so nachdenklich, als wäre ihm diese Idee gerade erst gekommen. »Ich bin sicher, dass Sie beide nach dem Tod von Graf Dooku in der Lage sind, unsere *Freilassung* zu *verhandeln.*« Bei diesen Worten bedachte er Anakin mit einem bedeutungsvollen Blick.

Er ist beharrlich, das muss ich ihm lassen, dachte Anakin. Er lächelte unwillkürlich, als er sich daran erinnerte, wie er mit Padmé über Verhandlungen gesprochen hatte, auf Naboo. Seine Gedanken kehrten in die Gegenwart zurück, als er daran dachte, dass »aggressive Verhandlungen« peinlich sein konnten, wenn einem dabei kein Lichtschwert zur Verfügung stand.

»*Meiner* Ansicht nach sollten wir geduldig sein«, sagte er langsam.

»Geduldig?« Obi-Wan hob eine Braue. »Ist das ein Plan?«

»Wie Meister Yoda immer sagt: *Geduld du musst haben, bis sich setzt der Schlamm und klar wird das Wasser.* Lass uns warten.«

Obi-Wan wirkte skeptisch. »Warten.«

»Auf die Sicherheitspatrouille. Bestimmt erscheinen gleich einige Droiden. Sie müssen den Strahlenschild senken, um uns gefangen zu nehmen.«

»Und dann?«

Anakin zuckte mit den Achseln. »Dann erledigen wir sie.«

»Genial wie immer«, kommentierte Obi-Wan trocken. »Und wenn es Zerstörerdroiden sind? Oder etwas Schlimmeres?«

»Oh, komm schon, Meister. Schlimmer als Zerstörer? Außerdem: Sicherheitspatrouillen bestehen immer aus den nutzlosen dürren Kampfdroiden.«

Genau in diesem Augenblick erschienen vier der nutzlosen dürren Kampfdroiden und marschierten ihnen entgegen, einer durch jeden Korridor. Mit Lasergewehren im Anschlag klackten sie dahin, und einer von ihnen schnarrte einen vorprogrammierten Sicherheitsbefehl: »Übergeben Sie Ihre Waffen!« Die drei anderen Droiden brummten ein enthusiastisches »Roger, Roger!«, begleitet von einem spastischen Kopfnicken.

»Na bitte«, sagte Anakin. »Kein Problem.«

Bevor Obi-Wan antworten konnte, öffneten sich verborgene Türen in den Korridorwänden. Durch sie rollten die großen Bronziumräder von Zerstörerdroiden, zwei in jeden Korridor. Die insgesamt acht Zerstörerdroiden entfalteten sich hinter den Kampfdroiden, umgaben sich mit Energieschilden und richteten jeweils zwei Blasterkanonen auf die Jedi.

Obi-Wan seufzte. »Was hast du eben gesagt?«

»Na schön, in Ordnung. Es ist die dunkle Seite. Oder so.« Anakin rollte mit den Augen. »Ich schätze, in Hinsicht auf die Strahlenschildfalle bist du aus dem Schneider.«

Durch die gleichen Türen marschierten sechzehn Superkampfdroiden und bezogen hinter den Zerstörerdroiden Aufstellung. Sie hoben ihre Armkanonen, um über die Schilde der Zerstörer hinwegfeuern zu können.

Den Superkampfdroiden folgten zwei Droiden von einer Art, die Anakin zum ersten Mal sah. Er ahnte jedoch, worum es sich handelte.

Und er war ganz und gar nicht glücklich darüber.

Obi-Wan verzog das Gesicht, als sie sich näherten. »Du bist der Experte, Anakin. Was sind das für Droiden?«

»Du hast eben von Dingern gesprochen, die schlimmer sein könnten als Zerstörerdroiden«, sagte Anakin grimmig. »Ich glaube, so etwas sehen wir gerade.«

Sie gingen Seite an Seite, zielstrebig und mit der ruhigen

Gangart von Menschen. Sie sahen menschlich aus: wie Menschen, die zwei Meter groß waren und aus Metall bestanden. Sie trugen lange, wogende Umhänge, die einst weiß gewesen waren, jetzt aber Rußstreifen und Flecken aufwiesen, die für Anakin nach Blut aussahen. Die Umhänge waren über die eine Schulter geworfen, damit sie den linken Arm frei hatten. Sie trugen eine stabförmige, etwa zwei Meter lange Waffe, die Anakin an die Energiepiken der Senatswächter erinnerte, aber etwas kürzer und an beiden Enden mit einer seltsam geformten Entladungsklinge ausgestattet war.

Sie gingen so, als wären sie für den Kampf geschaffen, und ganz offensichtlich hatten sie bereits Kämpfe hinter sich. In der Brustplatte des einen Droiden zeigte sich ein runder, flacher Krater, umgeben von einer Brandkorona – ein direkter Blastertreffer, der nicht ausgereicht hatte, die Panzerung zu durchdringen. Beim anderen bemerkte Anakin eine narbenartige Spur, die über den Schädel bis zu einem beschädigten Photorezeptor reichte und den Eindruck erweckte, von einem Lichtschwert zu stammen.

Dieser Droide hatte gegen einen Jedi gekämpft und den Kampf überstanden.

Im Gegensatz zu dem betreffenden Jedi, vermutete Anakin.

Die beiden so menschlich wirkenden Droiden gingen an den Zerstörer- und Superkampfdroiden vorbei und stießen einen Kampfdroiden mit solchem Nachdruck zur Seite, dass er an die Wand prallte und nur noch Schrottwert hatte.

Der Droide mit dem beschädigten Photorezeptor richtete seinen Stab auf die Gefangenen, und die Strahlenschilde verschwanden. »Sie sind aufgefordert worden, Ihre Waffen zu übergeben, Jedi!«

Dies war kein vorprogrammierter Sicherheitsbefehl.

»Ich habe einen Geheimdienstbericht darüber gelesen«, sagte Anakin leise. »Dies sind vermutlich Grievous' persönliche Leibwächterdroiden. Prototypen, nach seinen Vorgaben angefertigt.« Er sah von Obi-Wan zu Palpatine, dann wieder zum Meister. »Für den Kampf gegen Jedi bestimmt.«

»Ah«, sagte Obi-Wan. »Ich schätze, dann brauchen wir einen Plan B.«

Anakin nickte in Richtung Palpatine. »Derzeit erscheint mir die Idee des Kanzlers recht gut.«

Obi-Wan nickte nachdenklich.

Als sich der Jedi-Meister umdrehte, um sein Lichtschwert dem Leibwächterdroiden zu übergeben, beugte sich Anakin zu Palpatine heran und flüsterte: »Ihr bekommt also doch, was Ihr wollt.«

Palpatine antwortete mit einem dünnen, undeutbaren Lächeln. »Das ist oft der Fall.«

Superkampfdroiden näherten sich mit Energiefesseln für ihre Hände und einem Neutralisierungsbolzen für R2-D2. Obi-Wan warf einen Blick über die Schulter und runzelte die Stirn.

»Oh, Anakin …«, sagte er mit jener ruhigen, schmerzlichen Resignation, die Eltern von problematischen Kindern sofort erkennen. »*Wo* ist dein *Lichtschwert*?«

Anakin wich seinem Blick aus. »Ich habe es nicht verloren, wenn du das meinst.« Das entsprach der Wahrheit: Er fühlte es in der Macht und wusste genau, wo es sich befand.

»Nein?«

»Nein.«

»Und wo ist es?«

»Können wir später darüber reden?«

»Ohne dein Lichtschwert gibt es für dich vielleicht gar kein *Später*.«

»Ich brauche jetzt keinen Vortrag, in Ordnung? Wie oft haben wir schon darüber geredet?«

»Offenbar einmal zu wenig.«

Anakin seufzte. Obi-Wan brachte es noch immer fertig, dass er sich wie ein Neunjähriger fühlte. Er nickte mürrisch in Richtung eines Leibwächterdroiden. »Er hat es.«

»Ach? Und wie kommt er dazu?«

»Ich möchte nicht darüber reden.«

»Anakin …«

»Deins hat er ebenfalls!«

»Das ist etwas anderes …«

»Diese Waffe ist dein *Leben*, Obi-Wan!« Anakin ahmte Kenobis Stimme so gut nach, dass Palpatine fast gelacht hätte. »Du musst darauf *Acht* geben!«

»Vielleicht sollten wir später darüber sprechen«, sagte Obi-Wan, als die Droiden ihnen Energiefesseln anlegten und sie abführten.

»Ohne dein *Lichtschwert* gibt es für dich vielleicht gar kein …«, intonierte Anakin.

»Schon gut, schon gut.« Der Jedi-Meister gab mit einem schiefen Lächeln nach. »Du hast gewonnen.«

Anakin sah ihn an und lächelte. »Wie bitte? Was hast du gesagt?« Er konnte sich gar nicht mehr daran erinnern, wann er zum letzten Mal ein Streitgespräch mit Obi-Wan gewonnen hatte. »Könntest du etwas lauter sprechen?«

»Ein Jedi kennt keine hämische Freude, Anakin.«

»Ich freue mich nicht hämisch, Meister«, sagte er mit einem kurzen Blick auf Palpatine. »Ich … genieße nur den Moment.«

So fühlt es sich derzeit an, Anakin Skywalker zu sein.

Der Oberste Kanzler erwidert deinen Blick mit der Andeutung eines Lächelns und einem anerkennenden Nicken, und für dich bringt der kleine, triviale kameradschaftliche Sieg eine Wärme und eine Entspannung, die den Drachengriff des Entsetzens an deinem Herzen lockert.

Vergiss, dass du gefangen bist; du und Obi-Wan, ihr seid oft in Gefangenschaft geraten. Vergiss die auf den Kampf gegen Jedi spezialisierten Droiden; du hast es mit schlimmeren Gegnern zu tun bekommen. Vergiss General Grievous. Was ist er im Vergleich mit Dooku? Er kann nicht einmal die Macht nutzen.

Für dich läuft die Situation auf Folgendes hinaus: Du gehst zwischen den beiden besten Freunden, die du je hattest, und dein Droidenfreund, an dem dir so viel liegt, summt direkt hinter dir …

Du bist auf dem Weg, die Klonkriege zu beenden.

Was du getan hast – was im Generalsquartier geschehen ist, und wichtiger noch: *warum* es geschehen ist –, verbrennt in Coruscants Atmosphäre, zusammen mit Dookus enthaupteter Leiche. Es erscheint dir bereits so, als wäre es jemand anders passiert, als ob *du* jemand anders gewesen wärst, als du es getan hast, und dir scheint, dass jener Mann – der vom Drachen heimgesuchte Mann mit dem Reaktorherzen und einem Geist so kalt wie die Oberfläche des toten Sterns – nur ein von Dookus offenen, starrenden Augen reflektiertes Bild gewesen ist.

Und als die Reste des Kommandoturms in der Atmosphäre verglühen, die Coruscant umgibt, sind auch jene toten Augen verbrannt, und der Drache mit ihnen.

Und du bist, zum ersten Mal in deinem Leben, richtig frei.

So fühlt es sich an, Anakin Skywalker zu sein.

Derzeit.

7. KAPITEL

Obi-Wan und Anakin 2

Dies ist Obi-Wan Kenobi im Licht:

Als er zusammen mit Anakin und Kanzler Palpatine auf die Brücke geführt wird, braucht er nicht den Blick umherschweifen zu lassen, um die Konsolen zu sehen, deren Kontrollen von ängstlichen Neimoidianern bedient werden. Er braucht nicht den Kopf zu drehen, um die Droidekas und Superkampfdroiden zu zählen oder die Positionen der gefährlichen Leibwächterdroiden festzustellen. Er macht sich nicht die Mühe, zu den kalten gelben Augen aufzusehen, die ihn durch die Totenkopfmaske aus Panzerplast anstarren.

Er braucht nicht einmal in die Macht zu greifen.

Er hat die Macht bereits in sein Inneres greifen lassen.

Sie fließt über ihn und um ihn herum, als wäre er in einen kristallklaren Wasserfall getreten, verloren im Grün eines vergessenen Regenwalds. Als er sich dem funkelnden Strömen öffnet, fließt es mit und durch ihn und wieder aus ihm heraus, ohne die geringste Einwirkung seines bewussten Willens. Der Teil von ihm, der sich Obi-Wan Kenobi nennt, ist nicht mehr als ein Kräuseln, ein kleiner Strudel in dem See, in den er sich endlos ergießt.

Es gibt hier noch andere Teile von ihm. Hier gibt es nichts, das *nicht* Teil von ihm wäre, von den Kratzern an R2-D2s Kuppel bis zum fransigen Rand von Palpatines Umhang, von den spinnennetzartigen Haarrissen in einem Transparistahlsegment der Panoramawand bis hin zu den Raumschiffen, die sich jenseits davon noch immer unter Beschuss nehmen.

Denn dies ist alles Teil der Macht.

Irgendwie, auf geheimnisvolle Weise, hat sich die Wolke gehoben, die seit fast anderthalb Jahrzehnten die Macht verdunkelt, und er findet sich in der Klarheit wieder, an die er sich aus seiner Schulzeit im Jedi-Tempel erinnert, als die Macht rein, sauber und perfekt war. Die Dunkelheit scheint sich zurückzuziehen und zu schrumpfen, um ihm diesen Moment der Klarheit zu gönnen und die Rückkehr zur vollen Kraft des Lichts zu ermöglichen, wenn auch nur für einen Moment. Den Grund dafür kennt er nicht, aber er ist auch gar nicht imstande, sich danach zu fragen. In der Macht befindet er sich jenseits von Fragen.

Das *Warum* ist bedeutungslos; es ist ein Echo der Vergangenheit oder ein Flüstern aus der Zukunft. Für das unendliche Jetzt haben nur *Was*, *Wo* und *Wer* Bedeutung.

Er ist die sechzehn Superkampfdroiden, die in laserreflektierendem Chrom glänzen und deren Arme aus schweren Blastern bestehen. Er ist jene Blaster und gleichzeitig ihre Ziele. Er ist die acht Zerstörerdroiden, die mit elektronischer Geduld im Innern ihrer Energieschilde warten. Er ist die beiden Leibwächterdroiden und jeder einzelne der zitternden Neimoidianer. Er ist ihre Kleidung, ihre Stiefel und sogar jeder Tropfen nach Reptilien riechender Feuchtigkeit, mit der sie ihre Körpertemperatur regeln. Er ist die Energiefesseln an seinen Handgelenken und der Energiestab in den Händen des Leibwächterdroiden hinter ihm.

Er ist beide Lichtschwerter, die der andere Leibwächterdroide General Grievous reicht.

Und er ist der General selbst.

Er ist die Duraniumrippen des Generals. Er ist das Schlagen seines fremden Herzens und der Pulsschlag des Sauerstoffs, der durch seine fremden Adern gepumpt wird. Er ist das Gewicht der vier Lichtschwerter am Gürtel des Generals und die habgierige Erwartung, die beim Anblick der erbeuteten Waffen in den Augen des Generals aufblitzt. Er ist sogar der Plan für die eigene Hinrichtung im Gehirn des Generals.

Er ist all diese Dinge, aber wichtiger noch: Er ist weiterhin Obi-Wan Kenobi.

Deshalb kann er einfach nur dastehen. Deshalb kann er

warten. Er muss nicht angreifen oder sich verteidigen. Es wird zu einem Kampf kommen, aber er bleibt völlig gelassen. Er gibt sich damit zufrieden, den Kampf beginnen zu lassen, wann er beginnt, und ihn enden zu lassen, wann er endet.

Auf die gleiche Weise wird er sich leben oder sterben lassen.

So kämpft ein großer Jedi.

General Grievous hob die beiden Lichtschwerter, eins in jeder Duraniumhand, und bewunderte sie im Licht der Turbolaserblitze. »Einzigartige Trophäen«, sagte er. »Die Waffe von Anakin Skywalker, und die von General Kenobi. Ich freue mich darauf, sie meiner Sammlung hinzuzufügen.«

»Das wird nicht geschehen. Ich habe hier die Kontrolle.«

Die Antwort kam von Obi-Wans Lippen, aber eigentlich sprach gar nicht Obi-Wan. Er hatte nicht die Kontrolle; er brauchte sie auch gar nicht. Er hatte die Macht.

Es war die Macht, die durch ihn sprach.

Grievous trat vor. Obi-Wan sah Tod im kalten gelben Glühen hinter den Augenöffnungen der Totenkopfmaske, und es bedeutete ihm überhaupt nichts.

Es gab keinen Tod. Es gab nur die Macht.

Er brauchte Anakin nicht aufzufordern, Kanzler Palpatine behutsam aus der Gefahrenzone zu bringen – ein Teil von ihm *war* Anakin und machte das bereits. Er musste R2-D2 nicht auffordern, seine Kampf-Subprogramme zu starten und Energie in Düsen, Greifarm und Kabelschleuder umzuleiten – ein Teil von ihm war der kleine Astromech und hatte das bereits vor dem Betreten der Brücke erledigt.

Grievous ragte vor ihm auf. »Wie zuversichtlich Ihr seid, Kenobi.«

»Nicht zuversichtlich, nur ruhig.« Aus dieser Nähe sah Obi-Wan die haarfeinen Risse und die Körnung in der knochenbleichen Maske, und er fühlte die Vibrationen der elektrischen Stimme des Generals. Er erinnerte sich an die Frage von Meister Jrul: *Was ist das Gute, wenn nicht der Lehrer des*

Bösen? Was ist das Böse, wenn nicht die Herausforderung des Guten?

»Wir können dies ohne weitere Gewalt hinter uns bringen«, sagte er. »Ich bin bereit, Eure Kapitulation zu akzeptieren.«

»Das glaube ich gern.« Die Totenkopfmaske neigte sich zur Seite. »Hat dieser groteske *Ich-bin-bereit-Eure-Kapitulation-zu-akzeptieren*-Unfug jemals funktioniert?«

»Manchmal. Wenn nicht, kommen Personen zu Schaden. Gelegentlich sterben sie.« Der Blick von Obi-Wans blaugrauen Augen hielt dem des Generals mühelos stand. »In diesem Fall meine ich mit *Personen* auch *Euch*. Nur damit das klar ist.«

»Mir ist eine Menge klar. So ist mir zum Beispiel klar, dass ich Euch töten werde.« Grievous warf den Umhang zurück und aktivierte beide Lichtschwerter. »Hier. Jetzt. Mit Eurer eigenen Waffe.«

»Das glaube ich nicht«, erwiderte die Macht durch Obi-Wans Lippen.

Die Elektrosehnen und -muskeln in Grievous' Gliedmaßen ermöglichten es ihm, sich so schnell zu bewegen, dass ihm das menschliche Auge nicht folgen konnte. Wenn er den Arm schwang, schien er aufgrund der enormen Geschwindigkeit zu verschwinden, und mit ihm das Lichtschwert – es ließ sich mit einem Quantenvorgang vergleichen. Kein Mensch konnte auch nur annähernd so schnell sein wie Grievous, nicht einmal Obi-Wan. Aber das brauchte er auch gar nicht.

Er bewegte sich als Erster.

In der Macht war ein Teil von ihm Grievous' Absicht zu töten, und der Übergang von Absicht zu Aktion ließ Obi-Wan ohne einen Gedanken reagieren. Er brauchte weder Plan noch Taktik.

Er hatte die Macht.

Jener funkelnde Wasserfall durchströmte ihn und trug alle Gedanken an Gefahr, Sicherheit, Sieg oder Niederlage fort. Die Macht nimmt wie Wasser die Form des Behälters an, mühe- und gedankenlos. Das Wasser, das Obi-Wan war, floss in den Behälter von Grievous' Angriff. Zwar gab es wasserdichte Materialien, aber Obi-Wan kannte nichts, das völlig *machtdicht* war …

Während sich in Grievous' Selbst die Absicht eines Hiebs formte, war der Teil der Macht, der Obi-Wan war, auch Teil der Macht, die sich in R2-D2 manifestierte, und in dem internen Fusionsschneider, mit dem Anakin den primären Greifarm des Astromechs ausgestattet hatte – alles war miteinander verbunden und erforderte deshalb keine Kommunikation. Nur Obi-Wans persönlicher Stil brachte das für ihn typische sanfte Lächeln auf die Lippen, und er murmelte:

»R2?«

Er hatte den Mund gerade geöffnet, als in dem kleinen Droiden eine Klappe beiseite glitt. Als der Name die Lippen des Meisters verließ, war der Fusionsschneider bereits aktiv geworden und sprühte Funken, heiß genug, um Duranium zu schmelzen. Grievous mochte über ungeheuer schnelle Reflexe verfügen, aber selbst er war für eine Viertelsekunde abgelenkt, Zeit genug für Obi-Wan, um Gebrauch von einem kleinen Trick zu machen, den er sich für eine Gelegenheit wie diese aufgespart hatte.

Da alles auf der Brücke in der Macht vereint war, von der Struktur des Schiffes selbst bis hin zum Quantentanz der Elektronenschalen individueller Atome, und da die Nerven und Muskeln des Biodroiden-Generals aus Elektronik und Duranium bestanden und nicht aus lebendem Gewebe mit eigenem Willen … Unter solchen Umständen war es vielleicht möglich, mit der richtigen geistigen Bewegung – während jener kostbaren Viertelsekunde, während der Grievous abgelenkt war und vor einem Funkenstrom zurückwich, heiß genug, um selbst seinen gepanzerten Körper zu verbrennen – die Polarität der Elektrosehnen in den mechanischen Händen des Generals umzukehren.

Genau das machte Obi-Wan.

Durastahlfinger streckten sich, und zwei Lichtschwerter fielen.

Obi-Wan griff durch die Macht zu, und durch ihn griff die Macht zu. Sein Schwert erglühte, während es noch durch die Luft flog. Es sauste ihm entgegen, und als er ihm die Hände entgegenhob, schnitt die blaue Flamme zwischen seine Handgelenke und durchtrennte die Fessel, bevor der Griff in seine Hand klatschte.

Obi-Wan befand sich so tief in der Macht, dass es ihn nicht einmal überraschte, dass alles geklappt hatte.

Er wandte sich halb Anakin zu, der sich bereits in der Luft befand – er war bei Obi-Wans sanftem Murmeln gesprungen, denn in der Macht waren Obi-Wan und Anakin zwei Aspekte des gleichen Vorgangs. Der Sprung brachte Anakin über Obi-Wans Kopf hinweg, und zwar genau in der richtigen Entfernung, damit Obi-Wans Klinge Anakins Fessel durchschneiden konnte, und während Grievous noch vor den Funken zurückwich, landete Anakin mit ausgestreckter Hand. Obi-Wan fühlte ein plötzliches Anschwellen im Wasserfall, der er war; Anakins Lichtschwert flog durch die Luft, und Anakin fing es auf. Eine Sekunde nach Grievous' Absicht, zu einem Hieb auszuholen, standen Obi-Wan Kenobi und Anakin Skywalker Rücken an Rücken in der Mitte der Brücke und blickten mit ausdruckslosen Mienen an der zischenden blauen Energie ihrer Schwerter vorbei.

Obi-Wan richtete einen neutralen Blick auf den General. »Vielleicht solltet Ihr Euch mein Angebot noch einmal durch den Kopf gehen lassen.«

Grievous stützte sich an einer Konsole ab, deren Duraniumgehäuse unter seinem Griff nachgab. »Dies ist meine Antwort!«

Er riss die Konsole aus ihrer Verankerung, direkt vor dem Neimoidianer, der ihre Kontrollen bediente, hob sie über den Kopf und warf sie nach den Jedi. Obi-Wan und Anakin stoben auseinander und wichen der Konsole aus, die auf den Boden prallte und in einem Durcheinander aus Rauch und Funken auseinander platzte.

»Eröffnet das *Feuer*!« Grievous schüttelte die Fäuste, als

hielte jede von ihnen den Hals eines Jedi. »Tötet sie! *Tötet sie alle!*«

Eine Sekunde verstrich, während sich ein Dutzend Blaster auf die Ziele richtete.

Dann verwandelte sich die Brücke in einen Feuersturm.

Grievous hielt sich zurück und beobachtete, wie seine beiden MagnaWächter den Jedi entgegenstapften und ihre Elektrostäbe durch den Hagel aus hin und her zuckenden Blasterstrahlen wirbeln ließen. Grievous hatte schon des Öfteren gegen Jedi gekämpft, manchmal sogar in einer offenen Schlacht, und er fand, dass sie sich kaum voneinander unterschieden.

Kenobi hingegen …

Die Leichtigkeit, mit der Kenobi die Situation unter Kontrolle gebracht hatte, war erschreckend. Noch erschreckender war der Umstand, dass von diesen beiden Jedi Skywalker als der bessere Kämpfer galt. Und selbst ihre R2-Einheit konnte kämpfen: Der kleine Astromech verfügte über eine Kabelschleuder, hatte damit ein Kabel um die Beine eines Superdroiden gewickelt und ihn zu Boden gerissen. Jetzt zerrte er den großen Droiden hin und her, was dazu führte, dass die Armkanonen nicht mehr auf die Jedi feuerten, sondern auf die anderen Droiden.

Grievous dachte immer weniger daran, diesen Kampf zu gewinnen. Er begriff, dass es ums Überleben ging.

Sollten die MagnaWächter gegen die Jedi kämpfen. Dafür waren sie bestimmt – und sie erledigten ihre Aufgabe gut. IG-101 hatte Kenobi an eine Konsole zurückgedrängt, und Blitze gleißten dort vom Energieschild seines Energiestabs, wo er Kenobis Klinge berührte. Vielleicht wäre der Jedi-Meister an dieser Stelle gestorben, doch einer der dummen Superkampfdroiden richtete beide Kanonenarme auf seinen Rücken, und als Kenobi sich duckte, wurde 101 von fauchenden Blasterblitzen getroffen und zurückgeworfen. Skywalker hatte den Kanzler irgendwo versteckt – wahrscheinlich kauerte der feige Palpatine unter irgendeiner Kontrollkonsole – und beide Beine von 102 unter den Knien abgetrennt. Aus irgendeinem Grund schien er anzunehmen, den Droiden damit außer Gefecht gesetzt zu haben. Deshalb war er recht überrascht, als 102 auf einem Ende des Energiestabs herumwirbelte und Skywalker mit seinen Beinstummeln einen solchen Stoß versetzte, dass der Jedi stürzte und über den Boden rutschte.

Vielleicht war die Sache noch zu retten, dachte der General.

Er klopfte auf den Kiefersensor seines integrierten Komlinks und wählte die Kommandofrequenz der Droiden. »Der Kanzler verbirgt sich unter einer der Konsolen. Gruppe Sechzehn, sucht ihn und bringt ihn sofort zu meiner Fluchtkapsel. Gruppe Acht, Mission fortsetzen. Tötet die Jedi.«

Dann schüttelte sich das Schiff, stärker als vorher, und jenseits der Panoramawand loderte weißes Feuer. Alarmsirenen heulten. Funken stoben aus der Navigationskonsole ins Gesicht des neimoidianischen Piloten – seine Uniform geriet in Brand, und er fügte seine Schreie dem Lärm hinzu. Eine andere Konsole explodierte und zerfetzte den erst kürzlich beförderten Kanonier.

Ah, dachte Grievous. In all der Aufregung hatte er Lieutenant Commander Needa und die *Integrity* völlig vergessen.

Der zweite Pilot rief: »General, der letzte Treffer hat die hinteren Kontrollzellen zerstört! Das Schiff fällt aus dem Orbit! Wir verglühen in der Atmosphäre!«

»Na schön«, erwiderte Grievous ruhig. »Auf Kurs bleiben.« Jetzt spielte es keine Rolle mehr, ob seine Leibwächter die Jedi überwältigten oder nicht: Sie würden alle zusammen verbrennen.

Er klopfte erneut an den Kiefersensor und wählte die Frequenz der Fluchtkapseln. Eine kodierte Anweisung sorgte dafür, dass seine persönliche Kapsel mit warm gelaufenem Triebwerk und bereits überprüften Bordsystemen auf ihn wartete.

Als er sich wieder dem Kampf zuwandte, sah er von IG-102 nur noch einen Arm. Die Stelle, an der er von einem Lichtschwert abgetrennt worden war, glühte weiß. Skywalker verfolgte zwei Superkampfdroiden, die Palpatine an den Armen hielten. Während der junge Jedi die beiden Droiden mit einigen schnellen Hieben zerstörte, war Kenobi dabei, IG-101 zu erledigen. Der MagnaWächter hüpfte auf einem Bein, schwang den Energiestab mit dem noch verbliebenen Arm und heulte kaum realisierbare Drohungen, die den Stab und Kenobis Körperhöhlen betrafen. Nachdem Kenobi den Arm abgeschlagen hatte, hüpfte und kreischte 101 weiterhin. Dem Droiden gelang sogar ein Tritt, der Kenobi streifte, und daraufhin schnitt das Lichtschwert des Jedi-Meisters auch das zweite Bein ab. Ohne Gliedmaßen zuckte der Rumpf von 101 auf dem Boden, und das Heulen dauerte an.

Als beide MagnaWächter eliminiert waren, eröffneten die acht Zerstörerdroiden das Feuer – Partikelstrahlen fauchten aus ihren Zwillingskanonen. Die beiden Jedi sprangen aufeinander zu, um den Kanzler abzuschirmen, und bevor Grievous den Zerstörerdroiden die Feuereinstellung befehlen konnte, hatten die Lichtschwerter genug Strahlen reflektiert, um drei Viertel der übrig gebliebenen Superkampfdroiden zu vernichten. Die anderen versuchten, zwischen den entsetzten Neimoidianern in Deckung zu gehen.

Die Zerstörerdroiden näherten sich den Jedi, während sie weiter feuerten. Schritt um Schritt kamen sie näher und schleuderten den Lichtschwertern destruktive Energie entgegen. Die Jedi wehrten jeden Strahl ab und schickten ihn zu den Schilden der Droiden zurück, die aufleuchteten, als sie die Energie absorbierten. Vielleicht wäre es den Zerstörerdroiden tatsächlich gelungen, sich gegen die beiden Jedi durchzusetzen, wenn es da nicht zu einem kleinen Problem gekommen wäre.

Gravitationsschere.

Plötzlich stiegen alle acht Zerstörerdroiden empor, gefolgt von Skywalker, Palpatine, Sesseln, Teilen von MagnaWächtern und allen Dingen, die nicht fest mit dem Deck verbunden waren. Außer Kenobi, der sich mit einer Hand an einer Konsole festhielt, nach unten – beziehungsweise nach oben – hing und noch immer Blasterblitze abwehrte.

Der überlebende neimoidianische Pilot kreischte Befehle und forderte die Droiden zur Magnetisierung auf, wies dann heulend darauf hin, dass das Schiff auseinander brach. Er gab so viele störende Geräusche von sich, dass ihm Grievous aus reiner Verärgerung den Schädel zertrümmerte. Dann sah er sich um und stellte fest, dass er gerade das letzte Mitglied der Brückencrew getötet hatte – jene Neimoidianer, die er nicht selbst umgebracht hatte, waren den reflektierten Blasterstrahlen zum Opfer gefallen.

Grievous schüttelte die Hirnmasse des Piloten von seiner Faust. Abscheuliche Geschöpfe, Neimoidianer.

Die unsichtbare Ebene verschobener Gravitation passierte den Biodroiden-General, ohne ihn zu beeinflussen – seine Klauen aus magnetisiertem Duranium hielten ihn an Ort und Stelle –, und als der Energiestab eines MagnaWächters an ihm vorbeifiel, griff er blitzschnell danach. Eine zweite Gravitationsschere glitt durch den Kontrollraum und bewirkte, dass Droiden, der Kanzler, die Jedi und alles andere aufs Deck zurückfielen.

Der Droideka, auch bekannt als Zerstörerdroide, war zwar der beste Infanterie-Kampfdroide, der derzeit gebaut wurde, aber es gab bei ihm einen Konstruktionsfehler. Der Energieschild, der Blasterstrahlen, Geschosse und auch Lichtschwerter abwehrte, war dazu bestimmt, den Droiden in einer stehenden Position zu umgeben. Wenn der Droide nicht mehr stand – wenn er zum Beispiel zu Boden gestoßen oder an die Wand geschleudert wurde –, konnte der Schildgenerator Boden oder Wand nicht von einer Gefahr unterscheiden und leitete immer mehr Energie in den Schild, um die vermeintliche Gefahr zu neutralisieren, bis der Generator schließlich durchbrannte.

Die Zerstörerdroiden waren an die Decke gefallen, von ihr

abgeprallt und wieder zu Boden gestürzt, mit dem Ergebnis, dass der Gesamtoutput aller Schildgeneratoren von Gruppe Acht eine große schwarze Rauchwolke war.

Es ließ sich nicht feststellen, welcher von ihnen das Feuer auf die Jedi eröffnete, und es spielte auch keine Rolle. Innerhalb von zwei Sekunden verwandelten sich acht Droidekas in acht qualmende Schrotthaufen, und die beiden Jedi kamen unverletzt und Seite an Seite aus dem Rauch.

Ohne ein Wort traten sie auseinander und näherten sich dem General.

Grievous schaltete den Energiestab auf Überladung, und Blitze zuckten daraus hervor, als er ihn hob. »Ich bedauere, aber leider habe ich keine Zeit, gegen Sie zu kämpfen. Es wäre sicher eine sehr interessante Konfrontation geworden, doch eine Fluchtkapsel wartet auf mich. Was Sie betrifft …«

Er deutete auf die Transparistahl-Panoramawand und löste eine verborgene Kabelschleuder aus, vergleichbar mit denen, die zur Ausrüstung guter Astromechs gehörten. Der Haken des Kabels bohrte sich in einen Wandträger.

»Auf Sie wartet die Hölle«, sagte der General.

Die Jedi sprangen, und Grievous warf den auf Überladung geschalteten Energiestab – aber nicht nach den Jedi.

Er warf ihn zum Fenster.

In einem der Transparistahlsegmente hatten sich haarfeine Risse gebildet. Als der Funken sprühende Energiestab es traf und wie eine Protonengranate explodierte, platzte es auseinander.

Ein jäher Sturm donnerte, heulte durch den Kontrollraum, packte die Leichen von Neimoidianern, Droidenteile, Trümmer und riss alles durch die Öffnung. Grievous sprang in den Orkan und jagte an den beiden Jedi vorbei, die nach Halt suchten, um nicht ins All gerissen zu werden. Grievous musste nicht atmen, und er brauchte auch nicht zu befürchten, dass seine Körperflüssigkeiten im Vakuum kochten – unter Druck stehendes Synthfleisch umgab die lebenden Teile in einem Droiden-Ektoskelett und verhinderte eine solche

Reaktion. Er ließ sich einfach vom Sturm in den Weltraum tragen, bis er das Ende des Kabels erreichte, das ihn zum Rumpf der *Invisible Hand* zurückschwingen ließ.

Rasch löste er das Kabel. Mit Händen und Füßen aus magnetisiertem Duranium konnte er sich mühelos auf der Außenhülle des Kreuzers bewegen, während ihm die von Lichtern durchsetzte Nachtseite von Coruscant entgegenrollte. Er kletterte zu den externen Verriegelungen der Rettungskapseln und gab einen Kommandokode ein. Als er über die Schulter hinweg zurücksah, empfand er so etwas wie kühle Zufriedenheit beim Anblick der Kapseln, die leer davonsausten.

Alle.

Bis auf eine.

Mit keinem Trick der Macht konnten sich Kenobi und Skywalker aus dieser Situation herauswinden. Wie schade, dass er keine Spionsonde auf der Brücke zurückgelassen hatte; er hätte gern beobachtet, wie die größten Helden der Republik verbrannten.

Die Ionenstreifen der Rettungskapseln führten spiralförmig durch die Schlacht, in der es noch immer hier und dort blitzte, verfolgt von Sternjägern und bewaffneten Bergungsschiffen. Grievous nickte knapp – das sollte die Einheiten der Republik lange genug beschäftigt halten, um es ihm zu ermöglichen, mit seiner Kapsel das Bereitschaftsschiff zu erreichen und in den Hyperraum zu springen.

Als er seine Fluchtkapsel betrat, dachte er daran, dass er zum ersten Mal eine Anweisung missachtete. Er hatte den ausdrücklichen Befehl erhalten, den Kanzler unversehrt zu lassen, doch jetzt würde Palpatine zusammen mit den Jedi sterben.

Grievous zuckte mit den Schultern und seufzte. Was hätte er tun sollen? Immerhin fand ein Krieg statt.

Lord Sidious würde ihm bestimmt verzeihen.

Auf der Brücke hatte sich ein Dekompressionskraftfeld über dem zerstörten Transparistahlsegment gebildet, und die letzten noch funktionierenden Droiden wurden in Stücke geschnitten, noch bevor die Luft ganz zur Ruhe kam.

Doch es gab ein ernsteres Problem.

Die Erschütterungen, die das Schiff schüttelten, hörten nicht mehr auf. Draußen im All stoben weiße Funken an den Fenstern vorbei. Drei verschiedene Alarme deuteten darauf hin, dass die Funken von den Resten der Panzerung am Bug des Kreuzers stammten.

Anakin blickte ernst auf die Anzeigen einer Konsole. »Alle Fluchtkapseln sind gestartet. Nicht eine einzige ist übrig geblieben.« Er sah Obi-Wan an. »Wir sitzen hier fest.«

Obi-Wan wirkte vor allem interessiert und weniger besorgt. »Jetzt hast du Gelegenheit, dein legendäres Pilotengeschick zu zeigen, mein junger Freund. Du kannst dieses Schiff fliegen, nicht wahr?«

»Das Fliegen ist kein Problem. Schwierig wird's bei der Landung, und, äh …« Anakin lachte unsicher. »Dazu ist dieses Schiff eigentlich nicht vorgesehen. Selbst wenn es intakt wäre.«

Obi-Wan blieb unbeeindruckt. »Und?«

Anakin öffnete das Schutzgewebe, das die Leiche des Piloten enthielt, und zog den Körper aus dem Sessel. »Du solltest dich besser anschnallen«, sagte er, nahm Platz und strich mit den Fingern über unvertraute Kontrollen.

Die Erschütterungen wurden noch heftiger, als der Kreuzer zu kippen begann. Eine weitere Alarmsirene stimmte in den Gesang der anderen ein. »Mich trifft keine Schuld!« Anakins Hände zuckten von der Konsole fort. »Ich habe noch gar nichts gemacht!«

»Du bist tatsächlich nicht dafür verantwortlich.« Palpatines Stimme war ungewöhnlich ruhig. »Offenbar schießt jemand auf uns.«

»Wundervoll«, brummte Anakin. »Könnte dieser Tag noch besser werden?«

»Vielleicht können wir mit den Angreifern reden.« Obi-Wan trat zur Kom-Station und begann damit, die Kontrollen zu betätigen. »Wir teilen ihnen mit, dass wir das Schiff übernommen haben.«

»In Ordnung, kümmere dich um die Kommunikation«, sagte Anakin. Er deutete auf den Platz des Kopiloten. »R2, zweiter Sessel. Kanzler?«

»Ja?«

»Schnallt Euch an. Es dürfte gleich heiß hergehen.« Anakin schnitt eine Grimasse, als glühende Rumpfteile an der Panoramawand vorbeirasten. »In mehr als nur einer Hinsicht.«

Die gewaltige Raumschlacht, die während dieses langen, langen Tages über Coruscant getobt hatte, ging allmählich zu Ende.

Der schimmernde Baldachin aus Ionenstreifen und Turbolaserstrahlen verblasste immer mehr, als die Schiffe der Separatisten den Rückzug antraten und in den Hyperraum sprangen. Das Licht von Coruscants ferner Sonne brach sich in schillernden Wolken aus Gaskristallen, Überresten von Sternjägern und ihren Piloten. Beschädigte Kreuzer steuerten Raumwerften an und kamen an den geborstenen Rümpfen von Schiffen vorbei, die leblos im ewigen Tag des interplanetaren Alls hingen. Entergruppen brachten Raumschiffe unter ihre Kontrolle, die kapituliert hatten, nahmen die überlebenden Besatzungsmitglieder gefangen und statteten die Droiden mit Neutralisierungsbolzen aus.

Auf Coruscants Tagseite stieg der Rauch von einer Million Feuer auf, entfacht von herabgestürzten Schiffstrümmern. Es regneten so viele Fragmente vom Himmel, dass die planetare Verteidigung nicht alle desintegrieren konnte, bevor sie in der Stadt einschlugen. Auf der Nachtseite verschwanden die künstlichen Lichter hinter dem rotweißen Glühen von Kratern aus brennendem Stahl. Jeder Einschlag kostete tausende das Leben. Am Himmel von Coruscant waren nicht mehr die Kriegsschiffe wichtig, sondern die zahlreichen Rettungs- und Bergungseinheiten.

Ein letztes großes Wrack heulte durch die Atmosphäre, kam zu schnell und zu steil herein. Teile lösten sich von ihm und zogen Schweife aus superheißem Gas hinter sich her. Die Turbolaserbatterien der Meteoritenabwehr isolierten ihre Signaturen, und Sternjäger gingen auf Abfangkurs, um all die Trümmer zu zerstrahlen, die dem Feuer der Abwehrtürme entgingen. Weit oben, jenseits der Atmosphäre, auf der Brücke der RSS *Integrity*, sprach Lieutenant Commander Lord Needa mit einem kniehohen blauen Geist, der seine Existenz den Holokom-Scanlasern verdankte: ein fremdes Wesen, das einen Jedi-Umhang trug, mit großen Augen in einem faltigen Gesicht und mit langen, spitzen und seltsam beweglichen Ohren.

»Sie müssen das planetare Verteidigungssystem deaktivieren, Sir!«, sagte Needa. »General Kenobi befindet sich an Bord! Sein Kode wurde bestätigt. Skywalker ist bei ihm – *und sie haben Kanzler Palpatine*!«

»Gehört und verstanden ist dies«, erwiderte der Jedi ruhig. »Sagen Sie mir, was Sie brauchen.«

Needa blickte auf einen Schirm und sah, wie sich Rumpfplatten vom abstürzenden Kreuzer lösten. Während er das Schiff noch beobachtete, brach es im Bereich des Hangardecks auseinander. Die hintere Hälfte drehte sich und explodierte an mehreren Stellen. Aber wer auch immer die vordere Hälfte flog: Es musste einer der besten Piloten in der ganzen Galaxis sein. Die Bughälfte schlingerte, richtete sich dann aber auf, und zwar nur mithilfe einiger Manövrierdüsen und der Atmosphäreklappen.

»Zunächst einmal einige Feuerwehrschiffe«, sagte Needa etwas ruhiger. »Wenn noch weitere Rumpfteile verbrennen, bleibt gar nicht genug von ihm übrig, um die Oberfläche erreichen zu können. Und eine verstärkte Andockplattform, die stabilste, die wir haben. Das Wrack kann nicht landen. Dies ist ein kontrollierter Absturz. Ich wiederhole: ein kontrollierter Absturz.«

»Gehört und verstanden ist dies«, erwiderte der holographische Jedi. »Übertragen Sie die Transponder-Signatur.« Als das geschehen war, nickte der Jedi ernst. »Danke, Lieutenant Commander. Einen wertvollen Dienst Sie heute der Republik erwiesen haben – dafür Ihnen der Dank des Jedi-Ordens gebührt. Yoda Ende.«

Auf der Brücke der *Integrity* stand Lord Needa mit auf den Rücken gelegten Händen und musste sich mit der Rolle des Beobachters begnügen. Militärische Disziplin sorgte dafür, dass sein Gesicht ausdruckslos blieb, doch seine Hände wirkten auffallend blutleer, waren weiß bis zu den Handgelenken.

Hilflosigkeit schmerzte in jedem einzelnen Knochen.

Denn er wusste: Jenes Wrackteil war eine Todesfalle. Niemand konnte damit landen, nicht einmal Skywalker. Jede Sekunde, die vor dem endgültigen Auseinanderbrechen und Verbrennen verging, war ein Wunder und ein Beweis für das enorme Geschick des Piloten. Aber wenn jede Sekunde ein Wunder war, wie viele konnten dann aufeinander folgen?

Lord Needa war nicht religiös, neigte auch nicht zum Philosophen oder Metaphysiker. Von der Macht wusste er nur, was man sich über sie erzählte, und doch: Tief in seinem Herzen bat er jetzt die Macht darum, den Männern in jenem Schiff wenigstens ein schnelles Ende zu gewähren, wenn es schon ein Ende geben musste.

Seine Augen brannten. Die grausame Ironie des Schicksals schnürte ihm den Hals zu. Die Heimatflotte hatte hervorragend gekämpft, und die Jedi hatten Übermenschliches geleistet. Entgegen allen Erwartungen hatte die Republik den Sieg errungen.

Doch der Kampf war geführt worden, um den Obersten Kanzler Palpatine zu retten.

Den Kampf hatten sie gewonnen, aber als Needa das Geschehen hilflos beobachtete, wurde er das Gefühl nicht los, dass sie den Krieg zu verlieren drohten.

Dies ist Anakin Skywalkers Meisterwerk:

Viele Leute bezeichnen ihn als besten Piloten in der Galaxis, aber das ist nur Gerede, geboren aus den ständigen Holo-Netz-Meldungen über seine Erfolge beim Sternjägerkampf. Die Vernichtung von Vulture-Droiden und Tri-Jägern ist nur eine Frage überlegener Reflexe und des Vertrauens in die Macht; er hat so viele Stunden im Cockpit verbracht, dass er den Jedi-Sternjäger wie ein Kleidungsstück trägt. Er ist sein Körper, mit Düsen für Beine und Kanonen für Fäuste.

Was er jetzt macht, geht so weit über gewöhnliches Fliegen hinaus wie der Jedi-Kampf über ein Schulhofgerangel.

Er sitzt in einem blutverschmierten, blasterverbrannten Sessel, vor einer Konsole, die er nie zuvor gesehen hat und deren Kontrollen für fremde Finger bestimmt sind. Das Schiff, in dem er sich befindet, bockt nicht nur wie ein irrer Taurücken, als es in Turbulenzen gerät. Es brennt auch und bricht wie ein Komet auseinander, der sich anschickt, in einen Gasriesen zu stürzen. Ihm bleiben nur Sekunden, um zu lernen, wie man ein Wrack manövriert, das nicht nur keine Heckkontrollzellen mehr hat, sondern auch kein Heck.

Es ist schlicht und einfach unmöglich. Er kann es nicht schaffen.

Aber er macht es trotzdem.

Denn er ist Anakin Skywalker, und er glaubt nicht ans *Unmögliche.*

Er streckt die Hände aus, und für einen langen, langen Moment streicht er nur über die Kontrollen, fühlt ihre Form unter seinen Fingern, lauscht dem Zittern, das seine vorsichtige Berührung bei den übrigen Kontrollflächen des auseinander brechenden Schiffes verursacht, und empfängt ihre Resonanzen, bis sie zu einer Harmonie werden, vergleichbar mit den Klängen einer ferroanischen Freudenharfe, die von einem Virtuosen gestimmt wird.

Daraufhin nimmt er Kraft von der Macht auf. Er sammelt Wahrnehmung und Glück, öffnet sich für die instinktive, vorbewusste Was-geschieht-in-den-nächsten-zehn-Sekunden-Intuition, die immer der Kern seines Talents gewesen ist.

Und dann beginnt er.

Atmosphärenklappen öffnen sich. Anakin verändert immer wieder ihre Winkel und verlangsamt damit die Geschwindigkeit des Wracks, ohne dass die Klappen verbrennen – ihr Kontrabass-Donnern gewinnt einen Rhythmus, klingt wie ein Herzschlag, der gelegentlich kurz aussetzt. Die vorderen Höhendüsen sind beim Kampf beschädigt worden und feuern jetzt in verschiedene Richtungen, aber er fühlt, wohin sie ihn bringen, und er streichelt sie nacheinander, macht ihr Lied zum zentralen Thema des improvisierten Konzerts.

Und die wahre Inspiration, der sprühende Geniestreich, der sein Meisterwerk zum Leben erweckt, ist der Sopran-Kontrapunkt: eine synkopierte Sequenz aus Außenluken im Rumpf, die sich öffnen, schließen und erneut aufklappen, die Aerodynamik des Schiffes auf subtile Weise modifizieren, um ihm Auftrieb oder Scherung zu geben, damit es im Anflugkegel des Ziels bleibt.

Es ist die Macht, die dies ermöglicht, und mehr als die Macht. Anakin hat kein Interesse daran, ruhig zu akzeptieren, was die Macht bringt. Nicht hier. Nicht jetzt. Nicht solange das Leben von Palpatine und Obi-Wan auf dem Spiel steht. Es ist genau andersherum: Er ergreift die Macht mit der strikten Weigerung zu versagen.

Er *wird* dieses Schiff landen.

Er *wird* seine Freunde retten.

Zwischen seinem Willen und dem Willen der Macht gibt es keinen Streit.

ZWEITER TEIL

Verführung

Die Dunkelheit ist großzügig und geduldig.

Es ist die Dunkelheit, die Grausames unter die Gerechtigkeit sät, die Verachtung in Anteilnahme tropfen lässt und Liebe mit Körnern des Zweifels vergiftet.

Die Dunkelheit kann geduldig sein, denn ein Regentropfen genügt, um die Saat aufgehen zu lassen.

Der Regen wird kommen, und die Saat wird aufgehen, denn die Dunkelheit ist der Boden, in dem sie wächst, und sie ist die Wolken über ihnen, und sie wartet hinter dem Stern, der ihr Licht gibt.

Die Geduld der Dunkelheit ist unendlich.

Schließlich sterben selbst Sterne.

8. KAPITEL
Verwerfungslinien

Mace Windu hing mit einer Hand an dem gerieften Lukengriff neben dem offenen Truppenhangar des Kanonenschiffs und blinzelte im Wind, der seinen Umhang wie eine riesige Falkenfledermaus flattern ließ. Mit der anderen Hand beschattete er sich die Augen vor dem Glanz eines der Orbitalspiegel, die das Tageslicht des Hauptstadtplaneten konzentrierten. Der Spiegel wich langsam beiseite und gestattete es einem Band aus Zwielicht, sich dem Ziel des Kanonenschiffs zu nähern.

Das Ziel war eine kilometerdicke Landeplattform in der gewaltigen Industriezone des Planeten. Ein schräger Turm aus Rauch ragte dort empor, bis in die obersten Schichten der Atmosphäre, ein Turm, der sich jetzt auszubreiten begann, von seinem kleinen Ausgangspunkt bis zu einem langen Streifen im Bereich der Stratosphärenwinde.

Das Kanonenschiff donnerte über die bodenlosen Schluchten aus Durastahl und Permabeton, die die Landschaft von Coruscant bildeten, hielt direkt auf die Industriezone zu, ohne Rücksicht auf die strengen Verkehrsvorschriften, die alle Flüge in der Atmosphäre des Hauptstadtplaneten regelten. Bis der Senat das Kriegsrecht beendete, waren am dunkler werdenden Himmel nur militärische Einheiten, Jedi-Transporter und Rettungsschiffe unterwegs.

Das Kanonenschiff ließ sich allen drei Kategorien zuordnen.

Mace sah den Kreuzer jetzt – beziehungsweise das, was von ihm übrig war – auf der verbrannten Plattform weit voraus: ein Stück des Schiffes, ein Fragment, weniger als ein Drittel dessen, was einst das Flaggschiff der Handelsföderation gewesen war. Es brannte noch immer, obwohl Löschschaum von fünf Schiffen herabregnete und Klontruppen auf der Plattform gegen die Flammen vorgingen.

Mace schüttelte den Kopf. Schon wieder Skywalker. Der Auserwählte.

Wer sonst hätte eine solche Landung schaffen können? Wer sonst könnte eine ähnliche Leistung vollbringen?

Es fiel Mace nur ein Mann ein, und der Gedanke an ihn verhärtete die Züge seines Gesichts und ließ die Falten in seiner Stirn tiefer werden. Er kannte nur einen menschlichen Jedi, dessen Macht an die von Skywalker heranreichte, und jener Mann war kein Jedi mehr.

Derzeit wollte Mace nicht an Dooku denken.

Das Kanonenschiff setzte mit heulenden Repulsoren zur Landung an. Mace sprang hinaus, noch bevor es aufgesetzt hatte, und bedeutete dem Piloten mit offener Hand zu warten. Das Gesicht des Piloten blieb unter dem Helm verborgen, als er mit erhobener Faust bestätigte.

Mace Windu kannte das Gesicht unter dem Helm des Klonpiloten. Er kannte es nur zu gut.

Das Gesicht erinnerte ihn daran, dass sich Dooku in seiner Gewalt befunden hatte und ihm entkommen war.

Auf der anderen Seite der Plattform öffnete sich eine Luke des Wracks, Rettungsmannschaften schoben eine Rutsche näher, und dann standen der Oberste Kanzler, Obi-Wan Kenobi und Anakin Skywalker neben dem brennenden Schiff auf dem Deck. Eine etwas mitgenommen wirkende R2-Einheit folgte ihnen, aktivierte ihre Manövrierdüsen und schwebte zu Boden.

Mace näherte sich.

Palpatines Umhang war angesengt und am Saum zerfranst, und er wirkte schwach. Er stützte sich ein wenig auf Skywalkers Schulter, als sie sich vom Wrack entfernten. Auf Anakins anderer Seite ging ein Obi-Wan Kenobi, der schon bessere Tage gesehen hatte: Er war voller Staub und blutete aus einer Wunde am Kopf.

Skywalker hingegen sah ganz wie der HoloNetz-Held aus. Er schien seine Begleiter zu überragen, als wäre er während der vergangenen Monate größer geworden. Das Haar war zerzaust, und er hatte ein gerötetes Gesicht, aber er ging mit der Eleganz eines natürlichen Kämpfers, und in seiner Physis gab es etwas Neues. Vielleicht lag es daran, wie er den Kopf bewegte, oder am Gewicht von Palpatines Arm auf seiner Schulter, der irgendwie dorthin zu gehören schien. Eine neue Zwanglosigkeit, neue Zuversicht. Eine Aura von innerer Kraft.

Präsenz.

Skywalker war nicht der gleiche junge Mann, den der Rat vor fünf Monaten zum Äußeren Rand geschickt hatte.

»Kanzler ...«, sagte Mace, als sie sich gegenübertraten. »Seid Ihr wohlauf? Braucht Ihr medizinische Hilfe?« Er deutete über die Schulter hinweg zum wartenden Kanonenschiff. »Ich habe eine komplette Medo-Ausrüstung mitgebracht ...«

»Nein, nein, schon gut«, sagte Palpatine mit brüchiger Stimme. »Danke, Meister Windu, aber es geht mir gut, was ich meinen beiden Begleitern verdanke.«

Mace nickte. »Meister Kenobi? Anakin?«

»Es ist mir nie besser gegangen«, sagte Skywalker und schien es wirklich so zu meinen. Kenobi zuckte nur mit den Schultern und verzog ein wenig das Gesicht, als er die Hand zur Kopfwunde hob.

»Nur eine Beule, weiter nichts. Die Medo-Ausrüstung wird bestimmt woanders gebraucht.«

»Ja.« Mace wirkte sehr ernst. »Wir können noch nicht einmal abschätzen, wie viele Opfer es unter der Zivilbevölkerung gibt.«

Er wandte sich dem Kanonenschiff zu und winkte. Es startete sofort und flog den zahlreichen Feuern entgegen, die in der heranrückenden Nacht rot glühten.

»Ein Shuttle ist unterwegs. Wir bringen Euch innerhalb einer Stunde zum Senat, Kanzler. Das HoloNetz ist bereits informiert worden, dass Ihr eine Erklärung abgeben wollt.«

»Das möchte ich tatsächlich.« Palpatine berührte Mace am Arm. »Ihr seid mir immer eine große Hilfe gewesen, Meister Windu. Danke.«

»Es ist den Jedi eine Ehre, dem Senat zu dienen, Sir.« Mace betonte das Wort *Senat* ein wenig, und sein Gesicht blieb ausdruckslos, als er den Arm von der Hand des Kanzlers fortzog. Er sah Obi-Wan an. »Gibt es sonst noch etwas zu berichten, Meister Kenobi? Was ist mit General Grievous?«

»Graf Dooku war da«, warf Skywalker ein. In seinem Gesicht zeigte sich etwas, das Mace nicht zu deuten wusste: Stolz, aber auch Wachsamkeit und ... Kummer. »Er ist tot.«

»Tot?« Mace Windus Blick glitt zwischen Anakin und Obi-Wan hin und her. »Stimmt das?«, fragte er Kenobi. »Ihr habt Graf *Dooku* getötet?«

»Mein junger Freund ist zu bescheiden. *Er* hat Graf Dooku getötet.« Kenobi lächelte und berührte erneut die Kopfwunde. »Ich habe ... ein Nickerchen gemacht ...«

»Aber ...« Mace blinzelte. Für die Separatisten war Dooku das, was Palpatine für die Republik war: ein Gravitationszentrum, das eine Spiralgalaxie spezieller Interessen zusammenhielt. Ohne Dooku wäre die Konföderation Unabhängiger Systeme schon lange keine Konföderation mehr. Innerhalb weniger Wochen würde alles auseinander brechen.

Innerhalb von *Tagen.*

»Aber ...«, begann Mace erneut.

Und etwas anderes als ein *Aber* fiel ihm nicht ein.

Dies war alles so überraschend, dass er fast – nur fast – gelächelt hätte.

»Das sind die besten Neuigkeiten seit ...« Er schüttelte den Kopf. »Seit ich mich erinnern kann. Anakin ... Wie hast du das geschafft?«

Seltsamerweise wirkte der junge Skywalker ein wenig verlegen. Die Präsenz der neuen Zuversicht löste sich wie ein überladener Deflektor auf, und er mied Maces Blick, sah zu Palpatine. Bescheidenheit war nicht der Grund dafür, vermutete Mace. Er sah ebenfalls den Kanzler an, und seine

Freude verflüchtigte sich, wich Verwunderung und Argwohn.

»Es war ... sehr außergewöhnlich«, sagte Palpatine, ohne auf Mace Windus sondierenden Blick zu achten. »Ich verstehe so gut wie nichts vom Schwertkampf, aber für mein Amateurauge hatte es den Anschein, dass Graf Dooku ... sich seiner Sache ein wenig zu sicher war. Insbesondere nachdem er Meister Kenobi so leicht außer Gefecht gesetzt hatte.«

Obi-Wan errötete ein wenig, während Anakins Wangen regelrecht glühten.

»Vielleicht war der junge Anakin ... besser motiviert«, sagte Palpatine und schenkte dem jungen Mann ein wohlwollendes Lächeln. »Dooku kämpfte nur, um einen Gegner zu besiegen. Anakin hingegen kämpfte, um einen Freund zu retten, wenn ich mir diese Bezeichnung erlauben darf.«

Maces Argwohn verdichtete sich. Schöne Worte. Vielleicht entsprachen sie sogar der Wahrheit – aber sie gefielen ihm trotzdem nicht.

Die Mitglieder des Jedi-Rates hatten den engen Beziehungen zwischen Skywalker und dem Kanzler von Anfang an skeptisch gegenübergestanden – sie hatten mehrmals mit Obi-Wan darüber gesprochen, als Skywalker noch sein Padawan gewesen war. Es bereitete Mace tiefes Unbehagen, zu hören, wie Palpatine für einen jungen Jedi sprach, der offenbar nicht darauf vorbereitet war, für sich selbst zu sprechen. »Der Rat wird bestimmt sehr an deinem vollständigen Bericht interessiert sein, Anakin«, sagte er und betonte das Wort *vollständigen*, damit Skywalker verstand, was er meinte.

Anakin schluckte, und die ruhige Zuversicht kehrte ebenso schnell zurück, wie sie verschwunden war. »Ja. Ja, natürlich, Meister Windu.«

»Und wir müssen berichten, dass Grievous entkommen ist«, sagte Obi-Wan. »Er hat sich als so feige erwiesen wie immer.«

Mace nahm diese Nachricht mit einem Nicken entgegen.

»Aber er ist nur ein militärischer Kommandeur. Dooku hat die Koalition zusammengehalten, und ohne ihn wird sie zerbrechen.« Er sah dem Obersten Kanzler in die Augen. »Dies ist eine Chance für den Frieden. Wir können den Krieg jetzt sofort beenden.«

Und während Palpatine antwortete, griff Mace Windu in die Macht.

Für Maces Wahrnehmung in der Macht kristallisierte die Welt um sie herum und wurde zu einem Edelstein der Realität, durchsetzt von Rissen und Verwerfungslinien der Möglichkeit. Dies war Mace Windus besondere Gabe: zu sehen, wie Personen und Situationen in der Macht zueinander passen, die Linien zu erkennen, an denen nützliche Brüche stattfinden können, und intuitiv die beste Art von Schlag zu bestimmen, die zum Bruch führt. Zwar konnte er nicht die Bedeutung der wahrgenommenen Strukturen erkennen – die dunkler werdende Wolke über der Macht, die sich mit der Rückkehr der Sith gebildet hatte, machte das mit jedem verstreichenden Tag schwerer –, aber die Präsenz von Bruchlinien war immer klar.

Mace hatte die Ausbildung von Anakin Skywalker befürwortet, obgleich das den Jahrtausenden der Jedi-Tradition zuwiderlief, denn die Struktur der Verwerfungslinien in der Macht um ihn herum hatte auf die Wahrheit von Qui-Gon Jinns Ahnung hingedeutet: dass der Sklavenjunge von Tatooine tatsächlich der prophezeite Auserwählte war, dazu bestimmt, die Macht ins Gleichgewicht zu bringen. Er hatte sich dafür eingesetzt, Obi-Wan Kenobi den Status des Meisters zu geben und die Ausbildung des Auserwählten in die Hände dieses neuen, noch nicht auf die Probe gestellten Meisters zu legen. Weil ihm seine einzigartige Wahrnehmung mächtige Schicksalslinien gezeigt hatte, die beide Leben miteinander verbanden, zum Guten oder zum Schlechten. An dem Tag, als Palpatine zum Kanzler gewählt worden war, hatte er ihn als Bruchpunkt von unermesslicher Bedeutung gesehen: ein Mann, von dem vielleicht das Schicksal der Republik abhing.

Jetzt sah er die drei Männer zusammen, und das komplexe Netzwerk aus Bruchlinien und Spannungsrissen, das sie miteinander verband, war so enorm mächtig, dass sich seine Struktur allen Berechnungen entzog.

Anakin war irgendwie der Angelpunkt, der Drehpunkt eines Hebels mit Obi-Wan auf der einen Seite, Palpatine auf der anderen und der Galaxis in der Schwebe. Doch die dunkle Wolke über der Macht hinderte Mace Windus Wahrnehmung daran, die Zukunft zu erkunden und dort einen Hinweis darauf zu finden, wohin dies alles führen mochte. Das Gleichgewicht war so labil, dass er nicht erahnen konnte, welche Folgen die kleinste Berührung nach sich ziehen würde. Ein geringer Stoß an der einen oder anderen Seite musste zu chaotischen Oszillationen führen. Alles konnte geschehen.

Alles.

Und das Netz aus Verwerfungslinien, das alle drei miteinander verband, stank nach der dunklen Seite.

Mace hob den Kopf, sah zum Himmel hoch und beobachtete einen Jedi-Shuttle, der durch die Abenddämmerung flog und sich der Plattform näherte.

»Ich fürchte, der Frieden kommt nicht infrage, solange Grievous frei ist«, sagte der Kanzler traurig. »Allein Dooku hat Grievous' monströse Lust nach Gemetzel Grenzen gesetzt. Jetzt, nach dem Tod des Grafen, wird sich der General in der ganzen Galaxis austoben. Ich fürchte, der Krieg ist nicht etwa vorbei, sondern wird noch viel *schlimmer.*«

»Und was ist mit den Sith?«, fragte Obi-Wan. »Dookus Tod hätte zumindest eine Schwächung der dunklen Seite zur Folge haben sollen, aber stattdessen fühlt sie sich so stark an wie vorher. Meister Yoda scheint mit seiner Intuition Recht zu haben. Vielleicht war Dooku wirklich nur der Schüler des Sith-Lords und nicht der Meister.«

Mace ging in Richtung des Landeplatzes für kleine Schiffe, wo der Shuttle ankommen würde, und die anderen schlossen sich ihm an.

»Wenn ein Sith-Lord existiert, so wird er sich früher oder später zeigen. Das machen sie immer.« Er hoffte, dass Obi-Wan den Hinweis verstand und dieses Thema fallen ließ. In Anwesenheit des Obersten Kanzlers wollte Mace nicht über ihre Nachforschungen sprechen.

Je weniger Palpatine wusste, desto besser.

»Grievous ist ein interessanteres Rätsel«, sagte er. »Ihr seid seiner Gnade ausgeliefert gewesen, Kanzler, und Gnade zählt nicht gerade zu seinen Tugenden. Zwar freue ich mich, dass er Euch am Leben gelassen hat, aber ich frage mich auch nach dem Grund dafür.«

Palpatine breitete die Arme aus. »Ich kann nur vermuten, dass die Separatisten mich als Geisel wollten und nicht als Märtyrer. Schwer zu sagen. Vielleicht war es auch einfach nur eine Laune des Generals. Er ist sehr wechselhaft.«

»Möglicherweise sind die Separatisten bereit, ihm Einhalt zu gebieten, als Gegenleistung für gewisse …« Mace ließ seinen Blick zu einer Stelle über dem Kopf des Kanzlers gleiten. »… Zugeständnisse.«

»Ausgeschlossen.« Palpatine straffte seine Schultern und strich den Umhang glatt. »Friedensverhandlungen liefen auf eine Anerkennung der KUS als legitime Regierung der rebellischen Systeme hinaus – genauso gut könnten wir den Krieg verlieren! Nein, Meister Windu, dieser Krieg kann nur auf eine Weise enden. Mit bedingungsloser Kapitulation. Und dazu wird es nicht kommen, solange Grievous lebt.«

»Na schön«, sagte Mace. »Dann machen die Jedi die Gefangennahme von General Grievous zu ihrer wichtigsten Aufgabe.« Er sah zu Anakin und Obi-Wan, richtete den Blick dann wieder auf Palpatine. Er beugte sich zum Kanzler vor, sprach leise, mit einem gewissen Nachdruck, der Argwohn und Warnung *andeutete*. »Der Krieg dauert schon zu lange. Wir werden Grievous finden, und dieser Krieg *wird* enden.«

»Daran zweifle ich nicht.« Palpatine ging ungerührt weiter. »Aber wir sollten nicht die Verschlagenheit der Separatisten unterschätzen. Vielleicht ist selbst der Krieg nur Teil eines größeren Plans«, fügte er hinzu, und dabei klang seine Stimme seltsam.

Als sich der Jedi-Shuttle der privaten Landeplattform des Kanzlers beim Senat näherte, beobachtete Obi-Wan, wie Anakin versuchte, nicht zu auffällig aus dem Fenster zu sehen. Auf der Plattform hatte sich ein kleines Begrüßungskomitee aus Senatoren eingefunden, und Anakin gab sich alle Mühe, den Eindruck zu erwecken, nicht nach einer ganz bestimmten Person Ausschau zu halten. Es war reine Zeitvergeudung. In der Macht strahlte Anakin so starke Aufregung aus, dass Obi-Wan praktisch das Donnern seines Herzschlags hörte.

Obi-Wan seufzte leise. Er wusste genau, wen sein früherer Padawan zu sehen hoffte.

Als der Shuttle landete, fing Meister Windu seinen Blick ein. Der Korun-Meister deutete eine Geste an, auf die Obi-Wan keine sichtbare Reaktion zeigte. Aber als Palpatine, Anakin und R2 den Wartenden entgegenschritten, blieb Obi-Wan im Shuttle.

Anakin verharrte auf dem Landedeck und sah zu Obi-Wan. »Kommst du nicht mit?«

»Für Politik fehlt mir der Mut«, sagte Obi-Wan und lächelte kurz. »Ich erstatte dem Rat Bericht.«

»Sollte ich nicht dabei sein?«

»Das ist nicht nötig. Dies ist nicht der offizielle Bericht. Außerdem …« Obi-Wan sah zu den HoloNetz-Teams, die sich hinter dem Begrüßungskomitee drängten. »Die Öffentlichkeit verlangt nach einem Helden, mein Junge.«

Anakin verzog das Gesicht. »Ich bin kein Junge mehr.«

»Stimmt, stimmt«, erwiderte Obi-Wan und lachte leise. »Tritt deinen Verehrern gegenüber.«

»Einen Augenblick … Die ganze Sache war *deine* Idee. Du hast sie geplant und die Rettungsmission geleitet. Dir gebührt der Applaus.«

»So leicht kommst du nicht davon, mein junger Freund. Ohne dich hätte ich es nicht einmal bis zum Flaggschiff geschafft. Du hast Graf Dooku getötet und ganz allein den Kanzler gerettet … während du einen bewusstlosen, alten und schwachen Jedi-Meister auf dem Rücken getragen hast, möchte ich hinzufügen. Ganz zu schweigen von einer Landung, die für die nächsten tausend Jahre der Standard fürs Unmögliche in allen Fluglehrbüchern sein wird.«

»Ich verdanke es nur deiner Ausbildung, Meister …«

»Das ist nur ein Vorwand. Du bist der Held. Geh und verbring einen glorreichen Tag umgeben von …« Obi-Wan gestattete sich ein leises, spöttisches Hüsteln. »… Politikern.«

»Ich bitte dich, Meister – du bist es mir *schuldig*. Und nicht nur deshalb, weil ich dir zum zehnten Mal das Leben gerettet habe …«

»Zum *neunten* Mal. Cato Neimoidia zählt nicht, denn es war deine Schuld.« Obi-Wan winkte den jungen Jedi fort. »Wir sehen uns bei der Besprechung morgen früh.«

»Na schön … Einverstanden. Dieses eine Mal.« Anakin lachte und winkte, schloss dann mit langen Schritten zu Palpatine auf, als der Kanzler zu den Senatoren trat, mit der ungezwungenen Lässigkeit des geborenen Politikers.

Die Luke schloss sich, und der Shuttle stieg auf. Das Lächeln verschwand von Obi-Wans Lippen, als er sich Mace Windu zuwandte. »Ihr wolltet mich sprechen.«

Windu rückte näher zu dem am Fenster sitzenden Obi-Wan, und sein Nicken galt der Szene auf der Landeplattform. »Es geht um Anakin. Seine Beziehung zu Palpatine gefällt mir nicht.«

»Darüber haben wir bereits gesprochen.«

»Es gibt etwas zwischen ihnen. Etwas Neues. Ich habe es in der Macht gesehen.« Maces Stimme war klanglos und ernst. »Es fühlte sich stark an. Und überaus gefährlich.«

Obi-Wan hob die Hände und ließ sie wieder sinken. »Ich würde Anakin mein Leben anvertrauen.«

»Ich weiß. Ich wünschte nur, dass wir dem Kanzler Anakins Leben anvertrauen könnten.«

»Ja«, sagte Obi-Wan und runzelte die Stirn. »Palpatines

Politik ist manchmal … fragwürdig. Und er ist in Anakin vernarrt. Er behandelt ihn so wie ein freundlicher alter Onkel seinen Lieblingsneffen.«

Mace blickte aus dem Fenster. »Der Kanzler liebt Macht. Wenn er irgendeine andere Leidenschaft hat, so ist sie meiner Aufmerksamkeit entgangen.«

Obi-Wan schüttelte ein wenig ungläubig den Kopf. »Wenn ich mich recht entsinne, seid ihr vor nicht allzu langer Zeit ein Bewunderer von ihm gewesen.«

»Dinge ändern sich«, erwiderte Mace Windu grimmig.

Obi-Wan musste ihm zustimmen. Sie flogen über eine Landschaft, die dort schwelende Ruinen präsentierte, wo noch vor kurzer Zeit hohe Gebäude mit vielen lebenden Personen gestanden hatten, und näherten sich einem Tempel mit den Erinnerungen vieler Jedi, die nie aus diesem Krieg zurückkehren würden.

»Was soll ich tun?«, fragte Obi-Wan nach einem Moment.

»Ich bin mir nicht sicher. Ihr kennt meine besondere Begabung; ich verstehe nicht immer, was ich sehe. Seid wachsam. Achtet auf Anakin, und hütet Euch vor Palpatine. Er verdient kein Vertrauen, und sein Einfluss auf Anakin ist gefährlich.«

»Aber Anakin ist der Auserwählte …«

»Ein Grund mehr, den Einfluss eines Außenstehenden zu fürchten. Es gibt Indizien, die darauf hindeuten, dass Sidious' Spur bis zu Palpatines innerem Kreis führt.«

Plötzlich fiel Obi-Wan das Atmen schwer. »Seid Ihr sicher?«

Mace schüttelte den Kopf. »Nichts ist sicher. Aber dieser Angriff, die Verschleppung von Palpatine … Ohne die Hilfe eines Eingeweihten war das nicht möglich. Und dann der Zeitpunkt … Wir haben uns ihm *genähert,* Meister Kenobi! Die Informationen, die Ihr und Anakin entdeckt habt … Damit gelang es uns, den Sith-Lord zu einer verlassenen Fabrik in der Industriezone zu verfolgen, nicht weit von dem Ort entfernt, wo Anakin das Wrack landete. Als der Angriff begann, verfolgten wir seinen Weg durch die unteren Tunnel.«

Mace blickte erneut aus dem Fenster und beobachtete einen ausgedehnten Wohnkomplex, der die Skyline im Westen dominierte. »Die Spur führte zu den Kellergeschossen von Republica 500.«

Republica 500 war die exklusivste Adresse auf dem ganzen Planeten. Dort wohnten nur die unglaublich Reichen oder die unglaublich Mächtigen, von Raith Sienar von den Sienar-Flottensystemen bis hin zu Palpatine.

»Oh«, brachte Obi-Wan nur hervor.

»Wir sehen uns mit der Möglichkeit – der Wahrscheinlichkeit – konfrontiert, dass Dooku auf Geonosis Euch gegenüber die Wahrheit gesagt hat. Vielleicht befindet sich der Senat tatsächlich unter dem Einfluss – oder unter der Kontrolle – von Darth Sidious. Schon seit *Jahren.*«

»Gibt es …« Obi-Wan schluckte. »Gibt es Verdächtige?«

»Zu viele. Von Sidious wissen wir nur, dass er ein Zweibeiner ist und ungefähr von menschlicher Gestalt. Sate Pestage bietet sich an. Ich würde auch Mas Amedda nicht ausschließen. Vielleicht verbirgt sich der Sith-Lord sogar unter den Roten Wächtern. Wir wissen es einfach nicht.«

»Wer kümmert sich um die Vernehmung?«, fragte Obi-Wan. »Ich würde gern dabei helfen. Meine Wahrnehmungen sind zwar nicht so differenziert wie die einiger anderer, aber …«

Mace schüttelte den Kopf. »Eine Vernehmung der persönlichen Adjutanten und Berater des Obersten Kanzlers? Unmöglich.«

»Aber …«

»Palpatine wird das nicht zulassen. Zwar hat er es nie gesagt …« Mace blickte aus dem Fenster. »Ich bin mir nicht einmal sicher, ob er an die Existenz der Sith glaubt.«

Obi-Wan blinzelte. »Aber … wie kann er …«

»Seht es aus seinem Blickwinkel: Der einzige Beweis, den wir haben, ist Dookus Wort. Und Dooku ist tot.«

»Der Sith-Lord von Naboo … der Zabrak, der Qui-Gon tötete …«

Mace zuckte mit den Schultern. »Tot, wie Ihr wisst.« Er

schüttelte den Kopf. »Die Beziehungen zum Büro des Kanzlers sind … schwierig. Ich glaube, er hat das Vertauen in die Jedi verloren. Eines steht fest: Ich habe mein Vertrauen in ihn verloren.«

»Aber er ist nicht befugt, Einfluss auf eine Ermittlung der Jedi zu nehmen …« Obi-Wan runzelte die Stirn und war plötzlich nicht mehr so sicher. »Oder?«

»Der Senat hat ihm so viel Macht gegeben, dass sich kaum feststellen lässt, wo seine Befugnisse enden.«

»Ist es so schlimm?«

Mace presste kurz die Lippen zusammen. »Palpatine ist nur deshalb kein Verdächtiger, weil er bereits über die Galaxis regiert.«

»Aber noch nie zuvor waren wir so nahe daran, die Sith auszulöschen«, sagte Obi-Wan langsam. »Das können nur gute Nachrichten sein. Ich denke, Anakins Freundschaft mit Palpatine könnte uns dabei von Nutzen sein – er hat einen Zugang zu Palpatine, von dem andere Jedi nur träumen können. Ihre Freundschaft ist ein Vorteil, keine Gefahr.«

»Ihr dürft ihm nichts davon sagen.«

»Wie bitte?«

»Im ganzen Rat wissen nur Yoda und ich, wie tief diese Sache wirklich reicht. Und jetzt wisst auch Ihr darüber Bescheid. Ich habe beschlossen, Euch einzuweihen, weil Ihr in der besten Situation seid, Anakin zu überwachen. Beobachtet ihn. Mehr nicht.«

»Wir …« Obi-Wan schüttelte hilflos den Kopf. »Wir haben keine Geheimnisse voreinander.«

»Dieses Geheimnis müsst Ihr hüten.« Mace faltete die Hände und drückte, bis die Knöchel knackten. »Skywalker ist zweifellos der stärkste lebende Jedi, und er wird noch stärker. Aber er ist nicht *stabil.* Das wisst Ihr. Wir wissen es alle. Deshalb kann er nicht zum Meister werden. Wir müssen ihn vom Rat fern halten, trotz seiner außergewöhnlichen Gaben. Und die Jedi-Prophezeiung … ist nicht absolut. Je weniger er mit Palpatine zu tun hat, desto besser.«

»Aber …« Obi-Wan sprach nicht weiter. Er dachte daran, wie oft Anakin Befehlen zuwidergehandelt hatte. Er dachte daran, wie unerschütterlich loyal Anakin all jenen gegenüber war, die er für Freunde hielt. Er dachte an die Gefahr, der Palpatine ausgesetzt war, ohne etwas davon zu ahnen: ein Sith-Lord unter seinen Beratern …

Meister Windu hatte Recht. Dies war ein Geheimnis, das Anakin nicht anvertraut werden durfte.

»Was *darf* ich ihm sagen?«

»Sagt ihm nichts. Ich spüre die dunkle Seite in seiner Nähe. Sie umgibt beide.«

»Sie umgibt uns alle«, stellte Obi-Wan fest. »Die dunkle Seite berührt uns alle, Meister Windu. Selbst Euch.«

»Das weiß ich nur zu gut, Obi-Wan.« Für eine Sekunde sah Obi-Wan so etwas wie Schmerz in den Augen des Korun-Meisters. Mace wandte sich ab. »Es ist denkbar, dass wir … gegen Palpatine vorgehen müssen.«

»*Gegen* den Kanzler?«

»Uns könnte nichts anderes übrig bleiben, wenn er wirklich unter der Kontrolle eines Sith-Lords steht.«

Obi-Wan fühlte sich wie betäubt. Dies alles schien nicht real zu sein. Es war unmöglich, dass er wirklich dieses Gespräch führte.

»Ihr seid nicht hier gewesen, Obi-Wan.« Mace starrte auf seine Hände hinab. »Ihr habt Euch im Äußeren Rand aufgehalten und dort gekämpft. Ihr wisst nicht, wie es gewesen ist, mit all den kleinlichen Streitereien, besonderen Interessen, den habgierigen Narren im Senat und Palpatines zynischen, erbarmungslosen Winkelzügen, mit denen er immer mehr Macht sammelt – er schneidet große Stücke von unserer Freiheit ab und verbindet die Wunden mit kleinen Fetzen aus Sicherheit. Und wofür? Seht Euch diesen Planeten an, Obi-Wan! Wir haben so viel Freiheit aufgegeben – wie *sicher* sieht es hier aus?«

Eine kalte Hand schloss sich um Obi-Wans Herz. Dies war

nicht der Mace Windu, den er kannte und bewunderte. Die Dunkelheit in der Macht schien hier auf Coruscant dichter zu sein und Maces Geist vergiftet zu haben. Vielleicht säte sie sogar Verdacht und Differenzen unter den Mitgliedern des Jedi-Rates.

Die größte Gefahr von der Dunkelheit außerhalb drohte dann, wenn Jedi sie mit der Dunkelheit im Inneren fütterten.

Obi-Wan hatte befürchtet, bei seiner Rückkehr nach Coruscant und zum Tempel schlimme Dinge vorzufinden, doch selbst in seinen finstersten Träumen hatte er nicht angenommen, dass es *so* schlimm sein würde.

»Meister Windu ... Mace. Wir gehen zusammen zu Yoda«, sagte er fest. »Wir hören uns an, was er denkt, und anschließend lassen wir drei uns etwas einfallen. Ihr werdet sehen.«

»Vielleicht ist es schon zu spät.«

»Vielleicht. Aber vielleicht auch nicht. Wir können uns nur alle Mühe geben, Mace. Ein sehr, sehr kluger Jedi sagte mir einmal: *Wir brauchen nicht zu gewinnen. Wir müssen nur kämpfen.*«

Einige der Falten verschwanden aus dem Gesicht des Korun-Meisters, und als er Obi-Wan ansah, bemerkte der ein Zucken in seinen Mundwinkeln, das eines Tages zu einem Lächeln werden mochte – ein müdes und trauriges, aber ein Lächeln. »Jenen speziellen Jedi scheine ich vergessen zu haben«, sagte Mace langsam. »Danke dafür, dass Ihr mich an ihn erinnert habt.«

»Das war das Mindeste, das ich tun konnte«, erwiderte Obi-Wan leichthin, doch ein kummervolles Gewicht hatte sich in seiner Brust gebildet.

Die Dinge verändern sich tatsächlich.

Das Herz schlug Anakin bis zum Hals empor, aber er lächelte weiterhin, nickte, schüttelte Hände – und versuchte verzweifelt, einen vertrauten goldenen Protokolldroiden zu erreichen, der hinter der Menge aus Senatoren stand, den rechten Arm hob und zögernd R2-D2 zuwinkte.

Sie war nicht da. Warum war sie nicht da?

Es musste etwas passiert sein.

Er *wusste,* tief in seinem Herzen, dass ihr etwas zugestoßen war. Ein Unfall. Oder sie war krank. Oder sie hatte sich in einem der Gebäude befunden, die von abstürzenden Wrackteilen getroffen worden waren ... Vielleicht lag sie derzeit irgendwo unter Trümmern, verwundet, dem Tode näher als dem Leben, vielleicht rief sie seinen Namen und fühlte, wie *Flammen* näher kamen ...

Hör auf, dachte er. Sie ist nicht verletzt. Wenn ihr etwas zugestoßen wäre, so hätte er davon gewusst, selbst im Äußeren Rand.

Aber warum war sie nicht da?

Hatte etwas ...

Anakin wagte kaum zu atmen. Er brachte es nicht fertig, daran zu denken. Und er brachte es nicht fertig, *nicht* daran zu denken.

Hatte etwas ... ihre Gefühle für ihn verändert?

Es gelang ihm, sich aus Tundra Dowmeias feuchtkaltem Griff zu lösen und den beharrlichen Einladungen zu entkommen, die Tiefseefarm seiner Familie auf Mon Calamari zu besuchen. Mit einem entschuldigenden Schulterzucken schob er sich an dem malastareanischen Senator Ask Aak vorbei.

Seine Gedanken galten einem anderen Senator, besser gesagt: einer Senatorin.

R2 zirpte und piepte laut, als sich Anakin schließlich aus der Masse der schwitzenden, aufdringlichen Politiker befreite. C-3PO hatte sich abgewandt. »So schlimm kann es wohl kaum gewesen sein. Übertreib nicht! Du hast nur einige kleine Beulen.«

R2s pfeifende Antwort klang ein wenig defensiv. C-3PO schickte Statik durch seinen Vokabulator, die wie ein missbilligendes Schniefen klang. »Da stimme ich dir zu. Du solltest tatsächlich überholt werden. Und ein *Bad* wäre ebenfalls nicht schlecht, wenn ich das hinzufügen darf.«

»3PO ...«

Anakin trat zu dem Droiden, den er im Hinterzimmer des Sklavenquartiers seiner Mutter auf Tatooine gebaut hatte, der während der schweren Kindheit sein Projekt und sein Freund gewesen war und der heute der Frau diente, die er liebte …

C-3PO war während all dieser Monate bei ihr gewesen, hatte sie jeden Tag gesehen und *berührt*, vielleicht auch heute … Anakin glaubte, Resonanzen von ihr an der elektrovergoldeten Hülle zu fühlen, und sie machten ihn atemlos.

»Oh, Meister Anakin!«, entfuhr es C-3PO. »Es freut mich *sehr*, dass es Euch gut geht! Man macht sich Sorgen, wenn man lange nichts mehr von Freunden hört! Nun, wie ich vorgestern der Senatorin sagte … oder war es letzte Woche? Die Zeit scheint so schnell zu vergehen. Habt Ihr vielleicht Gelegenheit, meinen inneren Kalender zu rejustieren, während Ihr hier seid …?«

»Hast du sie *gesehen*, C-3PO?« Anakin versuchte so sehr, nicht zu brüllen, dass seine Stimme wie ein halb ersticktes Krächzen klang. »Wo *ist* sie? Warum ist sie nicht *hier*?«

»Oh, gewiss, gewiss. Offiziell ist Senatorin Amidala *sehr* beschäftigt«, sagte C-3PO gelassen. »Sie hat den ganzen Tag in der Botschaft von Naboo verbracht, die neuen Sicherheitsverordnungen geprüft und sich auf die morgige Debatte vorbereitet …«

Anakin stockte der Atem. Sie war nicht gekommen, weil sie es für wichtiger hielt, sich auf eine *Debatte* vorzubereiten?

Der Senat. Er *hasste* den Senat. Er hasste alles an ihm.

Roter Dunst sammelte sich in seinem Kopf. Jene selbstgerechten, engstirnigen kleinen *Zänker* … Er hätte der Galaxis einen *Gefallen* getan, wenn er *jetzt sofort* zum verdammten Senat gegangen wäre und …

»Einen Augenblick«, murmelte Anakin und blinzelte. »Hast du *offiziell* gesagt?«

»Ja, Meister Anakin.« C-3PO klang tugendhaft. »Das ist meine *offizielle* Antwort auf alle Fragen nach dem Aufenthaltsort der Senatorin. Den ganzen Nachmittag über.«

Der rote Dunst löste sich auf, hinterließ nur Sonnenschein und Schwindel erregende frische Luft. Anakin lächelte. »Und die *in*offizielle?«

Der Protokolldroide beugte sich vor und antwortete mit einem übertrieben verschwörerischen Flüstern: »Inoffiziell wartet sie im Flur.«

Es fühlte sich an, wie von einem Blitz getroffen zu werden. Aber auf eine angenehme Weise. Auf die angenehmste Weise, die es für einen Mann seit der Geburt des Universums gab.

C-3PO nickte kurz den anderen Senatoren und den HoloNetz-Teams auf der Plattform zu. »Sie hielt es für besser, eine, äh, *öffentliche* Szene zu vermeiden. Und sie trug mir auf, Euch mitzuteilen, dass Ihr *beide* eine ... *öffentliche* Szene *vermeiden* sollt ... für den Rest des *Nachmittags*. Und vielleicht auch die ganze Nacht.«

»C-3PO!« Anakin sah ihn an, blinzelte und rang mit dem irrationalen Wunsch zu kichern. »Was genau meinst du damit?«

»Das kann ich beim besten Willen nicht sagen, Sir. Ich führe nur die Anweisungen der Senatorin aus.«

»Du ...« Anakin schüttelte verwundert den Kopf, während sein Lächeln zu einem Grinsen wurde, das seine Wangen zu zerreißen drohte. »Du bist unglaublich.«

»Danke, Meister Anakin. Das Verdienst dafür gebührt vor allem meinem Schöpfer.« C-3PO verbeugte sich elegant und würdevoll.

Anakin grinste weiterhin.

Der goldene Protokolldroide legte liebevoll die Hand auf R2s Kuppel. »Komm, R2. Ich kenne da einen sehr interessanten Laden für Droidenteile in der Lipartian-Straße.«

Sie entfernten sich, summten und klickten und folgten den Senatoren, die bereits zwischen den HoloNetz-Teams verschwunden waren. Anakins Lächeln verblasste, als er ihnen nachsah.

Er fühlte eine Präsenz in der Nähe, drehte sich um und stellte fest, dass Palpatine neben ihm stand, mit einem warmen Lächeln und einem sanften Wort, wie immer, wenn Anakin in Schwierigkeiten war.

»Was ist, Anakin?«, fragte der Kanzler freundlich. »Etwas beunruhigt dich. Ich fühle es.«

Anakin zuckte mit den Schultern und schüttelte verlegen den Kopf. »Es ist nichts.«

»Anakin, etwas, das einen Mann wie dich beunruhigen kann, verdient Beachtung. Lass mich helfen.«

»Es gibt nichts, das Ihr tun könnt. Es ist nur ...« Anakin nickte in Richtung der beiden Droiden C-3PO und R2. »Ich musste nur gerade an etwas denken ... Selbst nach all den vielen Dingen, die ich geleistet habe: C-3PO ist noch immer die einzige mir bekannte Person, die mich *Meister* nennt.«

»Ah. Der Jedi-Rat.« Palpatine legte Anakin den Arm um die Schultern und drückte kameradschaftlich zu. »Ich glaube, bei diesem Problem kann ich dir doch ein wenig von Nutzen sein.«

»Meint Ihr?«

»Es würde mich sehr überraschen, wenn ich dir nicht helfen könnte.«

Palpatines Lächeln blieb warm, aber sein Blick reichte in die Ferne.

»Dir dürfte aufgefallen sein, dass ich über eine gewisse Gabe verfüge«, murmelte er. »Ich bekomme, was ich will.«

9. KAPITEL
Padmé

Padmé stand im Schatten einer großen Säule, die ins rot werdende Nachmittagslicht aufragte, das durchs gewölbte Transparistahldach über dem Atrium des Senatsgebäudes fiel. Sie beobachtete, wie Senatoren durchs Tor der Landeplattform des Kanzlers kamen, und dann sah sie den Kanzler selbst, und C-3PO, und ja, das war R2-D2, also konnte *er* nicht mehr weit sein … Und dann sah sie ihn endlich, groß und stattlich, im strahlungsgebleichten Haar goldene Strähnen und auf seinen Lippen ein lebendiges Lächeln, das ihr das Herz öffnete.

Und sie konnte wieder atmen.

Während HoloNetz-Reporter hin und her eilten, Senatoren schwatzten und Palpatines ruhige, väterliche Stimme erklang, blieb Padmé reglos stehen, hob nicht einmal die Hand. Sie schwieg, gab keinen Ton von sich, atmete nur und hörte das Pochen ihres Herzens. Sie hätte für immer dastehen können, im Schatten, und ihre sehnsüchtigsten Träume wären allein dadurch in Erfüllung gegangen, dass sie ihn lebend sah.

Aber als er sich von der Gruppe löste, langsamer ging und dabei mit Bail Organa von Alderaan sprach, als sie hörte, wie Bail über *das Ende von Graf Dooku* und *das Ende des Krieges* und *endlich das Ende von Palpatines Polizeistaattaktik* sprach, stockte ihr erneut der Atem, und sie hielt die Luft an, denn sie wusste, dass sie als Nächstes *seine* Stimme hören würde.

»Ich wünschte, das wäre so«, sagte er. »Aber der Kampf wird weitergehen, bis General Grievous nicht mehr ist als ein Haufen Schrott. Der Kanzler hat keinen Zweifel daran gelassen, und ich glaube, sowohl der Senat als auch der Jedi-Rat werden ihm zustimmen.«

Sie konnte gar nicht glücklicher sein – bis sein Blick sie traf und in seinem Gesicht ein neues Licht erstrahlte und er zum Senator von Alderaan sagte: »Bitte entschuldigen Sie.« Und dann trat er zu ihr in die Schatten, und sie lagen einander in den Armen.

Ihre Lippen trafen sich, und das Universum wurde ein letztes Mal vollkommen.

Dies ist Padmé Amidala:

Sie ist eine erstaunlich kultivierte junge Frau und in ihrem kurzen Leben bereits die jüngste jemals gewählte Königin ihres Planeten, eine kühne Guerillakämpferin und im Galaktischen Senat eine maßvolle, wohl überlegte und überzeugende Stimme der Vernunft gewesen.

Doch derzeit ist sie nichts von alldem.

Sie kann noch immer in jene Rollen schlüpfen. Sie gibt vor, Senatorin zu sein, sie hat die moralische Autorität der früheren Königin, und sie zögert nicht, bei politischen Debatten ihren Ruf als mutige Kämpferin zu ihrem Vorteil zu nutzen. Aber ihre innerste Realität, der fundamentale, unzerbrechliche Kern ihres Selbst, ist etwas ganz anderes.

Sie ist Anakin Skywalkers Ehefrau.

Aber das Wort *Ehefrau* genügt nicht, um ihre Wahrheit zu beschreiben. *Ehefrau* ist ein zu kleines, zu gewöhnliches Wort, ein Wort, das banal klingen und unangenehme Echos haben kann. Wenn Padmé Amidala *Ich bin Anakin Skywalkers Ehefrau* sagt, so sagt sie damit nicht mehr und nicht weniger als: *Ich lebe.*

Ihr Leben vor Anakin gehört jemand anders, einer geringeren Person, die Mitleid verdient, einer armen, bedauernswerten Seele, die nicht ahnte, wie profund das Leben sein kann.

Ihr wahres Leben begann, als sie Anakin Skywalker zum ersten Mal in die Augen blickte und dort nicht die unkritische Verehrung des kleinen Annie von Tatooine sah, sondern die direkte, unverhohlene, glühende Leidenschaft eines mächtigen Jedi: ein *junger* Mann, zugegeben, aber jeder Zentimeter ein *Mann* – ein Mann, dessen Legende bereits im Jedi-Orden und jenseits davon wuchs. Ein Mann, der genau wusste, was er wollte, und der ehrlich genug war, einfach danach zu *fragen*; ein Mann, stark genug, ihr seine tiefsten Gefühle zu offenbaren, ohne Furcht und ohne Scham. Ein Mann, der sie seit einem Jahrzehnt liebte, mit treuem, geduldigem Herzen, während er auf den Akt des Schicksals wartete, der eines Tages ihr Herz dem Feuer in seinem öffnen würde.

Zwar liebt sie ihren Mann ohne jeden Vorbehalt, aber die Liebe macht sie seinen Fehlern gegenüber nicht blind. Sie ist älter als er und klug genug, ihn besser zu verstehen als er sich selbst. Er ist kein perfekter Mann: Er ist stolz und launisch und wird schnell zornig, doch diese Fehler bewirken nur, dass sie ihn noch mehr liebt. Denn die Größe in ihm wiegt alle seine Fehler auf, seine außergewöhnliche Großzügigkeit, die leidenschaftliche Hingabe nicht nur ihr gegenüber, sondern dem Dienst für alle lebenden Wesen.

Er ist ein wildes Geschöpf, das sanft zu ihr gekommen ist, ein Rebentiger, der an ihrer Wange schnurrt. Jede sanfte Berührung von ihm, jeder zärtliche Blick und jedes liebevolle Wort sind ein kleines Wunder. Wie kann sie für solche Geschenke nicht dankbar sein?

Deshalb erlaubt sie nicht, dass die Öffentlichkeit von ihrer Ehe erfährt. Ihr Mann *muss* ein Jedi sein. Er ist dazu geboren, Personen zu retten. Ihm das zu nehmen hätte bedeutet, all das Gute in seinem unruhigen Herzen zu verkrüppeln.

Während dieses endlosen Kusses hält sie beide Arme fest um seinen Hals geschlungen, denn mitten in ihrem Herzen gibt es eine kalte Furcht, die flüstert, dass dieser Kuss gar nicht endlos ist, sondern nur eine Pause im Chaos des Universums, und dass sie der Zukunft gegenübertreten muss, wenn er endet.

Und sie hat Angst.

Denn alles hat sich verändert, während er fort gewesen ist.

Heute, hier im Flur des Senatsgebäudes, bringt sie ihm die Nachricht von einem Geschenk, das sie sich gegenseitig gegeben haben – ein Geschenk der Freude und des Schreckens. Dieses Geschenk ist die Schneide eines Messers, das bereits ihre Vergangenheit von der Zukunft abgeschnitten hat.

Während all der langen Jahre haben sie sich nur im Verborgenen umarmt, nur in Momenten, die sie von den Angelegenheiten der Republik und des Krieges stahlen. Ihre Liebe ist ein perfektes Refugium gewesen, ein langer, ruhiger Nachmittag, warm und sonnig, abseits von Furcht und Zweifel, von Pflicht und Gefahr. Doch jetzt trägt sie einen planetaren Terminator in sich, der den warmen Nachmittag für immer beenden und ihnen in der Dunkelheit der Nacht die Sicht nehmen wird.

Sie ist jetzt mehr als Anakin Skywalkers Ehefrau.

Sie ist die Mutter von Anakin Skywalkers ungeborenem Kind.

Nach einer viel zu kurzen Ewigkeit endete der Kuss schließlich.

Padmé schmiegte sich an Anakin, nach so langer Zeit, murmelte von Liebe an seiner breiten, starken Brust, während er in ihrem lockigen, duftenden Haar von Liebe murmelte.

Irgendwann später fand sie die Stimme wieder. »Anakin, Anakin, o mein Anakin, ich … ich kann gar nicht glauben, dass du zurück bist. Ich habe gehört …« Sie erstickte fast an der Erinnerung. »Es gab Gerüchte … du wärst *getötet* worden. Ich konnte nicht … jeden Tag …«

»Solchen Geschichten darfst du nie glauben«, hauchte er. »Nie. Ich werde immer zu dir zurückkehren, Padmé.«

»Ich habe ein Jahr für jede Stunde gelebt, die du fort warst …«

»Für mich ist ein Leben vergangen. Zwei.«

Sie tastete nach seiner Brandnarbe auf der Wange. »Du bist verletzt worden …«

»Nichts Ernstes«, sagte Anakin mit einem schiefen Lächeln. »Nur eine unfreundliche Erinnerung daran, dass ich die Übungen mit dem Lichtschwert nicht vernachlässigen sollte.«

»Fünf *Monate.*« Es war fast ein Stöhnen. »Fünf Monate … Wie konnte man uns das *antun*?«

Er lehnte seine Wange an ihr Haupt. »Wenn man den Kanzler nicht verschleppt hätte, wäre ich noch immer da draußen … Ich bin fast … Es ist schrecklich, so etwas zu sagen, aber ich bin *dankbar*. Ich bin froh, dass er verschleppt wurde. Es scheint alles so arrangiert worden zu sein, um mich hierher zurückzubringen …«

Seine Arme waren so stark und so warm, und seine Hand strich ihr ganz sanft übers Haar, als fürchtete er, sie könnte so zerbrechlich sein wie ein Traum, und er beugte sich zu einem weiteren Kuss hinab, einem neuen Kuss, einem Kuss, der alle dunklen Träume vertreiben würde, all die Tage, Stunden und Minuten unerträglicher Angst …

Doch nur Schritte entfernt befanden sich noch immer Senatoren und HoloNetz-Teams im Hauptraum des Atriums, und das Wissen um den Preis, den Anakin bezahlen musste, wenn ihre Liebe bekannt wurde, veranlasste Padmé, den Kopf zu drehen und ihm die Hände auf die Brust zu legen. »Nicht hier, Anakin. Es ist zu riskant.«

»Nein, *hier*! *Genau* hier.« Er zog sie wieder an sich und überwand mühelos ihren halbherzigen Widerstand. »Ich habe das Versteckspielen satt. Das Heimliche und das Lügen. Es gibt *nichts*, dessen wir uns schämen müssten! Wir lieben uns, und wir sind verheiratet. Wie Billiarden von Wesen in der Galaxis. Dies ist etwas, das wir *rufen* und nicht flüstern sollten …«

»Nein, Anakin. Wir sind *nicht* wie all die anderen. Sie sind keine Jedi. Wir dürfen nicht zulassen, dass man dich aus dem Orden wirft …«

»Mach dir deshalb keine Sorgen«, erwiderte er und sah mit einem liebevollen Lächeln auf sie hinab.

»Anakin …« Er konnte sie noch immer zornig machen, ohne es zu wollen. »Hör mir zu. Wir haben eine Pflicht der

Republik gegenüber. Wir beide – aber deine ist jetzt viel wichtiger. Du bist das Aushängeschild der Jedi, Anakin. Selbst nach all diesen Jahren des Krieges gibt es noch Leute, die die Jedi lieben, und ihre Liebe gilt vor allem *dir*, verstehst du? Sie lieben deine *Geschichte*. Du bist wie etwas aus einer Gutenachtgeschichte, der geheime Prinz, unter den Bauern verborgen, ohne einen Hinweis auf dein spezielles Schicksal aufgewachsen – und es *stimmt* alles. Manchmal denke ich, dass die Bürger der Republik nur deshalb noch glauben, dass wir den Krieg gewinnen können, weil *du* für sie kämpfst ...«

»Für dich läuft es immer wieder auf Politik hinaus«, sagte Anakin. Sein Lächeln war verschwunden. »Ich bin gerade erst heimgekehrt, und du versuchst schon, mich dazu zu überreden, wieder in den Krieg zu ziehen ...«

»Es geht nicht um Politik, Anakin, es geht um *dich*.«

»Etwas hat sich verändert, nicht wahr?« Donner sammelte sich in seiner Stimme. »Ich habe es gespürt, draußen. Etwas ist anders.«

Padmé senkte den Kopf. »Alles ist anders.«

»Was ist es? Was?« Er packte sie an den Schultern, die Hände hart und unendlich kraftvoll. »Es gibt jemand anders. Ich *fühle* es in der Macht! Jemand drängt sich zwischen uns ...«

»Es ist nicht so, wie du denkst«, sagte sie. »Anakin, hör mir zu ...«

»Wer ist es? *Wer?*«

»*Hör auf*, Anakin. *Hör auf*. Du tust uns weh.«

Seine Hände zuckten von den Schultern zurück, als hätte er sich verbrannt. Er trat einen unsicheren Schritt zurück und erbleichte. »Padmé ... Ich würde nie ... Es tut mir so Leid ...«

Anakin lehnte sich an eine Säule und hob die Hand vor die Augen. »Der ›Held ohne Furcht‹. Welch ein Witz ... Padmé, ich kann dich nicht verlieren. Ich *kann es nicht*. Du bist all das, wofür ich *lebe*. Einen Augenblick ...« Er hob den Kopf und runzelte die Stirn. »Hast du *uns* gesagt?«

Padmé streckte die Hand nach ihm aus, und er kam ihr entgegen. »Ich ... Annie, ich bin *schwanger* ...«

Sie beobachtete ihn, während ihm all das, was ihr Kind sein würde, durch den Kopf ging, und ihr Herz machte einen Sprung, als sie wilde, fast explosionsartige Freude sah, die sich in seinem Gesicht ausbreitete, denn es bedeutete: Was auch immer er im Äußeren Rand durchgemacht hatte, er war noch immer ihr Annie.

Es bedeutete: Der Krieg hatte eine Narbe auf seinem Gesicht hinterlassen, aber nicht auf seiner Seele.

Und sie beobachtete, wie die Freude zu verschwinden begann, als ihm klar wurde, dass ihre Ehe nicht mehr lange geheim bleiben konnte – selbst die weiten Umhänge, die Padmé trug, würden nicht für immer über ihre Schwangerschaft hinwegtäuschen. Man würde sie ihres Amtes entheben und nach Naboo zurückrufen. Seine Berühmtheit würde sich gegen sie beide wenden. Die Lästermäuler der ganzen Galaxis würden über sie herfallen.

Und sie beobachtete, wie er entschied, dass es ihm gleichgültig war.

»Das ist ... wundervoll«, sagte er langsam, und das wilde Funkeln kehrte in seine Augen zurück. »Padmé, das ist ... wundervoll. Seit wann weißt du es?«

Sie schüttelte den Kopf. »Was *machen* wir jetzt?«

»Wir werden glücklich sein, das machen wir. Und wir werden *zusammen* sein. Wir *drei.*«

»Aber ...«

»Nein.« Anakin legte Padmé sanft einen Finger auf die Lippen und lächelte. »Kein Aber. Keine Sorgen. Du bist ohnehin zu besorgt.«

»Das muss ich sein«, sagte sie und lächelte, mit Tränen in den Augen. »Denn du bist es nie.«

Anakin setzte sich ruckartig im Bett auf, schnappte nach Luft und starrte in die Dunkelheit.

Wie sie nach ihm *geschrien*, nach ihm gefleht hatte, wie sehr ihre Kräfte auf dem fremden Tisch nachgelassen hatten, bis sie nur noch wimmern konnte: *Anakin, es tut mir Leid.*

Ich liebe dich. Ich liebe dich … Die Worte donnerten in seinem Kopf, ließen ihn im dunklen Zimmer keine Umrisse erkennen, machten ihn allen anderen Geräuschen gegenüber taub, abgesehen vom Hämmern seines Herzens.

Seine Hand aus Fleisch fand eine unvertraute, schweißfeuchte Seidendecke an der Taille. Schließlich erinnerte er sich daran, wo er war.

Er drehte sich halb um, und dort lag sie, auf der Seite, das prächtige Haar auf dem Kissen ausgebreitet, die Augen geschlossen und die Andeutung eines Lächelns auf den herrlichen Lippen. Und als er sah, wie gleichmäßiges Atmen ihre Brust hob und senkte, wandte er sich ab, vergrub das Gesicht in den Händen und schluchzte.

Die Tränen, die zwischen seinen Fingern durchsickerten, waren Tränen der Dankbarkeit.

Padmé lebte und war bei ihm.

So leise, dass er das Summen der elektronischen Systeme in seiner mechanischen Hand hörte, schlug er die Decke zurück und stand auf.

Er ging die lange, bogenförmige Treppe hinunter, die zur Veranda von Padmés privatem Landedeck führte. Dort stützte er sich auf das kalte Geländer und blickte in die Nacht von Coruscant.

Es brannten noch immer Feuer.

Die Nacht des Hauptstadtplaneten war immer voller Lichter gewesen, die aus Billionen von Fenstern in Milliarden von Gebäuden drangen, die kilometerweit gen Himmel ragten, ganz zu schweigen von Navigationslichtern, Werbung und den endlosen Strömen aus Speeder-Positionsleuchten in den vielen Flugkorridoren. Doch in dieser Nacht sorgten Energieausfälle dafür, dass große Teile der planetenweiten Stadt dunkel blieben; dort gab es nur das düstere rote Glühen zahlreicher Brände.

Anakin wusste nicht, wie lange er dastand und in die Nacht starrte. Die Stadt sah so aus, wie er sich fühlte. Beschädigt. Im Kampf zerbrochen.

Mit Dunkelheit befleckt.

Und er sah lieber zur Stadt, als darüber nachzudenken, warum er auf die Veranda getreten war.

Padmé war noch leiser als die nach Rauch riechende Brise, aber er fühlte, wie sie sich näherte. Neben ihm am Geländer blieb sie stehen und legte ihre weiche menschliche Hand auf seine harte mechanische. Und sie stand einfach nur da und blickte stumm über die Stadt hinweg, die ihr zur zweiten Heimat geworden war. Geduldig wartete sie darauf, dass er ihr sagte, was nicht stimmte. Sie vertraute darauf, dass er es ihr sagte.

Er fühlte ihre Geduld und ihr Vertrauen, und dafür war er so dankbar, dass ihm erneut die Tränen kamen. Er blinzelte, während er in die brennende Nacht sah, und blinzelte erneut, um die frischen Tränen daran zu hindern, über seine Wangen zu rinnen. Er legte seine fleischliche Hand auf ihre und drückte sanft zu, bis er schließlich sprechen konnte.

»Es war ein Traum«, sagte er.

Padmé nahm diesen Hinweis mit einem knappen, ernsten Nicken hin. »Schlimm?«

»Er war ... wie die, die ich früher hatte.« Anakin brachte es nicht fertig, sie anzusehen. »Wie die von meiner Mutter.«

Padmé nickte erneut, etwas langsamer und noch etwas ernster. »Und?«

»Und ...« Er blickte auf ihre kleinen, dünnen Finger, fügte ihnen die eigenen hinzu, faltete die beiden Hände wie zum Gebet. »Ich habe von dir geträumt.«

Padmé wandte sich zur Seite, stützte sich aufs Geländer und blickte in die Nacht. Im roten und wie langsam pulsierenden Schein der fernen Feuer war sie schöner als jemals zuvor. »Na schön«, sagte sie. »Du hast von mir geträumt.«

Und dann wartete sie einfach, noch immer voller Vertrauen.

Als Anakin schließlich die Kraft fand, ihr von dem Traum zu erzählen, war seine Stimme so rau und heiser, als hätte er den ganzen Tag geschrien. »Ich habe geträumt, dass du ... *ge-*

storben bist«, sagte er. »Ich konnte es nicht ertragen. Ich konnte es nicht ertragen.«

Er sah Padmé noch immer nicht an, blickte über die Stadt und aufs Landedeck, beobachtete die Sterne. Nichts brachte ihm Ruhe.

Nach einigen Sekunden schloss er die Augen.

»Ich habe geträumt, dass du bei der Geburt stirbst.«

»Oh«, sagte Padmé.

Das war alles.

Sie hatte nur noch einige Monate zu leben. Ihnen blieben nur noch einige Monate, um sich zu lieben. Sie würde ihr Kind nie sehen. Und sie sagte nur: »Oh.«

Nach einem Moment berührte sie seine Wange, und daraufhin öffnete er die Augen und stellte fest, dass sie ruhig zu ihm aufsah. »Und das Baby?«

Anakin schüttelte den Kopf. »Ich weiß es nicht.«

Padmé nickte und wich fort, ging zu einem der Verandastühle. Sie nahm Platz und blickte auf ihre im Schoß gefalteten Hände.

Er konnte es nicht ertragen. Er konnte es nicht ertragen, zu sehen, wie sie ruhig den eigenen Tod akzeptierte.

Anakin trat an ihre Seite und ging in die Hocke.

»Es wird nicht dazu kommen, Padmé. Ich lasse es nicht zu. Ich hätte meine Mutter retten können. Einen Tag früher, eine Stunde ... Ich ...« Er kämpfte gegen den in ihm aufsteigenden Schmerz an und sprach durch zusammengebissene Zähne. »Dieser Traum wird sich *nicht* erfüllen.«

Padmé nickte. »Das habe ich auch nicht geglaubt.«

Anakin blinzelte. »Das hast du nicht?«

»Dies ist Coruscant, Annie, nicht Tatooine. Auf *Coruscant* sterben keine Frauen bei der Geburt – nicht einmal die Zwielichter in den unteren Ebenen. Und ich habe einen erstklassigen medizinischen Droiden, der mir versichert, dass ich vollkommen gesund bin. Dein Traum muss eine ... Metapher oder so etwas gewesen sein.«

»Ich ... meine Träume sind *direkt*, Padmé. Ich würde eine

Metapher nicht einmal erkennen, wenn sie mich *beißt.* Und ich konnte nicht erkennen, an welchem Ort du dich aufhieltest … Vielleicht bist du zum Zeitpunkt der Geburt gar nicht auf Coruscant.«

Sie wandte den Blick ab. »Ich habe daran gedacht, einen … anderen Ort aufzusuchen, das Kind woanders zur Welt zu bringen. Um dich zu schützen. Damit du im Orden bleiben kannst.«

»Ich *will* gar nicht im Orden bleiben!« Anakin nahm Padmés Gesicht zwischen seine Hände, sodass sie ihn ansehen musste – sie sollte erkennen, dass er jedes einzelne Wort ernst meinte. »Schütze mich nicht. Das ist nicht nötig. Wir müssen jetzt sofort darüber nachdenken, wie wir *dich* schützen können. Denn ich möchte nur, dass wir zusammen sind.«

»Und wir werden zusammen sein«, sagte sie. »Aber dein Traum muss mehr bedeuten als Tod bei der Geburt. Das ergibt einfach keinen Sinn.«

»Ich weiß. Aber ich habe keine Ahnung, was er sonst noch bedeuten könnte. Es ist … Ich kann nicht einmal darüber nachdenken, Padmé. Ich werde noch verrückt. Was machen wir?«

Sie küsste die Innenfläche seiner Hand aus Fleisch. »Wir machen das, was du mir heute Nachmittag gesagt hast, als ich dir die gleiche Frage gestellt habe: Wir werden glücklich miteinander sein.«

»Aber wir … wir können nicht einfach … *warten. Ich* kann es nicht. Ich muss etwas *tun.*«

»Natürlich.« Padmé lächelte liebevoll. »Das ist typisch für dich. Es entspricht der Natur des Helden. Was ist mit Obi-Wan?«

Falten bildeten sich in Anakins Stirn. »Was soll mit ihm sein?«

»Du hast mir einmal gesagt, dass er so klug ist wie Yoda und so mächtig wie Mace Windu. Könnte er uns helfen?«

»Nein.« Anakins Brust schloss sich wie eine Faust um sein Herz. »Ich kann nicht … Ich müsste es ihm *sagen* …«

»Er ist dein bester Freund, Annie. Vielleicht ahnt er schon etwas.«

»Wenn er etwas ahnt, so ist das eine Sache. Etwas ganz anderes ist es, ihn offen damit zu konfrontieren. Er gehört dem Rat an. Er *müsste* mich melden. Und …«

»Und was? Gibt es etwas, das du mir nicht gesagt hast?«

Anakin wandte sich ab. »Ich bin mir nicht sicher, ob er auf meiner Seite ist.«

»Auf *deiner* Seite? Was soll das heißen, Anakin?«

»Er ist Mitglied des Jedi-Rates, Padmé. Ich *weiß*, dass man vorgeschlagen hat, mir den Status des Meisters zu geben – ich bin mächtiger als jeder lebende Jedi-Meister. Aber jemand blockiert mich. Obi-Wan könnte mir sagen, wer und warum. Aber er schweigt darüber. Ich weiß nicht einmal, ob er sich im Rat für mich einsetzt.«

»Das kann ich nicht glauben.«

»Dies hat nichts mit Glauben zu tun«, murmelte Anakin bitter. »Es ist die Wahrheit.«

»Es muss einen *Grund* geben. Anakin, er ist dein bester Freund. Er liebt dich.«

»Vielleicht. Aber ich denke, er vertraut mir nicht.« Seine Augen wurden so freudlos wie die leere Nacht. »Und ich bin mir nicht sicher, ob wir ihm trauen können.«

»Anakin!« Padmé griff nach seinem Arm. »Wie kommst du denn *darauf*?«

»*Keiner* von ihnen traut mir, Padmé. Keiner. Weißt du, was ich fühle, wenn sie mich ansehen?«

»Anakin …«

Er wandte sich ihr zu, und alles in ihm schmerzte. Er wollte weinen, und er wollte zornig sein, und er wollte seinen Zorn zu einer Waffe machen, die ihn für immer befreite. »Furcht«, sagte er. »Ich fühle ihre *absurde* Furcht.«

Aber er konnte ihnen etwas zeigen. Er konnte ihnen einen *Grund* für ihre Furcht zeigen.

Er konnte ihnen das zeigen, was er im Generalsquartier an Bord der *Invisible Hand* in sich entdeckt hatte.

Etwas davon musste in seinem Gesicht erkennbar geworden sein, denn er sah einen Schatten von Zweifel in Padmés Augen, nur für eine Sekunde, nicht mehr als ein kurzes Aufblitzen, aber es brannte sich wie ein Lichtschwert in ihn, und er schauderte, und aus dem Schaudern wurde ein Zittern, und er bebte am ganzen Leib, als er Padmé an sich zog und sein Gesicht in ihrem Haar vergrub, und ihre starke, süße Wärme kühlte ihn gerade genug ab.

»Padmé …«, murmelte Anakin. »Oh, Padmé, es tut mir so Leid. Vergiss einfach, was ich gesagt habe. Nichts davon spielt eine Rolle. Bald gehöre ich nicht mehr zum Orden, denn ich werde nicht zulassen, dass du fortgehst und unser Kind irgendwo anders zur Welt bringst. Ich *werde* für dich da sein, Padmé. Immer. Ganz gleich, was geschieht.«

»Ich weiß, Annie. Ich weiß.« Sie wich ein wenig zurück und sah zu ihm auf. Tränen funkelten wie rote Edelsteine im Feuerschein.

Rot wie die blutfarbene Klinge von Dookus Lichtschwert.

Er schloss die Augen.

»Komm nach oben, Anakin«, sagte Padmé. »Die Nacht wird kalt. Komm in unser Bett.«

»Na schön. Na schön.« Er stellte fest, dass er wieder atmen konnte und nicht mehr zitterte. »Aber …«

Er legte ihr den Arm um die Schultern, sodass er nicht ihrem Blick begegnen musste. »Bitte sag Obi-Wan nichts, in Ordnung?«

10. KAPITEL

Meister

Obi-Wan saß neben Mace Windu, und sie beobachteten, wie Yoda den Bericht las. Hier in Yodas einfachem Quartier im Jedi-Tempel summte überall angenehme, tröstliche Macht, in den Schalensesseln ebenso wie im Organiformtisch: die gleiche warme Stärke, von der sich Obi-Wan schon als kleines Kind umhüllt gefühlt hatte. Seit mehr als achthundert Jahren wohnte Yoda in diesen Zimmern. Alles in ihnen kündete von Yodas ruhiger Weisheit, die sich im Verlauf der Jahrhunderte angesammelt hatte. In Yodas Quartier zu sitzen bedeutete, Gelassenheit zu atmen; in diesen schweren Zeiten kam das für Obi-Wan einem großen Geschenk gleich.

Doch als Yoda sie durch das Glühen des holoprojizierten Inhalts der letzten Ergänzung der Sicherheitsverordnungen ansah, waren seine Augen alles andere als ruhig, sondern zusammengekniffen und kalt, und die Ohren lagen flach am Kopf.

»Dieser Bericht ... von wo er kommt?«

»Die Jedi haben Freunde im Senat«, sagte Mace Windu ernst. »Noch.«

»Wenn präsentiert wird diese Ergänzung ... man für sie stimmen wird?«

Mace nickte. »Meine Quellen erwarten die Abstimmung durch Akklamation. Mit überwältigender Mehrheit. Vielleicht noch heute Nachmittag.«

»Das Ziel des Kanzlers darin ... unklar mir ist«, sagte Yoda langsam. »Zwar er nominell dem Rat gegenüber weisungsbefugt ist, aber der Senat ihn ersetzen kann, und die Jedi er nicht kontrolliert. Moral immer unsere Autorität gewesen ist;

sie mehr darstellt als nur *Gesetz*. Jedi nicht einfach nur befolgen Befehle!«

»Ich glaube nicht, dass er die Jedi kontrollieren will«, sagte Mace. »Indem er den Jedi-Rat der Kontrolle des Obersten Kanzlers unterstellt, bekommt er mit dieser Ergänzung die verfassungsmäßige Autorität, den Orden aufzulösen.«

»Ihr sicher nicht glauben könnt, dass dies seine Absicht ist?«

»*Seine* Absicht?«, wiederholte Mace finster. »Vielleicht nicht. Aber *seine* Absichten sind irrelevant. Wichtig sind nur die Absichten des Sith-Lords, der unsere Regierung im Griff hat. Und vielleicht steht nur der Jedi-Orden zwischen ihm und seiner Herrschaft über die Galaxis. Was *erwartet* Ihr von ihm?«

»Die Autorität für die Auflösung des Jedi-Ordens der Senat niemals gewähren wird.«

»Der Senat wird genau dafür stimmen. Heute Nachmittag.«

»Die Bedeutung einer solchen Entscheidung dem Senat nicht klar sein kann!«

»Es spielt keine Rolle mehr, was den Senatoren klar ist und was nicht«, sagte Mace. »Sie wissen, wo sich die Macht befindet.«

»Aber selbst wenn es keinen Orden mehr gäbe und keine gesetzliche Autorität, wir noch immer Jedi wären. Jedi-Ritter der Macht haben gedient, lange bevor es eine Galaktische Republik gab, und sie ihr noch immer dienen werden, wenn diese Republik Staub ist.«

»Meister Yoda, der Tag könnte schneller kommen, als wir glauben. Vielleicht ist *heute* dieser Tag.« Mace warf Obi-Wan einen Blick zu, der sofort verstand.

»Wir wissen nicht, welche Pläne der Sith-Lord hat«, sagte Obi-Wan. »Aber wir können sicher sein, dass Palpatine kein Vertrauen verdient. Nicht mehr. Dieser Entwurf ist nicht das Produkt eines übereifrigen Senators. Bestimmt hat Palpatine ihn selbst geschrieben und dann an jemanden weitergereicht, den er kontrolliert – damit es so aussieht, als werde er erneut ›vom Senat gezwungen, widerstrebend zusätzliche Macht zu akzeptieren, im Namen der Sicherheit‹. Wir fürchten, dass es auf diese Weise weitergeht, bis er eines Tages ›gezwungen wird, widerstrebend auf *Lebenszeit* Diktator zu werden‹.«

»Ich bin davon überzeugt, dass dies der nächste Schritt bei einem Komplott ist, das sich gegen das Herz des Jedi-Ordens richtet«, sagte Mace. »Es ist eine Maßnahme, die unsere Zerstörung zum Ziel hat. Die dunkle Seite der Macht umgibt den Kanzler.«

»So wie sie die Separatisten umgibt, noch bevor dieser Krieg begann«, fügte Obi-Wan hinzu. »Wenn der Kanzler von der dunklen Seite beeinflusst wird, könnte der Krieg von Anfang an nur ein Mittel des Sith-Lords gewesen sein, den Jedi-Orden zu vernichten.«

»Spekulation!« Yoda klopfte mit seinem Gimerstock auf den Boden, wodurch sein schwebender Sessel schaukelte. »Auf derartige Theorien wir uns nicht verlassen können. *Beweise* wir brauchen. Beweise!«

»Beweise sind vielleicht ein Luxus, den wir uns nicht leisten können.« Ein gefährliches Licht erschien in Mace Windus Augen. »Wir müssen bereit sein zu *handeln.*«

»Zu handeln?«, wiederholte Obi-Wan sanft.

»Wir dürfen nicht zulassen, dass der Kanzler etwas gegen den Orden unternimmt. Wir dürfen nicht zulassen, dass er den Krieg unnötig verlängert. Es sind bereits zu viele Jedi gestorben. Er nimmt die Republik auseinander! Ich habe das Leben außerhalb der Republik *gesehen*, so wie Ihr, Obi-Wan. Sklaverei. Folter. Endloser Krieg.«

In Mace Windus Gesicht erschienen wieder die Schatten, die Obi-Wan am vergangenen Tag bemerkt hatte. »Ich habe es in Nar Shaddaa gesehen, und auf Haruun Kal. Ich habe gesehen, was mit Depa und Sora Bulq geschah. Woran es der Republik auch mangeln mag: Sie ist unsere einzige Hoffnung auf Gerechtigkeit und Frieden. Sie ist unser einziger Schutz vor der Dunkelheit. Vielleicht schickt sich Palpatine an, das zu vollbringen, was den Separatisten nicht gelang: den Fall der Republik. Wenn er das versucht, muss er aus seinem Amt entfernt werden.«

»Entfernt?«, fragte Obi-Wan. »Ihr meint, *verhaftet*?«

Yoda schüttelte den Kopf. »Zu einem dunklen Ort diese Überlegungen führen. Sehr vorsichtig wir müssen sein.«

»Die Republik *ist* Zivilisation. Die einzige, die wir haben.« Mace sah Yoda in die Augen, und dann in die von Obi-Wan, und Obi-Wan spürte die Hitze im Blick des Korun-Meisters. »Wir müssen bereit sein, radikale Maßnahmen zu ergreifen. Es ist unsere Pflicht.«

»Aber Ihr sprecht von *Verrat* …«, wandte Obi-Wan benommen ein.

»Ich fürchte mich nicht vor Worten, Obi-Wan! Wenn es Verrat ist, meinetwegen. Ich wäre bereit, jetzt sofort aktiv zu werden, wenn ich die Unterstützung des Rates hätte. Der *wahre* Verrat besteht darin, untätig zu bleiben«, betonte Mace.

»So etwas den Jedi-Orden zerstören könnte«, sagte Yoda. »Das Vertrauen der Öffentlichkeit wir bereits verloren haben …«

»Ich möchte nicht respektlos sein, Meister Yoda«, warf Mace ein, »aber das ist das Argument eines Politikers. Wir können uns von der öffentlichen Meinung nicht daran hindern lassen, das zu tun, was *richtig* ist.«

»Ich *nicht* davon *überzeugt* bin, dass es richtig ist«, sagte Yoda streng. »Hinter den Kulissen wir arbeiten sollten, um Lord Sidious zu finden! Gegen Palpatine vorzugehen, während der Sith noch existiert … Vielleicht dies *Teil* des Sith-Plans ist, um Senat und Öffentlichkeit gegen die Jedi aufzustacheln! Damit der Orden nicht nur aufgelöst wird, sondern auch *geächtet*.«

Mace war schon halb aus seinem Schalensessel heraus. »Wenn wir warten, ist der Sith im *Vorteil* …«

»Der Sith-Lord bereits im Vorteil *ist*!« Yoda richtete seinen

Gimerstock auf ihn. »Sein Vorteil noch *größer* wird, wenn wir handeln voreilig!«

»Meister, Meister, bitte«, sagte Obi-Wan. Er sah von einem zum anderen und neigte respektvoll den Kopf. »Vielleicht gibt es einen Mittelweg.«

»Ah, natürlich: Kenobi der Vermittler.« Mace Windu sank in den Schalensessel zurück. »Ich hätte es mir denken sollen. Deshalb habt Ihr um diese Besprechung gebeten, nicht wahr? Um bei unseren Differenzen zu vermitteln. Wenn das möglich ist.«

»So sicher Ihr Eurer Fähigkeiten seid?« Yoda schloss beide Hände fest um den Stock. »Bei dieser Angelegenheit nicht leicht zu vermitteln ist.«

Obi-Wan hielt den Kopf gesenkt. »Mir scheint, Palpatine selbst hat uns eine Möglichkeit gegeben«, sagte er behutsam. »Sowohl Euch gegenüber, Meister Windu, als auch in der HoloNetz-Ansprache nach seiner Rettung hat er darauf hingewiesen, dass General Grievous das wahre Hindernis für den Frieden ist. Lassen wir die restlichen Mitglieder der separatistischen Führungsriege einmal beiseite. Sollen Nute Gunray und San Hill und die anderen machen, was sie wollen, während wir jeden zur Verfügung stehenden Jedi, alle unsere Agenten und wenn möglich auch den Geheimdienst der Republik dazu einsetzen, Grievous zu lokalisieren. Das zwingt den Sith-Lord zum Handeln. Er weiß, dass uns Grievous nicht lange entgehen kann, wenn wir alle unsere Bemühungen darauf konzentrieren, ihn gefangen zu nehmen. Damit locken wir Sidious aus der Reserve; er wird irgendetwas unternehmen müssen, falls er will, dass der Krieg andauert.«

»Falls?«, erwiderte Mace. »Dieser Krieg ist von Anfang an eine Sith-Operation gewesen, mit Dooku auf der einen Seite und Sidious auf der anderen. Er ist gegen uns gerichtet, gegen die Jedi. Wir sollten ausbluten, unsere Jüngsten und Besten verlieren. Der Jedi-Orden sollte zu etwas werden, wofür er nie bestimmt war.«

Er schüttelte bitter den Kopf. »Vor Jahren hielt ich die Wahrheit in meinen Händen – auf Haruun Kal, während der ersten Monate des Kriegs. Aber damals verstand ich nicht, wie sehr ich Recht hatte.«

»Wir alle flüchtige Blicke auf diese Wahrheit geworfen haben«, sagte Yoda traurig. »Unsere Arroganz es war, die uns daran gehindert hat, ganz zu öffnen die Augen.«

»Bis jetzt«, sagte Obi-Wan ruhig. »Wir kennen jetzt das Ziel des Sith-Lords, wir kennen seine Taktik, und wir wissen, wo es nach ihm Ausschau zu halten gilt. Seine Taten werden ihn verraten. Er kann uns nicht entkommen. Er *wird* uns nicht entkommen.«

Yoda und Mace wechselten einen langen Blick, wandten sich dann beide an Obi-Wan und neigten wie er respektvoll den Kopf.

»Den Kern der Sache gesehen hat der junge Kenobi.«

Mace nickte. »Yoda und ich bleiben auf Coruscant und überwachen Palpatines Berater und Lakaien; wir werden gegen Sidious vorgehen, sobald er sich zeigt. Aber wer setzt Grievous außer Gefecht? Ich habe direkt gegen ihn gekämpft, Klinge gegen Klinge. Den meisten Jedi ist er mehr als nur ebenbürtig.«

»Mit dieser Frage befassen wir uns, wenn wir ihn gefunden haben«, sagte Obi-Wan. Seine Lippen formten ein schiefes, wehmütiges Lächeln. »Wenn ich angestrengt genug lausche, kann ich fast hören, wie Qui-Gon mich erinnert: *Bis das Mögliche Wirklichkeit wird, ist es nur eine Ablenkung.*«

General Grievous stand breitbeinig und mit auf den Rücken gelegten Händen da, als er ganz oben in der riesigen Kugel des geonosianischen Schlachtschiffs durch das verstärkte Fenster sah. So groß das Schiff auch war: Es wirkte klein im Vergleich mit dem riesigen Schlundloch, dessen Wände sich ringsum erhoben.

Dies war Utapau, eine ferne, abgelegene Welt in den peripheren Bereichen des Äußeren Rands. In Bodenhöhe – weit über General Grievous – schien der Planet öde zu sein und nur aus nacktem Fels zu bestehen, über den endlose Hyperwinde heulten. Doch aus der Umlaufbahn konnte man die Städte, Fabriken und Raumhäfen erkennen, während die Rotation des Planeten ein Schlundloch nach dem anderen in Sicht brachte. Sie waren so groß und tief wie umgekehrte Berge, und Städte beanspruchten jeden Quadratmeter in ihnen. Und die Waffen von Kriegsdroiden der Separatisten bedrohten jeden Quadratmeter einer jeden Stadt und sorgten dafür, dass sich die Utapauner benahmen.

Utapau hatte kein Interesse am Klonkrieg. Dieser Planet war nie Mitglied der Republik gewesen und hatte immer versucht, stille Neutralität zu wahren.

Bis Grievous ihn erobert hatte.

In diesen Zeiten gab es keine Neutralität. Ein Planet blieb nur so lange neutral, wie Republik oder Konföderation ihn nicht für sich vereinnahmten. Grievous hätte gelacht, wenn er dazu imstande gewesen wäre.

Die Mitglieder der separatistischen Führungsgruppe eilten über die Permabeton-Landeplattform, wie die streunenden Ratten, die sie waren – sie hasteten zum Schiff, das sie in Sicherheit bringen würde, zur neu konstruierten Basis auf Mustafar.

Aber eine Ratte fehlte.

Grievous' Blick glitt ein wenig zur Seite und fand das Spiegelbild von Nute Gunray im Transparistahl. Der neimoidianische Vizekönig stand zitternd in der Tür des Kontrollzentrums. Grievous betrachtete die reflektierten großen, kalt starrenden Augen unter der hohen, spitzen Bischofsmütze.

»Gunray.« Er bewegte sich nicht. »Warum sind Sie noch hier?«

»Manche Dinge sollten privat erörtert werden, General.« Der Vizekönig drehte den Kopf und sah in den Korridor. »Diese neue Maßnahme beunruhigt mich. Sie haben gesagt, Utapau wäre sicher für uns. Warum wird der Führungsrat nach Mustafar gebracht?«

Grievous seufzte. Er hatte keine Zeit für lange Erklärungen; er erwartete eine geheime Kontaktaufnahme durch Sidious. Solange Gunray zugegen war, konnte er keine Verbindung herstellen, und leider durfte er sich nicht den Wunsch erfüllen, dem Vizekönig so kräftig in den Hintern zu treten, dass er ins All katapultiert wurde und beim Wiedereintritt in die Atmosphäre verglühte. Grievous hoffte noch immer, dass Lord Sidious ihm eines Tages gestattete, Gunray und seinem Speichellecker Rune Haako den Schädel einzuschlagen. Widerwärtiger, weinerlicher, habgieriger Abschaum, sie beide. Und die übrigen Mitglieder der Führungsgruppe waren ebenso abscheulich.

Aber noch musste der Anschein einer gewissen Freundlichkeit gewahrt bleiben.

»Utapau«, sagte Grievous so langsam, als erklärte er dies einem Kind, »ist ein militärisch besetzter feindlicher Planet. Er sollte nie mehr sein als ein Notbehelf, während die Verteidigungsanlagen der Basis auf Mustafar fertig gestellt wurden. Jetzt sind sie fertig und machen Mustafar zum sichersten Planeten in der Galaxis. Die für Sie vorbereitete Festung kann der ganzen republikanischen Flotte widerstehen.«

»Das sollte sie auch«, brummte Gunray. »Ihre Konstruktion hat die Handelsföderation an den Rand des Bankrotts gebracht!«

»Jammern Sie mir gegenüber nicht über Geld, Vizekönig. Solche Dinge interessieren mich nicht.«

»Sie sollten sich besser dafür interessieren, General. Es ist mein *Geld*, das diesen ganzen Krieg finanziert! Es ist mein Geld, das Ihren *Körper* bezahlt hat, und auch Ihre absurd teuren MagnaWächter! Es ist mein *Geld* ...«

Grievous bewegte sich so schnell, dass es sich um Teleportation zu handeln schien. Plötzlich stand er vor Gunray, hob die Duraniumhand vor das Gesicht des Neimoidianers und ballte sie zur Faust. »Wie viel nützt Ihnen Geld gegen *dies*?«

Gunray zuckte zusammen und wich zurück. »Ich wollte nur ... Ich habe gewisse Zweifel an Ihrer Fähigkeit, unsere *Si-*

cherheit zu gewährleisten, General, das ist alles. Ich ... wir ... die Handelsföderation kann nicht in einem Klima der Angst arbeiten. Was ist mit den *Jedi*?«

»Vergessen Sie die Jedi. Sie spielen keine Rolle.«

»Sie *werden* eine Rolle spielen, wenn sie in jene Basis eingedrungen sind!«

»Die Basis ist sicher. Sie kann tausend Jedi standhalten. *Zehn*tausend.«

»Ist Ihnen klar, was Sie da sagen? Sind Sie *verrückt*?«

»Ich bin nicht daran gewöhnt, dass man meine Befehle infrage stellt«, erwiderte Grievous ruhig.

»Wir sind der Führungsrat! Sie können *uns* keine Befehle geben! *Wir* geben hier die Befehle!«

»Sind Sie sicher? Möchten Sie darauf wetten?« Grievous beugte sich so weit vor, dass er das Spiegelbild der Totenkopfmaske in Gunrays roten Augen sah. »Wären Sie bereit, Ihr Leben darauf zu wetten?«

Gunray wich erneut zurück. »Sie behaupten, dass wir auf Mustafar sicher sind. Aber Sie haben *auch* behauptet, dass Sie Palpatine als Geisel mitbringen würden, doch er ist Ihrem Griff entkommen!«

»Seien Sie froh, dass ich nicht *Sie* in meinem Griff hatte«, sagte Grievous und bewunderte die glatte Beugung der Fingergelenke, als gehörte seine Hand zu einer Spezies exotischer Raubwesen.

Er kehrte zum Fenster zurück und nahm dort wieder die ursprüngliche Haltung an: die Beine breit, die Hände auf den Rücken gelegt. Das ekelhafte Rosarot in Gunrays hellgrünen Wangen auch nur eine Sekunde länger zu betrachten ... Er hätte riskiert, seine Befehle zu vergessen und das Gehirn des Vizekönigs von hier bis nach Ord Mantell zu verspritzen.

»Ihr Schiff wartet.«

Seine akustischen Sensoren registrierten das leise Knarren von Gunrays Sandalen, als der Vizekönig sich durch den Korridor zurückzog, und keine Sekunde zu früh: Seine Sensoren bemerkten auch das Summen des aktiv werdenden Holokoms. Er drehte sich zur Scheibe um, und als ein Signal auf die eintreffende Sendung hinwies, betätigte er die Empfangstaste und kniete nieder.

Mit gesenktem Kopf sah er nur den holographischen Saum des Umhangs, den der Lord trug, aber mehr brauchte er nicht zu sehen.

»Ja, Lord Sidious.«

»Haben Sie den Transfer des Separatistenrats nach Mustafar veranlasst?«

»Ja, Meister.« Der General riskierte einen Blick aus dem Fenster. Die meisten Ratsmitglieder hatten das Raumschiff erreicht. Gunray sollte sich ihnen gleich hinzugesellen – Grievous wusste, wie schnell der Vizekönig laufen konnte, wenn er entsprechend motiviert war. »Das Schiff wird in einigen Momenten starten.«

»Ausgezeichnet, General. Kümmern Sie sich jetzt um die Vorbereitung der Falle auf Utapau. Die Jedi haben mit der Suche nach Ihnen begonnen. Seien Sie für ihren Angriff bereit.«

»Ja, Meister.«

»Ich arrangiere die Dinge so, um Ihnen eine zweite Chance zu geben, meinen Wünschen zu genügen, Grievous. Rechnen Sie damit, dass es Obi-Wan Kenobi sein wird, der versucht, Sie gefangen zu nehmen.«

»Kenobi?« Grievous ballte so fest die Faust, dass ihre elektronischen Systeme protestierend surrten. »Und Skywalker?«

»Ich glaube, Skywalker wird … anderweitig beschäftigt sein.«

Grievous senkte den Kopf noch tiefer. »Ich werde Euch nicht noch einmal enttäuschen, Meister. Kenobi wird sterben.«

»Sorgen Sie dafür.«

»Meister? Wenn ich so kühn sein darf … Warum habt Ihr mir nicht erlaubt, Kanzler Palpatine zu töten? Vielleicht bekommen wir nie wieder eine so gute Gelegenheit.«

»Die Zeit ist noch nicht reif. Geduld, General. Das Ende des Krieges ist nahe, und unser Sieg steht fest.«

»Obgleich wir Graf Dooku verloren haben?«

»Wir haben Dooku nicht verloren, er wurde geopfert – ein strategisches Opfer, so wie man beim Dejarik eine Figur opfert, um den Gegner zu einem fatalen Fehler zu veranlassen.«

»Ich bin nie ein großer Dejarik-Spieler gewesen, Meister. Der *echte* Krieg ist mir lieber.«

»Und Sie werden bekommen, was Sie wollen, das verspreche ich Ihnen.«

»Dieser fatale Fehler, den Ihr erwähnt habt … wenn ich erneut so kühn sein darf …«

»Sie werden bald verstehen, was ich damit meine.«

Grievous hörte das Lächeln in der Stimme des Meisters.

»Es wird alles klar sein, wenn Sie meinem *neuen* Schüler begegnen.«

Anakin fuhr sich mit den Fingern durchs Haar, als er aufs Landedeck der Tempelzikkurat lief, neben dem Fuß des Turms des Hohen Rates. Auf der anderen Seite des ausgedehnten Landedecks stand der Shuttle des Obersten Kanzlers. Anakin beobachtete ihn blinzelnd, auch die beiden großen, in Rot gekleideten Wächter an der Zugangsrampe.

Und wer da vom Shuttle kam, sich die Augen abschirmte und dem Wind entgegenstemmte, der über das ungeschützte Landedeck wehte … War das Obi-Wan?

»Endlich«, murmelte Anakin. Er hatte im Tempel nach seinem früheren Meister gesucht und die Hoffnung schon fast aufgegeben, ihn zu finden, als er von einem Padawan gehört hatte, dass Obi-Wan auf dem Weg zum Landedeck war, zum Shuttle des Obersten Kanzlers. Hoffentlich bemerkte Obi-Wan nicht, dass er noch immer die gleiche Kleidung trug.

Er hätte es nur schwer erklären können.

Zwar konnte sein Geheimnis nicht auf Dauer eines bleiben, aber er war noch nicht bereit, es zu lüften. In der vergangenen Nacht waren Anakin und Padmé übereingekommen, es so lange wie möglich zu hüten. Er wollte den Jedi-Orden noch nicht verlassen, nicht, solange seiner Frau Gefahr drohte.

Padmé hatte seinen Albtraum als Metapher bezeichnet, aber Anakin wusste es besser. Er wusste, dass die Macht-Prophezeiungen nicht absolut sind, doch seine hatten sich noch nie als falsch erwiesen. Nicht einmal im kleinsten Detail. Er hatte schon als Junge gewusst, dass er Jedi werden würde. Er hatte gewusst, dass seine Abenteuer sich über die ganze Galaxis erstrecken würden. Als Neunjähriger, lange bevor er wusste, was Liebe war, hatte er in Padmé Amidalas makelloses Gesicht gesehen und erkannt, dass sie ihn lieben und dass sie eines Tages heiraten würden.

Die Träume von seiner Mutter hatten keine Metaphern enthalten. Träume, in denen sie schrie und zu Tode gefoltert wurde …

Ich wusste, dass du zu mir kommen würdest, Annie … ich habe dich so sehr vermisst …

Er hätte sie retten können.

Vielleicht.

Es war ihm immer so offensichtlich erschienen … Wenn er nur einen Tag oder eine Stunde früher nach Tatooine zurückgekehrt wäre, hätte er seine Mutter finden können, und dann wäre sie heute noch am Leben. Und doch …

Die Jedi hatten immer gelehrt: Die größte Gefahr beim Versuch zu verhindern, dass eine Vision von der Zukunft Wirklichkeit wurde, bestand darin, dass eben jener Versuch letztendlich bewirkte, dass sie Realität gewann. In Hinsicht auf Anakins Mutter bedeutete das: Wenn er rechtzeitig gekommen wäre, um sie zu retten, hätte ihn vielleicht irgendwie die Verantwortung für ihren Tod getroffen.

Und wenn er Padmé zu retten versuchte … Vielleicht lief es dann darauf hinaus, dass er sie – so absurd es auch klingen mochte – selbst *tötete* …

Aber nichts zu tun … einfach nur darauf zu warten, dass Padmé starb …

Wenn ein Jedi Fragen in Hinsicht auf die Feinheiten der

Macht hatte, so gab es eine Person, an die er sich immer wenden konnte. An diesem Morgen hatte sich Anakin, ohne sein Quartier aufzusuchen und die Kleidung zu wechseln, auf den Weg zu Yoda gemacht.

Er war überrascht davon gewesen, mit welcher Würde ihn der alte Jedi-Meister in sein Quartier eingeladen und wie geduldig er den stotternden Versuchen zugehört hatte, seine Frage zu formulieren, ohne das Geheimnis preiszugeben. Er war deshalb so überrascht gewesen, weil er immer den Eindruck gewonnen hatte, bei Yoda auf Ablehnung zu stoßen.

Doch an diesem Morgen, und obwohl ihn andere Dinge beschäftigten – selbst Anakins alles andere als sehr subtile Macht-Wahrnehmungen entdeckten Konflikt und Sorge in der Umgebung des Meisters –, hatte Yoda ihm einfach einen Platz in einem der weichen, runden Schalensessel angeboten und vorgeschlagen, dass sie gemeinsam meditierten.

Er hatte nicht einmal nach Einzelheiten gefragt.

Anakin war so dankbar gewesen – und so erleichtert, und so unerwartet hoffnungsvoll –, dass ihm Tränen gekommen waren. Er hatte einige Minuten gebraucht, um zur angemessenen Jedi-Gelassenheit zu finden.

Nach einer Weile hatten sich Yodas Augen langsam geöffnet, und die Falten in seiner Stirn waren noch tiefer geworden. »Vorahnungen ... Vorahnungen ... tiefe Fragen es sind. Die Zukunft fühlen, das einst konnten alle Jedi. Jetzt nur noch wenige dazu imstande sind. Visionen ... Geschenke der Macht, und Flüche. Wegweiser und Fußangeln. Diese deine Visionen ...«

»Sie berichten von Schmerz«, hatte Anakin gesagt. »Und Leid.«

Nur mit Mühe hatte er hinzufügen können: »Und von Tod.«

»In diesen schweren Zeiten das keine Überraschung ist. Du selbst dich siehst, oder jemanden, den du kennst?«

Anakin wagte es nicht, darauf zu antworten.

»Jemand, der dir steht nahe?«, hatte Yoda sanft gefragt.

»Ja«, hatte Anakin geantwortet und Yodas zu klugen Blick

gemieden. Sollte er glauben, dass es um Obi-Wan ging. Das lag nahe.

Yodas Stimme war sanft und verständnisvoll. »Die Furcht vor dem Verlust der Weg zur dunklen Seite ist, junger Jedi.«

»Ich werde nicht zulassen, dass meine Visionen wahr werden, Meister. *Auf keinen Fall.*«

»Freue für jene dich, die aufgehen in der Macht. Trauere nicht um sie. Vermisse sie nicht.«

»Warum kämpfen wir dann überhaupt, Meister? Warum sollten wir *irgendjemanden* retten?«

»Wir nicht sprechen von *irgendjemandem*«, hatte Yoda streng gesagt. »Wir sprechen von dir und deinen Visionen und deiner *Furcht*. Vom Schatten der Habgier, die Bindung ist. Lern loszulassen, was zu verlieren du fürchtest. Befreie dich von der Furcht, und der Verlust dich nicht mehr verletzen kann.«

An dieser Stelle hatte Anakin begriffen, dass ihm Yoda nicht helfen konnte. Der größte Weise des Jedi-Ordens hatte nichts Besseres anzubieten als frommes Gerede über Lass-die-Dinge-los.

Das hatte er schon mindestens eine Million Mal gehört.

Leicht für *ihn*. Gab es eine Person, der sich *Yoda* nahe fühlte? *Wirklich* nahe? Anakin zweifelte kaum daran, dass der alte Meister nie verliebt gewesen war.

Andernfalls hätte er von Anakin sicher nicht erwartet, einfach die Hände in den Schoß zu legen, die Augen zu schließen und zu *meditieren*, während das, was von Padmés Leben übrig war, sich auflöste wie der geisterhafte Tau eines Wintermorgens auf Tatooine …

Aus diesem Grund beschloss er, einen respektvollen Weg zu finden, sich von Yoda zu verabschieden.

Und Obi-Wan zu suchen.

Denn er wollte nicht aufgeben. Nicht in diesem Jahrtausend.

Der Jedi-Tempel war das größte Zentrum von Macht-Energie in der Republik. Seine Zikkuratstruktur fokussierte die

Macht so wie der Kristall eines Lichtschwerts seinen Energiestrom. An jedem Tag befanden sich tausende von Jedi und Padawanen in ihm, suchten Frieden und Wissen, meditierten über Gerechtigkeit und gaben sich dem Willen der Macht hin – der Tempel war ein Quell des Lichts.

Nur auf dem Landedeck zu stehen schickte eine Woge der Macht durch Anakins Leib; wenn ihm die Macht jemals einen Weg zeigen würde, die dunkle Zukunft seiner Albträume zu ändern, so hier.

Der Jedi-Tempel enthielt auch das Archiv, die riesige Bibliothek, die sich im Lauf der fünfundzwanzigtausendjährigen Geschichte des Jedi-Ordens angesammelt hatte und alles enthielt, von kosmographischen Plänen bis hin zu den persönlichen Tagebüchern von einer Milliarde Jedi-Rittern. Anakin hoffte, hier all das zu finden, was über prophetische Träume bekannt war – und wie man verhinderte, dass sich solche Prophezeiungen erfüllten.

Das Problem war nur: Die tiefsten Geheimnisse der größten Meister der Macht waren in Holocrons gespeichert, und seit der Lorian-Nod-Affäre vor etwa siebzig Jahren hatten nur Jedi-Meister Zugang zu diesen Holocrons.

Und er konnte dem Archiv-Meister nicht erklären, warum er jene Informationen brauchte.

Aber jetzt war Obi-Wan hier. Obi-Wan würde ihm helfen, davon war Anakin überzeugt ... wenn er sein Anliegen nur richtig formulierte ...

Während er nach geeigneten Worten suchte, näherte sich Obi-Wan. »Du hast beim Bericht über den Äußeren Rand gefehlt.«

»Ich ... bin aufgehalten worden«, sagte Anakin. »Ich habe keine Entschuldigung.«

Zumindest das entsprach der Wahrheit.

»Ist Palpatine hier?«, fragte Anakin. Es war eine gute Möglichkeit, das Thema zu wechseln. »Ist etwas geschehen?«

»Ganz im Gegenteil«, erwiderte Obi-Wan. »Der Shuttle hat nicht den Kanzler gebracht. Er soll *dich* zu *ihm* bringen.«

»Er wartet auf *mich*?« Anakin runzelte die Stirn. Sorge und Schlafmangel füllten seinen Kopf mit Nebel; er erkannte keinen Sinn darin. Verwundert klopfte er auf seine Kleidung. »Aber … mein Signalgeber ist nicht deaktiviert. Wenn der Rat mich erreichen wollte, warum …«

»Der Rat hat hiermit nichts zu tun.« Obi-Wan trat näher und wies in Richtung Shuttle. »Die Wächter trafen vor einer Weile hier ein. Als die Padawane des Landedecks sie nach ihrem Anliegen fragten, meinten sie, der Kanzler möchte dich sprechen.«

»Warum hat er sich nicht zuerst an den Rat gewandt?«

»Vielleicht hat er Grund zu der Annahme, dass der Rat gezögert hätte, dich zu ihm zu schicken«, sagte Obi-Wan vorsichtig. »Vielleicht wollte er nicht erklären, worum es ihm geht. Die Beziehungen zwischen dem Rat und dem Kanzler sind … gespannt.«

Unbehagen entstand in Anakin. »Was ist los, Obi-Wan? Etwas stimmt nicht, oder? Du weißt etwas, ich fühle es.«

»Ich vermute nur etwas. Das ist etwas ganz anderes.«

Anakin erinnerte sich daran, was er am vergangenen Abend zu Padmé gesagt hatte. Das Unbehagen verdichtete sich. »Und?«

»Und deshalb bin ich hier draußen, Anakin. Um mit dir zu reden. Privat. *Nicht* als Mitglied des Jedi-Rates. Wenn der Rat von diesem Gespräch erführe … Nun, sagen wir: Mir wäre es lieber, wenn er *nicht* davon erfährt.«

»*Welches* Gespräch? Ich weiß noch immer nicht, was los ist!«

»Eigentlich weiß das keiner von uns.« Obi-Wan legte Anakin die Hand auf die Schulter und sah ihm tief in die Augen. »Anakin, du weißt, dass ich dein Freund bin.«

»Natürlich sind wir …«

»Nein, hier ist nichts *natürlich*, Anakin. Nicht mehr. Ich bin dein Freund, und als dein Freund sage ich dir: Hüte dich vor Palpatine.«

»Was meinst du damit?«

»Ich weiß, dass du *sein* Freund bist. Ich fürchte, dass er nicht dein Freund sein könnte. Sei ihm gegenüber vorsichtig, Anakin. Und hüte dich vor deinen Gefühlen.«

»Ich soll mich vor ihnen hüten? Meinst du nicht, ich sollte auf sie achten?«

Die Falten fraßen sich tiefer in Obi-Wans Stirn. »Nein. Die Macht wird dunkler um uns herum, und das beeinflusst uns alle, so wie wir sie beeinflussen. Dies sind gefährliche Zeiten für Jedi. Bitte, Anakin ... bitte sei *vorsichtig.*«

Anakin versuchte, so keck zu lächeln wie früher. »Du machst dir zu viele Sorgen.«

»Das *muss* ich ...«

»... weil ich mir gar keine mache, nicht wahr?«, beendete Anakin den Satz.

Obi-Wans Stirn glättete sich, und er lächelte. »Woher wusstest du, dass ich das sagen wollte?«

»Du irrst dich.« Durch den Morgendunst blickte Anakin zum Shuttle und daran vorbei ...

In Richtung von Republica 500 und Padmés Apartment.

»Ich mache mir große Sorgen«, sagte er.

Stille Anspannung begleitete Anakin während des Flugs zu Palpatines Büro. Er versuchte, mit den beiden großen, behelmten und in Rot gekleideten Wächtern zu reden, doch sie erwiesen sich als nicht sonderlich gesprächig.

Als er Palpatines Büro erreichte, fühlte sich Anakin von neuerlichem Unbehagen erfasst. Er war hier so oft gewesen, dass er den Ort eigentlich nie richtig wahrgenommen hatte: den dunkelroten Läufer, dessen Farbe zu den leicht gewölbten Wänden passte, die langen, bequemen Couchen, der große Bogen des Fensters hinter Palpatines Schreibtisch – alles wirkte so vertraut, dass es fast unsichtbar wurde. Aber heute ...

Heute, mit Obi-Wans Stimme, die in seinem Hinterkopf *Hüte dich vor Palpatine* flüsterte, sah alles anders aus. Neu. Und nicht auf eine gute Weise.

Eine seltsame Düsternis umgab alles, als wären die Orbitalspiegel, die das Licht von Coruscants ferner Sonne zu hellem Tageslicht konzentrierten, beschädigt oder schmutzig von dem braunen Rauch, der noch immer über der planetaren Stadt hing. Das Licht der Lampenscheiben im Büro wirkte heller als sonst, fast grell, doch seltsamerweise schien das die Düsternis nur zu verstärken. Anakin entdeckte das sonderbare Echo einer Erinnerung, eine neue Resonanz in seinem Kopf, als er die Silhouette des großen Kanzlersessels vor der gewölbten Fensterwand sah.

Palpatines Büro erinnerte ihn ans Generalsquartier der *Invisible Hand*.

Und es erschien ihm unerklärlich unheilvoll, dass die Umhänge der Leibwächter des Kanzlers die gleiche Farbe hatten wie der Läufer.

Palpatine stand an der Fensterwand, die Hände auf den Rücken gelegt, und blickte in den dunstigen Morgen.

»Anakin.« Offenbar hatte er Anakins Spiegelbild im Transparistahl gesehen; er bewegte sich nicht. »Komm zu mir.«

Anakin trat neben ihn und nahm die gleiche Haltung an. Eine endlose Stadtlandschaft erstreckte sich vor ihnen. Hier und dort schwelten noch Reste zertrümmerter Gebäude. Der Flugverkehr hatte fast wieder das normale Ausmaß erreicht, und Ströme aus mückenartigen Speedern, Lufttaxis und Repulsorbussen zogen kreuz und quer über der Stadt dahin. In mittlerer Entfernung ragte die große Kuppel des Galaktischen Senats auf, wuchs wie ein riesiger grauer Pilz aus der Durabetonebene des Republikplatzes. Noch weiter entfernt, vom braunen Dunst halb verschleiert, sah Anakin die fünf Zikkurattürme des Jedi-Tempels.

»Siehst du, Anakin?« Palpatine sprach leise, mit vor Emotion heiserer Stimme. »Siehst du, was sie mit unserer prächtigen Stadt angerichtet haben? Dieser Krieg *muss* enden. Wir können nicht zulassen, dass so etwas …«

Er brachte den Satz nicht zu Ende und schüttelte den Kopf. Anakin legte Palpatine sanft die Hand auf die Schulter, und dünne Falten bildeten sich in seiner Stirn, als er bemerkte, wie fragil sich Haut und Knochen unter dem Umhang anfühlten. »Ihr wisst, dass ich mir alle Mühe gebe, ebenso wie die anderen Jedi«, sagte er.

Palpatine nickte und senkte den Kopf. »Ich weiß, dass das bei dir der Fall ist, Anakin. Die anderen Jedi ...« Er seufzte und wirkte noch erschöpfter als am vergangenen Tag. Vielleicht hatte auch er eine schlaflose Nacht hinter sich.

»Ich habe dich hierher gebeten, weil ich bei einer sehr delikaten Angelegenheit deine Hilfe brauche«, sagte Palpatine langsam. »Ich hoffe, ich kann mich auf deine Diskretion verlassen, Anakin.«

Anakin schwieg für einen Moment und nahm dann ganz langsam die Hand von der Schulter des Kanzlers.

Hüte dich vor Palpatine.

»Als Jedi sind meiner ... Diskretion ... Grenzen gesetzt, Kanzler.«

»Oh, natürlich. Keine Sorge, mein Junge.« Das vertraute väterliche Lächeln erschien kurz auf Palpatines Lippen. »Anakin, habe ich dich in all den Jahren unserer Freundschaft jemals um etwas gebeten, das sich nicht mit deinem Gewissen vereinbaren lässt?«

»Nun ...«

»Und das werde ich nie. Ich bin sehr stolz auf deine Leistungen als Jedi, Anakin. Du hast viele Kämpfe gewonnen, von denen der Jedi-Rat behauptete, sie wären bereits verloren. Und du hast mir das *Leben* gerettet. Ich finde es schlicht schockierend, dass man dir einen Sitz im Rat vorenthält.«

»Meine Zeit wird kommen ... wenn ich älter bin. Und weiser.« Darüber wollte er nicht mit Palpatine diskutieren. Mit dem Kanzler zu reden, ernsthaft, von Mann zu Mann ... Dadurch fühlte er sich gut und stark, trotz Obi-Wans Warnung. Er wollte nicht darüber jammern, dass er nicht den Status des Meisters bekam, aus Furcht, dadurch wie ein kindlicher Padawan zu erscheinen, den man nicht für die Scramball-Mannschaft ausgewählt hatte.

»Unsinn. Alter ist kein Maß für Weisheit. Du bekommst keinen Sitz im Rat, weil die anderen nur auf diese Weise noch Einfluss auf dich ausüben können – so kontrollieren sie dich. Wenn du Meister bist, was du verdienst hast … Wie wollen sie dann dafür sorgen, dass du dich so verhältst, wie sie es wollen?«

»Nun …« Anakin lächelte schief. »Eigentlich habe ich mich nur selten so verhalten, wie sie es wollen.«

»Ich weiß, mein Junge. Ich weiß. Das ist genau der Punkt. Du bist nicht wie sie. Du bist jünger. Stärker. *Besser.* Wenn sie dich jetzt nicht kontrollieren können – was wird geschehen, wenn du Meister bist? Wie wollen sie dich auf ihrer politischen Linie halten? Du könntest mächtiger werden als sie alle zusammen. Deshalb halten sie dich vom Rat fern. Sie fürchten deine Macht. Sie fürchten *dich.*«

Anakin senkte den Blick. Die letzten Worte gingen ihm unter die Haut. »Ich habe … etwas in der Art gespürt.«

»Ich wollte mit dir sprechen, weil ich eigene Befürchtungen habe, Anakin.« Palpatine drehte sich um und wartete, bis Anakin aufsah. In seinem Gesicht zeigte sich fast so etwas wie Verzweiflung. »Ich habe begonnen, die Jedi zu fürchten.«

»Oh, Kanzler …« Anakins Lippen formten ein ungläubiges Lächeln. »Niemand ist loyaler als die Jedi, Sir. Nach all der Zeit …«

Aber Palpatine hatte sich schon wieder umgedreht. Er ließ sich in den Sessel hinter dem Schreibtisch sinken und hielt den Kopf gesenkt, als brächte er es nicht fertig, die nächsten Worte Anakin direkt ins Gesicht zu sagen. »Der Rat strebt nach mehr Kontrolle. Nach mehr Autonomie. Er hat jeden Respekt vor der Herrschaft des Gesetzes verloren. Es geht ihm mehr darum, sich der Aufsicht des Senats zu entziehen, als den Krieg zu gewinnen.«

»Mit Respekt, Sir, viele Ratsmitglieder würden das Gleiche von *Euch* behaupten.« Anakin dachte an Obi-Wan und hätte fast das Gesicht verzogen. Hatte er gerade Obi-Wans Vertrauen verraten?

Oder steckte der Rat hinter Obi-Wans mahnenden Worten?

Hüte dich vor Palpatine, hatte er gesagt. Und: *Hüte dich vor deinen Gefühlen.*

Waren es ernste Warnungen, aus Sorge um ihn? Oder steckte *Berechnung* dahinter? War es eine Saat des Zweifels, die ihn von dem einen Mann entfernen sollte, der ihn wirklich verstand?

Von dem Mann, dem er wirklich vertrauen durfte?

»Oh, daran zweifle ich nicht«, sagte Palpatine. »Vielen Jedi des Rates wäre es lieber, wenn ich nicht mehr das Amt des Kanzlers bekleiden würde ... Weil sie wissen, dass ich es jetzt auf sie abgesehen habe. Sie umgeben sich mit Geheimnissen, sind geradezu besessen von heimlichen Aktionen gegen irgendwelche rätselhaften anonymen Feinde ...«

»Die Sith sind wohl kaum anonym, oder? Ich meine, Graf Dooku ...«

»War er wirklich ein Lord der Sith oder nur ein weiterer gefallener Jedi, der versuchte, dich mit einem roten Lichtschwert einzuschüchtern?«

»Ich ...« Anakin runzelte die Stirn. Wie konnte er sicher sein? »Aber *Sidious* ...«

»Ah, ja, der mysteriöse Lord Sidious. ›Der Sith-*Infiltrator* in *höchsten* Regierungskreisen‹. Klingt das nicht ein wenig zu vertraut für dich, Anakin? Zu *passend*? Woher willst du wissen, ob dieser Sidious überhaupt existiert? Woher willst du wissen, dass er nicht erfunden ist, vom Jedi-Rat, um den Jedi einen Vorwand zu geben, gegen ihre politischen Feinde vorzugehen?«

»Die Jedi sind nicht politisch ...«

»In einer Demokratie ist *alles* politisch, Anakin. Und jeder. Dieser imaginäre Sith-Lord ... Selbst wenn er existiert – muss man ihn fürchten? Muss er gejagt und ohne Verfahren eliminiert werden?«

»Die Sith sind die Inkarnation des Bösen ...«

»So hat man es dir immer wieder gesagt. Inzwischen lese ich schon seit einigen Jahren über die Geschichte der Sith.

Seit der Rat mir gegenüber … *behauptet* hat, dass jene seit Jahrtausenden toten Zauberer angeblich wieder zum Leben erwacht sind. Nicht alle Geschichten über sie sind im praktischerweise geheimen Tempelarchiv verschlossen. Was ich gelesen habe, deutet darauf hin, dass sie sich gar nicht so sehr von Jedi unterschieden. Sie strebten nach Macht, zugegeben, aber das gilt auch für den Rat.«

»Die dunkle Seite …«

»Oh, ja, ja, natürlich, die dunkle Seite. Hör mir zu: Wenn dieser ›Darth Sidious‹ *jetzt* durch *die* Tür dort käme und wenn ich dich daran hindern könnte, ihn auf der Stelle zu töten … Weißt du, was ich machen würde?«

Palpatine stand auf und hob die Stimme. »Ich würde ihn bitten, *Platz zu nehmen*, und ich würde ihn fragen, ob er die Möglichkeit hat, *diesen Krieg zu beenden*!«

»Ihr … würdet …« Anakin konnte kaum glauben, was er gerade gehört hatte. Der blutrote Läufer unter seinen Füßen schien sich zu bewegen, und vor seinen Augen drehte sich alles.

»Und wenn er mir antworten würde, dass er tatsächlich dazu imstande wäre … Dann würde ich ihm einen Brandy spendieren und die Einzelheiten mit ihm besprechen.«

»Das kann unmöglich Euer *Ernst* sein, Kanzler …«

»Nein, nicht ganz.« Palpatine seufzte, zuckte mit den Schultern und setzte sich wieder. »Es ist nur ein Beispiel, Anakin. Ich wäre zu allem bereit, um der Galaxis den Frieden wiederzugeben, verstehst du? Darum geht es mir. Außerdem …« Er lächelte traurig und voller Ironie. »Wie groß ist die Wahrscheinlichkeit, dass tatsächlich ein Sith-Lord durch jene Tür kommt?«

»Ich weiß es nicht«, erwiderte Anakin. »Aber ich weiß, dass Ihr dieses … *Beispiel* besser nicht vor dem Jedi-Rat verwenden solltet.«

»Oh, ja.« Palpatine lachte leise. »Ja, da hast du Recht. Man könnte es zum Anlass nehmen, *mich* anzuklagen.«

»Das würden die Jedi nie tun.«

»Da bin ich nicht so sicher. Vielleicht schreckt der Rat vor nichts zurück, Anakin. Das ist der Grund, warum ich dich hierher gebeten habe.« Der Kanzler beugte sich vor und stützte die Ellenbogen auf den Tisch. »Vielleicht hast du gehört, dass der Senat heute Nachmittag dieses Büro auffordern wird, die direkte Kontrolle über den Jedi-Rat zu übernehmen.«

Anakin runzelte die Stirn. »Die Jedi sind nicht länger dem Senat unterstellt?«

»Sie werden mir unterstellt sein. Mir persönlich. Der Senat ist zu konfus, um diesen Krieg zu führen; das sehen wir seit Jahren. Wenn dieses Büro die einzige mit der Führung des Krieges beauftragte Autorität ist, kann er schnell beendet werden.«

Anakin nickte. »Das könnte eine Hilfe sein, Sir, aber ich bin sicher, dass der Rat die Sache anders sehen wird. Von weiteren Zusatzartikeln der Verfassung hält man dort nicht viel.«

»Das stimmt vermutlich, mein Freund. Aber in diesem Fall bleibt mir keine Wahl. Der Krieg muss so schnell wie möglich beendet werden.«

»Darin stimmen alle überein.«

»Das hoffe ich, mein Junge. Das hoffe ich.«

In seinem Kopf hörte Anakin das Echo von Obi-Wans Stimme: *Die Beziehungen zwischen dem Rat und dem Kanzler sind … gespannt.* Was war hier in der Hauptstadt geschehen?

Standen sie nicht alle auf der gleichen Seite?

»Ich versichere Euch, dass die Jedi den zentralen Werten der Republik treu ergeben sind«, sagte Anakin mit Nachdruck.

Eine von Palpatines Brauen kam nach oben. »Ihre Taten werden deutlicher sprechen als ihre Worte – solange sie jemand im Auge behält. Und das, mein Junge, ist genau der Gefallen, um den ich dich bitte.«

»Ich verstehe nicht.«

»Anakin, angesichts unserer langen Freundschaft bitte ich dich um einen Gefallen: Sei mein persönlicher Repräsentant im Jedi-Rat.«

Anakin blinzelte.

Er blinzelte erneut.

»Ich?«, fragte er.

»Wer sonst?« Palpatine breitete die Arme aus und zuckte melancholisch mit den Schultern. »Du bist der einzige Jedi, von dem ich weiß, von dem ich wirklich *weiß*, dass ich ihm vertrauen kann. Ich *brauche* dich, mein Junge. Niemand anders kann diese Aufgabe erfüllen. Du sollst im Jedi-Rat Augen, Ohren und Stimme der Republik sein.«

»Im Rat ...«, murmelte Anakin.

Er sah sich selbst in einem der niedrigen, runden Sessel, Mace Windu gegenüber. *Yoda* gegenüber. Vielleicht saß er neben Ki-Adi-Mundi oder Plo Koon oder sogar neben Obi-Wan! Und er konnte nicht ganz das Flüstern überhören, das von jenseits der geschlossenen Reaktortüren seines Herzens kam und darauf hinwies, dass er der jüngste Jedi-Meister in der fünfundzwanzigtausendjährigen Geschichte des Jedi-Ordens sein würde ...

Doch all das spielte keine Rolle.

Palpatine hatte irgendwie in sein geheimes Herz gesehen und beschlossen, ihm jene eine Sache anzubieten, die er sich am meisten wünschte. Eigentlich ging es ihm gar nicht um den Rat – das war ein kindischer Traum. Er brauchte den Rat nicht. Er brauchte keine Anerkennung, auch keinen Respekt. Er brauchte allein den Rang.

Er brauchte den Status des Meisters.

Ihm ging es allein um Padmé.

Dies war ein Geschenk jenseits aller Geschenke: Als Meister bekam er Zugang zu den verbotenen Holocrons im geheimen Gewölbe.

Dort fand er vielleicht eine Möglichkeit, sie vor dem zu bewahren, was er in seinem Traum gesehen hatte.

Anakin zwang seine Gedanken in die Gegenwart zurück.

»Ich … bin überwältigt, Sir. Aber der Rat wählt seine Mitglieder selbst. Er wird dies nicht akzeptieren.«

»Er wird es, das verspreche ich dir«, brummte Palpatine selbstbewusst. Er drehte seinen Sessel und blickte aus dem Fenster zu den fernen Türmen des Tempels. »Der Rat braucht dich mehr, als ihm klar ist. Es ist nur jemand erforderlich, der …«

Er winkte mit der einen Hand.

»… es ihm *erklärt.*«

11. KAPITEL
Politik

Orbitalspiegel rotierten, sammelten das Licht von Coruscants ferner Sonne und überstrahlten damit die Sterne. Feuerwehrschiffe flogen kreuz und quer über den Himmel und hinterließen Streifen, deren Partikel die Atmosphäre dekontaminierten. Kühle Überreste der Nacht glitten am Turm des Hohen Rates des Jedi-Tempels herab. Und darin versuchte Obi-Wan noch immer, es den anderen auszureden.

»Ja, natürlich vertraue ich ihm«, sagte er geduldig. »Wir können immer sicher sein, dass Anakin das tut, was er für richtig hält. Aber wir können uns *nicht* darauf verlassen, dass er tut, was man ihm *sagt*. Man kann ihn nicht dazu bringen, einfach zu *gehorchen*. Glaubt mir: Ich habe es jahrelang versucht.«

Widerstreitende Energieströme wirbelten durch das Ratszimmer. Traditionsgemäß traf der Rat seine Entscheidungen in ruhiger, gemeinsamer Kontemplation des Flusses der Macht, bis der ganze Rat der betreffenden Angelegenheit einig gegenüberstand. Doch Obi-Wan kannte diese Tradition nur aus Dokumenten im Archiv und Berichten von Meistern, die vor der Rückkehr der Sith dem Rat angehört hatten. In den viel zu kurzen Jahren seit seiner Berufung zum Meister waren Auseinandersetzungen im Ratszimmer nicht die Ausnahme, sondern die Regel.

»Eine unbeabsichtigte Gelegenheit der Kanzler uns gegeben hat«, sagte Yoda ernst. »Ein Fenster in die Aktivitäten seines Büros er geöffnet hat. Narren wir wären, die Augen zu schließen.«

»Dann sollten wir die Augen von jemand anders verwenden«, sagte Obi-Wan. »Verzeiht mir, Meister Yoda, aber Ihr kennt Anakin nicht so gut wie ich. *Niemand* kennt ihn so gut wie ich. Er ist *absolut* loyal, und es steckt nicht ein Gramm Täuschung in ihm. Ihr habt es alle gesehen. Es gehört zu den Argumenten, mit denen sich einige von Euch gegen seine Ernennung zum Meister ausgesprochen haben: sein ›Mangel an wahrer Jedi-Zurückhaltung‹. Damit ist gemeint, dass er seine Gefühle wie ein HoloNetz-Banner trägt. Wie könnt Ihr ihn bitten, einen Freund zu belügen, ihn zu *bespitzeln*?«

»Deshalb wenden wir uns an einen Freund, der ihn darum bitten soll«, sagte Agen Kolar mit seinem sanften Zabrak-Bariton.

»Ihr versteht nicht. Zwingt ihn nicht, zwischen mir und Palpatine zu wählen …«

»Warum nicht?«, fragte die Holopräsenz von Plo Koon von der Brücke der *Courageous*, von wo aus er den Einsatz der republikanischen Flotte gegen den separatistischen Würgegriff im Ywllandr-System leitete. »Fürchtet Ihr, bei einem solchen Wettbewerb zu unterliegen?«

»Ihr wisst nicht, wie viel Palpatines Freundschaft ihm im Lauf der Jahre bedeutet hat. Ihr wollt ihn bitten, diese Freundschaft als Waffe zu benutzen! Um seinem Freund in den Rücken zu fallen. Habt Ihr eine Vorstellung davon, wie viel ihn dies kosten wird, selbst wenn Palpatine völlig unschuldig ist? *Insbesondere* wenn er unschuldig ist. Ihre Beziehung wird nie wieder so sein wie vorher …«

»Und das könnte das beste Argument für diesen Plan sein«, sagte Mace Windu. »Ich habe von der Energie berichtet, die ich zwischen Skywalker und dem Obersten Kanzler gesehen habe. Alles, was den jungen Skywalker aus Palpatines Einflussbereich entfernen könnte, ist den Versuch wert.«

Obi-Wan brauchte nicht in die Macht zu greifen, um zu erkennen, dass er bei diesem Streitgespräch unterliegen würde. Er neigte den Kopf. »Ich werde mich natürlich der Entscheidung des Rates beugen.«

»Daran niemand von uns zweifelt.« Yoda richtete den

Blick seiner grünen Augen auf die anderen Ratsmitglieder. »Aber wenn dies notwendig ist, wir entscheiden müssen, auf welche Weise wir ihn verwenden am besten.«

Die Holopräsenz von Ki-Adi-Mundi flackerte mehrmals, als sich der cereanische Meister vorbeugte und die Hände faltete. »Ich habe ebenfalls Bedenken bei dieser Sache, aber es scheint, dass in diesen verzweifelten Zeiten nur verzweifelte Pläne Aussicht auf Erfolg haben. Wir haben gesehen, dass der junge Skywalker die Macht hat, falls nötig allein gegen einen Sith-Lord zu kämpfen – das hat er bei Dooku bewiesen. Wenn er wirklich der Auserwählte ist, müssen wir ihn gegen die Sith einsetzen und ihn in einer Position halten, die es erlaubt, dass sich sein Schicksal erfüllt.«

»Und selbst wenn die Prophezeiung falsch interpretiert worden ist …«, fügte Agen Kolar hinzu. »Anakin ist der Jedi, der die besten Chancen hat, die Konfrontation mit einem Sith-Lord zu überleben. Benutzen wir ihn also, um uns dabei zu helfen, die Falle vorzubereiten. Wir weisen im Rat darauf hin, dass wir die Suche nach Grievous intensivieren. Anakin wird bestimmt den Kanzler davon unterrichten. Vielleicht gelingt es uns damit tatsächlich, Sidious aus der Reserve zu locken.«

»Möglicherweise genügt das nicht«, sagte Mace Windu. »Lasst uns noch einen Schritt weiter gehen. Wir sollten zu knapp besetzt erscheinen, schwach. Vielleicht lässt sich Sidious dadurch zu einer Aktion verleiten, von der er glaubt, dass sie unbemerkt bleibt. Wir sollten dem Büro des Kanzlers zu verstehen geben, das Yoda und ich gezwungen sind, Coruscant zu verlassen …«

»Zu riskant das ist«, sagte Yoda. »Und zu offensichtlich. Einer von uns gehen sollte.«

»Dann Ihr, Meister Yoda«, schlug Agen Kolar vor. »Es ist Eure Sensibilität den breiteren Strömungen der Macht gegenüber, die ein Sith-Lord am meisten fürchtet.«

Obi-Wan spürte die Zustimmung der anderen, und Yoda nickte ernst. »Der separatistische Angriff auf Kashyyyk einen guten Vorwand mir bietet. Und gute Beziehungen zu den

Wookies ich habe. Die Droidenarmeen ich zerstören und trotzdem für Coruscant zur Verfügung stehen kann, falls Sidious den Köder schluckt.«

»Einverstanden.« Mace Windu sah sich im halb leeren Ratszimmer um. »Noch ein letzter Punkt. Der Kanzler soll durch Anakin erfahren, dass unser schlauester, scharfsinnigster und hartnäckigster Meister die Suche nach Grievous leitet.«

»Dann muss Sidious handeln, und zwar schnell, wenn der Krieg weitergehen soll«, sagte Plo Koon anerkennend.

Yoda nickte langsam. »Einverstanden.« Agen Kolar und Ki-Adi-Mundi gaben ebenfalls ihr Einverständnis.

»Das klingt nach einem guten Plan«, sagte Obi-Wan. »Aber an welchen Meister habt Ihr dabei gedacht?«

Für einen Moment sprach niemand, als wären die anderen erstaunt, dass er eine solche Frage stellte.

Obi-Wan sah von einem Meister zum nächsten und wunderte sich über die sanfte Erheiterung in den verschiedenen Mienen. Und dann merkte er schließlich, dass alle Blicke *ihm* galten.

Bail Organa blieb abrupt mitten auf der Großen Promenade stehen, die kreisförmig den Versammlungssaal des Senats umgab. Der Multispezies-Strom aus Fußgängern teilte sich und umfloss ihn so wie das Wasser eines Flusses einen Felsen. Ungläubig blickte er zu einer der riesigen holoprojizierten Proklamationstafeln auf. Sie waren jüngst installiert worden, um die Senatoren über den Krieg und die neuesten Exekutivbefehle des Kanzlers auf dem Laufenden zu halten.

Sein Herz schlug schneller, und das Bild vor seinen Augen verschwamm. Er bahnte sich einen Weg durch die Menge, erreichte das nächste Druckerterminal und gab seinen Kode ein. Wenige Augenblicke später hielt er die Folien in der Hand, und sie verkündeten die gleiche Botschaft.

Er hatte diesen Tag erwartet. Seit gestern, als der Senat dafür gestimmt hatte, Palpatine die Kontrolle über die Jedi zu geben, hatte er gewusst, dass dieser Tag kommen würde. Er hatte sogar begonnen, sich darauf vorzubereiten.

Doch das machte es nicht leichter.

Er trat zu einer öffentlichen Kom-Nische und gab dort erneut seinen Kode ein. Die Transparistahlnische wurde so undurchsichtig wie Stein, und einen Moment später erschien ein handgroßes Bild über der kleinen Holoscheibe: eine schlanke Frau in einem bodenlangen weißen Gewand, mit kurzem, kastanienbraunem Haar und intelligent blickenden aquamarinblauen Augen. »Bail«, sagte sie. »Was ist geschehen?«

»Haben Sie das Dekret von heute Morgen gesehen?«

»Das Sektorkontrolldekret? Ja, das habe ich …«

»Es wird Zeit, Mon«, sagte Bail grimmig. »Es wird Zeit, mit den Diskussionen aufzuhören und mit den *Taten* zu beginnen. Wir müssen den Senat einschalten.«

»Da bin ich ganz Ihrer Meinung, aber Vorsicht ist geboten. Haben Sie überlegt, an wen wir uns wenden können?«

»Nicht in allen Einzelheiten. Giddean Danu fällt mir ein. Ich bin sicher, dass wir auch Fang Zar trauen können.«

»Ja. Was ist mit Iridik'k-stallu? Sie hat ihre Herzen am rechten Fleck. Oder Chi Eekway.«

Bail schüttelte den Kopf. »Vielleicht später. Es wird einige Stunden dauern, um herauszufinden, wo genau sie stehen. Wir müssen mit Senatoren beginnen, von denen wir *wissen*, dass wir ihnen vertrauen können.«

»Na schön. Dann wäre Terr Taneel meine nächste Wahl. Und Amidala von Naboo, denke ich.«

»Padmé?« Bail runzelte die Stirn. »Da bin ich mir nicht so sicher.«

»Sie kennen sie besser als ich, Bail, aber meiner Meinung nach ist sie genau die Senatorin, die wir brauchen. Sie ist intelligent, hat hohe Grundsätze und kann sich sehr gut ausdrücken. Hinzu kommt, dass in ihr das Herz einer Kriegerin schlägt.«

»Aber sie hat auch lange Zeit mit Palpatine zusammengearbeitet«, wandte Bail ein. »Er war ihr Botschafter während ihrer Zeit als Königin von Naboo. Wie können Sie sicher sein, dass sie auf unserer Seite steht und nicht auf seiner?«

»Es gibt nur eine Möglichkeit, es herauszufinden«, erwiderte Senatorin Mon Mothma ruhig.

Als sich die Tür des Ratszimmers schließlich öffnete, war Anakin bereits zornig.

Auf eine entsprechende Frage hin hätte er den eigenen Zorn verleugnet und sogar geglaubt, die Wahrheit zu sagen, aber er hatte *zu lange* warten müssen und dabei nichts anderes zu tun gehabt, als durch den rußverschmierten Fensterring des Turms des Hohen Rates auf Galactic City zu schauen, auf eine Stadt, die beim Kampf beschädigt worden war, bei einem Kampf, den er *persönlich* gewonnen hatte, fast *ganz allein*. Und die ganze Zeit über hatte er sich gefragt, warum der Rat so lange brauchte, um eine einfache Entscheidung zu treffen …

Zornig? Ganz und gar nicht. Er war sicher, nicht zornig zu sein. Anakin sagte sich immer wieder, dass es keinen Zorn in ihm gab; er versuchte, sich davon zu überzeugen.

Als er das Ratszimmer betrat, hielt er den Kopf gesenkt, um Demut und Respekt zu zeigen. Doch in seinem Innern, hinter den Schilden, die sein Herz abschirmten, versteckte sich etwas.

Es war nicht der Zorn, der sich dort verbarg. Der Zorn war nur Tarnung.

Hinter dem Zorn versteckte sich der Drache.

Nur zu gut erinnerte er sich daran, wie er das Ratszimmer zum ersten Mal betreten hatte – Jedi-Meister hatten am Tisch gesessen, um über sein Schicksal zu befinden. Er erinnerte sich an den Blick von Yodas grünen Augen, der bis in sein Herz reichte und dort den kalten Wurm der Angst sah, der in ihm fraß, wie sehr er auch versuchte, sie zu leugnen: die schreckliche Angst, dass er seine Mutter vielleicht nie wieder sah.

Die Meister durften nicht erkennen, wie weit der Wurm gewachsen war.

Langsam trat Anakin in die Mitte des runden, braunen Teppichs und wandte sich den versammelten Ratsmitgliedern zu.

Yodas Miene war wie üblich undeutbar. Seine Züge wiesen nur auf ruhige Kontemplation hin.

Mace Windu hätte aus Stein gemeißelt sein können.

Geisterbilder von Ki-Adi-Mundi und Plo Koon schwebten einen Zentimeter über ihren Ratssitzen, von den Holoprojektoren in den Sesseln erzeugt. Agen Kolar saß allein da, zwischen den leeren Sesseln von Shaak Ti und Stass Allie.

Obi-Wan saß in dem Sessel, der einst Oppo Rancisis gehört hatte, und er wirkte nachdenklich, sogar besorgt.

»Anakin Skywalker.« Meister Windu sprach so streng, dass sich der Drache in Anakin instinktiv duckte. »Der Rat hat beschlossen, Kanzler Palpatines Direktive nachzukommen und sich den Anweisungen des Senats zu beugen, die ihm die beispiellose Befugnis geben, diesem Rat Befehle zu erteilen. Hiermit gewähren wir dir einen Sitz im Hohen Rat der Jedi, als persönlicher Repräsentant des Kanzlers.«

Für einen langen Moment stand Anakin ganz still, bis er ganz sicher sein konnte, wirklich das gehört zu haben, was er gehört zu haben glaubte.

Palpatine hatte Recht. In letzter Zeit hatte er bei vielen Dingen Recht. Als Anakin darüber nachdachte … Er konnte sich nicht an eine einzige Sache erinnern, bei der der Oberste Kanzler nicht Recht gehabt hatte.

Als ihm schließlich klar wurde, dass der Rat endlich entschieden hatte, ihm seinen größten Wunsch zu erfüllen und damit seine Leistungen anzuerkennen, sein Engagement, seine *Macht*, atmete er tief durch.

»Ich danke Euch, Meister. Hiermit gelobe ich, die hohen Prinzipien des Jedi-Ordens zu achten.«

»Der Rat dir nicht leichthin den Sitz gewährt.« Yodas Ohren neigten sich nach vorn, richteten sich wie anklagende

Finger auf Anakin. »Beunruhigend diese Maßnahme des Kanzlers ist. Auf vielen Ebenen.«

Es geht dem Rat mehr darum, sich der Aufsicht des Senats zu entziehen, als den Krieg zu gewinnen.

Anakin senkte den Kopf. »Ich verstehe.«

»Ich bin mir nicht sicher, ob du verstehst.« Mace Windu beugte sich vor und blickte Anakin in die Augen.

Anakin achtete kaum darauf. In seiner Vorstellung verließ er das Ratszimmer bereits, ließ sich vom Turbolift zum Archiv bringen und verlangte mit Hinweis auf seinen neuen Status Zugang zum geheimen Gewölbe ...

»Du kannst an den Versammlungen des Rates teilnehmen«, sagte der Korun-Meister. »Aber wir gewähren dir nicht den Rang und die Privilegien eines Meisters.«

»Was?«

Es war ein kleines Wort, ein einfaches Wort, ein instinktives Zurückschrecken vor Worten, die sich wie Fausthiebe anfühlten, wie eine Betäubungsgranate, die in seinem Gehirn explodierte. Doch selbst für seine Ohren klang die Stimme, die von seinen Lippen tönte, nicht nach der eigenen. Sie war tiefer und dunkler, voller Schärfe, kam aus den Tiefen seines Herzens.

Sie hörte sich gar nicht nach ihm an, und sie trug den Rauch von Zorn in sich.

»Wie könnt Ihr es wagen? Wie könnt Ihr es *wagen*?«

Anakin stand wie am Boden festgeschweißt, völlig reglos. Eigentlich war ihm gar nicht bewusst, dass er sprach. Jemand anders schien seinen Mund zu benutzen – und jetzt endlich erkannte er seine Stimme.

Sie klang wie Dookus. Aber es war nicht Dookus Stimme.

Es war die Stimme von Dookus Zerstörer.

»Kein Jedi in diesem Raum kann es mit meiner Macht aufnehmen – kein Jedi in dieser *Galaxis*! Ihr glaubt, Ihr könnt *mir* den Status eines Meisters vorenthalten?«

»Der Repräsentant des Kanzlers du bist«, sagte Yoda. »Und als sein Repräsentant du an den Sitzungen des Rates teilnehmen wirst. Einen Sitz du haben wirst, aber keine Stimme. Die Meinung des Kanzlers du präsentieren wirst. Seine Wünsche. Seine Vorschläge und Direktiven. Nicht deine.«

Aus den Tiefen des Reaktorherzens kam eine Antwort, die so weit über Zorn hinausging, dass sie so kalt war wie das interstellare All. »Dies ist eine Beleidigung für mich und den Kanzler. Geht nicht davon aus, dass sie einfach so hingenommen wird.«

Mace Windus Blick war so kalt wie die Stimme aus Anakins Mund. »Nimm deinen Platz ein, junger Skywalker.«

Anakin starrte ihn an. *Vielleicht nehme ich deinen.* Die eigene Stimme im Innern des Kopfes brannte mit schwarzem Feuer, das von dem Reaktorherzen gespeist wurde. *Ihr glaubt, mich daran hindern zu können, meine geliebte Padmé zu retten? Ihr glaubt, dass ich einfach zusehe, wie sie stirbt? Da irrt ihr euch gewaltig …*

»Anakin …«, sagte Obi-Wan leise. Er deutete auf den leeren Sessel an seiner Seite. »Bitte.«

Und etwas in Obi-Wans sanfter Stimme, in seiner schlichten, einfachen Bitte, veranlasste den Zorn, sich beschämt zurückzuziehen, und Anakin fand sich allein auf dem Teppich in der Mitte des Ratszimmers wieder. Er blinzelte.

Plötzlich fühlte er sich sehr jung und sehr dumm.

»Verzeiht mir, Meister.« Reumütig neigte er den Kopf und spürte, wie Verlegenheit in den Wangen glühte.

Den Rest der Sitzung erlebte Anakin wie in einen Nebel der Benommenheit gehüllt. Ki-Adi-Mundi sprach davon, keine Welt der Republik hätte irgendeine Spur von Grievous gemeldet, und für Anakin war es eine Art dumpfer Schock, als der Rat Obi-Wan *allein* damit beauftragte, die Suche nach dem General zu koordinieren.

Wurde jetzt auch noch das *Team* geteilt?

Er war so sehr von allem verblüfft, dass er kaum hörte, wie die Meister über eine Landung von Kampfdroiden auf Kashyyyk sprachen. Er fühlte sich verpflichtet, *etwas* zu sagen, bei seiner ersten Teilnahme an einer Ratssitzung nicht einfach nur still dazusitzen, Meister oder nicht, und er kannte das Kashyyyk-System fast so gut wie die Seitengassen von Mos Espa. »Darum könnte ich mich kümmern«, sagte er, und seine Miene erhellte sich. »Ich wäre imstande, den Planeten in ein oder zwei Tagen von den Droiden zu säubern …«

»Dein Platz ist *hier*, Skywalker.« Mace Windus Blick war so hart wie Durastahl, fast feindselig.

Dann bot sich Yoda für den Einsatz an, und aus irgendeinem Grund stimmte der Rat nicht einmal ab.

»Das wäre also geklärt«, sagte Mace. »Möge die Macht mit uns allen sein.«

Als die Holopräsenzen von Plo Koon und Ki-Adi-Mundi verschwanden, als Obi-Wan und Agen Kolar aufstanden und leise miteinander sprachen, als Yoda und Mace Windu den Raum verließen, saß Anakin nur da, krank im Herzen, betäubt von Hilflosigkeit.

Padmé … oh, Padmé, was sollen wir nur tun?

Er wusste es nicht. Er hatte keine Ahnung. Aber er wusste genau, was er *nicht* tun würde.

Er würde auf gar keinen Fall aufgeben.

Selbst wenn der Rat oder gar der ganze *Orden* gegen ihn war … Er würde einen Weg finden.

Er würde Padmé retten.

Irgendwie.

»Über diese Sache freue ich mich ebenso wenig wie Sie«, sagte Padmé und deutete auf den Ausdruck des Sektorkontrolldekrets auf Bail Organas Schreibtisch. »Aber ich kenne Palpatine seit Jahren; er war mein bewährtester Berater. Ich kann kaum glauben, dass er beabsichtigt, den Senat aufzulösen.«

»Warum sollte er sich die Mühe machen?«, erwiderte Mon Mothma. »Seit heute Morgen existiert der Senat praktisch nicht mehr.«

Padmé sah von einem ernsten Gesicht zum nächsten. Giddean Danu nickte zustimmend. Terr Taneel hielt den Blick gesenkt und gab vor, ihr Gewand zurechtzurücken. Fang Zar strich mit einer Hand über seinen von grauen Strähnen durchsetzten Haarknoten.

Bail beugte sich vor, und seine Augen schienen sich in Steine zu verwandeln. »Die Kontrolle des Senats spielt für Palpatine gar keine Rolle mehr. Indem er seine Lakaien auf allen Planeten der Republik zu Gouverneuren macht, kontrolliert er unsere Systeme *direkt.*« Er faltete die Hände und drückte sie zusammen, bis die Knöchel knackten. »Er wird zum Diktator. Wir haben ihn zum Diktator *gemacht.*«

Und er ist der Freund und Mentor meines Ehemanns, dachte Padmé. *Ich sollte mir dies nicht einmal anhören.*

»Aber was können wir *unternehmen*?«, fragte Terr Taneel und runzelte besorgt die Stirn, während sie noch immer auf ihr Gewand sah.

»Genau deshalb sind wir zusammengekommen«, sagte Mon Mothma. »Um darüber zu sprechen, was wir tun sollen.«

Fang Zar rückte unruhig hin und her. »Ich bin mir nicht sicher, ob mir gefällt, wohin dies führt.«

»Niemandem von uns gefällt, wie sich die Dinge entwickeln«, sagte Bail und stand halb auf. »Genau das ist der Punkt. Wir können tausend Jahre Demokratie nicht ohne einen Kampf aufgeben!«

»Kampf?«, wiederholte Padmé. »Ich kann nicht glauben, was ich höre! Bail, Sie klingen wie ein Separatist!«

»Ich …« Bail sank auf seinen Platz zurück. »Entschuldigung. Das war nicht meine Absicht. Ich habe Sie hierher gebeten, weil von allen Senatoren der Galaxis Sie vier die lautesten – und *einflussreichsten* – Stimmen der Vernunft gewesen sind. Sie haben sich nach Kräften bemüht, so viel wie möglich von unserer arg in Mitleidenschaft gezogenen Verfassung zu retten. Wir wollen der Republik nicht schaden. Mit Ihrer Hilfe möchten wir sie *retten.*«

»Es hat sich immer deutlicher herausgestellt, dass Palpatine zu einem Feind der Demokratie geworden ist«, sagte Mon Mothma. »Ihm muss Einhalt geboten werden.«

»Der Senat hat ihm seine Befugnisse gegeben«, wandte Padmé ein. »Der Senat kann seine Macht beschneiden.«

Giddean Danu beugte sich vor. »Ich fürchte, Sie unterschätzen, wie tief die Korruption des Senats reicht. Wer wird jetzt noch gegen Palpatine stimmen?«

»Ich«, sagte Padmé und merkte, dass sie es ernst meinte. »Und ich werde andere finden, die ebenfalls bereit sind, gegen ihn zu stimmen.«

Das musste sie. Ganz gleich, wie sehr es Anakin schmerzte. *Oh, Anakin, wirst du mir je verzeihen können?*

»In Ordnung«, sagte Bail. »Machen Sie so viel Lärm wie möglich, damit Palpatine auf das achtet, was Sie im Senat anstellen. Das lenkt ihn ab, während Mon Mothma und ich damit beginnen, unsere Organisation aufzubauen …«

»Halt.« Padmé stand auf. »Einige Dinge sollten unausgesprochen bleiben. Derzeit sollte ich besser nicht mehr wissen.«

Ich möchte meinen Mann nicht belügen müssen, dachte sie und versuchte, diese Gedanken mit ihren Blicken zu vermitteln. *Bitte, Bail. Zwingen Sie mich nicht, ihn anzulügen. Es würde ihm das Herz brechen.*

Vielleicht sah er etwas in ihren Augen. Nach einem Moment der Unschlüssigkeit nickte Bail. »Na schön. Gewisse andere Angelegenheiten können später geregelt werden. Bis dahin muss dieses Treffen absolut geheim bleiben. Selbst der Hinweis auf eine kompetente Opposition gegen Palpatine kann, wie wir gesehen haben, sehr gefährlich sein. Abgesehen von den hier anwesenden Personen dürfen wir mit niemandem darüber sprechen. Ohne die Genehmigung aller anderen darf niemand sonst eingeweiht werden.«

»Das gilt auch für die Personen, die Ihnen am nächsten stehen«, fügte Mon Mothma hinzu. »Selbst für Ihre Familienangehörigen. Wenn Sie Ihr Wissen mit ihnen teilen, setzen Sie sie der gleichen Gefahr aus, die uns droht. Niemand sonst darf davon erfahren. Niemand.«

Padmé sah, wie sie alle nickten, und was konnte sie tun?

Was konnte sie sagen? *Bewahren Sie Ihre Geheimnisse, aber ich muss meinem Jedi-Ehemann davon erzählen, Palpatines Protegé …*

Sie seufzte. »Ja. Ja, einverstanden.«

Und als die anderen Senatoren zu ihren Büros zurückkehrten, dachte sie: *Oh, Anakin … es tut mir Leid, Anakin …*

Es tut mir Leid.

Anakin war froh, dass sich außer Obi-Wan und ihm niemand in der großen Eingangshalle des Tempels aufhielt. Er brauchte seine Stimme also nicht zu dämpfen.

»Das ist *unerhört*. Wie können sie so etwas tun?«

»Wie können sie es nicht?«, entgegnete Obi-Wan. »Deine Freundschaft mit dem Kanzler – die gleiche Freundschaft, die dir einen Sitz im Rat einbrachte – macht es unmöglich, dir den Status des Meisters zu verleihen. Für den Rat liefe es darauf hinaus, Palpatine selbst eine Stimme zu geben!«

Anakin winkte ab. Er hatte keine Zeit für die politischen Manöver des Rates – *Padmé* hatte dafür keine Zeit. »Ich habe nicht um einen Sitz gebeten. Ich *brauche* ihn nicht. Ohne meine Freundschaft mit Palpatine wäre ich also längst Meister – willst du darauf hinaus?«

Obi-Wan verzog das Gesicht. »Ich weiß es nicht.«

»Ich habe die Macht von fünf Meistern. Von *zehn*. Das weißt du, und die anderen wissen es ebenfalls.«

»Macht allein genügt nicht …«

Anakin deutete zum Ratsturm. »*Sie* nennen mich den Auserwählten! Auserwählt wofür? Um der Gelackmeierte bei irgendeinem schmutzigen politischen Spiel zu sein?«

Obi-Wan zuckte wie unter einem Schlag zusammen. »Habe ich dich nicht gewarnt, Anakin? Ich habe dich auf die … Spannungen … zwischen Rat und Kanzler hingewiesen. Mit klaren Worten. Warum hast du nicht *zugehört*? Du bist direkt hineingetappt.«

»Wie in die Strahlenschildfalle.« Anakin schnaubte. »Soll ich auch *dafür* die dunkle Seite verantwortlich machen?«

»Wie auch immer es geschehen ist«, sagte Obi-Wan, »du bist in einer sehr … heiklen Situation.«

»In *welcher* Situation? Wer schert sich um *mich*? Ich bin kein Meister, ich bin nur ein *Junge*, nicht wahr? So ist es doch, oder? Bringt Meister Windu alle gegen mich auf, weil er der jüngste Jedi war, der je in den Rat berufen wurde – bis ich kam?«

»Das ist überhaupt nicht von Belang …«

»Ich möchte dir etwas mitteilen, das mir ein kluger *alter* Mann vor nicht langer Zeit gesagt hat: *Alter ist kein Maß für Weisheit.* Wenn das der Fall wäre, müsste Yoda zwanzigmal so weise sein wie du …«

»Dies hat nichts mit Meister Yoda zu tun.«

»Stimmt. Dies hat mit *mir* zu tun. Es hat damit zu tun, dass sie alle *gegen* mich sind. Das sind sie immer gewesen – die meisten von ihnen wollten nicht einmal, dass ich *Jedi* werde. Und wenn sie sich durchgesetzt hätten, wo wären sie dann jetzt? Wer hätte geleistet, was ich geleistet habe? Wer hätte Naboo gerettet? Wer hätte *Kamino* gerettet? Wer hätte Dooku getötet und den Kanzler gerettet? Wer hätte sich nach dem Kampf gegen Ventress auf den Weg gemacht, um dir und Alpha zu helfen …«

»Ja, Anakin, ja. Natürlich. Niemand stellt deine Leistungen infrage. Das Problem ist deine Beziehung zu Palpatine. Und es ist ein sehr *ernstes* Problem.«

»Ich stehe ihm zu nahe? Vielleicht stimmt das. Vielleicht sollte ich mich von einem Mann entfernen, der mir gegenüber immer freundlich und großzügig gewesen ist, seit ich hierher nach Coruscant kam! Vielleicht sollte ich die einzige Person zurückweisen, die mir mit dem Respekt begegnet, den ich *verdiene* …«

»Stopp, Anakin. *Hör* nur zu, was du sagst. Eifersucht und Stolz bestimmen deine Gedanken. Es sind dunkle Gedanken, Anakin. Gefährliche Gedanken in diesen dunklen Zeiten. Du bist auf dich selbst konzentriert, obwohl du auf deine Pflichten konzentriert sein solltest. Dein Zornesausbruch im Ratszimmer war das beste Argument *dagegen*, dir den Status eines Meisters zu geben. Wie kannst du ein Jedi-Meister sein, wenn du nicht einmal Meister über dich selbst geworden bist?«

Anakin strich sich mit der Hand aus Fleisch über die Augen und atmete tief durch. Leiser und ruhiger fragte er: »Was soll ich tun?«

Obi-Wan runzelte die Stirn. »Wie bitte?«

»Die anderen wollen etwas von mir, nicht wahr? Darum geht es hier. Darum ging es von Anfang an. Sie ernennen mich nicht zum Meister, solange ich ihnen nicht gebe, was sie wollen.«

»Solche Dinge sind dem Rat fremd, Anakin, und das weißt du.«

Wenn du Meister bist, was du verdient hast ... Wie wollen sie dann dafür sorgen, dass du dich so verhältst, wie sie es wollen?

»Ja, ich weiß. Ja, natürlich.« Plötzlich fühlte sich Anakin müde. Sehr müde. Es schmerzte, auch nur hier zu stehen. Es schmerzte, zu sprechen. Er hatte die ganze Sache satt. Warum konnte es nicht endlich *vorbei* sein? »Sag mir, was sie wollen.«

Obi-Wan wandte den Blick ab, und die Mischung aus Elend und Erschöpfung in Anakin wurde noch finsterer. Wie schlimm musste es sein, wenn ihm Obi-Wan nicht mehr in die Augen sehen konnte?

»Ich bin auf deiner Seite, Anakin«, sagte Obi-Wan sanft. Er wirkte ebenfalls müde: Er sah so müde und elend aus, wie Anakin sich fühlte. »Ich habe dich nie in einer solchen Situation sehen wollen.«

»In welcher Situation?«

Obi-Wan zögerte.

»Was immer es auch sein mag ...«, sagte Anakin. »Es wird nicht besser, wenn du nur dastehst und nicht den Mut findest, es mir zu sagen. Na los, Obi-Wan. Heraus damit.«

Obi-Wan sah sich in der leeren Halle um, als wollte er sich vergewissern, dass sie wirklich allein waren. Anakin glaub-

Anakin eilt Kanzler Palpatine zu Hilfe

R2-D2 kämpft gegen einen bedrohlichen Buzzdroiden

Ein tödliches Lichtschwert-Duell beginnt

C-3PO sorgt sich um die Zukunft

Darth Vader greift den Separatistenrat an

Der Würgegriff macht Padmé bewusstlos

Duell auf Mustafar

Anakin versucht der Lava zu entkommen

Medodroiden behandeln Anakin

Kreuzerkanonen feuern auf Grievous' Flaggschiff

Der beschädigte Kreuzer der Handelsföderation landet

Tion Medon warnt Obi-Wan Kenobi

General Grievous flieht auf seinem Speeder

Palpatine lässt Befehl 66 ausführen

Obi-Wan erfährt die Wahrheit über Anakin

Mace Windu tritt gegen Kanzler Palpatine an

Yoda erwartet den Klonkrieger-Angriff

Yoda wehrt die Blitzstrahlen des Imperators ab

Padmé, selbst im Tod wunderschön

Darth Vader ist neu geschaffen

Eine neue Hoffnung wächst auf Tatooine heran

te, dass sein früherer Meister nur vermeiden wollte, ihn anzusehen.

»Der Rat hat dir einen Sitz gewährt, weil Palpatine dir vertraut«, sagte Obi-Wan langsam. »Du sollst von den Angelegenheiten des Kanzlers berichten. Der Rat möchte von dir wissen, was Palpatine plant.«

»Die Jedi-Meister erwarten von mir, dass ich den *Obersten Kanzler der Republik ausspioniere*?« Anakin blinzelte verblüfft. Kein Wunder, dass Obi-Wan ihm nicht in die Augen sehen konnte. »Obi-Wan, das ist *Verrat*!«

»Wir sind im Krieg, Anakin.« Obi-Wan schien todunglücklich zu sein. »Der Rat hat geschworen, die Prinzipien der Republik mit allen notwendigen Mitteln zu schützen. Es ist unsere *Pflicht*. Insbesondere wenn der Kanzler selbst der größte Feind jener Prinzipien zu sein scheint!«

Anakin kniff die Augen zusammen. »Warum hat mir der Rat diesen Auftrag nicht gegeben, während er noch tagte?«

»Weil es kein offizieller Auftrag ist, Anakin. Den Grund dafür solltest du verstehen können.«

»Was ich verstehe, ist dies: Ihr verlangt, dass ich mich gegen Palpatine stelle. Ich soll *Geheimnisse* vor ihm haben, ihn *belügen*. Darauf läuft es letztendlich hinaus.«

»Nein«, erwiderte Obi-Wan. Er wirkte verletzt. »Du sollst beobachten, mit wem er zu tun hat, und wer mit ihm.«

»Er ist kein schlechter Mensch, Obi-Wan. Er ist ein *großer* Mann und hält die Republik mit bloßen Händen zusammen ...«

»Indem er über seine Amtszeit hinaus Oberster Kanzler bleibt. Indem er diktatorische Macht sammelt ...«

»Der Senat hat *gefordert*, dass er im Amt bleibt! Man hat ihm die Befugnisse *aufgedrängt* ...«

»Sei nicht naiv. Der Senat ist so eingeschüchtert, dass er ihm alles bewilligt, was er verlangt!«

»Dann ist es *seine* Schuld, nicht die Palpatines! Die Senatoren sollten den Mumm haben, ihm die Stirn zu bieten!«

»Genau darum bitten wir *dich*, Anakin.«

Anakin wusste nicht, was er darauf antworten sollte. Er schüttelte den Kopf und blickte auf die Faust hinab, zu der er die mechanische Hand geballt hatte.

Schließlich sagte er: »Er ist mein Freund, Obi-Wan.«

»Ja«, erwiderte Obi-Wan leise und traurig. »Ich weiß.«

»Wenn *er* mich bitten würde, *dich* auszuspionieren ... Glaubst du, ich würde mich darauf einlassen?«

Daraufhin schwieg Obi-Wan.

»Du weißt, wie freundlich er zu mir gewesen ist.« Anakins Stimme war gedämpft. »Du weißt, wie er sich um mich gekümmert und mir auf jede erdenkliche Weise geholfen hat. Er ist wie eine *Familie* für mich.«

»Die *Jedi* sind deine Familie ...«

»Nein.« Anakin wandte sich seinem früheren Meister zu. »Nein, die Jedi sind *deine* Familie. Die einzige, die du je hattest. Aber ich bin nicht wie du. Ich hatte eine Mutter, die mich *liebte* ...«

Und eine Frau, die mich liebt, dachte er. Und bald habe ich auch ein Kind, das mich lieben wird.

»*Erinnerst* du dich an meine Mutter? Erinnerst du dich daran, was mit ihr *geschah*?«

... denn du hast mich nicht gehen lassen, um sie zu retten, fügte er in Gedanken hinzu. *Und das wird auch mit Padmé geschehen, und mit unserem Kind.*

In ihm nagte das kalte Flüstern des Drachen. *Alles stirbt, Anakin Skywalker. Selbst Sterne brennen aus.*

»Ja, Anakin. Natürlich. Du weißt, wie Leid mir das mit deiner Mutter tut. Hör mal, wir bitten dich nicht, gegen Palpatine aktiv zu werden. Du sollst nur ... seine Aktivitäten überwachen. Glaub mir.«

Obi-Wan trat näher und legte die Hand auf Anakins Arm. Er holte langsam und tief Luft, schien sich dabei zu einer schwierigen Entscheidung durchzuringen. »Palpatine selbst könnte in Gefahr sein«, sagte er. »Vielleicht ist dies die einzige Möglichkeit, ihm zu helfen.«

»Wovon redest du da?«

»Ich sollte dir dies nicht sagen. Bitte erzähl niemandem von diesem Gespräch. *Niemandem,* verstanden?«

Anakin nickte. »Ich kann ein Geheimnis bewahren.«

»Gut.« Obi-Wan atmete noch einmal tief durch. »Meister Windu hat die Spur von Darth Sidious vor Grievous' Angriff bis nach Republica 500 verfolgt – wir vermuten den Sith-Lord im engsten Beraterkreis des Kanzlers. Nach *ihm* sollst du Ausschau halten, verstehst du?«

… dass er nicht erfunden ist, vom Jedi-Rat, um den Jedi einen Vorwand zu geben, gegen ihre politischen Feinde vorzugehen …

»Wenn Palpatine unter dem Einfluss eines Sith-Lords steht, droht ihm vielleicht große Gefahr. Wir können ihm nur helfen, indem wir Sidious finden und ihn ausschalten. Wir bitten dich *nicht* um Verrat, Anakin – vielleicht ist es die einzige Möglichkeit, die Republik zu retten!«

Wenn dieser Darth Sidious durch die Tür dort käme … Ich würde ihn bitten, Platz zu nehmen, und ich würde ihn fragen, ob er die Möglichkeit hat, diesen Krieg zu beenden …

»Du bittest mich also eigentlich darum, dem Rat zu helfen, Darth Sidious zu finden«, sagte Anakin langsam.

»Ja.« Obi-Wan wirkte erleichtert, unglaublich erleichtert, als wäre irgendein schrecklicher chronischer Schmerz plötzlich von ihm gewichen. »Ja, genau.«

Verschlossen im Reaktor seines Herzens flüsterte Anakin ein Echo – nicht ganz ein Echo –, mit leicht verändertem Schluss:

Ich würde ihn bitten, Platz zu nehmen, und ich würde ihn fragen, ob er die Möglichkeit hat …

… Padmé zu retten.

Das Kanonenschiff glitt über den Himmel der Hauptstadt.

Obi-Wan blickte an Yoda und Mace Windu vorbei aus dem Fenster und sah zur riesigen Aufmarschplattform und dem Klonschwarm, der dort an Bord eines Angriffskreuzers ging.

»Ihr seid nicht dabei gewesen«, sagte er. »Ihr habt sein Gesicht nicht gesehen. Ich glaube, wir haben etwas Schreckliches getan.«

»Wir haben nicht immer die richtige Antwort«, erwiderte Mace Windu. »Manchmal *gibt* es keine richtige Antwort.«

»Ich weiß, wie wichtig dir ist die Freundschaft mit dem jungen Anakin.« Auch Yoda blickte zum Angriffskreuzer, der Truppen für den Kampf um Kashyyyk aufnahm. Er stand so auf seinen Gimerstock gestützt, als traute er seinen Beinen nicht. »Solche Bindungen ein Jedi überwinden muss.«

Ein anderer Mann – ein anderer Jedi – hätte sich vielleicht über die Rüge geärgert, doch Obi-Wan seufzte nur. »Ich nehme an ... er ist tatsächlich der Auserwählte. In der Prophezeiung heißt es, dass er geboren wurde, um die Macht ins Gleichgewicht zu bringen und die Sith zu zerstören, aber ...«

Er sprach nicht weiter. Obi-Wan konnte sich gar nicht mehr daran erinnern, was er hatte sagen wollen. Er erinnerte sich nur an Anakins Gesichtsausdruck.

»Ja. Immer in Bewegung die Zukunft ist.« Yoda hob den Kopf und kniff die Augen zu nachdenklichen Schlitzen zusammen. »Und die Prophezeiung falsch interpretiert sein könnte.«

Mace wirkte noch ernster als sonst. »Seit dem Fall von Darth Bane vor mehr als tausend Jahren hat es hunderttausende von Jedi gegeben. Hunderttausende von Jedi, die das Licht mit jeder Tat mehren, mit jedem Atemzug, mit jedem Pochen ihrer Herzen, indem sie Gerechtigkeit bringen, zivilisierte Gesellschaften aufbauen, Frieden ausstrahlen und aus selbstloser Liebe allen lebenden Wesen gegenüber handeln – und während dieser tausend Jahre hat es nur jeweils zwei Sith gegeben. Nur zwei. Jedi schaffen Licht, aber die Sith schaffen keine Dunkelheit. Sie nutzen nur die Dunkelheit, die immer da ist. Die immer da gewesen ist. Habgier und Neid, Aggression, Begierde und Furcht – diese Dinge gibt es in allen intelligenten Wesen. Sie sind das Vermächtnis des Dschungels, unser Erbe der Dunkelheit.«

»Es tut mir Leid, Meister Windu, aber ich bin mir nicht sicher, ob ich Euch verstehe. Wollt Ihr sagen, dass die Jedi – um Eurer Metapher zu folgen – zu viel Licht geschaffen haben? Nach dem, was ich in den letzten Jahren gesehen habe, ist die Galaxis nicht zu einem sehr hellen Ort geworden.«

»Ich sage nur, dass wir keine *Gewissheit* haben. Wir verstehen nicht einmal, was es bedeutet, ›die Macht ins Gleichgewicht zu bringen‹. Wir wissen nicht, welche Folgen das haben könnte.«

»Ein unendliches Rätsel die Macht ist«, sagte Yoda sanft. »Je mehr wir lernen, desto mehr klar wird uns, wie wenig wir wissen.«

»Ihr spürt es also ebenfalls«, sagte Obi-Wan. Die Worte bereiteten ihm Schmerz. »Ihr beide fühlt, dass wir eine unsichtbare Linie überschritten haben.«

»Die Ereignisse unserer Zeit in Bewegung sind. Sie sich nähert, die Krise.«

»Ja.« Mace faltete die Hände und drückte zu, bis die Knöchel knackten. »Aber wir irren ohne Glühstab durch eine Gewürzmine. Wenn wir stehen bleiben, erreichen wir das Licht nie.«

»Und wenn es gar kein Licht gibt?«, fragte Obi-Wan. »Was ist, wenn wir das Ende des Tunnels erreichen und dort nur Nacht finden?«

»Vertrauen wir müssen haben. Vertrauen in den Willen der Macht. Welche andere Wahl wir haben?«

Obi-Wan nahm dies mit einem Nicken entgegen, doch als er an Anakin dachte, dehnte sich kalte Furcht in ihm aus. »Ich hätte während der Ratssitzung meine Bedenken mit größerem Nachdruck vorbringen sollen.«

»Glaubt Ihr, Anakin kann mit dieser Sache nicht fertig werden?«, fragte Mace Windu. »Ich dachte, Ihr hättet größeres Vertrauen in seine Fähigkeiten.«

»Ich würde ihm mein Leben anvertrauen«, entgegnete Obi-Wan schlicht. »Und genau das ist das Problem.«

Die anderen beiden Jedi-Meister beobachteten ihn stumm, während er nach geeigneten Worten suchte.

»Für Anakin gibt es nichts Wichtigeres als Freundschaft«, sagte Obi-Wan schließlich. »Er ist der loyalste Mann, dem ich jemals begegnet bin – loyal über die Vernunft hinaus. Ich habe versucht, ihm die Bedeutung der Opfer zu erklären, die ein Jedi bringen muss, aber ich glaube, er wird das nie richtig verstehen.«

Er sah Yoda an. »Meister Yoda, seit ich ein Junge war, ein Säugling, stehen wir uns sehr nahe. Doch wenn sich dieser Krieg durch Euren Tod um eine Woche – oder auch nur um einen Tag – verkürzen ließe, so würde ich nicht zögern, Euer Leben zu opfern. Das wisst Ihr.«

»Und so es richtig ist«, sagte Yoda. »Wie auch ich dein Leben opfern würde, junger Obi-Wan. Alle Jedi wären dazu bereit, um des Friedens willen.«

»Alle Jedi«, sagte Obi-Wan. »Außer Anakin.«

Yoda und Mace wechselten einen bedeutungsvollen Blick, und beide wirkten sehr nachdenklich. Obi-Wan vermutete, dass sie sich daran erinnerten, wie oft Anakin Befehlen zuwidergehandelt – und dadurch ganze Operationen, das Leben tausender und die Kontrolle über ganze Sonnensysteme aufs Spiel gesetzt – hatte, um einen Freund zu retten.

Und mehr als einmal war es dabei um Obi-Wan gegangen.

»Ich glaube, Abstraktionen wie *Frieden* bedeuten ihm nicht viel«, sagte Obi-Wan vorsichtig. »Seine Loyalität gilt *Personen*, nicht irgendwelchen Prinzipien. Und er erwartet seinerseits Loyalität. Er würde zum Beispiel alles versuchen, um mich zu retten, weil er davon ausgeht, dass ich ebenfalls alles für ihn tun würde.«

Mace und Yoda sahen ihn ruhig an, und Obi-Wan senkte den Kopf.

»Weil er *weiß*, dass ich dazu bereit wäre«, räumte er widerstrebend ein.

»Ich nicht genau verstehe, wo liegt deine Sorge.« In Yodas grünen Augen zeigte sich Anteilnahme. »Sie einen *Namen* bekommen muss, bevor du verbannen sie kannst. Fürchtest du, dass er nicht gerecht werden kann seiner Aufgabe?«

»O nein. Darum geht es nicht. Ich bin fest davon überzeugt, dass Anakin alles bewerkstelligen kann. Nur nicht den Verrat an einem Freund. Was wir ihm heute angetan haben …«

»Aber das bedeutet es, Jedi zu *sein*«, betonte Mace Windu. »Dazu haben wir uns verpflichtet: zum selbstlosen Dienst …«

Obi-Wan blickte erneut zum Angriffsschiff, das Yoda und die Klonbataillone nach Kashyyyk bringen würde, aber er sah nur Anakins Gesicht.

Wenn er mich bitten würde, dich *auszuspionieren … Glaubst du, ich würde mich darauf einlassen?*

»Ja«, sagte er langsam. »Und deshalb glaube ich, dass er uns nie wieder vertrauen wird.«

Plötzlich brannten seine Augen, und unvergossene Tränen verschleierten seine Sicht.

»Und vielleicht hat er allen Grund dazu.«

12. KAPITEL
Nicht von einem Jedi

Der Sonnenuntergang über Galactic City war an diesem Abend atemberaubend. Von den vielen Bränden waren genug Partikel in der Atmosphäre zurückgeblieben, um das Licht der fernen blauweißen Sonne zu streuen und die unterschiedlichen Wolkenschichten in bunten Farben erglühen zu lassen.

Anakin achtete kaum darauf. Er stand im Schatten auf dem breiten Bogen der Veranda, die auch als Landedeck für Padmés Apartment diente, und beobachtete, wie sie aus dem Speeder stieg und Captain Typhos Abschiedsgruß würdevoll erwiderte. Als Typho den Speeder zum Hangar des riesigen Wohnturms flog, schickte Padmé ihre beiden Dienerinnen fort und beauftragte C-3PO mit irgendwelchen Routinearbeiten. Dann stützte sie sich aufs Geländer der Veranda, genau dort, wo Anakin in der vergangenen Nacht gestanden hatte.

Sie beobachtete den Sonnenuntergang, doch er sah nur sie.

Dies war alles, was er brauchte. Hier zu sein, bei ihr. Zu sehen, wie der Sonnenuntergang ihrer elfenbeinfarbenen Haut Röte gab.

Wenn die Träume nicht gewesen wären, hätte er sich aus dem Orden zurückgezogen. Noch an diesem Tag. Aus den Verlorenen Zwanzig wären die Verlorenen Einundzwanzig geworden. Sollte der Skandal ruhig kommen; er würde ihr Leben gewiss nicht zerstören. Er zerstörte nur das Leben, das sie vorher gehabt hatten: die getrennten Jahre, die jetzt nichts mehr bedeuteten.

»Wunderschön, nicht wahr?«, fragte er leise.

Padmé zuckte so heftig zusammen, als hätte er sie mit einer Nadel gestochen. »Anakin!«

»Tut mir Leid.« Er lächelte liebevoll, als er aus den Schatten trat. »Ich wollte dich nicht erschrecken.«

Padmé hielt eine Hand an die Brust gepresst, als wollte sie auf diese Weise verhindern, dass ihr das Herz aus dem Leib sprang. »Nein ... nein, schon gut. Ich ... Anakin, du solltest nicht hier draußen sein. Es ist noch *hell* ...«

»Ich konnte nicht warten, Padmé. Ich musste dich sehen.« Er nahm sie in die Arme. »Die Nacht ist eine *Ewigkeit* vom Jetzt entfernt – wie soll ich so lange ohne dich leben können?«

Ihre Hand verließ die Brust und fand seine. »Aber Millionen von Personen können dich sehen, und jeder kennt dich. Lass uns hineingehen.«

Anakin zog sie vom Geländer fort, machte aber keine Anstalten, das Apartment zu betreten. »Wie fühlst du dich?«

Padmés Lächeln war so strahlend wie Tatooines Primärgestirn, als sie seine Hand aus Fleisch nahm und an ihren weichen Bauch hielt. »Er tritt immer wieder.«

»Er?« Anakin lächelte sanft. »Ich dachte, du hättest deinen medizinischen Droiden angewiesen, dir die Überraschung nicht zu verderben.«

»Oh, das weiß ich nicht vom MD. Es ist meine ...« Sie lächelte listig. »... mütterliche Intuition.«

Anakin fühlte eine plötzliche Bewegung unter seiner Hand und lachte. »Mütterliche Intuition, wie? Mit einem solchen Tritt? Es ist ganz klar ein Mädchen.«

Padmé legte ihm die Wange an die Brust. »Gehen wir hinein, Anakin.«

Er streichelte ihr lockiges Haar. »Ich kann nicht bleiben. Ich bin auf dem Weg zum Kanzler.«

»Ja, ich habe von deiner Berufung in den Rat gehört. Ich bin so stolz auf dich, Anakin.«

Er hob den Kopf, und dünne Falten bildeten sich in seiner Stirn. Warum musste sie das zur Sprache bringen?

Ein leises Knurren bildete sich in seinem Kopf; es hatte seinen Ursprung irgendwo in der Nähe seines Herzens.

»Da gibt es nichts, auf das man stolz sein könnte«, sagte er.

»Es sind nur politische Manöver zwischen Rat und Kanzler. Ich stecke mittendrin, das ist alles.«

»Aber Mitglied des Rates zu sein, in deinem Alter …«

»Die Jedi-Meister nahmen mich in den Rat auf, weil ihnen keine Wahl blieb. Weil der Kanzler sie dazu aufforderte, nachdem ihm der Senat die Kontrolle über die Jedi gegeben hat.« Anakins Stimme klang fast so wie das Knurren in seinem Kopf. »Und weil sie glauben, sie könnten mich benutzen – gegen ihn.«

Padmés Blick wurde sehr nachdenklich. »*Gegen* ihn«, wiederholte sie. »Die Jedi vertrauen dem Kanzler nicht?«

»Das bedeutet nicht viel. Sie trauen auch mir nicht.« Anakin presste die Lippen zu einer bitteren dünnen Linie zusammen. »Sie geben mir einen Sitz im Rat, aber damit hat es sich. Sie akzeptieren mich nicht als Meister.«

Padmés Blick kehrte aus nachdenklicher Ferne zu ihm zurück, und sie lächelte. »Geduld, Liebling. Irgendwann werden sie deine Fähigkeiten anerkennen.«

»Meine Fähigkeiten erkennen sie bereits an. Sie *fürchten* sie«, sagte Anakin bitter. »Aber darum geht es nicht einmal. Wie gesagt: Es ist ein politisches Spiel.«

»Anakin …«

»Ich weiß nicht, was mit dem Orden passiert, aber was auch immer es sein mag: Es gefällt mir nicht.« Er schüttelte den Kopf. »Dieser Krieg zerstört alles, wofür die Republik angeblich steht. Ich meine, wofür kämpfen wir überhaupt? Wie viel von alldem ist es wert, gerettet zu werden?«

Padmé nickte traurig und löste sich aus Anakins Armen. »Manchmal frage ich mich, ob wir auf der falschen Seite sind.«

»Auf der falschen Seite?« Aus dem Knurren in Anakins Kopf wurden Worte. *Glaubst du etwa, all die Dinge, die ich geleistet habe, sind für nichts gewesen …?*

Er runzelte die Stirn. »Das kann nicht dein Ernst sein.«

Padmé wandte sich ab und sprach zur Stadt jenseits der Veranda. »Was ist, wenn die Demokratie, für die wir kämpfen, nicht mehr *existiert*? Was ist, wenn die Republik zu dem Übel wird, dem unser Kampf galt?«

»Ach, das schon wieder.« Anakin winkte verärgert ab. »Den Unsinn höre ich seit Geonosis. Ich hätte nie gedacht, ihn auch einmal von dir zu hören.«

»Vor einigen wenigen Sekunden hast du fast das Gleiche gesagt!«

»Wo wäre die Republik ohne Palpatine?«

»Ich weiß es nicht«, sagte Padmé. »Aber ich bin mir nicht sicher, ob sie schlimmer dran wäre als jetzt.«

All die Gefahren, all das Leid, all das Töten, meine vielen Freunde, die ihr Leben gaben …

Alles für NICHTS …?

Er versuchte, sein Temperament unter Kontrolle zu halten. »Alle klagen darüber, dass Palpatine zu viel Macht hat, aber niemand bietet eine bessere Alternative an. Wer *sollte* den Krieg führen? Der *Senat*? Du bist im Senat und kennst jene Leute. Wie vielen von ihnen traust *du*?«

»Ich weiß nur, dass sich die Dinge hier in die falsche Richtung entwickeln. Unsere Regierung schlägt den falschen Weg ein. Das weißt du ebenfalls – du hast es gerade *gesagt*!«

»So habe ich das nicht gemeint. Ich … ich habe dies alles nur satt. Diesen politischen Unsinn. Manchmal wäre es mir lieber, wieder dort draußen an der Front zu sein. Dort weiß ich wenigstens, wer die Bösen sind.«

»Ich fürchte, mir wird allmählich klar, wer *hier* die Bösen sind«, sagte Padmé mit einem bitteren Unterton.

Anakin kniff die Augen zusammen. »Du klingst fast wie eine Separatistin.«

»Die ganze Galaxis weiß, dass Graf Dooku tot ist, Anakin. Wir sollten die Gelegenheit nutzen, nach einer *diplomatischen* Lösung für den Krieg zu suchen – stattdessen wird noch intensiver gekämpft! Palpatine ist dein Freund, vielleicht hört er auf dich. Wenn du heute Abend bei ihm bist: Bitte ihn im Namen des *Anstands*, einen Waffenstillstand anzubieten …«

Anakins Züge verhärteten sich. »Ist das ein Befehl?«
Padmé blinzelte. »Was?«
»Habe *ich* bei dieser Angelegenheit auch etwas zu sagen?« Er trat auf sie zu. »Spielt meine Meinung eine Rolle? Was ist, wenn ich deine Ansicht nicht teile? Was ist, wenn ich Palpatines Entscheidungen für *richtig* halte?«
»Hunderttausende sterben jeden Tag, Anakin!«
»Ein *Krieg* findet statt, Padmé. Wir haben nicht darum gebeten, erinnerst du dich? Du warst *dabei* ... Vielleicht hätten wir in jener Kampfarena nach einer ›diplomatischen Lösung‹ suchen sollen!«
»Ich habe ...« Padmé wich vor dem zurück, was sie in Anakins Gesicht sah. Sie blinzelte mehrmals, zog die Brauen zusammen. »Ich habe nur gefragt ...«
»Alle *fragen nur*. Alle wollen etwas von mir. Und *ich* bin der Böse, wenn sie nicht bekommen, was sie wollen!« Ruckartig und mit wehendem Umhang drehte er sich um, stand am Rand der Veranda und stützte sich aufs Geländer. Das Durastahlrohr knirschte im Griff seiner mechanischen Hand.
»Ich habe es satt«, brummte er. »Ich habe dies alles satt.«
Er hörte nicht, wie sie zu ihm kam. Das Geräusch der vielen Airwagen auf den Flugebenen unterhalb der Veranda übertönte ihre Schritte. Er sah nicht den Schmerz in ihrem Gesicht, die Andeutung von Tränen in ihren Augen, aber er konnte es *fühlen*, in der zögernden Sanftheit ihrer Berührung, als ihre Hand über seinen Arm strich. Und er hörte es in ihrer Stimme. »Was ist los, Anakin? Worum geht es wirklich?«
Er schüttelte den Kopf und brachte es nicht fertig, sie anzusehen.
»Dich trifft keine Schuld«, sagte er. »Es ist nichts, bei dem du helfen könntest.«
»Schließ mich nicht aus, Anakin. Lass es mich versuchen.«
»Du kannst mir nicht helfen«, betonte er noch einmal und blickte durch Dutzende von sich kreuzenden Verkehrskorri-

doren in die Tiefe, zur weit unten verborgenen Oberfläche des Planeten. »Ich versuche, *dir* zu helfen.«

Er hatte etwas in ihren Augen gesehen, bei der Erwähnung des Rates und von Palpatine.

Er hatte es gesehen.

»Was sagst du mir nicht?«

Padmés Hand verharrte, und sie gab keine Antwort.

»Ich spüre es, Padmé. Ich fühle, dass du mir etwas verheimlichst.«

»Oh?«, erwiderte sie leise. Und leichthin. »Komisch. Ich habe das Gleiche von dir gedacht.«

Anakin blickte weiterhin in die Tiefe. Padmé näherte sich, trat an seine Seite, schlang den Arm um ihn und lehnte den Kopf an seine Schulter. »Warum muss es so sein? Warum muss es überhaupt so etwas wie einen Krieg geben? Können wir nicht einfach ... *zurückkehren*? Wir stellen es uns einfach vor. Wir stellen uns vor, wieder am See auf Naboo zu sein, nur wir beide. Als es keinen Krieg gab, keine Politik. Keine Verschwörungen. Nur uns. Du und ich, und Liebe. Mehr brauchen wir nicht. Uns beide, und Liebe.«

Derzeit konnte sich Anakin nicht daran erinnern, wie es gewesen war.

»Ich muss gehen«, sagte er. »Der Kanzler wartet.«

Zwei maskierte, in Umhänge gehüllte Rote Wächter standen rechts und links neben der Tür, die zu Palpatines privater Loge in der Galaxisoper führte. Anakin brauchte kein Wort zu sprechen. Als er sich näherte, sagte einer der beiden Wächter: »Sie werden erwartet.« Und dann öffnete er die Tür.

Die kleine, runde Loge enthielt nur einige Sitze und gewährte ungehinderten Blick auf die vielen prächtig gekleideten Personen im Parterre – an diesem Eröffnungsabend schienen alle vergessen zu haben, dass ein Krieg stattfand. Anakin achtete kaum auf die riesige Kugel aus schimmerndem Wasser im Nullschwerkraftfeld der Bühne; er hatte kein Interesse an Ballett, ganz gleich ob von Mon Calamari oder anderen.

Palpatine saß im Halbdunkel, begleitet vom Senatssprecher Mas Amedda und seiner administrativen Adjutantin Sly Moore. Anakin blieb hinten in der Loge stehen.

Wenn ich der Spion wäre, zu dem mich der Rat machen möchte, würde ich mich jetzt heranschleichen und sie belauschen.

Abscheu huschte über sein Gesicht. Anakin ließ ihn verschwinden, bevor er sprach. »Kanzler ... Bitte entschuldigt die Verspätung.«

Palpatine drehte sich zu ihm um, und seine Miene erhellte sich. »Anakin! Keine Sorge. Komm, mein Junge, komm. Danke für deinen Bericht über die Ratssitzung heute Nachmittag – er bot sehr interessante Lektüre. Und ich habe eine gute Nachricht für dich: Der Klongeheimdienst hat General Grievous lokalisiert!«

»Das ist wunderbar!« Anakin schüttelte den Kopf und fragte sich, ob es Obi-Wan peinlich sein würde, dass ihm die Klone zuvorgekommen waren. »Diesmal wird er uns nicht entkommen.«

»Ich werde – bitte machen Sie sich eine Notiz, Moore – den Rat anweisen, *dich* mit diesem Einsatz zu beauftragen, Anakin. Auf Coruscant liegen deine Talente brach – du solltest dort draußen sein. An den Sitzungen des Jedi-Rates kannst du per Holokonferenz teilnehmen.«

Anakin runzelte die Stirn. »Danke, Sir, aber der Rat koordiniert die Jedi-Einsätze.«

»Natürlich, natürlich. Man sollte vermeiden, den Jedi auf die Füße zu treten, nicht wahr? Sie sind so eifersüchtig darauf bedacht, ihre kleinen politischen Privilegien zu schützen. Trotzdem müsste ich ihre kollektive Weisheit in Zweifel ziehen, wenn sie sich für jemand anders entscheiden würden.«

»Ich habe in meinem Bericht darauf hingewiesen: Obi-Wan ist mit der Suche nach Grievous beauftragt.« *Weil die Meister wollen, dass ich hier bleibe, um Euch zu bespitzeln.*

»Mit der Suche nach ihm, ja. Aber du bist am besten dazu

geeignet, ihn *gefangen zu nehmen*. Obwohl man natürlich nicht davon ausgehen darf, dass der Jedi-Rat immer die richtigen Entscheidungen trifft.«

»Er versucht es. Ich ... glaube, dass er es versucht, Sir.«

»Das glaubst du noch immer? Setz dich.« Palpatine wandte sich an die beiden anderen Personen in der Loge. »Lassen Sie uns allein.«

Sie standen auf und gingen. Anakin nahm dort Platz, wo Mas Amedda gesessen hatte.

Palpatine blickte hinab und beobachtete die anmutigen wellenförmigen Bewegungen des Mon-Calamari-Solisten, runzelte die Stirn und erweckte den Eindruck, so viel zu sagen zu haben, dass er nicht genau wusste, wo er anfangen sollte.

»Inzwischen weißt du sicher, dass ich mich nicht auf den Jedi-Rat verlassen kann, Anakin. Deshalb habe ich dir einen Sitz dort verschafft. Wenn die Meister noch nicht versucht haben, dich für ihre Pläne zu benutzen, so werden sie bald an dich herantreten.«

Anakin gab sich alle Mühe, einen neutralen Gesichtsausdruck zu wahren. »Ich bin mir nicht sicher, ob ich Euch verstehe.«

»Bestimmt spürst du, was ich befürchte«, sagte Palpatine ernst. »Dem Jedi-Rat geht es um mehr als nur Unabhängigkeit von der Aufsicht des Senats. Ich glaube, er strebt die Kontrolle über die Republik an.«

»Kanzler ...«

»Ich fürchte, die Meister planen Verrat. Sie wollen meine Regierung stürzen und mich durch jemanden ersetzen, der willensschwach genug ist, um ihn mithilfe von Jedi-Tricks zu kontrollieren.«

»Ich kann nicht glauben, dass der Rat ...«

»Besinn dich auf dein Gefühl, Anakin. Du weißt es, nicht wahr?«

Anakin wandte den Blick ab. »Ich weiß, dass die Meister Euch nicht trauen ...«

»Oder dem Senat. Oder der Republik. Oder der Demokratie. Der Jedi-Rat ist nicht *gewählt.* Er bestimmt seine Mitglieder auf der Grundlage seiner eigenen Regeln – ein weniger großzügiger Mann als ich würde sagen: nach seinen *Launen* – und gibt ihnen mit der Macht Autorität. Er herrscht so über die Jedi, wie er über die Republik zu herrschen hofft: per Erlass.«

»Ich muss zugeben ...« Anakin blickte auf seine Hände. »... dass mein Vertrauen in den Rat ... erschüttert ist.«

»Wieso? Sind die Meister bereits an dich herangetreten? Haben sie dir etwas Unehrliches aufgetragen?« Die Falten verschwanden aus Palpatines Stirn, und seine Lippen formten ein sanftes, weises Lächeln, das Anakin an das von Yoda erinnerte. »Sie wollen, dass du mich bespitzelst, nicht wahr?«

»Ich ...«

»Schon gut, Anakin. Ich habe nichts zu verbergen.«

»Ich ... weiß nicht, was ich sagen soll ...«

»Als du zum ersten Mal auf diesen Planeten kamst, als Junge ...« Palpatine wich ein wenig fort und lehnte sich in seinem Sessel zurück. »Erinnerst du dich daran, dass ich versucht habe, dich mit den Details der Politik vertraut zu machen?«

Anakin lächelte matt. »Ich weiß noch, dass mich die Lektionen kaum interessierten.«

»Wenn ich mich recht entsinne, ließ dein Interesse an *allen* Lektionen zu wünschen übrig. Es ist schade; du hättest ihnen mehr Aufmerksamkeit schenken sollen. Um die Politik zu verstehen, muss man über die fundamentale Natur denkender Wesen Bescheid wissen. Derzeit solltest du dir eine meiner ersten Lehren ins Gedächtnis zurückrufen: All jene, die Macht erringen, fürchten sich davor, sie zu verlieren.«

»Die Jedi nutzen ihre Macht zum *Guten*«, sagte Anakin ein wenig zu bestimmt.

»Das Gute ist Ansichtssache, Anakin. Und das Jedi-Konzept des Guten ist nicht das einzig zulässige. Nimm zum Beispiel die Dunklen Lords der Sith. Aus der Lektüre über sie weiß ich, dass die Sith ebenso an Gerechtigkeit und Sicherheit glaubten wie die Jedi ...«

»Jedi glauben an Gerechtigkeit und *Frieden.*«

»Und gibt es da in diesen schweren Zeiten einen Unterschied?«, fragte Palpatine sanft. »In Hinsicht darauf, der Galaxis Frieden zu bringen, haben die Jedi nicht gerade überragende Arbeit geleistet, da musst du mir zustimmen. Wer kann sagen, dass die Sith nicht bessere Arbeit geleistet hätten?«

»Auch dieses Argument solltet Ihr besser nicht beim Rat vortragen, wenn Ihr versteht, was ich meine«, erwiderte Anakin mit einem ungläubigen Lächeln.

»Oh, ja. Weil die Sith eine Bedrohung für die Macht des Jedi-Ordens wären. Lektion eins.«

Anakin schüttelte den Kopf. »Weil die Sith *böse* sind.«

»Aus der Perspektive eines Jedi gesehen«, räumte Palpatine ein. »Die Bezeichnung *böse* verwenden wir bei allen, die uns bedrohen, nicht wahr? Doch die Sith und die Jedi gleichen sich in fast allen Dingen, ihre Suche nach größerer Macht eingeschlossen.«

»Die Jedi streben nach größerem *Verstehen*«, hielt Anakin dem Kanzler entgegen. »Sie sammeln mehr Wissen über die Macht ...«

»Was gleichzeitig zu mehr Macht führt, nicht wahr?«

»Nun ... ja.« Anakin musste lachen. »Ich hätte mich nicht auf ein Streitgespräch mit einem Politiker einlassen sollen.«

»Dies ist kein Streitgespräch, Anakin. Wir reden ganz zwanglos miteinander.« Palpatine rutschte in seinem Sessel zur Seite und fand eine bequemere Position. »Vielleicht liegt der einzige wahre Unterschied zwischen Jedi und Sith in ihrer Orientierung: Ein Jedi gewinnt Macht durch Verstehen, und ein Sith gewinnt Verstehen durch Macht. Das ist der Grund, warum die Sith immer mächtiger gewesen sind als die Jedi. Die Jedi fürchten die dunkle Seite so sehr, dass sie sich vom wichtigsten Aspekt des Lebens trennen: von der Leidenschaft. Und gemeint ist jede Art von Leidenschaft. Sie erlauben sich nicht einmal Liebe.«

Ich bin die einzige Ausnahme, dachte Anakin. Aber ich bin auch nie ein perfekter Jedi gewesen.

»Die Sith fürchten die dunkle Seite nicht. Die *Sith* kennen *überhaupt* keine Furcht. Sie öffnen sich dem ganzen Spektrum an Erfahrungen, von den Höhen der transzendenten Freude bis zu den Tiefen von Hass und Verzweiflung. Diese Emotionen existieren nicht ohne Grund, Anakin. Deshalb sind die Sith mächtiger: Sie fürchten sich nicht davor, zu *fühlen.*«

»Die Sith beziehen ihre Stärke aus Leidenschaft«, sagte Anakin. »Aber was passiert, wenn die Leidenschaft zu Ende geht? Was bleibt dann übrig?«

»Vielleicht nichts. Vielleicht eine ganze Menge. Vielleicht hört die Leidenschaft nie auf. Wer weiß?«

»Sie denken nur an sich selbst.«

»Und die Jedi nicht?«

»Die Jedi sind selbstlos. Wir löschen das Selbst aus, um mit dem Strom der Macht eins zu werden. Wir denken nur an *andere* ...«

Wieder bedachte ihn Palpatine mit dem Lächeln sanfter Weisheit. »So hat man es dir bei deiner Ausbildung eingetrichtert. Ich höre Obi-Wan Kenobis Stimme in deinen Antworten, Anakin. Was denkst du *wirklich*?«

Anakin fand das Ballett plötzlich viel interessanter als Palpatines Gesicht. »Ich ... weiß es nicht mehr.«

»Es heißt, wenn man ein einzelnes Sandkorn vollkommen verstehen könnte – wenn man wirklich *alles* an ihm versteht –, so wäre man in der Lage, das ganze Universum zu verstehen. Wer kann behaupten, dass ein Sith, der nach innen blickt, weniger sieht als ein Jedi, der den Blick nach außen richtet?«

»Die Jedi ... die Jedi sind *gut*. Das ist der Unterschied. Mir ist gleich, wer was sieht.«

»Die Jedi sind eine Gruppe sehr mächtiger Personen, die du für deine Kameraden hältst«, sagte Palpatine ruhig. »Und du bist deinen Freunden treu. Das weiß ich, seit ich dich kenne, und ich bewundere dich dafür. Aber sind deine Freunde auch *dir* treu?«

Anakin runzelte die Stirn und sah den Kanzler an. »Wie meint Ihr das?«

»Würde ein wahrer Freund dich um etwas bitten, das falsch ist?«

»Ich bin mir nicht sicher, ob es falsch ist«, erwiderte Anakin. Vielleicht hatte Obi-Wan die Wahrheit gesagt. Es war möglich. Vielleicht ging es nur darum, Sidious zu fassen. Vielleicht versuchte der Rat, Palpatine zu schützen.

Vielleicht.

»Haben sie dich gebeten, gegen den Jedi-Kodex zu verstoßen? Gegen die Verfassung? Eine Freundschaft zu verraten? Deine eigenen *Werte* zu verraten?«

»Kanzler ...«

»*Denk nach*, Anakin! Ich habe immer versucht, dich das Nachdenken zu lehren ... ja, ja, ich weiß, die Jedi denken nicht, sie *wissen*. Aber diese abgedroschenen Antworten genügen mir nicht in diesen wechselhaften Zeiten. Denk an ihre Motive. Befrei dich von Annahmen. Die Furcht, Macht zu verlieren, ist eine Schwäche sowohl der Jedi als auch der Sith.«

Anakin sank tiefer in seinen Sessel. Zu viel war in zu kurzer Zeit geschehen. In seinem Kopf geriet alles durcheinander, und nichts schien einen Sinn zu ergeben.

Mit Ausnahme der Worte, die Palpatine an ihn richtete.

Sie ergaben *zu viel* Sinn.

»Da fällt mir eine alte Legende ein«, sagte Palpatine. »Anakin ... Kennst du die Tragödie von Darth Plagueis dem Weisen?«

Anakin schüttelte den Kopf.

»Ah, dachte ich mir. Es ist keine Geschichte, die die Jedi dir erzählen würden. Es ist eine Sith-Legende, von einem

Dunklen Lord, der den Blick so tief nach innen richtete, dass er das Leben selbst verstand und meisterte. Und da beides zusammengehört, wenn man klar genug sieht, auch den Tod.«

Anakin setzte sich auf. Hörte er dies wirklich? »Er konnte jemanden vor dem Tod bewahren?«

»Nach der Legende konnte er direkten Einfluss auf die Midi-Chlorianer nehmen und Leben erschaffen«, sagte Palpatine. »Mit einem derartigen Wissen scheint es leicht zu sein, das Leben in einem bereits lebendigen Organismus zu erhalten, meinst du nicht?«

Ein Universum der Möglichkeiten erblühte in Anakins Vorstellung. »Stärker als der Tod ...«, murmelte er.

»Nach dem, was ich gelesen habe, scheint die dunkle Seite der Weg zu vielen Fähigkeiten zu sein, die man als ›übernatürlich‹ bezeichnen könnte.«

Anakin fiel das Atmen schwer. »Was ist mit ihm geschehen?«

»Nun, es *ist* eine Tragödie. Als er die letzte Macht errungen hatte, gab es für ihn nichts mehr zu fürchten – abgesehen vom Verlust eben jener Macht. Deshalb erinnert mich der Jedi-Rat an ihn.«

»Aber was *geschah*?«

»Um seine Macht zu schützen, lehrte er seine Schüler den Weg dorthin.«

»Und?«

»Und sein Schüler tötete ihn im Schlaf«, sagte Palpatine und zuckte mit den Schultern. »Plagueis sah es nicht kommen. Das ist die tragische Ironie: Er konnte alle in der Galaxis vor dem Tod bewahren, nur nicht sich selbst.«

»Und der Schüler? Was wurde aus *ihm*?«

»Oh, *er* wurde zum größten Dunklen Lord, den die Sith je hatten ...«

»Also war es nur für Plagueis eine Tragödie«, murmelte Anakin. »Für den Schüler hatte die Sache ein gutes Ende ...«

»Oh, ja. Stimmt. Auf diese Weise habe ich es noch nie gesehen … Es ist wie mit den Dingen, über die wir vorher gesprochen haben, nicht wahr?«

»Und wenn es mehr ist als nur eine Legende?«, fragte Anakin. Er sprach langsam, als fürchtete er sich davor, die Worte zu formulieren.

»Wie bitte?«

»Angenommen, Darth Plagueis hat *wirklich* gelebt. Angenommen, jemand *hatte* solche Macht?«

»Oh, ich bin … ziemlich sicher … dass Plagueis tatsächlich existierte. Und wenn jemand über solche Macht verfügt … Nun, er wäre der mächtigste Mann in der Galaxis und außerdem auch noch relativ unsterblich …«

»Wie könnte ich ihn *finden*?«

»Oh, ich weiß es nicht. Du könntest deine Freunde im Jedi-Rat fragen. Allerdings … Wenn sie ihn fänden, würden sie alles daransetzen, ihn zu töten. Nicht als Strafe für ein Verbrechen, wohlgemerkt. Unschuld spielt für die Jedi keine Rolle. Sie würden ihn einfach nur deshalb töten, weil er ein Sith ist, und sein Wissen würde mit ihm sterben.«

»Ich … ich muss …« Anakin stellte fest, dass er halb aufgestanden war, die Fäuste geballt hatte und zitterte. Er versuchte ganz bewusst, sich zu entspannen, nahm wieder Platz und atmete tief durch. »Ihr scheint so viel darüber zu wissen. Bitte sagt mir: Ist es irgendwie möglich, diese Macht zu erlernen?«

Palpatine hob und senkte die Schultern und zeigte erneut das Lächeln sanfter Weisheit.

»Nun, bestimmt nicht von einem Jedi«, sagte er.

Nachdem er die Oper verlassen hatte, saß Anakin lange Zeit reglos in seinem schwebenden Speeder, mit geschlossenen Augen, den Kopf in seine mechanische Hand gestützt. Der Speeder schaukelte leicht in den vom vorbeiströmenden Verkehr verursachten Turbulenzen; er spürte es nicht. Das Heulen von Hupen schwoll an und verklang, als ihm verärgerte Piloten auswichen; er hörte es nicht.

Schließlich seufzte er, hob den Kopf und gab einen privaten Kode am Kom-Schirm des Speeders ein. Kurz darauf erschien das Gesicht einer vom Schlaf benommenen Padmé.

»Anakin …« Sie rieb sich die Augen und blinzelte. »Wo bist du? Wie spät ist es?«

»Padmé, ich kann nicht …« Er unterbrach sich, und ein leises Seufzen kam von seinen Lippen. »Es ist etwas dazwischengekommen, Padmé. Ich muss die Nacht im Tempel verbringen.«

»Oh … na gut, Anakin. Ich werde dich vermissen.«

»Ich ebenfalls.« Er schluckte. »Ich vermisse dich bereits.«

»Können wir morgen zusammen sein?«

»Ja. Und bald für den Rest unseres Lebens. Wir müssen nie wieder getrennt sein.«

Padmé nickte verschlafen. »Ruhe gut, Liebling.«

»Ich werde mir alle Mühe geben. Dir wünsche ich das Gleiche.«

Sie warf ihm einen Kuss zu, und dann verschwand ihr Bild vom Schirm.

Anakin aktivierte das Triebwerk, reihte sich geschickt in den Verkehr ein und flog in Richtung Jedi-Tempel, denn dieser Teil – der Teil, der seine Absicht betraf, die Nacht im Tempel zu verbringen – entsprach der Wahrheit.

Aber er wollte dort nicht ruhen. Er wollte es nicht einmal versuchen. Wie sollte er Ruhe finden, solange er jedes Mal, wenn er die Augen schloss, Padmé bei der Geburt sterben sah?

Die Beleidigung durch den Rat brannte jetzt heißer als zuvor. Er hatte sogar einen Namen, eine Geschichte, einen Ort, an dem er beginnen konnte – aber wie sollte er dem Archivmeister erklären, warum er sich mit einer Sith-Legende befassen musste?

Aber vielleicht brauchte er das Archiv gar nicht.

Der Tempel war noch immer der größte Nexus der Macht auf dem Planeten, vielleicht sogar in der Galaxis, und zweifellos gab es keinen besseren Ort für eine konzentrierte Meditation. Anakin musste viel von der Macht erfahren, und er hatte nur wenig Zeit, alles zu lernen.

Er würde damit beginnen, nach innen gerichtet zu denken.

An *sich selbst …*

13. KAPITEL

Der Wille der Macht

Als ihre Dienerin Moteé sie mit dem Hinweis weckte, dass C-3PO einen Jedi angekündigt hatte, der auf sie wartete, flog Padmé geradezu aus dem Bett, schlüpfte rasch in einen Umhang und eilte ins Wohnzimmer, mit einem Lächeln, das ihrem Gesicht Licht gab wie draußen die aufgehende Sonne dem Planeten …

Aber es war Obi-Wan.

Mit auf den Rücken gelegten Händen wanderte der Jedi-Meister ruhelos durch den Raum und betrachtete geistesabwesend ihre Skulptursammlung.

»Obi-Wan …«, sagte Padmé atemlos. »Ist …« Sie verschluckte die nächsten Worte, die *Anakin etwas zugestoßen?* gelautet hätten. Sie wollte nicht erklären müssen, wieso ihr das als Erstes in den Sinn kam.

»Ist C-3PO so aufmerksam gewesen, Euch etwas zu trinken anzubieten?«

Er drehte sich zu ihr um, und sie sah, wie Falten aus seiner Stirn wichen. »Senatorin …«, sagte er freundlich. »Es freut mich, Euch wieder zu sehen. Bitte entschuldigt, dass ich so früh komme, und ja: Euer Protokolldroide ist tatsächlich sehr darauf bedacht gewesen, mir Erfrischungen anzubieten.« Die Falten kehrten auf die Stirn zurück. »Aber Ihr könnt Euch sicher denken, dass dies kein Höflichkeitsbesuch ist. Ich bin gekommen, um mit Euch über Anakin zu sprechen.«

Die Jahre in der Politik waren Padmé eine gute Lehre gewesen. Zwar machte ihr Herz einen Sprung, und in ihrem Kopf schrillte es *Woher WEISS er von uns?*, aber ihr Gesichtsausdruck blieb neutral.

Die wichtigste Regel der Republikpolitik lautete: Sag so viel Wahrheit wie möglich. Insbesondere einem Jedi gegenüber. »Ich habe mich sehr gefreut, als ich von seiner Berufung in den Rat hörte.«

»Ja. Es ist vielleicht weniger, als er verdient – aber ich fürchte, es ist mehr, als er handhaben kann. Ist er bei Euch gewesen?«

»Mehrmals«, erwiderte Padmé ruhig. »Irgendetwas ist nicht in Ordnung, oder?«

Obi-Wan neigte den Kopf zur Seite, und ein reumütiges Lächeln erschien auf seinen Lippen. »Ihr hättet Jedi werden sollen.«

Padmé lachte leise. »Und Ihr solltet Euch nie auf die Politik einlassen. Ihr versteht es nicht sehr gut, Eure Gefühle zu verbergen. Was ist los?«

Ein Schatten fiel auf Obi-Wans Gesicht, und er schien um Jahre zu altern. Plötzlich wirkte er müde und sehr besorgt. »Darf ich mich setzen?«

»Natürlich.« Sie deutete auf die Couch und nahm neben ihm auf der Kante Platz. »Ist Anakin wieder in Schwierigkeiten?«

»Ich hoffe nicht. Dies ist mehr eine ... persönliche Angelegenheit.« Er rutschte voller Unbehagen zur Seite. »Als Repräsentant des Kanzlers ist er in eine schwierige Position geraten, aber ich glaube, das ist es nicht allein. Gestern haben wir ... gestritten und gingen ohne Einigung auseinander.«

Padmé zuckte innerlich zusammen. Obi-Wan *musste* Bescheid wissen und war vermutlich gekommen, um sie zur Rede zu stellen. Sie befürchtete, dass ihre Welt unmittelbar vor dem Einsturz stand. Wie sehr sie sich nach Anakin sehnte ... Doch ihr Gesicht zeigte nur höfliche Neugier.

»Worum ging es bei dem Streit?«, fragte sie behutsam.

»Das kann ich Euch leider nicht sagen«, erwiderte Obi-Wan in einem entschuldigenden Tonfall. »Es ist eine Jedi-Angelegenheit. Bitte habt Verständnis.«

Sie nickte. »Natürlich.«

»Ich … Nun, ich mache mir Sorgen um ihn. Ich habe gehofft, dass er vielleicht mit Euch gesprochen hat.«

»Warum sollte er mit *mir* über *Jedi-Angelegenheiten* sprechen?«, fragte Padmé mit einem freundlichen und gleichzeitig skeptischen Lächeln.

»Senatorin … Padmé. Bitte.« Obi-Wan sah ihr in die Augen, und sein Blick kündete von Anteilnahme und müder Sorge. »Ich bin nicht blind, Padmé. Obwohl ich versucht habe, es zu sein, um Anakins willen. Und um Euretwillen.«

»Was meint Ihr damit?«

»Auch Ihr beide versteht es nicht besonders gut, Eure Gefühle zu verbergen.«

»Obi-Wan …«

»Anakin liebt Euch seit dem Tag, als Ihr Euch begegnet seid, in jenem schrecklichen Schrottladen auf Tatooine. Er hat nie auch nur versucht, ein Geheimnis daraus zu machen, obwohl wir nicht darüber sprechen. Wir … tun so, als wüsste ich nichts davon. Und ich hatte nichts dagegen, weil es ihn glücklich machte. *Ihr* bringt Glück in sein Leben, zum ersten Mal.« Er seufzte und zog die Brauen zusammen. »Im Senat seid Ihr sehr geschickt, Padmé, aber Ihr könnt nicht das Licht verbergen, das jedes Mal dann in Euren Augen erscheint, wenn auch nur jemand seinen Namen erwähnt.«

»Ich …« Sie stand auf. »Ich kann nicht … Obi-Wan, bitte zwingt mich nicht, darüber zu reden …«

»Ich möchte Euch nicht verletzen, Padmé. Ich möchte Euch nicht einmal beunruhigen. Ich bin nicht hier, um Euch zu vernehmen; die Einzelheiten Eurer Beziehung interessieren mich nicht.«

Padmé wandte sich ab und ging fort, nur um in Bewegung zu sein. Sie merkte kaum, dass sie durch die Tür auf die Veranda trat. »Warum *seid* Ihr hier?«

Obi-Wan folgte ihr respektvoll. »Anakin steht unter großem Druck. Für einen so jungen Mann trägt er ungeheuer viel Verantwortung. Als ich in seinem Alter war, hatte ich noch einige Jahre als Padawan vor mir. Er … verändert sich.

Schnell. Und meine Sorge gilt dem, wozu er werden könnte. Es wäre ein … großer Fehler … wenn er den Jedi-Orden verlassen würde.«

Padmé blinzelte so, als hätte Obi-Wan sie geschlagen. »Das … das ist … *unwahrscheinlich*, nicht wahr? Was ist mit der Prophezeiung, der die Jedi so große Bedeutung beimessen? Ist er nicht der Auserwählte?«

»Mit ziemlicher Sicherheit. Aber ich habe mich noch einmal mit der Prophezeiung befasst. Es heißt in ihr, dass ein Auserwählter geboren wird, um die Sith zu vernichten und die Macht ins Gleichgewicht zu bringen; nirgends wird darauf hingewiesen, dass er ein Jedi sein muss.«

Padmé blinzelte erneut und kämpfte gegen eine jähe Hoffnung an, die ihr den Atem raubte. »Er *muss* kein Jedi sein …?«

»Mein Meister Qui-Gon Jinn glaubte, dass Anakins Ausbildung zum Jedi dem Willen der Macht entspräche. Und außerdem gibt es bei uns eine Art Jedi-zentrische Befangenheit. Immerhin handelt es sich um eine Jedi-Prophezeiung.«

»Aber der Wille der Macht … Ist das nicht die Leitschnur der Jedi?«

»Ja. Aber denkt daran: Nicht einmal die Jedi wissen alles, was es über die Macht zu wissen gibt. Kein Sterblicher verfügt über ein solches Wissen. Wir sprechen so vom ›Willen der Macht‹ wie jemand, der nichts von Gravitation weiß und meint, es sei der Wille des Flusses, ins Meer zu fließen: Es ist eine Metapher, die unsere Ignoranz beschreibt. Die einfache Wahrheit – wenn eine Wahrheit jemals einfach sein kann – lautet: Wir wissen nicht, was der Wille der Macht sein könnte. Wir können es *nie* wissen. Er erstreckt sich so weit jenseits unseres begrenzten Verstehens, dass wir nur vor seinem Mysterium kapitulieren können.«

»Was hat dies mit Anakin zu tun?« Padmé schluckte, aber ihre Stimme blieb fest. »Und mit mir?«

»Ich fürchte, einige seiner gegenwärtigen … Schwierigkeiten … könnten mit Eurer Beziehung in Zusammenhang stehen.«

Wenn Ihr nur wüsstet, wie sehr, dachte Padmé. »Was erwartet Ihr von mir?«

Obi-Wan senkte den Blick. »Ich kann Euch nicht sagen, was Ihr tun sollt, Padmé. Ich kann Euch nur bitten, daran zu denken, was für Anakin das Beste ist. Ihr wisst, dass Ihr beide nie zusammen sein könnt, solange er dem Orden angehört.«

Kälte breitete sich in Padmés Brust aus. »Ich kann nicht darüber sprechen, Obi-Wan.«

»Na schön. Aber erinnert Euch daran, dass die Jedi seine Familie sind. Der Orden gibt seinem Leben *Struktur*. Er gibt ihm Richtung. Ihr wisst, wie ... undiszipliniert er sein kann.«

Und deshalb war er der einzige Jedi, den sie jemals lieben konnte. »Ja. Ja, natürlich.«

»Wenn ihn dieser Pfad von den Jedi fortbringt ... So sei es. Aber bitte, um Eurer selbst willen: Seid vorsichtig. Überlegt gut. Manche Entscheidungen können nicht rückgängig gemacht werden.«

»Ja«, sagte Padmé langsam und voller Gefühl. »Das weiß ich nur zu gut.«

Obi-Wan nickte so, als verstünde er, obwohl das natürlich nicht der Fall war. »Das gilt in diesen Tagen für uns alle.«

Ein leises Zirpen kam aus seinem Umhang. »Bitte entschuldigt«, sagte er, wandte sich ab und zog ein Komlink aus einer Innentasche. »Ja ...?«

Die Stimme eines Mannes kam dünn aus dem Komlink, tief und knapp. »Wir rufen den Rat zu einer Sondersitzung zusammen. General Grievous ist lokalisiert.«

»Danke, Meister Windu«, sagte Obi-Wan. »Ich bin unterwegs.«

General Grievous? Unvergossene Tränen brannten in Padmés Augen. Man würde ihr Anakin erneut wegnehmen ...

Sie fühlte eine plötzliche Bewegung unter ihren Rippen. *Uns*, dachte sie, und in ihr wirbelten so viel Liebe, Furcht, Freude und Verlust durcheinander, dass sie nicht zu sprechen wagte.

Sie starrte nur blind über die in Dunstschwaden gehüllte Stadtlandschaft, als Obi-Wan näher trat.

»Padmé ...«, sagte er leise. Sanft. Fast bedauernd. »Ich werde dem Rat nichts hiervon sagen. Nichts. Es tut mir sehr Leid, Euch mit diesen Dingen zu belasten, und ich ... ich hoffe, ich habe Euch nicht zu sehr beunruhigt. Wir sind seit so langer Zeit befreundet ... und ich hoffe, dass wir auch weiterhin Freunde sein können.«

»Danke, Obi-Wan«, erwiderte sie schwach und brachte es nicht fertig, seinem Blick zu begegnen. Aus dem Augenwinkel sah sie, wie er sich respektvoll verneigte und sich zum Gehen wandte.

Für einen Moment schwieg sie, doch als sich seine Schritte entfernten, sagte sie: »Obi-Wan?«

Sie hörte, wie er stehen blieb.

»Er liegt Euch ebenfalls am Herzen, nicht wahr?«

Als er nicht antwortete, drehte sie den Kopf. Obi-Wan stand reglos da, mitten auf dem Teppich.

»Ja, ich weiß es. Er liegt Euch ebenfalls am Herzen.«

Er senkte den Kopf und wirkte sehr allein.

»Bitte versucht alles, ihm zu helfen«, sagte er und ging.

Das Holobild von Utapau rotierte lautlos in der Mitte des Ratszimmers. Anakin hatte den Holoprojektor aus dem Büro des Kanzlers mitgebracht. Obi-Wan fragte sich kurz, ob der Projektor auf Wanzen untersucht worden war, mit denen der Kanzler die Tagung belauschen wollte. Er schob den Gedanken sofort beiseite. Palpatine brauchte gar keine Wanzen; er hatte Anakin.

Und das ist unsere Schuld, dachte er.

Abgesehen von Obi-Wan und Anakin waren nur Mace Windu und Agen Kolar physisch zugegen. Eine beschlussfähige Mitgliederzahl erreichte der Rat durch die projizierten Holopräsenzen von Ki-Adi-Mundi, unterwegs nach Mygeeto, Plo Koon auf Cato Neimoidia und Yoda, der sich anschickte, auf Kashyyyk zu landen.

»Warum Utapau?«, fragte Mace Windu. »Ein neutrales System mit geringer strategischer Bedeutung und praktisch keiner planetaren Verteidigung …«

»Vielleicht ist genau das der Grund«, sagte Agen Kolar. »Leicht einzunehmen. Und die auf Schlundlöchern beruhende Kultur kann eine große Anzahl von Droiden vor einem Langstreckenscan verbergen.«

Falten bildeten sich in Ki-Adi-Mundis hoher Stirn. »Unsere Agenten auf Utapau haben nichts davon berichtet.«

»Vielleicht sind sie gefangen oder tot«, sagte Obi-Wan.

Mace Windu wandte sich ernst an Anakin. »Wie kam der Kanzler an diese Informationen, ohne dass wir etwas davon erfuhren?«

»Der Klongeheimdienst empfing das Fragment einer Nachricht, übermittelt in einem diplomatischen Paket von Utapaus Vorsitzenden«, antwortete Anakin. »Erst vor einer Stunde ist es uns gelungen, die Authentizität zu bestätigen.«

Obi-Wan fühlte Unbehagen, als er von Anakin das *Uns* hörte, das sein Wirken im Kanzlerbüro unterstrich.

»*Wir* nehmen die Berichte des Klongeheimdienstes entgegen«, sagte Mace mit schwerer Stimme.

»Tut mir Leid, Meister Windu, aber das ist nicht mehr der Fall.« Zwar blieb Anakins Gesicht ausdruckslos, aber Obi-Wan entdeckte einen Hauch von Zufriedenheit in der Stimme seines jungen Freundes. »Ich dachte, inzwischen wäre alles klar. Der Zusatzartikel zur Verfassung, der die Jedi dem Büro des Kanzlers unterstellt, bezieht sich natürlich auch auf von den Jedi kommandierte Truppen. Palpatine ist jetzt der Oberbefehlshaber der Großen Armee der Republik.«

»Sinnlos ist es, über Zuständigkeit zu streiten«, sagte Yodas Holobild. »Handeln wir müssen.«

»Ich glaube, da sind wir uns alle einig«, bekräftigte Anakin. »Kommen wir zur Planung des Einsatzes. Der Kanzler möchte, dass ich diese Mission übernehme, und …«

»Darüber entscheidet der *Rat*«, warf Mace streng ein. »Nicht der Kanzler.«

»Gefährlich Grievous ist. Einen ruhigen Geist die Konfrontation mit ihm erfordert. Meister wir schicken sollten.«

Vielleicht entdeckte nur Obi-Wan den Schatten von Enttäuschung und Schmerz, der durch Anakins Augen huschte. Er verstand den Grund dafür und brachte sogar Mitgefühl auf: Der Einsatz hätte es Anakin ermöglicht, dem Druck zu entkommen, dem er sich durch seine gegensätzlichen Pflichten ausgesetzt sah.

»Derzeit sind unsere Ressourcen beschränkt«, sagte Mace Windu. »Ich schlage vor, dass wir nur einen Jedi schicken: Meister Kenobi.«

Was bedeutete, dass Mace und Agen Kolar, die beide zu den besten Schwertkämpfern zählten, die der Orden je hervorgebracht hatte, auf Coruscant blieben und bereit waren für den Fall, dass Sidious aktiv wurde. Ganz zu schweigen von Anakin, der allein schon eine ganze Armee aufwog.

Obi-Wan nickte. Absolut logisch. Alle würden zustimmen.

Bis auf Anakin. Er beugte sich vor, und seine Wangen färbten sich rot. »Bei der *letzten* Begegnung mit Grievous war er nicht sehr erfolgreich.«

»Anakin ...«, begann Obi-Wan.

»Nichts für ungut, Meister. Ich weise nur auf eine Tatsache hin.«

»Oh, schon gut. Du hast völlig Recht. Aber inzwischen habe ich ein Gefühl dafür, wie Grievous kämpft – und wie er wegläuft. Ich bin sicher, dass ich mit ihm fertig werden kann.«

»Meister ...«

»Und du, mein junger Freund, hast Pflichten hier auf Coruscant. Sehr *wichtige* Pflichten, die deine *volle Aufmerksamkeit* erfordern«, betonte Obi-Wan. »Drücke ich mich klar genug aus?«

Anakin antwortete nicht. Er lehnte sich zurück und drehte den Kopf zur Seite.

»Obi-Wan meine Wahl ist«, sagte Yoda.

Ki-Adi-Mundis Holobild nickte. »Ganz meine Meinung. Stimmen wir ab.«

Mace Windu zählte die nickenden Köpfe. »Sechs dafür.« Er wartete und sah Anakin. »Weitere Kommentare?«

Anakin starrte nur an die Wand.

Nach einem Moment zuckte Mace mit den Schultern. »Einstimmig.«

Senatorin Chi Eekway nahm ein Röhrchen mit aqualishanischer Hoi-Brühe von C-3POs Tablett mit Erfrischungen. »Ich bin sehr dankbar dafür, dass ich ebenfalls hier sein darf«, sagte sie, und ihre Hautlappen wackelten, als sie den blauen Kopf drehte und zu den anderen Senatoren sah, die sich in Padmés Wohnzimmer versammelt hatten. »Ich spreche natürlich nur für meinen Sektor, aber ich kann Ihnen sagen, dass in letzter Zeit viele Senatoren nervös geworden sind. Vielleicht wissen Sie noch nicht, dass die neuen Gouverneure mit voll ausgerüsteten Klonregimentern eintreffen. Angeblich handelt es sich bei den Truppen um Sicherheitsstreitkräfte. Doch wir alle beginnen uns zu fragen, ob uns jene Regimenter vor den Separatisten schützen sollen … oder die Gouverneure vor *uns.*«

Padmé sah von dem Textreader in ihrer Hand auf. »Ich weiß aus … zuverlässiger Quelle … dass General Grievous lokalisiert worden ist und die Jedi bereits gegen ihn aktiv werden. Der Krieg könnte in einigen Tagen zu Ende sein.«

»Aber was dann?« Bail Organa beugte sich vor, die Ellenbogen auf die Knie gestützt und die Finger aneinander gepresst. »Wie bringen wir Palpatine dazu, seine Gouverneure zurückzubeordern? Wie hindern wir ihn daran, Truppen in *allen* unseren Systemen zu stationieren?«

»Wir müssen ihn gar nicht veranlassen, irgendwelche Maßnahmen zu ergreifen oder rückgängig zu machen«, sagte Padmé im Tonfall der Vernunft. »Der Senat hat ihm die Sondervollmachten nur für die Dauer des Notstands erteilt …«

»Doch nur Palpatine selbst hat die Befugnis, das Ende des Notstands zu erklären«, sagte Bail. »Wie bringen wir ihn dazu, seine Macht an den Senat zurückzugeben?«

Chi Eekway lehnte sich zurück. »Es gibt viele von uns, die dazu bereit sind«, sagte sie. »Nicht nur meine eigenen Leute. Viele Senatoren. Wir sind bereit, den Kanzler zu *zwingen*, seine Macht abzugeben.«

Padmé klappte den Textreader zu. Mit ausdrucksloser Miene blickte sie von Senator zu Senator. »Möchte jemand noch eine Erfrischung?«

»Senatorin Amidala«, sage Eekway, »ich fürchte, Sie haben nicht verstanden ...«

»Senatorin Eekway. Noch eine Hoi-Brühe?«

»Nein, ich ...«

»Na schön.« Padmé sah C-3PO an. »Das ist alles. Bitte richte Moteé und Ellé aus, dass ich sie heute nicht mehr brauche. Anschließend kannst du dich ebenfalls zurückziehen.«

»Danke, Mistress«, erwiderte C-3PO. »Obwohl ich sagen muss, dass die Gespräche *sehr* interessant gewesen ...«

»C-3PO.« Padmés Stimme gewann an Schärfe. »Das ist *alles.*«

»Ja, Mistress. Natürlich. Ich verstehe.« Der Droide drehte sich steif um und verließ den Raum.

Als C-3PO außer Hörweite war, hielt Padmé den Textreader wie eine Waffe. »Dies ist ein sehr gefährlicher Schritt. Wir können dies nicht zu einem weiteren Krieg werden lassen.«

»Das ist das Letzte, was wir wollen«, sagte Bail mit einem missbilligenden Blick auf Senatorin Eekway. »Alderaan hat keine bewaffneten Streitkräfte; wir haben nicht einmal ein planetares Verteidigungssystem. Für uns kommt nur eine politische Lösung infrage.«

»Darin besteht der Zweck dieser Petition«, sagte Mon Mothma und legte ihre weiche Hand auf die von Padmé. »Wir hoffen, Palpatine an weiteren Verfassungsänderungen hindern zu können, indem wir im Senat Solidarität zeigen. Mit den Unterschriften von zweitausend Senatoren ...«

»... haben wir immer noch weniger, als wir brauchen, um Palpatines Mehrheit daran zu hindern, die Verfassung so zu ändern, wie es ihm beliebt«, beendete Padmé den Satz. Sie wog das Lesegerät in der Hand. »Ich bin bereit, dem Kanzler die Petition zu präsentieren, aber ich verliere allmählich den Glauben an die Bereitschaft oder auch nur die Möglichkeit des Senats, Palpatines Macht zu beschneiden. Ich denke, wir sollten uns an die Jedi wenden.«

Weil ich glaube, dass sie helfen können, oder weil ich die Vorstellung nicht ertrage, meinen Mann zu belügen? Padmé wusste es nicht. Sie hoffte, dass beides stimmte, obgleich sie nur beim zweiten Punkt sicher war.

Bana Breemu betrachtete ihre langen, elegant manikürten Fingerspitzen. »Das wäre gefährlich«, sagte sie leise.

Mon Mothma nickte. »Wir wissen nicht, wo die Jedi bei dieser Sache stehen.«

Padmé beugte sich vor. »Die Jedi sind über die Situation nicht glücklicher als wir.«

Senatorin Breemus hohe Wangenknochen ließen den Blick, mit dem sie Padmé bedachte, noch distanzierter und skeptischer erscheinen. »Sie scheinen in Hinsicht auf die Jedi-Angelegenheiten ... erstaunlich gut informiert zu sein, Senatorin Amidala.«

Padmé spürte, wie ihr das Blut ins Gesicht schoss, und sie wagte nicht zu antworten.

Giddean Danu schüttelte den Kopf, und deutlicher Zweifel zeigte sich in seinem dunklen Gesicht. »Wenn wir ganz offen gegen den Kanzler opponieren wollen, brauchen wir die Unterstützung der Jedi. Wir benötigen ihre moralische Autorität. Was hätten wir sonst?«

»Die *moralische Autorität* der Jedi ist großzügig in diesem Krieg eingesetzt worden«, sagte Bana Breemu. »Ich fürchte, für die Politik ist kaum mehr etwas übrig.«

»Dann *ein* Jedi«, wandte sich Padmé an die anderen. *Bitte lasst mich wenigstens meinem Mann gegenüber ehrlich sein.* »Es gibt einen Jedi, von dem ich weiß, dass wir ihm vorbehaltlos vertrauen können ...«

Sie unterbrach sich erschrocken, als sie begriff, dass sie nicht von Anakin sprach.

Zu Anfang war es allein um ihn gegangen – um ihre Liebe, ihr Bedürfnis, ihm gegenüber ehrlich zu sein, um den stechenden Schmerz, den ihr die Wahrung dieses Geheimnisses bei jedem Herzschlag bescherte. Aber als sich ihre Gedanken um *Vertrauen* drehten, als es um jemanden ging, den sie kannte und der uneingeschränktes Vertrauen verdiente …

Da stellte sie fest, dass sie von Obi-Wan sprach.

Anakin … Etwas zerbrach in ihr. Oh, Liebling, was tut man uns an?

Chi Eekway schüttelte den Kopf. »Geduld, Senatorin.«

Fang Zar zog die Finger aus seinem buschigen Bart. »Wir können die Mehrheit des Kanzlers nicht blockieren, aber wir sind sehr wohl in der Lage, ihm zu zeigen, dass die Opposition gegen seine Methoden wächst. Vielleicht lässt er sich dazu bewegen, seine Taktiken zu mäßigen.«

Bana Breemu betrachtete erneut ihre Fingerspitzen. »Wenn die Petition der Zweitausend präsentiert wird, könnten sich viele Dinge ändern.«

»Aber werden sie sich zum Besseren wenden?«, fragte Giddean Danu.

Bail Organa und Mon Mothma wechselten einen Blick, der von einem geteilten Geheimnis kündete. »Warten wir ab, was wir im Senat bewerkstelligen können, bevor wir die Jedi konsultieren«, sagte er langsam.

Während die Senatoren nacheinander zustimmten, saß Padmé stumm da und trauerte.

Um den plötzlichen Tod einer Illusion.

Anakin … Anakin … ich liebe dich. Wenn doch nur …

Doch das *Wenn doch nur* würde sie zu einem Ort bringen, an dem unendliches Leid auf sie wartete. Letztendlich konnte sie nur zu dem Gedanken zurückkehren, von dem sie wusste, dass er für den Rest ihres Lebens in ihr widerhallen würde.

Es tut mir Leid, Anakin.

Der letzte Hovertank summte die Rampe hinauf und verschwand im wolkenverhangenen Keil des Angriffskreuzers.

Es folgten Regimenter von Klonsoldaten, eins nach dem anderen, in präziser Marschordnung.

Anakin stand neben Obi-Wan auf dem Landedeck und beobachtete, wie die Soldaten an Bord gingen.

Es fiel ihm noch immer schwer, zu glauben, dass er auf Coruscant bleiben würde.

Eigentlich wollte er Obi-Wan gar nicht nach Utapau begleiten – obwohl es eine Erleichterung gewesen wäre, dem politischen Sumpf zu entkommen, in dem er immer mehr versank. Aber wie konnte er Padmé jetzt verlassen? Ihm lag nicht einmal mehr etwas daran, der Jedi zu sein, der Grievous besiegte, obwohl ihm ein solcher Triumph sicher den Status des Meisters eingebracht hätte. Er war nicht mehr sicher, ob er den Rang des Meisters brauchte.

Während der langen schwarzen Stunden der Meditation in der vergangenen Nacht – eine Meditation, die sich manchmal nicht von Grübeln unterscheiden ließ – hatte er eine tiefere Wahrheit in der Macht gespürt: eine verborgene Realität, die wie ein Sarlaac unter dem sonnenbeschienenen Sand der Jedi-Ausbildung lauerte.

Irgendwo dort unten befand sich all die Macht, die er brauchte.

Sein Wunsch bestand also nicht darin, an dieser Mission teilzunehmen. Er wünschte sich vielmehr, dass Obi-Wan *blieb.*

In seiner Brust gab es eine kalte Leere, und Anakin befürchtete, dass sie sich bald mit Reue und Kummer füllen würde.

Natürlich gab es nicht die geringste Möglichkeit, dass Obi-Wan auf Coruscant blieb; er war der letzte Jedi in der Galaxis, der einen Befehl des Rates missachten würde. Nicht zum ersten Mal bedauerte Anakin, dass Obi-Wan nicht ein wenig mehr wie der verstorbene Qui-Gon war. Zwar hatte er Qui-Gon nur einige Tage gekannt, aber Anakin glaubte ihn fast zu sehen: die Stirn gerunzelt, als er den Kopf über seinen kleineren Padawan neigte. Er glaubte fast, den sanften Bariton zu hören, der Obi-Wan anwies: *Achte auf die Strömungen der lebenden Macht: Seine Pflicht zu erfüllen bedeutet nicht immer, das Richtige zu tun. Konzentriere dich auf das Richtige und überlass es der Pflicht, sich um sich selbst zu kümmern.*

Aber das konnte er nicht sagen. Zwar hatte er die Prüfung vor Monaten bestanden, aber für Obi-Wan war er noch immer ein Lernender, kein Meister.

Er sagte nur: »Ich habe ein ungutes Gefühl bei dieser Sache.«

Falten entstanden in Obi-Wans Stirn, als er beobachtete, wie ein Klontrupp seinen blauweißen Sternjäger in den Hangar des Angriffskreuzers brachte. »Bitte entschuldige, Anakin. Hast du was gesagt?«

»Du wirst mich bei dieser Sache brauchen, Meister.« Und er fühlte eine unerwartete Wahrheit in diesen Worten: Wenn er Obi-Wan begleitet hätte, wenn es ihm gelungen wäre, Padmé für einige Tage zu vergessen, sich irgendwie von Palpatine, dem Rat, seinen Meditationen, der Politik und allen Dingen zu lösen, die ihn hierher und dorthin zerrten, wenn es für einige Tage nur Obi-Wan und ihn gegeben hätte – dann wäre vielleicht alles in Ordnung gekommen.

Ein Wunsch ...

»Vielleicht finden wir Grievous gar nicht«, sagte Obi-Wan. »Deine Aufgaben hier sind viel wichtiger, Anakin.«

»Ich weiß: der Sith.« Das Wort hinterließ einen bitteren Geschmack in Anakins Mund. In den Aktivitäten des Rates roch er den Gestank von Politik.

»Ich ...« Anakin zuckte hilflos mit den Schultern. »Es gefällt mir nicht, dass du ohne mich aufbrichst. Es ist keine gute Idee, das Team zu teilen. Ich meine, denk daran, was beim *letzten* Mal geschah.«

»Erinnere mich nicht daran.«

»Möchtest du erneut einige Monate mit jemandem wie Ventress verbringen? Oder mit einer Person, die noch schlimmer ist?«

»Anakin.« Anakin hörte ein sanftes Lächeln in Obi-Wans

Stimme. »Mach dir keine Sorgen. Ich habe genug Klonsoldaten dabei, um drei Systeme in der Größe von Utapau unter Kontrolle zu bringen. Ich glaube, dass ich mit der Situation fertig werden kann, auch ohne deine Hilfe.«

»Es gibt immer ein erstes Mal«, erwiderte Anakin.

»Das Team existiert nach wie vor, Anakin«, sagte Obi-Wan. »Wir sind öfter auf uns allein gestellt gewesen, zum Beispiel als du Padmé nach Naboo gebracht hast, während ich nach Kamino und Geonosis unterwegs war.«

»Und denk nur daran, was *daraus* geworden ist.«

»Na schön, ein schlechtes Beispiel«, räumte Obi-Wan ein, und sein Lächeln wurde reumütig. »Doch Jahre später sind wir hier: noch am Leben, und noch immer Freunde. Ich meine dies, Anakin: Wir arbeiten selbst dann zusammen, wenn wir an verschiedenen Orten tätig sind. Wir haben die gleichen Ziele: den Krieg zu beenden und die Republik vor den Sith zu bewahren. Solange wir auf der gleichen Seite stehen, wird schließlich alles gut. Da bin ich mir sicher.«

»Nun ...« Anakin seufzte. »Ich schätze, da könntest du Recht haben. Das geschieht gelegentlich: dass du Recht hast.«

Obi-Wan lachte und klopfte ihm auf die Schulter. »Lebe wohl, alter Freund.«

»Warte, Meister.« Anakin wandte sich ihm zu. Er konnte nicht einfach hier stehen und schweigend zusehen, wie Obi-Wan fortging. Nicht jetzt. Er musste *etwas* sagen ...

Er hatte das unangenehme Gefühl, dass er keine zweite Chance bekommen würde.

»Meister ...« Er zögerte. »Obi-Wan ... Ich weiß, dass ich dich in den vergangenen Tagen enttäuscht habe. Ich bin arrogant gewesen. Ich ... habe deine Ausbildung und, schlimmer noch, deine Freundschaft nicht sehr zu schätzen gewusst. Dafür habe ich keine Entschuldigung. Mein Ärger mit dem Rat ... Ich weiß, dass nichts davon deine Schuld ist, und ich bitte um Verzeihung. Für alles. Deine Freundschaft ist mir wichtiger als alles andere.«

Obi-Wan ergriff Anakins mechanische Hand, und mit der anderen drückte er Anakins Arm über der Stelle, an der sich Fleisch und Metall trafen. »Du bist klug und stark, Anakin. Du bringst dem Jedi-Orden Ehre und hast große Fortschritte gemacht, weit über meine bescheidenen Versuche hinaus, dich auszubilden.«

Anakin lächelte melancholisch. »Erst vor kurzer Zeit hast du mir zu verstehen gegeben, dass ich noch viel lernen muss.«

»Ich spreche von deinem Herzen, Anakin. Die Größe in dir ist eine Größe des Geistes. Mut und Großzügigkeit, Anteilnahme und Engagement. Das sind deine Tugenden«, sagte Obi-Wan sanft. »Du hast Großes geleistet, und ich bin sehr stolz auf dich.«

Anakin wusste nicht, was er sagen sollte.

Obi-Wan sah nach unten, lachte leise und gab Anakins Hand und Arm frei. »Ich glaube, ich höre, wie General Grievous meinen Namen ruft. Auf Wiedersehen, alter Freund. Möge die Macht mit dir sein.«

Anakin konnte dem Meister nur ein Echo seiner eigenen Worte anbieten.

»Möge die Macht mit dir sein.«

Still und stumm stand er da und beobachtete, wie Obi-Wan fortging. Dann drehte er sich langsam um und ging mit gesenktem Kopf zum Speeder.

Der Kanzler wartete.

14. KAPITEL
Freier Fall im Dunkeln

Kalter Wind strich über das private Landedeck des Kanzlers im Senatsgebäude. Anakin stand in seinen Umhang gehüllt, das Kinn auf der Brust, und blickte aufs Deck unter seinen Füßen. Er fühlte weder die Kälte noch den Wind. Er hörte nicht das Brummen von Palpatines privatem Shuttle, der zur Landung ansetzte, und er roch auch nicht den braunen Smog, den der Wind heranwehte.

Er sah die Gesichter der Senatoren, die sich auf diesem Landedeck eingefunden hatten, um ihn zu bejubeln. Er hörte ihre Freudenrufe und Glückwünsche, als er den Obersten Kanzler unverletzt zurückbrachte. Er erinnerte sich an den heißen Stolz darauf, dass so viele HoloNetz-Teams bestrebt gewesen waren, ein Bild von dem Mann zu erhaschen, der Graf Dooku besiegt hatte.

Wie viele Tage waren seitdem vergangen? Er wusste es nicht. Nicht viele. Wenn man nicht schläft, verschmelzen die Tage im Dunst einer Erschöpfung, die solche Ausmaße gewinnt, dass sie zu Schmerz wird. Die Macht hielt ihn auf den Beinen, gab ihm die Möglichkeit, sich zu bewegen und zu denken, aber sie gewährte ihm keine Ruhe. Und eigentlich wollte er auch gar keine Ruhe. Ruhe konnte Schlaf bringen.

Und im Schlaf lauerte ein schrecklicher Albtraum.

Er erinnerte sich daran, dass Obi-Wan einen Dichter zitiert hatte, dessen Werke er schätzte. An den Namen oder den genauen Wortlaut des Zitats konnte er sich nicht erinnern, aber es war darum gegangen, dass der größte Jammer darin bestand, sich voll bitterer Reue an einen Tag zu erinnern, an dem man glücklich gewesen war …

Wie hatte sich alles so schnell verändern können?

Es war ihm ein Rätsel.

Die Repulsoren wirbelten Staub auf, als der Shuttle landete. Die Luke schwang auf, und vier Leibwächter des Kanzlers stiegen aus. Der Wind erfasste ihre blutroten Umhänge und zerrte daran. Zu zweit traten sie nach rechts und links, als der Kanzler und der Senatssprecher Mas Amedda ausstiegen.

Anakin trat ihnen entgegen. »Kanzler …«, sagte er und verbeugte sich. »Lord Sprecher …«

Mas Amedda sah Anakin an und verzog die blauen Lippen auf eine Weise, die bei einem Menschen Abscheu zum Ausdruck gebracht hätte – es war ein chagrianisches Lächeln. »Ich grüße Sie, Exzellenz. Ich hoffe, Sie fühlen sich wohl?«

Anakins Augen schienen voller Sand zu sein. »Ja, Lord Sprecher. Danke der Nachfrage.«

Amedda wandte sich wieder Palpatine zu, und Anakins höfliches Lächeln wurde zu einem verächtlichen Zucken in den Mundwinkeln. Vielleicht war er einfach nur übermüdet, aber als er sah, wie sich die nackten Kopftentakel des Chagrianers auf der Brust wanden, hoffte er plötzlich, dass Obi-Wan in Bezug auf Sidious nicht gelogen hatte. Er hoffte, dass Mas Amedda ein geheimer Sith war, denn etwas an dem Sprecher des Senats erschien ihm so widerwärtig, dass er sich gut vorstellen konnte, ihm den Kopf abzuschlagen …

Anakin sah, dass Palpatine Amedda verabschiedete und auch die Wächter fortschickte.

Gut. Er war nicht zu irgendwelchen Spielchen aufgelegt. Allein konnten sie ganz offen miteinander sprechen. Genau das brauchte er jetzt, ein offenes Gespräch. Damit gelang es ihm vielleicht, den Nebel der Halbwahrheiten und der Verwirrung aufzulösen, mit dem der Jedi-Rat seinen Kopf gefüllt hatte.

»Nun, Anakin, hast du deinen Freund verabschiedet?«, fragte Palpatine, als die anderen fortgingen.

Anakin nicke. »Wenn ich Grievous nicht so sehr hassen würde, täte er mir fast Leid.«

»Ach?« Palpatines Gesicht zeigte Interesse. »Dürfen Jedi hassen?«

»Nur eine Redensart«, sagte Anakin und winkte ab. »Es spielt keine Rolle, wie ich in Hinsicht auf Grievous empfinde. Obi-Wan wird bald seinen Kopf haben.«

»Vorausgesetzt natürlich, der Rat macht keinen Fehler«, brummte Palpatine, als er nach Anakins Arm griff und ihn zum Eingang führte. »Ich glaube noch immer, dass Meister Kenobi nicht der richtige Jedi für diese Aufgabe ist.«

Anakin zuckte verärgert mit den Schultern. Warum brachten alle Dinge zur Sprache, über die er nicht reden wollte? »Der Rat war bei seiner Entscheidung sehr ... sicher.«

»Gewissheit ist eine gute Sache«, sagte der Kanzler. »Obwohl es vorkommt, dass gerade jene, die sich absolut sicher sind, absolut verkehrt liegen. Was macht der Rat, wenn Kenobi nicht in der Lage ist, ohne deine Hilfe mit Grievous fertig zu werden?«

»Ich weiß es nicht, Sir. Ich schätze, mit dem Problem befasst sich der Rat, wenn es sich ergibt. Die Jedi lehren, dass Erwartung Ablenkung bedeutet.«

»Ich bin kein Philosoph, Anakin. Bei meiner Arbeit muss man Dinge erwarten, wenn man erfolgreich sein will. Ich muss die Aktionen meiner Widersacher voraussehen – und selbst die meiner Verbündeten. Und auch die meiner Freunde«, sagte Palpatine und deutete auf Anakin. »Nur dadurch kann ich Gelegenheiten nutzen und Katastrophen verhindern.«

»Aber wenn sich eine Katastrophe durch den Willen der Macht anbahnt ...«

»Ich glaube nicht an den Willen der Macht«, sagte Palpatine mit einem entschuldigenden Lächeln. »Ich glaube daran, dass es auf *unseren* Willen ankommt. Ich glaube, dass all die guten Dinge in unserer Zivilisation nicht auf ein mystisches Energiefeld zurückgehen, sondern auf den konzentrierten Willen von Personen. Gesetzgeber und Krieger, Erfinder und Techniker – sie alle bemühen sich mit jedem Atemzug, die galaktische Kultur zu formen und das Leben aller zu verbessern.«

Sie blieben vor der gewölbten Tür von Palpatines Büro stehen. »Bitte komm herein, Anakin. Philosophische Plaudereien gefallen mir, aber ich habe dich aus einem anderen Grund zu mir gebeten. Wir müssen gewisse Dinge besprechen, und ich fürchte, dass es sehr ernste Dinge sind.«

Anakin folgte dem Kanzler durch die Vorzimmer in sein privates Büro. Vor dem Schreibtisch blieb er respektvoll stehen, doch Palpatine bedeutete ihm mit einem Wink, Platz zu nehmen. »Setz dich und mach es dir bequem. Was du gleich hörst, könnte dir unangenehm sein.«

»Wie fast alles in diesen Tagen«, murmelte Anakin, als er sich setzte.

Palpatine schien das nicht zu hören. »Es geht um Meister Kenobi. Meinen Freunden unter den Senatoren sind ... beunruhigende Gerüchte über ihn zu Ohren gekommen. Viele im Senat glauben, dass sich Kenobi nicht für diesen Auftrag eignet.«

Anakin runzelte die Stirn. »Ist das Euer Ernst?«

»Oh, ich meine es sehr ernst. Es ist eine ... komplizierte Situation, Anakin. Offenbar gibt es Angehörige des Senats, die bedauern, dass mir Sondervollmachten gewährt wurden.«

»Schon vor Geonosis gab es Andersdenkende und Schwarzmaler, Sir. Warum sollte das jetzt Anlass zu Sorge sein? Und was hat dies mit Obi-Wan zu tun?«

»Dazu komme ich gleich.« Palpatine atmete tief durch, drehte seinen Sessel und sah durch das Fenster aus armiertem Transparistahl über die Stadt hinweg. »Der Unterschied ist: Einige jener Senatoren – sogar recht viele – scheinen die Demokratie aufzugeben. Im Senat können sie ihre Ziele nicht erreichen, und so beginnen sie damit, Ränke zu schmieden, um mich ... mit anderen Mitteln aus dem Amt zu entfernen.«

»Meint Ihr Verrat?« Anakin verfügte über genug Jedi-Disziplin, um die Erinnerung daran zu verdrängen, dass er dieses Wort Obi-Wan gegenüber verwendet hatte.

»Ich fürchte, ja. Den Gerüchten zufolge könnten die Rädelsführer dieser Gruppe den … Überredungskünsten des Jedi-Rates zum Opfer gefallen sein und zu Komplizen bei der Verschwörung des Rates gegen die Republik werden.«

»Sir, ich …« Anakin schüttelte den Kopf. »Das erscheint mir … absurd.«

»Und es könnte völlig falsch sein. Denk daran: Es sind Gerüchte. Unbestätigte Gerüchte. Der Klatsch des Senats ist immer mit Vorsicht zu genießen, aber wenn *dies* stimmt … Wir müssen *vorbereitet* sein, Anakin. Ich habe noch genug Freunde im Senat, um zu merken, dass sich etwas zusammenbraut. Und ich habe eine ziemlich genaue Vorstellung davon, wer die Anführer dieser Kabale sind. Heute Nachmittag empfange ich sogar eine entsprechende Delegation. Ich möchte, dass du dabei zugegen bist.«

»Ich?« Warum ließ man ihn nicht endlich in Ruhe, wenigstens für ein paar Stunden? »Warum?«

»Ich brauche deine Jedi-Sinne, Anakin. Deine Fähigkeit, böse Absichten zu erkennen. Zweifellos werden die Senatoren ihre wahren Absichten mit einer tugendhaften Fassade tarnen. Mit deiner Hilfe kann ich den Schleier zerreißen und die Wahrheit erkennen.«

Anakin seufzte und rieb sich die brennenden Augen. Wie konnte er das Anliegen des Kanzlers zurückweisen? »Ich werde versuchen, Euch zu helfen, Sir.«

»Wir *versuchen* nichts, Anakin. Wir werden *erfolgreich* sein. Immerhin sind es nur Senatoren. Die meisten von ihnen könnten ihre Gedanken nicht einmal vor einem hirnkranken Blindwurm verbergen, geschweige denn vor dem mächtigsten Jedi in der Galaxis.«

Palpatine lehnte sich im Sessel zurück und presste nachdenklich die Fingerspitzen aneinander. »Der Jedi-Rat hingegen ist eine ganz andere Angelegenheit. Eine geheime Gesellschaft antidemokratischer Wesen, die über große Macht verfügen, sowohl individuell als auch kollektiv – wie soll ich die Labyrinthe *ihrer* Verschwörungen erkunden? Deshalb habe ich dir einen Sitz im Rat verschafft. Wenn die Gerüchte der Wahrheit entsprechen, bist du vielleicht die letzte Hoffnung der Demokratie.«

Anakin ließ das Kinn erneut auf die Brust sinken und schloss die Augen. Es schien immer jemanden zu geben, für den er die letzte Hoffnung war.

Warum mussten alle Leute dauernd ihre Probleme zu *seinen* machen? Warum konnten sie ihn nicht einfach in Ruhe lassen?

Wie sollte er mit all diesen Dingen fertig werden, wenn die Gefahr bestand, dass Padmé *starb*?

»Ihr habt mir noch nicht gesagt, was dies alles mit Obi-Wan zu tun hat«, sagte Anakin langsam, die Augen noch immer geschlossen.

»Ah, das ... Nun, es ist der schwierige Teil. Der *beunruhigende* Teil. Offenbar hat Kenobi Kontakt mit einem gewissen Senator, der zu den Anführern dieser Kabale zählt. Es scheint ein *sehr enger* Kontakt zu sein. Nach den Gerüchten hat er die Residenz des Senators heute Morgen zu einer ... unschicklichen Stunde verlassen.«

»Wer?« Anakin öffnete die Augen und beugte sich vor. »Welchen Senator meint Ihr? Lasst uns mit ihm sprechen.«

»Tut mir Leid, Anakin, aber es ist kein Er, sondern eine Sie. Eine Frau, die du sehr gut kennst.«

»Ihr ...« Das war unmöglich. »Ihr meint ...«

Anakin erstickte fast an dem Namen.

Palpatine bedachte ihn mit einem Blick, der trauriges Mitgefühl zum Ausdruck brachte. »Ich fürchte, ja.«

Anakin hustete und fand die Sprache wieder. »Das ist *unmöglich*! Ich *wüsste* es ... Sie ... sie könnte nicht ...«

»Manchmal lässt sich am schwersten erkennen, was sich in nächster Nähe befindet«, sagte Palpatine kummervoll.

Anakin lehnte sich wie betäubt zurück und hatte das Gefühl, von einem Gamorreaner einen Schlag an die Brust erhalten zu haben. Von einem *Rancor*. Es dröhnte in seinen Ohren, und das Bild vor den Augen verschwamm.

»Ich wüsste davon«, wiederholte er benommen. »Ich wüsste davon …«

»Nimm es nicht zu schwer«, sagte Palpatine. »Vielleicht ist es nur dummes Gerede. Möglicherweise handelt es sich nur um das Produkt meiner überhitzten Fantasie. Nach all den Jahren des Krieges neige ich dazu, in jedem Schatten nach Feinden Ausschau zu halten. Deshalb brauche ich *dich*, Anakin: Ich brauche dich, um die Wahrheit zu finden. Um mich zu beruhigen.«

Aus einem schwelenden Feuer in Anakins Brust wuchs eine Flamme, so klein, dass sie kaum zu entdecken war, doch allein die Andeutung jenes Feuers gab Anakin die Kraft, mit einem Ruck aufzustehen.

»Diesen Dienst kann ich Euch leisten«, sagte er.

Die Flamme wurde größer. Und heißer. Sie verbrannte die taube Benommenheit.

»Gut, Anakin. Ich wusste, dass ich auf dich zählen kann.«

»Immer, Sir. Immer.«

Er wandte sich zum Gehen. Er wollte zu ihr. Er würde mit ihr sprechen und die Wahrheit herausfinden. Jetzt sofort. Am helllichten Tag. Es spielte keine Rolle, wer ihn sah.

Dies war zu wichtig.

»Ich weiß, wer meine Freunde sind«, sagte Anakin und ging.

Wie ein Schatten glitt er durch Padmés Apartment, wie ein Geist bei einem Bankett. Er berührte nichts und sah sich alles an.

Er hatte das Gefühl, die Wohnung zum ersten Mal zu sehen.

Wie konnte ihm Padmé so etwas antun?

Manchmal lässt sich das am schwersten erkennen, was sich in unmittelbarer Nähe befindet.

Wie *konnte* sie?

Wie konnte *er*?

In der Macht roch das ganze Apartment nach Obi-Wan.

Anakins Finger strichen über die gewölbte Rückenlehne der Couch.

Hier. Obi-Wan hatte hier gesessen.

Er ging um die Couch herum und nahm an der gleichen Stelle Platz. Die Hand sank von ganz allein auf den Platz an seiner Seite … und fühlte dort ein Echo von Padmé.

Der Drache flüsterte: *Das ist ziemlich nahe für ein beiläufiges Gespräch.*

Dies war eine andere Art von Furcht. Noch kälter. Noch hässlicher.

Die Furcht, dass Palpatine Recht haben könnte …

Zwietracht und Sorge vibrierten in der unbewegten Luft des Apartments. Es roch nach oxidierten Gewürzen und gekochten Algen – Hoi-Brühe. In den vergangenen Stunden hatte jemand in diesem Raum Hoi-Brühe getrunken.

Padmé verabscheute Hoi-Brühe.

Und Obi-Wan war dagegen allergisch: Bei einer diplomatischen Mission auf Ando hatte seine heftige Reaktion auf einen zeremoniellen Toast fast einen interstellaren Konflikt ausgelöst.

Padmé hatte also noch andere Besucher empfangen.

Anakin öffnete eine Tasche seines Ausrüstungsgürtels und entnahm ihr Palpatines Liste verdächtiger Senatoren. Er sah darauf hinab und suchte nach den Namen der Senatoren, die er gut genug kannte, um ihre Macht-Echos an diesem Ort zu erkennen. Viele Namen sagten ihm nichts; immerhin gab es tausende von Senatoren. Doch jene, die er Personen zuordnen konnte, gehörten den wichtigsten Repräsentanten des Senats, Personen wie Terr Taneel, Fang Zar, Bail Organa, Garm Bel Iblis …

Er begann zu glauben, dass Palpatine tatsächlich Gespenster sah. Diese Personen galten als über jeden Zweifel erhaben.

Er starrte auf die Liste. Es *war* möglich …

Ein Senator konnte sich mit großer Sorgfalt einen guten Ruf zulegen und der ganzen Galaxis gegenüber ehrlich, aufrecht und ehrenhaft erscheinen, während er die Wahrheit über sein verdorbenes Selbst so absolut geheim hielt, dass niemand etwas ahnte – bis er so mächtig geworden war, dass man ihm nicht mehr Einhalt gebieten konnte …

Es *war* möglich.

Aber so viele? Hatten sie sich *alle* verstellt?

Auch Padmé?

Argwohn kroch in sein Bewusstsein und bildete eine so dichte Wolke, dass er sie nicht kommen hörte und erst bemerkte, als sie sich bereits im Zimmer befand.

»Anakin? Was machst du hier? Es ist noch Nachmittag …«

Er hob den Kopf und sah sie in der Tür, in ihrer vollen Amtstracht. Sie trug einen dicken burgunderroten Umhang und eine Haube, die dem Hyperantriebring eines Sternjägers ähnelte. Statt eines Lächelns, statt Sonnenschein in den Augen, statt der glockenklaren Freude, mit der sie ihn sonst immer begrüßte, war ihr Gesicht fast ausdruckslos – eine Ausdruckslosigkeit, die nichts verraten sollte.

Anakin nannte diesen Gesichtsausdruck die »politische Maske«, und er hasste ihn.

»Ich habe auf dich gewartet«, erwiderte er, und seine Stimme schwankte ein wenig. »Was machst *du* hier, mitten am Nachmittag?«

»In zwei Stunden habe ich einen sehr wichtigen Termin«, sagte Padmé steif. »Ich habe heute Morgen einen Textreader hier zurückgelassen …«

»Dein Termin … betrifft er den *Kanzler*?« Eine gewisse Schärfe lag in Anakins Stimme. »Ist es seine *letzte Besprechung an diesem Nachmittag*?«

»J-ja, ja, das stimmt.« Padmé runzelte die Stirn und blinzelte. »Anakin, was …«

»Der Kanzler hat mich gebeten, dabei zu sein.« Er ließ die Liste wieder im Ausrüstungsgürtel verschwinden. »Ich fange an, mich darauf zu freuen.«

»Was ist los, Anakin?« Padmé näherte sich und streckte eine Hand aus. »Was ist los?«

Er stand auf. »Obi-Wan ist hier gewesen, nicht wahr?«

»Er kam heute Morgen.« Sie blieb stehen und ließ die Hand langsam sinken. »Warum?«

»Worüber habt ihr gesprochen?«

»Was ist los mit dir, Anakin?«

Ein langer Schritt brachte ihn zu ihr. Er ragte vor ihr auf, und für eine sich dehnende Sekunde wirkte sie sehr klein und sehr unbedeutend, wie ein Käfer, den er unter seinem Stiefel zertreten konnte, um anschließend einfach weiterzugehen.

»Worüber habt ihr *gesprochen*?«

Padmé sah ruhig zu ihm auf, und ihr Gesicht zeigte jetzt Sorge und wachsenden Schmerz. »Wir haben über dich gesprochen.«

»Und was habt ihr euch *über mich* erzählt?«

»Obi-Wan macht sich Sorgen um dich, Anakin. Er meinte, du seiest hohen Belastungen ausgesetzt.«

»Und er *nicht*?«

»So wie du dich seit deiner Rückkehr verhältst ...«

»Ich verhalte mich offen und ehrlich! Ich verstelle mich nicht! *Ich* schleiche mich nicht frühmorgens hier herein!«

»Nein«, erwiderte Padmé mit einem Lächeln. Sie hob die Hand und hielt sie ihm an die Wange. »Für gewöhnlich schleichst du dich frühmorgens *hinaus*.«

Ihre Berührung öffnete sein Herz.

Er fiel halb in einen Sessel und presste sich seine Hand aus Fleisch an die Augen.

Als er seine Verlegenheit weit genug unter Kontrolle gebracht hatte, um wieder sprechen zu können, sagte er leise: »Es tut mir Leid, Padmé. Es tut mir Leid. Ich weiß, dass ich ... schwierig gewesen bin. Es ist nur ... Ich habe das Gefühl, endlos zu fallen, wie bei einem freien Fall im Dunkeln. Ich weiß nicht, wo oben ist. Ich weiß nicht, wann und wo ich landen werde oder wo mich der Aufprall zerschmettern wird.«

Er runzelte die Stirn und kniff die Augen zusammen, um Tränen zurückzuhalten. »Ich fürchte, mir steht ein fataler Aufprall bevor.«

Padmé setzte sich auf die breite Armlehne des Sessels und schlang ihm den Arm um die Schultern. »Was ist geschehen, Liebling? Du bist dir deiner immer so sicher gewesen. Was hat sich geändert?«

»Nichts«, sagte er. »Alles. Ich weiß nicht. Es ist alles so verkorkst. Der Rat traut mir nicht, Palpatine traut dem Rat nicht. Beide Seiten schmieden Ränke gegeneinander und setzen *mich* unter Druck, und …«

»Das bildest du dir bestimmt nur ein, Anakin. Der Jedi-Rat ist das Fundament der Republik.«

»*Demokratie* ist das Fundament der Republik, Padmé – und das scheint dem Rat nicht sehr zu gefallen, wenn Abstimmungen nicht so ausgehen, wie er es gern hätte. ›Wer Macht gewinnt, fürchtet sich davor, sie zu verlieren.‹ Daran solltest du denken.« Anakin sah Padmé an. »Du und deine *Freunde* im *Senat.*«

Sie wich seinem Blick nicht aus. »Aber Obi-Wan ist im Rat. *Er* würde sich nie auf irgendetwas Hinterhältiges einlassen …«

»Glaubst du?«

Weil es kein offizieller Auftrag ist, Anakin. Den Grund dafür solltest du verstehen können.

Er schüttelte die Erinnerung ab. »Es spielt keine Rolle. Obi-Wan ist nach Utapau unterwegs.«

»Was ist *wirklich* los?«

»Ich *weiß* es nicht«, sagte Anakin hilflos. »Ich weiß *überhaupt* nichts mehr. Nur eines ist mir klar: Ich bin nicht der Jedi, der ich sein sollte. Ich bin nicht der *Mann*, der ich sein sollte.«

»Du bist der richtige Mann für mich«, sagte Padmé und beugte sich zu ihm, um ihm einen Kuss auf die Wange zu geben, doch er wich zurück.

»Du verstehst nicht. *Niemand* versteht. Ich bin einer der mächtigsten Jedi, die je gelebt haben, aber es genügt nicht. Es genügt *nie*, nicht bis …«

Anakin sprach nicht weiter, und sein Blick reichte in die

Ferne. Ein Erinnerungsbild brannte in ihm, zeigte ihm einen Entbindungstisch, Blut und Schreie.

»Bis was, Liebling?«

»Bis ich dich *retten* kann«, murmelte er.

»Mich retten?«

»Vor meinen Albträumen.«

Padmé lächelte kummervoll. »Ist es das, was dich belastet?«

»Ich möchte dich nicht verlieren, Padmé. Ich könnte es nicht ertragen.«

Sei nicht so sicher, flüsterte der Drache. *Du hast deine Mutter verloren.*

»Nein, *ich* verspreche es *dir.*« Anakin drehte sich im Sessel, nahm Padmés Hände, so klein und weich, und täuschend stark. »Ich lerne noch immer, Padmé. Ich habe einen Weg zu Wahrheiten gefunden, die tiefer sind als all das, was mich die Jedi jemals lehren könnten. Ich werde so mächtig, dass ich dich *schützen* kann. Für immer. Das verspreche ich.«

»Du brauchst nicht mehr Macht, Anakin.« Vorsichtig löste sie eine ihrer Hände und zog ihn näher zu sich heran. »Ich glaube, du bist schon jetzt in der Lage, mich vor allem zu schützen.«

Ihre Lippen trafen sich, und Anakin gab sich dem Kuss hin, und solange er dauerte, glaubte er Padmé.

Zwielicht senkte sich auf Galactic City herab.

Anakins Haltung entsprach dem, was ein Klonsoldat als Rührt-euch-Stellung bezeichnet hätte: breitbeinig, die Füße parallel, die Hände auf dem Rücken. Er stand einen Schritt hinter und links von Palpatines Sessel, hinter dem breiten Schreibtisch in dem kleinen privaten Büro, das ans große offizielle grenzte.

Auf der anderen Seite des Schreibtischs stand die Delegation des Senats.

So wie ihn die Senatoren angesehen hatten, als sie hereingekommen waren, so wie ihre Blicke auch jetzt noch gelegentlich zu ihm huschten und wieder fortglitten, bevor er ihnen begegnen konnte, der Umstand, dass niemand von ihnen, nicht einmal Padmé, zu fragen wagte, warum ein Jedi dem Kanzler bei etwas Gesellschaft leistete, das eigentlich ein privates Treffen sein sollte ... Anakin gewann den Eindruck, dass sie wussten, warum er zugegen war.

Sie brachten nur nicht den Mut auf, es zur Sprache zu bringen.

Sie konnten nicht sicher sein, wo die Jedi standen. Aber sie wussten sehr wohl, wo Anakin stand ...

Respektvoll an der Seite des Obersten Kanzlers Palpatine.

Anakin musterte die Senatoren.

Fang Zar: Alte Lachfalten zeigten sich in seinem Gesicht, und er trug betont schlichte Kleidung; er hatte dichtes Haar, zu einem Knoten gebunden, und einen ebenso dichten Bart, der wie unkontrolliert in seinem Gesicht wucherte. Er sprach so sanft und einfach, dass man leicht vergessen konnte, dass er zu den scharfsinnigsten Politikern im Senat gehörte. Darüber hinaus war er ein so guter Freund von Garm Bel Iblis, dass der mächtige corellianische Senator genauso gut selbst hätte anwesend sein können.

Anakin beobachtete ihn mit besonderer Aufmerksamkeit. Er war sicher, dass Fang Zar etwas im Schilde führte – etwas, über das er offenbar nicht sprechen wollte.

Nee Alavar und Malé-Dee stellten keine Gefahr dar. Sie standen beisammen – vielleicht wollten sie sich auf diese Weise gegenseitig Mut machen –, und keiner von ihnen gab einen Ton von sich. Und dann war da natürlich noch Padmé.

Sie wirkte prächtig in ihrer Amtstracht als Senatorin, und die geschminkte Perfektion ihres Gesichts leuchtete wie alle vier Monde von Coruscant zusammen. Kein einziges Haar war in ihrer komplexen Frisur fehl am Platz ...

Sie sprach mit ihrer politischen Stimme und trug die politische Maske.

Padmé trat als Wortführerin der Delegation auf. Anakin hatte das unangenehme Gefühl, dass alles ihre Idee war.

»Wir versuchen nicht, die Legitimität der Regierung infrage zu stellen«, sagte sie. »Deshalb sind wir nicht hier. Wenn es uns darum ginge, eine Opposition zu organisieren, um unser Anliegen in Form von Forderungen vorzutragen, so würden wir wohl kaum in dieser Weise an Euch herantreten. Zweitausend Senatoren haben diese Petition unterschrieben, Kanzler. Wir bitten nur darum, dass Ihr Eure so genannten Gouverneure anweist, sich nicht in die legitimen Angelegenheiten des Senats einzumischen, und dass Ihr Friedensgespräche mit den Separatisten beginnt. Wir möchten den Krieg beenden und unseren Heimatwelten Frieden und Stabilität zurückbringen. Das versteht Ihr sicher.«

»Ich verstehe viele Dinge«, sagte Palpatine.

»Das von Euch geschaffene System aus Gouverneuren ist sehr beunruhigend. Es scheint, dass Ihr selbst Sonnensysteme der Loyalisten unter militärische Kontrolle bringen wollt.«

»Eure Bedenken sind zur Kenntnis genommen, Senatorin Amidala. Ich versichere Euch, dass die Gouverneure der Republik nur damit beauftragt sind, Eure Sonnensysteme sicherer zu machen, indem sie die planetare Verteidigung koordinieren, benachbarte Systeme zu kooperativen Einheiten zusammenfassen und Produktionsanlagen auf Kriegswirtschaft umstellen. Das ist alles. Sie werden in keiner Weise die Pflichten, Privilegien – und die Macht – des Senats beeinträchtigen.«

Die besondere Betonung des Begriffs *Macht* wies Anakin darauf hin, dass Palpatines Worte vor allem ihm galten und nicht Padmé.

All jene, die Macht erringen, fürchten sich davor, sie zu verlieren.

»Kann ich davon ausgehen, dass es keine weiteren Ergänzungen der Verfassung geben wird?«, fragte Padmé.

»Meine liebe Senatorin, was hat die Verfassung hiermit zu tun? Ich dachte, wir sprechen über die Beendigung des Krieges. Nach dem Sieg über die Separatisten können wir erneut über die Verfassung reden. Muss ich Euch daran erinnern, dass die mir vom Senat gewährten Sondervollmachten nur für die Dauer des Notstands gelten? Wenn der Krieg endet, werden sie automatisch ungültig.«

»Und Eure Gouverneure? Werden auch sie ›ungültig‹?«

»Es sind nicht *meine* Gouverneure, Senatorin, sondern die der Republik«, erwiderte Palpatine gelassen. »Der Senat entscheidet darüber, was aus ihnen werden soll, wie es sich gehört.«

Dieser Hinweis schien Padmé nicht zu beruhigen. »Und Friedensgespräche? Werdet Ihr einen Waffenstillstand anbieten? Habt Ihr eine diplomatische Lösung des Konflikts auch nur in *Erwägung* gezogen?«

»Ihr müsst darauf vertrauen, dass ich die richtigen Entscheidungen treffe«, sagte Palpatine. »Schließlich bin ich deshalb hier.«

Fang Zar räusperte sich. »Aber sicherlich ...«

»Ich werde tun, was *richtig* ist«, sagte Palpatine mit einer gewissen Schärfe in der Stimme. Er stand auf und straffte die Gestalt. »Und damit habe ich Eurem ... Komitee genug Zeit gewidmet.«

Sein Tonfall sagte: *Wenn ihr nicht sofort verschwindet, gebe ich euch einen Tritt.*

Padmé presste kurz die Lippen zusammen. »Im Namen der Abordnung der Zweitausend ...«, sagte sie mit kühler Förmlichkeit. »Ich danke Euch, Kanzler.«

»Und ich danke Euch, Senatorin Amidala, und Euren Freunden dafür, dass Ihr mir dies gebracht habt«, sagte Palpatine und hob den Textreader.

Die Senatoren drehten sich widerstrebend um und verließen den Raum. Padmé zögerte für eine Sekunde und bedachte Anakin mit einem Blick – es war wie ein Schlag auf den Mund.

Sein Gesicht blieb ausdruckslos. Er wagte es nicht, ihr die Antwort zu zeigen.

Denn er wusste nicht, ob er auf ihrer Seite war.

15. KAPITEL
Tod auf Utapau

Wenn man eine wirkungsvolle Jedi-Falle konstruieren will – im Gegensatz zu einer, die nichts weiter bewirkt als einen peinlich kurzen Eintrag im Tempelarchiv –, so sollte man mehrere Dinge beachten, um das gewünschte Resultat zu erzielen.

Erstens: ein unwiderstehlicher Köder. Ideal ist der kommandierende General einer geächteten Nation, der persönliche Verantwortung für den Tod von Milliarden Wesen überall in der Galaxis trägt.

Zweitens: ein ferner, fast unzugänglicher Ort, der leicht übernommen und verteidigt werden kann, mit einem stark begrenzten Aktionsbereich. Er sollte jemand anders gehören, am besten einem Feind, denn Orte mit Jedi-Fallen kommen nie ungeschoren davon; manche werden vollkommen vernichtet. Eine ausgezeichnete Wahl wäre ein öder Wüstenplanet im Äußeren Rand, mit friedlichen Eingeborenen, deren wenige Städte in einigen Schlundlöchern erbaut wurden. Eine Stadt in einem Schlundloch ist wie ein riesiges Fangglas: Wenn ein Jedi hineinfliegt, braucht man nur noch den Deckel draufzusetzen.

Drittens: Da es immer eine gute Idee ist, ein ganzes Stück außer Reichweite zu sein, wenn man Pläne gegen einen Jedi schmiedet – ein Ort auf der anderen Seite der Galaxis wäre am besten –, sollte man einen geeigneten Bevollmächtigten haben, der sich um den eigentlichen Mord kümmert. Ein zuverlässiger Bevollmächtigter wäre zum Beispiel der erfolgreichste lebende Jeditöter, unterstützt von einer Gruppe leistungsfähiger Kampfdroiden, die extra für den Kampf gegen Jedi ausgerüstet sind. Den Bevollmächtigten gleichzeitig als

Köder einzusetzen, ist ein besonders eleganter Schachzug, wenn es sich bewerkstelligen lässt. Es würde bedeuten, dass der Jedi aus eigenem Antrieb den Kontakt mit seinem Mörder sucht, selbst dann noch, wenn er begriffen hat, dass er in einer Falle steckt – aus reinem Pflichtbewusstsein und nicht ganz ungerechtfertigter Arroganz.

Das vierte wichtige Element einer wirkungsvollen Jedi-Falle besteht aus einer großen, überwältigenden Streitmacht, die bereit ist, nötigenfalls den ganzen Planeten zu verbrennen, auch sich selbst, um sicherzustellen, dass der betreffende Jedi nicht entkommt.

Das Paradebeispiel einer idealen Jedi-Falle erwartete Obi-Wan Kenobi auf Utapau.

Als Obi-Wan seinen Sternjäger spiralförmig zu einem Landedeck steuerte, das aus der steilen Sandsteinwand der größten von Utapaus Schlundlochstädten ragte, rief er sich ins Gedächtnis zurück, was er über den Planeten und seine Bewohner wusste.

Es war nicht viel.

Er wusste, dass Utapau trotz seines äußeren Erscheinungsbilds kein wirklicher Wüstenplanet war: Es gab reichlich Wasser in einem subplanetaren Ozean, der um den ganzen Globus reichte. Die Erosion hatte weite Bereiche der Oberfläche instabil werden lassen, und durch häufige Erdbeben entstanden an jenen Stellen Schlundlöcher, die einem Sternzerstörer der *Victory*-Klasse genug Platz boten. Dort konnte sich die Zivilisation entwickeln, geschützt vor den Hyperwinden an der Oberfläche. Obi-Wan wusste auch, dass es auf Utapau nur wenig Hightech gab und die Energiewirtschaft auf Windkraft basierte. Erst vor einigen Jahrzehnten hatte ein begrenzter interstellarer Handel begonnen, als Außenweltfirmen entdeckten, dass das Wasser des subplanetaren Meeres viele Spurenelemente enthielt. Die Bewohner des Planeten ähnelten Menschen und bildeten zwei unterschiedliche Spezies; die großen, stolzen und langsamen Utapauner, die man wegen ihrer erstaunlichen Langlebigkeit auch »Uralte« nannte; und die untersetzten Utai, »Kurze« genannt, was sich nicht nur auf ihre Statur bezog, sondern auch auf ihr kurzes, geschäftiges Leben.

Und Obi-Wan wusste, dass Grievous auf Utapau weilte.

Woher er das wusste, konnte er nicht sagen. Soweit er das feststellen konnte, hatte seine Überzeugung nichts mit der Macht zu tun. Doch schon wenige Sekunden nach der Rückkehr der *Vigilance* in den Realraum war er sicher. Die Entscheidung stand bevor. So oder so, dies war der Ort, an dem die Jagd auf General Grievous enden würde.

Obi-Wan spürte es in den Knochen: Utapau war ein Ort des Todes.

Er war allein unterwegs. Commander Cody und drei Bataillone Klonsoldaten warteten in für schnelle Einsätze bestimmten Einheiten, in LAAT/i-Einheiten und Landeschiffen der *Jadthu*-Klasse, direkt hinter dem Horizont. Obi-Wans Plan sah vor, Grievous' Position festzustellen und den Biodroiden-General beschäftigt zu halten, bis die Klonsoldaten angreifen konnten. Er war eine Ein-Mann-Ablenkungstruppe für tausende oder zehntausende von Kampfdroiden, die zu ihm und Grievous unterwegs sein würden; er musste ihre Aufmerksamkeit binden, damit die Klonsoldaten vorstoßen konnten. Zwei Bataillone würden einen direkten Angriff führen, während sich das dritte in Bereitschaft hielt, um die Truppen zu verstärken und eventuelle Fluchtwege abzuschneiden.

»Ich kann die Droiden für eine ganze Weile ablenken«, hatte Obi-Wan auf dem Flugdeck der *Vigilance* zu Cody gesagt. »Aber lasst Euch nicht zu viel Zeit.«

»Ich bitte Euch, Boss«, hatte Cody erwidert und gelächelt. »Habe ich Euch jemals im Stich gelassen?«

»Nun ...« Obi-Wan hatte ebenfalls gelächelt. »Da wäre zum Beispiel Cato Nemoidia ...«

»Das war Anakins Schuld. *Er* kam zu spät ...«

»Ach? Und wem wollt Ihr *diesmal* die Schuld geben?«

Obi-Wan hatte leise gelacht, als er ins Cockpit seines Sternjägers gestiegen war. »Na schön. Ich werde versuchen, nicht alle Droiden zu zerstören, bis Ihr eintrefft.«

»Ich verlasse mich auf Euch, Boss. Enttäuscht mich nicht.«

»Habe ich das jemals?«

»Nun …«, hatte Cody gesagt und breit gegrinst, »… da *wäre* zum Beispiel Cato Nemoidia …«

Obi-Wans Sternjäger erzitterte in heftigen Turbulenzen. Die Randbereiche des Schlundlochs bekamen so viel von den Hyperwinden an der Oberfläche ab, dass die obersten Stockwerke der Stadt einem permanenten Orkan ausgesetzt waren. Rotorblätter wirbelten an Generatorkapseln, die von den heftigen Winden so glatt gerieben waren, dass sie den Eindruck erweckten, aus flüssigem Sandstein geformt zu sein. Obi-Wan rang mit den Kontrollen des Sternjägers und brachte ihn Etage um Etage tiefer, bis der Orkan nur noch ein Sturm war. Selbst als er das Landedeck in den Tiefen des Schlundlochs erreicht hatte, musste R4-G9 die Andockkrallen ausfahren, um zu verhindern, dass der Sternjäger vom Deck geweht wurde.

Ein geripptes, semitransparentes Schutzdach entfaltete sich über dem Landedeck, und als es sich verankert hatte, verklang das Heulen des Winds. Obi-Wan öffnete das Cockpit.

Einige Utai eilten bereits dem Sternjäger entgegen, der allein auf dem Deck stand. Sie trugen Werkzeuge und zogen größere Ausrüstungsteile hinter sich her; Obi-Wan vermutete, dass es sich um Wartungspersonal handelte. Ihnen folgte ein würdevoller Utapauner, gehüllt in einen dicken, bis zum Boden reichenden scharlachroten Umhang, dessen hoher Kragen die rudimentären Ohrscheiben verbarg. Der kahle Schädel des Utapauners glänzte feucht, und er hielt einen Stab, der Obi-Wan vage an Yodas geliebten Gimerstock erinnerte.

Das ging schnell, dachte er. Man könnte meinen, sie hätten mich erwartet.

»Gruß Euch, junger Jedi«, sagte der Utapauner ernst. Er sprach Basic mit Akzent. »Ich bin Tion Medon, Leiter der Hafenverwaltung an diesem Ort des Friedens. Was führt einen Jedi zu unserem abgelegenen Sanktuarium?«

Obi-Wan fühlte keine Tücke in diesem Geschöpf, wohl aber Furcht. Er beschloss, die Wahrheit zu sagen. »Der Krieg führt mich hierher.«

»Hier gibt es keinen Krieg, es sei denn, Ihr habt ihn mitgebracht«, erwiderte Medon. Eine Maske der Gelassenheit verbarg, was die Macht Obi-Wan zeigte: eine Angst, die an Panik grenzte.

»Nun gut«, sagte Obi-Wan. »Bitte gestatten Sie mir, hier neuen Treibstoff aufzunehmen und Ihre Stadt als Ausgangsbasis für die Untersuchung der nahen Sonnensysteme zu benutzen.«

»Wonach sucht Ihr?«

»Selbst hier im Äußeren Rand haben Sie bestimmt von General Grievous gehört. Ihn suche ich, ihn und seine Droidenarmee.«

Tion Medon trat noch einen Schritt näher und beugte sich zu Obi-Wan vor. »Er ist hier!«, flüsterte er. »Wir sind Geiseln – man beobachtet uns!«

Obi-Wan nickte ruhig. »Danke«, sagte er in einem normalen Tonfall. »Ich danke Ihnen für Ihre Gastfreundschaft. Wenn Ihre Leute meinen Sternjäger aufgetankt haben, breche ich sofort wieder auf.«

»Hört mir zu, junger Jedi!« Medons Flüstern wurde noch drängender. »Ihr müsst *wirklich* aufbrechen! Man hat mir *befohlen*, die Präsenz der Fremden preiszugeben – dies ist eine Falle!«

»Natürlich ist sie das«, erwiderte Obi-Wan gelassen.

»Die zehnte Etage. Tausende von Kriegsdroiden. *Zehn*tausende!«

»Weisen Sie Ihre Leute an, irgendwo Schutz zu suchen.« Obi-Wan drehte sich wie beiläufig um, sah nach oben und zählte die Etagen. Bei der zehnten entdeckte er ein stacheliges

Sphäroid aus Metall: eine Struktur von der Größe eines Schlachtschiffs, die noch nicht lange dort sein konnte, denn ihre glänzende Oberfläche war noch nicht von Sand und Wind mattiert worden. Er nickte geistesabwesend und sprach leise, wie zu sich selbst. »G9, bring meinen Sternjäger zur *Vigilance* zurück. Richte Commander Cody aus, er soll dem Jedi-Kommando auf Coruscant mitteilen, dass ich General Grievous gefunden habe. Ich stelle ihn jetzt zum Kampf. Cody soll wie geplant mit seiner vollen Streitmacht angreifen.«

Der Astromech in der vorderen Interfacemulde piepte eine Bestätigung, und Obi-Wan wandte sich wieder an Tion Medon. »Teilen Sie den Fremden mit, dass ich versprochen habe, dem Geheimdienst der Republik einen Bericht zu übermitteln. Sagen Sie ihnen, dass ich wirklich nur Treibstoff für meinen Sternjäger wollte, um sofort wieder aufzubrechen.«

»Aber … was habt Ihr *vor*?«

»Wenn es in Ihrem Volk Krieger gibt …«, sagte Obi-Wan ernst. »Sie hätten jetzt Gelegenheit zu zeigen, was sie können.«

Im Holokom-Zentrum der Jedi, im Herzen des Tempels auf Coruscant, beobachtete Anakin, wie ein lebensgroßes Holobild des Klonoffiziers Commander Cody meldete, dass Obi-Wan General Grievous gefunden hatte.

»Wir beginnen wie befohlen mit dem Unterstützungsangriff. Und wenn ich dies hinzufügen darf: Auf der Grundlage meiner Erfahrungen mit General Kenobi vermute ich, dass Grievous nicht mehr lange zu leben hat.«

Wenn ich ihm helfen könnte, wäre es mehr als nur eine Vermutung, dachte Anakin. Sei *vorsichtig*, Obi-Wan …

»Danke, Commander.« Mace Windus Gesicht verriet nichts von der Mischung aus Sorge und Anspannung, die bestimmt in ihm existierte. Anakin hatte das Gefühl, er würde jeden Augenblick platzen, aber Windu wirkte so unbewegt wie ein Fels. »Haltet uns auf dem Laufenden. Möge die Macht mit Euch sein, und mit Meister Kenobi.«

»Das wird sie bestimmt. Cody Ende.«

Das Holobild flackerte und verschwand. Mace Windu warf den Holopräsenzen der beiden anderen Meister kurze, aber bedeutungsvolle Blicke zu: Ki-Adi-Mundi, der sich im befestigten Kommandozentrum von Mygeeto befand, und Yoda in einem Guerilla-Außenposten auf Kashyyyk.

Dann wandte er sich an Anakin. »Bring diesen Bericht zum Kanzler.«

»Natürlich, Meister.«

»Und achte auf seine Reaktion. Wir brauchen alle Einzelheiten.«

»Meister?«

»Was er sagt, Anakin. Mit wem er spricht. Was er macht. Alles. Sogar sein Gesichtsausdruck. Es ist sehr wichtig.«

»Ich verstehe nicht ...«

»Das brauchst du auch nicht. Bring uns einfach die benötigten Informationen.«

»Meister ...«

»Muss ich dich daran erinnern, dass du noch immer ein Jedi bist, Anakin? Du hast dich nach wie vor an die Anweisungen des Rates zu halten.«

»Ja, Meister Windu. Ja, ich weiß«, sagte Anakin und ging.

Als Skywalker fort war, nahm Mace Windu Platz und blickte zur Tür, die sich hinter dem jungen Jedi-Ritter geschlossen hatte. »Jetzt werden wir sehen«, murmelte er. »Endlich. Jetzt wird sich alles klären.«

Zwar befanden sich die Holopräsenzen von zwei anderen Meistern im Kommandozentrum, aber Maces Worte waren nicht an sie gerichtet. Er sprach zur düsteren, nebelhaften Zukunft in seinem Kopf.

»Wenn sich Palpatine weigert, seine Macht aufzugeben ...«, sagte Ki-Adi-Mundi auf Mygeeto. »Habt Ihr daran gedacht, dass es dann nur der erste Schritt ist, ihn aus seinem Amt zu entfernen?«

Mace blickte zum blauen Holobild des cereanischen Meisters. »Ich bin kein Politiker. Der Sturz eines Tyrannen genügt mir.«

»Aber für die Republik wird es nicht genug sein«, entgegnete Ki-Adi-Mundi kummervoll. »Palpatine kontrolliert eine überwältigende Mehrheit im Senat. Sie hat seine Diktatur legitimiert und kann sie legalisieren, sie sogar in einer geänderten Verfassung festschreiben.«

Die düstere Zukunft in Maces Kopf wurde noch finsterer. Der Cereaner hatte Recht.

»Voller Korruption der Senat ist«, sagte Yoda von Kashyyyk. »Kontrolliert werden muss er, bis es möglich ist, die korrupten Senatoren zu ersetzen durch ehrliche ...«

»Hört nur, wovon wir sprechen!« Mace ließ den Kopf in die Hände sinken. »Wie konnte es nur so weit kommen? Davon zu reden, den Kanzler zu verhaften und den *Senat* zu übernehmen ...! Man könnte meinen, dass Dooku *Recht* hatte. Um die Republik zu retten, müssen wir sie zerstören ...«

Yoda hob den Kopf und kniff die Augen zusammen, als ringe er mit innerem Schmerz. »An Hoffnung wir festhalten müssen. Unser wahrer Feind weder Palpatine noch der Senat ist. Der wahre Feind der Sith-Lord Sidious ist; er beide kontrolliert. Wenn wir errungen haben den Sieg über Sidious ... Dann alle anderen Sorgen kleiner werden.«

»Ja.« Mace Windu stand auf, trat zum Fenster und legte die Hände auf den Rücken. »Ja, das stimmt.«

Indigofarbene Düsternis sammelte sich draußen zwischen den Türmen.

»Und wir haben den Auserwählten auf den letzten Sith-Lord angesetzt«, sagte er. »Darauf müssen wir unsere Hoffnungen für die Zukunft der Republik gründen.«

Das Schutzdach des Landedecks glitt zurück, und der blauweiße Sternjäger stieg auf, kehrte in den Sturm zurück. Obi-Wan stand hinten auf dem Deck tief im Schatten und sah ihm nach.

»Jetzt bleibt mir nichts anderes mehr übrig«, murmelte er.

Er nahm einen Elektrofeldstecher von seinem Ausrüstungsgürtel und beobachtete damit das verdächtige Sphäroid im Bereich der zehnten Etage. Bei den Stacheln handelte es sich vermutlich um Antennen für die Droidenkontrolle. Dort würde sich Grievous aufhalten: im Nervenzentrum seiner Streitmacht.

»Was für mich bedeutet, dass ich jenen Ort aufsuchen muss.« Er sah sich um und runzelte die Stirn. »Nie ist ein Lufttaxi in der Nähe, wenn man eins braucht …«

Das Schutzdach schloss sich wieder und sperrte das Heulen des Winds aus. Aus den Tiefen der Stadt hörte Obi-Wan heiseres Gebrüll, das nach großen Tieren klang und ihn an etwas erinnerte …

Suubatare. Das Gebrüll erinnerte ihn an die Schreie der Suubatare, auf denen Anakin und er bei einer ihrer letzten Missionen vor dem Krieg geritten waren, damals, als Obi-Wans größte Sorge darin bestanden hatte, sein Versprechen Qui-Gon gegenüber zu halten …

Doch er durfte keine Zeit mit Nostalgie vergeuden. Er konnte praktisch hören, wie Qui-Gon ihn dazu aufforderte, sich auf das Hier und Heute zu konzentrieren und sich der lebenden Macht hinzugeben.

Und das tat er.

Obi-Wan ließ sich vom Gebrüll den Weg weisen, schritt durch halbdunkle, leere, in den Sandstein gemeißelte Tunnel und erreichte schließlich einen großen, runden Bereich, der an eine Arena erinnerte. Ein Ring aus Balkonen erstreckte sich unten an der Wand entlang, von Speichen aus breiten, gerieften Rampen abgestützt. Gelbliche Lampen hingen an der Decke, und ihr Licht hatte die gleiche Farbe wie der Sonnenschein, der durch ovale, zum Schlundloch hin offene Tore hereinfiel. Mit dem Sonnenschein kam Wind und sorgte dafür, dass der intensive Reptiliengestank nicht mehr überwältigend war, nur Übelkeit erregend.

Mehr als zehn große, echsenartige Geschöpfe hockten und lagen in der Arena oder wanderten ziellos umher. Sie wirkten wie das Werk eines irren Genetikers, wie eine Kreuzung zwischen Kraytdrachen von Tatooine und Ankkochsen von Haruun Kal: Schulterhöhe vier Meter; lange, krumme Beine, die in Füßen mit fünf Klauen endeten, ganz offensichtlich für das Klettern an steilen Felsen bestimmt; der stachelbesetzte Schwanz zehn Meter lang, an seinem Ende ein natürlicher Streitkolben; auf dem langen, flexiblen Hals ein gepanzerter Kopf mit weiteren eindrucksvollen Stacheln. Sie sahen so furchteinflößend aus, dass Obi-Wan sie zunächst für gefährliche Raub- oder Wachtiere hielt – bis er sah, wie fügsam sie den Utai gegenüber waren, die zwischen ihnen gingen, sie abspritzten, Dreck von den Schuppen kratzten und sie mit grünen Bündeln fütterten.

Nicht weit von Obi-Wan entfernt standen mehrere große Gestelle mit unterschiedlichen Sätteln, die meisten von ihnen mit hohen Rückenlehnen, einige üppig verziert. Sie ähnelten den Sätteln, die die Alwari von Ansion bei ihren Suubataren verwendet hatten.

Jetzt vermisste er Anakin *wirklich* …

Anakin verabscheute Reittiere fast ebenso sehr wie Obi-Wan das Fliegen. Schon seit einer ganzen Weile vermutete Obi-Wan, dass sich Anakins besonderes Talent in Hinsicht auf Maschinen gegen ihn wandte, wenn es um Suubatare, Taurücken oder Bantha ging – er konnte sich einfach nicht an ein Transportmittel gewöhnen, das über einen eigenen Willen verfügte. Er stellte sich Anakins Klagen vor, während er auf einem jener Sättel Platz nahm.

Es schien schrecklich lange her zu sein, seit Obi-Wan zum letzten Mal Gelegenheit bekommen hatte, Anakin ein wenig aufzuziehen.

Seufzend besann er sich wieder auf seine Aufgabe. Er trat aus dem Schatten, ging zu einer der gerieften Rampen und machte eine knappe Handbewegung, die einem der Utai galt. »Ich brauche ein Beförderungsmittel.«

Die hervorquellenden Augen des Kurzen blickten in die Ferne und wurden glasig, und er antwortete mit einigen knackenden Pfeiflauten, die bestätigend klangen.

Obi-Wan bewegte erneut die Hand. »Bring mir einen Sattel.«

Die bestätigenden Laute wiederholten sich, und der Kurze watschelte fort.

Während Obi-Wan auf den Sattel wartete, verschaffte er sich einen Eindruck von den Drachenrössern. Das größte und muskulöseste beachtete er ebenso wenig wie das schlankste, das besonders schnell zu sein schien. Dem Tier mit dem wildesten Funkeln in den Augen näherte er sich nicht einmal. Eigentlich hielt er gar nicht nach äußeren Anzeichen für Kraft, Gesundheit oder Persönlichkeit Ausschau. Hände, Augen und Ohren benutzte er nur als kanalisierende Mittel für die Macht. Er wusste nicht, wonach er suchte, vertraute aber darauf, dass er es erkennen würde, wenn er es fand.

Qui-Gon hätte ihm seine Anerkennung dafür ausgesprochen, dachte er mit einem inneren Lächeln.

Schließlich gelangte er zu einem Drachenross mit einem klaren, beständigen Glühen in seinen runden gelben Augen und mit kleinen, dichten Schuppen, die sich warm und trocken anfühlten. Das Tier scheute nicht vor seiner Hand zurück, duckte sich auch nicht unterwürfig. Es erwiderte seinen Blick mit ruhiger, nachdenklicher Intelligenz. Durch die Macht spürte Obi-Wan, dass dieses Tier seinem Reiter unter allen Umständen gehorchen würde – es schien wie ein Jedi bereit zu sein, bis zum Letzten seine Pflicht zu erfüllen.

Deshalb zog Obi-Wan in jedem Fall ein Reittier vor. Ein Speeder kümmert sich nicht um die Insassen, wenn er abstürzt.

»Dies«, sagte er. »Ich nehme dies.«

Der Kurze war mit einem schlichtem funktionalen Sattel zurückgekehrt. Als er und die anderen Utai mit der nicht ganz unkomplizierten Aufgabe begannen, dem Drachenross Zaumzeug anzulegen, deutete er auf das Tier und sagte: »Boga.«

»Ah«, erwiderte Obi-Wan. »Danke.«

Er nahm Grünzeug aus einem nahen Kasten und bot es

dem Drachenross an. Das große Tier neigte den Kopf, und sein Schnabel, der in einem gefährlich spitzen Haken endete, zog ihm die Blätter vorsichtig aus den Händen. Dann kaute es mit wählerischer Gründlichkeit.

»Braves Mädchen, Boga. Äh ...« Obi-Wan wandte sich an den Kurzen. »Sie *ist* doch eine *Sie*, oder?«

Der Kurze runzelte die Stirn. »Warool noggaggllo?«, entgegnete er und zuckte mit den Schultern. Obi-Wan vermutete, dass die Antwort so viel wie *Ich habe keine Ahnung, wovon du redest* bedeutete.

»Na schön«, sagte er. »Für *mich* bist du also eine *Sie*. Falls du nichts dagegen hast.«

Boga erhob keine Einwände.

Obi-Wan schwang sich nach oben in den Sattel, und das Drachenross richtete sich auf, wölbte wie eine Katze, die einen Buckel macht, den Rücken, was ihn mehr als vier Meter nach oben brachte. Von dort sah er auf die Utai hinab. »Ich kann euch nicht bezahlen. Als Gegenleistung kann ich nur die Freiheit eures Planeten anbieten. Ich hoffe, das genügt.«

Er wartete keine Antwort ab, die er ohnehin nicht verstanden hätte, und berührte Boga am Hals. Das Drachenross richtete sich auf den Hinterbeinen auf, und die vorderen Klauen fuhren durch die Luft, als zerrissen sie einen angreifenden Droiden. Dann duckte es sich, spannte die Muskeln und sprang mit einem Satz zum Balkon. Den langen Stock, der an der Seite des Sattels in einem Halfter steckte, brauchte Obi-Wan überhaupt nicht, und er konnte die Zügel ganz locker in der Hand halten – Boga schien zu wissen, wohin er wollte.

Das Drachenross kroch geschickt durch eins der Tore in die offene Luft des Schlundlochs, drehte sich dann, streckte die Kletterklauen nach dem Sandstein aus und trug Obi-Wan an der steilen Felswand empor.

Eine Etage nach der anderen blieb hinter ihnen zurück. Die Stadt sah verlassen aus und fühlte sich auch so an. Nichts bewegte sich, abgesehen von den Schatten der Wolken, die über die Öffnung des Schlundlochs weit, weit oben hinwegzogen. Selbst die Windkraftturbinen waren stillgelegt worden.

Das erste Lebenszeichen sah Obi-Wan bei der zehnten Etage: Dort lagen einige Drachenrösser in der Mittagssonne, nicht weit vom Durastahlsphäroid des Droiden-Kontrollzentrums entfernt. Obi-Wan ritt bis zum offenen Zugang des Kontrollzentrums, sprang dann vom Rücken des Tiers herunter.

Die Tür führte in einen großen, gewölbten Saal mit kahlem Durastahlboden. Tief in den Schatten des Saals standen fünf Gestalten. Ihre Gesichter hatten die Farbe gebleichter Knochen – oder von elfenbeinfarbenem Panzerplast.

Sie erweckten den Eindruck, als würden sie auf ihn warten.

Obi-Wan nickte.

»Du kehrst besser heim, Mädchen«, sagte er und klopfte Boga auf den Hals. »So oder so: Ich glaube nicht, dass ich noch einmal deine Hilfe brauche.«

Boga gab einen hupenden Laut von sich, der fast bedauernd klang, beugte dann den Hals und drückte sanft den Schnabel an Obi-Wans Brust.

»Es ist alles in Ordnung, Boga. Ich danke dir für deine Hilfe, aber es wäre zu gefährlich für dich, an diesem Ort zu bleiben. Hier wird es gleich drunter und drüber gehen. Bitte, kehr heim.«

Das Drachenross hupte erneut und wich zurück, und Obi-Wan trat von der Sonne in den Schatten.

Sofort fühlte er sich von Kühle erfasst. Er ging ohne Hast, ohne Eile. Die Macht erweckte alle Schichten des Saals in ihm zum Leben: die kalten Decksplatten unter seinen Füßen, das Gestein darunter und, tiefer noch, die glatten, lichtlosen Strömungen des Weltmeers. Er wurde zum turbulenten Wirbeln des Winds, der durch den hohen Saal pfiff. Er wurde zum Sonnenscheinen draußen und den Schatten drinnen. Das menschliche Herz in seinem Knochenkäfig schlug im Rhythmus eines fremden Herzen in einem Korb aus Panzerplast, und in seinem Selbst summten die elektronischen Signalkaskaden, die die Gedanken von Killerdroiden darstellten, für den Einsatz gegen Jedi bestimmt.

Und als die Macht Obi-Wan die Struktur des großen Saals zeigte, stellte er ohne Überraschung oder Kummer fest, dass die große gewölbte Decke über ihm aus ruhenden Kampfdroiden bestand.

Dieser Erkenntnis folgte eine zweite, die er ebenfalls ohne Überraschung oder Kummer entgegennahm: Wahrscheinlich würde er an diesem Ort sterben.

Der Gedanke an den Tod brachte nur kurzes Bedauern und dann Verwunderung. Bis zu diesem Moment, so begriff er plötzlich, war er immer ohne ersichtlichen Grund davon ausgegangen, dass …

… Anakin bei ihm sein würde, wenn er starb.

Wie seltsam, dachte er, und dann konzentrierte er sich.

Anakin hatte das Gefühl, dass Meister Windu enttäuscht sein würde.

Palpatine reagierte kaum.

Der Oberste Kanzler der Republik saß an dem kleinen Schreibtisch in seinem privaten Büro und betrachtete geistesabwesend ein kleines Geflecht aus Neuranium, das Anakin immer für eine Art Skulptur gehalten hatte. Er seufzte nur, als beanspruchten weitaus wichtigere Dinge seine Aufmerksamkeit.

»Es tut mir Leid, Sir«, sagte Anakin. Er stand vor dem Schreibtisch und verlagerte das Gewicht aufs andere Bein. »Vielleicht habt Ihr mich nicht verstanden. Obi-Wan hat General Grievous gefunden. Sein Angriff hat bereits begonnen. Sie kämpfen, *während wir hier miteinander sprechen*, Sir!«

»Ja, ja, natürlich, Anakin. Ja.« Palpatine schien mit seinen Gedanken noch immer woanders zu sein. »Ich verstehe, dass du dir Sorgen um deinen Freund machst. Hoffen wir, dass er seiner Aufgabe gewachsen ist.«

»Es ist nicht nur Sorge um Obi-Wan, Sir. Der Sieg über General Grievous bedeutet den endgültigen Triumph der Republik …«

»Glaubst du?« Palpatine wandte sich Anakin zu, und Falten bildeten sich in der Stirn des Kanzlers, als seine Aufmerksamkeit ins Hier zurückkehrte. »Mein Junge, ich glaube, die Situation ist viel ernster, als selbst ich befürchtet habe.«

Anakin rührte sich nicht. »Wie meint Ihr das?«

»Grievous ist nicht mehr der gefährlichste Feind. Und der Klonkrieg … Seine Bedeutung reduziert sich auf die einer Ablenkung.«

»Was?«

»Der Rat steht kurz davor, aktiv zu werden«, sagte Palpatine mit bitterer Gewissheit. »Wenn wir ihm nicht Einhalt gebieten, haben die Jedi morgen um diese Zeit die Republik unter ihre Kontrolle gebracht.«

Anakin lachte verblüfft. »Aber, Sir … Das könnt Ihr doch nicht für *möglich* halten …«

»Ich *weiß* es, Anakin. Ich werde der Erste sein, den man verhaftet – und *hinrichtet* –, aber bestimmt nicht der Letzte.«

Anakin konnte nur ungläubig den Kopf schütteln. »Sir, ich weiß, dass es zwischen dem Rat und Euch … Unstimmigkeiten gibt, aber …«

»Dies geht weit über irgendeinen persönlichen Zwist zwischen mir und den Mitgliedern des Rates hinaus. Die Verschwörung betrifft die ganze Galaxis – die Jedi wollen die Republik übernehmen. *Denk nach*, Anakin. Du weißt, dass sie dir nicht vertrauen. Sie haben dir nie vertraut. Du weißt, dass sie Dinge vor dir verborgen, hinter deinem Rücken Pläne geschmiedet haben. Du weißt, dass selbst dein großer Freund *Obi-Wan* dir nicht gesagt hat, woraus die wahren Absichten des Rates bestehen … Weil du nicht so bist wie die anderen, Anakin. Du bist ein *Mann*, nicht nur ein Jedi.«

Anakin zog den Kopf ein, als wollte er sich vor feindlichem Feuer ducken. »Ich … sie würden nicht …«

»Frag dich dies: Warum haben sie dich mit diesen Neuigkeiten zu mir geschickt? *Warum?* Weshalb haben sie mich nicht einfach über die normalen Kanäle informiert?«

Und achte auf seine Reaktion. Wir brauchen alle Einzelheiten.

»Sir, ich … äh …«

»Du brauchst nicht nach einer Erklärung zu suchen«, sagte Palpatine sanft. »Du hast bereits zugegeben, dass dir der Rat auftrug, mich zu bespitzeln. Was du ihm heute Abend berichtest – was auch immer –, wird den Jedi als Vorwand dafür dienen, meine Hinrichtung anzuordnen. Ist dir das klar?«

»Unmöglich …« Anakin suchte verzweifelt nach einem Argument. »Der Senat … der Senat würde so etwas nie zulassen …«

»Der Senat wird es nicht verhindern können. Wie ich schon sagte: Dies ist mehr als irgendeine persönliche Antipathie zwischen dem Rat und mir. Ich bin nur ein Mann, Anakin. Meine Autorität stammt vom Senat. Der Senat ist die eigentliche Regierung der Republik. Mich zu töten, bedeutet überhaupt nichts. Um die Republik zu kontrollieren, müssen die Jedi *zuerst* den Senat übernehmen.«

»Aber die Jedi … sie *dienen* dem Senat …!«

»Tun sie das?«, fragte Palpatine. »Oder dienen sie gewissen *Senatoren?«*

»Dies ist alles … Bitte entschuldigt, Kanzler, aber dies klingt alles …«

»Hier.« Palpatine suchte auf dem Schreibtisch und hob dann einen Textreader. »Weißt du, was das ist?«

Anakin erkannte das von Padmé aufgebrachte Siegel. »Ja, Sir. Die Petition der Zweitausend …«

»*Nein*, Anakin! Nein!« Palpatine ließ den Textreader so laut auf den Schreibtisch knallen, dass Anakin zusammenzuckte. »Es ist eine Liste mit den Namen von *Verrätern.«*

Anakin erstarrte. »Was?«

»In unserer Regierung gibt es jetzt nur noch zwei Arten von Senatoren, Anakin«, sagte Palpatine. »Jene, deren Namen unter dieser so genannten *Petition* stehen, und jene, die bald von den Jedi *verhaftet* werden.«

Anakin fehlten die Worte.

Er konnte nicht widersprechen. Er brachte es nicht einmal fertig zu zweifeln.

Er hatte nur einen Gedanken.

Padmé …?

Wie groß waren die Schwierigkeiten, in denen sie steckte?

»Habe ich dich nicht *gewarnt*, Anakin? Habe ich dich nicht darauf hingewiesen, worin Obi-Wan verwickelt ist? Warum hat er sich wohl *hinter deinem Rücken* mit den Anführern der … Delegation getroffen?«

»Aber … Sir, bitte, den Senatoren ging es doch nur um ein Ende des Krieges. Und das wollen auch die Jedi. Ich meine, wir wollen doch *alle*, dass der Krieg beendet wird, oder?«

»Vielleicht. Doch *wie* er endet – das könnte der wichtigste Aspekt des Krieges sein. Vielleicht noch wichtiger als die Frage, wer gewinnt.«

Oh, Padmé, stöhnte Anakin in Gedanken. Padmé, worauf hast du dich eingelassen?

»Die … Aufrichtigkeit der Senatoren wäre bewundernswert«, fügte Palpatine hinzu. »Wenn es da nicht noch mehr gäbe, als auf den ersten Blick zu erkennen ist.«

Anakin runzelte die Stirn. »Wie meint Ihr das?«

»Ihre … Petition … war gar keine. In Wirklichkeit handelte es sich um eine kaum verhüllte *Drohung.*« Palpatine seufzte. »Es war eine Demonstration der Stärke, Anakin. Eine Demonstration der politischen Macht, die den Jedi für ihre Rebellion zur Verfügung steht.«

Anakin blinzelte. »Aber …«, begann er und trat um den Schreibtisch herum, »aber … zumindest Senatorin *Amidala* verdient Vertrauen …«

»Ich verstehe, wie gern du das glauben möchtest«, sagte der Kanzler. »Aber Senatorin Amidala verbirgt etwas. Das hast du sicher gefühlt.«

»Wenn sie …« Anakin schwankte. Der Boden schien unter

ihm zu kippen. »Selbst *wenn* sie etwas verbirgt ...«, sagte er mit gepresst klingender, verzweifelt kontrollierter Stimme. »Es bedeutet nicht, dass das auf Verrat hinausläuft.«

Palpatine zog die Brauen zusammen. »Es erstaunt mich, dass deine Jedi-Sinne solchen Dingen gegenüber nicht empfindlicher sind.«

»Ich spüre in Senatorin Amidala keinen Verrat«, beharrte Anakin.

Palpatine lehnte sich in seinem Sessel zurück, presste die Fingerspitzen aneinander und musterte Anakin skeptisch. »Doch, du fühlst es«, sagte er nach einigen Sekunden. »Aber du willst es nicht zugeben. Vielleicht liegt es daran, dass weder ihr noch dir klar ist: Indem sie mich verrät, verrät sie auch *dich*.«

»Sie könnte nicht ....« Anakin hob die Hand zur Stirn, als das Schwindelgefühl schlimmer wurde. Wann hatte er zum letzten Mal etwas gegessen? Er erinnerte sich nicht daran. Vielleicht bevor er zum letzten Mal geschlafen hatte. »Sie könnte *nie* ...«

»Natürlich könnte sie«, sagte Palpatine. »Das ist die Natur der Politik, mein Junge. Nimm es nicht zu persönlich. Es bedeutet keineswegs, dass ihr beide nicht zusammen glücklich sein könnt.«

»Was ...?« Um Anakin herum schien sich der Raum zu verfinstern. »Was meint Ihr damit?«

»Bitte, Anakin. Sind wir nicht längst über das Stadium irgendwelcher kindischen Spiele hinaus? Ich *weiß Bescheid*, verstehst du? Ich habe *immer* Bescheid gewusst. Ich habe Unkenntnis vorgegeben, um dir Verlegenheit zu ersparen.«

Anakin musste sich am Schreibtisch abstützen. »Was ... was wisst Ihr?«

»Padmé war meine Königin, Anakin. Ich bin ihr Botschafter beim Senat gewesen. Naboo ist meine *Heimat*. Gerade du weißt, was mir Loyalität und Freundschaft bedeuten. Glaubst du, ich hätte keine Freunde beim zivilen Klerus von Theed? Eure geheime Zeremonie ist nie wirklich geheim gewesen. Ich wusste die ganze Zeit über davon und habe mich immer sehr für euch gefreut.«

»Ihr …« Worte wirbelten durch Anakins Bewusstsein, und keines von ihnen ergab einen Sinn. »Aber wenn sie vorhat, uns zu *verraten* …«

»*Das*, mein Junge, hängt ganz von *dir* ab«, sagte Palpatine.

Der Nebel in Anakins Kopf schien sich zu verdichten und zu einem langen, dunklen Tunnel zu werden. Der Lichtpunkt an seinem Ende war Palpatines Gesicht. »Ich … ich verstehe nicht …«

»Oh, ja, das ist offensichtlich.« Die Stimme des Kanzlers schien aus weiter Ferne zu kommen. »Bitte setz dich, mein Junge. Offenbar geht es dir nicht sehr gut. Möchtest du etwas zu trinken?«

»Ich … nein. Nein, schon gut.« Anakin sank dankbar in einen gefährlich bequemen Sessel. »Ich bin nur … ein wenig müde, das ist alles.«

»Hast du nicht gut geschlafen?«

»Nein.« Anakin lachte erschöpft. »Schon seit einigen Jahren schlafe ich nicht mehr gut.«

»Ich verstehe, mein Junge. Ja, ich verstehe dich sehr gut.« Palpatine stand auf, kam um den Schreibtisch herum und setzte sich vorn auf die Kante. »Wir müssen endlich aufhören, uns etwas vorzumachen, Anakin. Die entscheidende Krise rückt näher, und wir können sie nur dann überleben, wenn wir absolut ehrlich zueinander sind. Und zu uns selbst. Das Schicksal der Galaxis steht auf dem Spiel.«

»Ich weiß nicht …«

»Hab keine Angst, Anakin. Was wir hier besprechen, braucht dieses Zimmer nie zu verlassen. *Denk nach,* Anakin. Denk daran, wie schwer es gewesen ist, all deine Geheimnisse zu hüten. Hast du jemals etwas vor *mir* geheim halten müssen?«

Palpatine zählte die Dinge an den Fingern ab. »Ich hab das Geheimnis deiner Ehe während der vergangenen drei Jahre gehütet. Das Gemetzel im Tusken-Lager – du hast es mir anvertraut. Ich war dabei, als du Graf Dooku getötet hast. Und ich weiß, woher du die Kraft genommen hast, ihn zu besiegen. Verstehst du? *Mir* hast du nie irgendetwas vormachen müssen, im Gegensatz zu deinen Jedi-Kameraden. Begreifst du, dass du nie *irgendetwas* vor mir verbergen musst? Dass ich dich genau so akzeptiere, wie du bist?«

Er breitete die Arme aus. »Teile die Wahrheit mit mir. Deine absolute Wahrheit. Geh aus dir *heraus*, Anakin.«

»Ich ...« Anakin schüttelte den Kopf. Wie oft hatte er davon geträumt, nicht den perfekten Jedi spielen zu müssen? Aber was sonst konnte er sein? »Ich wüsste nicht einmal, wo ich beginnen sollte.«

»Eigentlich ist es ganz einfach: Sag mir, was du willst.«

Anakin blinzelte und sah zu Palpatine auf. »Ich verstehe nicht.«

»Natürlich verstehst du nicht.« Das letzte Licht des Sonnenuntergangs ließ Palpatines schneeweißes Haar erglühen, während Schatten das Gesicht verhüllten. »Man hat dir beigebracht, nie darüber nachzudenken. Die Jedi fragen nie, was *du* willst. Sie *sagen* dir einfach, was du wollen *sollst*. Sie lassen dir nie die Wahl. Deshalb wählen sie ihre Schüler – ihre *Opfer* – so jung aus. Wenn ein Padawan alt genug wird, um zu *wählen*, ist er bereits so indoktriniert, dass er oder sie gar nicht mehr über die Frage nachdenken kann – es läuft praktisch auf eine *Gehirnwäsche* hinaus. Aber du bist anders, Anakin. Du hast ein echtes Leben geführt, außerhalb des Jedi-Tempels. Du kannst den Nebel der Lügen durchdringen, mit dem die Jedi deinen Kopf gefüllt haben. Ich frage dich erneut: Was willst du?«

»Ich verstehe noch immer nicht.«

»Ich biete dir ... alles«, sagte Palpatine. »Frag, und es gehört dir. Ein Glas Wasser? Du bekommst es. Ein Beutel voller Corusca-Gemmen? Du bekommst ihn. Sieh aus dem Fenster hinter mir, Anakin. Wähle irgendetwas aus, und es gehört dir.«

»Ist dies irgendein Scherz?«

»Die Zeit für Scherze ist vorbei, Anakin. Ich habe es nie

ernster mit dir gemeint.« In den Schatten, die das Gesicht des Kanzlers verbargen, sah Anakin nur das doppelte Glitzern von Palpatines Augen. »Wähl etwas aus. Irgendetwas.«

»Na schön ...« Anakin zuckte verwundert mit den Schultern, blickte aus dem Fenster und hielt nach einem absurd teuren Objekt Ausschau. »Wie wär's mit einem der SoroSub-Spezialspeeder ...?«

»In Ordnung.«

»Ist das Euer Ernst? Habt Ihr eine Ahnung, wie teuer ein solcher Speeder ist? Mit dem Geld könnte man praktisch einen ganzen *Schlachtkreuzer* ausrüsten ...«

»Wäre dir ein Schlachtkreuzer lieber?«

Anakin fühlte, wie er erstarrte. Eine kalte Leere öffnete sich in seiner Brust. »Wie wäre es mit den Senatorenapartments?«, fragte er mit leiser, vorsichtiger Stimme.

»Ein privates Apartment?«

Anakin schüttelte den Kopf und blickte in den doppelten Glanz, der sich in der Dunkelheit von Palpatines Gesicht zeigte. »Das ganze Gebäude.«

Der Kanzler blinzelte nicht einmal. »In Ordnung.«

»Es befindet sich in Privatbesitz ...«

»Nicht mehr.«

»Ihr könnt doch nicht einfach ...«

»Doch, ich kann. Das Gebäude gehört dir. Sonst noch etwas?«

Anakin blickte in den dunkler werdenden Abend hinaus. Erste Sterne leuchteten durchs Zwielicht. Über den Türmen des Jedi-Tempels zeigte sich eine vertraute Konstellation.

»Na schön«, sagte Anakin leise. »Corellia. Ich nehme Corellia.«

»Den Planeten, oder das ganze System?«

Anakin starrte.

»Anakin?«

»Ich ...« Er schüttelte verwirrt den Kopf. »Mir ist nicht klar, ob Ihr scherzt oder vollkommen übergeschnappt seid.«

»Weder noch, Anakin. Ich versuche, dir eine fundamentale Wahrheit unserer Beziehung zu verdeutlichen. Eine fundamentale Wahrheit über *dich selbst.*«

»Was wäre, wenn ich das corellianische System *wirklich* für mich wollte? Die Fünf Brüder, sie *alle*?«

»Dann würdest du sie bekommen. Du könntest den ganzen Sektor haben, wenn du wolltest.« Der doppelte Glanz in den Schatten wurde härter. »Verstehst du jetzt? Ich gebe dir *alles, was du willst.«*

Die Vorstellung bescherte Anakin neuen Schwindel. »Was wäre, wenn ... wenn ich Padmé und ihren Freunden zustimmen würde? Was wäre, wenn ich mir ein Ende des *Krieges* wünschte?«

»Wäre morgen früh genug?«

»Wie ...« Anakin war plötzlich außer Atem. »Wie wollt Ihr so etwas bewerkstelligen?«

»Derzeit sprechen wir nur übers *Was*. Das *Wie* ist eine ganz andere Sache; dazu kommen wir gleich.«

Anakin sank tiefer in den Sessel, während er alles auf sich einwirken ließ. Wenn nur endlich das Schwindelgefühl aufhören würde ... Warum musste Palpatine *jetzt* mit all dem beginnen?

Ohne die in seinem Kopf heulenden Albträume von Padmé wäre dies sicher leichter zu verstehen gegeben.

»Und die Gegenleistung?«, fragte Anakin schließlich. »Was müsste *ich* tun?«

»Du musst tun, was du tun *möchtest.«*

»Was ich möchte?«

»Ja, Anakin. Ja. Genau das. Und nur das. Mach das eine, was die Jedi am meisten fürchten: Triff deine *eigenen* Entscheidungen. Folge deinem *Gewissen*. Tu das, was *du* für richtig hältst. Ich weiß, dass du dich nach einem Leben gesehnt hast, das größer ist als das eines Jedi. *Widme* dich diesem Leben. Ich weiß, dass du größere Macht anstrebst, als irgendein Jedi jemals hatte. *Erlaube* dir, diese Macht zu *gewinnen,* und erlaube dir, sie zu *nutzen*. Du hast davon geträumt, den Jedi-Orden zu verlassen und eine Familie zu haben –

eine Familie, die auf *Liebe* basiert, nicht auf irgendwelchen strengen Regeln der Selbstverleugnung.«

»Ich … kann nicht … ich kann den Orden … nicht *verlassen …*«

»Doch, du kannst.«

Anakin stockte der Atem.

Er blinzelte nicht mehr.

Er saß wie erstarrt. Selbst seine Gedanken waren zum Stillstand gekommen.

»Du kannst dir jeden deiner Träume erfüllen. Wende dich von den Lügen der Jedi ab und folge deiner eigenen Wahrheit. Verlass den Orden. Begleite mich auf dem Weg der wahren Macht. Sei mein Freund, Anakin. Lerne von mir. Sei mein Schüler.«

Die Dunkelheit rückte näher.

Anakins Blickfeld wurde wieder zu einem Tunnel, und diesmal gab es kein Licht am fernen Ende. Er hob eine zitternde Hand zum Gesicht.

»Es tut mir Leid«, sagte er. »Es tut mir Leid, aber … so sehr ich jene Dinge auch möchte … so sehr mir an Eurer Freundschaft liegt, Sir … ich kann nicht. Ich kann einfach nicht. Noch nicht. Denn derzeit gibt es nur eine Sache, die ich *wirklich* möchte. Alles andere muss warten.«

»Ich weiß, was du wirklich möchtest«, sagte der Schatten. »Ich habe nur darauf gewartet, dass du es dir selbst eingestehst.« Eine Hand – eine menschliche Hand, mit der Wärme von Anteilnahme – legte sich ihm auf die Schulter. »So höre dies: *Ich kann dir dabei helfen, sie zu retten.«*

»Ihr …«

Anakin blinzelte blind.

»Wie könnt *Ihr* helfen?«

»Erinnerst du dich an die Legende, die ich dir erzählt habe, die Tragödie von Darth Plagueis dem Weisen?«, flüsterte der Schatten.

Die Legende …

… konnte er direkten Einfluss auf die Midi-Chlorianer neh-

men und Leben erschaffen. Mit einem derartigen Wissen scheint es leicht zu sein, das Leben in einem bereits lebendigen Organismus zu erhalten …

»Ja«, sagte Anakin. »Ja, ich erinnere mich.«

Der Schatten beugte sich so nahe, dass er die ganze Welt zu füllen schien.

»Es ist nicht nur eine Legende, Anakin.«

Anakin schluckte.

»Darth Plagueis hat wirklich gelebt.«

»Wirklich?«, brachte Anakin mühsam hervor, und seine Stimme war dabei kaum mehr als ein Flüstern.

»Darth Plagueis war mein Meister. Er hat mir den Zugang zu seiner Macht vermittelt«, sagte der Schatten ruhig. »Bevor ich ihn tötete.«

Ohne zu wissen, wie er sich bewegt hatte, ohne die Absicht, sich zu bewegen, ohne den Übergang von dämmernder Erkenntnis, fand sich Anakin auf den Beinen. Eine blaue schlanke Säule aus summender Energie endete einen Zentimeter vor Palpatines Kinn. Ihr Glühen schuf neue Schattenmuster im Gesicht des Kanzlers und an der Decke.

Allmählich begriff Anakin, dass das Glühen von seinem Lichtschwert stammte, und dass er es in der Hand hielt.

»Ihr«, sagte er. Plötzlich war ihm nicht mehr schwindelig, und er fühlte auch keine Müdigkeit mehr.

Auf einmal ergab alles einen Sinn.

»*Ihr* seid es. Ihr seid es *die ganze Zeit* über gewesen!«

Im klaren blauen Licht seines Schwerts blickte er ins Gesicht jenes Mannes, dessen Züge ihm so vertraut waren wie seine eigenen, das jetzt aber so fremdartig erschien wie ein extragalaktischer Komet. Denn jetzt wusste er, dass die vertrauten Züge nur eine Maske darstellten.

Das wahre Gesicht dieses Mannes hatte er nie gesehen.

»Ich sollte Euch *töten*«, sagte er. »Ich *werde* Euch töten!«

Palpatine bedachte ihn mit dem weisen, freundlichen, onkelhaften Lächeln, das Anakin kannte, seit er neun Jahre alt war. »Warum?«

»Ihr seid ein *Sith-Lord!«*

»Ja«, bestätigte Palpatine schlicht. »Außerdem bin ich dein Freund.«

Die blaue Energieklinge zitterte ein wenig.

»Ich bin auch der Mann, der immer für dich da gewesen ist. Ich bin der Mann, denn du nie belügen musstest. Ich bin der Mann, der nur von dir möchte, dass du deinem Gewissen folgst. Wenn dein Gewissen von dir verlangt, einen Mord zu begehen, nur weil es ... gewisse philosophische Differenzen gibt ... so werde ich mich nicht widersetzen.«

Palpatine öffnete die Hände. »Anakin, als ich sagte, dass du alles haben kannst, was du willst ... Glaubst du, ich habe mein Leben dabei ausgeklammert?«

Der Boden unter Anakins Füßen schien weich zu werden. Dunkelheit umwogte ihn, und Verwirrung kam aus der Schwärze. »Ihr ... Ihr wollte nicht einmal *kämpfen* ...?«

»Gegen dich?« Im blauen Glühen des Lichtschwerts, das von Palpatines Kinn aufwärts Schatten projizierte, wirkte der Kanzler verblüfft von einer solchen Vorstellung. »Wie könnte ich, Anakin?«

»Ihr ... Ihr ... aber Ihr seid ein *Sith* ...«

»Ja. Und was geschieht, wenn du mich tötest? Was passiert dann mit der Republik?« Palpatine sprach im Tonfall der Vernunft. »Was passiert dann mit Padmé?«

»*Padmé* ...«

Ihr Name war ein schmerzerfülltes Keuchen.

»Wenn ich sterbe, nehme ich mein Wissen mit in den Tod«, sagte Palpatine wie jemand, der einem Kind etwas erklärte, das es eigentlich wissen sollte.

Die summende Klinge zitterte.

»Es sei denn, ich bekomme Gelegenheit, es meinen ... Schüler zu lehren ...«

Das Bild vor Anakins Augen verschwamm.

»Ich ...« Ein Flüstern aus nacktem Schmerz und Verzweiflung. »Ich weiß nicht, was ich *tun* soll ...«

Palpatine sah ihn an, so liebevoll und sanft wie immer,

obwohl ihn nur wenige Zentimeter vom Lichtschwert trennten.

Und wenn dieses Gesicht doch keine Maske war? Wenn das wahre Gesicht des Sith so aussah wie dies: ein Mann, der sich immer um ihn gekümmert und ihm geholfen hatte, der sein treuer Freund gewesen war, als er geglaubt hatte, keine anderen Freunde zu haben.

Was *dann*?

»Anakin«, sagte Palpatine, »lass uns miteinander reden.«

Die vier Leibwächterdroiden schwärmten halbkreisförmig zwischen Obi-Wan und Grievous aus und hoben ihre Energiestäbe. Obi-Wan wahrte eine respektvolle Distanz. Er hatte noch immer einige blaue Flecken, die von solchen Stäben stammten, und er wollte ihnen keine weiteren hinzufügen.

»Hiermit seid Ihr verhaftetet, General Grievous«, sagte er.

Der Biodroiden-General näherte sich und schritt, ohne zu zögern, an seinen Leibwächtern vorbei. »Kenobi. Sagt es nicht, lasst mich raten: Dies ist der Teil, bei dem Ihr mir die Chance bietet, mich zu ergeben.«

»Vielleicht«, erwiderte Obi-Wan gelassen. »Wenn Ihr möchtet, kann es auch der Teil sein, bei dem ich Euer Ektoskelett demontiere und euch in einem Frachtspringer nach Coruscant bringe.«

»Ich nehme Option drei.« Grievous hob die Hand, und seine Leibwächter umringten Obi-Wan. »Das ist die, bei der ich beobachte, wie Ihr sterbt.«

Ein weiterer Wink, und die Droiden an der Decke erwachten.

Mit dem Kopf nach unten lösten sie sich aus ihren Sockeln, begleitet von einem lauter werdenden Chor aus summenden, surrenden und klickenden Geräuschen, die immer lauter wurden, bis Obi-Wan fast das Gefühl hatte, in eine Kolonie corellianischer Raubwespen gestolpert zu sein. Die Droiden fielen von der Decke herab, erst nur einige wenige, dann immer mehr, wie die ersten Tropfen eines sommerlichen Wolkenbruchs. Innerhalb kurzer Zeit wurde ein Platzregen daraus, der den von Stein eingefassten Durastahl erbeben ließ und in Obi-Wans Ohren donnerte. Hunderte von Droiden landeten, rollten sich ab und standen auf. Ebenso viele blieben an der hohen Decke verankert und richteten ihre Waffen auf den Jedi-Meister.

Obi-Wan blieb die ganze Zeit über ruhig stehen.

»Tut mir Leid, vielleicht habe ich mich nicht klar ausgedrückt«, sagte er. »Es gibt keine *Option drei.*«

Grievous schüttelte den Kopf. »Werdet Ihr dieser armseligen Neckereien nie müde?«

»Ich ermüde kaum«, erwiderte Obi-Wan. »Und ich sehe keine bessere Möglichkeit, mir die Zeit zu vertreiben, während ich darauf warte, dass Ihr Euch entweder für die Aufgabe oder den Tod entscheidet.«

»Diese Entscheidung wurde getroffen, noch bevor wir uns hier begegnet sind.« Grievous wandte sich ab. »Tötet ihn.«

Von einem Augenblick zum anderen wirbelten knisternde Energiestäbe durch die Luft, zu schnell, als dass ihnen ein menschliches Auge folgen konnte. Doch sie trafen keinen Jedi, sondern nur leere Luft.

Die Macht hatte Obi-Wan zusammenbrechen lassen, als hätte er plötzlich das Bewusstsein verloren. Dann brachte sie das Lichtschwert vom Gürtel in seine Hand und aktivierte es, während sie seinen Fall in eine Rolle verwandelte. Durch die Rolle beschrieb das Lichtschwert einen Bogen und trennte so einem Leibwächter das Bein ab. Als die Macht Obi-Wan wieder auf die Füße setzte, gab sie dem lädierten Leibwächter gleichzeitig einen Stoß, der ihn zur Seite in die Klinge stürzen ließ.

Einer erledigt.

Die drei anderen setzten den Angriff fort, aber etwas vorsichtiger. Ihre Energiestäbe waren länger als Obi-Wans Lichtschwert, und sie schlugen damit aus sicherer Distanz zu. Er wich vor ihnen zurück, und seine hin und her huschende Klinge hielt die knisternden Entladungen von ihm fern.

Drei MagnaWächter, jeder von ihnen mit einer Waffe ausgestattet, die an beiden Enden ein für Lichtschwerter undurchdringliches Energiefeld erzeugte. Und alle drei verfügten über lichtschnelle Reflexe und hyperkomplexe heuristische Kampfalgorithmen, die es ihnen erlaubten, aus Erfahrung zu lernen und ihre Taktik an jede Situation anzupassen – solche Widersacher konnte Obi-Wan nicht besiegen. Aber es war auch gar nicht Obi-Wan, der sie besiegen würde. Es war nicht Obi-Wan, der gegen sie kämpfte. Er war nur eine Hülle ohne Selbst. Die Macht, von seinem Geschick geformt und von der Klarheit seines Geistes gelenkt, kämpfte durch ihn.

In der Macht fühlte er die Zerstörung der MagnaWächter: Sie war irgendwo über und hinter ihm, und nur wenige Sekunden entfernt.

Mit einer Rückwärtsrolle durch die Luft sprang er ihr entgegen und ließ sich von der Macht zu einem leeren Droidensockel in der Decke emportragen. Die MagnaWächter setzten ihm nach, aber er war schon weg, als sie die Stelle erreichten, sprang höher hinauf in das Durcheinander aus Trägern, Kabeln und zimmergroßen Containern, aus denen der Oberbau des Kontrollzentrums bestand.

Hier, sagte die Macht in seinem Innern, und Obi-Wan verharrte, balancierte auf einem Träger und blickte mit gerunzelter Stirn auf die Killerdroiden hinab, die wie boshafte Durastahlprimaten von Balken zu Balken sprangen. Zwar spürte er sie, aber er wusste nicht, woher die Zerstörung der MagnaWächter kommen würde ... bis ihm die Macht einen Träger in Reichweite seines Lichtschwerts zeigte und *Jetzt* flüsterte.

Die Klinge flackerte und durchtrennte den Träger. Die Schnittkanten glühten weiß, und ein schiffsgroßer Frachtcontainer, den der Träger gestützt hatte, löste sich aus seinem Haltegerüst. Überlastetes Metall knirschte und kreischte, und der Container schmetterte mit der fatalen Endgültigkeit eines Meteoriteneinschlags auf die drei MagnaWächter herab.

Zwei, drei und vier.

Oh, dachte Obi-Wan mit distanzierter Anerkennung. Das hatte gut funktioniert.

Nur noch zehntausend weitere Gegner. Mehr oder weniger.

Einen Augenblick später warf ihn die Macht durch einen Sturm aus Blasterstrahlen, als alle Kampfdroiden im Kontrollzentrum das Feuer auf ihn eröffneten.

Obi-Wan ließ Absicht, Wunsch und Leben los, konzentrierte seine ganze Aufmerksamkeit auf einen Faden der Macht, der ihn zu Grievous zog: nicht dort, wo Grievous war, sondern dorthin, wo Grievous sein würde, wenn er ihn erreichte …

Er sprang von Träger zu Träger, zerschnitt Kabel und schwang sich an ihnen durch Schwärme aus reflektierenden Partikelstrahlen. Sein Lichtschwert huschte so schnell hin und her, dass es zu einem Deflektorschild wurde, der Blasterstrahlen in alle Richtungen schickte. Seine Präsenz allein wurde zu einer Waffe: Als er durch den Oberbau des Kontrollzentrums sauste, zerstörten die Strahlblitze aus den Partikelkanonen der Kampfdroiden Geräte und Träger, schufen dadurch einen Regen aus rot glühenden Trümmern, die zu Boden stürzten und überall Droiden unter sich begruben. Als Obi-Wan erneut sprang und katzenfüßig auf dem Deck landete, war fast die Hälfte der Droiden zwischen ihm und Grievous durch das Feuer aus den eigenen Reihen zerstört.

Er schnitt sich einen Weg durch das Gewimmel der übrigen Droiden, so mühelos, als wäre es nur Röhricht in der Nähe eines sonnenbeschienenen Strands. Qualmende Droidenteile blieben hinter ihm zurück.

»Feuert weiterhin!«, rief Grievous den Spinnendroiden zu, die ihn flankierten. »*Schickt ihn zur Hölle*!«

Obi-Wan spürte, wie die große Schulterkanone eines Spinnendroiden auf ihn anlegte, und er fühlte, wie sie einen hochenergetischen Blitz abfeuerte, so destruktiv wie eine Protonengranate. Er ließ sich von der Macht leiten und vollführte einen Sprung, der ihn gerade weit genug aus dem unmittelbaren Wirkungsbereich der Entladung brachte, dass der Strahl ihm nicht die Knochen zerfetzte, sondern ihm nur einen sehr starken und sehr heißen *Stoß* versetzte …

Der ihn über die restlichen Droiden hinwegbrachte und direkt vor Grievous landen ließ.

Ein Hieb mit dem Lichtschwert amputierte die Schulterkanone eines Kampfdroiden, und es folgte ein von der Macht verstärkter Tritt ans Duraniumkinn eines zweiten Kampfdroiden, der dessen Kopf heftig genug zurückwarf, um die Sensorkabel im Hals zu zerreißen. Blind und taub konnte der Droide nur noch seinem letzten Befehl gehorchen. Er drehte sich um die eigene Achse und feuerte mit seiner Kanone Löcher in andere Droiden und in Wände, bis Obi-Wan ihn mit einem gezielten Stoß deaktivierte, der ein daumengroßes Loch in seinem im Brustkasten sitzenden Gehirn schuf.

»General …«, sagte Obi-Wan mit einem kühlen höflichen Lächeln, wie bei der unerwarteten Begegnung mit jemandem, den er nicht mochte. »Mein Angebot gilt noch.«

Die Droiden im Kontrollzentrum schossen jetzt nicht mehr. Obi-Wan stand so dicht bei Grievous, dass sie riskiert hätten, den General zu treffen.

Grievous warf gebieterisch seinen Umhang zurück. »Glaubt Ihr etwa, dass ich mich *Euch* ergebe?«

»Ich bin noch immer bereit, Euch lebend gefangen zu nehmen.« Obi-Wans Nicken galt den vielen Trümmern, die überall verstreut lagen. »Bisher ist kein lebendes Wesen zu Schaden gekommen.«

Grievous neigte den Kopf und blickte ins Gesicht des Jedi-Meisters hinab. »Ich habe *tausende* von Droiden. Ihr könnt nicht mit ihnen allen fertig werden.«

»Das muss ich auch nicht.«

»Dies ist *Eure* Chance, Euch zu ergeben, General Kenobi.« Mit einer Duraniumhand deutete Grievous zur Schlundlochstadt hinter ihm. »Ich habe Pau City in meinem Griff. Wenn Ihr Euer Lichtschwert nicht fallen lasst, *drücke* ich zu … bis dieses Schlundloch vor unschuldigem Blut überquillt.«

»Es ist kein Blut, das hier herabkommt«, sagte Obi-Wan. »Ihr solltet besser auf das Wetter achten.«

Die gelben Augen hinter der Panzerplastmaske wurden zu Schlitzen. »Was?«

»Seht nach draußen.« Obi-Wan deutete mit dem Lichtschwert zum Tor. »Ein Klon-Regen beginnt.«

»Was?«, fragte Grievous erneut und drehte sich um.

Ein Schatten war über die Sonne geglitten, als hätte eine der dunklen Gewitterwolken am Horizont einen speziellen Luftstrom in den Hyperwinden gefunden, der sie über Pau City trug. Aber es war keine Wolke.

Es war die *Vigilance*.

Während Zwielicht das Schlundloch umhüllte, flogen Angriffsschiffe über die Dünen der hellen Wüste und bildeten einen Ring, der sich immer enger um die Stadt schloss. Hailfire-Droiden rollten aus Höhlen im sturmumtosten Tafelland und schickten den sich nähernden Schiffen Raketenschwärme entgegen. Jeder von ihnen feuerte genau zwei Komma fünf Sekunden lang – so lange brauchten die Sensortechniker der *Vigilance*, um die Daten an die Turbolaserbatterien weiterzugeben.

Energieblitze donnerten durch die Atmosphäre und desintegrierten die Hailfire-Droiden. Gezieltes Abwehrfeuer aus den Geschützturmblasen der LAAT/i-Einheiten verwandelte Raketen in Feuerbälle, die zu Rauchfetzen zerstoben, als angreifende Schiffe hindurchrasten.

LAAT/i-Einheiten flogen über den Rand des Schlundlochs hinweg, sanken spiralförmig in die Tiefe und feuerten mit allen Bordkanonen – ihre Piloten manövrierten sie so, dass die Bugbatterien auf die Wände des Schlundlochs gerichtet blieben. Am Rand über ihnen schwebten gepanzerte Landeschiffe der *Jadthu*-Klasse mit offenen Luken, aus denen Polyplastkabel wie unendlich lange schneeweiße Troddeln bis zu den Meereszugängen in der untersten Stadtetage hinabreichten. Ein endloser Strom gepanzerter Klonsoldaten seilte sich an diesen Kabeln so schnell ab, dass sie zu fallen schienen, und sie schossen bereits auf die Kampfdroiden, die ihnen entgegenkamen.

Mehrere Polyplastkabel endeten auf dem Außenbalkon des Kommandozentrums, und in weiße Rüstungen gekleidete Klonkrieger rutschten an ihnen herab; jeder von ihnen hatte eine Hand an der Kabelbremse und in der anderen ein auf Automatik geschaltetes DC-15-Blastergewehr, das unablässig Partikelstrahlen spuckte. Droiden rollten umher, fielen, sprangen in die Luft und explodierten. Andere Droiden eröffneten das Feuer auf die Klonsoldaten, wie froh darüber, auf etwas schießen zu können. Ihre Strahlen durchschlugen Rüstungen, bohrten sich in lebende Körper, rissen Soldaten von den Kabeln und ließen sie zehn Etagen weiter unten zu Tode stürzen.

Als die Überlebenden der ersten Angriffswelle das Deck erreichten, kam die nächste direkt hinter ihnen.

Grievous wandte sich wieder Obi-Wan zu. Wie ein zorniger Bantha senkte er den Kopf und richtete den Blick der gelben Augen auf den Jedi-Meister. »Auf Leben und Tod.«

Obi-Wan seufzte. »Wenn Ihr darauf besteht …«

Der Biodroiden-General streifte den Umhang ab, und zum Vorschein kamen die vier Lichtschwerter an seinem Gürtel. Er trat zurück und breitete die Duraniumarme aus. »Ihr seid nicht der erste Jedi, den ich töte, und Ihr werdet auch nicht der letzte sein.«

Obi-Wans Antwort bestand darin, dass er sein Lichtschwert ein wenig hob und nach vorn neigte.

Die weit ausgebreiteten Arme des Generals *teilten* sich in zwei Hälften, und das galt auch für die *Hände* …

Er hatte jetzt *vier* Arme. Und vier Hände.

Und jede Hand nahm ein Lichtschwert vom Trophäengürtel.

Sie erwachten zu fauchendem Leben, und Grievous bewegte die vier Arme so schnell und perfekt aufeinander abgestimmt, dass er in einer pulsierenden Kugel aus blaugrüner Energie zu stehen schien.

»Kommt, Kenobi!«, sagte er. »Greift mich an! Lord Tyranus hat mich in allen Kampfarten der Jedi unterwiesen!«

»Meint Ihr Graf Dooku? Welch ein sonderbarer Zufall«, sagte Obi-Wan mit einem täuschend freundlichen Lächeln. »Ich habe den Mann ausgebildet, der ihn getötet hat.«

Grievous knurrte und sprang vor.

Die Kugel aus blauer Lichtschwertenergie wölbte sich Obi-Wan entgegen und klappte wie ein Rachen auf, der ihn zerreißen wollte. Obi-Wan blieb stehen, seine Klinge still und unbewegt.

Blitzende Zähne schlossen sich um ihn.

So fühlt sich Anakin Skywalker derzeit:

Er erinnert sich nicht daran, das Lichtschwert weggesteckt zu haben.

Er erinnert sich nicht daran, Palpatines privates Büro verlassen und das große Büro betreten zu haben. Er erinnert sich nicht daran, in den Sessel gesunken zu sein, in dem er jetzt sitzt, und er erinnert sich auch nicht daran, Wasser aus dem halb leeren Glas getrunken zu haben, das er in seiner mechanischen Hand hält.

Er erinnert sich nur an dies: Der letzte Mann in der Galaxis, von dem er geglaubt hat, dass er ihm vertrauen kann, hat ihn seit ihrer ersten Begegnung angelogen.

Und Anakin ist deshalb nicht einmal zornig.

Nur wie betäubt.

»Du bist der Letzte, der sich darüber ärgern sollte, dass jemand etwas geheim hält, Anakin. Was hätte ich sonst tun sollen?«

Palpatine sitzt in dem vertrauten großen, ovalen Sessel hinter dem vertrauten Schreibtisch. Die Lampenscheiben sind eingeschaltet, und das Büro ist gespenstisch hell.

Alles wirkt normal.

Als wäre dies nur ein weiteres freundliches Gespräch, eine der gemütlichen abendlichen Plaudereien, an denen sie all die Jahre solchen Gefallen gefunden haben.

Als wäre nichts geschehen.

Als hätte sich überhaupt nichts geändert.

»Korruption hat die Republik zu einem Krebsgeschwür in der Galaxis gemacht, und niemand konnte etwas gegen sie unternehmen: die Richter ebenso wenig wie der Senat oder der Jedi-Orden. Ich bin der einzige Mann, der für diese Aufgabe stark genug ist. Ich bin der Einzige, der auch nur *versucht*, die Korruption zu beenden. Wie hätte ich ohne diese kleine Täuschung erfolgreich sein sollen? Wenn ich so dumm gewesen wäre, mich dir oder jemand anders zu erkennen zu geben, hätten mich die Jedi gejagt und ohne ein Verfahren getötet. *Du* hättest das fast getan, vor wenigen Momenten.«

Er kann nicht widersprechen. Ihm fehlen die Worte.

Palpatine steht auf, geht um seinen Schreibtisch herum, nimmt einen der kleinen Stühle und stellt ihn neben Anakins Sessel.

»Wenn du wüsstest, wie sehr ich mir gewünscht habe, dir alles zu sagen, Anakin. Die vielen Jahre .. Seit dem Tag, an dem wir uns zum ersten Mal begegnet sind. Ich habe über dich gewacht und gewartet, während du an Kraft und Weisheit gewonnen hast. Die ganze Zeit über habe ich gewartet, bis heute – heute kannst du verstehen, wer du wirklich bist und welcher Platz dir in der Geschichte der Galaxis gebührt.«

Taube Worte kommen von tauben Lippen. »Der Auserwählte …«

»Genau, mein Junge. *Genau.* Du *bist* der Auserwählte.« Er beugt sich näher, die Augen klar, der Blick ruhig und ehrlich. »Von *mir* auserwählt.«

Mit einer Hand deutet er zu den vielen Lichtern der Stadtlandschaft jenseits des Fensters. »Sieh nur, Anakin. Milliarden von Wesen allein auf diesem Planeten, und zahllose Billiarden in der Galaxis … Und von ihnen allen habe ich *dich* gewählt, Anakin Skywalker, als Erben meiner Macht. Für all das, was ich bin.«

»Aber das … das ist nicht die Prophezeiung. Das ist nicht die Prophezeiung des Auserwählten …«

»Siehst du darin ein Problem? Ist es nicht deine Bestimmung, über Prophezeiungen *hinauszuwachsen*?« Palpatine beugte sich näher und lächelte, warm und freundlich. »Anakin, glaubst du, die Sith hätten nichts von dieser Prophezeiung gewusst? Glaubst du, wir würden einfach schlafen, während sie sich erfüllt?«

»Ihr meint …«

»Du musst Folgendes verstehen. Die Ergebenheit der Jedi dem Schicksal gegenüber … Das ist nicht die Art der Sith. Es ist nicht meine Art, und auch nicht deine. Das war es nie. Man muss das Schicksal nicht einfach hinnehmen.«

Er ertrinkt.

»Ich bin nicht …«, hört er sich selbst sagen, »… auf Eurer Seite. Ich bin nicht *böse*.«

»Wer hat etwas von böse gesagt? Ich bringe der Galaxis Frieden. Ist das böse? Ich biete dir die Macht, Padmé zu retten. Ist das böse? Habe ich dich angegriffen? Dich mit Drogen manipuliert? Dich gefoltert? Ich richte eine *Bitte* an dich, mein Junge. Ich bitte dich, *das Richtige zu tun*. Wende dich vom Verrat ab. Von all jenen, die der Republik schaden. Ich bitte dich, genau das zu tun, was du geschworen hast: der Galaxis Frieden und Gerechtigkeit zu bringen. Und natürlich Padmé zu retten. Du hast auch geschworen, *sie* zu schützen …«

»Ich … aber … ich …« Es reihen sich keine Worte für die notwendigen Antworten aneinander. Wenn doch nur Obi-Wan hier wäre … Er wüsste, was zu sagen und zu tun ist.

Obi-Wan könnte hiermit fertig werden.

Anakin kann es nicht.

»Ich … ich übergebe Euch dem Jedi-Rat. *Er* wird wissen, was es zu tun gilt …«

»Das weiß er bestimmt. Er schickt sich bereits an, die Republik zu übernehmen – du würdest ihm genau den Vorwand geben, den er braucht. Und wenn die Jedi kommen, um mich zu töten … Ist das Gerechtigkeit? Bringen sie *Frieden*?«

»Sie werden nicht ... sie *würden* nicht ...«

»Nun, ich hoffe natürlich, dass du Recht hast, Anakin. Bitte verzeih mir, aber ich sehe mich außerstande, deine blinde Loyalität dem Rat gegenüber zu teilen. Und ich schätze, darauf läuft es letztendlich hinaus, auf eine Frage der Loyalität«, sagte Palpatine nachdenklich. »Das musst du dich fragen, mein Junge. Ob deine Loyalität bei den Jedi oder bei der Republik liegt.«

»Es ... So ist das nicht ...«

Palpatine hob die Schultern. »Vielleicht nicht. Vielleicht ist es mehr eine Frage, ob dir Obi-Wan mehr bedeutet als deine Frau.«

Er sucht nicht mehr nach Worten.

Es gibt gar keine Worte mehr.

»Lass dir Zeit. Denk darüber nach. Ich bin noch hier, wenn du deine Entscheidung triffst.«

In seinem Kopf gibt es nur Feuer. In seinem Herzen flüstert der Drache, dass alle Dinge sterben.

So fühlt sich Anakin Skywalker, in diesem Augenblick.

Obi-Wan Kenobis Lichtschwerttechnik zeichnet sich durch eine zurückhaltende Eleganz aus und vermittelt ein ganz anderes Gefühl als die der anderen großen Schwertkämpfer des Jedi-Ordens. Ihm fehlt Anakin Skywalkers Schwung, sein kühner *Elan*. Nirgends in ihm steckt die düstere Wildheit von Mace Windu oder Depa Billaba, und es mangelt ihm auch an der stilvollen Eleganz eines Shaak Ti oder Dooku. Nichts an ihm ähnelt dem Wirbelwind der Zerstörung, zu dem Yoda werden kann.

Er ist die personifizierte Einfachheit.

Das ist seine Macht.

Bevor Obi-Wan aufgebrochen war, hatte ihm Mace Windu von seinem Kampf gegen Grievous auf einem Maglev-Zug erzählt – das Duell hatte während des tollkühnen Versuchs des Generals stattgefunden, Palpatine gefangen zu nehmen. Die mit Grievous' Gehirn verbundenen Computer hatten selbst

Maces ungewöhnliche Vaapad-Technik analysiert und es dem General schon nach kurzer Zeit gestattet, damit fertig zu werden.

»Offenbar ist er von Graf Dooku ausgebildet worden«, hatte Mace gesagt. »Ihr müsst also auch mit Makashi rechnen. Die Zahl der Jedi, die er besiegt hat, deutet darauf hin, dass er mit jeder beliebigen Methode angreifen kann. Um ganz ehrlich zu sein, Obi-Wan: Ich glaube, von allen lebenden Jedi habt Ihr die beste Chance, ihn zu besiegen.«

Dieser Hinweis hatte Obi-Wan überrascht und ihn veranlasst Bedenken zu äußern. Immerhin gab es nur eine Kampftechnik, die er beherrschte: Soresu, die einfachste Lichtschwertmethode des Jedi-Ordens. Soresu basierte auf den grundlegenden Reflexionsprinzipien, die alle Padawane lernten und die es ihnen ermöglichten, sich vor Blasterstrahlen zu schützen. Es handelte sich um eine so schlichte und defensive Technik, dass sie fast passiv war.

»Mit Eurer Vaapad-Methode hättet Ihr bestimmt bessere Chancen als ich«, hatte Obi-Wan erwidert. »Oder Yoda mit seiner Beherrschung des Ataro …«

Mace Windu hatte fast gelächelt. »Ich habe das Vaapad geschaffen, um meine Schwäche auszugleichen: Es macht meine eigene Dunkelheit zu einer Waffe des Lichts. Meister Yodas Ataro ist ebenfalls die Antwort auf eine Schwäche: die Beschränkung von Reichweite und Mobilität aufgrund seiner Statur und seines Alters. Aber Ihr? Welche Schwäche gleicht Euer Soresu aus?«

Obi-Wan hatte geblinzelt und eingestanden, dass er noch nie auf diese Weise darüber nachgedacht hatte.

»Das ist typisch für Euch, Meister Kenobi«, hatte der Korun-Meister gesagt und den Kopf geschüttelt. »Ich gelte als großer Schwertkämpfer, weil ich einen tödlichen Stil entwickelt habe. Aber wer ist größer: der Schöpfer einer tödlichen Kampftechnik oder der Meister der klassischen Form?«

»Ich fühle mich sehr davon geschmeichelt, dass Ihr mich für einen Meister haltet, aber …«

»Nicht für einen Meister. Für *den* Meister«, hatte Mace gesagt. »Seid der, der Ihr seid – dann wird Euch Grievous nie besiegen.«

Und als Obi-Wan jetzt dem Tornado aus destruktiver Energie gegenübersteht, ist er schlicht der, der er ist.

Die elektronischen Systeme in Grievous' mechanischen Armen ermöglichten es jedem einzelnen der vier, in einer Sekunde dreimal zuzuschlagen. Kampfalgorithmen im elektronischen Netzwerk aus peripheren Prozessoren des Biodroiden stimmten die zwölf Schläge pro Sekunde aufeinander ab: Sie kamen aus verschiedenen Richtungen und mit unterschiedlicher Geschwindigkeit, bildeten einen unvorhersehbaren Rhythmus aus Hieben und Stößen, von denen jeder einzelne Obi-Wan das Leben kosten konnte.

Kein einziger erreichte ihn.

Immerhin war er oft unverletzt durch Hornissenschwärme aus Blasterfeuer gegangen, verteidigt nur von der Macht, die sein Lichtschwert lenkte. Zwölf Schläge pro Sekunde abzuwehren … Das war nur schwer, nicht unmöglich. Seine Klinge spann ein komplexes Netz aus Kanten und Kurven, war nie sehr schnell, aber immer schnell genug. Jede Bewegung des Lichtschwerts parierte drei, vier oder acht Schläge des Generals, und die anderen zischten an ihm vorbei – er wich ihnen um Zentimeter aus, indem er kurz das Gewicht verlagerte oder sich zur Seite neigte.

Grievous knurrte wütend und erhöhte Intensität und Geschwindigkeit seiner Angriffe – sechzehn Schläge pro Sekunde, achtzehn –, bis er schließlich mit zwanzig Schlägen pro Sekunde Obi-Wans Verteidigung überstrapazierte.

Also nutzte Obi-Wan seine Verteidigung für den Angriff.

Eine knappe Drehung der Klinge führte nicht zu einer Parade, sondern brachte sie in Kontakt mit dem Griff eines gegnerischen Lichtschwerts.

Ein *Schnitt* …

Der Energiestab verschwand, bevor er sich in Obi-Wans Stirn

bohren konnte. Die Hälfte des durchtrennten Griffs rutschte über den Boden davon, zusammen mit dem Duraniumdaumen und dem Zeigefinger der Hand, die ihn gehalten hatte.

Grievous zögerte, riss die Augen auf und kniff sie dann wieder zusammen. Er hob die verstümmelte Hand und starrte auf die weiß glühenden Stümpfe, die den nutzlosen Rest eines Lichtschwertgriffs hielten.

Obi-Wan lächelte.

Grievous sprang.

Obi-Wan parierte.

Stücke von Lichtschwertern fielen aufs Durastahldeck.

Grievous starrte auf die Metallreste in seinen Händen hinab, hob den Blick zu Obi-Wans glühender Klinge, sah erneut auf seine Hände und schien sich plötzlich an einen wichtigen Termin zu erinnern, der an einem anderen Ort auf ihn wartete.

Irgendwo.

Obi-Wan trat einen Schritt auf ihn zu, aber ein Stoß der Macht ließ ihn zurückspringen, als ein scharlachroter Energieblitz dort in den Boden kochte, wo er eben noch gestanden hatte. Eine Druckwelle erfasste Obi-Wan, und er nutzte ihr Bewegungsmoment, drehte sich in der Luft und landete aufrecht zwischen zwei Superkampfdroiden, die auf die Flanke einer Klonsoldatengruppe feuerten – bis ihre Einzelteile zu Boden fielen.

Obi-Wan wirbelte herum.

Im Chaos explodierender Droiden und sterbender Soldaten war Grievous nirgends zu sehen.

Obi-Wan winkte den Klonkriegern mit dem Lichtschwert zu. »Der General!«, rief er. »Wohin ist er gelaufen?«

Ein Soldat bewegte den Arm so, als wollte er eine Protonengranate zu dem Tor werfen, durch das Obi-Wan hereingekommen war. Der Jedi blickte in die entsprechende Richtung, und für einen Augenblick sah er draußen im Schatten der *Vigilance* die Krümmungen von zwei mit Klingen ausgestatteten Ringen – sie waren miteinander verbunden und ergaben ein Rad so groß wie ein Sternjäger, das über den Rand des Schlundlochs rollte.

General Grievous verstand sich gut aufs Weglaufen.

»Diesmal nicht«, brummte Obi-Wan und schnitt sich einen Weg durch das dichte Droidengewirr, bis hin zum Tor. Als er es erreichte, sah er, wie sich das Rad drehte: Es war ein offener Ring mit einem Pilotensitz im Innern, und darin saß Grievous, winkte spöttisch mit einem Energiestab und überließ sein Gefährt der Tiefe. Vier Klauenfüße erschienen, bohrten sich ins Felsgestein und trugen den General an der steilen Wand nach unten.

»Mist.« Obi-Wan sah sich um. Noch immer kein Lufttaxi in Sicht. Nicht dass er sich gewünscht hätte, durch den Sturm des Kampfes zu fliegen, der im Innern des Schlundlochs tobte, aber zu Fuß konnte er Grievous kaum einholen …

Hinter der Ecke eines Tunnels erklang ein hupendes Geräusch. Es hörte sich an, als hätte ein Bantha ein Lufthorn verschluckt.

»Boga?«, fragte Obi-Wan.

Das Schnabelgesicht des Drachenrosses schob sich aus dem Tunnel.

»Boga! Komm her, Mädchen! Wir müssen einen General fangen.«

Boga richtete einen vorwurfsvollen Blick auf ihn und hupte erneut.

»Oh, na schön.« Obi-Wan rollte mit den Augen. »Ich habe mich geirrt, und du hattest Recht. Können wir jetzt bitte *aufbrechen*?«

Die restlichen fünfzehn Meter des Reptils gerieten in Sicht und trotteten ihm entgegen. Obi-Wan schwang sich in den Sattel, und Boga sprang mit einem Satz zum Rand des Schlundlochs. Sie senkte den großen Kopf und hielt Ausschau, bis Obi-Wan Grievous' Klingenrad entdeckte, das in Richtung der unteren Landedecks raste.

»*Dort*, Mädchen – da ist er! Also los!«

Boga spannte die Muskeln und sprang zum Rand der

nächsten Etage, zögerte dort kurz, um sich zu orientieren, und sprang erneut durch den Feuersturm, zu dem Pau City geworden war. Obi-Wan wehrte mit seinem Lichtschwert rechts und links von Bogas Rücken Trümmerteile ab und reflektierte Blasterstrahlen. Sie fielen durch die Schlundlochstadt, und mit jedem Sprung kamen sie Grievous näher.

Auf einem Landedeck öffnete sich das Schutzdach und gab den Blick frei auf einen kleinen, ultraschnellen gepanzerten Shuttle von dem Typ, wie ihn die immerzu nervösen neimoidianischen Führungskräfte der Handelsföderation benutzten. Weiße Funken sprühten von Grievous' Rad, als es über das Landedeck schlitterte. Der Biodroiden-General bremste sein Gefährt ab, und geschmolzener Durastahl spritzte auf den Shuttle, als es schließlich zum Stehen kam.

Doch bevor Grievous den Pilotensitz verlassen konnte, landeten mehrere Tonnen Drachenross auf dem Shuttle und fauchten auf ihn herab.

»Ich hoffe, Ihr habt noch ein anderes Schiff, General!« Obi-Wan deutete mit dem Lichtschwert auf die beiden Triebwerksmodule im Heck des Shuttles. »Ich fürchte, das Sublichttriebwerk ist beschädigt ...«

»Ihr habt den Verstand verloren! Es gibt keine Schäden am ...«

Obi-Wan zuckte mit den Schultern. »Zeig es ihm, Boga.«

Das Drachenross wies pflichtbewusst auf die Schäden hin, indem es zweimal mit dem natürlichen Streitkolben des Schwanzes zuschlug: *Wamm* machte es, dann noch einmal, *wamm!* Die beiden Triebwerkszylinder verwandelten sich in Ansammlungen aus zerfetztem Metall.

Obi-Wan winkte. »Bringen wir dies ein für alle Mal hinter uns, einverstanden?«

Grievous' Antwort bestand aus dem Kreischen überlasteter Gyros, die das Rad aufrichteten, und aus dem Kreischen von Metall auf Metall, als sich Klingen in Decksplatten bohrten. Das Gefährt des Generals sauste zur Schlundlochwand, und Klauenfüße zogen es daran empor.

Obi-Wan seufzte. »Von dort *kommen* wir doch.«

Boga duckte sich und sprang zur Wand. Die Jagd begann erneut.

Sie rasten durch die Schlacht, kletterten Wände empor, sausten durch Tunnel, rutschten und sprangen, sprinteten dort, wo keine Hindernisse den Weg versperrten, schlitterten durch serpentinenartige Kurven, wo der Weg nicht frei war, wirbelten um Droidengruppen herum und setzten über Klonsoldaten hinweg. Boga lief an der Seite eines Hoverpanzers der Klontruppen empor und sprang von seinem Geschützturm direkt zwischen die hohen Räder eines Hailfire-Droiden. Obi-Wan schlug mit seinem Lichtschwert zu, und der außer Gefecht gesetzte Droide blieb hinter ihnen zurück. Einheimische Truppen griffen in den Kampf ein: Utapaunische Drachenreiter, bewaffnet mit glühenden Energielanzen, stürmten durch breite Korridore und spießten rechts und links Droiden auf. Grievous rollte einfach über alles hinweg, das vor ihm erschien. Die Klingen seines Rades zerschnitten Droiden, Klonsoldaten und Drachenrösser. Hinter ihm reflektierte Obi-Wans Lichtschwert Blasterstrahlen und lenkte sie zu den Droiden zurück, die so unvorsichtig waren, auf ihn zu schießen. Einige Strahlblitze schleuderte er zum Rad des Generals, ohne eine sichtbare Wirkung zu erzielen.

»Na schön«, brummte er. »Versuchen wir es aus der *Nähe.*«

Boga holte immer weiter auf. Allein in Hinsicht auf die Geschwindigkeit war Grievous' Gefährt im Vorteil, aber Boga konnte Kurven besser nehmen als das Rad und in verblüffenden Winkeln springen. Darüber hinaus hatte das Drachenross einen geradezu unheimlichen Instinkt dafür, wohin der General unterwegs war, und hinzu kam ein sehr detailliertes Wissen in Hinsicht auf nützliche Abkürzungen durch Seitentunnel, an steilen Wänden entlang und über Schluchten voller deaktivierter Windturbinen hinweg. Grievous versuchte einmal, seinen Verfolger aufzuhalten, indem er sein Rad auf ein großes Aggregat mit mehreren Windturbinen steuerte, mit dem Energiestab zuschlug und die Bremsen der Schaufelräder löste, so dass sie sich im beständigen Wind rasend schnell drehten. Doch Obi-Wan brachte Boga nur neben die Turbinen und schob die Klinge des Lichtschwerts in die rotierenden Schaufeln. Karbokeramikteile schossen durch die Luft und prasselten überall aufs Gestein. Grievous fluchte und setzte sein Gefährt wieder in Bewegung.

Das Rad donnerte in einen Tunnel, der offenbar direkt ins Felsgestein des Plateaus führte und in dem es von Bodenwagen, Drachenrössern, Rädern und anderen Arten von Fahrzeugen wimmelte. Hinzu kamen zahlreiche Tiere, auf ihnen Utapauner und Utai, die vor der Schlacht flohen. Grievous raste einfach in das Durcheinander hinein, und sein Klingenrad pflügte durch Bodenwagen, verspritzte das Blut zerfetzter Reptilien. Boga lief über dem Verkehr an der Wand entlang, galoppierte manchmal sogar an der Decke – ihre Klauenfüße lösten Felsbrocken aus ihr.

Mit einem letzten Sprint, der aus Bogas hupenden Geräuschen ein angestrengtes Schnaufen machten, gelangte das Drachenross schließlich neben Grievous. Obi-Wan beugte sich zur Seite und konnte mit dem Lichtschwert gerade den Rand des Fahrzeugs erreichen. Ein Schnitt löste mehrere Klingen, und dadurch geriet das Rad aus dem Gleichgewicht – es rutschte und ruckelte. Grievous reagierte, indem er mit seinem Energiestab zu einem Schlag ausholte, der Funken über Bogas ungeschützten Hals stieben ließ. Das große Tier zuckte zur Seite, schrie voller Furcht und schüttelte den Kopf, als wäre die Brandwunde ein beißendes Geschöpf, das abgeschüttelt werden konnte.

»Noch ein Sprung, Boga!«, rief Obi-Wan und presste sich an die Schulter des Drachenrosses. »Bring mich zu ihm!«

Das Drachenross kam seiner Aufforderung ohne zu zögern nach, und als Grievous erneut zuschlug, griff Obi-Wan mit der freien Hand zu und packte den Stab unter der Entladungsklinge, hielt ihn von Bogas Hals fern. Grievous zerrte an dem Stab und riss Obi-Wan fast aus dem Sattel, stieß den

Stab dann in die andere Richtung, dem Gesicht des Jedi entgegen …

Obi-Wan seufzte und begriff, dass er beide Hände brauchte.

Er ließ sein Lichtschwert fallen.

Als der deaktivierte Griff hinter Obi-Wan über den Boden des Tunnels klackte, dachte er an Anakin, der glücklicherweise nicht zugegen war und deshalb keinen spöttischen Kommentar abgeben konnte.

Er schloss die andere Hand um den Stab, als Grievous das Rad zur Seite riss und auf einen Seitentunnel weiter vorn zuhielt. Obi-Wan hielt grimmig fest. Durch die Macht fühlte er Bogas Erschöpfung; anaerobe Abfallprodukte sammelten sich in den Muskeln des Drachenrosses und ließen es schnell ermüden. Vorn kam Tageslicht durch ein offenes Tor. Boga schaffte die Kurve, und Seite an Seite rasten sie durch den Tunnel, während der Funken spuckende Energiestab sie miteinander verband.

Als sie das Tor passierten und ein kleines, verborgenes Landedeck tief in einem privaten Schlundloch erreichten, sprang Obi-Wan aus dem Sattel, hielt sich weiterhin am Stab fest, drehte sich und rammte beide Stiefel an Grievous Duraniumkopf. Die internen Gyros des Rades heulten, als es zu einer plötzlichen Verschiebung des Schwerpunkts kam. Aus dem Heulen wurde ein Kreischen, Rauch stieg auf, und Metallfragmente spritzten davon, als die Stabilisatoren versagten.

Obi-Wan ließ den Stab los und sprang erneut. Die Macht hob ihn über den Bereich des Absturzes.

Grievous' elektronische Reflexe katapultierten ihn in der entgegengesetzten Richtung aus dem Pilotensessel.

Das Rad sauste über den Rand des Landedecks und fiel in die dunkle Tiefe des Schlundlochs. Es zog Rauch hinter sich her, bis zum fernen, letzten und fatalen Aufprall.

Der Energiestab rollte fort und blieb am Landegestell eines kleinen Sternjägers der Techno-Union liegen, der einige Meter hinter Obi-Wan auf dem Landedeck stand. Hinter Grievous füllte ein keuchendes, erschöpftes, aber immer noch gefährlich zorniges Drachenross die Tunnelöffnung.

Obi-Wan sah Grievous an.

Grievous sah Obi-Wan an.

Worte zwischen ihnen waren nicht mehr nötig.

Obi-Wan stand einfach da, ruhte in der Macht und wartete auf Grievous' Angriff.

Ein verborgenes Fach im rechten Oberschenkel des Generals öffnete sich, ein mechanischer Arm holte einen kleinen Blaster hervor und übergab ihn der Hand, die ihn so schnell hob, dass die Bewegung nur schemenhaft zu erkennen war.

Der Blaster entlud sich mit einem Fauchen.

Obi-Wan … griff zu.

Der Energiestab sprang in die Luft zwischen ihnen, und der Blasterblitz traf eine Entladungsklinge, wirbelte den Stab fort …

… direkt in Obi-Wans Hand.

Es folgte eine kurze Pause, in der sie sich gegenseitig in die Augen sahen und beide begriffen, dass ihre Beziehung hier zu Ende ging.

Obi-Wan griff an.

Grievous wich zurück und schoss mit dem Blaster, so schnell sein Zeigefinger den Auslöser betätigen konnte.

Obi-Wan drehte den Stab, fing jeden einzelnen Blitz ab und wurde nicht einmal langsamer. Als er Grievous erreichte, schlug er ihm mit dem Energiestab den Blaster aus der Hand – die Entladung schickte blaues Feuer über den Arm des Generals.

Anschließend rammte Obi-Wan den Stab gegen Grievous' Bauchpanzer, mit solcher Wucht, dass der General zurücktaumelte. Der Jedi-Meister setzte sofort nach, traf die gleiche Stelle noch einmal. Eine Beule bildete sich im Panzerplast, und Risse entstanden an der Verbindungsstelle mit dem Brustpanzer, während Grievous mit den Armen ruderte und versuchte, das Gleichgewicht zu wahren. Als Obi-Wan erneut ausholte, blockierte ein Arm des Generals den Stab, und die andere Hand ergriff ihn und zog, bis nur noch wenige Zentimeter Grievous' metallenes Totenkopfgesicht von der Nase des Jedi trennten.

»Haltet Ihr mich etwa für so dumm, meine Leibwächter mit Waffen auszustatten, die mir *gefährlich* werden können?«, knurrte er.

Er wartete keine Antwort ab, drehte sich, hob Obi-Wan mühelos vom Deck, warf ihn über seinen Kopf hinweg und schmetterte ihn auf der anderen Seite zu Boden. Es blieb Obi-Wan nichts anderes übrig, als den Stab loszulassen, und mithilfe der Macht verwandelte er den Sturz in eine Rolle. Grievous sprang ihm hinterher, schwang den Energiestab und rammte ihn Obi-Wan in die Seite, bevor dieser das Gleichgewicht wieder fand. Der Hieb ließ ihn zur Seite taumeln, und eine Entladung setzte seinen Umhang in Brand. Grievous blieb dicht bei ihm, nutzte seinen Vorteil und setzte die Angriffe so schnell fort, dass Obi-Wan keinen klaren Gedanken fassen konnte …

Aber der Jedi-Meister brauchte auch gar nicht zu denken. Die Macht war bei ihm, und das *wusste* er.

Als Grievous erneut mit dem Energiestab ausholte und die Entladungsklinge zum tödlichen Stoß auf Obi-Wans Kopf richtete, sprang der Jedi nach vorn.

Brust an Brust stand er vor dem General, die hoch erhobene Hand um den Unterarm seines Gegners geschlossen. Grievous knurrte wortlos, stemmte Obi-Wans Hand sein ganzes Gewicht entgegen und brachte die Klinge näher und näher an das Gesicht des Jedi heran …

Aber die Kraft in Obi-Wans Arm stammte von der Macht, und der Arm des Generals hatte nur die kristalline intermolekulare Struktur von Duraniumlegierung.

Grievous' Unterarm bog sich wie ein billiger Löffel.

Während der General fassungslos auf seinen verbogenen Arm starrte, schob Obi-Wan die Finger seiner freien Hand hinter den unteren Rand von Grievous' verbeulter und gelockerter Bauchplatte.

Grievous sah nach unten. »Was?«

Obi-Wan stieß den Ellenbogen des blockierenden Arms gegen das Schlüsselbein des Generals, zog an der Bauchplatte und spürte, wie sie sich löste. Dahinter hing ein durchsichtiger Beutel aus Synthohaut mit einem Knäuel voll grüner und grauer Organe.

Die Überreste des biologischen Körpers im Innern des Droiden.

Grievous heulte, ließ den Stab los und packte Obi-Wan mit seinen drei verbliebenen Armen. Wieder hob er den Jedi-Meister über den Kopf und warf ihn übers Landedeck hinweg auf den düsteren Abgrund zu. Obi-Wan griff in die Macht, und es gelang ihm, sich so mit dem Gestein zu verbinden, als wäre er darin verankert. Er fiel nicht über den Rand in die Tiefe, sondern prallte mit solcher Wucht auf die Felsen, dass ihm die Luft aus den Lungen gepresst wurde.

Grievous nahm den Energiestab und griff erneut an.

Obi-Wan konnte noch immer nicht atmen. Es gab keine Möglichkeit für ihn, den Angriff des Generals abzuwehren.

Er konnte nur die Hand ausstrecken.

Als der Biodroide vor ihm aufragte, den Energiestab gehoben, um ihn zu töten, flog der kleine Blaster durch die Luft und in Obi-Wans Hand. Der Jedi-Meister handelte sofort, ohne einen bewussten Gedanken, ohne ein kurzes Zögern, um den Sieg zu genießen – er betätigte den Auslöser.

Der Strahlblitz traf den Synthohautsack.

Grievous' Organe platzten auseinander, in einem stinkenden Regen, der die Farbe eines alten Sumpfs hatte. Energiefäden krochen über sein Rückgrat, und der Dampf vaporisierter Hirnmasse zischte aus beiden Seiten des Kopfes. Die Totenkopfmaske brach ab, fiel über den Rand des Landedecks.

Der Energiestab klapperte auf den Boden, kurz darauf gefolgt von den Knien des Generals.

Und dann vom Rest des Kopfes.

Obi-Wan lag auf dem Rücken und blickte zum wolkenlosen Himmel über dem Schlundloch auf, während er versuchte, seine Lungen wieder mit Luft zu füllen. Nur mit Mühe gelang es ihm, sich weit genug auf die Seite zu drehen, um die Flammen an seinem Umgang zu ersticken. Dann sank er wieder zurück.

Und freute sich einfach darüber, am Leben zu sein.

Viel zu kurze Zeit später – lange bevor er wirklich bereit war aufzustehen – fiel ein Schatten auf ihn, begleitet vom Geruch einer überhitzten Echse und einem mahnenden Hupen.

»Ja, Boga, du hast Recht«, pflichtete Obi-Wan dem Drachenross widerstrebend bei. Langsam und unter Schmerzen kam er auf die Beine.

Er nahm den Energiestab und warf einen letzten Blick auf die Reste des Biodroiden-Generals.

»Wie …« Er suchte in seinem Vokabular nach einem möglichst starken Wort der Missbilligung. »… *unzivilisiert.«*

Er aktivierte sein Komlink und wies Cody an, dem Jedi-Kommando auf Coruscant zu berichten, dass Grievous tot war.

»Ausgezeichnet, General«, sagte das kleine Holobild des Klonkommandeurs. »Und herzlichen Glückwunsch. Ich wusste, dass Ihr es schaffen würdet.«

Offenbar wussten es alle, dachte Obi-Wan. Außer Grievous und mir …

»General? Wir haben hier draußen noch immer ein kleines Problem. Etwa zehntausend schwer bewaffnete kleine Probleme, um ganz genau zu sein.«

»Ich bin unterwegs. Kenobi Ende.«

Obi-Wan seufzte und kletterte mühsam in den Sattel des Drachenrosses.

»Na schön, Mädchen«, sagte er. »Lass uns auch *jene* Schlacht gewinnen.«

Es wurde bereits darauf hingewiesen: Das Paradebeispiel für eine Jedi-Falle ist die, die man auf Utapau für Obi-Wan Kenobi vorbereitet hat.

Sie hat perfekt funktioniert.

Das letzte Element für die Schaffung einer wirklich effektiven Jedi-Falle ist eine gewisse Kühle, so etwas wie distanzierte Gleichgültigkeit gegenüber dem Ausgang.

Die beste Möglichkeit besteht darin, ein Szenario zu entwickeln, bei dem man nur gewinnen kann.

Zum Beispiel könnte man als Bevollmächtigten jemanden wählen, der nicht nur entbehrlich ist, sondern den man ohnehin töten will. Wenn diese Person versagt und stirbt, so erleidet man keinen Verlust. Der Jedi, dem die Falle gilt, hat einem dann eigentlich einen Gefallen erwiesen, indem er die schmutzige Arbeit erledigte, um die man sich andernfalls selbst hätte kümmern müssen.

Und der letzte Geniestreich der Perfektion besteht darin, die Jedi-Falle so aufzubauen, dass der Jedi bereits verloren hat, wenn er hineingeht.

Anders ausgedrückt: Eine Jedi-Falle funktioniert am besten, wenn ihr wahres Ziel darin besteht, ihn einige Stunden oder Tage irgendwo auf der anderen Seite der Galaxis beschäftigt zu halten – damit er keinen Einfluss auf die *wahren* Pläne nehmen kann.

Damit es bei seiner Rückkehr bereits zu spät ist.

16. KAPITEL
Enthüllung

Mace Windu stand im dunklen Kom-Zentrum des Jedi-Tempels einem lebensgroßen Holobild Yodas gegenüber. Projiziert wurde es vom verborgenen Kom-Zentrum der Wookie im Herzen eines Wroshyrbaums auf Kashyyyk.

»Wir haben vor einigen Minuten eine Bestätigung von Utapau bekommen«, sagte Mace. »Kenobi hat einen Erfolg erzielt. Grievous ist tot.«

»Zeit wird es für die Ausführung unseres Plans.«

»Ich werde die Nachricht von Grievous' Tod persönlich überbringen.« Mace bewegte die Hände. »Dann liegt es beim Kanzler, seine Sondervollmachten an den Senat zurückzugeben.«

»Vergesst nicht die Existenz von Sidious. Er Euch zuvorkommen könnte. Meister erforderlich sind, wenn Ihr dem Lord der Sith gegenübertreten müsst.«

»Ich habe bereits vier der besten ausgewählt. Meister Tiin, Meister Kolar und Meister Fisto sind hier im Tempel. Sie bereiten sich vor.«

»Was ist mit Skywalker? Dem Auserwählten?«

»Es wäre zu riskant«, erwiderte Mace. »Ich bin der Vierte.«

Yoda schürzte bedächtig die Lippen und nickte noch bedächtiger. »Gewacht hast du zu lange, mein Padawan. Ruhen musst du.«

»Das werde ich, Meister. Wenn die Republik wieder sicher ist.« Mace straffte die Schultern. »Wir warten nur noch auf Eure Stimme.«

»Nun gut. Hiermit habt Ihr sie. Möge die Macht mit Euch sein.«

»Und mit Euch, Meister.«

Die letzten Worte hörte Yoda nicht mehr – sein Holobild war bereits verschwunden.

Mace senkte den Kopf und stand in dunkler Stille.

Plötzlich öffnete sich die Tür des Kom-Zentrums, und gelbes Licht fiel in die Düsternis. Vor dem hellen Hintergrund zeichnete sich die Silhouette eines Mannes ab, der sich kaum auf den Beinen halten konnte.

»Meister …« Die Stimme war nur ein heiseres Flüstern. »Meister Windu …?«

»Skywalker?« Mace war sofort an seiner Seite. »Was ist los? Bist du verletzt?«

Anakin griff wie verzweifelt nach Maces Arm und benutzte ihn wie eine Krücke, zog sich daran hoch.

»Obi-Wan …«, brachte er hervor. »Ich muss mit *Obi-Wan* reden …«

»Obi-Wan ist auf Utapau und hat General Grievous getötet. Wir brechen jetzt auf, um dem Kanzler Bericht zu erstatten und festzustellen, ob er wie versprochen zurücktritt.«

»Ob er … zurücktritt?« Eine bittere Schärfe lag jetzt in Anakins Stimme. »Ihr habt keine *Ahnung* …«

»Anakin? Wie meinst du das?«

»Hört mir zu … *Ihr müsst mir zuhören* …« Anakin sank in sich zusammen und zitterte. Mace legte dem jungen Jedi den Arm um die Schultern und führte ihn zum nächsten Sessel. »Ihr könnt nicht … Bitte, Meister Windu, gebt mir Euer Wort, und versprecht mir, dass es eine *Verhaftung* sein wird, dass ihr ihm nichts *zuleide* tut …«

»Skywalker … Anakin. Bitte versuch, klar zu antworten. Bist du angegriffen worden? Bist du verletzt? Du musst mir sagen, was passiert ist …«

Anakin beugte sich nach vorn und vergrub das Gesicht in den Händen.

Mace griff in die Macht, öffnete das Auge seiner besonderen Wahrnehmung …

Was er sah, ließ fast sein Blut gefrieren.

Das komplexe Netz aus Verwerfungslinien, das er zuvor in

der Macht gesehen hatte und das Anakin mit Obi-Wan und Palpatine verband, existierte nicht mehr. An seiner Stelle befand sich jetzt ein einzelner Spinnenknoten, in dem genug Energie vibrierte, um den ganzen Planeten zerbersten zu lassen. Anakin Skywalker besaß keine Bruchpunkte mehr. Er *war* der Bruchpunkt.

Der Bruchpunkt.

Alles hing von ihm ab.

Alles.

»Anakin, sieh mich an«, sagte Mace langsam und mit der Vorsicht, die er einer fremdartigen Bombe gegenüber angewandt hätte, deren Sprengkraft vielleicht ausreichte, das ganze Universum zu zerstören.

Skywalker hob den Kopf.

»Bist du verletzt? Brauchst du …«

Mace runzelte die Stirn. Anakins Augen waren blutunterlaufen, und sein Gesicht wirkte angeschwollen. Eine Zeit lang wusste er nicht, ob Anakin antworten würde, ob er antworten *konnte*, ob er überhaupt in der Lage war zu sprechen. Der junge Jedi schien mit etwas in seinem Innern zu ringen – er erweckte den Eindruck, gegen ein Ungeheuer zu kämpfen, das sich einen Weg aus seiner Brust bahnen wollte.

Aber in der Macht gab es keine *Eindrücke*, kein *Als ob* und *Es schien*. In der Macht fühlte Mace das Ungeheuer in Anakin Skywalker, ein *tatsächlich existierendes* Monstrum, *zu* real, das ihn von innen her verschlang. Furcht.

Daraus bestand Anakins Wunde. Daher stammte der Schmerz, der ihn zittern und stammeln ließ, ihn so schwach machte, dass er kaum mehr stehen konnte. Eine grässlich schwarze Furcht war wie Fieberwespen im Kopf des jungen Jedi-Ritters geschlüpft und brachte ihn um.

Schließlich, nach einer halben Ewigkeit, öffnete er die roten Augen.

»Meister Windu …« Er sprach langsam und wie unter Qualen, als risse ihm jedes Wort ein Stück Fleisch aus dem Leib. »Ich habe … schlechte Nachrichten.«

Mace starrte ihn an.

»Schlechte Nachrichten?«, wiederholte er.

Was konnte schlimm genug sein, um einen Jedi wie Anakin Skywalker zusammenbrechen zu lassen? Welche *Nachrichten* konnten bewirken, dass Anakin Skywalker aussah, als wären die Sterne erloschen?

Und dann, mit einfachen Worten, sagte Anakin es ihm.

Dies ist der Moment, der Mace Windu hervortreten lässt.

Nicht seine vielen Siege im Kampf, nicht die zahllosen Schlachten, die seine Diplomatie vermieden hat. Nicht sein scharfer Intellekt, seine Talente im Umgang mit der Macht oder sein unvergleichliches Geschick mit dem Lichtschwert. Nicht die Treue dem Jedi-Orden gegenüber.

Aber dies.

Hier.

Jetzt.

Denn auch Mace hat eine *Bindung*, eine geheime Liebe.

Mace Windu liebt die Republik.

Viele seiner Schüler zitieren ihn vor ihren eigenen Schülern: *»Jedi kämpfen nicht für den Frieden. Das ist nur ein Spruch, und solche Sprüche sind immer irreführend. Jedi kämpfen für die Zivilisation, denn nur die Zivilisation kann Frieden schaffen.«*

Für Mace Windu, für sein ganzes Leben, für all die Jedi-Leben in den tausend Jahren vor ihm hat die wahre Zivilisation nur einen wahren Namen: die Republik.

Er hat sein Leben dieser Liebe gewidmet. Er hat dabei das Leben von Unschuldigen verloren. Er hat gesehen, wie Wesen, an denen ihm etwas lag, verstümmelt und getötet wurden, und manchmal geschah noch Entsetzlicheres mit ihnen: Manchmal zerbrachen sie so sehr an den Schrecken des Kampfes, dass ihre Reaktion daraus bestand, noch größeren Schrecken zu verursachen.

Und wegen dieser Liebe haben die acht Worte, die Anakin an ihn richtet, eine ganz besondere Wirkung: Sie zerreißen ihm das Herz, verbrennen seine Bruchstücke und füttern ihn mit ihrer Asche.

Palpatine ist Sidious. Der Kanzler ist der Sith-Lord.

Eigentlich hört er die Worte gar nicht richtig. Ihre wahre Bedeutung ist so immens, dass sein Selbst sie nicht auf einmal erfassen kann.

Sie bedeuten, dass all das, was er getan hat, und all das, was ihm angetan wurde …

Dass all das, was der Orden geleistet und erlitten hat …

Dass all das, was die ganze *Galaxis* durchgemacht hat, all die Jahre des Leids und der Gemetzel, der Tod ganzer *Planeten …*

All das war umsonst …

Es geschah, um die Republik zu retten.

Die bereits besiegt war.

Besiegt und verloren.

Und ihr Leichnam war von einem Jedi-Orden verteidigt worden, der nun unter dem Befehl eines Dunklen Lords der Sith stand.

Mace Windus ganze Existenz ist zu einem Kristall mit so vielen Bruchstellen geworden, dass der Hammerschlag dieser acht Worte ihn zu Sand zermalmt.

Aber weil er Mace Windu ist, nimmt er den Schlag hin, ohne dass sich sein Gesichtsausdruck verändert.

Weil er Mace Windu ist, wird innerhalb einer Sekunde aus dem Mann des Sandes wieder ein Mann aus Stein: ein reiner Jedi-Meister, der kühl das Risiko abwägt, ohne den Auserwählten gegen den letzten Dunklen Lord der Sith anzutreten …

Das Risiko, dem letzten Dunklen Lord der Sith mit einem von Furcht zerfressenen Auserwählten gegenüberzutreten.

Und weil er Mace Windu ist, hat er die Entscheidung bereits getroffen.

»Warte im Ratszimmer, bis wir zurückkehren, Anakin.«

»W-was? Meister …«

»Das ist ein *Befehl*, Anakin.«

»Aber … aber der *Kanzler* …«, bringt Anakin verzweifelt hervor und greift nach der Hand des Jedi-Meisters. »Was habt Ihr *vor*?«

Und es zeichnet ein deutliches Bild von Mace Windu, dass er selbst jetzt die Wahrheit sagt, als er antwortet: »Nur das, was nötig ist.«

Im virtuellen Nichtraum des HoloNetzes treffen sich zwei Jedi-Meister.

Einer ist sehr alt und klein, die Haut wie grünes Leder, die Augen voller Weisheit; er steht im ausgehöhlten Innern eines riesigen Wroshyrbaums. Der andere ist groß und grimmig und sitzt vor einer Holoscheibe im Jedi-Tempel von Coruscant.

Sie sehen sich gegenseitig als blaue, geisterhafte Gestalten, geschaffen von Scan-Lasern. Lichtjahre trennen sie voneinander, doch in Gedanken sind sie eins.

Jetzt kennen sie die Wahrheit.

Seit mehr als zehn Jahren befindet sich die Republik in den Händen der Sith.

Und jetzt, gemeinsam, von blauem Geist zu blauem Geist, beschließen sie, die Republik aus deren Händen zu befreien.

DRITTER TEIL

Apokalypse

Die Dunkelheit ist großzügig und geduldig, und sie gewinnt immer.

Sie gewinnt immer, weil sie überall ist.

Sie ist im Holz, das in deinem Kamin verbrennt, und im Kessel auf dem Feuer. Sie ist unter deinem Stuhl, unter deinem Tisch und unter den Laken deines Bettes. Wandere in hellem Sonnenschein, und die Dunkelheit begleitet dich; sie klebt an den Sohlen deiner Füße.

Das hellste Licht wirft den tiefsten Schatten.

17. KAPITEL
Das Gesicht des Dunklen

Das gedämpfte Licht der scheibenförmigen Lampen bildete in der Düsternis schwebende Ringe aus geisterhaftem Grau. Die schimmernden Lichter von Coruscant umgaben den Sessel und verliehen seinen Schatten messerscharfe Ränder.

Dies war das Büro des Kanzlers.

Im Schatten des Sessels saß ein weiterer Schatten: tiefer, dunkler, formlos und undurchdringlich, ein so abgrundtiefer Schatten, dass er dem Zimmer Licht entnahm.

Und der Stadt. Und dem Planeten.

Und der Galaxis.

Der Schatten wartete. Das hatte er dem Jungen versprochen. Er wollte sein Wort halten.

Zur Abwechselung.

Nacht umgab den Jedi-Tempel.

Auf dem Landedeck des Daches fiel blasses gelbes Licht durch das Rechteck einer Shuttle-Luke und spiegelte sich in den Gesichtern von drei Jedi-Meistern wider.

»Ich würde mich besser fühlen, wenn Yoda hier wäre.« Dieser Meister war ein Nautolaner, groß und breitschultrig. Schleifen aus gaufriertem Leder umgaben seine kahlen Kopftentakel. »Oder Kenobi. Auf Ord Cestus haben Obi-Wan und ich ...«

»Yoda sitzt auf Kashyyyk fest, und Kenobi befindet sich auf Utapau. Der Dunkle Lord hat sich zu erkennen gegeben, und wir dürfen nicht zögern. Vergeudet keine Gedanken an andere Möglichkeiten, Meister Fisto – diese Pflicht fällt uns zu. Wir müssen genügen.« Dieser Meister war ein Iktotchi, kleiner und schlanker als der erste. Zwei lange Hörner wölbten sich von der Stirn bis unters Kinn. Das eine Horn war bei einem Kampf vor mehreren Monaten zerbrochen und amputiert worden. Bacta hatte das Wachstum des neuen Horns beschleunigt, und inzwischen war es genauso groß wie das andere. »Wir werden genügen«, betonte er. »Uns bleibt keine Wahl.«

»Friede«, sagte der dritte Meister, ein Zabrak. Tau hatte sich auf seinen rudimentären Kopfstacheln gesammelt und glänzte wie Schweiß. Er deutete zur sich öffnenden Tempeltür. »Windu kommt.«

Wolken hatten das Zwielicht begleitet, und es begann zu nieseln. Der sich nähernde Meister hielt den kahlen Kopf gesenkt und hatte die Hände in die Ärmel seines Umhangs geschoben.

»Meister Ti und Tormeister Jurokk kümmern sich um die Verteidigung des Tempels«, sagte er, als er die anderen erreichte. »Wir deaktivieren alle Navigationsbaken und Signallichter. Die älteren Padawane sind bewaffnet, die Schutztüren verriegelt und mit Zugangskodes abgesichert.« Sein Blick glitt über die Meister. »Es wird Zeit, dass wir uns auf den Weg machen.«

»Und Skywalker?« Der Zabrak-Meister neigte den Kopf und schien eine ferne Störung in der Macht zu fühlen. »Was ist mit dem Auserwählten?«

»Ich habe ihn bis zu unserer Rückkehr ins Ratszimmer geschickt.« Mace Windu richtete einen ernsten Blick auf den Turm des Hohen Rates und blinzelte im stärker werdenden Regen. Er zog die Hände aus den Ärmeln, und eine von ihnen hielt sein Lichtschwert.

»Er hat seine Pflicht erfüllt, Meister. Jetzt müssen wir unsere tun.«

Mace betrat den Shuttle.

Die anderen drei Jedi-Meister wechselten bedeutungsvolle Blicke. Dann nickte Agen Kolar und trat durch die Luke. Saesee Tiin strich über sein neu gewachsenes Horn und folgte ihm.

»Ich würde mich *trotzdem* besser fühlen, wenn Yoda hier wäre«, brummte Kit Fisto und ging ebenfalls in den Shuttle.

Als sich hinter ihm die Luke schloss, gehörte der Jedi-Tempel vollkommen der Nacht.

Allein im Zimmer des Jedi-Rats, rang Anakin Skywalker mit seinem Drachen.

Er verlor.

Blind stapfte er umher und stieß dabei gegen Sessel. Er fühlte keine Ströme der Macht um sich herum; er fühlte nicht die Echos der Jedi-Meister in diesen alten Sesseln.

Er hätte nie gedacht, dass es im Universum so viel Schmerz gab.

Mit körperlichem Schmerz wäre er selbst ohne seine Jedi-Fähigkeiten fertig geworden; er war immer sehr widerstandsfähig gewesen. Im Alter von nur vier Jahren hatte er Wattos schlimmste Prügel eingesteckt, ohne auch nur einen Laut von sich zu geben.

Nichts hatte ihn auf dies vorbereitet.

Am liebsten hätte er sich mit bloßen Händen die Brust aufgerissen und das Herz herausgezerrt.

»Was habe ich *getan*?« Die Frage begann als ein leises Stöhnen und wurde zu einem Heulen, das er nicht hinter den Zähnen zurückhalten konnte. *»Was habe ich getan?«*

Er kannte die Antwort: Er hatte seine Pflicht erfüllt.

Und jetzt wusste er nicht mehr, warum.

Wenn ich sterbe, nehme ich mein Wissen mit in den Tod, hatte Palpatine gesagt, so ruhig, so freundlich und vernünftig.

Wohin er auch blickte, überall sah er das Gesicht der Frau, die er über alles liebte.

Es war ihm gleich, was sie getan hatte. Er scherte sich nicht um Verschwörungen, Intrigen und geheime Pakte. Verrat bedeutete ihm jetzt nichts mehr. Sie war alles, was er jemals geliebt hatte, und er sah sie sterben.

Anakins Agonie verwandelte sich irgendwie in eine unsichtbare Hand, die sich durch die Macht streckte, eine Hand, die sie fand, weit entfernt, allein in ihrem Apartment, im Dunkeln, eine Hand, die ihre seidenweiche Haut fühlte, ihr lockiges Haar, eine Hand, die sich in ein Energiefeld verwandelte, die zu einem reinen *Gefühl* wurde, das ihr *Inneres* erreichte …

Und jetzt fühlte er sie, er *fühlte* sie wirklich in der Macht, als wäre sie ebenfalls eine Art Jedi, aber noch mehr: Er fühlte eine Verbindung, die tiefer und intimer war als alles, was ihn jemals mit Obi-Wan verbunden hatte. Für einen kostbaren ewigen Moment *war* er sie … Er war ihr Herzschlag, die Bewegung ihrer Lippen, ihre sanften Worte, als sie ein Gebet zu den Sternen schickte ….

Ich liebe dich, Anakin. Ich gehöre dir, im Leben wie im Tod, wohin auch immer du gehst, was auch immer du tust, wir werden immer zusammen sein. Zweifle nie, Liebling. Ich bin dein.

Ihre Reinheit, ihre Leidenschaft und die Wahrheit ihrer Liebe strömten in ihn und durch ihn, und jedes seiner Atome schrie in der Macht: *Wie kann ich sie sterben lassen?*

Die Macht hatte keine Antwort für ihn.

Dafür aber der Drache.

Alles stirbt, Anakin Skywalker. Selbst Sterne brennen aus.

Und sosehr er sich auch bemühte: Es gelang ihm nicht, Yodas Weisheit, Obi-Wans Lehren oder irgendwelche anderen Jedi-Kenntnisse heraufzubeschwören, die geeignet gewesen wären, den Drachen unter Kontrolle zu halten.

Aber es *gab* eine Antwort. Er hatte sie in der Nacht zuvor gehört.

Mit einem derartigen Wissen scheint es leicht zu sein, das Leben in einem bereits lebendigen Organismus zu erhalten, meinst du nicht?

Anakin blieb stehen. Seine Agonie verschwand.

Palpatine hatte Recht.

Es *war* einfach.

Er brauchte nur zu entscheiden, was er wollte.

Die Nacht, die über Coruscant hereinbrach, breitete sich in der Galaxis aus.

Die Dunkelheit in der Macht stellte kein Hindernis für den Schatten im Büro des Kanzlers dar. Er *war* die Dunkelheit. Wo immer es Dunkelheit gab, konnte der Schatten sehen.

In der Nacht fühlte der Schatten die Qual des Jungen, und sie war gut. Der Schatten fühlte die grimmige Entschlossenheit von vier Jedi-Meistern, die sich durch die Luft näherten.

Das war ebenfalls gut.

Als draußen ein Jedi-Shuttle auf dem Landedeck niederging, transferierte der Schatten sein Selbst in eine viel tiefere Nacht: in eine der Skulpturen, die sein Büro schmückten, eine abstrakte Darstellung aus massivem Neuranium, so schwer, dass der Boden des Büros hatte verstärkt werden müssen, um das Gewicht der Statue zu tragen. Sie war so dicht, dass Angehörige besonders empfindlicher Spezies in der Lage gewesen wären, die winzige Verzerrung der Raum-Zeit wahrzunehmen, die ihre Gravitation hervorrief.

Neuranium mit einer Dicke von mehr als einem Millimeter kann nicht von Sondierungssignalen durchdrungen werden. Bei der normalen Sicherheitsüberprüfung aller Objekte, die ins Senatsgebäude gelangten, hatte sich nichts ergeben. Wenn jemand auf den Gedanken gekommen wäre, einen leistungsstarken gravimetrischen Detektor einzusetzen, hätte er festgestellt, dass es in einem kleinen Teil des Objekts weniger Masse gab, als es eigentlich der Fall sein sollte. Im Frachtbrief allerdings, der alle persönlichen Gegenstände des Botschafters von Naboo nach Coruscant begleitet hatte, war zu lesen, dass das Objekt aus massivem Neuranium bestand, ohne irgendwelche Hohlräume.

Aber das stimmte nicht. Die Skulptur war nicht ganz massiv, und sie bestand auch nicht ganz aus Neuranium.

In einem langen, dünnen, stabförmigen Hohlraum im Innern der Skulptur ruhte ein Gegenstand und wartete seit Jahrzehnten in absoluter Dunkelheit, in Dunkelheit jenseits von Dunkelheit.

Er wartete darauf, dass es Nacht wurde in der Republik.

Der Schatten fühlte, wie die Jedi-Meister draußen durch die hallende Leere der Korridore schritten. Er konnte praktisch das Klacken ihrer Stiefel auf dem alderaanianischen Marmor hören.

Die Dunkelheit in der Skulptur flüsterte von der Form und dem Gefühl und allen vertrauten Resonanzen des Gegenstands in ihr. Der Schatten aktivierte den Apparat mit einem Gedanken.

Das Neuranium wurde warm.

Ein kleiner runder Fleck, nicht größer als ein Kreis, den ein menschliches Kind mit Daumen und Zeigefinger formen konnte, gewann die Farbe von altem Blut.

Dann die von frischem Blut.

Dann die einer Flamme.

Schließlich erschien ein Speer aus scharlachroter Energie und gab dem Büro die Farbe von Sternen, wie man sie durch den Rauch brennender Planeten sah.

Der Speer aus Energie wurde länger und zog dabei den Apparat aus der Dunkelheit. Dann verschwand die scharlachrote Klinge, und der Apparat glitt in die weichere Dunkelheit eines Ärmels.

Als Rufe der Macht die in rote Umhänge gehüllten Wächter überwältigten, winkte der Schatten, und die scheibenförmigen Lampen leuchteten auf. Ein weiterer Ruf der Macht bewirkte, dass die Tür des Büros aufsprang. Jedi stürmten herein, und ein gedanklicher Befehl des Schattens aktivierte ein im Schreibtisch verborgenes Aufzeichnungsgerät.

Nur Audio.

»Oh, Meister Windu«, sagte der Schatten. »Welch eine angenehme Überraschung.«

Shaak Ti fühlte ihn kommen, bevor sie ihn sah. Die infra- und ultraschallempfindlichen Organe an den Seiten ihres Kopfes verliehen ihr diese Möglichkeit der Wahrnehmung. Die Textur seiner sich nähernden Schritte war so rau wie altes Sackleinen. Als er um die Ecke zur Landedecktür kam, fühlte sich sein Atem wie ein Kieshaufen an, und sein Herzschlag hatte Spitzen wie der Kopf eines Zabrak.

Er sah auch nicht gut aus. Sein Gesicht zeigte leichenhafte Blässe, selbst für einen Menschen, und die Augen waren blutunterlaufen.

»Anakin …«, sagte sie voller Wärme. Vielleicht brauchte er ein freundliches Wort; von Mace Windu hatte er bestimmt nicht viele gehört. »Danke für das, was du getan hast. Der Jedi-Orden steht in deiner Schuld – sogar die ganze Galaxis.«

»Shaak Ti. Geht mir aus dem Weg.«

So mitgenommen er auch aussah, in seiner Stimme erklang keine Schwäche. Sie war tiefer, als Shaak sie in Erinnerung hatte, tiefer und reifer, und es gab in ihr Untertöne von Autorität, die sie jetzt zum ersten Mal hörte.

Und es entging ihrer Aufmerksamkeit nicht, dass er darauf verzichtete, sie *Meister* zu nennen.

Sie streckte die Hand aus und bot beruhigende Kraft durch die Macht. »Der Tempel ist abgeriegelt, Anakin. Ein Sicherheitskode schützt die Tür.«

»Und Ihr steht mir im Weg.«

Shaak wich beiseite und gestattete es ihm, an die Tür heranzutreten – es gab keinen Grund für sie, ihn daran zu hindern, diesen Ort zu verlassen. Sofort gab er den Kode ein. »Wenn Palpatine zurückschlägt …«, sagte sie im Tonfall der Vernunft. »Ist es dann nicht deine Pflicht, uns bei der Verteidigung des Tempels zu helfen?«

»Ich bin der *Auserwählte.* Mein Platz ist *dort.*« Er atmete noch schwerer, und sein Zustand schien sich weiter zu verschlechtern. »Ich muss dort sein. Das verlangt die Prophezeiung, nicht wahr? *Ich muss dort sein …*«

»Warum, Anakin? Die Meister sind die besten des Ordens. Was könntest du tun?«

Die Tür glitt auf.

»Ich bin der Auserwählte«, wiederholte Anakin. »Die Prophezeiung kann nicht verändert werden. Ich werde …«

Er sah Shaak aus sterbenden Augen an, und unerträglicher Schmerz zuckte durch sein Gesicht. Shaak Ti streckte die Hand nach ihm aus – er sollte in der Krankenstation sein und nicht unterwegs zu etwas, das zu einem wilden Kampf werden konnte –, doch er wich zurück.

»Ich werde tun, was ich tun *soll*«, sagte er und lief in die Nacht und den Regen.

[Es folgt die Abschrift einer Audio-Aufzeichnung, die dem Galaktischen Senat am Nachmittag des ersten Tags des Imperiums präsentiert wurde. Die Identität der Sprecher konnte mithilfe von Stimmmusteranalyen verifiziert und bestätigt werden.]

PALPATINE: Oh, Meister Windu. Welche eine angenehme Überraschung.

MACE WINDU: Es dürfte wohl kaum eine Überraschung sein, Kanzler. Und angenehm ist es für niemanden von uns.

PALPATINE: Wie bitte? Hallo, Meister Fisto. Ich grüße Euch, Meister Kolar. Ich hoffe, es geht Euch gut. Meister Tiin … wie ich sehe, ist das Horn nachgewachsen. Das freut mich sehr. Was bringt vier Jedi-Meister um diese Zeit in mein Büro?

MACE WINDU: Wir wissen, wer Ihr seid. Was Ihr seid. Wir sind hier, um Euch in Gewahrsam zu nehmen.

PALPATINE: Ich bitte um Verzeihung? Was ich bin? Als ich es zuletzt überprüft habe, war ich der Oberste Kanzler der Republik, der zu dienen Ihr geschworen habt. Ich hoffe, ich verstehe falsch, was Ihr mit »Gewahrsam« meint, Meister Windu. Es klingt nach Verrat.

MACE WINDU: Hiermit seid Ihr verhaftet.

PALPATINE: Das kann doch nicht Euer Ernst sein, Meister Windu. Was legt man mir zur Last?

MACE WINDU: Ihr seid ein Sith-Lord!

PALPATINE: Bin ich das? Selbst wenn das stimmt, es ist wohl kaum ein Verbrechen. Meine philosophischen Einstellungen sind allein mein Sache. Als ich zum letzten Mal die Verfassung gelesen habe, enthielt sie strikte Gesetze gegen solche Art von Verfolgung. Ich frage noch einmal: Worin besteht mein angebliches Verbrechen? Wie wollt Ihr Euren Verrat vor dem Senat rechtfertigen? Oder plant Ihr, auch den Senat in Gewahrsam zu nehmen?

MACE WINDU: Wir sind nicht hier, um zu diskutieren.

PALPATINE: Nein, Ihr seid hier, um mich ohne ein Verfahren gefangen zu nehmen. Ohne auch nur den Anschein von Legalität zu erwecken. Das ist es also: Die Jedi übernehmen die Republik.

MACE WINDU: Kommt mit uns. Jetzt sofort.

PALPATINE: Ich werde nichts dergleichen tun. Wenn Ihr vorhabt, mich zu ermorden, so könnt Ihr das hier erledigen.

MACE WINDU: Versucht nicht, Widerstand zu leisten.

[Geräusche, die aufgrund ihrer Frequenzresonanzen als Aktivierung mehrerer Lichtschwerter identifiziert werden konnten]

PALPATINE: Widerstand? Wie könnte ich Widerstand leisten? Dies ist *Mord*, Ihr Jedi-Verräter! Wie könnte *ich* eine Gefahr für Euch sein? Meister Tiin ... Ihr seid Telepath. Was denke ich?

[Geräusche eines Handgemenges]

KIT FISTO: Saesee …

AGEN KOLAR: [verstümmelt, vielleicht »Es tut nicht weh« (?)]

[Geräusche eines Handgemenges]

PALPATINE: Hilfe! Hilfe! Wächter! Jemand muss mir helfen! *Mord! Verrat!*«

[Ende der Aufzeichnung]

Eine Fontäne aus amethystblauer Energie zischte aus Mace Windus Faust. »Versucht nicht, Widerstand zu leisten.«

Grünes Feuer aus den Händen von Kit Fisto, Agen Kolar und Saesee Tiin stimmten in das Lied von Maces Klinge ein. Kolar und Tiin näherten sich Palpatine und versperrten ihm den Weg zur Tür. Farben tropften aus Schatten, als sie über die Wände des Büros huschten und tanzten, über Sessel krochen und sich auf dem Boden ausbreiteten.

»Widerstand? Wie könnte ich Widerstand leisten?« Palpatine saß noch am Schreibtisch und schüttelte hilflos eine leere Faust. Er bot das perfekte Bild eines müden, furchterfüllten alten Mannes. »Dies ist *Mord*, Ihr Jedi-Verräter! Wie könnte *ich* eine Gefahr für Euch sein?«

Er wandte sich wie verzweifelt an Saesee Tiin. »Meister Tiin … Ihr seid Telepath. Was denke ich?«

Tiin runzelte die Stirn und neigte den Kopf zur Seite. Sein Lichtschwert sank. Ein Schemen roter Düsternis raste hinter dem Schreibtisch hervor.

Saesee Tiins Kopf fiel zu Boden.

Rauch kräuselte aus dem Hals und den beiden knapp unterm Kinn durchtrennten Hörnern.

»Saesee!«, entfuhr es Kit Fisto.

Die kopflose Leiche stand noch und drehte sich, als die Knie nachgaben. Sie sank zu Boden, und dabei kam ein dünnes Seufzen aus der Luftröhre.

»Es tut nicht ...« Agen Kolar schwankte.

Seine smaragdgrüne Klinge verschwand, und der Griff entfiel seiner sich öffnenden Hand. Rauch kam aus einem kleinen Loch mitten in der Stirn, das bis zum Hinterkopf reichte.

»... weh ...«

Er fiel nach vorn und blieb mit dem Gesicht nach unten liegen.

Palpatine stand vor der Tür, die jedoch geschlossen blieb. Die Klinge des Lichtschwerts in seiner rechten Hand hatte die Farbe von Feuer.

Hinter ihm verriegelte sich die Tür.

»Hilfe! Hilfe!«, rief Palpatine, als hätte er schreckliche Angst um sein Leben. »Wächter! Jemand muss mir helfen! *Mord! Verrat!*«

Dann lächelte er.

Er hob einen Finger an die Lippen und zwinkerte.

In den stillen Sekunden, die folgten, hoben Mace Windu und Kit Fisto nur ihre Schwerter, um sich zu schützen, Palpatine trat rasch über die beiden Leichen hinweg zum Schreibtisch, drehte sein Lichtschwert und schnitt in den Schreibtisch hinein.

»Genug *davon.*«

Er zog die Klinge wieder heraus, hob seine Waffe und betrachtete sie wie das Gesicht eines geschätzten Freundes, den man lange tot geglaubt hat. Kraft sammelte sich um ihn herum, bis die Macht mit Dunkelheit schimmerte.

»Wenn Ihr wüsstet, wie lange ich auf diesen Moment gewartet habe«, sagte er leise zu den Jedi-Meistern und hob das Lichtschwert zu einem spöttischen Gruß ...

Anakins Speeder kreischte durch den Regen und wich Blitzen aus. Er raste durch Verkehrsebenen und jagte so schnell an weit aufragenden Gebäuden vorbei, dass ihre Fenster Sprünge bekamen.

Er verstand nicht, warum ihm die Leute nicht einfach auswichen. Er verstand nicht, warum die Billionen von Lebewesen in Galactic City einfach ihren trivialen Angelegenheiten nachgingen, als hätte sich das Universum überhaupt nicht verändert. Wie konnten sie glauben, im Vergleich mit ihm irgendetwas zu bedeuten?

Wie konnten sie glauben, dass sie irgendeine Rolle spielten?

Er scherte sich nicht um ihre blinden Leben. Denn voraus, in der gewaltigen Fassade des Senatsgebäudes, spuckte ein Fenster Blitze in den Regen, die sich den Blitzen des Gewitters hinzugesellten. Es waren die Blitze aufeinander treffender Lichtschwerter.

Grünes Gleißen, violettes Schimmern …

Und eine scharlachrote Flamme.

Er kam zu spät.

Das grüne Feuer verblasste und verschwand. Daraufhin gab es nur noch zwei Blitze, der eine violett, der andere rot.

Die Repulsorlifte heulten, als Anakin den Speeder auf die Seite legte, ihn durch Turbulenzen steuerte und vor dem Fenster des privaten Kanzlerbüros anhielt. Ein Blitz traf die Turmspitze von Republica 500, nur einen Kilometer entfernt, und sein weißes Licht spiegelte sich im Fenster wider und blendete Anakin. Er blinzelte mehrmals und rieb sich die Augen.

Das farblose Glühen verblasste allmählich, und er sah Leichen auf dem Boden des Büros liegen.

Leichen in Jedi-Umhängen.

Auf Palpatines Schreibtisch lag der Kopf von Kit Fisto, mit dem Gesicht nach oben – die Tentakel bildeten ein wirres Durcheinander auf dem Ebonit, und die lidlosen Augen starrten an die Decke. Vor dem inneren Auge sah Anakin ihn in der Arena von Geonosis, wie er sich mühelos durch eine Welle von Kampfdroiden nach der anderen geschnitten hatte, auf den Lippen ein sanftes, amüsiertes Lächeln, als wäre der schreckliche Kampf nichts weiter als ein freundlicher Scherz. Dieses Lächeln deuteten die erstarrten Lippen auch jetzt an.

Vielleicht hielt er selbst den Tod für komisch.

Anakins Klinge sang blau, als er durchs Fenster schnitt und sprang. Er rollte sich ab, kam inmitten von Leichen auf die Beine, lief durch die aufgebrochene Tür und einen kleinen, privaten Flur. Kurz darauf erreichte er eine weitere Tür, an der sich flackernder Lichtschein zeigte.

Anakin verharrte.

Im öffentlichen Büro des Obersten Kanzlers der Galaktischen Republik kämpfte ein letzter Jedi-Meister allein und Klinge an Klinge gegen einen lebenden Schatten.

Mace Windu sank ins Vaapad und kämpfte um sein Leben.

Mehr als nur sein Leben: Mit jeder Bewegung des Lichtschwerts verteidigte er Demokratie, Gerechtigkeit und Frieden, das Recht gewöhnlicher Wesen, ihr Leben so zu leben, wie sie es wollten.

Er kämpfte für die Republik, die er so sehr liebte.

Vaapad, die siebte Form des Lichtschwertkampfs, ist nach einem gefährlichen Raubtier auf den Monden von Sarapin benannt: Ein Vaapad greift seine Beute mit blitzschnellen Tentakelschlägen an. Die meisten haben mindestens sieben Tentakel. Aber sie können auch zwölf haben, und die größten, die jemals erlegt worden sind, hatten dreiundzwanzig. Bei einem Vaapad erfährt man die Anzahl der Tentakel erst, wenn er tot ist – sie bewegen sich zu schnell, als dass man sie zählen könnte. So schnell, dass man sie fast nicht sieht.

Und so schnell war Maces Klinge.

Vaapad ist so aggressiv und kraftvoll wie das gleichnamige Geschöpf, doch ein großes Risiko geht damit einher: Die Versunkenheit im Vaapad öffnet Tore zur inneren Dunkelheit. Um Vaapad zu nutzen, muss sich ein Jedi erlauben, den Kampf zu *genießen*; er muss sich der Aufregung des

Kampfes hingeben, dem Drang zu *gewinnen*. Vaapad ist ein Weg, der durch die Schatten der dunklen Seite führt.

Mace Windu hatte diesen Stil geschaffen und war sein einziger lebender Meister.

Dies war der letzte Test für Vaapad.

Anakin blinzelte und rieb sich erneut die Augen. Vielleicht war er noch immer ein wenig vom Blitz geblendet – der Korun-Meister schien immer wieder zu verschwinden und neu zu erscheinen. Ein dichter werdender schwarzer Dunst, in dem eine einen Meter lange Stange aus Sonnenfeuer tanzte, verschluckte ihn. Mace drängte die Finsternis zurück, indem er erbarmungslos direkt gegen sie vorging. Seine Klinge, deren amethystblaues Glühen für viele böse Wesen in der Galaxis der letzte Anblick gewesen war, schuf einen eigenen Dunst: eine abgeplattete Kugel aus violettem Feuer, in der Dutzende von Schwertern in alle Richtungen gleichzeitig zu schlagen schienen.

Der Schatten, gegen den er kämpfte, der rasend schnelle Schemen … Konnte das *Palpatine* sein?

Ihre Klingen gleißten und blitzten, prallten fauchend aneinander und spannen Netze aus tödlicher Energie. Ihr Tanz erfolgte mit einer solchen Geschwindigkeit, dass Anakin sie nicht wirklich sehen konnte …

Aber er fühlte sie in der Macht.

Die Macht selbst toste, schmetterte und krachte, brodelte mit Kraft und tödlicher Absicht.

Und sie wurde dunkler.

Anakin spürte, wie die Macht die destruktive Begeisterung des Schattens aufnahm. Er spürte, wie Zorn durch die Macht spritzte, ausgehend von einem giftigen Geschwür in beiden Herzen.

Hier gab es keine Jedi-Zurückhaltung.

Mace Windu setzte alles in sich frei.

Er war tief versunken im Vaapad, regelrecht davon verschlungen, und eigentlich existierte er nicht mehr als unabhängiges Wesen.

Vaapad ist ein Kanal für die Dunkelheit, und die Dunkelheit floss in beide Richtungen. Er stellte sich der rasenden Schnelligkeit des Sith-Lords, nahm Zorn und Kraft der Dunkelheit in sein Innerstes auf …

Und ließ sie von dort zurückströmen.

Er reflektierte den Zorn auf seinen Ausgangspunkt, so wie ein Lichtschwert Blasterstrahlen reflektiert.

Früher einmal hatte Mace Windu die Kraft des Dunklen gefürchtet: Der Dunkelheit selbst hatte seine Furcht gegolten. Doch in den Klonkriegen hatte er das Geschenk des Verstehens erhalten: Auf einer Welt namens Haruun Kal war er seiner Dunkelheit gegenübergetreten und hatte gelernt, dass man die Kraft der Dunkelheit nicht fürchten musste.

Er hatte gelernt, dass es die Furcht ist, die der Dunkelheit Kraft gibt.

Er fürchtete sich nicht. Die Dunkelheit hatte keine Macht über ihn. Aber …

Er hatte auch keine Macht über sie.

Vaapad machte ihn zu einem offenen Kanal, zur einen Hälfte einer supraleitenden Schleife, die der Schatten vervollständigte. Sie wurden zu einer stehenden Welle des Kampfes, der sich in jeden Kubikzentimeter im Büro des Kanzlers ausdehnte. Es gab kein Stück Teppich und keinen Teil eines Sessels, der nicht in jedem Augenblick von rotem oder violettem Feuer erfasst werden konnte. Lampenfüße wurden kurz zu Schilden, bevor sie in Fetzen durch die Luft wirbelten. Couchs wurden zu Terrain, das für den Höhenvorteil erklettert werden musste, oder einer der Kämpfenden sprang im Rückzug darüber hinweg. Doch es gab immer nur einen Kreislauf der Macht, eine endlose Schleife. Keiner der beiden Kontrahenten wurde verletzt, und es bestand nicht einmal die Möglichkeit der Ermüdung.

Niemand konnte sich durchsetzen.

Auf diese Weise hätte es für immer weitergehen können, wenn Vaapad Maces einzige Fähigkeit gewesen wäre.

Er kämpfte jetzt mühelos und überließ es dem Körper, sich

darum zu kümmern, ohne dass der Geist lenkend eingriff. Während das Lichtschwert zischend hin und her schwang, während die Füße rutschten und sein Gewicht verlagerten, während sich die Schultern neigten und präzise Bögen beschrieben, glitt der Geist durch den Kreislauf der dunklen Energie, bis hin zu ihrer unerschöpflichen Quelle.

Er suchte nach ihrem Bruchpunkt.

Mace fand einen Knoten aus Verwerfungslinien in der Zukunft des Schattens, wählte die größte und verfolgte sie zurück ins Hier und Heute …

Und sie führte ihn erstaunlicherweise zu einem Mann, der wie erstarrt in der aufgeschnittenen Tür stand. Er brauchte nicht hinzusehen. Die Präsenz in der Macht war vertraut und so erbaulich wie der Sonnenschein nach einem Gewitter.

Der Auserwählte war da.

Mace löste sich von der Klinge des Schattens, sprang zum Fenster und zerschlug den Transparistahl.

Die kurze Ablenkung führte dazu, dass ihn ein dunkles Wogen in der Macht fast durch die gerade geschnittene Lücke gestoßen hätte. Nur ein schneller Stoß mit der Macht veränderte seine Bewegungsrichtung so, dass er gegen einen Pfosten prallte und nicht über den Rand des Simses hinweg einen halben Kilometer in die Tiefe stürzte. Er fiel zur Seite, die Macht tilgte seine Benommenheit, und er gab sich erneut dem Vaapad hin.

Er fühlte, dass das Ende des Kampfes näher rückte, und der Sith-Schemen spürte es ebenfalls – in der Macht wurde der Schatten zu einem Pulsar der Furcht. Fast mühelos verwandelte Mace die Furcht des Schattens in eine Waffe und gab dem Kampf eine neue Richtung, sodass er beide Gegner auf den Fenstersims brachte.

Draußen im Wind. Draußen bei den Blitzen. Auf einem regennassen Vorsprung, darunter ein fünfhundert Meter tiefer Abgrund.

Draußen, wo die Furcht den Schatten zögern ließ. Draußen, wo die Furcht den Schatten veranlasste, einen Teil der durch die Macht gewonnenen Geschwindigkeit aufzugeben und die Kraft dafür zu nutzen, festen Halt auf dem schlüpfrigen Permabeton zu finden.

Draußen, wo Mace seine Klinge in einem Bogen schwingen und das Lichtschwert des Schattens mit einem Hieb zerschlagen konnte.

Ein Teil flog durch die Öffnung im Fenster ins Büro. Der andere entfiel der Hand, klapperte über den Sims, rutschte über den Rand und fiel in die Tiefe.

Jetzt war der Schatten nur Palpatine: alt und eingefallen, das Haar von Zeit und Sorgen gebleicht, Erschöpfungsfalten im Gesicht.

»Trotz Eurer Macht – Ihr seid kein Jedi«, sagte Mace ruhig und blickte über die Länge seiner Klinge. »Ihr seid nur mein Gefangener.«

»Siehst du, Anakin? Siehst du?« Palpatines Stimme klang erneut wie die eines ängstlichen alten Mannes. »Habe ich dich nicht vor den Jedi und ihrem Verrat gewarnt?«

»Spart Euch Eure lügnerischen Worte, Mylord. Es sind keine Politiker in der Nähe. Die Sith werden die Republik nicht noch einmal unter Kontrolle bringen. Es ist vorbei. Ihr habt verloren.« Mace ließ das Lichtschwert sinken. »Ihr habt aus dem gleichen Grund verloren, der immer zur Niederlage der Sith führte: Die eigene Furcht hat Euch geschlagen.«

Palpatine hob den Kopf.

In seinen Augen glühte Hass.

»Narr«, sagte er.

Er hob die Arme, und sein Umhang breitete sich wie die Schwingen eines Raubvogels aus. Die Hände wirkten wie Klauen.

»Narr!« Seine Stimme klang wie der Donner. »Glaubt Ihr etwa, Ihr fühlt *meine* Furcht?«

Blitze flackerten in den Wolken, und Blitze flackerten von Palpatines Händen, und es blieb Mace nicht genug Zeit zu verstehen, wovon Palpatine sprach. Ihm blieb gerade noch Zeit genug, ins Vaapad zurückzusinken, das Schwert zu heben und die ihm entgegenlodernde Energie aus reinem Hass abzufangen.

Vaapad ist mehr als nur ein Kampfstil. Es ist ein Geisteszustand, ein Kanal für Dunkelheit. Kraft strömte durch Mace, ohne ihn zu berühren.

Und der Kreis schloss sich: Die Blitze kehrten zu ihrem Ausgangspunkt zurück.

Palpatine taumelte und knurrte, doch es zuckte noch mehr tödliche Energie von seinen Händen.

Sein Schmerz nährte die Kraft.

»Anakin!«, rief Mace. Seine Stimme klang fern und undeutlich, schien aus einem tiefen Brunnen zu kommen. »Hilf mir, Anakin! Dies ist unsere Chance!«

Er spürte, wie Anakin vom Boden des Büros zum Sims sprang, fühlte, wie er sich von hinten näherte …

Und Palpatine fürchtete sich nicht.

Mace fühlte es ganz deutlich: Er hatte keine Angst.

»Töte den Verräter«, sagte der Kanzler. Seine Stimme übertönte das Heulen der Energie, die zwischen seinen Händen und Maces Lichtschwert zuckte. »Dies sollte nie eine Verhaftung sein. Es ist *Mord*!«

Und dann verstand Mace endlich. Der Schlüssel zum endgültigen Sieg. Palpatines Bruchpunkt. Der absolute Bruchpunkt der Sith.

Sogar der Bruchpunkt der dunklen Seite.

Palpatine *vertraut* Anakin *Skywalker*, dachte Mace erstaunt.

Anakin befand sich jetzt neben Mace, und Palpatine machte noch immer keine Anstalten, sich ihm gegenüber zu verteidigen. Stattdessen verstärkte er den Energiestrom aus seinen Händen und drückte Maces Klinge so dem Gesicht des Korun-Meisters entgegen.

Kraft glühte in Palpatines Augen und warf einen düsteren Schein, der den Regen um sie herum verdampfte. »Er ist ein Verräter, Anakin. Töte ihn.«

»Du bist der Auserwählte, Anakin«, sagte Mace, und die Anstrengung ließ seine Stimme vibrieren. Dies ging über Vaapad hinaus; er hatte nicht genug Kraft übrig, um gegen seine eigene Klinge zu kämpfen. »Erledige ihn. Es ist dein *Schicksal.*«

»Schicksal ...«, wiederholte Skywalker leise.

»Hilf mir! Ich kann nicht mehr!« Das gelbe Glühen von Palpatines Augen breitete sich durch seinen Körper aus. Die Haut begann wie Öl zu fließen, als würden die Muskeln darunter verbrennen, und selbst die Knochen des Kopfes schienen weich zu werden, sich unter der Hitze und dem Druck seines Hasses zu verformen. »Er *bringt mich um*, Anakin ... Bitte ... Aaaa*ahhh* ...«

Maces Klinge war dem Gesicht inzwischen so nahe, dass er Ozon atmete. »Anakin, er ist zu *stark* für mich ...«

»Ahhh ...« Neben dem endlosen Heulen der Energie wurde Palpatines Stimme zu einem verzweifelten Stöhnen.

Die Blitze verschlangen sich selbst, ließen nur die Nacht und den Regen zurück, und einen alten Mann, der auf dem schlüpfrigen Sims auf die Knie sank.

»Ich ... kann nicht. Ich gebe auf. Ich ... ich bin zu schwach. Zu alt und zu schwach. Tötet mich nicht, Jedi-Meister. Bitte. Ich ergebe mich.«

Triumph flutete durch Maces schmerzenden Leib. Er hob das Lichtschwert. »Sith-*Krankheit* ...«

»Wartet ...« Skywalkers Hand schloss sich mit verzweifelter Kraft um Maces Schwertarm. »Tötet ihn nicht. Ihr ... Ihr könnt ihn nicht einfach *töten* ...«

»Doch, ich kann«, erwiderte Mace mit grimmiger Gewissheit. »Ich muss.«

»Ihr seid gekommen, um ihn zu *verhaften.* Er muss vor ein *Gericht* gestellt werden ...«

»Ein Gerichtsverfahren wäre eine Farce. Er kontrolliert die Gerichte. Er kontrolliert den Senat ...«

»Wollt Ihr *sie alle* töten? Wie er *gesagt* hat?«

Mace löst seinen Arm aus dem Griff. »Er ist zu gefährlich, um am Leben gelassen zu werden. Hättest du *Dooku* lebend gefangen genommen, wenn dir das möglich gewesen wäre?«

Alle Gefühle verschwanden aus Skywalkers Gesicht. »Das war etwas anderes …«

Mace wandte sich dem knienden, besiegten Sith-Lord zu. »Du kannst mir den Unterschied erklären, wenn er tot ist.«

Er hob das Lichtschwert.

»Ich brauche ihn *lebend!*«, rief Skywalker. »Ich brauche ihn, um *Padmé* zu retten!«

Warum?, dachte Mace und richtete das Schwert auf den gefallenen Kanzler.

Er bekam keine Gelegenheit, den tödlichen Hieb zu beenden. Blaues Plasma schnitt plötzlich durch sein Handgelenk, und die Hand fiel zusammen mit dem Lichtschwert. Palpatine sprang auf die Beine, und Blitze gleißten von den Händen des Sith-Lords, und diesmal konnte Mace sie nicht mit dem Schwert abwehren – Palpatines Hass traf ihn.

Er war so sehr auf Palpatines Bruchpunkt konzentriert gewesen, dass er nicht nach dem von Anakin Ausschau gehalten hatte.

Dunkle Blitze zerstörten sein Universum.

Er fiel für immer.

Anakin Skywalker kniete im Regen.

Er blickte auf eine Hand. Auf eine Hand mit brauner Haut. Sie hielt ein Lichtschwert. Ein Oval aus verbranntem Gewebe befand sich dort, wo die Hand mit einem Arm verbunden gewesen war.

»Was habe ich getan?«

War das seine Stimme? Das musste sie sein, denn es war seine Frage.

»Was habe ich getan?«

Eine andere Hand, warm und menschlich, legte sich ihm auf die Schultern.

»Du bist deinem Schicksal gefolgt, Anakin«, erklang eine vertraute, sanfte Stimme. »Die Jedi sind Verräter. Du hast die Republik vor ihrem Verrat gerettet. Das verstehst du jetzt, nicht wahr?«

»Ihr hattet Recht«, hörte sich Anakin sagen. »Warum wusste ich das nicht?«

»Du konntest es nicht wissen. Die Jedi tarnten sich durch Täuschung. Sie fürchteten deine Macht, und deshalb trauten sie dir nie.«

Anakin starrte auf die Hand, sah sie aber nicht mehr. »Obi-Wan … Obi-Wan vertraut mir …«

»Nicht genug, um dir vom Plan der Jedi zu erzählen.«

Verrat hallte in Anakins Erinnerung.

Weil es kein offizieller Auftrag ist …

Die warme und menschliche Hand auf der Schulter drückte warm und menschlich zu. »Ich fürchte deine Macht nicht, Anakin, ich heiße sie *willkommen*. Die dunkle Seite hat dich zum größten der Sith gemacht. Das glaube ich, Anakin. Ich glaube an *dich. Ich* vertraue dir. Ich *vertraue* dir. Ich vertraue *dir.*«

Anakin blickte von der toten Hand auf dem Sims zur lebenden auf seiner Schulter und dann nach oben ins Gesicht jenes Mannes, und was er dort sah, schien sich in eine unsichtbare Faust zu verwandeln, die seine Kehle zermalmte.

Die Hand auf seiner Schulter war menschlich.

Das Gesicht … nicht.

Die Augen zeigten ein kaltes, wildes Gelb, und sie glühten wie die eines Raubtiers, das hinter dem Lichtschein eines Lagerfeuers in der Dunkelheit lauert. Die Knochen, die jene wilden Augen umgaben, waren wie flüssiger Durastahl aus einem Fusionsofen, und die Haut darauf war leichenhaft grau und so rau wie altes Synthoplast.

Entsetzen und Abscheu verschlugen Anakin die Sprache, und er konnte den Schatten nur wortlos anstarren.

Er sah ins Gesicht der Dunkelheit und erkannte seine Zukunft.

»Gehen wir hinein«, sagte die Dunkelheit.

Nach einem Moment kam Anakin der Aufforderung nach.

Anakin stand reglos im Büro.

Palpatine betrachtete sein verändertes Gesicht in einem großen Wandspiegel. Anakin wusste nicht, ob er den eigenen Anblick abscheulich fand oder dieser Ausdruck nur seinen neuen Zügen entsprach. Palpatine hob zögernd die Hand zu dem scheußlichen Etwas, das er im Spiegel sah, und dann zuckte er mit den Schultern.

»Und so wird die Maske zum Mann«, seufzte er mit einem Hauch philosophischer Melancholie. »Ich glaube, ich werde das Gesicht von Palpatine vermissen. Aber das Gesicht von Sidious wird seinen Zweck erfüllen. Ja, das wird es.«

Eine Geste, und ein verborgenes Fach öffnete sich in der Decke über dem Schreibtisch. Ein großer Umhang aus schwerem schwarzem Brokat kam daraus hervor, und Anakin fühlte die Strömung in der Macht, die den Umhang zu Palpatine trug.

Er erinnerte sich daran, das Machtspiel mit einer Shuura-Frucht gespielt zu haben, während er am See auf Naboo Padmé am langen Tisch gegenübergesessen hatte. Er erinnerte sich an seinen Hinweis darauf, wie verärgert Obi-Wan gewesen wäre, wenn er gesehen hätte, wie achtlos er mit der Macht umging.

Palpatine schien diesen Gedanken zu erraten, und er sah zu Anakin, als der Umhang auf seine Schultern sank. »Die ganze Galaxis gehorcht meinem Willen. Ich brauche dich, um der Galaxis Ordnung zu bringen.«

Ein sonderbares Prickeln ging von Anakins Hinterkopf aus und wuchs langsam durch den ganzen Körper.

»Ich kann nicht.«

Palpatine setzte sich auf die Schreibtischkante, die Hände im Schoß gefaltet. So saß er immer, wenn er Anakin väterlichen Rat anbot. Sein grässliches Gesicht verwandelte diese vertraute Haltung in etwas Schreckliches.

»Natürlich kannst du. Was ist mit Padmé? Ich kann dir helfen, sie zu schützen. Werde mein Schüler. Lerne, die dunkle Seite der Macht zu nutzen.«

Während der Schatten sprach, erschien dieses Angebot Anakin plötzlich annehmbar.

Aus einer großen, kalten Distanz, die gleichzeitig viel näher und intimer war, als er es je für möglich gehalten hätte, wandte sich Anakin seinen Emotionen zu.

Er zerlegte sie.

Er nahm sie auseinander und setzte sie dann wieder zusammen.

Er nahm sie nach wie vor wahr – sie schienen sogar noch heißer zu brennen als vorher –, aber sie konnten seinen Geist nicht mehr trüben.

»Ja«, sagte er. »Ich möchte Euer Wissen.«

»Gut. Gut! Ich fühle dich dort. Die kühle Distanz – der Berggipfel in deinem Innern – ist der erste Schlüssel zur Macht der Sith.«

Anakin öffnete die Augen und richtete den Blick auf die grotesken Züge von Darth Sidious.

Er blinzelte nicht einmal. Auf dem Berggipfel in seinem Innern stellte er Padmés Leben dem Jedi-Orden gegenüber.

Es war überhaupt kein Vergleich.

»Ja, ich möchte Euer Wissen. Ich möchte Eure Macht. Ich möchte die Macht, den Tod zu verhindern.«

»Das ist die Macht, die nur einer errungen hat«, sagte Palpatine, »aber wenn wir beide zusammenarbeiten, können wir das Geheimnis entdecken. Die Macht ist stark in dir. Du wirst sehr mächtig werden.«

»Die Jedi haben Euch verraten«, sagte Anakin. »Die Jedi haben uns beide verraten.«

»Knie vor mir, Anakin Skywalker.«

Anakin sank auf ein Knie und senkte den Kopf. »Von jetzt an vertraue ich mich Eurer Obhut an. Von jetzt an werde ich den Weg der Sith beschreiten.«

»Es ist also dein Wille, dein Schicksal für immer mit dem Orden der Sith-Lords zu verbinden?«

»Ja.«

Darth Sidious legte eine blasse Hand auf die Stirn seines

Schülers. »So sei es. Von jetzt an gehörst du zum Orden der Dunklen Lords von Sith. Von jetzt an lautet dein Name Darth Vader.«

Eine Pause; eine Frage in der Macht …

Eine Antwort, dunkel wie der Leerraum zwischen den Galaxien …

Er hörte, wie Palpatine ihn nannte: seinen neuen Namen. Zwei Silben, die sich auf ihn bezogen, ihm eine neue Identität gaben.

Vader, wiederholte er in Gedanken. *Vader.*

»Danke, Meister.«

»Alle Jedi, unter ihnen auch dein Freund Obi-Wan Kenobi, haben sich als Feinde der Republik offenbart. Das verstehst du, nicht wahr?«

»Ja, Meister.«

»Die Jedi sind erbarmungslos. Wenn nicht alle von ihnen getötet werden, droht ein Bürgerkrieg ohne Ende. Die Sterilisierung des Jedi-Tempels ist deine erste Aufgabe. Tu, was getan werden muss, Lord Vader.«

»Das habe ich immer, Meister.«

»Zaudere nicht. Zeig keine Gnade. Lass kein lebendes Wesen hinter dir zurück. Nur dann kannst du mithilfe der dunklen Seite stark genug sein, Padmé zu retten.«

»Was ist mit den anderen Jedi?«

»Überlass sie mir. Wenn du mit dem Tempel fertig bist, betrifft deine zweite Aufgabe die Führung der Separatisten in ihrem ›geheimen Bunker‹ auf Mustafar. Wenn du sie alle getötet hast, herrschen die Sith wieder über die Galaxis, und dann haben wir Frieden. Für immer.

Steh auf, Darth Vader.«

Der Sith-Lord, der einst ein Jedi-Held namens Anakin Skywalker gewesen war, stand auf und straffte die Schultern. Doch er sah nicht nach draußen, richtete den Blick nicht auf seinen neuen Meister, auch nicht auf die Stadt jenseits des Fenster, ebenso wenig in die Galaxis, über die sie bald herrschen würden. Stattdessen sah er nach innen: Er öffnete die

Reaktortore in seinem Herzen und trat vor, um mit neuen Augen die kalte Furcht vor dem Drachen des toten Sterns zu betrachten, die ihn so lange gequält hatte.

Ich bin Darth Vader, sagte er in seinem Innern.

Der Drache versuchte erneut, von Versagen zu flüstern, von Schwäche und unausweichlichem Tod, aber der Sith-Lord packte ihn mit einer Hand und brachte ihn zum Schweigen. Daraufhin versuchte der Drache, sich aufzurichten und zuzubeißen, aber der Sith-Lord griff auch mit der anderen Hand zu und brach seine Macht mit einer kurzen Drehung.

Ich bin Darth Vader, wiederholte er, als er den Körper des Drachen unter dem mentalen Stiefelabsatz zu Staub zermahlte, als er beobachtete, wie Staub und Asche des Drachen von der heißen Luft aus seinem Reaktorherzen fortgeblasen wurden. *Und du …*

Du bist nichts.

Er war schließlich zu dem geworden, was die anderen in ihm gesehen hatten.

Zum Helden-ohne-Furcht.

Tormeister Jurokk lief durch den leeren, gewölbten Gang, und das Echo seiner hastigen Schritte klang so, als wäre eine ganze Kompanie unterwegs. Die beiden Flügel des Haupttors schwangen langsam nach innen und reagierten damit auf die vor dem Tempel erfolgte Kode-Eingabe.

Der Tormeister hatte einen jungen Mann auf dem Monitor gesehen. Anakin Skywalker.

Allein.

Das große Tor öffnete sich knarrend. Als die Lücke zwischen den beiden Flügeln groß genug geworden war, trat der Tormeister hindurch.

Draußen stand Anakin in der Nacht, die Schultern nach vorn geneigt, den Kopf im Regen gesenkt.

»Anakin!«, entfuhr es Jurokk, und er eilte zu ihm. »Was ist passiert, Anakin? Wo sind die Meister?«

Anakin sah ihn so an, als wäre er nicht sicher, wer der Tormeister war. »Wo ist Shaak Ti?«

»Im Meditationsraum. Wir haben gefühlt, wie etwas in der Macht geschah, etwas Schreckliches. Shaak Ti untersucht die Macht in tiefer Meditation und versucht, einen Eindruck von dem zu gewinnen, was passiert ist ...«

Die Stimme des Torwächters verklang. Anakin schien ihm gar nicht zuzuhören.

»Etwas *ist* passiert, nicht wahr?«

Jurokk sah an ihm vorbei. Die Nacht hinter dem Tempel war voller Klonsoldaten. Ganze Bataillone waren es. Brigaden.

Tausende.

»Anakin ...«, sagte der Torwächter langsam. »Was ist los? Etwas ist geschehen. Etwas Furchtbares. Wie schlimm *ist* es ...?«

Das Letzte, was Jurokk fühlte, war der Emitter eines Lichtschwerts an der weichen Haut unter seinem Kinn. Das Letzte, was er hörte, war das Zischen von blauem Plasma, das seinen Kopf durchdrang, oben aus dem Schädel ragte und sein Leben verbrannte, und Anakin Skywalkers melancholische Antwort:

»Das ahnst du nicht einmal ...«

18. KAPITEL
Befehl Sechsundsechzig

Pau City war ein Schlachtfeld.

Klon-Commander Cody stand an seinem Beobachtungsposten neben der Rampe des Kommando-Landeschiffs in der zehnten Etage und sah durch einen Elektrofeldstecher. Das Droiden-Kontrollzentrum lag nur wenige Meter entfernt in Trümmern, aber die Separatisten hatten ihre Lektion auf Naboo gelernt. Ihre neuen Kampfdroiden waren mit modernen Selbstmotivatoren ausgestattet, die automatisch aktiv wurden, wenn sie keine Einsatzsignale mehr empfingen, und die Motivatoren enthielten ein Programm mit Dauerbefehlen.

Dauerbefehl Nummer 1 lautete offenbar: Tötet alles, was sich bewegt.

Und in dieser Hinsicht leisteten die Droiden gute Arbeit.

Die Hälfte der Stadt lag in Schutt und Asche, und der Rest war ein Feuersturm aus Droiden, Klonsoldaten und utapaunischer Drachenkavallerie. Als sich Commander Cody ein oder zwei Jedi in der Nähe wünschte, fielen mehrere Tonnen Drachenross vom Himmel und prallten mit solcher Wucht aufs Dach des Kommando-Landeschiffs, dass es sich nach innen wölbte.

Schaden wurde dadurch nicht angerichtet. Landeschiffe der *Jadthu*-Klasse sind im Grunde genommen fliegende Bunker, und dieses spezielle Exemplar war dreifach gepanzert und verfügte über Erschütterungsabsorber und Trägheitskompensatoren, die selbst für eine Flottenkorvette leistungsfähig genug gewesen wären – sie schützten die komplexen Kontrollgeräte im Innern.

Cody sah zum Drachenross und seinem Reiter auf. »General Kenobi«, sagte er. »Schön, dass Ihr kommen konntet.«

»Commander Cody …« Der Jedi-Meister nickte und sah sich um. »Habt Ihr Coruscant vom Tod des Generals unterrichtet?«

Der Klon-Commander nahm Haltung an und salutierte. »Wie befohlen, Sir. Äh, Sir?«

Kenobi sah ihn an.

»Ist alles in Ordnung mit Euch, Sir?«

Mit dem Ärmel seines Umhangs wischte der Jedi-Meister etwas von dem Schmutz in seinem Gesicht fort – und stellte dabei fest, dass der Ärmel halb verbrannt war. Ruß blieb auf der Wange zurück. »Ah. Nun, es war ein … anstrengender Tag.« Er deutete auf Pau City. »Es findet noch immer ein Kampf statt, den wir gewinnen müssen.«

»Dann wollt Ihr vermutlich dies«, sagte Cody und reichte das Lichtschwert nach oben, das seine Männer in einem Verkehrstunnel gefunden hatten. »Ich glaube, Ihr habt es verloren, Sir.«

»Ah. Ah, ja.«

Die Waffe schwebte empor und erreichte Kenobis Hand, und als der Jedi-Meister erneut lächelte, hätte Cody schwören können, dass er unter dem Schmutz im Gesicht ein wenig errötete. »Es ist, äh, nicht nötig, Anakin davon zu erzählen, Cody.«

Der Klon-Commander grinste. »Ist das ein Befehl, Sir?«

Kenobi schüttelte den Kopf und lachte müde. »Gehen wir. Euch ist sicher aufgefallen, dass ich einige Droiden übrig gelassen habe …«

»Ja, Sir.« Cody spürte eine Vibration in einem verborgenen Fach im Innern seiner Rüstung. Er runzelte die Stirn. »Nur zu, General. Wir sind direkt hinter Euch.«

Das verborgene Fach enthielt ein sicheres Komlink, eingestellt auf eine Frequenz, die dem Oberbefehlshaber vorbehalten war.

Kenobi nickte und richtete einige Worte an das Drachenross, woraufhin es sich zum Sprung duckte und über den Klon-Commander hinwegsetzte.

Cody holte das Komlink hervor und schaltete es ein.

Ein Holobild erschien in seiner gepanzerten Hand: ein Mann, der einen Kapuzenmantel trug.

»Es ist so weit«, sagte das Holobild. »Führt Befehl Sechsundsechzig aus.«

Seit seinem Erwachen in der Krippenschule kannte Cody nichts anderes als Gehorsam. »Es wird geschehen, Mylord.«

Das Holobild verschwand. Cody schob das Komlink ins verborgene Fach zurück und sah Kenobi nach, der sich mit seinem Drachenross selbstlos in den Kampf stürzte.

Cody war ein Klonkrieger. Er würde jeden Befehl ausführen, ohne zu zögern und ohne Bedauern. Aber er war auch menschlich genug, um niedergeschlagen zu murmeln: »Wäre es zu viel verlangt gewesen, diesen Befehl zu bekommen, *bevor* ich ihm das verdammte *Lichtschwert* zurückgeben konnte?«

Der Befehl wird einmal erteilt. Seine Wellenfront breitet sich bis zu den Klonkommandeuren auf Kashyyyk und Felucia aus, auf Mygeeto und Tellanroag und allen anderen umkämpften Welten. Er erreicht alle militärischen Stützpunkte, alle Krankenhäuser, Rehabilitationszentren und Raumhafenkantinen der Galaxis.

Coruscant bildet die einzige Ausnahme.

Auf Coruscant wird Befehl Sechsundsechzig bereits ausgeführt.

Morgengrauen kroch über Galactic City. Das erste Licht des neuen Tages gab den oberen Bereichen einer großen Rauchsäule ein rosarotes Glühen.

Bail Organa neigte nicht zum Fluchen, aber als er vom Pilotensitz seines Speeders aus sah, woher der Rauch stammte, stieß er einen Fluch aus, der selbst einen corellianischen Dockarbeiter hätte erröten lassen.

Er gab einen Kode ein, der den programmierten Kurs – zum Senatsgebäude – löschte, griff dann nach dem Steuerknüppel und begann mit einem Sturzflug, der sein Gefährt durch mehrere sich kreuzende Verkehrsströme brachte.

Er aktivierte den Kommunikator des Speeders. »Antilles!«

Der Captain seiner persönlichen Crew meldete sich sofort. »Ja, Mylord?«

»Alarmiert die Notfallzentrale des Senats«, sagte Bail Organa. »Der Jedi-Tempel brennt!«

»Ja, Sir. Das wissen wir. Die NZS hat darauf hingewiesen, dass eine Art Kriegsrecht gilt und der Tempel zur verbotenen Zone erklärt wurde. Angeblich fand eine Jedi-Rebellion statt.«

»Wovon redet Ihr da? Das ist unmöglich. Warum befinden sich keine Feuerwehrschiffe im Einsatz?«

»Details sind mir nicht bekannt, Mylord. Wir wissen nur, was uns die NZS mitgeteilt hat.«

»Ich bin direkt über dem Tempel und lande, um nach dem Rechten zu sehen.«

»Das würde ich nicht empfehlen, Mylord ...«

»Ich bin vorsichtig.« Bail bewegte den Steuerknüppel und lenkte den Speeder zum breiten Landedeck auf dem Dach der Tempelzikkurat. »Und da wir gerade bei Vorsicht sind, Captain: Holt die Crew an Bord der *Star* und lasst das Triebwerk warm laufen. Ich habe bei dieser Sache ein ungutes Gefühl.«

»Sir?«

»Trefft alle notwendigen Vorbereitungen.«

Bail landete nur einige Meter von der Tür entfernt und stieg aus. Vier Klonsoldaten standen im offenen Zugang. Rauch wogte durch den Korridor hinter ihnen.

Einer der Soldaten hob die Hand, als sich Bail näherte. »Keine Sorge, Sir, hier ist alles unter Kontrolle.«

»Unter Kontrolle? Wo sind die NZS-Teams? Was macht die *Armee* hier?«

»Tut mir Leid, Sir, darüber kann ich keine Auskunft geben, Sir.«

»Hat ein Angriff auf den Tempel stattgefunden?«

»Tut mir Leid, Sir, darüber kann ich keine Auskunft geben, Sir.«

»Hören Sie, Sergeant, ich bin Senator der Galaktischen Republik«, sagte Bail und improvisierte. »Der Jedi-Rat erwartet mich ...«

»Der Jedi-Rat tagt nicht, Sir.«

»Davon möchte ich mich gern selbst überzeugen, wenn Sie gestatten.«

Die vier Klonsoldaten versperrten Bail den Weg. »Ich bedauere, Sir. Der Zutritt ist verboten.«

»Ich bin *Senator* ...«

»Ja, Sir.« Der Klon-Sergeant hob seine DC-15 an die Schulter, und Bail blickte in die geschwärzte Mündung, nahe genug für einen Kuss. »Und jetzt sollten Sie besser gehen, Sir.«

»Wenn Sie es so ausdrücken ...« Bail wich zurück und hob beide Hände. »Schon gut, schon gut, ich gehe.«

Blasterstrahlen zuckten durch den Rauch nach draußen. Bail starrte mit offenem Mund, als ein Jedi wie aus dem Nichts erschien und auf die Klonsoldaten einhieb.

Nein, kein Jedi.

Ein Junge.

Nicht älter als zehn, und er schwang ein Lichtschwert, das fast ebenso lang war wie er groß. Weitere Blasterstrahlen fauchten aus dem Innern des Tempels, eine Gruppe Klonsoldaten rückte zum Landedeck vor, und der Junge wurde mehrmals getroffen. Weitere Blitze trafen ihn, als er längst tot war und zwischen den Leichen der Soldaten lag, die er mit seinem Lichtschwert niedergestreckt hatte. Bail wich schneller zurück und beobachtete, wie ein Klon in der Uniform eines Commanders aus dem Rauch kaum und auf ihn zeigte.

»Keine Zeugen«, sagte der Commander. »Tötet ihn.«

Bail lief.

Er warf sich durch einen Hagel aus Blasterstrahlen, fiel aufs Deck und rollte unter seinem Speeder auf die andere Seite. Er griff nach der Pilotentür, schwang das Bein auf eine Heckflosse und benutzte den Rumpf der Maschine als Deckung, als er Tasten drückte und den Autopiloten reinitialisierte. Klonsoldaten näherten sich und schossen.

Der Speeder kippte und sauste davon.

Bail zog sich ins Cockpit, als der Speeder nach oben flog, dem dichten Verkehr der Flugkorridore entgegen. Sein Gesicht war kalkweiß, und die Hände zitterten so sehr, dass er Mühe hatte, den Kommunikator zu aktivieren.

»Antilles! Organa an Antilles. Bitte meldet Euch, Captain!«

»Hier Antilles, Mylord.«

»Es ist schlimmer, als ich dachte. Viel schlimmer, als Ihr gehört habt. Schickt jemanden zu Kanzler Pal... Nein, das nehme ich zurück. Macht Euch selbst auf den Weg. Brecht mit fünf Männern zum Raumhafen auf. Ich weiß, dass sich dort mindestens ein Jedi-Schiff befindet – Saesee Tiin traf gestern Abend mit der *Sharp Spiral* ein. Stehlt seinen Peilsender.«

»Was? Seinen Peilsender? Warum?«

»Keine Zeit für Erklärungen. Beschafft Euch den Peilsender und erwartet mich an Bord der *Star*. Wir verlassen den Planeten.«

Bail blickte zur großen Rauchsäule über dem Jedi-Tempel. »Solange wir noch Gelegenheit dazu haben.«

Befehl Sechsundsechzig ist der Höhepunkt der Klonkriege.

Nicht das Ende – die Klonkriege enden erst in einigen Stunden, wenn ein von Nute Gunray im geheimen Separatistenbunker auf Mustafar gesendetes verschlüsseltes Signal alle Kampfdroiden in der Galaxis deaktiviert –, aber der Höhepunkt.

Es ist kein aufregender Höhepunkt. Es ist nicht der Gipfel eines epischen Kampfes, sondern eher das Gegenteil. Die Klonkriege sind nie ein epischer Kampf gewesen. Das sollten sie nie sein.

Was jetzt geschieht, ist der Grund, warum die Klonkriege überhaupt stattfanden. Es ist der Grund dafür, warum es zu ihnen kam. Von Anfang an sind die Klonkriege immer die Rache der Sith gewesen.

Sie stellten einen unwiderstehlichen Köder dar. Sie fanden an fernen Orten statt, auf Planeten, die in den meisten Fällen »jemand anders« gehörten. In ihnen kämpften entbehrliche Stellvertreter und Bevollmächtigte. Und sie wurden so arrangiert, dass sie in jedem Fall mit einem Sieg enden.

Die Klonkriege waren die perfekte Jedi-Falle.

Die Jedi verloren, weil sie kämpften.

Die Jedi sind über die ganze Galaxis verstreut, was bedeutet: Jeder Jedi ist praktisch allein, umgeben nur von Klonsoldaten. Der Krieg selbst lässt Dunkelheit in die Macht strömen und vergrößert die Wolke, die die Jedi-Wahrnehmung beeinträchtigt. Und die Klonsoldaten kennen keine Bosheit, keinen Hass, nicht die geringste böse Absicht, die warnen könnte. Sie befolgen nur ihre Befehle.

In diesem Fall befolgen sie den Befehl Sechsundsechzig.

Blaster erscheinen in Klonhänden. ARC-170-Klone beginnen damit, Jedi-Sternjäger zu verfolgen. AT-ST-Läufer richten die Zielerfassung neu aus. Die Geschütztürme von Hoverpanzern drehen sich.

Klonsoldaten eröffnen das Feuer, und Jedi sterben.

Überall in der Galaxis. Von einem Augenblick zum anderen.

Jedi sterben.

Kenobi sah es nicht kommen.

Cody hatte die für schwere Waffen zuständigen Kanoniere von fünf verschiedenen Kompanien koordiniert, die über drei Etagen der Schlundlochstadt verstreut waren. Seit Beginn der Belagerungen im Äußeren Rand hatte er unter Kenobis Kommando an mehr als zehn Operationen teilgenommen und dabei eine ebenso klare wie unsentimentale Vorstellung davon gewonnen, wie schwer der anspruchslose Jedi zu töten war. Er wollte kein Risiko eingehen.

Er hob das Komlink. »Ausführen.«

T-21-Läufe schwangen herum, Raketenwerfer wurden ausgerichtet, mehrere Katapulte für Protonengranaten bekamen den genau berechneten Neigungswinkel.

»Feuer.«

Kenobi, das Drachenross und die fünf Zerstörerdroiden, gegen die der Jedi-Meister gekämpft hatte, verschwanden in einem Feuerball, der für ein oder zwei Sekunden Utapaus Sonne überstrahlte.

Polfilter in Codys Helm absorbierten siebenundachtzig Prozent des Gleißens, wodurch er ungeblendet blieb und beobachtete, wie Drachenrossfetzen und Droidentrümmer zur Ozeanöffnung tief unten im Schlundloch hinabregneten.

Cody schnitt eine finstere Miene und aktivierte sein Komlink. »Das Reptil scheint am meisten abbekommen zu haben. Die Sucher einsetzen. Alle.«

Er blickte ins brodelnde Meer hinab.

»Ich möchte die Leiche sehen.«

C-3PO staubte das Tarka-Null-Original auf seinem Sockel an der Fensterwand ab und unterbrach seine Tätigkeit kurz, um mit dem elektrostatischen Tuch seine Photorezeptoren zu reinigen. Der Astromech in der Interfacemulde des grünen Jedi-Sternjägers auf der Veranda weiter unten – war das vielleicht R2-D2?

Nun, dies sollte interessant werden.

Senatorin Amidala hatte den größten Teil dieser frühen Morgenstunden damit verbracht, über die Stadt zu blicken, in Richtung der Rauchsäule, die vom Jedi-Tempel aufstieg. Vielleicht erfuhr sie jetzt etwas.

Und vielleicht gab es auch für C-3PO einige Antworten. R2-D2 zählte zwar nicht zu den gewandten Unterhaltern, mit denen C-3PO gern Umgang pflegte, aber der kleine Astromech neigte dazu, immer wieder in haarsträubende Situationen zu geraten …

Das Cockpit öffnete sich, und der darin sitzende Jedi erwies sich natürlich als Anakin Skywalker. Als C-3PO beobachtete, wie Meister Anakin aus dem Cockpit des Sternjägers kletterte, empfingen seine Photorezeptoren Daten, die völlig überraschend die Gefahraversions-Subroutinen aktivierten. »Oh«, sagte er leise und hielt die eine Hand auf seinen Energiekern. »Oh, das gefällt mir *gar* nicht …«

Er ließ das elektrostatische Tuch fallen und schlurfte, so schnell er konnte, zur Tür des Schlafzimmers. »Mylady!«, rief er Senatorin Amidala zu, die am breiten Fenster stand. »Auf der Veranda. Ein Jedi-Sternjäger«, brachte er hervor. »Gelandet, Mylady.«

Amidala blinzelte und eilte zur Schlafzimmertür.

C-3PO folgte ihr nach draußen und wich den beiden Menschen aus, die mit einer ihrer unerklärlichen Umarmungen begannen, an denen sie solche Freude zu haben schienen.

»Ist alles in Ordnung mit dir, R2?«, fragte er, als er den Sternjäger erreichte. »Was ist los?«

Der Astromech zirpte und piepte. C-3POs Autotranslator verarbeitete die Tonfolgen: NIEMAND SAGT MIR ETWAS.

»Natürlich nicht. Weil du kein richtiges Gespräch führen kannst.«

Ein summendes Pfeifen: ETWAS STIMMT NICHT. DIE FAKTOREN SIND NICHT IM GLEICHGEWICHT.

»Du kannst unmöglich noch verwirrter sein als ich.«

DAS STIMMT. *NIEMAND* KANN VERWIRRTER SEIN ALS DU.

»Oh, sehr komisch. Still jetzt … was war das?«

Die Senatorin saß inzwischen und stützte sich geistesabwesend auf einen der geschmackvollen, eleganten Bistrotische auf der Veranda, während Meister Anakin vor ihr stand.

»Ich glaube, er spricht von einer *Rebellion*. Angeblich haben die Jedi versucht, die Republik zu stürzen! Und … meine Güte. Mace Windu hat versucht, Kanzler Palpatine zu ermorden! Kann er das *ernst* meinen?«

ICH WEISS ES NICHT. ANAKIN SPRICHT NICHT MEHR MIT MIR.

C-3PO schüttelte hilflos seinen Metallschädel. »Wie kann

Meister Windu ein Mörder sein? Er hat so tadellose Manieren.«

WIE ICH SCHON SAGTE: DIE FAKTOREN ERGEBEN KEINEN SINN MEHR.

»Ich habe die schrecklichsten Gerüchte gehört … Es heißt, die Regierung wolle uns *verbieten*, uns *Droiden*. Kannst du dir das vorstellen?

GLAUB NICHT ALLES, WAS DU HÖRST.

»Pscht. Nicht so laut!«

ICH SAGE NUR, DASS WIR DIE WAHRHEIT NICHT KENNEN.

»Natürlich kennen wir sie nicht.« C-3PO seufzte. »Und wahrscheinlich erfahren wir sie nie.«

»Was ist mit Obi-Wan?«

Padmé wirkte bestürzt. Sie war blass und erschrocken.

Sie bot einen so Mitleid erregenden Anblick, dass Anakin sie noch mehr liebte.

Er schüttelte den Kopf. »Viele Jedi sind getötet worden.«

»Aber …« Padmé blickte zu den Verkehrsströmen über der Stadt. »Bist du *sicher*? Es erscheint mir so … *unglaublich* …«

»Ich war dabei, Padmé. Es stimmt alles.«

»Aber … wie könnte *Obi-Wan* in so etwas verwickelt sein?«

»Vielleicht erfahren wir das nie«, sagte Anakin.

»Geächtet …«, murmelte Padmé. »Was geschieht jetzt?«

»Alle Jedi sind aufgefordert, sich unverzüglich zu ergeben«, sagte Anakin. »Wer Widerstand leistet … Man wird sich um sie kümmern.«

»Anakin … Die Jedi sind deine *Familie* …«

»Sie sind Verräter. *Du* bist meine Familie. Du und das Baby.«

»Wie können sie *alle* Verräter sein …?«

»Es geht nicht nur um die Jedi. An dieser Sache sind auch Senatoren beteiligt.«

Padmé hob den Blick zu Anakin, und Furcht erschien in ihren Augen.

Er lächelte.

»Sei unbesorgt. Ich werde nicht zulassen, dass dir etwas passiert.«

»Mir?«

»Du musst dich von deinen ... Freunden im Senat distanzieren, Padmé. Es ist sehr wichtig, dass du nicht einmal den Anschein von Untreue erweckst.«

»Anakin ... das klingt fast so, als *drohtest* du mir ...«

»Dies ist eine gefährliche Zeit«, sagte er. »Man beurteilt uns alle nach dem Umgang, den wir pflegen.«

»Aber ... ich habe mich gegen den Krieg ausgesprochen, auch gegen Palpatines Sondervollmachten. Ich habe ihn in aller Öffentlichkeit als Gefahr für die Demokratie bezeichnet!«

»Das liegt alles hinter uns.«

»*Was* ist es? Was habe ich getan? Was geschieht mit der Demokratie?«

»Padmé ...«

Ihr Kinn kam nach oben, und ihr Blick wurde kühler. »Stehe ich unter Verdacht?«

»Palpatine und ich haben bereits über dich gesprochen. Du bist aus der Sache heraus, solange du ... unangemessene Gesellschaft meidest.«

»Wieso bin ich ›aus der Sache heraus‹?«

»Weil du bei *mir* bist. Weil ich es sage.«

Padmé sah Anakin so an, als hätte sie ihn noch nie zuvor gesehen. »Du hast ihm davon erzählt.«

»Er wusste Bescheid.«

»Anakin ...«

»Wir brauchen nichts mehr zu verheimlichen, Padmé. Verstehst du? *Ich bin kein Jedi mehr.* Es *gibt* keine Jedi mehr. Es gibt nur noch *mich.*«

Er griff nach ihrer Hand, und sie zog sie nicht fort. »Und dich und unser Kind.«

»Wir können also *gehen*?« Ihr Blick verwandelte sich in eine Bitte. »Wir können diesen Planeten verlassen und uns eine Welt suchen, auf der wir *zusammen* und *sicher* sind.«

»Wir sind *hier* sicher«, sagte Anakin. »Du bist sicher. Dafür habe ich gesorgt.«

»Sicher«, wiederholte Padmé bitter und zog die Hand zurück. »Solange es sich Palpatine nicht anders überlegt.«

Sie erstarrte und regte sich nicht mehr, mit Ausnahme der Hand, die sie gerade zurückgezogen hatte.

Sie zitterte.

»Die Führung der Separatisten versteckt sich auf Mustafar. Ich fliege dorthin und kümmere mich um sie.«

»Du *kümmerst* dich um sie?«, wiederholte Padmé. »So wie man sich auch um die Jedi *kümmert*?«

»Es ist eine wichtige Mission. Ich werde den Krieg beenden.«

Padmé wandte den Blick ab. »Machst du dich allein auf den Weg?«

»Hab Vertrauen, Liebling«, sagte Anakin.

Sie schüttelte hilflos den Kopf, und zwei Tränen lösten sich aus ihren Augen. Er berührte sie mit seiner mechanischen Hand; die Fingerspitzen des schwarzen Handschuhs glitzerten in der Morgendämmerung.

Zwei flüssige Gemmen, unendlich kostbar – weil sie ihm gehörten. Er hatte sie sich verdient. So wie er sich auch Padmé verdient hatte, und das ungeborene Kind in ihr.

Mit unschuldigem Blut hatte er dafür bezahlt.

»Ich liebe dich«, sagte er. »Dies wird nicht lange dauern. Warte auf mich.«

Neue Tränen rollten über Padmés elfenbeinfarbene Wangen, und sie warf sich ihm in die Arme. »Für immer, Anakin. Für immer. Kehr zu mir zurück, mein Schatz … mein *Leben*. Kehr zu mir zurück.«

Er lächelte auf sie hinab. »Du sagst das so, als wäre ich schon fort.«

Eisiges Salzwasser brachte Obi-Wan wieder zu Bewusstsein. Er schwebte in absoluter Dunkelheit – es ließ sich nicht feststellen, wie tief unter Wasser er sich befand oder wo es nach oben ging. Seine Lungen waren halb mit Wasser gefüllt, aber er geriet nicht in Panik, machte sich nicht einmal besondere Sorgen. Vor allem dachte er mit Zufriedenheit daran, dass er – selbst halb bewusstlos – während des Sturzes sein Lichtschwert festgehalten hatte.

Er verließ sich auf seinen Tastsinn, als er den Griff an den Gürtel hakte, und dann zog er das Zwerchfell zusammen, presste möglichst viel Wasser aus den Lungen. Anschließend nahm er die Atemmaske vom Gürtel, außerdem einen kleinen Pressluftbehälter, für Notfälle bestimmt. Obi-Wan zweifelte kaum daran, dass die gegenwärtige Situation der Kategorie »Notfall« zuzuordnen war.

Er erinnerte sich …

Bogas weiter Sprung, ihre Drehung in der Luft, und dann die Treffer, mehrere Explosionen, deren Druckwellen sie immer weiter von den Schlundlochwänden fortrissen …

Das Drachenross hatte Obi-Wan mit seinem massigen Leib abgeschirmt.

Boga hatte es irgendwie *gewusst* … Sie hatte irgendwie gewusst, dass Obi-Wan nichts ahnte, und sie war bereit gewesen, ihr Leben zu geben, um den Reiter zu retten.

Dadurch bin ich mehr als nur der Reiter, dachte Obi-Wan, als er die Atemmaske zurechtrückte. *Dadurch werde ich zu Bogas Freund.*

Sie hat sich für mich geopfert.

Er gab sich kurzem Kummer hin. Einem Kummer, der nicht dem Tod eines edlen Tiers galt, sondern dem Umstand, dass Obi-Wan nur so wenig Zeit geblieben war, die Freundschaft des Drachenrosses zu schätzen.

Doch selbst Kummer schafft Bindungen, und Obi-Wan entließ ihn.

Leb wohl, mein Freund.

Er versuchte nicht zu schwimmen. Völlig unbewegt schien er zu schweben, mitten in unendlicher Nacht. Er entspannte sich, atmete ruhig und ließ sich vom Wasser tragen.

Es blieb C-3PO kaum Zeit genug, sich von seinem kleinen Freund zu verabschieden und ihm zu raten, wachsam zu bleiben, als Meister Anakin an ihm vorbeirauschte, ins Cockpit des Sternjägers kletterte und fortflog, R2-D2 wer weiß wohin brachte – vermutlich zu einem absurd grässlichen Planeten, auf dem grotesk viele Gefahren drohten –, ohne einen Gedanken daran zu vergeuden, wie sich ein treuer *Droide* fühlte, der ohne ein freundliches Wort durch die ganze Galaxis gezerrt wurde ...

Was war mit den Manieren des jungen Mannes geschehen?

Er drehte sich zu Senatorin Amidala um und stellte fest, dass sie weinte.

»Kann ich Euch irgendwie helfen, Mylady?«

Sie wandte sich ihm nicht einmal zu. »Nein, danke, C-3PO.«

»Möchtet Ihr vielleicht etwas zu essen?«

Sie schüttelte den Kopf.

»Oder ein Glas Wasser?«

»Nein.«

Er stand einfach nur da. »Ich fühle mich so hilflos ...«

Sie nickte und sah dem Sternjäger ihres Mannes nach, der zu einem Punkt in der Ferne wurde.

»Ich weiß, C-3PO«, sagte sie. »So geht es uns allen.«

Im subplanetaren Schiffslift unter dem Senatsgebäude verzog Bail Organa das Gesicht, als er an Bord der *Star of Alderaan* ging. Captain Antilles empfing ihn oben an der Rampe, und Bail nickte in Richtung der scharlachrot gekleideten Gestalten an den Zugängen. »Seit wann bewachen Rotkutten Schiffe des Senats?«

Antilles schüttelte den Kopf. »Ich weiß es nicht, Sir. Ich habe den Eindruck, dass Palpatine nicht möchte, dass bestimmte Senatoren den Planeten verlassen.«

Bail nickte. »Der Macht sei Dank, dass ich nicht einer von ihnen bin. Noch nicht. Habt Ihr den Peilsender?«

»Ja, Sir. Niemand hat auch nur versucht, uns aufzuhalten.

Die Klonsoldaten bei Chance Palps scheinen verwirrt zu sein, als wüssten sie nicht genau, wer den Befehl führt.«

»Das wird sich bald ändern. Zu bald. Wir alle wissen, wer den Befehl führt«, sagte Bail grimmig. »Trefft Vorbereitungen dafür, das Schiff nach oben zu bringen.«

»Zurück nach Alderaan, Sir?«

Bail schüttelte den Kopf. »Kashyyyk. Ich weiß nicht, ob irgendwelche Jedi überlebt haben. Aber wenn ich wetten müsste, würde ich mein Geld auf Yoda setzen.«

Irgendwann nach unbestimmter Zeit fühlte Obi-Wan, wie Kopf und Schultern an die Oberfläche des lichtlosen Ozeans kamen. Er löste das Lichtschwert vom Gürtel und hielt es über den Kopf. In seinem blauen Glühen sah er, dass er sich in einer großen Höhle befand. Er hielt das Lichtschwert hoch erhoben, steckte die Atemmaske an den Gürtel und schwamm seitlich durch die Strömung, zu einem zerfurchten, Halt bietenden Felsvorsprung. Dort zog er sich aus dem Wasser.

In den Höhlenwänden über der Wasserlinie zeigten sich zahlreiche Öffnungen. Obi-Wan untersuchte mehrere von ihnen und fand dann eine, an der er einen Luftzug spürte. Er nahm einen unangenehmen Geruch wahr, der ihn ans Drachenrossgehege erinnerte, doch als er das Lichtschwert kurz deaktivierte, hörte er leises Grollen in der Ferne, vielleicht verursacht von Rädern und Repulsorliften auf Sandstein. Und was war das? Ein Signalhorn? Oder ein verärgertes Drachenross ... Wie auch immer, dies schien der richtige Weg zu sein.

Obi-Wan war einige hundert Meter weit gegangen, als weiter vorn das helle Licht von Suchscheinwerfern durch die Düsternis schnitt. Rasch ließ er die Klinge seines Lichtschwerts verschwinden und drückte sich in einen schmalen Spalt, als zwei Suchdroiden vorbeiflogen.

Cody hatte offenbar noch nicht aufgegeben.

Das Licht der Scheinwerfer traf – und weckte – einen riesigen amphibischen Vetter der Drachenrösser. Das gewaltige Geschöpf blinzelte schläfrig und hob einen feucht glänzenden Kopf so groß wie ein Sternjäger.

Oh, dachte Obi-Wan. Das erklärt den Geruch.

Mithilfe der Macht suggerierte er, dass die kleinen fliegenden Kugeln aus Schaltkreisen und Durastahl im Gegensatz zu ihrem Geruch und ihrer Erscheinung unerhört köstliches Konfekt waren, geschickt von den freundlichen Göttern Großer Schleimiger Höhlenmonster.

Das betreffende Große Schleimige Höhlenmonster öffnete prompt einen Rachen, der groß genug war, um einen Bantha zu verschlingen, schnappte nach einem der Suchdroiden und zerbiss ihn mit offensichtlichem Genuss. Der zweite Suchdroide gab ein sehr alarmiert klingendes *Pieppieppiep* von sich und sauste fort, verfolgt von dem riesigen Wesen.

Obi-Wan reaktivierte sein Lichtschwert, schritt vorsichtig durch die Höhle und fand ein Nest mit jungen Großen Schleimigen Höhlenmonstern. Er wich ihm aus, während sie kreischten und nach ihm schnappten, dachte dabei daran, dass Leute, die alle Babys für niedlich hielten, öfter nach draußen gehen sollten.

Die Dunkelheit in der Höhle wich bald dem blassen Glühen von utapaunischen Verkehrslichtern, und Obi-Wan fand sich im kleinen Seitentunnel einer breiten Verbindungsstraße wieder. Aber offenbar herrschte hier nur wenig Verkehr: Es lag so viel sandiger Staub auf dem Boden, dass er einem Strand gleichkam. Ganz deutlich zeigten sich die Spuren des letzten Fahrzeugs.

Zwei breite parallele Linien mit seitlichen Erweiterungen: ein Klingenrad.

Und daneben sah Obi-Wan die Klauenabdrücke eines Drachenrosses.

Er blinzelte erstaunt. Noch immer verstand er nicht ganz, auf welche Weise sich die Macht für ihn auswirkte, aber es widerstrebte ihm auch nicht, ihre Geschenke entgegenzunehmen. Mit nachdenklich gerunzelter Stirn folgte er den

Spuren durch eine Kurve, hinter der der Tunnel zu einer kleinen Landeplattform führte.

Grievous' Sternjäger war noch da. Und auch Grievous selbst.

Offenbar schmeckte er nicht einmal den lokalen Felsgeiern.

Die *Star of Alderaan* glitt so unauffällig wie möglich durch das Kashyyyk-System – immerhin war dies noch immer Kampfgebiet. Captain Antilles wollte nicht einmal einen Standardscan riskieren, da Sondierungssignale leicht von Separatisten entdeckt und zu ihrem Ausgangspunkt zurückverfolgt werden konnten.

Und Antilles machte sich nicht nur wegen der Separatisten Sorgen.

»Da ist das Signal erneut, Sir. Oh ... Wartet, ich habe es gleich wieder.« Antilles betätigte die Kontrollen des Peilsenders. »Verdammtes Ding«, brummte er. »Kann man es ohne die Macht nicht kalibrieren?«

Bail blickte durch die vordere Panoramawand. Kashyyyk war eine kleine grüne Scheibe, zweihunderttausend Kilometer entfernt. »Habt Ihr einen Vektor?«

»Ungefähr, Sir. Es scheint eine Orbitaltangente zu sein, ins interstellare All gerichtet.«

»Ich glaube, wir können einen Scan riskieren. Richtstrahl.«

»Ja, Sir.«

Antilles gab die notwendigen Anweisungen, und wenige Sekunden später meldete der Scantechniker, dass es sich bei dem georteten Objekt um eine Rettungskapsel zu handeln schien. »Es ist kein Modell der Republik, Sir ... Hier kommen die Informationen aus der Datenbank ...«

Der Scantechniker sah auf die Anzeigen, und Falten bildeten sich in seiner Stirn. »Ein Modell der Wookiee, Sir. Das ergibt doch keinen Sinn. Warum sollte sich eine Rettungskapsel der Wookiee von Kashyyyk *entfernen*?«

»Interessant.« Bail wagte nicht zu hoffen. »Lebenszeichen?«

»Ja ... nun, vielleicht ... es fehlen genaue Daten.« Der Scantechniker zuckte mit den Schultern. »Ich bin mir nicht sicher, Sir. Was auch immer sich an Bord der Kapsel befindet: Es ist kein Wookiee, so viel steht fest.«

Zum ersten Mal an diesem Tag gestattete sich Bail Organa ein Lächeln. »Captain Antilles?«

Der Captain salutierte zackig. »Wir sind unterwegs, Sir.«

Grievous' Sternjäger, mit Obi-Wan an den Kontrollen, jagte mit so hoher Geschwindigkeit aus der Atmosphäre, dass er den Gravitationsschacht des Planeten verließ und in den Hyperraum sprang, bevor die *Vigilance* auch nur ihre Abfangjäger starten konnte. Ein ganzes Stück außerhalb des Systems kehrte der Jedi-Meister in den Realraum zurück, änderte den Kurs und sprang erneut. Weitere Sprünge in unterschiedliche Richtungen und von unterschiedlicher Dauer brachten ihn tief in den interstellaren Raum.

»Integriertes Hyperraumpotenzial ist recht nützlich für einen Sternjäger«, sagte er zu sich selbst. »Warum haben *wir* es noch nicht?«

Während die Navigationssysteme des Sternjägers summten und die Position berechneten, gab Obi-Wan einen Kode ein, um sein Jedi-Komlink mit dem Kommunikationssystem des Jägers zu verbinden.

Das Komlink erzeugte kein Holobild, sondern ein akustisches Signal: Pieptöne, die immer schneller aufeinander folgten.

Obi-Wan kannte das Signal. Jeder Jedi kannte es. Es war ein Rückruf.

Alle HoloNetz-Stationen sendeten es auf allen Kanälen. Angeblich bedeutete es, dass der Krieg vorbei war und der Rat alle Jedi anwies, sofort zum Tempel zurückzukehren.

Obi-Wan befürchtete, dass es in Wirklichkeit dies bedeutete: Die Geschehnisse auf Utapau waren kein Einzelfall.

Er schaltete das Komlink auf Audio und holte tief Luft.

»Notfallkode Neun Dreizehn«, sagte er und wartete.

Das Kom-System des Sternjägers ging alle Empfangsfrequenzen durch.

Obi-Wan wartete noch etwas länger.

»Notfallkode Neun Dreizehn. Hier spricht Obi-Wan Kenobi. Ich wiederhole: Notfallkode Neun Dreizehn. Erbitte Antwort von Jedi, die mich hören.«

Er wartete erneut, mit klopfendem Herzen.

»An alle Jedi, die mich hören: Bitte antwortet. Hier spricht Obi-Wan Kenobi. Ich erkläre einen Neun-Dreizehn-Notfall.«

Er versuchte, die kleine leise Stimme in seinem Kopf zu ignorieren, die flüsterte, dass es nur noch ihn gab.

Vielleicht hatte außer ihm niemand überlebt.

Er begann damit, die Koordinaten für einen einzelnen Sprung einzugeben, der ihn nahe genug an Coruscant heranbringen sollte, um Signale von dort zu empfangen. Plötzlich kam ein Summen aus dem Lautsprecher des Komlinks, und ein rascher Blick bestätigte: ein Jedi-Kanal.

»Erbitte Wiederholung«, sagte Obi-Wan. »Ich peile das Signal an. Erbitte Wiederholung.«

Aus dem Summen und Knacken wurde blaues Laserleuchten, das schließlich einen großen, schlanken Menschen mit dunklem Haar und elegantem Spitzbart zeigte. »Meister Kenobi? Ist alles in Ordnung mit Euch? Seid Ihr verletzt?«

»Senator Organa!«, entfuhr es Obi-Wan zutiefst erleichtert. »Nein, ich bin nicht verletzt. Aber es ist ganz entschieden *nicht* alles in Ordnung mit mir. Ich brauche Hilfe. Meine Klonsoldaten wandten sich gegen mich. Ich konnte ihnen nur mit knapper Not entkommen!«

»Überall in der Galaxis sind Jedi angegriffen worden.«

Obi-Wan senkte den Kopf und wünschte stumm in der Macht, dass die Opfer Frieden in ihr fanden.

»Habt Ihr Kontakt mit anderen Überlebenden?«

»Nur mit einem«, erwiderte der alderaanianische Senator

ernst. »Programmiert Euer Navigationssystem mit meinen Koordinaten. Er wartet auf Euch.«

Die Wölbung eines Fingerknöchels, die Haut abgeschabt, schwarzer, schmutziger Schorf mit Blut in den Ritzen …

Stofffransen an der Manschette eines beigefarbenen Ärmels, Spuren vom Tod eines Generals …

Die gelbbraune Maserung im weinroten Tisch aus geschliffenem alderaanianischem Kriin-Holz …

Das konnte Obi-Wan sehen, ohne zu zittern.

Die Wände des kleinen Konferenzzimmers an Bord der *Star of Alderaan* waren zu kahl, um seine Aufmerksamkeit auf sich zu ziehen. Wenn er den Blick dorthin richtete, gingen seine Gedanken auf Wanderschaft …

Und das Zittern begann.

Es wurde schlimmer, als er in die alten grünen Augen des kleinen Wesens auf der anderen Seite des Tisches sah, denn die faltige, ledrige Haut und die dünnen Haarbüschel waren seine frühesten Erinnerungen, und sie erinnerten Obi-Wan an die Freunde, die heute ihr Leben verloren hatten.

Das Zittern wurde noch schlimmer, als er sich der anderen Person im Raum zuwandte, denn sie trug den Umhang eines Politikers und erinnerte Obi-Wan damit an den Feind, der noch lebte.

An die Täuschung. Den Tod von Meistern, die er bewundert, von Rittern, mit denen er gekämpft hatte. Den Tod seines Eids Qui-Gon gegenüber.

Den Tod von Anakin.

Anakin musste zusammen mit Mace und Agen gestorben sein, mit Saesee und Kit. Zusammen mit dem Tempel gefallen.

Mit dem Orden.

Asche.

Asche und Staub.

Fünfundzwanzigtausend Jahre, an einem einzigen Tag ausgelöscht.

All die Träume. All die Versprechen.

All die *Kinder* …

»Wir haben sie aus ihren *Familien* geholt.« Obi-Wan zwang sich, in seinem Sessel sitzen zu bleiben; der Schmerz in ihm verlangte Bewegung. Neues Zittern schüttelte ihn. »Wir haben ihren *Eltern* versprochen …«

»Beherrschen musst du dich. Noch immer ein Jedi du bist.«

»Ja, Meister Yoda.« Der Schorf an seinem Fingerknöchel … Wenn er sich darauf konzentrierte, konnte er das Zittern unter Kontrolle bringen. »Ja, wir sind Jedi. Und wenn wir die *letzten* sind?«

»Wenn die letzten wir sind, unverändert bleibt unsere Pflicht.« Yoda stützte das Kinn auf die Hände, die um den Knauf seines Gimerstocks geschlossen waren. Er sah genauso alt aus, wie er war: fast neunhundert Jahre. »Während noch ein Jedi lebt, der Orden weiterhin besteht. Uns der Dunkelheit mit jedem Atemzug widersetzen wir müssen.«

Er hob den Kopf, und der Stock neigte sich zur Seite, stieß an Obi-Wans Schienbein. »Insbesondere der Dunkelheit *in uns*, junger Jedi. Zur dunklen Seite die Verzweiflung gehört.«

Die einfache Wahrheit dieser Worte berührte Obi-Wan. Auch Verzweiflung verbindet.

Langsam, ganz langsam, erinnerte sich Obi-Wan Kenobi daran, was es bedeutete, ein Jedi zu sein.

Er lehnte sich zurück, hob beide Hände vors Gesicht und atmete tief durch. Mit der Luft, die seine Lungen füllte, sog er Schmerz, Schuld und Reue auf, und als er ausatmete, verschwand das alles aus ihm.

Er atmete sein ganzes Leben aus.

Alles, was er getan hatte und was er gewesen war, Freunde und Feinde, Träume, Hoffnungen und Ängste.

In der Leere fand er Klarheit. Gereinigt leuchtete die Macht durch ihn. Er setzte sich auf und nickte Yoda zu.

»Ja«, sagte er. »Vielleicht sind wir die Letzten. Und wenn *nicht*?«

Grüne Lederbrauen zogen sich über leuchtenden Augen zusammen. »Der Tempelsender.«

»Ja. Überlebende Jedi hören vielleicht den Rückruf und kehren nach Coruscant zurück, in den Tod.«

Bail Organa sah von einem Jedi zum anderen und runzelte die Stirn. »Was soll das heißen?«

»Es soll heißen, dass wir nach Coruscant zurückmüssen«, sagte Obi-Wan.

»Das ist zu gefährlich«, erwiderte der Senator sofort. »Der ganze Planet ist eine *Falle* …«

»Ja. Wir sind … ah …«

Der Schmerz über Anakins Verlust bohrte sich Obi-Wan wie eine Klinge in den Leib.

Dann ließ er auch das los.

»Ich«, korrigierte er sich, »bin gegen Fallen versichert …«

19. KAPITEL
Das Gesicht der Sith

Mustafar brannte. Lava strömte über die Vulkanhänge aus glitzerndem Obsidian.

Am Rand des planetaren Gravitationsschachtes kam es zu einer charakteristischen Leuchterscheinung, als ein Sternjäger in den Realraum zurückkehrte. Er löste seinen Hyperantriebring und flog in eine Atmosphäre voller Rauch und Asche.

Er folgte einem vorprogrammierten Kurs zur einzigen technischen Anlage auf dem Planeten, einer automatischen Lavamine, ursprünglich erbaut von der Techno-Union, mit dem Zweck, den kontinuierlichen Strömen glutflüssigen Gesteins Metall zu entnehmen. Die Station war mit den besten Verteidigungssystemen ausgestattet worden, die man sich mit Geld kaufen konnte, und stellte die letzte Festung für die Oberhäupter der Konföderation Unabhängiger Systeme dar. Die defensiven Barrieren waren undurchdringlich.

Es sei denn, man verfügte über ihren Deaktivierungskode.

Deshalb konnte der Sternjäger landen, ohne dass die Sicherheitssysteme aktiv wurden.

Die bewohnten Bereiche der Niederlassung erstreckten sich zwischen Türmen, die aussahen wie Giftpilze, die am Ufer von Flüssen aus Feuer wuchsen. Das Hauptkontrollzentrum befand sich auf dem höchsten Turm, neben dem kleinen Landedeck, auf dem der Jäger niedergegangen war. Dieses Kontrollzentrum hatte vor einer knappen Stunde einen kodierten Befehl gesendet, der von allen Relaisstationen des HoloNetzes weitergeleitet worden war.

Das Signal hatte alle Kampfdroiden in der Galaxis veranlasst, zu ihren Transportern zurückzukehren, sich dort in ihren Ruhemulden zu verankern und zu deaktivieren. Die Klonkriege waren vorbei. Fast.

Es fehlte ein letztes Detail.

Aus dem Cockpit des Sternjägers kletterte eine in einen dunklen Umhang gehüllte Gestalt.

Bail Organa betrat den Shuttlehangar der *Star*, als Obi-Wan und Yoda skeptisch zum kleinen Cockpit von Obi-Wans Sternjäger sahen. »Nun, wenn Ihr nichts dagegen habt, während des Flugs auf meinem Schoß zu sitzen ...«, sagte Obi-Wan langsam.

»Das ist nicht nötig«, sagte Bail. »Mas Amedda hat mich gerade nach Coruscant zurückgerufen. Palpatine hat den Senat zu einer außerordentlichen Sitzung einberufen. Die Teilnahme ist Pflicht.«

»Ah.« Obi-Wan schnitt eine Grimasse. »Es dürfte klar sein, worum es geht.«

»Ich fürchte, dass es eine Falle ist«, sagte Bail langsam.

»Für unwahrscheinlich ich das halte.« Yoda humpelte dem Senator entgegen. »Unbekannt ist der Grund dafür, warum Coruscant Ihr plötzlich verlassen habt. Der junge Obi-Wan und ich als tot gelten.«

»Und Palpatine wird nicht gegen den Senat als Ganzes vorgehen«, fügte Obi-Wan hinzu. »Zumindest noch nicht. Er braucht die Illusion von Demokratie, um die einzelnen Sonnensysteme beisammenzuhalten. Einen allgemeinen Aufstand riskiert er bestimmt nicht.«

Bail nickte. »In dem Fall ...« Er atmete tief durch. »Ich könnte zwei Passagiere befördern ...«

Im Kontrollzentrum der Separatisten auf Mustafar ...

Wat Tambor regelte die Gasmischung in seiner Rüstung ...

Poggle der Geringere massierte seine fleischigen Lippenranken ...

Shu Mai befingerte das Messingband, das ihr Haar wie ein elegantes Horn hinter dem Kopf aufragen ließ ...

San Hill zog seinen Body zurecht, der im Schritt zu kneifen begann ...

Rune Haako verlagerte das Gewicht nervös von einem Fuß auf den anderen ...

Während Nute Gunray mit der Holopräsenz von Lord Sidious sprach.

»Alles hat sich genau nach Plan entwickelt, wie Ihr versprochen habt, Mylord«, sagte Gunray. »Dies ist ein glorreicher Tag für die Galaxis!«

»In der Tat. Was ich zu einem großen Teil Euch verdanke, Vizekönig, und Euren Verbündeten von der Techno-Union und dem IBV. Und natürlich auch Euch, Erzherzog Poggle. Ihr alle habt ausgezeichnete Dienste geleistet. Sind die Droidenheere vollkommen deaktiviert?«

»Ja, Mylord. Vor fast einer Stunde.«

»Gut! Euch erwartet eine stattliche Belohnung. Ist mein Schüler Darth Vader eingetroffen?«

»Sein Sternjäger ist eben gelandet.«

»Gut, gut«, sagte das Holobild zufrieden. »Ihr bekommt Eure Belohnung von ihm. Er wird sich um Euch kümmern.«

Die Tür öffnete sich.

Eine große, breitschultrige, in einen Umhang gehüllte Gestalt stand dort, das Gesicht in einer Kapuze verborgen.

San Hill war mit der Begrüßung schneller als die anderen. »Willkommen, Lord Vader!« Seine langen und dünnen Beine verhedderten sich fast, als er zum Sith-Lord eilte und ihm die Hand reichte. »Im Namen der Führung der Konföderation Unabhängiger Systeme möchte ich der Erste sein, der ...«

»Ja. Ihr sollt der Erste sein.«

Die Gestalt im Umhang trat vor und winkte mit einer Hand, die in einem schwarzen Handschuh steckte. Schwere Schutztüren glitten vor alle Ausgänge. Das Kontrollpult explodierte in einem Funkenreigen.

Der Sith-Lord strich die Kapuze zurück.

San Hill duckte sich, und seine Hände flatterten wie an den Handgelenken befestigte ängstliche Vögel.

Ihm blieb noch Zeit genug, »Ihr seid ... Ihr seid Anakin Skywalker!« zu keuchen, bevor sich blauweißes Plasma in seine Brust bohrte und einen Bogen beschrieb, der alle drei Herzen verbrannte.

Die Führer der Separatisten beobachteten entsetzt, wie die Leiche des Oberhaupts des Intergalaktischen Bankenclans einem deaktivierten Protokolldroiden gleich zu Boden sank.

»Die Ähnlichkeit täuscht«, sagte Darth Vader.

Der Senatswächter blinzelte, straffte dann seine Gestalt und strich seinen Umhang glatt. Er riskierte einen Blick zu seinem Kollegen, der auf der anderen Seite der Tür stand.

Hatten sie wirklich so viel Glück, wie er glaubte?

Kamen dieser Senator und seine Adjutanten tatsächlich mit zwei noch nicht gefassten *Jedi* aus dem Turbolift?

Donnerwetter. Das bedeutete eine Beförderung.

Der Wächter versuchte, die beiden Jedi nicht anzustarren, und er gab sich alle Mühe, professionell zu klingen. »Willkommen, Senator. Darf ich Euren Ausweis sehen?«

Sofort bekam er eine Identikarte: Bail Organa, Senator von Alderaan.

»Danke. Ihr könnt passieren.« Der Wächter gab die Identikarte zurück. Er war sehr zufrieden damit, wie ruhig und geschäftsmäßig er klang. »Wir nehmen die beiden Jedi in Gewahrsam.«

Der größere der beiden Jedi murmelte sanft, dass es besser wäre, wenn er und der andere Jedi beim Senator blieben, und tatsächlich, er schien ein sehr vernünftiger Mann zu sein, und es war eine so gute Idee – immerhin bot der große Versammlungssaal des Senats ein so hohes Maß an Sicherheit, dass Jedi niemanden in Gefahr bringen konnten, und sie konnten auch festgenommen werden, wenn sie den Saal verließen, und der Wächter wollte nicht unvernünftig erscheinen, und deshalb nickte er und meinte, ja, es war tatsächlich besser, wenn die Jedi beim Senator blieben.

Und alle waren so vernünftig und liebenswürdig, dass der

Wächter überhaupt keinen Grund zu Besorgnis sah, als die beiden Jedi nicht etwa beim Senator blieben, wie sie gesagt hatten, sondern sich mit einem leisen *Möge die Macht mit Euch sein* verabschiedeten. Es kam dem Wächter überhaupt nicht in den Sinn, Einwände zu erheben, als der Senator den Saal betrat und die beiden Jedi … fortgingen.

Alle acht Mitglieder der Ködergruppe Fünf befanden sich in der Tiefe im Einsatz, im Bereich einer Laderampe, wo täglich Dinge geliefert wurden, die die Jedi nicht in ihrem Tempelgarten anbauen konnten.

Jetzt fanden solche Lieferungen nicht mehr statt.

Kein Sonnenschein erreichte diese tiefen Ebenen von Coruscant. Das einzige Licht stammte von alten Glühkugeln, ein matter Glanz, so gelb wie uraltes Pergament, der nur die Schatten betonte. In jenen Schatten lebte der Abschaum der Galaxis, Irre und Flüchtlinge vor der Justiz weiter oben. Einige der tiefen Ebenen von Coruscant konnten schlimmer sein als Nar Shaddaa.

Die Männer der Ködergruppe Fünf wären auf jedem Posten wachsam gewesen. Es war ihnen angeboren. Doch hier befanden sie sich in einer Kampfzone, in der ihr Leben und die erfolgreiche Durchführung ihrer Mission von ihren Wahrnehmungen abhingen, und davon, wie schnell sie die Blaster unter den Jedi-Umhängen hervorholen konnten.

Als ein zerlumpter, sabbernder Buckliger mit einem Bündel in den Armen aus der Düsternis kam, ging die Ködergruppe Fünf sofort davon aus, dass er eine Gefahr darstellte. Blaster erschienen wie aus dem Nichts in den Händen der Männer. »Halt. Identifizieren Sie sich.«

»Nein, nein, nein, Euer Gnaden, o nein, ich bin hier, um zu *helfen*, ja, ich bin auf *Eurer* Seite!« Der Bucklige saugte Geifer zurück in den Mund und schlurfte näher. »Seht nur, was ich habe, *seht nur*, ein Jedi-Baby …«

Der als Zabrak verkleidete Gruppenführer blickte auf das Bündel in den Armen des Buckligen. »Ein Jedi-Baby?«

»Oh, ja. Ja, Euer Gnaden, ein Jedi-Baby, jawohl. Vom Tempel. Seht selbst!«

Der Bucklige war nun so nahe, dass der Sergeant sehen konnte, was er in dem schmutzigen Bündel trug. Es *war* ein Baby, in gewisser Weise. Das hässlichste, das dem Sergeant jemals unter die Augen gekommen war, schrumpelig wie eine abgenutzte Geldbörse aus weichem Leder, mit großen Glupschaugen und einem zahnlosen Idiotengrinsen.

Der Sergeant runzelte skeptisch die Stirn. »Jeder könnte sich ein entstelltes Kind schnappen und behaupten, dass es irgendetwas ist. Woher wollen Sie wissen, dass es sich wirklich um ein Jedi-Baby handelt?«

Das Baby antwortete: »Mein Lichtschwert der erste Hinweis wäre, hm?«

Eine grüne Klinge erschien vor dem Gesicht des Sergeants, so nahe, dass er Ozon roch, und der Bucklige war kein Buckliger mehr. Seine Hand hielt ein Lichtschwert, in der Farbe des Sommerhimmels, und mit höflichem, kultiviertem Coruscant-Akzent sagte er: »Bitte versuchen Sie nicht, Widerstand zu leisten. Niemand muss zu Schaden kommen.«

Die Männer der Ködergruppe Fünf konnten dem nicht beipflichten.

Sechs Sekunden später waren alle acht tot.

Yoda sah zu Obi-Wan auf. »Keinen Sinn es hat, die Leichen zu verstecken.«

Obi-Wan nickte. »Es sind Klone. Ein verlassener Posten bietet einen ebenso klaren Hinweis wie ein Leichenhaufen. Kümmern wir uns um den Sender.«

Bail betrat den rückwärtigen Teil der Senatsloge der Naboo-Delegation, als Palpatine vom Podium her donnerte: »Die Jedi-Mörder haben mich *verunstaltet*, aber gegen meine *Integrität* konnten sie nichts ausrichten, ebenso wenig gegen meine *Entschlossenheit*! Wir werden die übrig gebliebenen Verräter jagen und auslöschen, wo auch immer sie sich verbergen. Wir werden sie finden und dafür sorgen, dass der Gerechtigkeit Genüge getan wird. Und den Kollaborateuren wird es ebenso ergehen wie ihnen. Wer den Feind schützt, *ist* der Feind! Jetzt ist es so weit! Wir schlagen zurück! Jetzt *zerstören* wir die *Zerstörer*! *Tod den Feinden der Demokratie!*«

Der Senat brüllte begeistert.

Amidala sah nicht einmal zu Bail, als er neben ihr Platz nahm. Auf der anderen Seite saß Repräsentant Binks und nickte ihm wortlos zu. Bail runzelte die Stirn. Wenn sich selbst der temperamentvolle und nicht unterzukriegende Jar Jar Sorgen machte, so war die Situation noch viel schlimmer, als er angenommen hatte. Und er war von einer sehr schlimmen Situation ausgegangen.

Er berührte Amidala sanft am Arm. »Es ist alles eine Lüge. Das wisst Ihr, nicht wahr?«

Ihr eisiger Blick galt dem Podium. Unvergossene Tränen glänzten in ihren Augen. »Ich weiß nicht, *was* ich weiß. Nicht mehr. Wo seid Ihr gewesen?«

»Ich bin … aufgehalten worden.« Wie sie ihm einmal gesagt hatte: Gewisse Dinge blieben besser ungesagt.

»Den ganzen Nachmittag über hat er Beweise präsentiert«, sagte Amidala in einem leisen, ausdruckslosen Monoton. »Nicht nur in Hinsicht auf den Mordversuch. Die Jedi wollten den Senat entmachten.«

»Es ist eine Lüge«, wiederholte Bail.

In der Mitte des großen Versammlungssaals stützte sich Palpatine so auf das Kanzlerpodium, als empfinge er Kraft vom Großen Siegel an der Vorderseite. »Dies sind sehr schwere Zeiten gewesen, aber wir haben alles überstanden. Der Krieg ist *vorbei*!«

Der Senat applaudierte.

»Die Separatisten sind geschlagen, und *die Republik ist gerettet*! Wir sind eins! Eins und *frei*!«

Der Senat applaudierte erneut.

»Die Jedi-Rebellion war der letzte Test, das letzte Aufbegehren der Mächte der Dunkelheit! Jetzt liegt die Dunkelheit für immer hinter uns, und ein neuer Tag hat begonnen! Es ist der *Morgen* der Republik!«

Der Senat applaudierte lauter.

Padmé starrte zum Podium, ohne zu blinzeln. »Jetzt kommt es«, sagte sie wie betäubt.

Bail schüttelte den Kopf. »Jetzt kommt was?«

»Ihr hört es gleich.«

»Nie wieder lassen wir uns teilen! Nie wieder wird sich Sektor gegen Sektor wenden, Planet gegen Planet, *Bruder* gegen *Bruder*! Wir sind eine Nation, *unteilbar*!«

Der Senat brüllte.

»Um zu gewährleisten, dass wir immer zusammenstehen, dass wir immer mit einer Stimme sprechen und mit einer Hand handeln, muss sich die Republik ändern. Wir müssen uns *weiterentwickeln*. Wir müssen *wachsen*. Wir sind ein Reich geworden. Und das sollten wir auch dem Namen nach sein: ein Reich, ein *Imperium*. Wir sind das *erste Galaktische Imperium*!«

Der Senat brüllte lauter.

»Was ist mit den Senatoren los?«, fragte Bail. »Verstehen sie nicht, *was* sie da bejubeln?«

Padmé schüttelte den Kopf.

»Wir sind ein Imperium, und diese hehre Institution wird es regieren! Wir sind ein Imperium, das nie zu den politischen Machenschaften und der Korruption zurückkehren wird, die uns so sehr verletzt haben. Wir sind ein Imperium, das ein *einzelner* Souverän führt, auf Lebenszeit bestimmt!«

Der Senat kochte.

»Wir sind ein von der *Mehrheit* regiertes Imperium! Ein Imperium auf der Basis einer neuen Verfassung! Ein Imperium der *Gesetze* und nicht der Politiker! Ein Imperium, das sich der Erhaltung einer gerechten Gesellschaft widmet. Einer *sicheren* Gesellschaft! Wir sind ein Imperium, das *zehntausend Jahre* Bestand haben wird!«

Das Brüllen des Senats wurde zu einem kontinuierlichen Brausen, wie im Innern eines ewigen Gewitters.

»Fortan werden wir diesen Tag als *Tag des Imperiums* feiern. Für unsere *Kinder*. Und für die Kinder unserer Kinder! Für die nächsten zehntausend Jahre! Sicherheit! Gerechtigkeit und Frieden!«

Der Senat raste.

»Sagt es mit mir: Sicherheit, Gerechtigkeit und Frieden. Sicherheit, Gerechtigkeit und Frieden!«

Ein Sprechchor begann, wurde lauter und immer lauter, bis er durch die ganze Galaxis zu hallen schien.

Bail konnte Padmé in dem Lärm nicht hören, aber er las von ihren Lippen.

So stirbt die Freiheit, sagte sie zu sich selbst. *Mit Jubel und Applaus.*

»Wir dürfen dies nicht geschehen lassen!« Bail sprang auf. »Ich muss zu meiner Loge … Noch können wir einen Antrag stellen …«

»Nein.« Padmés Hand schloss sich mit erstaunlicher Kraft um seinen Arm, und zum ersten Mal seit seiner Ankunft sah sie ihm direkt in die Augen. »Nein, Bail, es wäre zu gefährlich, einen Antrag zu stellen. Fang Zar ist bereits verhaftet worden, ebenso Tundra Dowmeia, und es dauert sicher nicht lange, bis man die Abordnung der Zweitausend zu Staatsfeinden erklärt. Euer Name hat aus gutem Grund nicht auf der Liste gestanden; fügt ihn nicht durch etwas hinzu, das Ihr heute unternehmt.«

»Aber ich kann doch nicht einfach tatenlos zusehen …«

»Ihr habt Recht. Das könnt Ihr nicht. Ihr müsst für ihn *stimmen.*«

»Wie bitte?«

»Es ist die einzige Möglichkeit, Bail. Nur dann können wir hoffen, in einer Position zu bleiben, die es uns erlaubt, *irgendetwas* zu tun. Stimmt für Palpatine. Stimmt für das Imperium. Und sorgt dafür, dass Mon Mothma ebenfalls dafür stimmt. Seid brave kleine Senatoren. Benehmt Euch und haltet den Kopf gesenkt. Und … fahrt mit den Dingen fort, über die wir nicht reden können. Mit all den Dingen, von denen ich nichts wissen darf. *Versprecht* es mir, Bail.«

»Wovon Ihr da redet, Padmé ... wovon Ihr *nicht* sprecht ... es könnte *zwanzig Jahre* dauern! Steht Ihr unter Verdacht? Was habt Ihr vor?«

»Macht Euch keine Sorgen um mich«, sagte Padmé geistesabwesend. »Ich weiß nicht, ob ich so lange lebe.«

Im Kontrollzentrum der Separatisten auf Mustafar gab es nicht nur Dutzende von Kampfdroiden, sondern auch bewaffnete Wächter und automatische Verteidigungssysteme.

Schreie ertönten. Tränen flossen. Es wurde um Gnade gefleht.

All das blieb ohne Wirkung.

Die Sith waren nach Mustafar gekommen.

Poggle der Geringere, Erzherzog von Geonosis, krabbelte wie ein Tier durch ein Gewirr aus abgetrennten Armen, Beinen und Köpfen, aus Metall und Fleisch, wimmerte und schlug mit den alten, hauchdünnen Schwingen, bis eine Stange aus tödlicher Energie auch ihm den Kopf abschnitt.

Shu Mai, Präsident und Hauptgeschäftsführerin der Handelsgilde, hob den Blick von ihren auf den Knien gefalteten Händen. Tränen strömten ihr über die runzligen Wangen. »Man hat uns eine *Belohnung* versprochen«, keuchte sie. »Eine ... *stattliche* Belohnung ...«

»Ich bin die Belohnung«, sagte der Sith-Lord. »Findet Ihr mich etwa nicht stattlich?«

»Bitte!«, heulte sie schluchzend. *»Bi ...«*

Die scharlachrote Klinge schnitt in den Kopf, und die Leiche schwankte. Eine beiläufige Bewegung des Handgelenks, und zischende Energie berührte die Säule aus Halsringen. Der Kopf fiel zu Boden.

Danach war das einzige Geräusch das panikerfüllte Klacken von Schritten, als Wat Tambor und die beiden Neimoidianer zu einem nahen Konferenzraum flohen.

Der Sith-Lord hatte es nicht eilig damit, sie zu verfolgen. Die Schutztüren vor den Ausgängen waren geschlossen und verriegelt, die Kontrollen zerstört.

Es gab keine Möglichkeit für die Fliehenden, den Konferenzraum zu verlassen.

Tausende von Klonsoldaten schwärmten durch den Jedi-Tempel.

Die Bataillone auf jeder Ebene waren nicht nur eine Besatzungsstreitmacht, sondern sie begannen auch damit, die Leichen zu identifizieren. Die toten Jedi wurden mit den Namenslisten im Tempelarchiv verglichen, und bei den gefallenen Klonsoldaten bildeten die Dienstlisten der Regimenter die Prüfungsgrundlage. Alle Toten mussten erfasst werden.

Das war schwieriger, als die Klonoffiziere angenommen hatten. Zwar waren die Kämpfe schon vor Stunden zu Ende gegangen, aber immer wieder wurden Klonsoldaten vermisst. Für gewöhnlich handelte es sich dabei um kleine Patrouillengruppen – fünf Soldaten oder weniger –, die durch den Tempel zogen und alles überprüften, jede Tür und jedes Fenster, jeden Schreibtisch und jeden Schrank.

Wenn Schränke geöffnet wurden, fand man manchmal fünf tote Klone in ihnen.

Und es gab auch beunruhigende Berichte. Die Offiziere, deren Aufgabe darin bestand, die Patrouillen zu koordinieren, empfingen Meldungen, in denen von ungewöhnlichen Bewegungen die Rede war – ein Umhang, der hinter einer Ecke verschwand, von einem Klonsoldaten aus dem Augenwinkel bemerkt –, und wenn man diese Fälle untersuchte, stellten sie sich als Ergebnis von Einbildung oder Halluzinationen heraus. Es wurde auch von unerklärlichen Geräuschen berichtet, die aus abgelegenen Bereichen kamen, und wenn man dort nachsah, erwies sich alles als leer.

Noch vor ihrem Erwachen in den kaminoanischen Krippenschulen lernten Klonsoldaten, erbarmungslos pragmatisch, materialistisch und völlig immun gegen jede Art von Aberglauben zu sein, doch einige von ihnen argwöhnten allmählich, dass es im Tempel spukte.

In der weiten dunstigen Düsternis des Raums der Tausend

Brunnen sah ein Klonsoldat, wie jemand hinter eine Staude aus hylaianischem Sumpfbambus trat. »Halt!«, rief er. »Du dort! Keine Bewegung!«

Die schattenhafte Gestalt sauste durchs Halbdunkel fort, und der Klonsoldat wandte sich an seine Gefährten. »Kommt! Wer auch immer das war – wir dürfen ihn nicht entwischen lassen!«

Klonsoldaten eilten durch den Dunst. Hinter ihnen, bei den Leichen, die sie untersucht hatten, gebaren Nebel und Düsternis zwei Jedi-Meister.

Obi-Wan trat über Leichen in weißen Rüstungen hinweg und kniete neben blasterverbrannten Kinderleichen. Tränen strömten ihm über die Wangen, seit sie den Tempel betreten hatten, und sie fanden keine Gelegenheit zu trocknen. »Nicht einmal die Jüngsten haben überlebt. Sie scheinen sich hier zur Wehr gesetzt zu haben.«

Trauer bildete tiefere Furchen in Yodas Gesicht. »Oder zu fliehen sie versucht haben, während einige zurückblieben, um aufzuhalten die Verfolger.«

Obi-Wan wandte sich einer anderen Leiche zu, der eines Jedi-Meisters. Tiefer Kummer ließ ihn leise stöhnen. »Meister Yoda ... dies ist der *Troll* ...«

Yoda sah in seine Richtung und nickte. »Cin Drallig seine jungen Schüler nie im Stich lassen würde.«

Obi-Wan sank neben dem gefallenen Jedi auf die Knie. »Er hat mir beigebracht, wie man mit dem Lichtschwert umgeht ...«

»Und ich ihn unterwiesen habe«, sagte Yoda. »Der Kummer uns lähmt, wenn wir uns hingeben ihm.«

»Ich weiß. Aber ... es ist eine Sache, einen Freund tot zu wissen, Meister Yoda. Etwas ganz anderes ist es, seine *Leiche* zu finden ...«

»Ja.« Yoda kam näher. Mit seinem Gimerstock deutete er auf eine blutlose Schnittwunde in Dralligs Schulter – sie reichte bis tief in die Brust. »Ja, das stimmt. Siehst du dies? Diese Wunde nicht stammt von einem Blaster.«

Eine eisige Leere öffnete sich in Obi-Wans Herz. Sie schluckte Schmerz und Kummer, ließ eine sonderbare Ruhe in ihm zurück.

»Ein *Lichtschwert*?«, flüsterte er.

»Wir uns noch immer um den Sender kümmern müssen.« Yoda deutete mit dem Stock auf sich nähernde Gestalten zwischen den Bäumen und Teichen. »Zurückkehren die Klonsoldaten.«

Obi-Wan erhob sich. »Ich werde herausfinden, wer hierfür verantwortlich ist.«

»Herausfinden?«

Yoda schüttelte traurig den Kopf.

»Du es bereits weißt«, sagte er und humpelte durch die Düsternis.

Darth Vader hinterließ nichts Lebendes, als er den Hauptraum des Kontrollzentrums verließ.

Locker und unbekümmert schlenderte er durch den Korridor, ließ die Spitze des Lichtschwerts über die Durastahlwand streichen und genoss das Zischen des verbrennenden Metalls so, wie er zuvor den Geruch von verkohltem Fleisch genossen hatte.

Die Tür des Konferenzraums war geschlossen. Eine so armselige Barriere wäre eine Beleidigung für die Klinge. Die von einem schwarzen Handschuh umhüllte Hand ballte sich zur Faust, und die Tür brach auf, kippte aus dem Rahmen.

Der Sith-Lord trat darüber hinweg.

Die Wände des Konferenzzimmers bestanden aus Transparistahl. Jenseits davon regnete Feuer aus Obsidianbergen aufs Land. Lavaströme umgaben die Station.

Rune Haako, Adjutant und Privatsekretär des Vizekönigs der Handelsföderation, stolperte über einen Stuhl, als er zurückwich.

»Halt!«, rief er. »Genug! Wir *ergeben* uns, hört Ihr? Ihr könnt uns nicht einfach so töten …«

Der Sith-Lord lächelte. »Das kann ich nicht?«

»Wir sind unbewaffnet! Wir ergeben uns! Bitte … Bitte, Ihr seid ein *Jedi*!«

»Ihr habt einen Krieg geführt, um die Jedi zu vernichten.« Vader stand über dem zitternden Neimoidianer, lächelte auf ihn herab und fütterte ihn mit einem halben Meter Plasma. »Herzlichen Glückwunsch zu Eurem Erfolg.«

Der Sith-Lord trat über Haakos Leiche hinweg und näherte sich Wat Tambor, der mit seinen gepanzerten Händen vergeblich am Transparistahl kratzte. Das Oberhaupt der Techno-Union drehte sich um, duckte sich und hob die Arme vors Visier, um die Augen vor den Flammen in den Augen des Drachen abzuschirmen. »Bitte, ich gebe Euch *alles. Alles was Ihr wollt*!«

Die Klinge blitzte zweimal. Tambors Arme fielen zu Boden, gefolgt vom Kopf.

»Danke.«

Darth Vader wandte sich dem letzten lebenden Repräsentanten der Konföderation Unabhängiger Systeme zu.

Nute Gunray, Vizekönig der Handelsföderation, stand am ganzen Leib bebend in einem Alkoven, und blutrote Tränen rannen ihm über die grünen, fleckigen Wangen. »Der Krieg …«, wimmerte er. »Der Krieg ist *vorbei* … Lord Sidious hat *versprochen* … Er hat versprochen, uns in Ruhe zu lassen …«

»Seine Sendung war verstümmelt.« Das Lichtschwert kam nach oben. »Er hat versprochen, Euch für immer ruhen zu lassen.«

Im Holokom-Zentrum des Jedi-Tempels, ganz oben im höchsten Turm, griff Obi-Wan mit der Macht tief ins Innere des Senders, manipulierte auf subtile Weise die Impulskalibrierung und veränderte dadurch das Signal von *Kehrt heim* in *Flieht und versteckt euch.* Da es keine sichtbaren Hinweise gab, würde es eine ganze Weile dauern, bis die Klonsoldaten die Veränderung bemerkten, und noch mehr Zeit war nötig, um sie rückgängig zu machen. Das war alles, was sie für die überlebenden Jedi tun konnten: eine Warnung, um ihnen eine reelle Chance zu geben.

Obi-Wan wandte sich vom Sender ab und richtete seine Aufmerksamkeit auf die internen Sicherheitsscans.

»Davon ich dir abrate«, sagte Yoda. »Verlassen diesen Ort wir müssen, bevor man entdeckt uns.«

»Ich muss es *sehen*«, erwiderte Obi-Wan grimmig. »Wie ich unten sagte: Wissen ist eine Sache, Sehen eine andere.«

»Das Sehen nur zusätzlichen Schmerz wird dir bereiten.«

»Dann ist es Schmerz, den ich verdiene. Ich werde mich nicht vor ihm verbergen.« Obi-Wan gab einen Kode ein, der ein Holobild des Raums der Tausend Brunnen entstehen ließ. »Ich fürchte mich nicht.«

Yoda kniff die Augen zu grüngoldenen Schlitzen zusammen. »Das du aber solltest.«

Mit steinerner Miene beobachtete Obi-Wan, wie Kinder durch den Raum liefen und vor einem Sturm aus Blasterstrahlen flohen. Er sah, wie Cin Drallig und zwei junge Padawane – war das Whie, der Knabe, den Yoda von Vjun mitgebracht hatte? – mit wirbelnden Klingen zurückwichen und vorrückende Klonsoldaten durch reflektierte Blasterstrahlen außer Gefecht setzten.

Er sah, wie ein weiteres Lichtschwert erschien, erst einen Padawan tötete, dann auch den anderen. Er sah eine Gestalt, in einen Umhang gehüllt, die mit entschlossenen Schritten ging, ihre Klinge in Dralligs Schulter stieß und beiseite trat, als der alte Troll sterbend zu Boden sank und die Klonsoldaten die übrigen Kinder niederstreckten.

Obi-Wans Gesichtsausdruck blieb unverändert.

Er öffnete sich dem, was er sehen musste. Er war vorbereitet und innerlich gefestigt, vertraute der Macht, und doch … der Mann drehte sich zu einer anderen Gestalt um, die einen Kapuzenmantel trug, und Obi-Wan erkannte ihn, er war …

Er war …

Obi-Wan starrte und wünschte sich genug Kraft, um die eigenen Augen aus dem Schädel zu reißen.

Aber selbst blind hätte er dies für immer gesehen.

Er hätte gesehen, wie sein Freund, Schüler und Bruder vor dem ganz in Schwarz gekleideten Sith-Lord kniete.

Ein stiller Schrei hallte durch seinen Kopf.

»Die Verräter sind ausgelöscht, Lord Sidious. Und das Archiv ist gesichert. Unsere alten Holocrons befinden sich erneut in den Händen der Sith.«

»Gut ... gut ... Zusammen werden wir alle Geheimnisse der Macht lüften.« Der Sith-Lord schnurrte wie ein zufriedener Rancor. *»Du hast gute Arbeit geleistet, mein neuer Schüler. Fühlst du, wie deine Macht wächst?«*

»Ja, Meister.«

»Lord Vader, deine Fähigkeiten gehen weit über die aller Sith vor dir hinaus. Brich auf, mein Junge. Brich auf und bringe dem Imperium Frieden.«

Obi-Wans Finger tasteten nervös über die Kontrollen, und irgendwie gelang es ihm, den Holoscan zu deaktivieren. Er stützte sich auf die Konsole, doch die Arme gaben nach. Er sank zu Boden.

Blind vor Schmerz lehnte er mit dem Rücken an der Konsole.

Yoda zeigte so viel Anteilnahme wie die Wurzel eines Wroshyrbaums. »Gewarnt ich dich habe.«

»Ich hätte mich von ihm erschießen lassen sollen ...«, stöhnte Obi-Wan.

»Was?«

»Nein. Das wäre bereits zu spät gewesen ... Auf Geonosis war es zu spät. Der Zabrak auf Naboo ... *Dort* hätte ich sterben sollen, bevor ich ihn *hierher* brachte ...«

»Hör *auf* damit!« Yoda stieß ihm den Stock so fest in die Rippen, dass er aufstand. »Niemand einen Jedi dazu *bringen* kann, dass er fällt. Nicht einmal Lord Sidious. *Gewählt* Skywalker es hat.«

Obi-Wan senkte den Kopf. »Und ich fürchte, ich weiß, warum.«

»Warum? Das *Warum* keine Rolle spielt. Ein *Warum* es

nicht gibt. Nur einen Sith-Lord und seinen Schüler. Zwei Sith.« Yoda beugte sich näher. »Und zwei Jedi.«

Obi-Wan nickte, mied aber noch immer den Blick des alten Meisters. »Ich übernehme Palpatine.«

»Stark genug für Lord Sidious du nie sein wirst. Sterben du würdest, auf schmerzvolle Weise.«

»Bitte zwingt mich nicht, Anakin zu töten«, sagte Obi-Wan. »Er ist wie ein *Bruder* für mich, Meister.«

»Der Junge, den unterwiesen du hast … Er nicht mehr existiert. Die dunkle Seite ihn hat. Er jetzt Lord Vader ist. Von diesem Elend du ihn befreien musst. Zu besuchen unseren neuen Imperator, das *mir* obliegt.«

Daraufhin sah Obi-Wan ihn an. »Palpatine ist mit Mace, Agen, Kit und Saesee fertig geworden, mit den vier besten Schwertkämpfern, die unser Orden jemals hervorgebracht hat. *Ganz allein.* Selbst wir beide zusammen hätten keine Chance gegen ihn.«

»Das stimmt«, sagte Yoda. »Aber getrennt voneinander eine Chance wir *schaffen* könnten …«

20. KAPITEL
Chiaroscuro

C-3PO identifizierte das Schiff auf der Veranda als einen Speeder vom Typ DC0052. Sicherheitshalber ließ er den Energievorhang eingeschaltet.

In diesen schweren Zeiten war Sicherheit wichtiger als Höflichkeit, selbst für ihn.

Ein menschlicher Mann, gekleidet in einen Kapuzenmantel, kletterte aus dem Speeder und näherte sich dem Energieschleier. C-3PO rief: »Hallo. Kann ich behilflich sein?«

Der Mensch hob die Hände zur Kapuze, strich sie aber nicht zurück. Er hob sie nur ein wenig, damit C-3PO das Gesicht darunter erkennen konnte.

»Meister Kenobi!« C-3PO hatte genaue Anweisungen erhalten, die das unerwartete Eintreffen von Jedi betrafen.

Sofort deaktivierte er den Sicherheitsvorhang und winkte. »Kommt herein, schnell. Jemand könnte Euch sehen.«

Als C-3PO ihn rasch ins Wohnzimmer führte, fragte Meister Kenobi: »Ist Anakin hier gewesen?«

»Ja«, antwortete C-3PO widerstrebend. »Er kam, nachdem er und die Armee die Republik vor der Jedi-Rebellion gerettet hatten …«

Er unterbrach sich, als Meister Kenobi plötzlich so aussah, als wäre er bereit, ihn Schraube für Schraube auseinander zu nehmen. Vielleicht hätte er den Jedi doch nicht so schnell hereinlassen sollen.

War er jetzt nicht eine Art Geächteter?

»Ich, äh, sollte …«, stotterte C-3PO und wich zurück. »Ich hole die Senatorin, einverstanden? Sie hat sich hingelegt. Nach der Versammlung heute Morgen fühlte sie sich nicht sehr wohl, und so …«

Die Senatorin erschien am Ende der halbrunden Treppe. Sie trug einen weichen Umhang über ihrem Morgenrock, und C-3PO entschied, dass es besser war, sich diskret zurückzuziehen.

Aber nicht zu weit. Wenn Meister Kenobi Böses im Schilde führte, musste C-3PO in der Lage sein, sofort Captain Typho und die Sicherheitsgruppe zu alarmieren.

Senatorin Amidala schien nicht geneigt zu sein, Meister Kenobi als gefährlichen Geächteten zu behandeln …

Ganz im Gegenteil. Sie war ihm in die Arme gefallen, und mit sehr emotionaler Stimme brachte sie ein vermutlich unangemessenes Ausmaß an Freude darüber zum Ausdruck, dass der Jedi noch lebte.

Es folgte ein Gespräch, das C-3PO nicht ganz verstand. Es enthielt politische Informationen, mit denen seine Programmierung nichts anfangen konnte, über Anakin, die gefallene Republik, was auch immer das bedeutete, einen Sith-Lord, Kanzler Palpatine und die dunkle Seite der Macht, und darin erkannte er wirklich keinen Sinn. Die einzigen Teile des Gesprächs, die er verstand, betrafen den Jedi-Orden, der verboten und ausgelöscht worden war – diese Neuigkeit war am Morgen in der Lipartian-Straße in aller Munde gewesen –, sowie den nicht völlig unerwarteten Hinweis darauf, dass Meister Kenobi nach Meister Anakin suchte. Immer waren sie Partner gewesen – obgleich Meister Anakins jüngstes Verhalten traurigerweise deutlich machte, dass Meister Kenobis vorzügliche Manieren selbst nach all den Jahren nicht auf ihn abfärbten.

»Wann habt Ihr ihn zum letzten Mal gesehen? Wisst Ihr, wo er ist?«

C-3POs Photorezeptoren stellten fest, dass die Senatorin errötete, als sie den Blick senkte. »Nein«, sagte sie.

Seit drei Jahren führte C-3PO den Haushalt einer Berufspolitikern, und das hielt ihn davon ab, vorzutreten und die Senatorin daran zu erinnern, dass Meister Anakin ihr am vergangenen Tag von seiner Absicht erzählt hatte, nach Mustafar zu fliegen. Er wusste längst, dass das Gedächtnis der Senatorin nur dann versagte, wenn sie sich an etwas nicht erinnern wollte.

»Ihr müsst mir helfen, Padmé«, sagte Meister Kenobi. »Ich muss Anakin finden und ihm Einhalt gebieten.«

»Wie könnt Ihr das *sagen*?« Sie wich von ihm fort, wandte sich ab und verschränkte die Arme über der Wölbung ihres Bauchs. »Er hat gerade den Krieg gewonnen!«

»Der Krieg war nie ein Krieg der Republik gegen die Separatisten, sondern ein Krieg Palpatines gegen die Jedi. Wir haben verloren. Der Rest war nur Theater.«

»Für jene, die ihr Leben verloren, war alles bittere Realität!«

»Ja.« Daraufhin war es Meister Kenobi, der den Kopf senkte. »Unter ihnen die Kinder im Tempel.«

»Was?«

»Sie wurden *ermordet*, Padmé. Ich habe es gesehen.« Er ergriff sie an der Schulter und drehte sie zu sich herum. »*Anakin* hat sie ermordet!«

»Das ist eine Lüge ...« Die Senatorin stieß ihn mit solchem Nachdruck fort, dass C-3PO fast den Sicherheitsalarm ausgelöst hätte. Doch Meister Kenobi sah sie nur an, mit einem Gesicht, in dem C-3POs Erkennungsalgorithmen Trauer und Mitleid identifizierten. »Er könnte *nie* ... er könnte nie ... nicht mein Anakin ...«

Meiser Kenobi sprach sanft und leise. »Ich muss ihn finden.«

Die Senatorin sprach noch leiser. C-3POs akustische Sensoren konnten ihre Worte kaum wahrnehmen.

»Ihr habt beschlossen, ihn zu töten.«

»Er ist zu einer sehr großen Gefahr geworden«, sagte Meister Kenobi ernst.

Daraufhin schien es der Senatorin plötzlich schlechter zu gehen: Ihre Knie gaben nach, und Meister Kenobi musste sie festhalten und ihr zu einem Sofa helfen. Offenbar verstand

Meister Kenobi mehr von menschlicher Physiologie als C-3PO, dessen Photorezeptoren zwar Veränderungen in den Konturen der Senatorin registriert hatten, sie jedoch nicht zu deuten wussten.

Auf jeden Fall schien sich Meister Kenobi sofort über die Situation klar zu werden. Er half der Senatorin, auf dem Sofa Platz zu nehmen, und blickte besorgt auf sie hinab.

»Anakin ist der Vater, nicht wahr?«

Die Senatorin wandte den Blick ab. Ihre Augen verloren wieder Flüssigkeit.

»Es tut mir sehr Leid, Padmé«, sagte der Jedi-Meister leise.

»Bitte geht, Obi-Wan. Ich werde Euch nicht helfen. Ich kann nicht.« Sie drehte den Kopf, sodass der Jedi-Meister ihr Gesicht nicht mehr sah. »Ich werde Euch nicht dabei helfen, ihn zu töten.«

»Es tut mir sehr Leid«, wiederholte Meister Kenobi und ging.

C-3PO kehrte zögernd ins Wohnzimmer zurück und wollte sich nach dem Zustand der Senatorin erkundigen. Doch bevor er sich angemessen taktvolle Worte für eine Frage zurechtlegen konnte, sagte die Senatorin leise: »C-3PO? Weißt du, was dies ist?«

Sie zeigte ihm den Anhänger, den sie immer an einer Schnur aus Jerbaleder um den Hals trug.

»Ja, Mylady«, erwiderte der Protokolldroide, wie immer erfreut, zu Diensten sein zu können. »Es ist ein Stück Japor. Kinder und Jugendliche auf Tatooine ritzen Stammesrunen hinein und fertigen Amulette daraus an. Abergläubische Leute gehen davon aus, dass sie Glück bringen und Schaden abwenden, und manchmal gelten sie auch als Liebestalismane. Ich muss sagen, Mylady: Es erstaunt mich, das *Ihr* vergessen habt, was es damit auf sich hat, denn immerhin tragt Ihr dieses Japorstück seit damals, seit Ihr es von Anakin erhalten habt …«

»Ich habe nicht vergessen, was dies ist, C-3PO«, sagte die Senatorin. »Danke. Ich … habe mich an den Jungen erinnert, der mir dies gab.«

»Mylady?« Wenn sie es nicht vergessen hatte, warum dann die Frage? Bevor sich C-3PO höflich danach erkundigen konnte, sagte die Senatorin: »Setz dich mit Captain Typho in Verbindung. Er soll mein Skiff vorbereiten.«

»Mylady? Wollt Ihr fort?«

»Wir *beide* machen uns auf den Weg«, lautete die Antwort. »Wir fliegen nach Mustafar.«

Aus den Schatten unter der spiegelblanken Rampe des Skiffs heraus beobachtete Obi-Wan Kenobi, wie Captain Typho versuchte, Padmé Amidala davon abzuhalten.

»Mylady«, sagte der Sicherheitschef von Naboo, »lasst mich Euch wenigstens begleiten ...«

»Danke, Captain, aber das ist nicht nötig«, sagte Padmé kühl. »Der Krieg ist vorbei, und ... dies ist eine persönliche Angelegenheit. Und sie soll es auch *bleiben*, versteht Ihr, Captain? Ihr wisst nichts davon, dass ich mich auf den Weg gemacht habe, wohin ich fliege und wann ich zurückkehre.«

»Wie Ihr wünscht, Mylady«, sagte Typho widerstrebend und verbeugte sich. »Aber ich möchte noch einmal betonen, dass ich dies nicht für eine gute Idee halte.«

»Seid unbesorgt, Captain. Immerhin nehme ich C-3PO mit, und er wird sich um mich kümmern.«

Obi-Wan hörte deutlich das gemurmelte »Meine Güte« des Droiden.

Nachdem Typho in seinen Speeder geklettert und fortgeflogen war, gingen Padmé und ihr Droide an Bord des Skiffs. Sie verlor keine Zeit: Die Repulsorlifte des Skiffs wurden aktiv, noch bevor die Rampe ganz eingezogen war.

Obi-Wan musste springen.

Er schwang sich ins Innere des kleinen Schiffes, kurz bevor die Luke sich schloss, und das glänzende Skiff sprang gen Himmel.

Darth Vader stand auf der Kommandobrücke des Kontrollzentrums von Mustafar, beide Hände auf den Rücken gelegt, und beobachtete durch den Transparistahl die Galaxis, über die er eines Tages herrschen würde.

Den Leichen um ihn herum schenkte er keine Beachtung.

Er fühlte tatsächlich, wie seine Macht wuchs, glaubte sich bereits seinem »Meister« ebenbürtig: Wenn Palpatine das Geheimnis von Lord Plageuis' Entdeckung mit ihm geteilt hatte, würde es nicht lange dauern, bis ihre Beziehung eine plötzliche ... Veränderung erfuhr.

Eine fatale Veränderung.

Alles lief nach Plan.

Und doch ...

Es gelang ihm nicht, ein sonderbares Gefühl abzuschütteln, wie ein kaltes, schleimiges Etwas, das ihm durch die Adern der Beine kroch und sich in den Gedärmen ausbreitete ...

Es fühlte sich fast so an, als *fürchtete* er sich noch immer ...

Sie wird sterben, flüsterte der Drache.

Er schüttelte sich und verzog das Gesicht. Unmöglich. Er war Darth Vader. Furcht hatte keine Macht über ihn. Er hatte die Furcht zerstört.

Alle Dinge sterben.

Doch als er den Drachen unter seinem Stiefel zermalmt hatte ... Dabei schien er ihm seine Giftzähne in den Fuß gebohrt zu haben.

Und jetzt brachte ihm das Gift eine Kälte, die bis zu den Knochen reichte.

Selbst Sterne brennen aus.

Er schüttelte sich erneut und schritt zum Holokom, um mit seinem Meister zu sprechen.

Palpatine hatte ihm immer dabei geholfen, den Drachen unter Kontrolle zu halten.

Ein Komlink piepte.

Yoda öffnete die Augen in der Dunkelheit.

»Ja, Meister Kenobi.«

»Wir landen jetzt. Seid Ihr in Position?«

»Ja.«

Ein Moment der Stille.

»Meister Yoda ... wenn wir uns nicht wieder sehen ...«

»Denk nicht ans *Danach*, Obi-Wan. Immer jetzt selbst die Ewigkeit sein wird.«

Noch ein Moment der Stille.

Noch etwas länger.

»Möge die Macht mit Euch sein.«

»Das sie ist. Und möge die Macht mit dir sein, junger Obi-Wan.«

Damit endete der Kontakt.

Yoda stand auf.

Eine Geste öffnete das Gitter des Belüftungsschachts, in dem er meditierend gewartet hatte, und dahinter erstreckte sich die weite Leere des großen Versammlungssaals des Galaktischen Senats. Manchmal nannte man diesen riesigen Raum auch Senatsarena.

Heute war dieser Name durchaus gerechtfertigt.

Yoda streckte sich, und Blut floss wieder durch grünes Fleisch.

Es war so weit.

Neunhundert Jahre des Lernens und der Ausbildung, des Lehrens und der Meditation, konzentriert, zusammengefasst und auf diesen einen Moment fokussiert. Dies war der Sinn seines enorm langen Lebens. Neunhundert Jahre hatten ihn darauf vorbereitet, das Herz der Nacht zu betreten und sein Licht der Dunkelheit gegenüberzustellen.

Er rückte das Lichtschwert am Gürtel zurecht.

Er zog sich den weißen Umhang über die Schultern.

Voller Demut und Dankbarkeit, ohne Furcht und ohne Zorn zog Yoda in den Kampf.

Ein silbriges Blitzen draußen weckte Darth Vaders Aufmerksamkeit – ein elegant gewölbter Spiegel schien durch Rauch und Asche zu gleiten und das Glühen der Lava zu reflektieren. Er war auf ein Knie gesunken, blickte durch das Holobild seines Meisters und setzte den Bericht fort.

Er fürchtete sich nicht mehr, denn er war viel zu sehr damit beschäftigt, Respekt zu heucheln.

»Die Führung der Separatisten existiert nicht mehr, Meister.«

»Dann ist es also vollbracht.« Das Bild präsentierte ein durchsichtiges Lächeln. »Du hast der Galaxis Frieden und Gerechtigkeit gebracht, Lord Vader.«

»Das ist meine einzige Absicht, Meister.«

Das Holobild neigte den Kopf, und aus dem Lächeln wurde übergangslos eine Grimasse. »Lord Vader ... Ich fühlte eine Störung in der Macht. Vielleicht bist du in Gefahr.«

Darth Vader sah zu dem Blitzen jenseits des Transparistahls. Er kannte das Schiff. *Vielleicht droht mir die Gefahr, zu Tode geküsst zu werden ...*

»Wie könnte ich in Gefahr sein, Meister?«

»Ich weiß es nicht. Aber die Gefahr existiert. Gib Acht.«

Gib Acht, gib Acht, dachte Darth Vader mit einem geistigen höhnischen Grinsen. Etwas Besseres hast du nicht anzubieten? *Das* habe ich auch immer von Obi-Wan gehört ...

»Das werde ich, Meister. Danke.«

Das Holobild verschwand.

Er stand auf, und das höhnische Grinsen erreichte Lippen und Augen. »Du bist derjenige, der Acht geben sollte, ›Meister‹. Ich *bin* eine Störung in der Macht.«

Draußen sank das Skiff aufs Landedeck. Er verbrachte einige Sekunden damit, sein Anakin-Skywalker-Gesicht wiederherzustellen. Er ließ sich von Anakin Skywalkers Liebe durchströmen, gab seinen Schritten das freudige Federn von Anakin Skywalkers jugendlicher Energie, als er an dem Durcheinander aus Leichen und abgeschnittenen Körperteilen vorbei zum Ausgang eilte.

Er würde Padmé draußen empfangen, und sie würden draußen bleiben. Vermutlich wäre sie nicht begeistert gewesen von der Art und Weise, wie er das Kontrollzentrum ... neu dekoriert hatte.

So was ist eben Geschmacksache, dachte er.

Das Empfangsbüro des Obersten Kanzlers der Republik befand sich unten in der Senatsarena. Es handelte sich um einen schlichten runden Raum, in dem Gäste des Kanzlers unterhalten wurden, bevor sie das Senatspodium betraten – die runde, schalenförmige Loge auf der riesigen hydraulischen Säule, deren Kontrollen die Bewegungen der schwebenden Delegationslogen koordinierten – und zur Mitte des gewaltigen Versammlungssaals emporgetragen wurden.

Auf jenem Podium verbeugte sich gerade die große Holopräsenz eines knienden Sith vor einem Schatten. Wächter in Scharlachrot flankierten den Schatten; ein chagrianischer Speichellecker katzbuckelte in der Nähe.

»Aber die Gefahr existiert. Gib Acht.«

»Das werde ich, Meister. Danke.«

Das Holobild löste sich auf, und wo es eben noch geglüht hatte, erschien eine andere Präsenz, eine physische, klein und alt, in Weiß gekleidet und auf einen Stock gestützt. Doch das körperliche Erscheinungsbild täuschte; die wirkliche Natur dieser Person konnte man nur in der Macht sehen.

In der Macht war sie eine Fontäne des Lichts.

»Euren neuen Schüler ich bemitleide. Erst seit kurzer Zeit ein Schüler, und schon bald ohne Meister.«

»Oh, Meister Yoda, welch eine angenehme Überraschung! Willkommen!« Freude vibrierte in der Stimme des Schattens. »Lasst mich der Erste sein, der Euch einen schönen Imperiumstag wünscht!«

»Ihr ihn nicht schön finden werdet. Ebenso wenig der Mörder, den ihr Vader nennt.«

»Ah.« Der Schatten trat näher zum Licht. »*Das* ist also die Gefahr, die ich gefühlt habe. Wer ist es, wenn ich fragen darf? Wen habt Ihr geschickt, um ihn zu töten?«

»Es genügt, dass Ihr kennt Euren eigenen Bezwinger.«

»Oh, ich bitte Euch, Meister Yoda. Es ist doch nicht etwa Kenobi, oder? *Bitte* sagt, dass es Kenobi ist! Lord Vader tötet so gern Personen, denen etwas an ihm liegt …«

Hinter dem Schatten, einige Meter entfernt, hörte Mas

Amedda – der chagrianische Speichellecker und Sprecher des Galaktischen Senats – ein Flüstern in Palpatines Stimme. *Flieht.*

Er floh.

Weder Licht noch Schatten blickten ihm hinterher.

»So leicht zu besiegen Obi-Wan ist nicht.«

»Und Ihr offenbar auch nicht. Aber das wird sich ändern.«

Ein Lichtschwert erschien, grün wie der Sonnenschein in einem Wald. »Das sich heute erweisen wird.«

»Selbst ein Bruchteil der dunklen Seite ist mächtiger, als sich Eure Jedi-Arroganz vorstellen kann. Ihr habt im Licht gelebt und nie die Tiefe der Dunkelheit gesehen.«

Der Schatten breitete die Arme aus, und seine Ärmel wurden zu schwarzen Schwingen.

»Bis jetzt.«

Blitze zuckten von den Händen, und der Kampf begann.

Padmé wankte die Rampe hinunter in Anakins Arme.

Ihre Augen brannten und waren gerötet. An Bord des Schiffes hatte sie ihre Emotionen schließlich nicht mehr kontrollieren können und lange geweint, aus schrecklicher Angst. Ihre Lippen waren geschwollen, und sie bebte am ganzen Leib, und plötzlich war sie *dankbar*, so unglaublich dankbar, dass ihr neue Tränen über die Wangen strömten: dankbar dafür, dass Anakin noch lebte, dafür, dass er ihr übers Landedeck entgegeneilte, dass er noch immer stark und attraktiv war, dass sich seine Arme warm anfühlten und seine Lippen weich.

»Anakin, mein *Anakin* ...« Sie zitterte an seiner Brust. »Ich hatte solche *Angst* ...«

»Pst. Pst, es ist alles gut.« Er strich ihr übers Haar, bis das Zittern nachließ. Dann schob er ihr die Hand unters Kinn und hob ihren Kopf, damit sie ihm in die Augen sehen konnte. »Du brauchst dir nie Sorgen um mich zu machen. Hast du das nicht verstanden? Niemand kann mir etwas antun. Niemand wird uns beiden Schaden zufügen.«

»Das war es nicht, Liebling, ich … Oh, Anakin, er hat so schreckliche Dinge über dich gesagt!«

Er lächelte auf sie hinab. »Über mich? Wer sollte etwas Schlechtes über mich sagen?« Er lachte leise. »Wer würde es wagen?«

»Obi-Wan.« Padmé wischte sich Tränen von den Wangen. »Er sagte, du … du hättest dich der dunklen Seite zugewandt und Jedi ermordet … sogar *Kinder* …«

Diese Worte herausbekommen zu haben … Allein dadurch fühlte sie sich besser. Jetzt konnte sie in seinen Armen ruhen und von ihm hören, dass er so etwas niemals tun würde, und sie begann zu lächeln und sah zu ihm auf …

Doch statt des Lichts der Liebe in seinen Augen sah sie nur Reflexionen von Lava.

Er sagte nicht: *Ich könnte mich nie der dunklen Seite zuwenden.*

Er sagte nicht: *Kinder ermorden? Ich? Das ist doch verrückt.*

Er fragte: »Obi-Wan *lebt*?«

Seine Stimme war um eine Oktave gesunken und kälter als der Frost, der über Padmés Rücken strich.

»J-ja, er meinte, er sucht nach dir …«

»Hast du ihm gesagt, wo ich bin?«

»*Nein*, Anakin! Er will dich *töten*. Ich habe ihm *nichts* gesagt, und ich werde ihm nichts sagen!«

»Schade.«

»Anakin, was …«

»Er ist ein Verräter, Padmé. Er ist ein Staatsfeind. Er muss sterben!«

»Hör auf«, sagte sie. »Hör auf, so zu reden. Du … machst mir Angst!«

»Du bist nicht die Person, die Angst haben muss.«

»Es ist, als … Es ist, als …« Neue Tränen quollen Padmé in die Augen. »Ich weiß gar nicht mehr, wer du *bist* …«

»Ich bin der Mann, der dich liebt«, sagte Anakin, aber er presste es zwischen zusammengebissenen Zähnen hervor.

»Ich bin der Mann, der *alles* tun würde, um dich zu beschützen. Und ich *habe* alles getan, für *dich.*«

»Anakin …« Entsetzen machte Padmés Stimme zu einem Flüstern, zu einem kleinen, fragilen und sehr jungen Raunen: »Was hast du getan?«

Und sie betete, dass er keine Antwort gab.

»Ich habe der Republik *Frieden* gebracht.«

»Die Republik ist *tot*«, hauchte Padmé. »Ihr habt sie getötet – du und Palpatine.«

»Sie musste sterben.«

Wieder flossen Tränen aus ihren Augen, aber sie spielten keine Rolle; hierfür hatte sie gar nicht genug Tränen. »Anakin, können wir nicht einfach … *gehen*? Bitte. Lass uns gehen. Zusammen. Heute. Jetzt. Bevor du … bevor etwas passiert …«

»Nichts wird passieren. Nichts *kann* passieren. Soll sich Palpatine ruhig Imperator nennen. Soll er ruhig. Er kann die schmutzige Arbeit erledigen, all die blutige, brutale Unterdrückung, die nötig ist, um die Galaxis für immer zu einen – und zwar *gegen* ihn. Er wird sich zum meistgehassten Mann in der Geschichte machen. Und wenn die Zeit reif ist, *stürzen* wir ihn …«

»Hör auf, Anakin …«

»Verstehst du nicht? Wir werden *Helden* sein. Die ganze Galaxis wird uns lieben, und wir werden über sie *herrschen*. Gemeinsam.«

»Bitte hör auf … Anakin, bitte hör auf, ich *ertrage* es nicht …«

Er hörte sie nicht. Er sah sie gar nicht an. Er blickte an ihrer Schulter vorbei.

Wilde Freude leuchtete in seinen Augen, und sein Gesicht war nicht mehr menschlich.

»Du …«

Hinter Padmé ertönte eine ruhige Stimme mit charakteristischem Coruscant-Akzent. »Padmé. Bitte weicht von ihm fort.«

»Obi-Wan?« Sie wirbelte herum und sah ihn auf der Rampe, unbewegt und traurig. *»Nein!«*

»Du«, knurrte jemand, der einmal der Mann gewesen war, den sie geliebt hatte. »Du hast ihn hierher gebracht …«

Sie drehte sich um, und jetzt sah er sie an.

Seine Augen waren voller Flammen.

»Anakin?«

»Zur Seite, Padmé. Er ist nicht mehr der, für den Ihr ihn haltet. Er *wird* Euch Schaden zufügen.«

Anakins Lippen entblößten seine Zähne. »Ich würde dir dafür danken, wenn es ein Geschenk der Liebe wäre.«

Padmé zitterte, schüttelte den Kopf und wich zurück. »Nein, Anakin … nein …«

»Palpatine hatte Recht. Manchmal ist es das Nächste, was man nicht sieht. Ich habe dich zu sehr geliebt, Padmé.«

Er ballte die Faust, und sie konnte nicht mehr atmen.

»Ich habe dich so sehr geliebt, dass ich dir gegenüber *blind* war! Ich habe nicht gesehen, wer du wirklich bist!«

Ein roter Schleier senkte sich auf die Welt herab. Padmé griff mit beiden Händen nach ihrer Kehle, doch gab es nichts, was sie fortreißen konnte.

»Lass sie los, Anakin.«

Seine Antwort war ein raubtierartiges Knurren. »Du wirst sie mir nicht wegnehmen!«

Padmé wollte schreien, flehen und heulen: *Nein, Anakin, es tut mir Leid! Es tut mir Leid … ich liebe dich …* Aber die Wahrheit blieb in ihrem Kopf, und der rote Schleier wurde dunkler.

»Lass sie los!«

»Nein!«

Der Boden unter Padmés Füßen kippte, und weißes Gleißen stieß sie in die Nacht.

In der Senatsarena zuckten Blitze von den Händen des Sith, und die Gesten des Jedi schleuderten sie auf die Wächter, die zu Boden sanken.

Und dann gab es nur noch sie beide.

Ihr Kampf ging über eine persönliche Auseinandersetzung hinaus. Als neue Blitze loderten, war es nicht Palpatine, der Yoda seinen Hass entgegenschleuderte. Es war der Lord aller Sith, der gegen den Meister aller Jedi antrat, ihm Kleidung und die grüne Haut verbrannte.

Die Sith, die sich tausend Jahre lang verborgen gehalten hatten, frohlockten.

»Eure Zeit ist *um*! Die *Sith* herrschen jetzt über die Galaxis! Jetzt und *für immer*!«

Und es war der ganze Jedi-Orden, der sich nach vorne warf und aus seinem Körper eine Waffe machte, um den Sith zu zerstören.

»Eure Herrschaft zu Ende ist, und nicht kurz genug sie war, ich sagen muss.«

Eine Klinge erschien, in der Farbe des Lebens.

Aus dem Schatten einer schwarzen Schwinge glitt eine kleine Waffe – als Reserve gedacht, leicht zu verbergen, ein bisschen Verrat und Hinterlist, typisch für die Sith – in eine faltige Hand und fuhr eine feuerrote Klinge aus.

Als die beiden Klingen aufeinander trafen, ging es um mehr als um den Kampf Yoda gegen Palpatine, um mehr als tausend Jahre Sith gegen die vielen Jahrtausende der Jedi. In dieser Begegnung kam der fundamentale Konflikt des Universums zum Ausdruck.

Licht gegen Dunkelheit.

Und der Sieger bekam alles.

Obi-Wan kniete neben der bewusstlosen Padmé, die schlaff und reglos im Staub lag. Er tastete nach dem Puls und fühlte ihn, schwach und unregelmäßig. »Anakin … Was hast du *getan*, Anakin?«

In der Macht brannte Anakin wie eine Fusionsfackel. »Du hast sie gegen mich aufgebracht.«

Obi-Wan sah den besten Freund an, den er je gehabt hatte. »Das hast du selbst gemacht«, erwiderte er traurig.

»Ich gebe dir eine Chance, Obi-Wan. Um der alten Zeiten willen. Geh fort.«

»Wenn ich nur könnte.«

»Geh mir aus dem Weg. Zieh dich in den Ruhestand zurück. Meditiere. Das machst du doch so gern, nicht wahr? Du brauchst nicht mehr um Frieden zu kämpfen. Der Frieden ist *da*. Mein Imperium *ist* Frieden.«

»*Dein* Imperium? Es wird *nie* Frieden kennen. Es ist auf Verrat und unschuldiges Blut gegründet.«

»Zwing mich nicht, dich zu töten, Obi-Wan. Wenn du nicht auf meiner Seite stehst, bist du gegen mich.«

»Nur für Sith ist alles absolut, Anakin. Die Wahrheit ist nie schwarz oder weiß.« Er richtete sich auf und breitete die leeren Hände aus. »Lass mich Padmé zu einem medizinischen Zentrum bringen. Sie ist verletzt, Anakin. Sie muss behandelt werden.«

»Sie bleibt hier.«

»Anakin ...«

»*Du* wirst sie *nirgendwohin* bringen. Du wirst sie nicht einmal *anrühren*. Sie gehört *mir*, verstanden? Es ist *deine* Schuld, *alles* – du hast sie dazu gebracht, mich zu verraten!«

»Anakin ...«

Aus Anakins Hand wuchs ein Stab aus blauem Plasma.

Obi-Wan seufzte.

Er holte sein eigenes Lichtschwert hervor und hob es. »Dann werde ich tun, was getan werden muss.«

»Versuch es«, sagte Anakin und sprang.

Obi-Wan begegnete ihm in der Luft.

Blaue Klingen kreuzten sich, und der Vulkan über ihnen begrüßte ihr Blitzen mit einem Ruf aus Feuer.

C-3PO schob vorsichtig den Kopf durch die Luke des Skiffs.

Zwar standen seine Gefahraversions-Subroutinen kurz vor der Überladung, und am liebsten hätte er sich in irgendeinem hübschen dunklen Schrank versteckt, in dem er seine Systeme herunterfahren und ruhen konnte, bis dies alles vorbei war – vorzugsweise in einem *gepanzerten* Schrank, dessen Tür sich von innen verriegeln ließ oder zugeschweißt werden konnte – dabei nahm er es nicht genau. Stattdessen schlich er die Rampe hinunter und trat in etwas, das ein Regen aus *Lava* und *Asche* zu sein schien …

Ein solches Verhalten war völlig absurd für einen vernünftigen Droiden, doch C-3PO ging trotzdem weiter, denn der Klang jenes Gesprächs hatte ihm nicht gefallen.

Ganz und gar nicht.

Er wusste nicht genau, worum es bei der Meinungsverschiedenheit der Menschen gegangen war, aber ein Punkt ließ keinen Platz für Zweifel.

Sie ist verletzt, Anakin … sie muss behandelt werden …

Er schlurfte in den wogenden Rauch. Glühendes Gestein fiel um ihn herum zu Boden. Die Senatorin war nirgends zu sehen, und selbst wenn er sie fand: C-3PO wusste nicht, wie er sie zum Schiff bringen sollte – er war nicht dazu konstruiert, Dinge zu tragen, die schwerer waren als ein Tablett mit Cocktails, immerhin gehörte er nicht zu den *Fracht*droiden, die sich durch ein hohes Transportpotenzial auszeichneten. Und dann hörte er ein vertrautes Piepen und Zirpen durch das Donnern des Vulkans und den fauchenden Wind, und sein automatisches Übersetzungsprotokoll machte daraus KEINE SORGE. BALD IST WIEDER ALLES IN ORDNUNG.

»R2?«, rief C-3PO. »Bist du das, R2?«

Nach einigen weiteren Schritten sah C-3PO den kleinen Astromech: Er hatte seinen Manipulatorarm in die Kleidung der Senatorin gewickelt und zog sie übers Landedeck. »R2! Hör sofort auf damit! Du könntest sie beschädigen!«

R2-D2s Kuppel drehte sich, um den Photorezeptor auf den nervösen Protokolldroiden zu richten. HAST DU EINE BESSERE IDEE?, pfiff er.

»Nun … oh, na schön. Wir machen es zusammen.«

Es kam zu einem Wendepunkt im Kampf des Lichts gegen die Dunkelheit.

Er ergab sich nicht aus dem Aufblitzen und dem Hieb eines Lichtschwerts, obgleich es daran sicher nicht mangelte. Er ergab sich nicht aus genau gezielten Tritten oder Schlägen, die ebenfalls reichlich ausgetauscht wurden.

Zu dem Wendepunkt kam es, als der Kampf vom Empfangsbüro zum Podium des Kanzlers wechselte, als der hydraulische Lift das Podium hundert Meter und mehr anhob, die Konfrontation in die Mitte der riesigen Senatsarena trug. Zu dem Wendepunkt kam es, als die Macht und die Kontrollen des Podiums Delegationslogen von den gewölbten Wänden rissen, sie in Hämmer, Sturmböcke und Katapultgeschosse verwandelten, die mit einem Donnern gegeneinander krachten, das an den Jubel des Senats für den neuen Imperator der Galaxis erinnerte.

Zu dem Wendepunkt kam es, als der Avatar des Lichts zum Geschlecht der Jedi wurde, als sich das Geschlecht der Jedi in einer Gestalt präsentierte …

Als Yoda allein gegen die Dunkelheit stand.

In dem rasenden Tornado aus Füßen, Fäusten und Klingen durchdrang sein Blick schließlich die Dunkelheit, die sich um die Macht gelegt hatte.

Endlich sah er die Wahrheit.

Diese Wahrheit: dass er, der Avatar des Lichts, Oberster Meister des Jedi-Ordens, der entschlossenste, unerbittlichste und mächtigste Feind, den die Dunkelheit je hatte …

… einfach …

… nicht …

… gewinnen konnte.

Der Sieg war unmöglich. Er hatte verloren, noch bevor der Kampf begann.

Er hatte noch vor seiner Geburt verloren.

Die Sith hatten sich verändert. Sie waren gewachsen, hatten sich angepasst und tausend Jahre in das Studium nicht nur der Macht, sondern auch des Jedi-Wissens investiert, in Vorbereitung auf genau diesen Tag. Die Sith hatten sich neu erschaffen.

Während die Jedi …

Die Jedi hatten die vergangenen tausend Jahre mit der Vorbereitung darauf verbracht, den *letzten* Krieg noch einmal auszufechten.

Die neuen Sith konnten nicht mit einem Lichtschwert besiegt werden. Man konnte sie nicht verbrennen, indem man sie mit der Macht berührte. Je heller das Licht, desto dunkler ihr Schatten. Wie sollte man einen Krieg gegen die Dunkelheit gewinnen, wenn der Krieg selbst zur Waffe des Dunklen geworden war?

Yoda begriff, dass seine Erkenntnis die einzige Hoffnung für die Galaxis enthielt. Aber wenn er hier unterlag, starb jene Hoffnung mit ihm.

Hmm, dachte Yoda. Ein Problem dies ist …

Klinge an Klinge waren sie einander ebenbürtig, wie Spiegelbilder. Nach tausenden von Stunden im Übungskampf kannten sie sich besser als Brüder, waren auf intimere Weise miteinander vertraut als ein Liebespaar – sie waren wie zwei Hälften eines Kriegers.

Bei jedem Schlagabtausch wich Obi-Wan ein wenig zurück. Das war seine Art. Und er wusste: Anakin niederzustrecken würde sein Herz zu Asche verbrennen.

Die Laserschwerter blitzten. Die Kontrahenten wichen Sprüngen des Gegners aus oder sprangen ebenfalls. Sie setzten über Klingen hinweg, die dicht über den Boden strichen, wehrten Fausthiebe ab, und dann waren sie wieder im Kontrollzentrum, inmitten der Leichen. Konsolen explodierten, lösten sich aus ihren Verankerungen und rasten wie Geschosse durch die Luft. Die Hände von Toten zuckten an den Auslösern von Waffen. Blasterstrahlen fauchten, prallten ab und bildeten ein tödliches Streifenmuster.

Obi-Wan fing einige von ihnen mit seinem Schwert ein und lenkte sie auf Anakin: eine verzweifelte Maßnahme, um ihn abzulenken, um ihn langsamer werden zu lassen. Anakin schleuderte sie mühelos und verächtlich zurück, und die

Blitze sausten so lange zwischen ihnen hin und her, bis sie ihre Bündelung verloren, bis ihre Partikelpakete zu radioaktivem Dunst wurden.

»Zwing mich nicht, dich zu töten, Obi-Wan.« Anakins Stimme war tiefer geworden und nun so finster wie die Obsidianklippen draußen. »Gegen die Macht der dunklen Seite kannst du nichts ausrichten.«

»Das habe ich schon einmal gehört«, brachte Obi-Wan zwischen den Zähnen hervor und parierte. »Aber ich hätte nie gedacht, es einmal von *dir* zu hören.«

Ein jähes Donnern der Macht schleuderte Obi-Wan an die Wand, und der heftige Aufprall drückte ihm die Luft aus den Lungen. Er schwankte halb betäubt. Anakin trat über Leichen hinweg und hob sein Schwert zum tödlichen Schlag. Doch Obi-Wan hatte noch einen Trick parat, der bereits einmal, bei Grievous, funktioniert hatte und vielleicht auch bei Anakin funktionieren würde …

Es war wirklich ein guter Trick.

Er bewegte einen Finger, griff durch die Macht und kehrte die Polarität der Elektrosehnen in Anakins mechanischer Hand um.

Durastahlfinger streckten sich plötzlich, und ein Lichtschwert fiel.

Obi-Wan hob die Hand. Anakins Lichtschwert drehte sich in der Luft und flog ihm entgegen. Er hielt sie beide überkreuzt vor sich. »Arroganz ist Schwäche in der Macht.«

»Du zögerst«, erwiderte Anakin. »Mitleidige Schwäche.«

»Es ist kein Mitleid«, sagte Obi-Wan traurig. »Es ist Ehrfurcht vor dem Leben. Selbst vor deinem. Es ist Respekt vor dem Mann, der du gewesen ist.« Er seufzte. »Respekt vor dem Mann, der du hättest sein sollen.«

Anakin schrie und sprang ihm entgegen, nutzte die Macht und seinen Körper, um Obi-Wan erneut gegen die Wand zu stoßen. Mit unmöglicher Kraft packte er seinen Gegner an den Handgelenken und zwang die Arme auseinander. »Ich habe deine Lektionen *satt*!«

Dunkle Kraft entfaltete sich in Anakins Griff.

Obi-Wan fühlte, wie sich die Knochen in seinen Unterarmen bogen.

Oh, dachte er. Oh, das ist nicht gut.

Das Ende kam mit erstaunlicher Plötzlichkeit.

Der Schatten spürte, wie sehr es seinen kleinen grünen Widersacher anstrengte, die Blitze zurückzulenken – das Geschöpf hatte die Grenzen seiner Kraft erreicht. Der Schatten unterbrach seinen Angriff für einen Augenblick, lange genug, um fortzuspringen und auf einer vorbeifliegenden Delegationsloge zu landen. Sein Gegner sprang ebenfalls ...

Eine halbe Sekunde zu spät.

Der Schatten schleuderte neue Blitze, während sich das Geschöpf noch in der Luft befand, und die kleine grüne Gestalt wurde von ihnen getroffen. Ihre Wucht schleuderte sie aufs Podium zurück, und dann fiel sie.

In die Tiefe.

Der Boden der Senatsarena erstreckte sich hundert Meter weiter unten, und dort lagen die Trümmer der Logen verstreut, die beim Kampf zerstört worden waren. Als der kleine grüne Mann fiel, wurde aus dem siegreichen Schatten wieder Palpatine: ein sehr alter, sehr müder Mann, der nach Luft schnappte, als er sich aufs Geländer der Delegationsloge stützte.

Alt mochte er sein, aber mit seinen Augen war alles in Ordnung: Er blickte auf die Trümmer hinab, ohne eine Leiche zu sehen.

Er bewegte einen Finger, und im Podium des Kanzlers, ein Dutzend Meter entfernt, klickte ein Schalter, und Sirenen heulten durch das riesige Gebäude. Ein weiterer Griff in die Macht schickte die Delegationsloge nach unten zum Empfangsbüro. Dort hatten sich bereits Klonsoldaten eingefunden.

»Es war Yoda«, sagte Palpatine, als er die Loge verließ. »Ein weiterer Mordversuch. Sucht und tötet ihn. Jagt das Gebäude in die Luft, wenn es sein muss.«

Er hatte keine Zeit, die Suche selbst zu leiten. Die Macht summte eine Warnung in seinen Knochen: Lord Vader war in Gefahr. In tödlicher Gefahr.

Klonsoldaten stoben davon. Palpatine wandte sich an einen Offizier. »Sie. Weisen Sie das Shuttledeck darauf hin, dass ich unterwegs bin. Mein Schiff soll bereit sein.«

Der Offizier salutierte, und Palpatine lief mit einer Kraft, die ihn selbst überraschte.

Mithilfe der Kraft sprintete Yoda durch den Wartungstunnel unter der Arena, schneller, als ein Mensch laufen konnte. Immer wieder durchtrennte er Leitungen und füllte den Tunnel hinter sich mit hin und her zuckenden Stromkabeln, die zischten und Funken sprühten. In Abständen von einigen Dutzend Metern verharrte er lange genug, um Löcher in die Wand des Wartungstunnels zu schneiden. Wenn die Verfolger an den Kabeln vorbeigelangten, mussten sie sich teilen, um alle möglichen Fluchtwege zu untersuchen.

Aber Yoda wusste, dass sie es sich leisten konnten. Tausende verfolgten ihn.

Er holte sein Komlink hervor, ohne langsamer zu werden. Die Macht flüsterte Koordinaten, und er sprach sie ins kleine Gerät. »Keine Zeit verliert«, fügte er hinzu. »Die Verfolger schnell näher kommen. Versagt habe ich, und sie mich töten werden.«

Das Versammlungszentrum des Galaktischen Senats lag unter einer Kuppel mit einem Durchmesser von mehr als einem Kilometer. Als Yoda ihren Rand erreichte, atmete er schwer, obwohl die Macht ihm half. Er schnitt durch den Boden und sprang in einen weiteren Tunnel, der zur Wartung des großen Beleuchtungssystems diente; sein Licht fiel durch Transparistahlflächen, aus denen der Boden am Rand der großen Kuppel bestand. Erneut machte er vom Lichtschwert Gebrauch und schnitt in einen Lichtschacht. Ein greller Glanz wogte ihm entgegen, so grell, dass Yoda kaum die gewaltige Leere sah, über der er stand.

Ohne zu zögern, schnitt er auch durch den transparenten Boden und sprang in die Nacht.

Er griff nach den unteren Rändern seines langen Umhangs, verwendete ihn als improvisierte Tragfläche und ließ sich von der Macht leiten. Er war zu klein, um die automatischen Verteidigungssysteme auszulösen, doch dem offenen Speeder, dem er sich schnell näherte, drohte Vernichtung, wenn er sich auch nur einen Meter weiter dem Senatsgebäude näherte.

Yoda ließ seinen Umhang los, damit er eine Art Schleppsack bildete, der ihn in der Luft aufrichtete und es ihm gestattete, mit den Füßen voran auf dem Passagiersitz neben Bail Organa zu landen.

Der Jedi-Meister schnallte sich an, und der Senator von Alderaan zwang den gemieteten Speeder in eine Kurve, die selbst Anakin Skywalker beeindruckt hätte, raste dann auf die nächste Kreuzung der verkehrsreichen Himmelsstraßen von Coruscant zu.

Yoda kniff die Augen zusammen.

»Meister Yoda? Seid Ihr verletzt?«

»Nur mein Stolz«, erwiderte Yoda und meinte es auch so, obgleich Bail nicht verstehen konnte, wie tief die Bedeutung dieser Worte reichte. »Nur mein Stolz.«

Obi-Wans Arme drohten in einem Griff zu brechen, der die Lichtschwerter immer weiter nach unten zwang, und schließlich ließ er los.

Obi-Wan ließ alles los.

Seine Hoffnungen. Seine Ängste. Die Pflicht den Jedi gegenüber, das Versprechen, das er Qui-Gon gegenüber hatte, sein Versagen in Hinsicht auf Anakin.

Und ihre Lichtschwerter.

Der verwirrte Anakin reagierte instinktiv, löste eine Hand von Obi-Wans Unterarm und griff damit nach seinem Schwert. Obi-Wan riss sofort die andere Hand los, holte mit der Macht sein eigenes Lichtschwert zurück, brachte es nach oben und parierte Anakins kraftvollen Überhandhieb. Er wehrte ihn nicht nur ab, sondern lenkte beide Klingen zur Wand, an der er stand. Er dirigierte Anakins Stoß auf der einen Seite durch die Wand, während sein Schwert auf der anderen durch den Durastahl schnitt. Anschließend schob er mit der Macht beide Klingen im Halbkreis nach oben und nutzte die Kraft von Anakins nächstem Angriff, um die Wand zu durchbrechen und nach draußen zu gelangen, in das Durcheinander aus Rauch und fallender Asche.

Anakin folgte ihm und griff kontinuierlich an. Obi-Wan wich ständig vor ihm zurück und sprang auf einen schmalen Balkon, hoch über dem schwarzen Ufer eines Sees aus Feuer.

Es war der richtige Ort, entschied er.

Anakin zwang ihn zurück und schlug mit einer Kraft zu, die aus dem nahen Vulkan zu kommen schien. Er wirbelte herum, schnitt rasiermesserscharfe Stahlfetzen aus der Wand und schleuderte sie Obi-Wan mit der vollen Hitze seines Zorns entgegen. Er bohrte die Klinge in eine Schalttafel, und daraufhin verschwand der Strahlenschild, der die Lava zurückgehalten hatte.

Um sie herum regnete es Feuer.

Obi-Wan wich zum Ende des Balkons zurück – hinter ihm befand sich nur eine Energieleitung, nicht dicker als sein Arm, die zum zentralen Verarbeitungsbereich der alten Mine führte, über einen Fluss aus weiß glühender Lava. Obi-Wan trat, ohne zu zögern, auf die Leitung und wahrte mühelos das Gleichgewicht, als er weitere Hiebe parierte.

Anakin folgte ihm.

Auf dem Drahtseil der Energieleitung wurden die Lichtschwerter noch schneller als vorher. Immer wieder schlugen sie zu und prallten gegeneinander. Lavabomben fielen unter ihnen auf den Boden und zerplatzten; glühende Splitter versengten die Umhänge der beiden Kämpfer. Rauch verhüllte die Sonne des Planeten, und das einzige Licht kam von dem Höllenglühen der Lava und von den Klingen. Energieblitze knisterten und zischten.

Hier kämpfte kein Sith gegen einen Jedi. Hier stand nicht

Licht gegen Dunkelheit oder Gut gegen Böse. Es hatte nichts zu tun mit Philosophie, Religion oder Moral.

Anakin kämpfte gegen Obi-Wan.

Es war eine persönliche Auseinandersetzung.

Es ging nur um sie beide, und um den Schaden, den sie sich gegenseitig zugefügt hatten.

Mit einem Salto rückwärts sprang Obi-Wan von der Energieleitung zu einem Verbindungsnexus der zentralen Verarbeitungsanlage. Als Anakin ihm folgte, sprang er erneut. Auf verschiedenen Ebenen ging der Kampf weiter, Treppen hinauf und über Plattformen. Sie erreichten eine der Sammelanlagen, über die Lavakaskaden strömten, und als sich Obi-Wan unter gewölbtem Durastahl duckte, hinter dem Lava brodelte, als er Angriffe mithilfe der Macht abwehrte und die Schläge der Kreatur des Zorns parierte, die einmal sein bester Freund gewesen war, begriff er plötzlich eine profunde Wahrheit.

Obi-Wan hatte sein ganzes Leben der Vernichtung des Feindes gewidmet, zu dem der Mann ihm gegenüber geworden war: Mörder, Verräter, gefallener Jedi, Sith-Lord. Und trotz allem …

Obi-Wan liebte ihn noch immer.

Yoda hatte klar und deutlich darauf hingewiesen: *Ein Jedi sich von solchen Bindungen befreien muss.* Aber Obi-Wan hatte sich geweigert, dies in letzter Konsequenz zu verstehen. Er hatte sich für Anakin eingesetzt, ihn entschuldigt, ihn immer wieder in Schutz genommen. Und eben jene Bindung, deren Existenz er sich nicht eingestehen wollte, hatte ihn blind gemacht gegenüber dem dunklen Pfad, den sein bester Freund beschritt.

Der See aus Feuer wurde jetzt nicht mehr vom Strahlenschild zurückgehalten und nagte an dem Ufer, auf dem die Verarbeitungsanlage stand. Der ganze Gebäudekomplex löste sich, und die beiden Kämpfenden rutschten auf dem sich unter ihnen neigenden Durastahl. Sie suchten nach Halt, während der Boden immer weiter kippte. An Kabeln hingen sie, als die Verarbeitungsanlage in die Lava glitt und langsam sank, als ihre unteren Etagen schmolzen und verbrannten.

Anakin stieß sich ab und sprang in einem weiten Bogen über die kochende Lava. Obi-Wan empfing ihn dort, hielt das Kabel mit einer Hand und der Macht, hob mit der anderen das Lichtschwert. Anakin schlug nach seinen Knien, und Obi-Wan zog die Beine an, durchtrennte das Kabel über dem Kopf seines Gegners. Anakin fiel.

Gasblasen stiegen in der Lava auf und zerplatzten an der Oberfläche, schufen Flammenarme, die sich Anakin entgegenstreckten.

Anakins Bewegungsmoment trug ihn zurück zur sich auflösenden Verarbeitungsanlage, und die Macht brachte ihn in Reichweite eines weiteren Kabels. Obi-Wan wickelte die Beine um sein Kabel, um sich näher an das andere heranzubringen, doch sein Gegner schien inzwischen Gefallen an dieser neuen Art der Fortbewegung gefunden zu haben. Er schwang sich von Kabel zu Kabel, während Obi-Wan ihm folgte, und er benutzte die Macht, um immer höher zu gelangen. Er zwang Obi-Wan, seinem Beispiel zu folgen, denn bei diesem Terrain bedeutete Höhe alles.

Simultane Wogen der Macht trugen sie beide von den Kabeln zum schiefen Krandeck der Verarbeitungsanlage. Obi-Wan hatte gerade wieder Boden unter den Füßen, als Anakin auch schon auf ihn zusprang, und sie standen dicht voreinander, mit wirbelnden Lichtschwertern, während um sie herum Wartungsdroiden nach wie vor ihre Arbeit verrichteten, obwohl die ganze Anlage im wahrsten Sinne des Wortes dem Untergang geweiht war. Sie würden weiterarbeiten, bis sie selbst in der Lava versanken und schmolzen.

Ein Donnern, noch lauter als das Grollen des Vulkans, kam vom Feuerstrom weiter vorn. Metall begann zu kreischen und zu heulen. Lava stürzte in die Tiefe, verschwand in wogenden Wolken aus Rauch und heißen Gasen.

Die Strömung trieb die ganze Verarbeitungsanlage auf einen riesigen Lavafall zu.

Obi-Wan wollte nicht unbedingt feststellen, was sich unten befand.

Mit einer zweihändigen Parade wehrte er Anakins Klinge ab und gab seinem Gegner einen Tritt, der sie auseinander brachte. Bevor Anakin das Gleichgewicht wiederfinden konnte, lief Obi-Wan los und sprang vom Krandeck herunter. Er fiel, Etage um Etage, und nur zwei Dutzend Meter über der Lava gab ihm die Macht ein Kabel in die Hand und verwandelte den Sturz in einen Schwung, der ihn wieder nach oben brachte.

Und als ihn das Kabel nicht höher tragen konnte, ließ er los.

Er kam sich vor wie beim Sprung von einer Schaukel in einem der Spielzimmer des Tempels: Das Bewegungsmoment ließ ihn weiterfliegen, über den Lavastrom hinweg und seinem Ufer entgegen.

Es reichte nicht aus, um ihn *ganz* bis zum Ufer zu bringen.

Doch die Macht hatte ihn hierher gebracht und verriet ihn nicht: Unten summte eine große, alte, langsame Repulsorliftplattform einige Meter über der Lava dahin, brachte Droiden und Ausrüstung zu der Verarbeitungsanlage, die kurz vor der Zerstörung stand.

Obi-Wan drehte sich in der Luft, und die Macht erlaubte ihm eine leichtfüßige Landung. Ein kurzer Stoß mit dem Lichtschwert setzte das Steuerungssystem der Plattform außer Gefecht, und Obi-Wan lenkte sie in Richtung Ufer, indem er sein Gewicht verlagerte.

Er drehte sich um und beobachtete, wie die Verarbeitungsanlage den Verdammten in einer corellianischen Hölle gleich kreischte, als sie über den Rand des Lavafalls kippte und verschwand.

Obi-Wan senkte den Kopf. »Leb wohl, alter Freund.«

Aber die Macht flüsterte eine Warnung, und Obi-Wan hob rechtzeitig den Kopf und sah, wie Anakin aus dem Rauch kam, der über dem Lavafall wogte – er hockte auf einem kleinen Repulsorliftdroiden. Der Droide war viel schneller als

Obi-Wans alte Frachtplattform, und es gelang Anakin mühelos, vor ihm das Ufer zu erreichen und ihm den Weg abzuschneiden. Obi-Wan verlagerte das Gewicht hierhin und dorthin, aber Anakins Droide war so flink wie ein Sandpanter. Kein Weg führte an ihm vorbei, und in dieser Nähe war die Hitze der Lava intensiv genug, ihm die Haare zu versengen.

»Dies ist dein Ende, Meister«, sagte Anakin. »Ich wünschte, es ließe sich vermeiden.«

»Ja, Anakin, das wünsche ich mir auch«, erwiderte Obi-Wan, als er loslief, sprang und sein Lichtschwert in einen Speer verwandelte.

Anakin beugte sich zur Seite und wehrte den Stoß fast verächtlich ab. Er schlug nach Obi-Wans Beinen, als der an ihm vorbeiflog, verfehlte sie jedoch.

Obi-Wan verwandelte seinen Fall in eine Rolle vorwärts, die ihn zum Rand eines kleinen Felsens vor dem weichen schwarzen Sand des Ufers brachte. Anakin knurrte einen Fluch, als er begriff, dass ihn sein Gegner überlistet hatte, sprang vom Droiden herunter und schlug nach Obi-Wans Rücken …

Eine halbe Sekunde zu spät.

Obi-Wan wirbelte herum, doch es ging ihm nicht darum, den Hieb zu parieren. Sein Lichtschwert traf erst das eine Knie Anakins und dann das andere.

Und während sich Anakin noch in der Luft befand, während die abgetrennten Beine noch fielen, hob Obi-Wan die Klinge und zog sie oberhalb des Ellenbogens durch Anakins linken Arm. Er trat zurück, als Anakin stürzte.

Anakin ließ sein Lichtschwert fallen und klammerte sich mit der mechanischen Hand am Rand des Felsens fest, doch sein Griff war zu fest für die spröde Lava, und sie zerbrach – Anakin rutschte über den schwarzen Sand. Die abgetrennten Beine und der Arm rollten weiter unten in den Lavastrom und verglühten in einer jähen scharlachroten Flamme.

Die gleiche Farbe wie das Lichtschwert eines Sith, dachte Obi-Wan.

Anakins mechanische Hand versuchte sich in den schwarzen Sand zu bohren, aber dadurch rutschte er nur noch tiefer. Der Sand war so heiß, dass er den schwarzen Handschuh über den Durastahlfingern verbrannte, und Rauch stieg vom Umhang auf.

Obi-Wan hob Anakins Lichtschwert auf und nahm auch sein eigenes, wog sie beide in den Händen. Anakin hatte seine Waffe nach der von Obi-Wan gestaltet; sie ähnelten sich sehr.

Aber sie waren für sehr unterschiedliche Zwecke verwendet worden.

»Obi-Wan ...«

Er sah nach unten. Flammen züngelten an Anakins Umhang, und sein langes Haar verkohlte.

»Du warst der Auserwählte! Du solltest die Sith vernichten, nicht einer von ihnen werden. Du solltest die Macht ins Gleichgewicht bringen, stattdessen hast du sie der Dunkelheit überlassen. Du warst mein Bruder, Anakin«, sagte Obi-Wan Kenobi. »Ich habe dich geliebt, aber ich konnte dich nicht retten.«

Metall blitzte am Himmel, und Obi-Wan fühlte, wie sich Dunkelheit um sie beide schloss. Er kannte jenes Schiff: der Shuttle des Kanzlers. Jetzt vermutlich der Shuttle des *Imperators*.

Yoda hatte versagt. Vielleicht war er tot.

Vielleicht gab es nur noch ihn, Obi-Wan: der letzte Jedi.

Vor ihm verbrannte Darth Vader.

»Ich *hasse* dich!«, schrie er.

Obi-Wan sah nach unten. Es wäre eine Gnade gewesen, ihn zu töten.

Er fühlte sich nicht gnädig.

Er fühlte sich ruhig und kalt, und er wusste: Wenn er hinuntergeklettert wäre, hätte er mehr Zeit verloren, als er verlieren durfte.

Ein anderer Sith-Lord näherte sich.

Letztendlich gab es nur eine Entscheidung. Es war eine

Entscheidung, die er vor vielen Jahren getroffen hatte, nach dem Bestehen der Ritterschaftsprüfung, als er dem Jedi-Orden ewige Treue geschworen hatte. Er war noch immer Obi-Wan Kenobi und noch immer ein Jedi, und er würde keinen Wehrlosen töten.

Er überließ es dem Willen der Macht.

Er drehte sich um und ging fort.

Nach einigen Sekunden begann er zu laufen.

Er begann zu laufen, weil ihm klar wurde: Wenn er schnell genug war, konnte er noch immer etwas für Anakin tun. Er konnte dem Andenken des Mannes, der sein bester Freund gewesen war, noch immer Ehre erweisen, und auch dem untergegangenen Ritterorden, dem sie beide gedient hatten.

Auf dem Landedeck stand C-3PO auf der Rampe des Skiffs und winkte aufgeregt. »Meister Kenobi! Bitte beeilt Euch!«

»Wo ist Padmé?«

»Schon im Innern, Sir, aber es geht ihr sehr schlecht.«

Obi-Wan lief die Rampe hoch ins Cockpit des Skiffs und zündete das Triebwerk. Als der Shuttle des Kanzlers zur Landung ansetzte, sprang das spiegelblanke Skiff gen Himmel.

Obi-Wan sah nie zurück.

21. KAPITEL

Ein neuer Jedi-Orden

Ein Naboo-Skiff kehrte in den Realraum zurück und flog zu einer medizinischen Station im Asteroidengürtel von Polis Massa.

Wenige Augenblicke später erschien die *Star of Alderaan* hinter dem Skiff im Realraum.

Und auf Mustafar, unter dem roten Donnern eines Vulkans, hatte ein Sith-Lord den verkohlten Rumpf und Kopf von etwas aus dem heißen schwarzen Sand gezogen, das einst ein Mann gewesen war. Damit sprang er mühelos vom Sand auf den Felsen zurück und brüllte den Klonsoldaten zu, sie sollten die Medokapsel herbeischaffen!

Der Sith-Lord ließ den gliederlosen Mann vorsichtig auf den kühlen Boden sinken, legte ihm die Hand auf die verbrannte Stirn und konzentrierte sich.

Lebe, Lord Vader. Lebe, mein Schüler.

Lebe.

Jenseits des transparenten Kristalls der Beobachtungskuppel auf den luftlosen Klippen von Polis Massa drehten sich die kalten Lichter der Galaxis im Schleier unendlicher Nacht.

Unter der Kuppel saß Yoda. Er sah nicht zu den Sternen auf.

Er saß lange dort.

Selbst nach neunhundert Jahren war die Straße zur Selbsterkenntnis so holprig, dass er Verletzungen erlitten hatte und blutete.

Er sprach sanft, aber nicht zu sich selbst.

Niemand weilte bei ihm, aber er war nicht allein.

»Mein Fehler dies ist. Ich die Jedi enttäuscht habe.«

Er sprach zur Macht.

Und die Macht antwortete ihm. *Gebt Euch nicht die Schuld, alter Freund.*

Wenn die Macht während der vergangenen dreizehn Jahre zu ihm gesprochen hatte, so oft mit der Stimme von Qui-Gon Jinn. Und das geschah auch jetzt.

»Zu alt ich war«, sagte Yoda. »Zu unbeweglich. Zu arrogant, um zu sehen, dass der alte Weg nicht der *einzige* ist. Die Jedi, die ich habe ausgebildet, sie werden sollten wie Jedi, die mich ausbildeten, vor Jahrhunderten. Aber jene alten Jedi, in einer anderen Zeit sie lebten. Geändert hat sich die Galaxis. Der Jedi-Orden sich nicht geändert hat. Ich nicht zugelassen habe, dass er sich ändert.«

Leichter gesagt als getan, mein Freund.

»Ein unendliches Rätsel die Macht ist.« Yoda hob den Kopf und blickte zum Sternenrad auf. »Es noch viel zu lernen gibt.«

Und Ihr werdet Zeit haben, es zu lernen.

»Unendliches Wissen …« Yoda schüttelte den Kopf. »Unendlich viel Zeit das erfordert.«

Mit meiner Hilfe könnt Ihr lernen, mit der Macht eins zu werden und doch bei Bewusstsein zu bleiben. Ihr könnt der Macht für immer Euer Licht hinzufügen. Irgendwann einmal vielleicht sogar Euer physisches Selbst.

Yoda rührte sich nicht. »Ewiges Leben …«

Das letzte Ziel der Sith, doch sie können es nie erreichen. Ewiges Leben ist nur durch das Loslassen des Selbst erreichbar, nicht durch seine Erhöhung. Durch Anteilnahme, nicht durch Habgier. Liebe ist die Antwort auf die Dunkelheit.

»Eins werden mit der Macht, und doch Einfluss haben …«, überlegte Yoda. »Damit sich enorm viel erreichen lässt.«

So etwas kann nicht gegeben werden, man muss es lernen. Ihr könnt es lernen, wenn Ihr wollt.

Yoda nickte langsam. »Ein sehr großer Jedi-Meister Ihr geworden seid, Qui-Gon Jinn. Ein sehr großer Jedi-Meister Ihr immer gewesen seid. Ich zu blind gewesen bin, es zu erkennen.«

Er stand auf, faltete die Hände und neigte den Kopf zu einer Jedi-Verbeugung des Respekts.

Die Verbeugung eines Schülers vor seinem Meister.

»Euer Schüler ich geworden bin.«

Yoda hatte bereits mit der ersten Lektion begonnen, als sich hinter ihm das Schott öffnete. Er drehte sich um.

Bail Organa stand im Korridor und wirkte sehr bedrückt.

»Obi-Wan bittet Euch, in den Operationssaal zu kommen«, sagte er. »Es geht um Padmé. Sie stirbt.«

Obi-Wan saß neben ihr und hielt eine kalte, unbewegte Hand in seinen beiden. »Gebt nicht auf, Padmé.«

»Es ist …« Ihre Augen hatten sich nach oben verdreht. »Es ist ein Mädchen. Anakin glaubt, dass es ein Mädchen ist.«

»Wir wissen es noch nicht. Gleich ist es so weit … Ihr müsst bei uns bleiben.«

Unter der undurchsichtigen Abdeckung, die von Padmés Brust bis ganz nach unten reichte, halfen ihr spezielle medizinische Droiden bei den Wehen. Ein weiterer Droide bediente die Scanner und anderen Geräte.

»Wenn es ein … Mädchen ist … oh, oh, o *nein* …«

Obi-Wan richtete einen fast flehentlichen Blick auf den Medodroiden. »Kannst du nichts tun?«

»Alle organischen Schäden sind repariert.« Der Droide überprüfte eine weitere Anzeige. »Das Systemversagen ist unerklärlich.«

Keine physische Angelegenheit, dachte Obi-Wan. Er drückte Padmés Hand so, als könnte er dadurch Leben in ihren Leib zurückbringen. »Ihr müsst *durchhalten,* Padmé.«

»Wenn es ein Mädchen ist …«, keuchte sie. »Wir wollten es Leia nennen.«

Einer der speziellen medizinischen Droiden kam unter der Abdeckung hervor, mit einem kleinen Säugling in den gepolsterten Armen. Das Neugeborene war bereits sauber und atmete, weinte aber nicht.

»Es ist ein Junge«, sagte der Droide leise.

Padmé streckte die zitternde freie Hand nach ihm aus, aber ihr fehlte die Kraft, den Jungen in die Arme zu nehmen. Sie konnte ihn nur an der Stirn berühren.

Sie lächelte matt. »*Luke* …«

Ein zweiter spezialisierter Droide kam zum Vorschein, mit einem zweiten Säugling, der ebenfalls nicht weinte. »Und ein Mädchen.«

Padmés Kopf war bereits aufs Kissen zurückgesunken.

»Ihr habt Zwillinge, Padmé«, sagte Obi-Wan verzweifelt. »Sie *brauchen* Euch … bitte haltet durch …«

»Anakin …«

»Anakin … ist nicht hier, Padmé«, sagte Obi-Wan, obwohl er glaubte, dass sie ihn nicht hörte.

»Anakin, es tut mir Leid, so Leid. Bitte, Anakin, ich *liebe* dich …«

In der Macht fühlte Obi-Wan, dass sich Yoda näherte. Er hob den Kopf und sah den alten Meister neben Bail Organa am Beobachtungsfenster des Operationssaals, in beiden Gesichtern die gleiche ernste Frage.

Die einzige Antwort, die Obi-Wan ihnen anbieten konnte, war ein hilfloses Kopfschütteln.

Padmé bewegte die freie Hand, die Hand, mit der sie die Stirn ihres Sohns berührt hatte, und gab Obi-Wan etwas.

Für einen Moment klärte sich ihr Blick, und sie erkannte ihn.

»Obi-Wan … es … es gibt noch Gutes in ihm. Ich weiß, dass … es noch … Gutes …«

Ihre Stimme verklang in einem leeren Seufzen, und sie sank erneut zurück. Fünf oder sechs Überwachungsgeräte summten und piepten Warnungen, und die medizinischen Droiden vertrieben Obi-Wan aus dem Saal.

Er kehrte in den Korridor zurück und sah sich das Objekt an, das Padmé ihm gegeben hatte. Es war eine Art Anhänger an einer Lederschnur, ein Amulett mit sonderbaren Zeichen, in organisches Material geritzt. In der Macht spürte er Reste von Padmés Berührung.

Als Yoda und Bail kamen, betrachtete er den Gegenstand noch immer.

»Sie hat mir dies gegeben …« Obi-Wan kämpfte gegen Tränen an, zum wiederholten Mal an diesem Tag. »Und ich weiß nicht einmal, was es ist.«

»Wichtig für sie es gewesen sein muss«, sagte Yoda langsam. »Vielleicht es zusammen mit ihr beerdigt werden sollte.«

Obi-Wan sah auf die schlichten, kindlichen Zeichen, die in den Anhänger geritzt waren. Er fühlte, dass von ihnen in der Macht Echos transzendenter Liebe und die schwarze, abgrundtiefe Verzweiflung eines gebrochenen Herzens ausgingen.

»Ja«, sagte er. »Ja. Das wäre vielleicht am besten.«

Bail Organa, Obi-Wan Kenobi und Yoda saßen an Bord der *Star of Alderaan* an einem Konferenztisch, um über das Schicksal der Galaxis zu entscheiden.

»Nach Naboo wir die Leiche schicken …« Yodas Kopf kam weit nach oben, als spürte er eine Strömung in der Macht. »Schwanger sie weiter erscheinen muss. Verborgen und in Sicherheit die Kinder sein müssen. Sie das Fundament des neuen Jedi-Ordens bilden werden.«

»Wir sollten sie voneinander trennen«, sagte Obi-Wan. »Wenn die Sith eines finden, kann das andere überleben. Ich kann den Jungen nehmen, Meister Yoda, und Ihr nehmt das Mädchen. Wir verstecken sie und sorgen dafür, dass sie in Sicherheit sind. Wir bilden sie so aus, wie Anakin hätte ausgebildet werden sollen …«

»Nein.« Der alte Meister ließ den Kopf wieder sinken, schloss die Augen und stützte das Kinn auf die Hände, die über dem Knauf des Stocks gefaltet waren.

Obi-Wan richtete einen verwunderten Blick auf ihn. »Aber wie sollen sie die Selbstdisziplin lernen, die ein Jedi braucht? Wie sollen sie Fähigkeiten der Macht meistern?«

»Die Jedi-Ausbildung nicht die einzige Quelle von Selbstdisziplin ist. Wenn es Zeit wird zu lehren, die lebende Macht sie zu uns bringen wird. Bis dahin wir warten, beobachten und lernen.«

»Ich kann …« Bail Organa unterbrach sich verlegen. »Bitte entschuldigt die Unterbrechung, Meister. Ich weiß nur wenig von der Macht, aber ich weiß etwas von Liebe. Die Königin und ich … wir haben immer wieder darüber gesprochen, ein Mädchen zu adoptieren. Wenn Ihr nichts dagegen habt, möchte ich Leia nach Alderaan bringen, um sie dort als unsere Tochter aufwachsen zu lassen. Bei uns bekäme sie Liebe.«

Yoda und Obi-Wan wechselten einen Blick. Yoda neigte den Kopf. »Kein glücklicheres Schicksal ein Kind sich wünschen könnte. Mit unserem Segen und dem der Macht soll Leia Eure Tochter sein.«

Bail stand ruckartig auf, als könnte er nicht länger sitzen. Sein Gesicht zeigte jetzt keine Verlegenheit mehr, sondern große Freude. »Danke, Meister … ich weiß nicht, was ich sonst sagen soll. Danke, das ist alles. Und der Junge?«

»Cliegg Lars lebt noch immer auf Tatooine, glaube ich«, sagte Obi-Wan. »Und Anakins Stiefbruder … Owen heißt er, und seine Frau Beru, sie betreiben noch immer die Feuchtfarm außerhalb von Mos Eisely …«

»Die nächsten Verwandten des Jungen«, erwiderte Yoda zustimmend. »Aber Tatooine nicht Alderaan ist … tief im Äußeren Rand es liegt, ein wilder und gefährlicher Planet.«

»Anakin hat dort überlebt«, sagte Obi-Wan. »Luke kann das ebenfalls. Und ich … nun, ich könnte ihn dorthin bringen und über ihn wachen, die schlimmsten Gefahren des Planeten von ihm fern halten, bis er gelernt hat, sich selbst zu schützen.«

»Wie ein Vater du sein möchtest, junger Obi-Wan?«

»Mehr ein … exzentrischer alter Onkel, denke ich. Das ist eine Rolle, die ich gut spielen kann. Über Anakins Sohn zu wachen …« Obi-Wan seufzte und erlaubte es dem Gesicht schließlich, eine Andeutung seines alten, sanften Lächelns zu zeigen. »Ich kann mir keine bessere Möglichkeit vorstellen, den Rest meines Lebens zu verbringen.«

»Dann wir uns einig sind. Nach Tatooine du den Jungen bringst.«

Bail trat zur Tür. »Wenn Ihr mich bitte entschuldigen würdet, Meister ... Ich möchte mit der Königin sprechen.« Er blieb in der Tür stehen und sah zurück. »Meister Yoda, glaubt Ihr, Padmés Zwillinge werden in der Lage sein, Palpatine zu besiegen?«

»Stark die Macht in der Skywalker-Familie ist. Nur hoffen wir können. Bis die Zeit ist reif, wir verschwinden.«

Bail nickte. »Das muss ich ebenfalls, in metaphorischer Hinsicht. Vielleicht hört Ihr ... Beunruhigendes ... über meine Aktivitäten im Senat. Ich muss den Eindruck erwecken, das neue Imperium zu unterstützen, ebenso wie meine Freunde. Es war ... Padmés Wunsch, und ihr politischer Scharfsinn geht weit über meinen hinaus. Bitte vertraut darauf: Was auch immer wir unternehmen, es dient nur zur Tarnung unserer wahren Aufgabe. Wir werden das Erbe der Jedi nie verraten. Ich werde die Republik nie den Sith preisgeben.«

»Darauf wir immer vertrauen. Geht nun, denn Eure Königin eine frohe Botschaft erwartet.«

Bail Organa verbeugte sich und eilte durch den Korridor fort.

Als Obi-Wan ihm folgen wollte, versperrte ihm Yodas Gimerstock den Weg. »Einen Moment, Meister Kenobi. In deiner Einsamkeit auf Tatooine du weiter lernen sollst. Das meinem Wunsch entspricht, und dem meines neuen Meisters.«

Obi-Wan blinzelte. »Eures neuen Meisters?«

»Ja.« Yoda lächelte. »Und deines *alten* ...«

C-3PO schlurfte neben R2-D2 durch den Korridor des Raumschiffs und folgte Senator Organa, der sie offenbar beide geerbt hatte. »Ich weiß beim besten Willen nicht, wieso es bei ihr zu den Fehlfunktionen kam«, teilte er dem kleinen Astromech mit. »Organische Geschöpfe sind so schrecklich kompliziert, weißt du.«

Weiter vorn trat dem Senator ein Mann entgegen, den

C-3POs Erkennungsalgorithmen als Captain der Königlichen Alderaanischen Zivilen Flotte identifizierten.

»Ich überlasse diese Droiden Ihrer Obhut«, sagte der Senator. »Sie sollen gereinigt, poliert und mit der neuesten Technik ausgestattet werden; sie gehören meiner Tochter.«

»Wie schön!«, freute sich C-3PO. »Seine Tochter ist das Kind von Meister Anakin und Senatorin Amidala«, erklärte er R2-D2. »Ich kann es kaum erwarten, ihr alles über ihre Eltern zu erzählen! Sie wird bestimmt *sehr* stolz sein, wenn sie erfährt ...«

»Und der Protokolldroide ...«, fügte Senator Organa nachdenklich hinzu. »Löschen Sie seine Datenspeicher.«

Der Captain salutierte.

»Oh«, sagte C-3PO. »Oh, du liebe Zeit.«

In dem soeben umbenannten Imperialen Chirurgischen Rekonstruktionszentrum Palpatine auf Coruscant wich der hypermoderne Prototyp eines Operationsdroiden Modell Ubrikkian DD-13 von dem Projekt zurück, an dem er und ein verbesserter FX-6-Medodroide viele Tage lang gearbeitet hatten.

Er wandte sich an einen Schatten, der am Rand des von den Hochleistungslampen erhellten Bereichs stand. »Wir sind fertig, Mylord. Er lebt.«

»Gut. Gut.«

Der Schatten glitt so ins Licht, als käme es bei den Lampen plötzlich zu einer Fehlfunktion.

Droiden wichen beiseite, als er zum Rand des Operationstisches trat.

Auf dem Tisch lag angeschnallt der erste Patient des ICRP.

Für manche Augen hätte er vielleicht wie eine Kreuzung aus Droide und Mensch ausgesehen, umhüllt von einer schwarzen, glänzenden Lebenserhaltungsschale, die ein blinkender thorakaler Prozessor steuerte. Für manche Augen hätten die mit Gelenken ausgestatteten Gliedmaßen unbeholfen, plump und sogar monströs ausgesehen. Die glatten schwarzen Kurven der Augen hätten unmenschlich wirken können, und das Vokabulatorgitter darunter mochte an die Kiefer eines Raubsauriers erinnern, bestehend aus poliertem Panzerplast. Aber für den Schatten …

… sah alles *wundervoll* aus.

Ein prächtiger Behälter, dazu geschaffen, den größten Schatz der Sith zu schützen und zu zeigen.

Fürchterlich.

Faszinierend.

Perfekt.

Der Operationstisch kippte langsam in die Vertikale, und der Schatten beugte sich vor.

»Lord Vader? Kannst du mich hören, Lord Vader?«

So fühlt es sich für Anakin Skywalker an, für immer:

Das erste Licht in deinem Universum bringt Schmerz.

Das Licht brennt. Es wird immer brennen. Ein Teil von dir wird immer auf schwarzem Sand liegen, neben einem See aus Feuer, während Flammen an deinem Fleisch nagen.

Du hörst dich atmen. Es ist ein schwerer, zischender Atem, und er kratzt an bereits wunden Nerven, aber du kannst ihn nicht anhalten. Du kannst ihn nie anhalten, ihn nicht einmal verlangsamen.

Du hast keine Lungen mehr.

In deine Brust integrierte Mechanismen atmen für dich. Sie pumpen für immer Sauerstoff in dein Blut.

Lord Vader? Kannst du mich hören, Lord Vader?

Das kannst du nicht, jedenfalls nicht so wie früher. Sensoren in der Schale, die deinen Kopf umgibt, träufeln dir Bedeutung direkt ins Gehirn.

Du öffnest blasse Augen. Optische Sensoren setzen Licht und Schatten der Welt um dich herum zu einem abscheulichen Scheinbild zusammen.

Oder vielleicht ist das Scheinbild perfekt, und die Welt ist abscheulich.

Padmé? Bist du hier? Ist alles in Ordnung mit dir?, versuchst du zu sagen, aber eine andere Stimme spricht für dich, aus dem Vokabulator, der verbrannte Lippen, Zunge und Kehle ersetzt.

»Padmé? Bist du hier? Ist alles in Ordnung mit dir?«

Es tut mir sehr Leid, Lord Vader. Sie ist tot. Offenbar hast du sie im Zorn getötet.

Dies brennt heißer als die Lava.

»Nein … nein, das ist *unmöglich*!«

Du hast sie geliebt. Du wirst sie immer lieben. Du könntest sie nicht töten.

Niemals.

Aber du erinnerst dich …

Du erinnerst dich an *alles.*

Du erinnerst dich an den Drachen, den Vader erschlagen sollte. Du erinnerst dich an das kalte Gift in Vaders Blut. Du erinnerst dich an die Glut von Vaders Zorn, an den schwarzen Hass, der ihre Kehle packte, um den lügenden Mund zum Schweigen zu bringen …

Und dann, in einem lodernden Moment, begreifst du endlich, dass es gar keinen Drachen gab. Auch keinen Vader. Es gab nur dich. Nur Anakin Skywalker.

Du bist alles gewesen. Du.

Nur du.

Du hast es getan.

Du hast sie umgebracht.

Du hast sie getötet, denn als du in der Lage gewesen wärst, sie zu retten und mit ihr fortzugehen, als du an *sie* hättest denken können … hast du nur an dich selbst gedacht …

In diesem lodernden Moment erkennst du die Falle der dunklen Seite, die letzte Grausamkeit der Sith …

Denn jetzt wirst du nur noch dich selbst haben.

Und du tobst und schreist und greifst in die Macht, um den Schatten zu zerschmettern, der dich zerstört hat, aber jetzt bist du viel weniger als vorher, du bist mehr als zur Hälfte Maschine, du bist wie ein erblindeter Maler, ein taub gewordener Komponist, du *erinnerst* dich daran, wo die Kraft war, aber die Kraft, die du berühren kannst, ist nur eine Erinnerung, und so kann dein immenser Zorn nur die Droiden in deiner Nähe zerstören, Geräte und den Tisch, an dem du festgeschnallt bist, nicht aber den Schatten.

Letztendlich willst du ihn nicht einmal vernichten.

Denn nur der Schatten ist dir geblieben.

Nur der Schatten versteht dich, der Schatten verzeiht dir, er nimmt sich deiner an …

Und in deinem Reaktorherzen brennst du in deiner eigenen Flamme.

So fühlt es sich an, Anakin Skywalker zu sein.

Für immer …

Die lange Nacht hat begonnen.

Auf dem Palastplatz in Theed, der Hauptstadt von Naboo, hat sich eine große, ernste Menge eingefunden. Sechs wunderschöne weiße Gualaare ziehen einen mit Blumen geschmückten offenen Sarg mit dem Leichnam der geliebten Senatorin durch den Triumphbogen. Padmés Finger sind für immer um ein Japorstück geschlossen, in das ein neunjähriger Junge von einem abgelegenen Wüstenplaneten im Äußeren Rand einst Zeichen geritzt hat …

Auf der Dschungelwelt Dagobah inspiziert ein Jedi-Meister den fremden Sumpf seines Exils …

Auf der Brücke eines Sternzerstörers stehen zwei Sith-Lords bei einem Sektorgouverneur namens Tarkin und beobachten den Bau einer kugelförmigen Kampfstation, so groß wie ein Mond …

Doch selbst in der tiefsten Nacht gibt es einige, die vom Morgen träumen.

Auf Alderaan legt der Prinzgemahl ein neugeborenes Mädchen in die liebevollen Arme der Königin.

Und auf Tatooine bringt ein Jedi-Meister einen neugeborenen Jungen zum Gehöft von Owen und Beru Lars …

Dann reitet er mit seinem Eopie in die Jundtland-Wüste, den untergehenden Sonnen entgegen.

Die Dunkelheit ist großzügig und geduldig und gewinnt immer, aber im Herzen ihrer Stärke liegt Schwäche: Eine einzelne Kerze genügt, um sie zurückzudrängen.

Liebe ist mehr als eine Kerze.

Liebe kann Sterne entzünden.